Tessa Duncan
Wer mit den Wölfen heult

TESSA DUNCAN

# WER MIT DEN WÖLFEN HEULT

## Die Canterbury-Fälle

Roman

dtv

Von Tessa Duncan
ist bei dtv außerdem erschienen:
Wer das Vergessen stört

MIX
Papier | Fördert gute Waldnutzung
FSC® C019821

Originalausgabe 2024

Umschlaggestaltung: semper smile, München
Umschlagmotiv: Igor Tomashivskyi / shutterstock.com
Satz: Fotosatz Amann, Memmingen
Gesetzt aus der Stempel Garamond
Druck und Bindung: Druckerei C.H.Beck, Nördlingen
Printed in Germany · ISBN 978-3-423-22094-1

All den mutigen Frauen und Männern gewidmet,
die es wagen, ihre Meinung auch gegen eine
herrschende Übermacht zu vertreten, wenn sie
es für gerechtfertigt halten.

Eine Krähe hackt der anderen kein Auge aus.
*Deutsches Sprichwort*

# PROLOG

## Dover Police Station

*März 2019, gegen Mittag*

Ich will gerade den Kaffeebecher aus dem Automaten ziehen, als die Alarmglocke ohrenbetäubend durch die ganze Polizeistation schrillt. Vor Schreck lasse ich den Becher beinahe fallen. Der heiße Kaffee schwappt über und verbrüht meinen Handrücken.

»Shit!«, fluche ich laut.

Ich werfe den Kaffeebecher in den Mülleimer und haste zurück zum Pausenraum, wo meine Uniformjacke hängt. Ich reiße sie vom Haken und streife sie über, während ich losrenne.

Vor der Tür stoße ich fast mit Molly und Jack, zwei meiner Police Constables, zusammen, die heute Innendienst haben.

»Was ist los?«, schreie ich.

»Ein Banküberfall! Ein Notruf! Von der Santander-Filiale in Whitfield! In der Nähe des Dover Business Park.«

»Wie viele Täter?«

»Unbekannt«, keucht Molly neben mir, während wir in den hinteren Teil des Gebäudes stürmen. »Auch, wie viele Geiseln sie haben. Sie haben nur die Überfalltaste ihrer Alarmanlage gedrückt.«

Ich laufe mit den beiden in den Raum, wo wir unsere Schusswaffen lagern. Wenn wir an normalen Tagen unterwegs sind, verzichten wir meistens auf die Pistolen und begnügen uns mit Schlagstöcken und Pfefferspray.

Doch das hier ist eine andere Sache. Ich greife mir eine Schutzweste und streife sie über. Keine Zeit, meine eigene aus dem Büro zu holen. Zum Glück passt sie.

Molly wirft mir den Pistolengurt aus meinem Fach zu. Ich binde ihn um und unterdrücke ein mulmiges Gefühl. Die letzten beiden Male, als ich die Waffe dabeihatte, ging alles schief. Aber daran war nur dieser Mistkerl schuld.

Ich werfe einen raschen Blick auf die Uhr. Zum Glück ist Clark noch nicht im Dienst. Seine Schicht beginnt erst in ungefähr einer Stunde.

Im Nieselregen laufen wir auf den Parkplatz hinter dem Haus und springen in einen Streifenwagen. Jack lässt den Motor an und will gerade losfahren, als jemand die rechte Hintertür aufreißt und sich neben Molly auf den Rücksitz zwängt. Shit, fluche ich ein weiteres Mal, diesmal lautlos. Was hat Clark schon wieder hier zu suchen?

Ich ignoriere ihn erst mal. »Fahr zu!«, sage ich stattdessen zu Jack. »Mit Martinshorn und Blaulicht nur, solange wir außer Hörweite des Tatorts sind!«

»Versteht sich von selbst«, knurrt Jack. Die Reifen quietschen, als er losfährt.

Im Rückspiegel sehe ich Clark süffisant grinsen. »Was für ein Glück, dass ich heute noch eine Akte durchsehen wollte, die liegen geblieben ist. Deshalb bin ich extra früher gekommen.«

Ich verkneife mir jede Bemerkung. Offensichtlich genießt Clark die Situation.

Per Funk benachrichtige ich die Kollegen, die gerade unterwegs sind, und gebe ihnen dieselbe Anweisung wie Jack. Als Police Sergeant vom Dienst verantworte ich diesen Einsatz, solange keine Spezialkräfte vor Ort eintreffen.

»Nun hör bloß auf, die Leute so zu belehren!«, sagt Clark in meinem Rücken. »Das sind doch alles alte Hasen. Die wissen schon, was zu tun ist.« Dabei klingt der Arsch so arrogant wie eh und je.

So rasch wir im dichten Verkehr vorankommen, rasen wir die High Street und dann die London Road hinunter.

»Kennt sich jemand hier in der Gegend aus?«, frage ich, als Jack rechts auf den Whitfield Hill abbiegt. Ich arbeite zwar schon fünf Jahre in Dover, hatte in diesem Stadtteil aber noch keinen Einsatz.

»Ich kenn mich aus«, ruft Molly. Sie ist in Dover aufgewachsen. »Die Bank liegt am Honeywood Parkway. Kurz davor ist ein Tesco mit einem riesigen Parkplatz. Da sollten wir anhalten und den Rest zu Fuß gehen.«

»Kennst du die Bankfiliale auch von innen?«, fragt Clark, während ich den anderen Streifenwagen den Treffpunkt durchgebe.

Zu meiner Erleichterung sehe ich Molly im Rückspiegel nicken. »Es gab schon mal einen Überfall vor ungefähr sieben Jahren. Da drangen die Täter durch die Hintertür ein. Wenn sie jetzt durch den Vordereingang gekommen sind, können wir vielleicht von hinten rein und sie überrumpeln.«

Auf der Hälfte des Whitfield Hill schaltet Jack das Martinshorn aus. Nur mit Blaulicht überholen wir zwei Lastwagen, die sich den Hügel hinaufquälen. Mit der Lichthupe drängt Jack zwei entgegenkommende Fahrzeuge auf den Randstreifen. Im Seitenspiegel mache ich zwei weitere Streifenwagen aus, die uns folgen.

Unauffällig betaste ich die SIG Sauer in meinem Holster. Zu dem wenigen, was ich nach meinem Wechsel von der Londoner MET in die Provinzstadt Dover bedauert habe, gehört, dass ich hier auf die Glock verzichten muss, die ich von der MET her gewohnt bin. Mit der SIG Sauer hab ich mich nie richtig anfreunden können. Irgendwie liegt mir die Waffe nicht.

Schon sehen wir die Werbeschilder von Tesco vor uns auftauchen. Knapp zehn Minuten nach dem Alarm biegt Jack auf den Parkplatz ein, gefolgt von den beiden Streifenwagen. Die anderen sind schon da, insgesamt sind wir zwanzig Männer und Frauen. Sie tragen zwar alle Schutzwesten, doch meine Befürchtung bestätigt sich. »Wer von euch hat die Pistole dabei?« Keiner hebt die Hand außer uns vier. Obwohl ich selbst selten eine Waffe mitführe, verfluche ich heute im Stillen die Abneigung vieler Kollegen gegen Schusswaffen. Nur etwa ein Fünftel ist bereit, sie im regulären Dienst mit sich zu führen. Das rächt sich heute.

Das Herz klopft mir bis zum Hals. Ich versuche, mir meine Aufregung nicht anmerken zu lassen. Schon gar nicht vor Clark!

Der pfuscht mir trotzdem schon wieder ins Handwerk und ergreift an mir vorbei das Wort. Obwohl es nicht seine Mannschaft ist!

»Molly Gibson hier weiß, wo der Hintereingang der Filiale ist. Wir vier versuchen, da reinzu…«

»Halt die Schnauze!«, fahre ich Clark an. »Du bist offiziell ja nicht mal im Dienst!«

Wieder setzt er dieses unerträglich arrogante Grinsen auf. »Hast du eine bessere Idee? Nur wir vier sind bewaffnet.«

Widerwillig stimme ich Clark zu. »Molly, Jack und wir zwei versuchen, durch die Hintertür reinzukommen. Molly führt uns.«

Bevor wir loslaufen, gebe ich den anderen noch ein paar Anweisungen. »George und Ben«, ich zeige auf zwei ältere Beamte, »ihr sperrt mit euren Wagen den Parkway von zwei Seiten ab. Nehmt je einen Kollegen mit und achtet darauf, dass die Räuber nicht durch eine Seitenstraße entkommen.«

»Das sind zum Glück alles Sackgassen, wo's nicht weitergeht«, wirft Molly ein.

Obwohl ich das ja gar nicht wissen kann, wird mein Gesicht heiß, und ich glaube erneut, das spöttische Grinsen auf Clarks Gesicht zu sehen. Für den macht das keinen Unterschied. Ich spüre, wie mir bittere Galle die Kehle hinaufsteigt, und schlucke hart. »Umso besser«, sage ich mit fester Stimme. »Ihr anderen bezieht Stellung vor der Filiale.«

»Wenn du noch lange hier palaverst, sind die Schweine längst über alle Berge«, wirft Clark ein.

»Das glaube ich nicht«, widerspricht Molly ihm im Laufen über die Schulter hinweg. »Die Filiale hat einen großen Tresor im Untergeschoss. Da wird das Bargeld aufbewahrt. Die Überfalltaste ist im Büro des Filialleiters hinter dem Kassenraum. Wenn er den Alarm ausgelöst hat, wird er die Täter hinzuhalten versuchen. Da unten gibt es außerdem Schließfächer mit Wertsachen von Kunden. Beim letzten Mal haben die Räuber versucht, die größten davon aufzuhebeln.«

Sie schnappt nach Luft und wirft einen Blick auf die Uhr. »Der Alarm ist kurz vor der Mittagspause ausgelöst worden. Wenn wir Glück haben, sind keine Kunden mehr in der Bank.« Jetzt biegt Molly in eine schmale Gasse ein.

Kurz danach erreichen wir die Rückseite eines gesichtslosen einstöckigen Gebäudes in Form eines Würfels mit Flachdach. Eine der scheußlichen Bausünden aus den Siebzigerjahren.

Auch ich blicke kurz auf die Uhr. Knapp eine Viertelstunde, seit wir losgefahren sind.

Jetzt stehen wir vor einer Metalltür. Jack rüttelt daran. Sie ist fest verschlossen.

»Und nun?«, feixt Clark. »Sollen wir etwa klingeln und klopfen?« Er fixiert mich. »Sag nur, du hast nix dabei, um die Tür aufzubrechen!«

Natürlich nicht!, will ich ihm entgegenschreien. Woher hätte ich denn bei der Abfahrt von der Hintertür wissen sollen? Zudem noch einer aus Metall! Trotzdem trifft mich seine Kritik wie ein Schlag in den Magen.

Genau in diesem Moment geht die Tür auf. Überrascht weichen wir zwei Schritte zurück, während zwei maskierte Männer, in jeder Hand eine Tasche, verblüfft verharren. Dann drehen sie sich um und rennen zurück ins Gebäude.

Noch im Laufen zücke ich meine SIG Sauer.

Durch einen engen Flur gelangen wir in den hinteren Teil der Filiale. Flüchtig erblicke ich zwei mit Kabelbindern gefesselte und mit Klebebändern geknebelte Angestellte. Sie wimmern. Einer der beiden blutet heftig aus einer Platzwunde über dem Auge.

Jetzt erreichen wir den Hauptraum. Die Täter – es scheinen nur die zwei zu sein – versuchen, durch eine seitliche Pforte in den Kassenbereich einzudringen.

»Hände hoch!«, brülle ich mit erhobener Waffe. »Ergeben Sie sich!«

Als einzige Antwort knallt ein Schuss. Die Kugel schlägt ungefähr einen Meter neben mir in einen Kontoauszugsdrucker ein. Ich gehe dahinter in Deckung. Von meinem Platz aus sehe ich, wie sich die Räuber im Kassenraum hinter die Theke ducken. Derweil schleichen sich Clark und Jack gebückt und eng an der Wand entlang zurück zum hinteren Bereich des Hauptraums.

»Dort hat der Filialleiter sein Büro mit der Überfalltaste.«

Erst jetzt bemerke ich, dass Molly neben mir hockt. »Man kommt von dort auch in den Kassenbereich. Jack kennt sich aus.«

Im hinteren Teil des Kassenraums öffnet sich jetzt tatsächlich eine Tür. Mit erhobener Waffe betritt Clark den Raum, auf dem Fuße gefolgt von Jack.

»Hände hoch!«, schreit Clark. »Dreht euch ganz langsam um und lasst eure Waffen fallen!«

Als die Täter nicht gleich reagieren, schießt er an ihnen vorbei auf die Glasscheibe neben der Theke. Sie zerspringt zwar nicht, aber die unzähligen Risse im Glas versperren mir jetzt die Sicht.

Ein weiterer Schuss fällt. Diesmal splittert die andere Seite der Scheibe. »Das nächste Mal schieß ich auf euch!«, brüllt Clark.

Offensichtlich zeigt seine Drohung Wirkung. Ich höre etwas Metallisches auf den Fliesen aufschlagen.

Molly und ich laufen jetzt ebenfalls nach hinten. Clark und Jack stehen vor den Räubern an der Theke. Beide haben die Hände erhoben.

»Umdrehen!«, schreit Clark.

Die Männer befolgen den Befehl. Jack zückt ein Paar Handschellen, reißt dem Räuber vor ihm die Hände auf den Rücken, fesselt ihn und stößt ihn zu Boden.

Gleichzeitig nestelt Clark mit der freien Hand in seinem Gürtel. »Heilige Scheiße!«, höre ich ihn fluchen. »Ich hab meine Handschellen liegen lassen.«

»Molly, komm her!«, befiehlt er meiner Police Constable, als wäre er der Einsatzleiter. »Ich halte den Kerl so lange in Schach.« Er drückt ihm die Pistole in den Nacken.

In rasantem Tempo zieht ein innerer Film an mir vorbei. Clark wird den Triumph für die Überwältigung der Räuber einheimsen. Ich werde wieder mal dastehen wie der letzte Trottel, während er sich vor allen zum Helden stilisiert. Ungeachtet der Schweinereien, die er sich seit Jahren leistet. Ich bin sicher, dass er auch diese Frau auf dem Gewissen hat. Aber ich kann's wieder nicht beweisen. Deshalb wird man ihn feiern und mich einmal mehr verspotten. Der Hass überrollt mich wie eine Woge.

Jetzt ist Molly mit den Handschellen da. Clark macht ihr Platz und tritt einen Schritt zur Seite. »Hände hinter den Rücken!«, schnauzt er den Maskierten an. Der rührt sich nicht. Er ist groß, viel größer als Molly. Wahrscheinlich auch stärker. Clark nimmt die Pistole in die linke Hand, dreht sich um und stößt den Mann mit der rechten Hand zurück. Der taumelt und lässt instinktiv die Arme sinken. Clark zielt weiter auf ihn, jetzt wieder mit rechts und von vorn.

Ich mache zwei Schritte auf ihn zu. Clark steht direkt in meinem Schussfeld. Plötzlich überkommt es mich. Diese Chance kommt nie wieder, schießt es mir durch den Kopf.

Wie in Trance drücke ich ab. Im letzten Moment, als hätte er es gespürt, zuckt Clark zur Seite. Meine Kugel trifft ihn nur in den linken Oberarm, nicht ins Herz.

Shit, fluche ich stumm ein weiteres Mal. Aber ich hätte es wissen sollen. Dem Kerl ist einfach nicht beizukommen.

# TEIL I

# KAPITEL 1

## Lilys Praxis in Canterbury

*Dienstag, 9. April 2019*

Lily seufzte schwer, während sie die Notizen überflog, die sie sich während ihres Gesprächs mit Mabel Ellis gemacht hatte. Die Sozialarbeiterin, mit der Lily mittlerweile befreundet war, hatte ihr schon wieder eine Patientin ans Herz gelegt, mit der Lily sich schwertat.

Vor einem Dreivierteljahr war es Samantha Harris gewesen, die in einer toxischen Beziehung zu ihrem gewalttätigen Ehemann gefangen war. Letztlich hatte Lily ihr gar nicht helfen können. Die Situation war schließlich eskaliert: Samantha hatte ihren Ehemann erstochen.

Die erst zweiundzwanzigjährige Jerry Hoover litt allerdings unter einer ganz anderen Problematik: Sie war im sechsten Monat schwanger und hatte vor ungefähr eineinhalb Jahren ihr erstes Kind durch den plötzlichen Kindstod verloren.

Mabel hatte sie in einem der Krankenhäuser kennengelernt, in denen sie arbeitete. Jerry selbst war dort gar nicht behandelt worden, sondern hatte ihren Lebensgefährten besucht, der sich einen komplizierten Unterschenkelbruch zugezogen hatte. Dabei waren die Frauen ins Gespräch gekommen, und Jerry hatte Mabel anvertraut, sie habe panische Angst, dass auch ihr zweites Kind sterben könne.

»Da Jerry in Canterbury wohnt, habe ich gleich an dich gedacht«, hatte Mabel erklärt. »Sie vergeht vor Angst um das Baby. Ich wüsste niemand Besseren, um diese Ängste zu lindern. Ressourcenarbeit ist doch eine deiner Stärken, oder nicht?«

Das musste Lily widerwillig bestätigen. Da sie in der Tat noch einige freie Therapieplätze hatte, stimmte sie schließlich trotz ihrer unguten Gefühle zu. Denn ihre Pause durch die Aufklärung des Todes ihrer Patientin Vera Osmond hatte zu Beginn des Jahres ein großes Loch in ihre Kasse gerissen.

Ihre Bedenken wollte Lily Mabel trotz ihrer Freundschaft nicht anvertrauen. Mabel glaubte sie nach einer längeren On-off-Phase endlich glücklich in einer stabilen Beziehung zu Dan Baker.

Tatsächlich hatte sich Dan endlich von seiner Ehefrau Jocelyn getrennt. Doch ihr gemeinsames Wolkenkuckucksheim hatte nur wenige Wochen gedauert.

»Es muss beim allerletzten Mal passiert sein, bei dem ich mit ihr geschlafen habe«, gestand Dan Lily, nachdem Jocelyns Schwangerschaft zweifelsfrei feststand.

Anders als in den ersten Jahren ihrer Beziehung war er zwar nicht zu seiner Frau zurückgekehrt. Aber er hatte Lily auch zweifelsfrei klargemacht, dass er seine Vaterschaft wahrnehmen und deshalb auch den Kontakt zu Jocelyn dauerhaft aufrechterhalten wolle.

Seither fühlte Lily sich innerlich hin und her gerissen. Eine solche Geradlinigkeit war ein Zug an Dan, den sie noch nicht kannte. Nachdem sie sich vor drei Jahren während eines Aufenthalts in Quantico kennengelernt hatten, hatte Dan sich lange Zeit um eine klare Entscheidung für Lily herumgedrückt.

Zunächst verschwieg er ihr, dass er verheiratet war. Erst nachdem Lily, die bis dahin als forensische Psychologin bei der Kent Police gearbeitet hatte, zur Londoner MET gewechselt war, fand sie es zufällig heraus. Dan arbeitete dort als Profiler, Jocelyn im Archiv.

Nachdem er ihr auch Jocelyns Schwangerschaft verheimlicht hatte, trennte sich Lily von Dan und kündigte auch ihre Stelle bei der MET. Seit Mitte des vergangenen Jahres arbeitete sie als psychologische Psychotherapeutin in der Praxis von Matthew Rider, ihrem ehemaligen Ausbilder, in Canterbury.

Nachdem Jocelyn eine Fehlgeburt erlitten und Dan Lily das Leben gerettet hatte, hatten die beiden doch wieder zueinander gefunden. Dan ließ zwar keinen Zweifel daran, dass er seine Ehe nicht wiederaufnehmen wolle. Doch eine Scheidung kam für ihn wegen des Sorgerechts für sein ungeborenes Kind vorerst nicht infrage.

Einerseits bewunderte Lily Dan für diese Haltung. Er wollte seinem Kind ein guter Vater werden. Andererseits ertappte sie sich in ihren dunklen Momenten bei dem Wunsch, dass Dans Nochehefrau eine weitere Fehlgeburt erleiden möge. Bislang sah es allerdings nicht danach aus. Lily musste sich wohl oder übel damit abfinden, ihre gemeinsamen Pläne mit Dan erneut auf Eis zu legen.

Nach wie vor verbrachte er nur die Wochenenden bei ihr. Ihre Absicht, in einen Ort zwischen Canterbury und London zu ziehen, damit sie es beide ungefähr gleich weit zu ihren Arbeitsplätzen hatten, hatten sie aufgegeben. Immerhin war er nicht wieder bei Jocelyn eingezogen. Dan bewohnte unter der Woche ein eigenes kleines Apartment in London.

Auch deshalb brauchte Lily dringend Geld. Denn dieses teure Londoner Apartment konnte sich Dan eigentlich gar nicht leisten. Hinzu kamen seine Verpflichtungen gegenüber Jocelyn, die aus Sorge vor einer weiteren Fehlgeburt kurz nach Beginn der Schwangerschaft unbezahlten Urlaub genommen hatte, den Dan mitfinanzierte.

»Lass uns gemeinsame Kasse machen und uns auch deine Londoner Unkosten teilen!«, hatte Lily Dan vor einiger Zeit nach einer wunderbaren Liebesnacht vorgeschlagen, nur zu froh darüber, dass er unverändert an ihr festhielt. Nach einigem Zögern war er damit einverstanden gewesen. Seither herrschte ständig Ebbe in ihrem Portemonnaie.

Lily seufzte wieder und sah auf die Uhr. Wenn Jerry Hoover pünktlich war, würde sie in wenigen Minuten eintreffen. Obwohl Lily das Thema Schwangerschaft und alles, was damit zusammenhing, im Augenblick unangenehm war, würde sie wahrscheinlich wohl oder übel eine ganze Therapie rund um diese Thematik gestalten müssen.

Knapp zehn Minuten später saß Lily ihrer neuen Patientin gegenüber und versuchte, sich einen ersten Eindruck von ihr zu bilden.

Eigentlich war Jerry mit ihrer hellbraunen Kraushaarfrisur und den mandelförmigen Augen eine ganz hübsche Frau, die sich nach Lilys Geschmack allerdings viel zu stark schminkte. Jerrys lange, gebogene Wimpern waren kohlschwarz getuscht, ihre Augenlider wirkten durch den dick aufgetragenen grellgrünen Lidschatten geradezu verkleistert. Mithilfe eines dunkelroten Lippenstifts hatte sie ihrem Mund eine Herzform verleihen wollen, was irgendwie albern aussah.

Unangenehm empfand Lily auch das starke, süßliche Parfum, das Jerry als Duftwolke umwaberte.

Am meisten frappierten Lily jedoch Jerrys künstlich verlängerte Fingernägel, die in allen Farben des Regenbogens schillerten und mit silbernem Strass garniert waren. Wie man damit auch nur die kleinste Alltagstätigkeit unfallfrei verrichten konnte, war Lily ein Rätsel.

Irgendwie habe ich sie mir ganz anders vorgestellt, wurde Lily klar, während sie zunächst die üblichen Fragen nach Adresse, Familienstand, Geburtsdatum und -ort stellte. »Sie stammen gar nicht aus Canterbury«, hakte sie ein.

Jerry nickte. »Nein, ich komme ursprünglich aus York.«

»Und was hat Sie hierhergeführt?«

Zu Lilys Überraschung wurden Jerrys graugrüne Augen, die ohne die Schminke eigentlich viel besser zur Geltung kämen, feucht. »Ich hab's nach dem Tod von Jamie in York nicht mehr ausgehalten. Da hat mich alles an den Kleinen erinnert.« Jerry biss sich auf die Lippen, was rote Farbe auf ihren Zähnen hinterließ. »Dann hab ich zum Glück Carl kennengelernt. Er fand 'nen tollen Job hier in Canterbury und hat mich mitgenommen. Er ist Vorarbeiter auf der Baustelle an der Kathedrale.«

Lily wusste, dass die Renovierungsarbeiten an der Kathedrale eine Daueraufgabe darstellten. Jerrys Partner hatte also einen sicheren Job. Dennoch interessierte sie zunächst etwas anderes. »Darf ich fragen, was aus dem Vater von Jamie geworden ist?«

»Phhh«, machte Jerry verächtlich. »Der hat sofort nach dem Tod des Kleinen die Kurve gekratzt und mich sitzen lassen.«

»Sofort nach Jamies Tod?« Lily war schockiert, versuchte aber, sich das nicht anmerken zu lassen.

Jetzt liefen Jerry sogar Tränen über die Wangen, die schwarze Streifen hinterließen. »Abgehauen ist er, auf der Stelle«, bestätigte sie und unterdrückte ein Schluchzen. »Erst da hab ich gemerkt, dass ihm nie was an mir und dem Baby gelegen hat. Dabei wollte er mich sogar mal heiraten.« Sie griff nach dem Kleenex, das Lily ihr reichte, und schnäuzte sich. Dadurch verwischte sich jetzt auch das zu dick aufgetragene Make-up.

Was versucht sie nur mit dieser Maskerade zu verbergen?, ging es Lily durch den Kopf. Zum ersten Mal empfand sie so etwas wie Sympathie für ihre neue Patientin. »Mabel Ellis hat mir erzählt, dass Jamie vor ungefähr eineinhalb Jahren verstorben ist«, forschte sie behutsam nach. »Möchten Sie mir etwas mehr darüber erzählen?«

Jerry zögerte kurz, dann nickte sie. »Ich denk nicht mehr gern dran«, gab sie zu. Dann blickte sie auf. »Es tut einfach zu weh, versteh'n Sie das?«

»Das verstehe ich gut.« Lilys Empathie für Jerry Hoover wuchs. Hinter der grellen Aufmachung verbarg sich offensichtlich eine zutiefst verletzte Frau, die für ihr junges Alter schon viel zu viel hatte ertragen müssen.

»Wissen Sie, der Kleine war einfach mein ein und alles«, bekannte Jerry. »Ich bin ja schon mit siebzehn von daheim abgehauen, weil ich es da nicht mehr ausgehalten hab. Mein Stiefvater soff und konnte die Finger nicht bei sich behalten. Mit meiner Mum gab es immer nur Streit, wenn ich mich da drüber beklagt hab. Da bin ich eines Tages einfach weg. Zum Glück haben sie mich in Ruhe gelassen, obwohl ich noch nicht volljährig war.«

»Und wo und wovon haben Sie danach gelebt?«

»Ich hab bei Tesco eine Ausbildung als Verkäuferin angefangen. Da bin ich geblieben und hab sie abgeschlossen. Zwar nicht besonders gut, aber sie haben mich trotzdem behalten.« Jerry lächelte schief und entblößte dabei ihre lippenstiftroten Vorderzähne. »Auch hier in Canterbury arbeite ich nun beim Tesco«, fügte sie hinzu. »Bei dem gleich nebenan im Shoppingcenter. An der Kasse.«

Lily wunderte sich. Ihre Einkäufe besorgte sie oft in diesem Supermarkt, der nur ein paar Schritte von ihrer Praxis in der Rose Lane entfernt lag. Aber Jerry war ihr bislang noch nicht aufgefallen.

»Ich bin aber oft krankgeschrieben, seit ich wieder schwanger bin«, lieferte Jerry die Erklärung dafür. »Der Chef hat mir sogar gedroht, mich rauszuschmeißen, wenn das so weitergeht.« Sie umfasste mit beiden Händen ihr schon deutlich sichtbares Bäuchlein unter dem türkisfarbenen Sweatshirt, das ein großer goldener Stern zierte. »Aber das ist mir egal. Hauptsache, dem Baby da drin geht's gut.« Wieder lächelte sie. »Es wird übrigens wieder ein Junge. Diesmal will ich ihn Dennie nennen.«

»Jetzt sind wir aber ganz von Jamie abgekommen«, erinnerte Lily vorsichtig. »Es ist wichtig für mich zu wissen, was damals genau geschehen ist.«

Jerry nickte. Wieder füllten sich ihre Augen mit Tränen. »Mrs Ellis hat mir schon gesagt, dass ich hier alles erzählen muss, auch wenn ich es am liebsten vergessen würde.«

Lily schwieg und wartete ab.

Schließlich holte Jerry tief Luft. »Der Kleine war so ein Schreikind, wissen Sie? Schon gleich nach der Geburt war das so. Er brüllte, egal, ob ich ihn gerade gefüttert oder gewickelt hatte. Das war ganz schön anstrengend. Vor allem in der Nacht. Bert, so heißt sein Dad, ging das auch schrecklich auf die Nerven. Manchmal kam der gar nicht mehr heim, sondern pennte irgendwo anders.« Sie schluchzte auf.

Lily reichte ihr ein neues Kleenex und wartete weiter schweigend ab.

Nach kurzem Zögern fuhr Jerry fort. »Der Jamie war ungefähr sechs Wochen alt, da war er nachts endlich mal still, nachdem ich ihn hingelegt hab. Das war kurz vor

Weihnachten. Ich hab mir gar nichts dabei gedacht, wissen Sie. Der Bert war wieder mal weg, und ich schlief endlich mal durch. Und als ich dann am nächsten Morgen aufgewacht bin und an Jamies Bettchen kam, war er tot.«

Genau in diesem Moment klopfte es heftig an Lilys Praxistür. Irritiert erblickte Lily Matts Kopf im Türspalt.

»Ich störe dich wirklich nur äußerst ungern, Lily. Aber es ist sehr wichtig.«

Wie auf Kommando stand Jerry auf. »Dann geh ich jetzt mal«, kündigte sie an.

Lily sah auf die Uhr. »Wir hätten noch ungefähr zehn Minuten. Wenn Sie kurz warten würden, könnten wir …«

Jerry schüttelte energisch den Kopf. »Ich erzähle Ihnen einfach den Rest beim nächsten Mal. Ich soll doch wiederkommen, oder nicht?«

»Natürlich sollen Sie das. Am nächsten Dienstag um die gleiche Zeit?«

»Ist gut. Ich bin da.« Jerry griff nach ihrer mit Pailletten besetzten Handtasche und schlüpfte hinaus.

»Na, ich muss schon sagen, Matt, das war eine sehr unwillkommene Störung«, sagte Lily ärgerlich. »So kenne ich dich gar nicht. Was ist denn los?«

»Es tut mir aufrichtig leid«, räumte Matt zerknirscht ein. »Aber es handelt sich um eine dringliche Anfrage von Greg Parker.«

»Parker? Dem Chief Superintendent von Kent? Was will der denn von uns?« Einen kurzen Moment lang glaubte Lily, der Chief wollte sie doch wieder als forensische Psychologin einstellen. Als sie sich im letzten Jahr nach ihrer Kündigung bei der MET darum beworben hatte, war ihre ehemalige Stelle besetzt gewesen.

»Greg wollte mich in meiner Rolle als Honorarpsychologe für die Kent Police engagieren. Für einen sehr dringenden Fall. Aber im Moment geht es mir nicht so gut.«

Lilys Zorn verrauchte. Matt Rider litt seit über zwei Jahren an Multipler Sklerose. Dieser Tatsache verdankte sie die Partnerschaft in seiner Praxis.

»Deshalb muss ich gleich nach London zu meinem Spezialisten«, fügte Matt hinzu. »Wenn ich den Termin versäume, muss ich vielleicht wochenlang auf den nächsten warten.«

»Ist schon gut«, beruhigte ihn Lily. »Aber das war ausgerechnet die neue Patientin mit dem plötzlichen Kindstod. Ich habe dir von ihr erzählt. Du bist gerade reingeplatzt, als sie mir sagen wollte, wie sie den toten Säugling damals aufgefunden hat. Und außerdem habe ich ihr jetzt vorzeitig zusagen müssen, sie weiterzubehandeln. Dabei entscheide ich das normalerweise erst nach der ersten Sitzung.«

»Das tut mir wirklich leid, Lily«, wiederholte Matt. »Ich selbst kann den Fall für die Kent Police beim besten Willen nicht übernehmen. Im Gegenteil wollte ich dir sogar ein paar meiner Patienten abgeben, bis es mir wieder besser geht.«

Lily erschrak. »Geht es dir denn wirklich so schlecht?«

Matt winkte ab. »Darüber reden wir ein anderes Mal. Jetzt muss ich wissen, ob du einspringen kannst. Du hast ja auch einen Vertrag als Honorarpsychologin, seit du hier eingestiegen bist.«

»Aber …«

»Der Chief wäre damit einverstanden«, kam Matt Lilys Einwand zuvor. »Er kennt und schätzt dich von früher. Ich weiß zwar, dass du noch keinen ähnlichen Fall übernommen hast. Trotzdem habe ich dich empfohlen. Aber Greg will noch heute wissen, ob er auf dich zählen kann.«

»Worum geht es denn, und warum ist das so eilig?«

»Der Police Sergeant, um den es geht, hat im Dienst einen Kollegen angeschossen. Das kann sich keiner erklären, der dabei war. Der Chief will wissen, ob der Mann noch dienstfähig ist, und noch diese Woche mit dir sprechen. Deshalb solltest du möglichst schnell nach Maidstone fahren. Danach kannst du allerdings entscheiden, ob du das machen willst.«

»Und wenn nicht?«, fragte Lily alarmiert.

Matt zuckte die Achseln. »Dann wird der Mann mit sofortiger Wirkung entlassen.«

## *Am frühen Abend*

Lily vervollständigte gerade ihre Notizen über ihre Nachmittagsbehandlungen, als Matt zu ihrem Erstaunen in die Praxis zurückkehrte.

»Nun, heute bist du wirklich für viele Überraschungen gut, Matt«, begrüßte sie ihn. »Was sagt der Arzt?« Sie betrachtete ihn prüfend. Seit Beginn seiner Erkrankung hatte Matt stark abgenommen. Er war im Januar fünfzig geworden, sah aber älter aus. Haare und Bart waren völlig ergraut. Trotzdem wirkten seine hageren Gesichtszüge jetzt entspannter als vor seiner Abfahrt nach London.

»Es ist besser, als ich befürchtet habe«, antwortete er zu Lilys Erleichterung.

Sie sah auf die Uhr. Bestimmt wartete Kater Mick schon auf sie. Trotzdem schlug sie vor: »Hast du noch Zeit für eine Tasse Tee?«

Matt nickte lächelnd. »Mit dir immer, Lily. Zumal ich zum Glück keine ganz schlechten Neuigkeiten mitbringe.«

Dabei bedachte er sie mit einem Blick aus seinen blassblauen Augen, dem Lily rasch auswich. Obwohl sie sich nie darüber ausgesprochen hatten, wusste sie, dass Matt gern mehr in ihr gesehen hätte als eine Kollegin und liebe Freundin. Seitdem er wusste, dass Lily und Dan sich wieder versöhnt hatten und endlich in einer festen Beziehung lebten, hielt er sich allerdings zurück.

»Dann mache ich uns rasch einen guten Darjeeling.« Lily ging in die kleine Teeküche und füllte Wasser in einen Kessel. Matt folgte ihr. »Willst du mir erzählen, was die guten Neuigkeiten sind?«

Matt verzog den Mund. »Richtig gut sind sie leider nicht. Ich hatte doch gesagt, nicht ganz schlecht«, antwortete er kryptisch.

»Dann schieß los!«

»Sag du mir zuerst, ob du mit Greg Parker gesprochen hast.«

Lily atmete hörbar ein. »Natürlich habe ich das. Hab ich dir doch versprochen. Ich fahre am Freitagvormittag nach Maidstone.«

»Nun sei doch nicht gleich so genervt!« Matt hatte feine Antennen für Lilys Befindlichkeiten. »Dieser Auftrag wird sehr gut bezahlt.«

Lily seufzte. »Dadurch bin ich natürlich ziemlich korrumpierbar. Du weißt ja, wie dringend ich im Augenblick Geld brauche.«

Matt nickte. Er war bisher der einzige außer Lilys Freundin Mandy in Cornwall, der von Jocelyns Schwangerschaft und den damit verbundenen Kosten wusste.

»Ich denke, dass hier für dich auch eine große Chance liegt, dich weiterzuentwickeln und ähnlich lukrative Fälle von der Kent oder Sussex Police zu übernehmen. Und wenn du möchtest, stehe ich dir als Berater oder Supervisor zur Verfügung. Denn zum Glück ist der neue Schub der MS, den ich seit zwei Wochen gespürt habe, nicht ganz so dramatisch, wie ich befürchtet habe.«

»Ein neuer Schub?«, echote Lily besorgt.

»Ich habe es vor allem daran gemerkt, dass ich immer wieder Taubheitsgefühle in Händen und Füßen hatte. Außerdem fiel es mir an manchen Tagen extrem schwer, mich selbst in meinen wenigen Behandlungsstunden zu konzentrieren. Ab und zu konnte ich mich bei manchen Patienten nicht einmal an die Inhalte der letzten Sitzung erinnern.«

»Und was sagt der Arzt dazu?«

»Nun, meine Laborwerte sind zum Glück besser, als ich angesichts dieser Verschlimmerung angenommen habe. Ich bekomme jetzt eine neue Medikation, von der sich mein Arzt gute Behandlungsergebnisse verspricht. Allerdings muss ich mich weiterhin schonen. Deshalb will ich dir drei gerade erst begonnene Behandlungen übertragen, wenn du einverstanden bist. Aber keine Sorge! Ich habe genügend finanzielle Reserven, um auch so noch eine Weile über die Runden zu kommen.«

»Aber auf einer Sache bestehe ich, Matt«, sagte Lily energisch. »Wenn ich den Fall dieses Polizisten tatsächlich übernehme und er so gut bezahlt wird, wie du sagst, gebe ich dir einen Teil des Honorars ab, sofern du mich supervidierst.«

»Das werden wir dann ja sehen«, wich Matt aus. »Ich denke, du brauchst das Geld im Augenblick dringender als ich.«

Er schwieg einen Moment lang, doch Lily verspürte keine Lust, ihn auf den aktuellen Stand ihrer Gefühle aufgrund der schwierigen Situation mit Dan zu bringen. Stattdessen schwenkte sie auf ein anderes Thema um.

»Ich denke schon den ganzen Tag darüber nach, was ich von Jerry Hoover halten soll. Irgendwie löst sie ganz widersprüchliche Gefühle in mir aus. Ich habe selten eine junge Frau gesehen, die sich so übertrieben kleidet und schminkt. So entspricht sie kaum dem Bild einer verantwortungsvollen Mutter. Eher dem eines durchgeknallten Teenagers. Andererseits ist sie wirklich betroffen über den plötzlichen Tod ihres ersten Säuglings und leidet noch immer sehr darunter.«

»Wie hättest du dich denn entschieden, wenn du deine probatorische Sitzung regulär mit ihr abgeschlossen hättest?«

Lily hob ratlos die Schultern. »Das kann ich dir wirklich nicht sagen. Es wäre ganz darauf angekommen, was sie mir über den Tod ihres ersten Kindes erzählt hätte und wie sie ihn bislang verarbeitet hat.« Sie seufzte resigniert. »Aber es ist müßig, sich jetzt noch Gedanken darüber zu machen. Solange Jerry zuverlässig zu meinen Sitzungen erscheint und produktiv mitarbeitet, werde ich die Behandlung fortsetzen.«

»Vielleicht war es ja auch in dieser Hinsicht von Vorteil, dass ich dich vorzeitig unterbrochen habe, Lily. Denn womöglich ist es gar nicht das äußere Erscheinungsbild von Jerry, sondern die simple Tatsache ihrer Schwangerschaft, mit der du im Augenblick unterschwellig Probleme hast.«

Lily stieß die Luft aus. Sie spürte, dass Matt recht hatte. »Wie gut du mich kennst«, räumte sie ein. »Aber nun lass uns von etwas anderem sprechen und unseren Tee genießen.«

## KAPITEL 2

### Headquarter der Kent Police in Maidstone

*Freitag, 12. April 2019*

Am Freitagvormittag saß Lily pünktlich um elf Uhr Gregory Parker, dem Chief Superintendent der Kent Police, gegenüber. Er hatte sie freundlich begrüßt und Kaffee bereitstellen lassen. Nachdem er ihnen beiden eingeschenkt hatte, erkundigte er sich zuerst nach Matt.

»Er sagt, es gehe ihm den Umständen entsprechend gut«, wich Lily aus, da sie nicht wusste, was Matt dem Chief über seine Krankheit mitgeteilt hatte.

»Multiple Sklerose ist tückisch«, sagte Parker bedächtig. »Ich hoffe sehr, dass Matt uns noch lange erhalten bleibt. Er wäre auch für die Kent Police ein unersetzlicher Verlust.«

Lily beschlich ein mulmiges Gefühl. Sie beschloss, die Flucht nach vorn anzutreten. »Matt hat mir versichert, dass Sie auch mit mir als behandelnder Psychotherapeutin einverstanden sind. Wenn ich jedoch nur die Notlösung für Sie bin, sagen Sie es mir bitte sofort.«

Der Chief musterte sie mit einem unergründlichen Ausdruck in seinen eisgrauen Augen. Dann fuhr er sich mit der rechten Hand durch seine bereits schütter gewordenen Haare, die seit Lilys letzter Begegnung mit ihm vollständig ergraut waren. Er presste die Lippen zusammen und verzog sie danach zu einem schiefen Lächeln. »Das ist jedenfalls noch immer die Lily Brown, die ich kenne. Sie nehmen kein Blatt vor den Mund, nicht wahr?«

»Matt Rider hat mich gebeten, noch diese Woche hierherzukommen, weil Ihr Anliegen keinen Aufschub dulde«, antwortete sie forsch. »Aber warum haben Sie eigentlich nicht meine Nachfolgerin als forensische Psychologin der Kent Police mit der Sache betraut?«

Parker seufzte hörbar. »Darüber habe ich eine ganze Weile mit mir gerungen«, gab er zu. »Doch es erschien mir besser, einen Außenstehenden einzubeziehen. Ich erhoffe mir davon größere Objektivität.«

»Das bedeutet also, dass man innerhalb der Kent Police bereits Vorbehalte gegen den Police Sergeant hat, den ich behandeln soll?«

Wieder betrachtete der Chief Lily mit jenem seltsamen Blick. »Sie waren doch lange genug dabei, um zu wissen, was man von einem Polizisten hält, der ohne erkennbaren Anlass einen Kollegen anschießt.«

Lily nickte nachdenklich. »Wahrscheinlich hätte es eine interne Polizeipsychologin schwer. Zu welchem Urteil sie auch käme, es wäre angreifbar. Fällt es gegen den Police Officer aus, wüssten Sie nicht, ob der allgemein herrschende Gruppendruck der Grund dafür war. Spricht sie sich für ihn aus, könnte sie womöglich diffamiert werden.«

»Sie sind so scharfsinnig wie eh und je, Lily, ich darf Sie doch noch so nennen?«

»Nun, tatsächlich konnte ich den Korpsgeist bei der Polizei während meiner Dienstzeit kennenlernen«, bestätigte Lily trocken. »Darin sehe ich sogar eine der größten Schwächen der Institution. Aber was erwarten Sie denn nun von mir?«

Parker schob ihr eine Akte über den Tisch hinweg zu. »Hier drin finden Sie die Beschreibungen von insgesamt drei Vorfällen, in die der Sergeant in jüngster Zeit verwickelt war. Es gab bereits zwei weitere vor dem Schuss in der Bank, die nicht so gravierend, sehr wohl aber auffällig waren. Die Akte enthält alle Aussagen der Betroffenen und Zeugen dazu.«

»Es gab also insgesamt *drei* Vorfälle?«, fragte Lily irritiert. »Erzählen Sie mir doch bitte selbst etwas darüber.«

»Selbstverständlich. Fangen wir mit der Person des Police Officer an. Er heißt Martin Gordon und ist jetzt einundvierzig Jahre alt. Vor ungefähr fünf Jahren hat er sich von der Schutzpolizei der MET, wo er in Southwark tätig war, auf eigenen Wunsch zu uns nach Kent versetzen lassen. Da ein Police Sergeant gerade in den vorzeitigen Ruhestand gegangen war, bot ich ihm seine Nachfolge an. Er hat sein Büro in der Dover Police Station und ist einer von drei Schichtleitern des Streifendiensts. Das sind jeweils achtzehn Männer und Frauen, mit ein paar Ausnahmen alles erfahrene Police Constables.«

Lily zog ein Notizbuch aus ihrer Aktentasche. »Ich würde mir gern das ein oder andere aufschreiben.«

Der Chief verzog den Mund. »Eigentlich finden Sie alle Informationen in den Unterlagen. Aber meinetwegen, lassen Sie uns gleich zum entscheidenden Punkt kommen. Ich möchte Martin Gordon nicht zu Ihnen überweisen, damit er mit einer regulären Psychotherapie beginnt. Im Gegenteil. Einer solchen Psychotherapie werde ich nur zustimmen, wenn Sie zu dem einwandfrei schlüssigen Urteil kommen, dass sie aus Ihrer Sicht auch Erfolg hätte.«

Lily war konsterniert. »Ich stehe aber auch Ihnen gegenüber unter Schweigepflicht, wenn ich Gordon behandle.«

Parker schüttelte heftig den Kopf. »Eben nicht. Im Gegenteil erwarte ich nach maximal zehn Behandlungseinheiten eine Art Gutachten von Ihnen, in dem Sie ein klares

Urteil über Gordons Dienstfähigkeit treffen. Halten Sie ihn noch für geeignet, bei der Kent Police verantwortlich mitzuarbeiten, können Sie ihn von mir aus weiter psychotherapieren, bis seine volle Dienstfähigkeit wiederhergestellt ist. Halten Sie jedoch eine erfolgreiche Rückkehr in den Dienst für aussichtslos, muss ich ihn leider entlassen.«

Einen Moment lang war Lily schockiert, dann klappte sie ihr Notizbuch entschlossen zu. »Unter diesen Bedingungen muss ich den Auftrag ablehnen, Mr Parker«, erklärte sie entschieden. »Ein solches Vorgehen würde gegen meine Berufsehre verstoßen. Ich darf meine Schweigepflicht unter keinen Umständen verletzen.«

Der Chief hob die Hand. »Bevor Sie sich weiter echauffieren, darf ich Ihnen sagen, dass Martin Gordon mit meinen Bedingungen einverstanden ist.«

Wieder war Lily überrascht. »Er ist damit einverstanden? Wie das?«

»Weil es die allerletzte Chance ist, die ich ihm bei der Kent Police geben kann. Ich habe lange mit mir gekämpft, ob ich mich überhaupt darauf einlassen soll. Ausschlaggebend war letztlich Gordons desolate private Situation. Verlöre er jetzt auch noch sein Einkommen, befände er sich in einer aussichtslosen Lage.«

Lily wartete ab, woraufhin der Chief fortfuhr: »Gordon hat vor seiner Versetzung nach Dover seine Frau verloren. Sie ist binnen weniger Monate an einer aggressiven Form von Brustkrebs verstorben. Sie war erst vierunddreißig Jahre alt.«

Er trank einen Schluck Kaffee. Auch Lily griff automatisch nach ihrer Tasse. Der Kaffee war lauwarm und schmeckte schal.

»Seither ist Gordon allein für seine jetzt sechzehnjährige Tochter Judy verantwortlich. Außer seiner Schwester in Liverpool gibt es keine weiteren Verwandten. Judy war erst zehn, als ihre Mutter starb, und hat deren Tod noch schlechter verkraftet als Gordon selbst. Sie entwickelte damals eine so ausgeprägte Depression, dass sie mehrere Wochen in einer kinderpsychiatrischen Einrichtung behandelt werden musste. Zuvor hatte sie versucht, sich die Pulsadern aufzuschneiden. Das war der Hauptgrund für Martin Gordon, sich von der hektischen Großstadt London ins beschauliche Dover versetzen zu lassen.«

Lily ließ dies auf sich wirken, während sie sich weiter Notizen machte. Dann blickte sie auf. »Seit wann empfinden Sie Martin Gordons Verhalten denn als so auffällig, dass Sie an seiner Dienstfähigkeit zweifeln?«

»In den ersten Jahren war er unauffällig. Kein herausragender Beamter, aber er ließ sich auch nichts zuschulden kommen. Die Probleme begannen vor circa vier Monaten. An seiner Dienstfähigkeit zweifle ich jedoch erst, seit er den Kollegen Clark Jarrett bei einem Einsatz anlässlich eines Banküberfalls angeschossen hat. In Gegenwart von zwei weiteren Polizisten, die zu Martins Team gehören.«

Lily lauschte aufmerksam, während Gregory Parker den Vorfall in allen Einzelheiten schilderte.

»Nicht nur Clark Jarrett selbst, auch Molly Gibson und Jack Taylor haben eindeutig ausgesagt, dass einer der Bankräuber bereits in Handschellen am Boden lag. Molly wollte gerade den zweiten fesseln, den Clark mit seiner Pistole in Schach hielt. Ihre Waffen hatten die Bankräuber vorher fallen lassen. Jack behauptet steif und fest, Gordon habe absichtlich auf Jarrett gezielt. Hätte der sich nicht in letzter Sekunde bewegt, hätte die Kugel ihn ins Herz getroffen anstatt in den linken Oberarm. So hat er sich zwar nur eine Fleischwunde zugezogen und ist bald wieder im Dienst. Aber der Schock sitzt bei allen natürlich tief. Nicht nur bei Jarrett, sondern auch bei Molly und Jack und all ihren Kollegen in Dover. Sie haben jegliches Vertrauen in Martin verloren. Zumal er, obwohl er der verantwortliche Schichtleiter war, bei diesem Einsatz keine tragende Rolle spielte.«

»Inwiefern?«

»Er kannte weder die Gegend noch das Gebäude, in dem der Banküberfall stattfand. Wäre Molly Gibson nicht ortskundig gewesen, wären die Räuber wahrscheinlich entkommen. In der Bank selbst hat dann Clark Jarrett die Initiative übernommen. Er hat dafür gesorgt, dass die Kerle die Waffen fallen ließen und schließlich überwältigt wurden. Gordon hat dazu nicht das Geringste beigetragen, sieht man von diesem unerklärlichen Schuss einmal ab.«

Lily krauste die Stirn. »Und so schildern es die übrigen drei Beteiligten übereinstimmend?«

Parker schnaufte. »Sogar einer der Bankräuber schildert es so. Nämlich der, der angeblich versucht hat, in seine Jackentasche zu greifen, was Gordon zum Anlass für seinen Schuss genommen haben will. Fälschlicherweise habe er geglaubt, behauptet Gordon, der Räuber habe eine weitere Waffe ziehen wollen. Der Mann selbst sagt jedoch, er sei durch einen Stoß von Jarrett ins Wanken geraten und habe nur mit den Armen gerudert, um sein Gleichgewicht wiederzufinden.«

Lily ließ dies auf sich wirken. »So eine Kampfsituation spielt sich in wenigen Sekunden ab«, wandte sie dann ein. »Könnte Gordon sich nicht tatsächlich getäuscht und in bester Absicht gehandelt haben?«

»Ganz ausschließen kann ich das nicht. Zumal er außerdem behauptet, sich mit seiner Dienstwaffe, der SIG Sauer, nicht so gut auszukennen wie mit der Glock, die bei der

MET verwendet wird. Außerdem hat er wie viele Kollegen seine Pistole nur selten dabei und daher nur wenig benutzt.«

»Aber es gibt doch sicher ein regelmäßiges Schusswaffentraining?«

»Ganz genau, Lily«, stimmte ihr Parker zu. »Insgesamt hat die Aussage von Martin Gordon für mich weder Hand noch Fuß. Eigentlich hätte ich ihn bereits entlassen müssen. Ich habe ihn natürlich sofort in den Innendienst versetzt und auch von seiner Vorgesetztenfunktion suspendiert. Dennoch schnitten ihn die Kollegen in Dover. Als ich ihn deshalb nach Maidstone holen wollte, gab es hier ebenfalls einen Shitstorm. Es blieb mir nichts anderes übrig, als Gordon bei vollem Gehalt zu beurlauben. Nun sitzt mir natürlich sowohl die Finanzabteilung als auch die Interne Ermittlung im Nacken. Denn es war ja auch nicht der erste Vorfall, wie ich bereits erwähnt habe.«

Lily erinnerte sich und lauschte aufmerksam, während sie sich Notizen über die zwei anderen Vorfälle machte. Dann fiel ihr noch etwas ein. »Wissen Sie etwas über die Beziehung zwischen Martin Gordon und Clark Jarrett?«, schoss sie ins Blaue.

Der Chief nickte. »Auch Jarrett kommt von der Londoner MET. Er ist ebenfalls Police Sergeant und führt eine andere Schicht in Dover. Vorher hat er eine Zeit lang wie Gordon in Southwark gearbeitet. Die Beamten von der Internen Ermittlung haben dort einmal nachgeforscht, wie das Verhältnis der beiden gewesen ist. Aber wie so oft, stießen sie nur auf eine Mauer des Schweigens. Eine Krähe hackt der anderen eben kein Auge aus.«

»Und was genau erwarten Sie jetzt von mir?«

»Sie haben bis Ende Mai maximal zehn Behandlungseinheiten Zeit, um mit Gordon ins Gespräch zu kommen.

Mehr als diesen Zeitraum konnte ich bei meinem Chief Constable nicht für ihn rausschlagen. Bis dahin hält auch die Interne Ermittlung still. Spätestens am 30. Mai erwarte ich ein Gutachten von Ihnen. Darin schildern Sie mir ausführlich, welche Erklärung Sie für Gordons Verhalten während dieser drei Vorfälle gefunden haben. Und ob und welche Ansätze Sie für eine erfolgreiche Weiterbehandlung in Betracht ziehen. Danach sehen wir weiter.«

Lily holte tief Luft. »Und Martin Gordon ist damit wirklich einverstanden? Auch mit mir als Behandlerin?«

Der Chief lehnte sich in seinem Stuhl zurück. »Es bleibt ihm nichts anderes übrig«, gab er zu und zögerte einen kurzen Moment lang. »Ganz offen gestanden, Lily, hätte ich lieber Matt Rider mit dieser Aufgabe betraut. Er hat im Vergleich zu Ihnen die größere Erfahrung, und sie hätten von Mann zu Mann miteinander reden können.« Er hob die Hand, als er Lilys Gesichtsausdruck sah. »Aber sagen Sie mir deshalb jetzt bloß nicht ab, liebe Lily! Sie sind Martin Gordons letzte Chance. Das habe ich ihm gesagt, und das sage ich Ihnen.«

Lily überlegte noch eine Minute lang und traf dann ihre Entscheidung. »Dann will ich es einmal versuchen, Mr Parker. Immerhin hat Matt mir versprochen, mir jederzeit mit Rat und Tat zur Seite zu stehen. Aber eine Bedingung habe ich auch.«

»Und die wäre?«

»Wenn ich schon vor Ablauf der zehn Behandlungsstunden zu einem für Gordon ungünstigen Urteil gelange, möchte ich das Ganze vorzeitig beenden.«

»Damit bin ich einverstanden. Sofern Sie es plausibel begründen.«

»Das versteht sich von selbst«, erwiderte Lily gereizt.

»Dann müssen wir jetzt nur noch die Formalitäten erledigen.« Parker schob Lily ein weiteres Papier zu. »Dies ist Ihr Vertrag. Sie erhalten insgesamt ein Honorar von fünftausend Pfund. Darin inbegriffen ist Ihr Verdienstausfall heute, Ihre maximal zehn Behandlungsstunden samt Vorbereitung und die Erstellung des abschließenden Gutachtens. Ich hoffe, Sie sind damit einverstanden.«

Zum wiederholten Male an diesem Vormittag war Lily perplex. Matt hatte ihr zwar angekündigt, dass der Auftrag überaus gut bezahlt werden würde. Aber mit einer solch hohen Summe hatte sie trotzdem nicht gerechnet.

Sie griff nach dem Kugelschreiber und unterzeichnete.

»Ich werde mein Bestes geben, Sir«, sagte sie zum Abschied. »Darauf können Sie und Martin Gordon sich verlassen.«

# KAPITEL 3

## Lilys Wohnung in Canterbury

*Freitag, 12. April 2019, am Abend*

Als Lily am selben Abend müde die Tür zu ihrer Wohnung aufschloss, war ihr Kater Mick zu ihrer Enttäuschung nicht da. Beginnt er schon wieder mit seinen Streunereien?, dachte sie besorgt, während sie die Einkäufe auspackte, die sie fürs Wochenende besorgt hatte.

Sie wollte mit Dan ein Irish Stew kochen, eins ihrer beider Lieblingsgerichte. Auch für Mick hatte sie im Tesco ein paar Leckereien besorgt. Unauffällig hatte sie dabei nach Jerry Hoover Ausschau gehalten, sie aber nirgends entdecken können. Offensichtlich war sie weiterhin krankgeschrieben.

Als Lily ihre Einkäufe verstaut hatte und Mick immer noch nicht erschienen war, trat sie auf die Terrasse und rief nach ihm. Ohne Ergebnis. Zurück in der Wohnung, fiel ihr auf, dass auch Micks Futter unberührt war.

Das kann ja heiter werden, dachte sie mit zunehmender Unruhe. Hoffentlich beginnt Mick die Wohnung nicht deshalb zu meiden, weil sich Dan jetzt regelmäßig hier aufhält. Spätestens in einer Stunde würde er eintreffen, um wie üblich das Wochenende mit ihr zu verbringen. Ahnte der Kater das etwa?

In den ersten Monaten in Canterbury war Mick ihr einziger Hausgenosse gewesen und in ihrer Verzweiflung über das Scheitern ihrer Beziehung zu Dan zudem ihr größter Trost. Sie hatte den Kater daher sehr verwöhnt. So schlief er nachts am Fußende ihres Betts. Das durfte er natürlich nicht mehr, wenn sich Dan bei Lily aufhielt.

Lily versuchte seither, Micks Frustration darüber mit immer neuen Leckerlis zu mildern. Dies zeigte bislang kaum Wirkung, denn mit seinem Futter wurde Mick immer wählerischer. Dans Anwesenheit nahm er weiterhin außerordentlich übel und pflegte ihn entweder zu ignorieren oder sogar anzugreifen.

»Mick! Mick!«, rief sie jetzt laut zur Haustür hinaus. Doch nichts rührte sich.

Gerade wollte sie frustriert in die Wohnung zurückkehren, als sich die Tür des Nachbarhauses öffnete. Der rotweiß gefleckte Kater schoss hervor und rannte mit lautem Maunzen auf sie zu.

Hinter ihm kam ihr Nachbar Mr O'Brian heraus. »Entschuldigen Sie, Mrs Brown«, begrüßte er Lily mit einem zerknirschten Lächeln. »Ich habe gerade erst bemerkt, dass Sie nach Hause gekommen sind. Sonst hätte ich Mick schon früher hinausgelassen.«

»Mick hält sich in Ihrem Haus auf?« Lily konnte es kaum fassen. Noch vor wenigen Monaten hatte der Nachbar den Kater mit Ingrimm aus seinem Garten verjagt, weil er es auf Singvögel abgesehen hatte.

O'Brian nickte lächelnd. »Oh ja! Seitdem wir die beiden Vogelhäuser auf Stelzen aufgestellt haben, an denen Mick nicht hochklettern kann, sind er und ich sogar gute Freunde geworden. Er besucht mich regelmäßig, zumal ich mittlerweile einen kleinen Vorrat an Katzenfutter parat habe.«

»Katzenfutter?«, echote Lily ungläubig.

»Ja, ich hoffe, das ist Ihnen nicht unrecht.« O'Brian wirkte verunsichert. »Ich habe nur hochwertige Sorten besorgt. Wollen Sie auf eine Tasse Tee hereinkommen und sie sich anschauen?«

Lily zögerte kurz und lehnte dann ab. »Das ist sehr freundlich von Ihnen, aber ich erwarte in der nächsten halben Stunde Besuch.«

»Dann wünsche ich Ihnen ein schönes Wochenende. Vielleicht kommen Sie einfach mal an einem anderen Abend vorbei.«

Lily lächelte O'Brian zum Abschied zu und wunderte sich wieder einmal darüber, wie rasch sich ihre ehemalige Feindschaft zu einem immer herzlicheren Verhältnis entwickelt hatte. Wahrscheinlich liegt es daran, dass wir beide tierlieb sind, überlegte sie, während sie Mick in ihre Wohnung folgte. Mir hat es ja auch immer leidgetan, wenn Mick einen Vogel erlegt hat.

Im Flur stand der Kater naserümpfend vor seiner Futterschale und wandte sich mit allen Anzeichen des Abscheus ab. Ich muss tatsächlich nächste Woche einmal rübergehen und schauen, was O'Brian dem verwöhnten Kerl anbietet, beschloss Lily. In diesem Augenblick hörte sie Dans Schlüssel im Schloss.

»Du siehst müde aus«, stellte Lily fest, nachdem sie Dan umarmt und geküsst hatte.

Aus den Augenwinkeln beobachtete sie, wie Mick vergeblich versuchte, die Wohnung durch seine mittlerweile verschlossene Katzenklappe zu verlassen. Dann verkroch er sich beleidigt unter der Wohnzimmercouch. Sie beschloss, die Allüren des Katers zu ignorieren, und goss Dan und sich erst einmal ein Glas des bereitgestellten Roséweins ein.

»Ich hatte auch einen sehr anstrengenden Tag«, gab Dan zu.

»Geht es Jocelyn immer noch schlecht?«, erkundigte sich Lily.

Dan nickte bedrückt. »Im Gegensatz zu ihrer ersten Schwangerschaft, die ihr gar nichts ausmachte, wird ihre Übelkeit von Tag zu Tag schlimmer. Sie kann so gut wie nichts mehr bei sich behalten und hat deutlich abgenommen. Das tut natürlich auch dem Ungeborenen nicht gut. Aber die Ärzte sagen, sie können wenig dagegen machen, und sie müsse da halt durch.«

»Genau wie bei Herzogin Kate.« Lily konnte sich diese sarkastische Bemerkung nicht verkneifen. Auch die Frau des zukünftigen Thronfolgers hatte in jeder ihrer drei Schwangerschaften an heftiger Übelkeit gelitten.

Dan grinste müde. »Ich glaube, das spielt für Jocelyn nicht die geringste Rolle. Viel schlimmer für sie und auch für mich ist, dass sie schon unbezahlten Urlaub genommen hat, bevor diese Übelkeit auftrat. Anderenfalls wäre sie jetzt bei fortlaufendem Gehalt krankgeschrieben. Aber rückgängig machen kann sie ihren unbezahlten Urlaub natürlich nicht.«

»Ja, das ist wirklich ärgerlich«, stimmte Lily zu. »Dagegen habe ich zum Glück ganz gute Nachrichten.«

Kurz erzählte sie Dan von ihrem lukrativen Auftrag bei der Kent Police. »Aber du hörst mir gar nicht richtig zu«, stellte sie fest. »Machst du dir solche Sorgen um Jocelyn?«

Dan schüttelte den Kopf. »Eher um meinen aktuellen Fall, der mich fast zur Verzweiflung bringt.«

»Worum geht es da?« In der Regel mieden sie in ihrer Freizeit berufliche Themen. Doch heute schien Dan eine Ausnahme zu brauchen.

»Möglicherweise bin ich einem Serienvergewaltiger auf der Spur.«

»Möchtest du mir mehr darüber erzählen?«

Dan seufzte. »Eigentlich wollte ich zum Wochenende ein wenig abschalten. Aber ich fürchte, die Sache verfolgt mich die ganze Zeit. Zumindest wenn ich sie mir nicht von der Seele rede.«

Lily streichelte seinen Rücken und wartete.

»Du kennst doch diese Sendung in der BBC, in der über ungelöste Verbrechen berichtet wird. So ein Fall wurde vor ein paar Wochen vorgestellt. Es handelt sich um eine Frau, die im März 2018 an einer abgelegenen Stelle des Hyde Park in einem Gebüsch gefunden wurde, offensichtlich vergewaltigt und misshandelt. Jill Reynolds, so heißt sie, kann sich zwar an die Tat selbst erinnern, aber gibt vor, alles andere vergessen zu haben. Was die Rahmenumstände des Verbrechens und vor allem den Täter angeht, sind wir daher nicht weitergekommen.«

»Aber du glaubst ihr nicht?« Lily hatte aufmerksam zugehört. »Ein partieller Gedächtnisverlust dieser Art ist in der Tat merkwürdig. Eher würde ich vermuten, die Amnesie bezieht sich auf die Vergewaltigung selbst, nicht auf alles andere.«

»Das denke ich auch. Ich habe inzwischen mit Jill gesprochen. Sie hat meiner Ansicht nach panische Angst davor, etwas über den Täter zu verraten. Das halte *ich* für den Grund ihres Schweigens. Erst recht, seit das Verbrechen an ihr nun landesweit publik gemacht wurde.«

»Hat man denn ihre Identität in der Sendung preisgegeben?«

»Natürlich nicht!«, schnaubte Dan. »Man hat nicht einmal ihren Vornamen genannt. Auch ihr Gesicht wurde nicht gezeigt. Der Fall wurde in die Sendung aufgenommen, weil man hoffte, ähnliche Fälle zu finden und dem Täter damit auf die Spur zu kommen. Der Appell richtete sich daher gezielt an Frauen, die vergewaltigt wurden, dies aber bislang nicht angezeigt haben. Auch über die Tat an sich wurde nichts preisgegeben. Denn es gibt da ein paar ganz bestimmte Eigenheiten bei den sexuellen Handlungen. Die Ermittler wollten erst aus den Aussagen betroffener Frauen Rückschlüsse ziehen, ob es Gemeinsamkeiten mit dem Verbrechen an Jill gibt.«

»Hat das denn funktioniert? Das Vorgehen ist jedenfalls ungewöhnlich.«

Dan schnaubte. »Ja und nein! Der Aufruf in der Sendung fand eine vergleichsweise große Resonanz. Es meldeten sich allein aus London fast zwanzig Frauen. Über die Hälfte davon, nämlich zehn Anzeigen, stammen von Vergewaltigungsopfern, bei denen das Vorgehen des Täters tatsächlich ähnlich gewesen zu sein scheint. Aber du glaubst es nicht! Neun davon waren schriftlich und anonym, die meisten zum Glück wenigstens recht ausführlich. Nur eine einzige Zeugin, deren Aussage zum Muster passt, hat sich persönlich gemeldet und zu erkennen gegeben. Aber die war nicht selbst betroffen.«

»Zehn ähnliche Anzeigen? Also zehn weitere, möglicherweise vom selben Täter vergewaltigte Frauen?«

Dan nickte. »Mindestens. Deshalb hat man mich ja hinzugezogen. Denn die Parallelen sind, angefangen von der Anonymität der Anzeigen, so frappierend, dass es sich mit großer Wahrscheinlichkeit um ein und denselben Täter handelt.«

»Oha! Also läuft in London ein Serienvergewaltiger frei herum!«

»Davon gehe ich im Moment aus. Und es macht mich wahnsinnig, dass kein Hinweis dabei ist, der auf die Identität dieses Schweinehunds hindeutet.«

»In keiner einzigen Anzeige gibt es einen Hinweis auf den Täter?«, fragte Lily ungläubig.

Dan hob die Schultern. »Ich vermute, dass sich die anderen Opfer ebenfalls panisch vor ihm fürchten. Wenigstens haben wir ein paar Entsprechungen beim Modus Operandi. Alle Frauen behaupten übereinstimmend, sie hätten das Gesicht ihres Peinigers nicht erkennen können, da er eine schwarze Maske getragen habe. Außerdem schwarze Latexhandschuhe.«

»Was für Anhaltspunkte für denselben Täter gibt es noch?«

»Einige Frauen behaupten, sich zwar an die Taten, aber nicht an die Entführung an sich erinnern zu können – genau wie Jill, das Hyde-Park-Opfer. Drei Frauen schreiben, dass sie der Täter genötigt habe, in sein Auto zu steigen. Wie genau er das bewerkstelligt hat, bleibt allerdings ihr Geheimnis. Und ich kann mit keiner von ihnen sprechen, weil ich ja weder ihre Namen noch ihre Adressen kenne! Die Anzeigen sind zudem bei verschiedenen Londoner Polizeidienststellen eingegangen. Auch das lässt sich nicht einordnen. Entweder begeht der Mann seine Straftaten in ganz London, oder auch das ist ein Versuch der Frauen, ihre Anonymität zu wahren.«

Lily schauderte es zwar vor der Antwort, aber sie überwand sich trotzdem zu der Frage: »Und was berichten die Frauen über die Taten an sich?«

»Da gibt es überaus große Parallelen. Der Täter ist extrem sadistisch mit ihnen umgesprungen. Er hat sie gefesselt, geschlagen, gedemütigt und sogar auf sie uriniert. Er hat sie vaginal und rektal penetriert und darüber hinaus gezwungen, ihn auch oral zu befriedigen. Das erste und zweite der drei angezeigten Verbrechen spielten sich sogar über mehrere Tage ab. In dieser Zeit wurden die Frauen völlig nackt angekettet, geknebelt und mit verbundenen Augen in irgendeinem Kellerloch gefangen gehalten. Sie erhielten nichts zu essen und nur ein wenig Wasser zu trinken. Der Täter kam täglich vorbei, um ihnen erneut Gewalt anzutun. Alle drei fürchteten tagelang um ihr Leben und wurden – wie übrigens alle Opfer – vor ihrer Freilassung mit dem Tode bedroht, wenn sie auch nur ein Sterbenswörtchen verrieten.«

Lily bekam Gänsehaut am ganzen Körper. »Wie furchtbar! Also gibt es eine Steigerung der Gewalt über die Zeit hinweg! Wurde denn auch Jill mehrere Tage lang festgehalten und gequält?«

»Jill macht zwar keine Angaben zum Täter. Aber sie war völlig unterzuckert und dehydriert, als man sie fand. Außerdem wurde sie drei Tage lang von niemandem aus ihrem Bekanntenkreis gesehen und erschien auch nicht auf ihrer Arbeitsstelle. Wenn man sie damit konfrontiert, verweist sie auf ihren Gedächtnisverlust.« Dan schnaubte und trank einen Schluck Wein.

»Wisst ihr, wann die Taten begonnen haben?«

»Das Datum der Tat haben zum Glück alle Frauen ungefähr angegeben, wenn auch keine auf den Tag genau«, bestätigte Dan. »Die Vergewaltigungen ziehen sich über einen Zeitraum von ungefähr sechs Jahren hin, müssen nach dem, was wir wissen, also irgendwann 2012 begonnen haben. Jill ist das letzte Opfer, das zu dieser Serie gehören könnte. Seit ungefähr einem Jahr ist entweder nichts Derartiges mehr geschehen, oder die neuesten Opfer haben noch nicht gewagt, sich zu melden. Nicht einmal anonym.«

»Womit jagt der Mann den Frauen denn solche Angst ein?«

»Nur in drei der anonymen Anzeigen findet sich dazu ein Hinweis: Die Opfer sind überzeugt davon, dass der Täter sie jederzeit finden und töten kann, sollten sie ihn verraten.«

»Das ist in der Tat sehr merkwürdig«, überlegte Lily. »Es wäre am ehesten damit zu erklären, dass der Kerl sich seine Opfer gezielt aussucht, ihnen tagelang nachspioniert und deshalb ihre Adresse und Lebensumstände kennt.«

»Diese Hypothese habe ich auch verfolgt und Jill gezielt danach befragt. Ihre einzige Reaktion war ein hysterischer Weinkrampf. Sie hat sich sogar geweigert, wenigstens Ja oder Nein dazu zu sagen.« Dan ballte die Hände zu Fäusten. »Deshalb wissen wir auch nicht, ob der Täter auf ganz bestimmte Opfer steht. Bisher lässt sich kein Muster erkennen. Einige Frauen haben ihr Alter bei der Vergewaltigung angegeben. Die Spanne reicht von achtzehn bis achtunddreißig Jahren. Ihr Äußeres hat keine einzige beschrieben. Auch diesbezüglich ist unklar, ob es ein Muster gibt. Die Haarfarbe wird es wahrscheinlich nicht sein. Es ist zum Verzweifeln!«

Er trank sein Glas Wein in einem Zug leer und streckte es Lily auffordernd entgegen. Wortlos schenkte sie nach. Selten hatte sie Dan so aufgewühlt erlebt, wenn es um einen Fall ging.

»Wie kommst du denn jetzt auf die Haarfarbe?«, fragte sie behutsam.

Dan holte tief Luft und trank einen weiteren Schluck Wein. »Jill ist blond, ein anderes Opfer namens Bridget war brünett. Das wissen wir von der einzigen Zeugin, einer Mrs Alice Price, die sich persönlich gemeldet hat. Sie war Bridgets Freundin. Bridget wurde vor ungefähr einem Jahr in Camden bei einem Raubüberfall ermordet. Das Verbrechen wurde bislang nicht aufgeklärt.«

»Wie furchtbar!« Lily war erschüttert. »Was haben manche Menschen für ein schreckliches Schicksal! Zuerst wurde diese Bridget vermutlich Opfer des Serienvergewaltigers und einige Zeit später das eines Raubmörders? Was hat euch diese Mrs Price denn genau gesagt?«

Gerade kroch Mick unter der Couch hervor und miaute. Lily beachtete ihn gar nicht und hing stattdessen an Dans Lippen. Mit hängendem Schwanz trottete der Kater zu seinem Futternapf.

»Wie ich schon sagte, war Alice die beste Freundin der ermordeten Frau. Bridget hat sich ihr vor vier Jahren nach einer brutalen Vergewaltigung anvertraut. Allerdings unter dem Siegel absoluter Verschwiegenheit. Denn auch Bridget hat die Tat nie angezeigt. Sie hat Alice allerdings nichts von möglichen Todesdrohungen erzählt, sondern behauptet, den Täter nicht identifizieren zu können. Deshalb wolle sie sich die demütigende Prozedur einer polizeilichen Anzeige ersparen, bei der sowieso nichts herauskomme.«

»Aber diese Anzeige hat Alice jetzt stellvertretend nachgeholt?«

Dan nickte. »Sie fühlte sich nach Bridgets Tod nicht mehr an das Schweigegebot gebunden und hat sich daher nach der Fernsehsendung bei einer Polizeidienststelle gemeldet, um über die ihr bekannten Einzelheiten der Vergewaltigung zu berichten.«

»Also neun anonyme Anzeigen und eine Zeugin, die die Tat nur vom Hörensagen kennt«, fasste Lily zusammen. »Das ist wirklich frustrierend.«

»Genauso frustrierend wie die Tatsache, dass das Hyde-Park-Opfer Jill überhaupt keine verwertbaren Spuren aufwies.«

»Keine einzige Spur?«, echote Lily. »Obwohl sich Jill möglicherweise mehrere Tage lang in der Gewalt des Täters befand?«

»An ihrem ganzen Körper fand sich nicht das Geringste,

was uns weiterbringen könnte. Keine DNA, kein fremdes Haar, keine Fasern. Jill war nackt. Der Täter hat sie mit K.-o.-Tropfen betäubt und dann wahrscheinlich von Kopf bis Fuß gesäubert, bevor er sie in einen Müllsack steckte und ablegte. Es regnete außerdem stark in dieser Nacht, sodass es auch keine verwertbaren Spuren in der Umgebung gab, in der sie gefunden wurde. Ein früher Jogger war mit seinem Hund unterwegs, der sie aufspürte. Jill war so stark unterkühlt, dass sie wenige Stunden später wahrscheinlich gestorben wäre.

»Also ist der Kerl mit allen Wassern gewaschen.« Lily schauderte zusammen. »Und wird wahrscheinlich weitere Opfer suchen. Wenn es nicht sogar bereits jetzt welche gibt, die sich auf die Fernsehsendung hin nicht gemeldet haben.«

»Eben!«, fuhr Dan auf. »Das macht die ganze Sache ja so frustrierend! Anonyme Opfer, die sich aus Angst nicht zu erkennen geben und uns somit wesentliche Informationen vorenthalten! Und möglicherweise weitere Taten, die niemals angezeigt worden sind, sodass wir den wahren Umfang dieser Verbrechen noch gar nicht erfasst haben.«

»Oje!«, stöhnte Lily. »Die Dimension deines aktuellen Falls überfordert mich jetzt. Da du am Wochenende ohnehin nicht damit weiterkommst, lass uns jetzt abschalten und zu Abend essen.«

Sie erblickte den Kater und musste trotz der Ernsthaftigkeit ihres Gesprächs unwillkürlich grinsen. »Mick sitzt jedenfalls schon demonstrativ auf deinem Stuhl. Es ist schlimm genug, dass er deine Anwesenheit immer noch übel nimmt.« Sie küsste Dan auf die Nasenspitze. »Allerdings ganz im Gegensatz zu mir.«

# KAPITEL 4

## Dane John Gardens in Canterbury

*Dienstag, 16. April 2019*

Wenn ich nur wüsste, was da gleich auf mich zukommt und wie ich mich am besten verhalten soll.

Ich sitze in den Dane John Gardens, einem Park in der Nähe des Zentrums, den ich erst heute entdeckt habe. Aber ich war ja noch nicht oft in Canterbury.

Was soll ich Lily Brown sagen, was besser nicht? Zum hundertsten Mal überlege ich, wie mein erstes Gespräch mit ihr wohl verlaufen wird.

Um mich ein wenig abzulenken, lasse ich den Blick umherschweifen. Es ist einer der ersten schönen Frühlingstage in diesem Jahr. Die Sonne strahlt von einem azurblauen Himmel, es ist trotz der recht frühen Tageszeit schon angenehm warm. In den Beeten um mich herum blühen Tulpen in allen Farben: gelb, weiß, rosa, lila und rot.

Es scheint ein Jahrtausend her zu sein, dass ich mit meiner geliebten Betsy und unserer Judy einen Spaziergang durch einen solchen Park von ganzem Herzen genossen habe. Betsy hätten vor allem die lilienförmigen Tulpenblüten gefallen. Sie haben die gleiche Form wie die, die ich ihr vor fast genau sechs Jahren ins Krankenhaus mitgebracht habe. Es waren gezackte weiße Tulpen mit einem schmalen violetten Rand.

Kurz zuvor war Judy zehn geworden. Betsy hatte sich geweigert, vorher ins Krankenhaus zu gehen, obwohl die

Ärzte ihr zurieten, die Operation so rasch wie möglich machen zu lassen, weil diese Krebsform so aggressiv sei. Aber sie wollte Judy erst noch ein großes Fest ausrichten, mit all ihren Freundinnen und Klassenkameradinnen. Vielleicht ahnte sie schon, dass sie keinen weiteren Geburtstag ihrer Tochter mehr erleben würde.

Ich schüttele die traurigen Gedanken ab und versuche, mich wieder auf das bevorstehende Gespräch zu konzentrieren.

»Lily Brown ist die beste forensische Psychologin, die ich kenne«, hat mir Chief Parker am vergangenen Freitag versichert. »Bei ihr sind Sie in guten Händen. Also machen Sie mit und tragen Sie nach Kräften zu Ihrer eigenen Rehabilitierung bei!«

Ich erinnere mich sogar flüchtig an die Brown, die noch für die Kent Police tätig war, als ich in Dover begonnen habe. Direkt hatte ich zwar nie mit ihr zu tun. Aber das CID zog sie hinzu, wenn Opfer von Gewalttaten vernommen wurden. Das sei ihre große Stärke, hieß es des Öfteren.

Nur weiß sie leider nicht, dass ich selbst auch ein Opfer bin. Sie wird mich wie alle anderen für einen Täter halten. Trotzdem bin ich froh, dass der Chief eine Außenstehende mit meiner Begutachtung betraut hat.

Hoffentlich nimmt Mrs Brown mir nicht übel, dass ich nicht schon gestern in ihre Praxis gekommen bin. Aber ich kann eben nur vormittags oder am späten Nachmittag, weil ich Judy zur Schule bringen und abholen muss. Wie soll ich ihr nur erklären, dass ich Judy mit ihren sechzehn Jahren nicht allein mit dem Bus zur Schule und zurück nach Hause fahren lasse? Judy versteht das ja selbst nicht und macht mir heftige Vorwürfe, dass ich sie wie ein Baby behandle.

Aber das wage ich einfach nicht. Ich will sie nicht auch noch verlieren.

Irgendwas wird mir einfallen, was ich Lily Brown erzählen kann.

Wieder werfe ich einen Blick auf die Uhr. Ich habe immer noch über eine halbe Stunde Zeit.

Wenn sie mich zu dem Schuss auf Clark befragt, werde ich bei dem bleiben, was ich bislang ausgesagt habe. Denn alles, was ich ihr erzähle, könnte sie an Parker weitergeben. Ich darf ihr daher auf gar keinen Fall etwas über meine wahren Motive verraten. Oder mir sonst eine Blöße geben.

Was ich ihr über Clark sagen soll, weiß ich auch noch nicht. Jedenfalls nicht die Wahrheit. Schon gar nicht die ganze Wahrheit. Dazu stecke ich in dieser Sache, die damals geschehen ist, zu tief drin.

Ich spüre, wie mir die Beklemmung wieder die Brust zuschnürt und meine Hände schweißnass werden. Ich muss diese Frau davon überzeugen, dass ich dafür geeignet bin, meinen Job zu behalten. Denn wovon soll ich sonst Judy ernähren? Wovon ihre Privatschule und später ihr Studium bezahlen?

Trotz allem habe ich noch Glück im Unglück gehabt. Wenn Clark tot wäre, hätte mir der Chief diese Chance gar nicht geben können!

Meine innere Unruhe steigt. Es hält mich nicht mehr auf meiner Bank. Auch mein Kaffee ist inzwischen kalt. Angeekelt werfe ich den Becher in den nächsten Papierkorb.

Dann mache ich mich langsam zur Rose Lane auf. »Kommt Zeit, kommt Rat«, pflegte meine Mutter immer zu sagen. Am besten mache ich mir erst mal ein eigenes Bild von dieser Frau, die so entscheidend über mein weiteres Schicksal mitbestimmen wird.

## KAPITEL 5

### Lilys Praxis
*Dienstag, 16. April, wenig später*

Kurz vor elf Uhr stand Lily am Fenster ihrer Praxis und beobachtete das Publikum auf der Rose Lane. Sie hoffte, vorab einen ersten Eindruck von Martin Gordon gewinnen zu können.

Mit dem überaus attraktiven Mann, der vor der Haustür stehen blieb und kurz danach klingelte, hatte Lily allerdings nicht gerechnet. Aus irgendeinem Grund hatte sie sich Martin Gordon eher abstoßend, zumindest aber unscheinbar vorgestellt.

Wenig später saß sie einem ungefähr fünfeinhalb Fuß großen, schlanken und offenbar durchtrainierten Mann gegenüber, der auf den ersten Blick jünger wirkte als einundvierzig. Doch bei näherem Hinsehen erkannte Lily die Schatten und Fältchen rund um seine dunkelblauen Augen. Wahrscheinlich Zeichen seiner Erschöpfung und Anspannung der letzten Wochen.

Allerdings tat dies Gordons Attraktivität keinen Abbruch. Seine dichten braunen Augenbrauen waren von etwas dunklerer Farbe als seine glatten Haare. Wie Dan trug er einen Dreitagebart, den er sich bis zum Halsansatz stehen ließ. Seine Gesichtszüge waren regelmäßig, die Nase gerade und weder zu groß noch zu klein. Der volle Mund mit der herzförmigen Oberlippe, in dieser Ausprägung ungewöhnlich für einen Mann, strahlte eine gewisse Sinnlichkeit aus.

Als Gordon nach der Tasse Tee griff, die Lily ihm angeboten hatte, bemerkte sie die bis auf den Stumpf abgebissenen Fingernägel mit der teilweise blutigen Nagelhaut. Gordon folgte ihrem Blick, stellte die Tasse rasch wieder ab und verschränkte die Hände im Schoß.

»Lassen Sie uns gleich ganz ehrlich miteinander sein, Mr Gordon«, begann Lily. »Mir ist klar, dass Sie heute nicht freiwillig hierhergekommen sind. Daher möchte ich zunächst einmal mit Ihnen klären, ob wir überhaupt eine Arbeitsbasis miteinander finden können.«

Zu Lilys Erstaunen wirkte Gordon bestürzt. »Aber Chief Parker sagte mir, Sie seien meine letzte und einzige Chance, meinen Job zu behalten.« Seine Stimme zitterte leicht. Es war ein wohltönender Bariton, der gut zu seiner attraktiven Erscheinung passte.

Lily überging Gordons Bemerkung. »Lassen Sie uns noch einmal die Konditionen wiederholen, die Chief Parker zur Bedingung für Ihre Behandlung gemacht hat. Ich habe ein Papier vorbereitet, auf dem ich Sie bitten möchte, mir Ihr Einverständnis dazu schriftlich zu geben.«

Zu dieser Entscheidung war Lily am gestrigen Tag gelangt, als Gordon ihren ersten Terminvorschlag mit einer, wie sie fand, fadenscheinigen Ausrede abgelehnt hatte. Entgegen ihrer Erwartung überflog ihr neuer Patient das Dokument nur kurz und unterzeichnete es dann wortlos.

Daraufhin beschloss Lily entgegen ihrer ursprünglichen Absicht, die Konfrontation mit der Ausrede zu verschieben, und sich erst einmal über Martin Gordons Person zu orientieren.

Gordon war in Liverpool aufgewachsen, wo bis heute noch eine ältere Schwester lebte, seine einzige Verwandte. »Meine Eltern sind beide früh gestorben«, erklärte er. »Schon mit knapp zwanzig Jahren war ich Vollwaise.

Zum Glück befand ich mich damals in der Ausbildung zum Polizisten. Das war schon immer mein Traumberuf. Er gab mir Halt, als ich plötzlich fast allein auf der Welt stand.«

»Inwiefern gab Ihnen Ihr Beruf Halt?«, erkundigte sich Lily interessiert.

Martins Antwort überraschte sie erneut. »Es waren vor allem die Kollegen, die große Kameradschaft, die zwischen uns herrschte. Das Gefühl, dass wir gemeinsam das Böse bekämpfen. Immer wieder auch unter Einsatz unseres Lebens. Das schweißt zusammen.«

Dann muss es Ihnen unglaublich schwerfallen, inzwischen so ausgegrenzt zu werden, lag es Lily schon auf der Zunge. Doch sie verkniff sich die Bemerkung. Dazu war es im Augenblick noch zu früh.

Obwohl sie die Fakten schon kannte, fragte sie weiter: »Sie haben mir am Telefon gesagt, dass Sie eine sechzehnjährige Tochter haben. Also haben Sie auch irgendwann eine Familie gegründet.«

Martin Gordons Augen wurden feucht. »Als ich mit Betsy zusammenkam, konnte ich mein Glück kaum fassen. Sie war meine ganz große Liebe! Eine Traumfrau, umschwärmt von einer Unzahl von Männern. Dass sie sich ausgerechnet für mich entschieden hat, konnte ich damals kaum fassen.«

Vielleicht ist er sich seiner Attraktivität nicht bewusst, dachte Lily. Sie selbst wunderte sich nicht darüber, dass er Betsy gefallen hatte. Etwas unschlüssig, wie sie ihre nächsten Fragen taktvoll stellen sollte, schwieg sie einen Moment lang.

Da begann Gordon schon weiterzusprechen: »Aber Sie wissen sicher, dass Betsy jung verstorben ist. Chief Parker wird es Ihnen gesagt haben. Das ist doch der einzige

Grund dafür, dass er mir nach dem Schuss auf Clark Jarrett überhaupt noch eine Chance gegeben hat.«

»Ich wusste es tatsächlich«, gab Lily zu. »Aber es ist mir lieber, wenn meine Patienten mir selbst etwas über ihre Lebensgeschichte erzählen.«

»Meine Lebensgeschichte!« Nun klang Gordon bitter. »Die ist überwiegend traurig. Wirklich glücklich war ich nur in den Jahren, in denen ich mit Betsy verheiratet war. Bis auf das letzte halbe Jahr natürlich, als sie so krank war.«

»Sie starb an Brustkrebs, sagte der Chief.« Lily musste ihr Mitgefühl nicht vortäuschen.

»Das ist die Geißel meiner Familie«, antwortete Gordon. »Mein Vater starb an Prostatakrebs, als ich neun war. Er war ebenfalls Polizeibeamter. Meine Mutter starb elf Jahre später an Eierstockkrebs. Betsy erlag binnen sechs Monaten ihrem Krebsleiden. Es ist, als ob ein Fluch auf allen läge, die den Namen Gordon tragen.«

Lily nickte verständnisvoll. »Ich kann nachvollziehen, dass Sie so denken. Chief Parker sagte, Ihre Frau starb ungefähr ein halbes Jahr vor Ihrer Versetzung nach Dover. Das eine hat mit dem anderen zu tun?«

Martin nickte. »Ich habe es in London nicht mehr ausgehalten. Wir wohnten in einem netten Häuschen in Southwark. Da war ich bei der MET beschäftigt. Ich hatte mich sofort nach meinem Abschluss in Liverpool in London beworben. Als eine Art Neubeginn nach dem Tod meiner Eltern sozusagen. Mit meiner älteren Schwester Doris habe ich mich nie besonders gut verstanden. Als Judy nach dem Tod meiner Frau so depressiv wurde, dass sie einige Zeit in einer Klinik verbringen musste, wollte ich auch von London einfach nur weg. Die Erinnerung an unsere glücklichen Zeiten als Familie tat einfach zu weh. Ich hoffte außerdem, auch Judy würde durch eine andere Umgebung Abstand vom Tod ihrer Mutter gewinnen.«

»Und ist dies gelungen?«

Martin hob die Schultern. »Judy ist heute ein Teenager, gerade sechzehn geworden, mit allen Marotten und Macken, die damit einhergehen. Äußerlich gibt sie sich cool. Aber im Innern ist sie noch immer sehr sensibel und verletzlich.«

»Ist das der Grund, dass Sie sie sogar zur Schule bringen und abholen?«, kam Lily jetzt doch auf Gordons Ausrede von gestern zurück.

»Das ist nicht wegen des Todes ihrer Mutter«, räumte Martin ein. Er holte tief Luft und ballte die Hände zu Fäusten. »Sondern wegen dieser Sache, die uns heute zusammengeführt hat.«

»Wegen Ihres unglücklichen Schusses auf Ihren Kollegen Jarrett? Was hat Judy damit zu tun?«

»Nun, Dover ist eine Kleinstadt. Auch wenn man meinen Namen in der Zeitung nicht genannt hat, hat es sich wie ein Lauffeuer verbreitet, dass ich der Polizist bin, der auf einen Bankräuber schießen wollte, aber stattdessen seinen Kollegen getroffen hat. Das haben auch einige Klassenkameradinnen von Judy mitbekommen. Einer der Väter ist ebenfalls Polizist.«

»Und nun wird Judy deswegen gemobbt?«

Gordon nickte. »In der Schule haben die Lehrer ein Auge darauf, dass man Judy deswegen nicht allzu sehr zusetzt. Aber auf dem Schulweg ist keine Aufsicht dabei. Deshalb bringe ich Judy seit zwei Wochen hin und hole sie nach Schulschluss wieder ab. Ich bin ja vom Dienst suspendiert und habe viel Zeit«, fügte er sarkastisch hinzu.

»Möchte Judy das auch?«

Martin verzog den Mund. »Sie war in der Schule schon

vorher eine Außenseiterin und hat bis heute keine einzige Freundin in Dover gefunden«, wich er aus. »Der Briefkontakt zu ihren Londoner Freundinnen ist ebenfalls längst abgebrochen.«

Lily versuchte, ihre Betroffenheit über das schreckliche Schicksal der Familie Gordon auszublenden. Ihre Objektivität bezüglich Martins Dienstfähigkeit als Police Sergeant durfte dadurch nicht beeinträchtigt werden. Deshalb wechselte sie ein wenig abrupt das Thema. »Dann lassen Sie uns jetzt zu dem Vorfall kommen, der uns heute zusammenführt«, wiederholte sie Martins Formulierung. Sie machte eine auffordernde Handbewegung. »Erzählen Sie mir Ihre Version des Geschehens.«

»Sie kennen die Geschichte doch schon«, wehrte Gordon ab.

»Ich möchte sie trotzdem noch mal aus Ihrem Mund hören«, entgegnete Lily.

Martin grinste schief. »Spricht da jetzt die Polizeipsychologin oder die Psychotherapeutin?«

Unwillkürlich musste auch Lily lächeln. »Die Methodik ist in dieser Hinsicht in beiden Professionen ähnlich. Wir möchten vom Betroffenen selbst hören, wie sich die Ereignisse aus seiner Sicht darstellen.«

In den nächsten Minuten lauschte sie Martin aufmerksam und verglich seine Aussagen mit ihren Notizen. Tatsächlich gab es keine einzige Abweichung zu dem, was ihr Chief Parker gesagt und Martin in der polizeilichen Untersuchung zu Protokoll gegeben hatte.

»Was genau brachte Sie denn zu der Überzeugung, dass der Bankräuber, auf den Sie schossen, eine weitere Waffe zücken wollte?«, hakte sie trotzdem nach.

Martin zuckte mit den Achseln. »Es muss irgendeine Handbewegung gewesen sein. Ganz genau kann ich mich nicht mehr daran erinnern. Ich habe instinktiv geschossen. Clark schien mir in Gefahr zu sein.«

»Sie wollten also Ihren Kollegen vor einem Angriff des Räubers schützen?«

Martin nickte.

»Das ist dann aber gründlich schiefgegangen«, konstatierte Lily trocken.

»Das liegt an dieser Pistole, der SIG Sauer. Mit der habe ich mich nie anfreunden können. Vielleicht habe ich in der Hektik des Geschehens die Waffe eine Spur verrissen oder so. Mit der Glock, die ich sowohl aus Liverpool als auch von der MET kenne, wäre mir das nicht passiert.«

»Wo genau liegt denn der Unterschied?«

»Die Glock liegt einfach besser in der Hand. Damit verzieht man nicht so schnell. Außerdem habe ich viel seltener mit der SIG Sauer geschossen. London und Liverpool sind weitaus gefährlichere Pflaster als Dover. Früher hatte ich meine Dienstwaffe fast immer dabei. In Dover dagegen so gut wie nie. Denn in dem verschlafenen Nest ist ja kaum was passiert, seit ich dort bin.«

»Trotz des riesigen Hafens? Und der vielen Touristen, die die Stadt jährlich besuchen?«

Ein weiteres Mal zuckte Martin die Achseln. »Für den Hafen ist überwiegend der Zoll zuständig. Wenn es dort mal hoch hergeht, haben die sogar eine Spezialeinheit, die ganz in der Nähe stationiert ist. Die einfache Schutzpolizei wird dort selten zu einem größeren Einsatz hinzugezogen.«

Was Martin sagte, war zwar nicht von der Hand zu weisen und klang logisch. Trotzdem gewann Lily zunehmend den Eindruck, dass er ihr zuvor zurechtgelegte Antworten gab. Im Gegensatz zu seinem Bericht über seine tragische Familiengeschichte und den Sorgen um seine Tochter Judy wirkte er nicht mehr authentisch. Sie erkannte, dass sie mit diesem Thema heute nicht weiterkommen würde. Außerdem war die vorgesehene Zeit fast vorüber. Da kam ihr eine spontane Idee.

»Dann lassen wir das einmal so stehen, Mr Gordon.« Sie griff demonstrativ nach ihrem Terminkalender. »Da wir nur wenige Wochen Zeit haben, würde ich Sie gern am nächsten Freitag wiedersehen. Zur Vorbereitung mailen Sie mir bitte bis Donnerstagmittag um dreizehn Uhr einen detaillierten Bericht darüber, was sich in der Filiale der Santander-Bank genau ereignet hat. Jede Einzelheit während unserer Sitzungen zu explorieren, würde nämlich zu viel Zeit kosten.«

Das war natürlich fachlicher Unsinn, und sie hoffte, Gordon würde es nicht merken. Aber erlogene Aussagen behielten Probanden viel schlechter im Gedächtnis als wahre Erlebnisse. Deshalb wollte sie die Version, die sie schon kannte, mit Martins schriftlichem Bericht vergleichen. Vielleicht ergaben sich daraus neue Hinweise oder sogar Widersprüche.

»Was verstehen Sie unter einem detaillierten Bericht?«, fragte Gordon nach.

»Eine genaue Beschreibung jedes einzelnen Vorgangs in der Bank«, erläuterte Lily. »Vom Moment an, als Sie dort ankamen, bis zum Zeitpunkt des Schusses.«

»Aber so was habe ich doch bereits mehrfach abgegeben.«

Lily lächelte kühl. »Dann dürfte Ihnen der Bericht ja nicht schwerfallen.« Sie stand auf. »Ich erwarte Sie also am kommenden Freitag hier um die gleiche Zeit.«

# KAPITEL 6

## Lilys Praxis

*Donnerstag, 18. April 2019, am Nachmittag*

Missmutig starrte Lily vor sich hin und überlegte, was sie jetzt mit der unerwartet freien Zeit anfangen sollte. Gerade hatte eine Patientin ihren kurz bevorstehenden Termin abgesagt. Jetzt würde Lily drei Stunden Leerlauf haben, bis der letzte Patient des heutigen Tages eintreffen würde.

Noch hatte sie weder finanziell noch von ihrer Auslastung her die fast zweimonatige Pause im Winter kompensiert, die sie wegen der Ermittlungen im Fall Vera Osmond eingelegt hatte. Davor war ihre Praxis zum ersten Mal voll belegt gewesen. Sie hatte sogar begonnen, eine Warteliste anzulegen.

Doch insbesondere Patienten aus gerade erst begonnenen Therapien hatten sich während der langen Unterbrechung anders orientiert. Weitere Behandlungen hatten kurz vor dem Ende gestanden und waren erfolgreich abgeschlossen worden. Die daraus entstehenden Vakanzen, insbesondere in den wenig beliebten frühen Nachmittagsstunden, hatte Lily noch nicht alle wieder besetzen können. Wenigstens war Jerry Hoover bereit gewesen, ihren Termin auf den heutigen Donnerstag zu verlegen.

Als Lily etwas später aus der Teeküche zurück in ihr Büro kam, blinkte der Anrufbeantworter schon wieder. Die Nachricht war nicht dazu angetan, ihre Laune zu heben. Jetzt sagte auch noch der Siebzehn-Uhr-Patient ab. Sein Wagen sei defekt, er könne nicht kommen.

Seufzend setzte sich Lily an ihren Schreibtisch und systematisierte zuerst ihre Notizen über die Behandlungsstunde von Jerry Hoover. Wieder grübelte sie über eine Merkwürdigkeit nach, die ihr während der Sitzung mit Jerry aufgefallen war und die sie nicht einordnen konnte.

Dann erst druckte sie Gordons Bericht aus. Er war schon gestern Abend eingetroffen, sie hatte ihn aber noch nicht angerührt. Aus irgendeinem Grund erfüllte sie die bevorstehende Durchsicht mit Unbehagen.

Schon nach wenigen Minuten stutzte sie. Ihr Gefühl hatte sie nicht getrogen. Martin schilderte eine in einem wichtigen Detail deutlich veränderte Version des Geschehens in der Bankfiliale.

Kurz entschlossen griff Lily zum Telefon.

## *Tiny Tim's Tearoom* in der St. Margaret's Road

»Ich bin dir wirklich sehr dankbar, dass du bereit warst, mich sofort zu treffen!« In ihrer Erleichterung küsste Lily Matt zur Begrüßung auf beide Wangen. Dabei hielt er ihre Hände ein wenig länger fest, als es nötig gewesen wäre.

Wie üblich überging Lily dieses Anzeichen dafür, dass Matt mehr für sie empfand als Freundschaft und Kollegialität. Bevor sie morgen mit Martin Gordon sprechen würde, wollte sie unbedingt seine Expertise einholen, um ihren Verdacht zu untermauern.

»Ich hoffe, dir gefällt es hier, Lily«, sagte Matt. Er hatte *Tiny Tim's Tearoom* als Treffpunkt vorgeschlagen, der nur fünf Minuten Fußweg von der Praxis entfernt lag. Lily setzte sich zu ihm an den kleinen runden Tisch in einer lauschigen Nische. »Die Plätze im überdachten Innenhof waren leider alle besetzt.«

Lily sah sich um. »Hier war ich wirklich noch nie. Von außen hielt ich diesen Tearoom immer für altmodisch und hausbacken. Aber nun erkenne ich, dass ich bisher was verpasst habe. Die Einrichtung hat viel Charme und ist noch dazu bequem.« Sie reckte ihren verspannten Rücken und lehnte sich in ihrem komfortablen Stuhl aus Korbgeflecht zurück.

»Dann warte erst einmal ab, bis sie den Kentish Tea servieren! Er ist weit über Canterbury hinaus berühmt.«

Zweifelnd warf Lily einen Blick zum Nachbartisch, wo auf einer dreistöckigen Etagere gerade verschiedene Köstlichkeiten serviert wurden. »Ich glaube nicht, dass ich eine so gewaltige Portion schaffe.«

Matt schüttelte nachsichtig den Kopf. »Wie ich dich kenne, hast du höchstens ein labberiges Sandwich zu Mittag gegessen. Oder einen spartanischen Blattsalat.«

Matt hatte recht. Plötzlich spürte Lily ihren Magen grummeln. Tatsächlich bekam sie nun Appetit. »Ist gut«, gab sie nach. »Dann bestellen wir den Kentish Tea.«

Ein Schatten huschte über Matts Gesicht. »Bestell du ihn! Ich werde mich wohl mit einem einfachen Scone begnügen müssen. Vielleicht mit etwas Erdbeermarmelade darauf. Da zwei riesige Scones zum Kentish Tea gehören, dachte ich, du könntest mir eins von deinen abgeben. Du bist natürlich eingeladen«, fügte er rasch hinzu.

»Das kommt überhaupt nicht infrage«, protestierte Lily und schämte sich, weil sie noch immer davon ausging, Matt wäre gesund und könnte alles essen, wonach ihm der Sinn stand. »Schließlich tust du mir doch einen Riesengefallen, nicht umgekehrt.«

Matt ging nicht darauf ein. »Wir haben uns nachmittags noch nie getroffen. Deshalb habe ich gleich die Gelegenheit beim Schopf ergriffen, dir meinen Lieblings-Tearoom zu zeigen.« Er winkte der Kellnerin und bestellte.

Lily sah sich ein weiteres Mal um. Das Interieur gefiel ihr immer besser. Die Wände bestanden entweder aus rotem Backstein oder waren mit einer geschmackvollen Jugendstiltapete mit floralem Muster verkleidet. Durch die großen Fenster, die den Raum viel heller machten, als Lily von außen erwartet hatte, konnte sie einen Blick auf den Innenhof werfen. Hier blühten und grünten überall üppige Topfpflanzen.

»Ich glaube, hier bin ich heute nicht zum letzten Mal«, stellte sie fest. »Zumal das Caffè Nero bald umgebaut wird. Man will ein Selbstbedienungscafé daraus machen. Das finde ich sehr schade, zumal dieses Konzept gar nicht zum Charakter des alten Hauses passt.« Das Caffè Nero lag auf der High Street im *Queen Elizabeth Guest Chamber*, einem der bekanntesten Gebäude der historischen Altstadt.

»Auch dieses Haus ist recht alt und birgt sogar ein Geheimnis. Aber davon später«, sagte Matt. Gerade wurde der aromatische Tee serviert.

Lily nahm einen Schluck und war begeistert. »Wenn das Gebäck so gut ist wie der Tee, wird dies mein neues Stammcafé«, versprach sie.

»Dann sag mir doch jetzt, was dir an Martin Gordons Bericht spanisch vorkommt. Darauf bin ich wirklich gespannt.«

Lilys gute Laune bekam einen Dämpfer. »Der Bericht enthält ein Detail zum Geschehen in der Bank, das zum ersten Mal auftaucht. Dabei hätte Gordon es längst erwähnen müssen, wenn es der Wahrheit entspräche.«

»Aha!« Matt machte eine auffordernde Handbewegung.

»Gordon behauptet, erst bei der intensiven Beschäftigung mit dem Bericht sei ihm eingefallen, dass er beim Schuss auf seinen Kollegen kurz geblendet war. Einige Scheiben im Kassenraum waren zersplittert, ohne zu zerspringen. Vielleicht habe sich da einen Moment lang das Licht unglücklich gespiegelt, sodass er deshalb seine Pistole verrissen habe.«

Matt schnaubte. »Das ist in der Tat sehr unglaubwürdig. Wenn Gordon wirklich geblendet gewesen wäre, hätte er das unmittelbar nach seinem unseligen Treffer als plausible Entschuldigung vorgebracht. Aber nachdem er es im Rahmen der Vernehmungen und im Gespräch mit dir mit keiner Silbe erwähnt hat, ist es höchst unwahrscheinlich, dass es sich dabei lediglich um eine Erinnerungslücke handelt.«

»Eher um ein klassisches Zeichen einer Falschaussage«, konstatierte Lily. »Häufig versuchen Menschen, die nicht die Wahrheit sagen, ihrer Aussage im Nachhinein mehr Glaubwürdigkeit zu verleihen. Sie fügen Details hinzu, die sie vermeintlich logischer machen, und erreichen damit genau das Gegenteil.«

»So wird es im Fall Martin Gordon wahrscheinlich sein. Es wird dir morgen also nichts anderes übrig bleiben, als ihn genau mit diesem Verdacht zu konfrontieren, Lily.«

Sie seufzte. »Ich bin auf jeden Fall sehr gespannt darauf, wie er reagieren wird.«

In diesem Augenblick stellte die Serviererin die Etagere auf den Tisch. Sie enthielt verschiedene Sandwiches auf der untersten Ebene, darüber die berühmten Scones mit Erdbeermarmelade und Clotted Cream und auf der obersten Platte eine Auswahl unwiderstehlich aussehender Pralinen und Törtchen.

»Oje«, seufzte Lily wieder, wenn auch jetzt mit anderem Vorzeichen. »Das kann ich wirklich nicht alles essen.«

»Dann lass dir den Rest einpacken! Das Personal ist an solche Wünsche gewöhnt. Es gibt sogar einen Extratarif von einem Pfund für die Mitnahmeverpackung«, meinte Matt augenzwinkernd.

Eine Weile unterhielten sie sich über unverfängliche Themen. Lily hatte noch nie die berühmte Aufführung der *Canterbury Tales* besucht, die gleich nebenan in einem eigens dafür eingerichteten Theater stattfand. Matt ermutigte sie ausdrücklich dazu, sich die Geschichten von Geoffrey Chaucer, einem der bedeutendsten Söhne Canterburys, einmal anzuschauen. »Wir können auch gerne gemeinsam hingehen«, bot er an. »Ich war zwar schon dreimal dort, aber von diesen Erzählungen aus dem 14. Jahrhundert bekomme ich nie genug. Zumal sie auch immer wieder die Schauspieler wechseln. Das bringt eine ganz neue Note in die Aufführungen.«

Wieder verspürte Lily das leichte Unbehagen, wieder wich sie Matt aus und sagte unverbindlich: »Das können wir gern einmal machen.«

Um kein peinliches Schweigen aufkommen zu lassen, schwenkte sie dann auf das andere Thema über, das ihr noch auf dem Herzen lag. Sie weihte Matt kurz in den Fall von Jerry Hoover ein.

»Interessant«, kommentierte er ihren Bericht. »Mit einer solchen Problematik hatte ich in meiner Praxis tatsächlich noch nie zu tun.«

»Zum Glück kommt der plötzliche Kindstod mittlerweile sehr selten vor«, antwortete Lily, die sich vor der heutigen Sitzung mit Jerry in die Thematik eingelesen hatte. »Im Gegensatz zu früher! In den Achtzigerjahren starben in Großbritannien vier bis fünf Babys von tausend

Neugeborenen. Heute sind es vier oder fünf von zehntausend.«

»Kennt man denn mittlerweile die genauen Ursachen für den plötzlichen Kindstod?«

Lily schüttelte den Kopf. »Nach wie vor hält man verschiedene Gründe für verantwortlich. Allerdings gibt es Risikofaktoren, etwa wenn junge Mütter sehr schnell hintereinander gebären oder bereits ein Geschwisterkind am plötzlichen Kindstod gestorben ist.«

»Beides trifft ja offensichtlich auf deine Patientin zu. Kein Wunder, dass Mabel Ellis so darauf gedrungen hat, dass sie zu dir in Behandlung kommt.«

»Mabel hat darüber keine Silbe gesagt, als sie mir Jerry ans Herz legte«, entgegnete Lily nüchtern. »Sie sprach nur von Jerrys starken Ängsten und hielt ihre Furcht, ihr könne das Gleiche ein zweites Mal passieren, für irrational.« Lily griff zu einem schokoladeüberzogenen Törtchen und war einen Augenblick lang durch den köstlichen Geschmack abgelenkt. »Aber heute in der zweiten Sitzung hat Jerry Hoover es selbst erwähnt. Das hat mich sehr erstaunt.«

Matt runzelte die Stirn. »Was erstaunt dich denn so daran?«

Lily widerstand der Versuchung, noch einmal in das Törtchen zu beißen, und konzentrierte sich. »Um das zu erklären, muss ich etwas ausholen. Wie du ja weißt, kam ich beim letzten Mal nicht dazu, Jerry danach zu fragen, wie sie den toten Jamie aufgefunden hat. Das habe ich heute gleich zu Beginn der Sitzung nachgeholt. Und Jerry erzählte mir, der Kleine habe auf dem Bauch gelegen, mit dem Kopf halb unter einem großen Kuschelbären.«

»Aha!« Matt wirkte verständnislos.

Wieder hob Lily die Hand. »Warte! Ich war schon versucht, Jerry zu erklären, dass diese Schlaflage der größte bekannte Risikofaktor für den plötzlichen Kindstod ist. Dadurch kann die Atmung behindert werden, wie alle neueren Forschungsergebnisse zeigen. Aber vorher fragte ich sie noch, warum sie so viel Angst habe, auch das nächste Kind zu verlieren. Und ihre Antwort hat mich völlig verblüfft.«

»Was hat sie denn gesagt?«

»Sie hat geantwortet, sie wisse inzwischen, dass sie zu den Risikomüttern gehört. Sie sei noch sehr jung und jetzt in kurzer Zeit zweimal hintereinander schwanger geworden. Und das erste Kind sei doch schon gestorben.«

»Aha! Offen gestanden, Lily, verstehe ich immer noch nichts.«

Lily schluckte ihre Ungeduld mit dem nächsten Bissen hinunter. »Ich wusste durch meine Recherchen von all diesen Risikofaktoren. Von der gefährlichen Bauchlage, aber auch, dass man auf keinen Fall Kissen oder Kuscheltiere in das Kinderbettchen legen soll. Meine ursprüngliche Strategie war daher, ihr nach der Schilderung der Auffindesituation von Jamie zu sagen, dass sie ihr nächstes Baby ausschließlich in Rückenlage und mit einem Schlafsack ins Bett legen soll. Weil sie damit den gefährlichsten Faktor Atemstillstand schon nahezu ausschalten könne.«

»Aber das hast du dann doch nicht getan?«

»So ist es. Stattdessen fragte ich sie, woher sie denn überhaupt Risikofaktoren für den plötzlichen Kindstod kennen würde. Sie erzählte mir, das habe sie nach Jamies Tod in einer Zeitschrift gelesen und sich daher seit dem Beginn der neuen Schwangerschaft davor gefürchtet, auch ihr nächstes Kind zu verlieren, weil sie so schnell wieder schwanger geworden war.«

Matt blickte immer noch verständnislos drein.

»Verstehst du denn nicht? Sie kannte zwar Risikofaktoren, aber nicht die entscheidenden.«

»Und was wundert dich so daran?«

»In jedem einzelnen Artikel, den ich über den plötzlichen Kindstod gelesen habe, steht die Bauchlage an erster Stelle der Risikofaktoren. Das ist auch international unstrittig.« Lily trank einen Schluck Tee und fuhr dann fort. »Auch dass man keine weichen Gegenstände ins Kinderbettchen legen soll, vermindert das Risiko und ist daher sehr wichtig. Denn solche äußeren Umstände kann man vermeiden, sobald das Kind geboren ist. Dagegen sind die sowieso nicht beeinflussbaren Risikofaktoren ›junge Mutter‹ und ›rasch aufeinanderfolgende Schwangerschaften‹ eher unbedeutend.«

»Ach, jetzt verstehe ich dich. Du hast dich darüber gewundert, dass Jerry die entscheidenden Risiken für den plötzlichen Kindstod nicht kannte. Aber vielleicht hatte sie die in dem Moment vergessen?«

Lily schüttelte heftig den Kopf. »Ganz im Gegenteil. Als ich sie schließlich über die Gefährlichkeit der Bauchlage und des Kuschelbären in Jamies Bettchen aufklärte, fing sie sogar an zu weinen. Sie beschuldigte sich, eine Rabenmutter und selbst am Tod ihres Kindes schuld gewesen zu sein.«

»Das ist wirklich seltsam«, stimmte Matt Lily zu. »Aus welcher Zeitschrift hatte sie denn ihr Wissen?«

»Daran konnte sie sich nicht mehr erinnern.«

Matt überlegte, während Lily nach einem weiteren Törtchen griff, diesmal mit einer kandierten Ananas. »Du hast mir vorhin erklärt, dass Jerry eine Frau mit niedrigem Bildungshintergrund ist. Außerdem hast du Forschungsergebnisse zitiert, die sicher vor allem in Fachzeitschriften stehen. Vielleicht hatte Jerry ihr Halbwissen aus irgendeinem Sensationsblatt, das nur sehr oberflächlich über den plötzlichen Kindstod berichtete. Und daher die wesentlichen Fakten gar nicht erwähnte.«

Lily dachte über Matts Worte nach. »Das kann sein«, räumte sie schließlich ein.

»Also, dann mach dir keine weiteren Gedanken darum«, schlug Matt vor. »Im Gegenteil, sei froh, dass du deiner Patientin ganz praktische Ratschläge für die Betreuung des nächsten Säuglings mitgeben kannst, sodass ihr die gleichen Fehler nicht noch mal passieren.«

»Natürlich. Darauf arbeite ich auf jeden Fall hin. Mein Ziel ist es, einen exakten Plan mit ihr zu entwickeln, wie sie ihr Kind so gut im Auge behält, dass so etwas nicht mehr geschieht.«

Zwar waren Lilys Zweifel noch nicht völlig ausgeräumt, aber Matt hielt ihre letzte Aussage offensichtlich für das Schlusswort in dieser Angelegenheit.

»Dann möchte ich dir jetzt noch etwas über das Haus hier erzählen.« Er machte eine ausladende Handbewegung. »Ich habe ja schon erwähnt, dass es ein Geheimnis birgt. Siehst du die enge Wendeltreppe dort, die nach oben führt?«

Lily nickte. »Das rotbraune Holz ist sehr schön. Aber für die Servierkräfte ist es sicher anstrengend, sie dauernd hinauf- und hinunterlaufen zu müssen. Denn ich glaube, die Küche liegt in einem der oberen Stockwerke.«

»Im ersten Stock«, bestätigte Matt. »Das Geheimnis wird in der zweiten Etage offenbart.« Er sah auf die Uhr. »Für heute ist es leider zu spät, noch hinaufzugehen, denn der Tearoom schließt in einer Viertelstunde. Also kann ich dir vorläufig nur erzählen, worum es sich handelt.«

»Das ist wirklich spannend«, sagte Lily, nachdem Matt geendet hatte. »Bei meinem nächsten Besuch sehe ich mir das auf jeden Fall einmal an.«

# KAPITEL 7

## Lilys Praxis

*Freitag, 19. April 2019*

»Ich muss Ihnen ganz offen sagen, Mr Gordon, dass ich mir nach Ihrem Bericht kein genaueres Bild über die Ereignisse in der Bankfiliale machen kann. Im Gegenteil wirft er weitere Fragen auf. Habe ich Sie eben richtig verstanden, dass Sie bei Ihren vorigen Aussagen *vergessen* hatten, bei der Schussabgabe von einem Lichtreflex der gebrochenen Scheibe geblendet worden zu sein?«

Martin Gordon nickte. Er wich Lilys Blick aus und zupfte an seiner Nagelhaut. Er wirkte sehr nervös auf sie, seine Stimmung war mittlerweile gedämpft. Dabei hatte er zunächst versucht, Optimismus auszustrahlen, als er heute in die Praxis gekommen war.

Um Zeit für die Formulierung ihres nächsten Vorhalts zu gewinnen, blätterte Lily in ihren Notizen. »Sie sagen auch in jeder Vernehmung, Sie hätten wenig Routine mit der SIG Sauer. Dagegen steht in all Ihren Personalbeurteilungen, Sie seien ein guter Schütze.«

Martin stieß hörbar die Luft aus und strich über seinen Dreitagebart. »Vor dem Banküberfall habe ich in Dover noch nie außerhalb des Schießstands geschossen. Ich habe doch schon erwähnt, dass ich die Pistole im Dienst selten dabeihatte. Die Beurteilung bezieht sich also nur auf Beobachtungen im Rahmen des Schützentrainings. Das ist doch nicht mit der Realität vergleichbar.«

Da hat er zwar nicht unrecht, ging es Lily durch den Kopf. Trotzdem verstärkte sich ihr Gefühl, dass Gordon ihr permanent auswich. Sein Gesicht mit den regelmäßigen Zügen wirkte starr, seine Augen flackerten. Anstatt wie ein gestandener Mann sah er aus wie ein Schuljunge, den man gerade bei einer Dummheit ertappt hat. Sie machte sich eine neue Notiz.

»Außerdem werden Sie als besonnen beurteilt«, blieb sie hartnäckig bei ihrer Linie.

»Das ist ja gut und schön!« Jetzt klang Gordon gereizt. »Aber der Banküberfall brachte mich in eine Ausnahmesituation! Wie oft soll ich das denn noch sagen! Ich habe aus einem Reflex heraus geschossen, dazu noch mit eingeschränkter Sicht. Ich glaubte meinen Kollegen Jarrett in Gefahr.«

Lily sah ein, dass sie so nicht weiterkam. »Dann lassen Sie uns jetzt über die beiden anderen Vorfälle sprechen, die in den Akten erwähnt sind. Schildern Sie mir bitte mit Ihren eigenen Worten, worum es beim ersten dieser Vorfälle ging.«

## Martin

Ruhig! Bleib ruhig!, versuche ich mich innerlich zu ermahnen. Was war ich für ein Idiot, mir diese Sache mit dem Geblendetsein auszudenken. Ich hätte doch damit rechnen müssen, dass jemand so Versiertes wie Lily Brown mich sofort durchschaut.

»Ich glaube, Sie bluten«, unterbricht ihre Stimme meinen Versuch, mich zu sammeln. Ärgerlich bemerke ich, dass ich mir beim Knibbeln die Haut am rechten Zeigefinger eingerissen habe. Das ganze Nagelbett ist bereits voll Blut. Beim Versuch, mir ein Taschentuch aus der Hose zu ziehen, versaue ich mir damit auch noch den Stoff.

»Sie wissen, dass man Blutflecken kalt auswaschen muss?« Browns Stimme klingt jetzt unterschwellig sarkastisch.

Ich mache eine wegwerfende Handbewegung. »Der Anzug muss sowieso in die Reinigung. Sollen die sich darum kümmern.«

Dann überlege ich, wie ich am besten beginnen soll, während Brown ungeduldig mit den Fingern auf die Lehne ihres Sessels trommelt.

»Also, es war so«, fange ich schließlich an. »Der erste Vorfall, der mich in Schwierigkeiten brachte, ereignete sich im vergangenen Dezember. Es war kurz vor Weihnachten, als uns das Drogendezernat von Kent zu einer Razzia hinzuzog.«

Lily sieht aus, als wollte sie mich unterbrechen, beißt sich dann aber auf die Lippen und schweigt.

Shit, denke ich. In der ersten Sitzung hab ich ihr doch erzählt, in Dover sei kaum je was los. Ich dränge den Gedanken beiseite und fahre fort. »Es ging um eine Kneipe in der Nähe des Hafens, in der viele Fernfahrer verkehren, bevor sie am nächsten Tag mit ihren Lkws über den Kanal setzen. In diesem Fall war das keine Angelegenheit des Zolls«, füge ich schnell hinzu, als ich mich daran erinnere, dass ich für Straftaten, die mit dem Hafen zu tun haben, deren Zuständigkeit in der letzten Sitzung betont habe.

Jetzt verzieht Brown sogar die Lippen.

Panik überkommt mich, also bleibe ich ausschließlich bei den Fakten. Ich muss irgendwie den Spagat hinkriegen, sie von meiner Dienstfähigkeit zu überzeugen, ohne Clark

Jarrett zu oft zu erwähnen. Ich hole tief Luft. »Die Razzia war von längerer Hand geplant. Da es sich um ein großes Lokal handelte, wurden zwei Einheiten der Schutzpolizei hinzugezogen.«

Brown macht sich wieder eine Notiz. Ich bemühe mich, es zu ignorieren.

»Über den Deal, der an diesem Abend dort über die Bühne gehen sollte, gab es einen Insidertipp. Zwei Dealer eines lokalen Drogenclans sollten dort mit ungefähr drei Kilo Kokain auftauchen. Sie wollten die Ware ein paar Fernfahrern zum Transport aufs Festland mitgeben. Es war Freitagabend, die Kneipe war voll. Dort war auch eine Reihe von Kleindealern, die Einzelportionen vertickten.

Wir stürmten das Lokal und durchsuchten nach und nach alle Gäste und jedes Mitglied des Personals. Einige wollten sich durch die Hintertür verdrücken. Aber die wurde von unseren Leuten bewacht. Wir nahmen jede Person vorläufig fest, bei der wir mindestens ein Gramm Rauschgift bei der Leibesvisitation entdeckten – Ecstasy, Crack, aber hauptsächlich Kokain. Von Gästen, bei denen wir weniger oder gar nichts fanden, nahmen wir nur die Personalien auf und ließen sie laufen. Die ganze Aktion dauerte ungefähr eine Stunde.«

»Aber das Wesentliche ereignete sich danach«, ermahnt mich die Brown.

Meine Kehle verengt sich, ich schlucke mühsam. »Zwei Tage später fand ich in meiner Uniformjacke ein Tütchen mit zwei Gramm Kokain. Irgendjemand muss es mir dort unbemerkt reingesteckt haben.«

Lily verzieht wieder den Mund. »Auf welche Weise könnte das geschehen sein?«

»Ich komme selten in Uniform zum Dienst«, erkläre

ich. »In der Regel ziehe ich mich vor und nach Dienstschluss um. Meine Uniformjacke hing daher in meinem verschlossenen Spind.«

»Der Spind war verschlossen?«, hakt Lily nach.

Ich schnaube verächtlich. »Ja, mit einem einfachen Vorhängeschloss. Wir haben einen ganzen Bund Dietriche auf der Wache. Im selben Schrank wie die Dienstwaffen. Jeder kann dort jederzeit drankommen. Es ist ein Kinderspiel, das simple Schloss eines Spinds damit zu öffnen.«

»Wen hatten Sie denn im Verdacht, Ihnen auf diese Weise schaden zu wollen?«

Ich zucke die Achseln. »Niemanden im Bestimmten. Bis dahin herrschte in meiner Einheit und der ganzen Station ein gutes Arbeitsklima. Ich konnte mir daher nicht erklären, wer mir so was antun sollte.«

Lily wirft einen Blick auf ihre Notizen. »Im offiziellen Protokoll steht, es sei am wahrscheinlichsten, dass Sie selbst vergessen hätten, das Tütchen abzugeben.«

»Das ist die Version, auf die ich mich mit meinem Vorgesetzten geeinigt habe.« Ich spüre, wie sich mein Puls beschleunigt. »Er hat mir diese Worte quasi in den Mund gelegt. Natürlich kann ich nicht völlig ausschließen, dass ich in der Hektik der vielen Leibesvisitationen versehentlich ein Tütchen Kokain eingesteckt und danach vergessen habe. Aber ich halte das für sehr unwahrscheinlich.«

»Beim Drogenscreening fand man jedenfalls keinen Hinweis auf einen kürzlichen Rauschgiftkonsum. Aus welchem Grund hat Ihnen Ihr Vorgesetzter denn geraten, die Sache so darzustellen, als hätten Sie das Kokain versehentlich eingesteckt?«

Meine Kehle schnürt sich zu. »Der Police Inspector hat zu bedenken gegeben, dass es anderenfalls einer meiner

Polizeikameraden war, der mich damit bewusst reinreiten wollte. Sie müssten also alle befragt werden. Er hat mir außerdem offen gesagt, dass er sich keinen einzigen Beamten der Schutzpolizei in Dover vorstellen könnte, der dafür infrage käme. Also würde die Untersuchung mit höchster Wahrscheinlichkeit ergebnislos bleiben, aber trotzdem eine Menge böses Blut machen.«

Brown nickt nachdenklich. »So wäre es wahrscheinlich gewesen«, stimmt sie mir zu.

So ist es gewesen, würde ich ihr am liebsten entgegenschreien. Denn Clark, dieser Schuft, hat mir das Koks in die Tasche geschmuggelt und wollte mich irgendwie damit auffliegen lassen. Aber als ich den Stoff bemerkt und abgegeben habe, war dieser Plan natürlich durchkreuzt. Stattdessen hat er dann hinterher dafür gesorgt, dass der Inhalt des inoffiziellen Protokolls durchgestochen wurde. Jedenfalls hat bald die ganze Mannschaft gewusst, dass ich ursprünglich jemanden aus den eigenen Reihen beschuldigt habe.

Aber das kann ich Lily Brown natürlich nicht sagen. Sie würde mir eine Menge Fragen stellen, was Clarks Motiv für so eine schäbige Handlungsweise gewesen sein könnte. Und genau das kann ich niemandem anvertrauen, auch ihr nicht. Selbst wenn es mich meinen Job kostet.

Außerdem wäre es wahrscheinlich sowieso vergeblich, selbst wenn man Clark dazu vernehmen würde. Rehabilitieren würde es mich nur, wenn man der Sache diesmal ernstlich nachginge. Aber das ist ja damals schon nicht geschehen. Warum sollte es heute, fast acht Jahre später, anders sein?

Und mein jüngster Verdacht beruht hauptsächlich auf meinem Gefühl und einem zerrissenen Zettel. Man würde mich auslachen, wenn ich das preisgäbe. Und Clark wüsste, dass ich diesmal versucht habe, ihn zu entlarven. Und macht im schlimmsten Fall seine Drohungen wahr. Deshalb darf ich nicht das geringste Risiko eingehen.

## Lily

Stirnrunzelnd überflog Lily ihre Notizen. Dann fasste sie Martin Gordons Bericht noch einmal zusammen: »Sie waren also an einer Drogenrazzia beteiligt, zusammen mit einer Einheit der Schutzpolizei und Ihrem eigenen Team. Dabei wurden Leibesvisitationen durchgeführt, bei denen auch kleinere Mengen Kokain gefunden wurden. Sie selbst waren der Ansicht, alle Drogen ordnungsgemäß abgegeben zu haben, fanden dann aber zwei Tage später ein Tütchen mit zwei Gramm Kokain in Ihrer Uniformjacke. Die Jacke hatten Sie in Ihrem Spind in der Polizeistation gelassen, der aber theoretisch für jedermann mit einem der dort vorhandenen Dietriche zugänglich gewesen wäre. Deshalb vermuten Sie selbst, jemand habe Ihnen das Kokain untergeschoben, haben aber keinen bestimmten Verdacht.«

Bei diesem Satz sah Lily auf und musterte Gordon aufmerksam. Denn genau das nahm sie ihm nicht ab. Tatsächlich zuckte Martin zusammen und wich ihrem Blick erneut aus.

»Sie haben das Kokain sofort bei Ihrem Vorgesetzten abgegeben und diese Vermutung geäußert. Daraufhin hat der Police Inspector Ihnen jedoch vorgehalten, dass es eine sehr unangenehme Untersuchung nach sich ziehen würde, wenn Sie bei dieser Behauptung blieben. All Ihre Kolleginnen und Kollegen würden befragt werden, wahrscheinlich ohne jedes Ergebnis. Denn warum sollte jemand zugeben, Ihnen so etwas angetan zu haben, selbst wenn es so gewesen sein sollte?«

Wieder sah Lily auf und beobachtete Gordon scharf. Wieder hatte sie das sichere Gefühl, dass er sehr wohl einen Verdächtigen im Visier hatte, ihr dies aber absichtlich verschwieg.

Sie fuhr fort: »Daraufhin einigten Sie sich mit Ihrem Vorgesetzten auf die Version, Sie hätten das Tütchen in Ihrer Uniformjacke vergessen. Da das Drogenscreening negativ gewesen war, bot er Ihnen diese Erklärung als Ausweg aus der vertrackten Situation an. In Ihre Personalakte wurde also diese offizielle Version aufgenommen. Ihre erste Aussage wurde als inoffizielle Version unter Verschluss gehalten, mir allerdings im Rahmen meiner Untersuchung ebenfalls zur Verfügung gestellt. Aber außer Ihnen und mir wissen davon nur Ihr vorgesetzter Police Inspector und der Chief Superintendent?«

»So ist es.«

»Sie kamen daher letztlich mit einer Ermahnung davon, und die Sache hatte keine weiteren Konsequenzen für Sie?« Lily erhob absichtlich ihre Stimme, um ihre Skepsis zum Ausdruck zu bringen.

Doch Gordon nickte wieder. »Genauso war es.«

Lily lehnte sich in ihrem Sessel zurück und ließ Martin nicht aus den Augen. »Wie sicher sind Sie denn, dass es in der Mannschaft geheim geblieben ist?«

Jetzt verfärbte sich Gordons Gesicht rötlich. »Sehr … sehr sicher«, stammelte er.

»Es hat Sie also nie jemand aus Ihrer Schicht oder von der anderen Schicht darauf angesprochen?«

Martin schüttelte heftig den Kopf, zu heftig für Lilys Geschmack. »Nein, niemand.«

»Der Police Sergeant, der die andere Einheit anführte, war Clark Jarrett?«

Martins Wangen verfärbten sich nun dunkelrot. Trotzdem blickte er herausfordernd hoch. »Ja, so war es. Aber warum messen Sie dem eine solche Bedeutung bei?«

Jetzt war sich Lily sicher, dass Martin Gordon etwas vor ihr verheimlichte. Was wahrscheinlich mit dem angeschossenen Kollegen Jarrett zu tun hatte. Möglicherweise ergaben sich ja weitere Indizien dafür aus seinem Bericht über den zweiten Vorfall, dass da schon vor dem Schuss in der Bank irgendwas zwischen Gordon und Jarrett nicht gestimmt hatte.

»Dann lassen Sie uns jetzt zu dem nächsten Ereignis kommen, bei dem Sie in Schwierigkeiten geraten sind«, forderte sie ihn auf.

## Martin

Verdammt, verdammt, verdammt, fluche ich innerlich und balle die Hände zu Fäusten. Als Lily es bemerkt, öffne ich sie und verschränke sie in meinem Schoß. Diese Frau ist noch viel scharfsinniger, als ich erwartet habe. Wie soll ich mich nur aus der Affäre ziehen, wenn ich ihr jetzt von dem Unfall erzähle, bei dem Clark als Beifahrer direkt neben mir saß? Wenn sie jetzt schon Verdacht geschöpft hat, dass da irgendwas faul ist im Staate Dänemark.

Natürlich habe ich gemerkt, dass ich rot geworden bin. Umso mehr gilt es nun, gelassen zu wirken. Demonstrativ rühre ich noch etwas Zucker in meinen Tee und nehme einen Schluck.

»Das war Mitte Februar, ungefähr sechs Wochen später.

Es war ungefähr acht Uhr abends, draußen war es stockdunkel. Da kam über Funk der Notruf eines Streifenwagens herein. Zwei Verkehrsrowdys würden sich ein illegales Straßenrennen liefern. Sie forderten Verstärkung an. Das Ganze spielte sich auf der Folkestone Road Richtung stadtauswärts ab. Ich war schwer erkältet, ebenso wie ein großer Teil meiner Leute, der krankgeschrieben war. Trotzdem war ich zur Arbeit erschienen, hatte mich aber an jenem Tag nur zum Innendienst eingeteilt.«

Ich hole tief Luft, werde aber um das entscheidende Detail nicht herumkommen. Schließlich steht ja alles in der Akte. Aber erst mal versuche ich, Zeit zu gewinnen. Mein Gesicht ist nach wie vor heiß, mein Nacken verkrampft. Schon spüre ich die Vorboten von Kopfschmerz. Ich tue mein Bestes, um mit möglichst ruhiger Stimme fortzufahren.

»In der Polizeistation am Ladywell waren aufgrund der vielen Krankheitsfälle außer mir nur noch zwei Mitglieder meiner Schicht. Alle anderen waren draußen auf Streife. Ich beschloss daher, dass wir uns einzeln an der Verfolgungsjagd der Verkehrsrowdys beteiligen sollten. Eine junge Polizistin hielt die Stellung vor Ort, der zweite Polizist sollte ebenfalls allein im Streifenwagen fahren. Je mehr Wagen wir hätten, desto eher würden wir das illegale Rennen beenden können, hoffte ich.« Und unter Lilys scharfem Blick füge ich hinzu: »Es war ja keine Gefahr im Verzug wie bei dem Banküberfall, wo ich nie allein hingefahren wäre.«

Sie nickt leicht und macht eine auffordernde Handbewegung. Ich habe das sichere Gefühl, dass sie genau weiß, wie schwer es mir fällt, fortzufahren.

»Als ich meinen Wagen gerade starten wollte, tauchte plötzlich Clark Jarrett auf dem Hof auf. Hinterher habe ich erfahren, dass er sich aufgrund des Personalmangels bereit erklärt hatte, an diesem Tag eine Doppelschicht zu übernehmen, da auch der Kollege, der die Nachtschicht geleitet hätte, krank war.«

»Wieso haben Sie das erst hinterher erfahren und nicht in dem Augenblick, in dem Jarrett zu Ihnen in den Wagen sprang?«, will Lily wissen und legt den Finger damit gleich in die Wunde. »Zumal er ja zwei Stunden früher da war, als die Nachtschicht begonnen hätte.«

»Das weiß ich nicht mehr!« Ich verliere vorübergehend die Contenance. »Es spielt doch auch keine Rolle!«

Brown zuckt mit den Schultern. »Das weiß ich noch nicht«, antwortet sie kryptisch. »Aber fahren Sie fort!«

»Wir waren noch keine fünf Minuten unterwegs, mit Blaulicht und Martinshorn und natürlich mit hoher Geschwindigkeit, da tauchte auf der Straße ein Schatten vor mir auf. Instinktiv riss ich das Lenkrad herum, geriet kurz ins Schleudern und rammte mit dem Streifenwagen dann zwei auf dem Randstreifen parkende Autos. Zum Glück saß da niemand drin. Aber alle drei Wagen waren schrottreif.«

Lily studiert konzentriert ihre Notizen. Ich bin sicher, dass sie alles bereits auswendig kennt und sich ihre Fragen schon zurechtgelegt hat. »Clark Jarrett hat ausgesagt, diesen Schatten nicht bemerkt zu haben.«

Das Herz schlägt mir bis zum Hals. Natürlich nicht, würde ich am liebsten schreien. Der Schuft hat mir ins Lenkrad gegriffen, deshalb habe ich den Wagen verrissen. Dann hat er mich beim Police Inspector angeschwärzt.

»Das alles spielte sich ja in Bruchteilen von Sekunden ab. Vielleicht war es ein Tier, das über die Straße rannte. Vielleicht auch ein Mensch, der sich schnell davonmachte, als er bemerkte, was er angerichtet hatte, und nicht hineingezogen werden wollte.«

»Auf jeden Fall hat sich dieser Unbekannte, so es ihn denn gab, auf die polizeilichen Aufrufe, sich zu melden, nicht gerührt«, stellt Lily trocken fest. »Aber bei Ihnen hat man 0,3 Promille Alkohol im Blut entdeckt.«

Wieder spüre ich, dass ich erröte. »Wenn Sie das wissen, wissen Sie auch, woher der Alkohol kam«, schnappe ich. »Ich hab mir einen Schuss Rum in den Tee getan, um die Erkältungssymptome zu mildern. Jaja, ich weiß, dass Alkohol im Dienst streng verboten ist. Aber eigentlich hätte ich nach Hause ins Bett gehört. Deshalb hat mein Chef es ja auch dieses Mal bei einer Ermahnung belassen.«

Wieder mustert mich Lily Brown mit diesem durchdringenden Blick. »Kommen wir noch mal auf Clark Jarrett zurück. Er war also bei allen drei Vorfällen dabei. Er hat die zweite Einheit während der Drogenrazzia geleitet, er war Ihr Beifahrer bei dem Unfall und ein Mitglied Ihrer Streifenwagenbesatzung bei dem Banküberfall. Sind das nur Zufälle?«

Ihre Stimme klingt, als würde sie das bezweifeln.

Ich hebe bewusst gelassen die Schultern. »Ich denke schon.«

Sie konsultiert schon wieder ihre Notizen. »Kannten Sie Jarrett eigentlich schon von früher? Ich sehe gerade, dass er ebenfalls in Southwark gearbeitet hat.«

Jetzt wird mir heiß und kalt. Die Gedanken rasen durch meinen Kopf. Ich nehme Zuflucht zu einer Halbwahrheit. »Ich kannte Clark flüchtig. In Southwark gibt es viel mehr Polizeibeamte als in Dover. Der Stadtteil hat ungefähr zehnmal so viel Einwohner.«

»Also hatten Sie dort nie näher mit Jarrett zu tun?«, insistiert sie. »Und es ist ein weiterer Zufall, dass er sich genau wie Sie ausgerechnet nach Dover versetzen ließ?«

Mir stockt fast der Atem. Genau weiß ich das gar nicht. Aber ich muss auf jeden Fall abstreiten, dass irgendeine Absicht dahintergesteckt haben könnte. »Nur ein Zufall!«, wiederhole ich.

Sie runzelt die Stirn. »Gut, dann erwarte ich Sie am nächsten Dienstag um die gleiche Zeit.«

# KAPITEL 8

## Lilys Wohnung

*Freitag, 26. April 2019, am späten Abend*

Noch völlig beeindruckt von Samantha Harris' Auftritt, kam Lily gegen zehn Uhr nach Hause. Sie hatte gemeinsam mit Mabel Ellis, die sie auch darauf aufmerksam gemacht hatte, eine Veranstaltung über häusliche Gewalt besucht.

Daheim erwartete sie die nächste Überraschung des Abends. Dan und Mick saßen einträchtig nebeneinander auf dem Sofa und sahen fern. Mick hatte sich sogar an Dans Oberschenkel geschmiegt.

Als der Kater Lily bemerkte, sprang er sofort auf und lief mit erhobenem Schwanz und lautem Maunzen auf sie zu. Sie streichelte ihm über Kopf und Rücken, bevor sie Dan mit einer leidenschaftlichen Umarmung begrüßte.

»Womit hast du Mick denn bestochen?«, schmunzelte sie, als sie sich voneinander gelöst hatten.

Dan grinste schuldbewusst. »Ich hatte solchen Hunger, dass ich mich an deinem Roastbeefaufschnitt vergriffen und mir ein Sandwich damit gemacht habe. Mick bettelte mich so unwiderstehlich an, dass ich ihm ein paar Stückchen abgegeben habe.«

»Hmm«, machte Lily, halb amüsiert, halb ärgerlich. »Eigentlich möchte ich Mick nicht an unser Essen gewöhnen. Er frisst ohnehin viele Katzenfuttersorten überhaupt nicht mehr. Manchmal weiß ich kaum noch, was ich ihm vorsetzen soll.«

»Nun sei doch nicht so streng mit ihm!«, bat Dan. »Wo der kleine Kerl doch schon den ganzen Tag allein ist.«

»Oh, Mick weiß sich durchaus zu helfen.« Lily erzählte Dan von den regelmäßigen Besuchen des Katers bei ihrem Nachbarn O'Brian. Dann fiel ihr etwas ein. »Oh, ich hätte mich längst bei Mr O'Brian melden müssen. Er wollte mir seine Sorte von Katzenfutter zeigen.«

»Dann hast du an diesem Wochenende mehr Gelegenheit dazu, als mir recht ist.« Dans Miene verdüsterte sich. »Ich muss leider schon morgen früh wieder nach London zurück. Jocelyn geht es immer schlechter. Wenn sich ihre Übelkeit und die damit verbundenen Brechattacken nicht rasch bessern, muss ich sie noch am Wochenende ins Krankenhaus bringen.«

Lily durchfuhr ein Stich. Gleichzeitig war sie betroffen. »Das tut mir leid für sie.«

»Ich hab mehr Angst um das Baby. Jocelyns Frauenärztin hat ihr jetzt ein weiteres Mittel verschrieben. Wenn das auch nicht hilft, sei sie mit ihrem Latein am Ende, hat mir Jocelyn gesagt. Dann braucht sie Infusionen, die ihr die notwendigen Nährstoffe zuführen, damit das Ungeborene keinen Schaden nimmt.« Dan hob Lilys Kinn und sah ihr mit einem flehenden Ausdruck in die Augen. »Du verstehst sicher, dass ich die beiden jetzt nicht im Stich lassen kann.«

Lilys Magen krampfte sich zusammen. »Du hättest mir eine Nachricht schicken können. Dann hätte ich auf den Abend mit Mabel und Samantha verzichtet und wäre schon früher nach Hause gekommen.«

»Das wollte ich auf gar keinen Fall. Schließlich warst du doch so neugierig auf den Auftritt deiner ehemaligen Patientin. Du hast mir bei jedem Telefonat davon erzählt und kannst mir ja beim Essen darüber berichten. Denn ich habe mir die Zeit damit vertrieben, etwas Gutes zu kochen.« Er machte eine einladende Geste in Richtung Küche, aus der es verführerisch roch, wie Lily erst jetzt bemerkte. »Lammkoteletts mit Bratkartoffeln und grünen Bohnen. Hoffentlich hast du tüchtig Appetit!«

Lilys Beklommenheit verflog und machte einer tiefen Rührung Platz. Früher hätte sie Dan womöglich eine Szene gemacht, so wie in den ersten Jahren ihrer Beziehung. Heute vertraute sie ihm und spürte, dass er aus echter Besorgnis auf das Wochenende mit ihr verzichtete und nicht, weil er Jocelyn gefällig sein wollte. Außerdem hatte er für die wenigen Stunden des Zusammenseins die lange Autofahrt von London nach Canterbury auf sich genommen. Und sogar noch eingekauft und für sie gekocht.

»Hunger habe ich wirklich«, bestätigte sie und schnupperte genießerisch.

Beim Abendessen erzählte sie Dan von Samanthas erstaunlichen Fortschritten. »Stell dir vor, ich hätte Sammy, die jetzt übrigens wieder ihren Mädchennamen Foster angenommen hat, kaum wiedererkannt. Sie hat sich schon äußerlich total verändert, hat sich die Haare kurz schneiden lassen und an Gewicht zugelegt. Als Ausdruck ihres neuen Selbstbewusstseins und ihrer Abgrenzung vom Schönheitsideal ihres ehemaligen Gatten, dem sie sich so lange unterworfen hat.«

»Das ist wirklich erstaunlich. Wird man sie denn noch vor Gericht stellen?«, erkundigte sich Dan.

»Zum Glück nicht. Das Verfahren gegen sie wurde eingestellt, weil die ermittelnde Staatsanwaltschaft eindeutig auf Notwehr erkannt hat. Und diese Chance will Sammy jetzt nutzen, hat sie bei der Versammlung öffentlich gesagt.«

»Und wie will sie sie nutzen?«

»Vor allem, indem sie Frauen ihren Fall schildert und sie davor warnt, es nicht so weit kommen zu lassen und sich so früh wie möglich von einem gewalttätigen Partner zu trennen. Sie will sogar eine Selbsthilfegruppe für misshandelte Frauen gründen und geht wieder arbeiten. Das alles fanden Mabel und ich sehr beeindruckend.«

Dan nickte anerkennend. »Das ist es zweifelsohne.« Er griff nach Lilys Hand und küsste sie. »Und ein unerwarteter, wenn auch später Erfolg deiner Therapie.«

Während sie das Essen genossen, leistete Mick ihnen weiterhin Gesellschaft, anstatt sich unter der Couch zu verkriechen. Im Gegenzug bekam er entgegen Lilys Prinzipien einige Stückchen Lammfleisch ab.

Erst als sie beim Nachtisch angelangt waren, einem Rhabarber-Crumble, den Dan in einem Pub besorgt hatte, bemerkte Lily, wie müde und erschöpft er aussah. Sie legte ihm die Hand auf den Arm. »Machst du dir solche Sorgen um Jocelyn und das Baby?«

»Einerseits schon.« Er seufzte schwer. »Aber nicht nur. Eigentlich wollte ich nicht darüber reden bei dem bisschen Zeit, das uns diesmal bleibt.«

»Jetzt hast du mich aber neugierig gemacht. Und du weißt doch, dass ich Neugier nicht aushalten kann.«

»Ich bin noch immer keinen Schritt weitergekommen, was diese Serienvergewaltigungen in London angeht.« Dans Stimme klang gequält.

Lily legte ihren halb vollen Löffel ab und streichelte seinen Handrücken. »Das tut mir sehr leid. Ich weiß ja selbst noch sehr gut, wie frustrierend Ermittlungen sind, bei denen man auf der Stelle tritt.«

»Mittlerweile gab es eine weitere Sendung in der BBC, in der die vergewaltigten Frauen, die sich anonym gemeldet hatten, noch einmal eindringlich gebeten wurden, sich zu erkennen zu geben. Es wurde sogar eine Nummer für ein Vertrauenstelefon eingerichtet. Doch diesmal war die Resonanz gleich null.«

Lily stöhnte auf. »O nein! Aber wie erklärst du dir, dass der Vergewaltiger seine Opfer so stark einschüchtern kann, dass sie der Überzeugung sind, er könnte sie jederzeit aufspüren und töten, wenn sie Anzeige erstatten? Wie sollte er denn davon erfahren?«

Sie hielt inne und überlegte einen Moment lang. »Denn wenn es mittlerweile mindestens noch neun lebende Opfer gibt, kann er sie alle unmöglich dauernd persönlich im Auge behalten. Die Taten sind außerdem zum Teil jahrelang her. Abgesehen davon, dass er gar nicht wissen kann, ob sich jetzt eine der Frauen bei jenem Vertrauenstelefon meldet.«

Dan ballte die Hände zu Fäusten. »Das ist es ja, was mich langsam komplett deprimiert! Wir haben keine Ahnung, warum die Opfer so überzeugt davon sind, dass der Täter seine Drohung wahrmacht!«

Er raufte sich seine schwarzen Haare. »Die spärlichen Informationen, die ich bis jetzt habe, reichen auch nicht für ein aussagekräftiges Täterprofil. Einigermaßen sicher kann ich bislang nur Folgendes sagen: Der Mann ist höchstwahrscheinlich weiß, in mittlerem Alter und geht sehr bedacht und sorgfältig vor. Er muss äußerlich unauffällig sein, denn er späht seine Opfer vorher tage- oder sogar wochenlang aus.«

Dan zerdrückte geistesabwesend die Streusel seines Crumbles zu Krümeln. »Vielleicht hat er sich mit irgendeinem Trick unbemerkt Zugang zu ihren Daten verschafft. Aber auch das würde nicht erklären, warum er glaubt, sie so umfassend kontrollieren zu können.«

»Vielleicht blufft er ja auch nur«, überlegte Lily. »Er tut

so, als hätte er nach der Tat immer noch Macht über seine Opfer.«

Dan stieß frustriert die Luft aus. »Auch das haben wir inzwischen in Erwägung gezogen und darüber noch einmal mit Jill, dem Opfer aus dem Hyde Park, gesprochen. Wir haben ihr dargelegt, wie unwahrscheinlich es ist, dass der Täter erfährt, wenn sie uns etwas über seine Identität verrät. Wir haben ihr sogar beständigen Polizeischutz angeboten, wenn sie kooperiert. Das hat sie geradezu panisch abgelehnt und bleibt bei ihrer Version, sich an nichts zu erinnern. Dabei kann ich ihr ansehen, dass sie lügt!«

Lily nickte mitfühlend. »Das ist schlimm. Hast du sonst noch etwas in dein vorläufiges Täterprofil aufgenommen?«

»Auch in seinem Umfeld muss der Mann unauffällig wirken, sodass niemand ihm solche Verbrechen zutraut. Mit höchster Wahrscheinlichkeit lebt er entweder allein oder hat einen Job, der ihn häufig weg von zu Hause führt. Wie sollte er sonst die Zeit aufbringen, um seine Opfer auszuforschen?«

Dan raufte sich weiter die Haare, bis sie nach allen Seiten abstanden. »Aber die entscheidende Frage ist und bleibt, womit er die Frauen so einschüchtert, dass sie aus Todesangst nichts über ihn preisgeben, weil sie es offensichtlich sehr glaubhaft finden, womit er ihnen droht.«

Lily kam eine Idee. »Und wenn er behauptet, an Insiderinformationen kommen zu können? Weil er sich in die Datenbanken der Polizei einhacken kann? Vielleicht ist er ja ein IT-Experte oder Computerfreak, sodass die Frauen ihm das abnehmen. Oder er kann sich tatsächlich Zugang verschaffen.«

Dan sah auf. »Dieser Verdacht ist mir auch schon gekommen. Doch dies herauszufinden, ist so, als würde man die Stecknadel im Heuhaufen suchen.« Wieder stieß er frustriert die Luft aus. »Es wäre viel zu aufwendig, um dem nachzugehen.«

»Der Kerl müsste aber regelmäßig kontrollieren, ob ein Opfer ihn nicht doch angezeigt hat. Kann die forensische IT nicht herausfinden, ob und wie oft sich Unbefugte Zugriff auf interne Polizeidaten verschafft haben? Und ob es da merkwürdige Häufungen gibt?«

Dan schnaubte. »Das wäre nur möglich, wenn wir die Namen der Opfer kennen. Dann könnten wir ermitteln, ob irgendjemand immer wieder ihre Daten checkt. Ansonsten wirst du kaum glauben, wie oft Außenstehende unbefugt auf unsere Datenbanken zugreifen. Da ist der Ermittler, der seinen Laptop mit heimnimmt und nicht ausschaltet, sodass der Filius regelmäßig Einblick in aktuelle Fälle nehmen kann. Da sind IT-Spezialisten, die sich im Auftrag von Verbrecherclans einhacken. Aber auch intern gibt es unzählige Polizeibeamte, die immer wieder Daten abfragen, ohne eine Berechtigung dafür zu haben.«

Lily nickte. Sie erinnerte sich schuldbewusst daran, dass auch sie eine Police Constable in Canterbury überredet hatte, ihr bestimmte Informationen zu besorgen, die sie für die Aufklärung des Todes von Vera Osmond brauchte.

»Wir würden unverhältnismäßig viele Kapazitäten der forensischen IT über einen enormen Zeitraum binden. Und trotzdem im Trüben fischen. Denn wir wissen ja nicht einmal, ob der Täter auf diese Weise agiert.« Kurz hielt Dan inne und fügte dann hinzu: »Aber vielleicht gibt es doch noch etwas, das ich bisher übersehen habe. Auch deshalb ist es mir gar nicht so unrecht, dass ich morgen wieder in London bin. Ich werde mir alle bekannten Fakten zu den Vergewaltigungen noch einmal genau anschauen. Vielleicht fällt mir doch noch was auf.«

Er strich Lily über ihre dunkelbraunen Locken und gab

ihr einen Kuss auf die vollen Lippen. »Doch lass uns jetzt nicht mehr länger darüber reden. Ich will wenigstens ein paar Stunden abschalten.«

Eigentlich wollte Lily Dan an ihre Bitte vom letzten Wochenende erinnern, verzichtete aber darauf, da sie ihr in diesem Moment vergleichsweise nebensächlich vorkam.

Doch Dan kam selbst darauf zurück. »Meinen alten Bekannten in Southwark anzurufen und etwas über Martin Gordon und Clark Jarrett in Erfahrung zu bringen, war mir leider beim allerbesten Willen noch nicht möglich. Das verstehst du doch sicher.«

Lily nickte. Trotzdem war sie etwas enttäuscht. »Ich glaube zwar gar nicht, dass viel dabei rauskommt. Aber es wäre mir wichtig gewesen, um mit diesem Zweig meiner Behandlung abzuschließen.«

Die beiden Sitzungen in dieser Woche waren gut gelaufen. Es war um Martin Gordons Arbeitseinstellung und Ethos als Polizeibeamter gegangen. Damit hatte er bei Lily gepunktet. Zudem hatte er reuig eingestanden, die Sache mit der Blendung beim Schuss tatsächlich hinzukonstruiert zu haben, um glaubhafter zu wirken, und sich aufrichtig dafür entschuldigt. »Das war verdammt dämlich von mir, Mrs Brown. Aber ich brauche meine Stelle so dringend zurück. Sonst weiß ich nicht, was aus mir und vor allem aus meiner Tochter werden soll. Ich habe Clark versehentlich angeschossen, das müssen Sie mir glauben! Es gibt kaum etwas, das mir mehr leidtut.«

Er hatte aufrichtig und verzweifelt geklungen, was Lily ans Herz gegangen war. Sie wollte Dan schon sagen, dass sie auf ihre Bitte verzichten wolle, als er ihr zuvorkam.

»Ich verspreche dir, das Gespräch nächste Woche nachzuholen. Schon als Wiedergutmachung für das ausgefallene Wochenende.«

»Vielen Dank! Dann sollten wir jetzt schnell alles nur in die Küche bringen. Aufräumen kann ich morgen, wenn du weg bist. Ich hoffe, du bist nicht allzu müde.« Sie erhoben sich, und Lily reckte sich zu Dan empor, der mit seinen fast sechs Fuß einen Kopf größer war als sie selbst, und küsste ihn auf die Nasenspitze.

Der Glanz, der in Dans graublauen Augen aufblitzte, bewies ihr das Gegenteil und verursachte ihr ein wohliges Kribbeln im Unterleib.

Als sie eng umschlungen Richtung Schlafzimmer gingen, saß Mick schon erwartungsvoll vor der Tür.

»O Gott«, stöhnte Dan. »Jetzt ist unser schöner Burgfriede bestimmt dahin, wenn wir ihn nicht mit hineinnehmen.«

»Das kommt gar nicht infrage«, antwortete Lily mit einer Mischung aus Empörung und Amüsement. »Aber ich habe eine Idee, wie wir ihn ablenken und gleichzeitig ein wenig versöhnen können!«

Rasch lief sie zum Schrank, in dem sie Micks Futter aufbewahrte, und griff nach einem der Knabberstäbchen, die er so liebte. Sie zerpflückte es in kleine Stückchen, die sie weit in den Flur hineinwarf.

Während Mick ihnen nachstürzte, als wäre er halb verhungert, schlüpften Lily und Dan rasch ins Schlafzimmer und fielen sich drinnen selig in die Arme. Sie rieb ihre Wange an seinem Dreitagebart und genoss den harzigen Duft seines Aftershaves.

»Endlich!«, murmelte er, während er Lilys Bluse aufknöpfte. »Danach habe ich mich die ganze Woche gesehnt!«

# KAPITEL 9

## Pub *Three Lions* in Southwark
*Donnerstag, 2. Mai 2019*

Als er den Pub *Three Lions* in Southwark betrat, erkannte Dan Jimmy auf den ersten Blick, obwohl es fast zehn Jahre her war, dass sie sich zuletzt getroffen hatten. Nachdem sie ihr letztes Ausbildungsjahr an der MET gemeinsam absolviert hatten, hatten sie sich aus den Augen verloren.

Dan war aufgrund seiner hervorragenden Leistungen sofort als Polizeipsychologe in die zentrale Abteilung Forensic Services von Scotland Yard übernommen worden und hatte sich mittlerweile als Profiler einen Namen gemacht. Deshalb war er auch bereits zum Detective Inspector aufgestiegen.

Jimmy Wilford hatte sich dagegen mehr schlecht als recht durch seine Polizeiausbildung hindurchgemogelt. Man munkelte, dass vor allem sein Vater, ein bekannter Professor der Rechtsmedizin, ein ums andere Mal seine Beziehungen hatte spielen lassen, wenn der Filius an den Anforderungen zu scheitern drohte. Schließlich war Jimmy als einfacher Police Constable im Greater-London-Bezirk Southwark gelandet.

Viele Jahre lang hatte Jimmy in diesem untersten Dienstgrad verharrt. Auch ein kurzer Ausflug in das örtliche Criminal Investigation Department brachte ihn nicht weiter. Dan hatte damals gerüchteweise gehört, Jimmy sei bereits nach einem halben Jahr wieder zur Schutzpolizei zurückgeschickt worden. Wegen erwiesener Unfähigkeit, hatte man hinter vorgehaltener Hand gelästert.

Obwohl Dan Jimmy als Kumpel, mit dem man in der Freizeit viel Spaß haben konnte, gemocht hatte, kreuzten sich ihre Wege nach Abschluss der Ausbildung nur noch selten. An Jimmy hatte dies nicht gelegen. Es war Dan, der immer neue Ausreden erfand, warum er für die früher üblichen Kneipentouren keine Zeit mehr hatte.

Als Lily ihn gefragt hatte, ob er jemanden aus Southwark kennen würde, war ihm Jimmy sofort wieder eingefallen. Mit einem Anflug von schlechtem Gewissen hatte er ihn daher vor zwei Tagen angerufen und war froh, dass Jimmy heute Abend zu einem Treffen bereit gewesen war. Der winkte ihm jetzt freudig von einer Ecke der Theke aus zu, wo schon ein Pint Lager vor ihm stand.

Dann sprang er auf und schlug Dan zur Begrüßung begeistert auf die Schultern. »Mensch, Kumpel, was hab ich mich gefreut, dass du dich mal wieder gemeldet hast.«

Dan erwiderte Jimmys Grinsen und hoffte, dass er ihm das Schuldgefühl nicht ansah. Denn ohne Lilys Bitte hätte er nicht daran gedacht, sich je wieder mit Jimmy zu verabreden. »Wie geht es dir denn?«

Jimmys Grinsen wurde noch breiter. »Mir geht's super! Ich bin vor einem Dreivierteljahr endlich zum Police Sergeant befördert worden.«

»Meinen Glückwunsch! Das wurde ja langsam auch Zeit!« Kaum waren die Worte heraus, hätte sich Dan am liebsten auf die Zunge gebissen. Wie dämlich war das denn?, dachte er ärgerlich.

Aber Jimmy nahm ihm die Bemerkung nicht übel. Auch früher war er nie nachtragend gewesen, wenn es mal zwischen ihnen geknirscht hatte.

Eine Weile diskutierten sie über die jüngsten Football-

Ergebnisse in der Premier League. Dan war Fan von Arsenal London, Jimmy bevorzugte die Tottenham Hotspurs, die sich gerade für die UEFA Champions League qualifiziert hatten. Dan machte gute Miene zum bösen Spiel, derweil Jimmy nicht aufhörte, von dieser tollen Saison zu schwärmen. Denn Arsenal hatte die Qualifikation erneut knapp verpasst.

Trotzdem kamen sie dadurch auf überraschende Weise zu Dans Thema, als Jimmy sagte: »Ist schon ein komisches Gefühl, auf einmal Vorgesetzter einer ganzen Schicht zu sein. Zum Glück ist mein Job auf jeden Fall sicherer als der eines Footballtrainers.«

Dan, der auf gar keinen Fall weiter über Arsenals Pech trotz neuen Trainers diskutieren wollte, ergriff die Gelegenheit beim Schopf. »Wo bist du denn stationiert?«

Es stellte sich heraus, dass es ein kleinerer Außenposten am Bezirksrand war. Schließlich war das Southwark Police Department mit über achthundert Mitarbeitern eins der größten der MET. »Ich bin froh, dass ich aus der rummeligen Zentrale raus bin«, erklärte Jimmy. »Zum Glück ging mein Vorgänger nach Dover, da hab ich mich gleich auf die freie Stelle beworben. Und diesmal hat es geklappt.«

Dan merkte auf. Das war ja ein willkommener Zufall. Aber für eine direkte Frage nach Clark Jarrett war es noch zu früh. »Und vorher nicht?«

Jimmys Miene verdüsterte sich. Er nahm einen tiefen Schluck Lager und wischte sich den Schaum aus seinem dunklen Vollbart. »Nee! Dreimal hab ich mich vorher umsonst bemüht. Das erste Mal schon vor – lass mich mal überlegen – fünf oder sechs Jahren. Da wollte man mich nicht. Dabei hat der Volltrottel, der damals auch nach Dover ging, jetzt sogar meinen Vorgänger angeschossen.«

Dan tat überrascht. »Meinst du den Vorfall in der Santander-Bank?«

Jimmy nickte. »Das hat sich ja offenbar wie ein Lauffeuer rumgesprochen, wenn ihr selbst in der Zentrale darüber Bescheid wisst.«

»In der Zentrale hab ich darüber nichts gehört. Aber ich hab viele Bekannte bei der Kent Police. Du erinnerst dich sicher an die Sache mit den Seniorinnen, die im vergangenen Jahr in ihren Wohnungen überfallen wurden. Der Großteil der Fälle spielte sich in Kent ab. Daher habe ich immer noch gute Kontakte dahin.« Nun ging Dan in die Offensive. »Kannten sich die beiden denn schon von früher?«

Jimmy zuckte die Achseln. »Klar kannten die sich. Bevor Martin Gordon nach Dover ging, führten die zwei als Police Sergeant jeder eine Schicht in der Central Police Station von Southwark. Soweit ich mich erinnere, waren die beiden wie Feuer und Wasser. Ließen kein gutes Haar aneinander. Dabei waren sie ehemals sogar ganz gute Kumpel.«

Dan wurde neugierig. »Und was hat die beiden entzweit?«

Jimmy starrte auf sein leeres Glas Bier. Dann winkte er dem Barkeeper, nachzuschenken. »Martins Frau wurde krank. Ist schließlich elendiglich am Brustkrebs krepiert. Das hat ihn verändert, hieß es. Vom guten Kumpel zum Kameradenschwein.«

»Zum Kameradenschwein? Wie das?«

»Er wurde auf einmal superempfindlich, was unsere Mädels anging.« Ein seltsamer Ausdruck trat in Jimmys braune Augen. »Früher war der Martin nicht zimperlich. Vor meiner Zeit soll er sogar ein richtiger Filou gewesen sein. Sah ja auch blendend aus. Die Weiber standen auf ihn. Die eine oder andere Kollegin hat er sogar angegrabscht.

Aber nachdem seine Frau so krank wurde, hat er bei solchen Späßen nicht mehr mitgemacht. Wurde vom Saulus zum Paulus sozusagen.« Er machte eine kurze Pause und warf Dan einen flüchtigen Blick zu. »An sich fand ich das sogar gut, denn mich hat so ein Gebaren auch immer angewidert. Aber dann ging der Martin zu weit!«

»Zu weit? Was heißt das?«

»Er hat Kameraden beim Chief SU verpfiffen. Vor allem den Clark. Clark Jarrett, das ist der, den ich jetzt beerbt habe. Mir tun die Mädels ja auch oft leid. Aber man schwärzt einen Kollegen einfach nicht an.«

»Er hat Kameraden beim Chief Superintendent verpfiffen?« Dan musste seine Verwunderung nicht vortäuschen. Das war ja weitaus interessanter und spannender, als er gedacht hatte. Da würde Lily einiges aufzuklären haben. Hatte sie nicht erzählt, Martin Gordon hätte behauptet, er und Clark würden sich kaum kennen?

»Ja, er ist tatsächlich mit der Frau, um die es ging, zum Chief SU gegangen.«

»Warum denn nicht erst zu seinem Police Inspector? Das ist doch der unmittelbare Vorgesetzte.«

»Na klar. Doch der hat Martin auflaufen lassen. Man scheißt nicht ins eigene Nest, hat er ihm wohl gesagt. Danach ist der Martin gleich drei Stufen drüber zum Chief SU gegangen! Und danach«, wieder hob Jimmy die Schultern, »danach heißt es dann eben: Wie man sich bettet, so liegt man. Tat mir einerseits leid für den Martin, aber andererseits, so was geht gar nicht. Aber jetzt muss ich mal aufs Klo.« Er hob sein inzwischen wieder halb leeres Glas. »Kannst du mir schon mal eins nachbestellen? Lass es auf den Deckel schreiben!«

»Nonsense! Du bist heute eingeladen«, antwortete Dan mechanisch. »Um unserer alten Freundschaft willen.«

Während sich Jimmy zur Toilette aufmachte, dachte Dan über dessen letzte Worte nach. Noch immer war in der MET die Ansicht verbreitet, Frauen seien als Polizistinnen fehl am Platze. Auch Lily hatte dies in ihrer Zeit als forensische Psychologin oft genug zu spüren bekommen, vor allem wenn sie Cold Cases nachging und dabei männliche Beamte mit Ermittlungsfehlern konfrontierte.

Berüchtigt für Frauenfeindlichkeit waren vor allem die unteren Chargen der Schutzpolizei. Dort waren die Kolleginnen nicht selten eine Art Freiwild für unappetitliche Späße, die sie am besten klaglos zu erdulden hatten.

Aber was hatte zu Martin Gordons Sinneswandel geführt? War es wirklich der Tod seiner Frau gewesen?

Jimmy kam zurück. »Du hast ja gar nichts nachbestellt!«, sagte er vorwurfsvoll.

»Sorry. Der Barkeeper hat mich bislang übersehen!« Was eine Notlüge war. »He!«, rief Dan nun demonstrativ und winkte heftig. »Und wie hat der Chief SU reagiert?«, fragte er, während frische Gläser vor sie gestellt wurden.

»Der hat auch kein Riesendrama aus der Affäre gemacht. Er hat Clark auf den Außenposten versetzt, den ich jetzt übernommen hab. Weg von Martin und der Frau, sie hieß Sue Belham und gehörte zu Martins Team. Degradiert hat er Clark jedenfalls nicht. Die andern zwei hat er nur ermahnt.«

»Hat Gordon denn Clarks Degradierung verlangt?«

»So hieß es«, wich Jimmy aus. »Wegen der Vorbildfunktion und so.«

»Was war der Frau denn passiert?« Dan bemühte sich, die Frage möglichst neutral zu stellen.

Jimmy presste die Lippen zusammen. »Na ja«, druckste er herum. »Bei Licht besehen, war es schon ein starkes Stück. Die Jungs haben ihr die Klamotten geklaut, während sie nach dem Sport in der Dusche stand. Sie spielte an dem Abend als einzige Frau in der Handballmannschaft der Southwark Police mit. Und dann haben sie sie nackt um ihre Kleider betteln lassen.«

»Wirklich ein starkes Stück«, stimmte Dan schockiert zu. »Warum hat es diesen Jarrett besonders stark getroffen? War es etwa seine Idee?«

Wieder trat der seltsame Ausdruck im Jimmys Augen, den Dan nicht deuten konnte.

Er nickte. »Schon. Aber das Ganze geschah ja nicht mal im Dienst. Deshalb hätte Martin besser keine so große Sache daraus gemacht. Denn nach seiner Petzerei und Clarks Versetzung ist er in Southwark seines Lebens nicht mehr froh geworden. Jedermann hat ihn geschnitten, wie es Kameradenschweine eben verdienen.«

»Also wurde er gemobbt?«, brachte es Dan auf den Punkt. »Und so etwas billigst du?«

Jimmy wirkte erschrocken. »Natürlich nicht«, versicherte er rasch. »Auch Mobbing ist Shit. *Ich* hab dabei nie mitgemacht!«

Aber du hast es auch nicht verhindert, fuhr es Dan durch den Kopf. Laut fragte er: »Was hat man Martin denn angetan?«

Jimmy stöhnte leise. »Warum willst du das so genau wissen? Sind doch alles olle Kamellen.« Als Dan ihn schweigend ansah, fuhr er fort: »Ich weiß es gar nicht mehr so genau. Ist schon ewig her. Der Clark war bei allen halt sehr beliebt. Wie der Jeff und der Robbie, die auch dabei waren und vom Chief SU ermahnt wurden. Mal waren es zerstochene Reifen, mal hat ihm jemand Hundescheiße in die Uniformjacke gesteckt.«

Er kicherte unwillkürlich und schlug sich dann die Hand vor den Mund. »Das war nicht okay, das ist klar.

Aber selbst ich musste lachen, als ich Martins Gesicht sah. Denn das sind alles gute Polizisten und keine schlechten Kerle. Martin hätte die nicht anschwärzen dürfen.«

»Was ist aus der Frau geworden, der man die Kleider geklaut hat?«

Jimmys Miene verdüsterte sich wieder. »Aus Sue? Die hat den Dienst später ganz quittiert. Weil man ihr eben auch übel nahm, dass sie mit beim Chief gewesen war.«

Dan verzog die Lippen.

»*Ich* hab dabei nie mitgemacht!«, beteuerte Jimmy erneut.

Eine Weile herrschte Schweigen, bis es Jimmy als Erster brach. »Auf jeden Fall waren wir alle froh, als sich Martin versetzen ließ. Und für ihn war es auch das Beste, wo ihn in London doch alles an seine Frau erinnert hat, die so schnell gestorben ist. Er muss sie sehr geliebt haben. So was wünsche ich meinem ärgsten Feind nicht.« Jetzt wirkte Jimmy ehrlich betroffen. »Doch jetzt lass uns wieder von was anderem reden!«

»Gern!«, stimmte Dan zu. »Ich habe nur noch eine letzte Frage. Weißt du, warum Clark Jarrett sich ausgerechnet nach Dover versetzen ließ?«

»Das fand ich auch komisch. Aber Clark wollte unbedingt weg aus London. Vielleicht gab es woanders nur diese freie Stelle.«

»Warum wollte Clark denn unbedingt weg?«

Jimmy stieß geräuschvoll die Luft aus.

»Mann, du fragst mir ja noch ein Loch in den Bauch. Er wird schon irgendwelche Gründe dafür gehabt haben. Aber welche das waren, weiß ich doch nicht!«

# KAPITEL 10

## Lilys Praxis

*Freitag, 3. Mai 2019*

Lily hatte sich immer noch keine konkrete Strategie zurechtgelegt, als Martin Gordon am nächsten Morgen, pünktlich wie immer, ihre Praxis betrat. Noch spät am Abend hatte sie mit Dan telefoniert, da sie wusste, dass er seine Kontaktperson kurz vorher getroffen hatte. Die Informationen hatten sie genauso überrascht wie Dan und ihr eine unruhige Nacht beschert.

Nur, wie sollte sie mit Gordon darauf zu sprechen kommen? Jimmy Wilford hatte sie Dan ja informell anvertraut. Seinen Namen durfte sie daher nicht nennen. Darauf hatte Dan bestanden, und sie hätte es ohnehin nicht getan.

Außerdem fühlte sie sich innerlich zerrissen. Clark Jarrett schien tatsächlich einer jener Kotzbrocken zu sein, wie sie auch ihr selbst während ihrer Tätigkeit als Polizeipsychologin begegnet waren. Frauenfeindlich und frauenverachtend, halten sie sich selbst für die Größten, nur weil ihnen ein Schwanz zwischen den Beinen baumelt.

Dagegen ehrte es Martin Gordon, dass er Clark Jarrett in Southwark entgegengetreten war, um einer seiner Mitarbeiterinnen zu ihrem Recht zu verhelfen. War dieser Vorfall bereits der Auslöser für den späteren Schuss auf Clark gewesen? Das allerdings bezweifelte Lily.

Denn konnte etwas, das so viele Jahre her war, tatsächlich der Grund für einen versuchten Mord sein? Oder hatte Jarrett späte Rache an Martin genommen, weil er damals Ursache für seine Versetzung gewesen war? Hatte er ihm deshalb das Rauschgift untergeschoben und ins Lenkrad gegriffen? Doch auch das rechtfertigte Martins Verhalten in der Bank nicht, sollte es tatsächlich Absicht gewesen sein.

Eigentlich hatte Martin in den vergangenen Sitzungen einen immer besseren Eindruck auf Lily gemacht. Weder an seiner Polizeilaufbahn noch an seiner Einstellung zu seinem Beruf war etwas auszusetzen. Martin war nach wie vor gern Polizist.

So gern, dass er deshalb den Fehler mit der Falschaussage begangen hatte, wie er selbst eingestand. Das nahm Lily ihm als Motiv ab.

»Es ist eine Berufung für mich, als kleines Rädchen im Getriebe für Recht und Ordnung zu sorgen«, hatte er in der letzten Sitzung glaubhaft beteuert. Auch seine Vorgesetztenrolle nahm er ernst. »Wenn ich nicht mit gutem Beispiel vorangehe, wie kann ich korrektes Verhalten von meinem Team erwarten?« Und er hatte immer wieder betont, aus diesem Grund in allen anderen Aspekten seiner Aussagen ihr gegenüber ehrlich gewesen zu sein.

Daher hatte Lily für die heutige Sitzung ursprünglich geplant, mit Martin daran zu arbeiten, wie er das durch den Vorfall in der Bank gestörte Vertrauen zu seinen Mitarbeitern wiederherstellen konnte. Dass etwas bei Dans Gespräch mit Jimmy herauskommen würde, hatte sie nicht ernsthaft erwartet. Schon gar nicht etwas so Schwerwiegendes.

Sie musterte Gordons Gesicht, während er es sich in seinem Sessel bequem machte. Im Vergleich zu den Anfangssitzungen wirkte er heute nahezu entspannt. Selbst seine

Nagelhaut wies ausnahmsweise keine aufgerissenen Stellen auf.

Lily sammelte sich. Zumindest den Einstieg ins heutige Gespräch hatte sie parat. In welche Richtung es sich dann entwickeln würde, blieb abzuwarten.

»Sie hatten mir in einer unserer früheren Sitzungen erzählt, dass die Polizei, zumindest während Ihrer Ausbildung in Liverpool, so etwas wie eine Ersatzfamilie für Sie war. Sie betonten den starken Zusammenhalt und die gute Kameradschaft. Wie erleben Sie das denn heute?«

Ein wachsamer Ausdruck trat in Martins Augen. »Zusammenhalt und gute Kameradschaft halte ich immer noch für sehr wichtig.«

Lily entschloss sich spontan, aufs Ganze zu gehen. »Und was würden Sie tun, wenn innerhalb dieser eingeschworenen Gemeinschaft etwas geschähe, das nicht mehr mit Recht und Ordnung zu vereinbaren wäre?«

»Wie meinen Sie das?« Martin wirkte erschrocken.

Lily reagierte mit einer Gegenfrage. »Haben Sie schon einmal etwas vom Korpsgeist innerhalb der Polizei gehört?«

Martin schwieg und wich ihrem Blick aus. Sofort begann er wieder, an seiner Nagelhaut zu zupfen. Seine Antwort konnte Lily zunächst gar nicht verstehen, weil er so nuschelte. »Natürlich habe ich schon vom Korpsgeist gehört«, wiederholte er auf ihre Bitte hin.

»Also, was würden Sie tun, wenn etwas unter Ihren Kameraden geschehen würde, das ganz und gar nicht dem entspricht, wofür Sie als Polizist eigentlich stehen? Nämlich für Recht, Ordnung und Anstand.«

»Auf der Polizeischule wurden wir intensiv dafür sensibilisiert, so etwas nicht zu dulden und sofort zur Anzeige zu bringen.«

»Das klingt, als würden Sie einer klaren Antwort ausweichen«, entgegnete Lily. »Haben Sie sich denn an diese Maxime gehalten?«

Martin sah ruckartig auf. Seine Augen flackerten. »Ich habe nie etwas während einer Hausdurchsuchung gestohlen. Oder Häftlinge absichtlich schikaniert, wenn sie über Nacht in einer Zelle der Polizeistation eingesperrt waren. Oder unnötig Gewalt bei Demonstrationen angewendet.«

»Haben Sie denn einmal mitbekommen, dass einer Ihrer Kollegen so etwas getan hat?«

Martin schwieg eine Zeit lang und knibbelte weiter an seinen Fingern. »In Liverpool gab es einmal einen solchen Fall«, gab er zu. »Da hat einer meiner Vorgesetzten einen Verhafteten während der Vernehmung geschlagen. Aber der hatte ihn vorher auch arg provoziert.«

Lily beobachtete ihn scharf. »Und was haben Sie dann getan?«

Martins Wangen färbten sich rötlich. »Nichts habe ich getan«, gestand er ein. »Es war auch gar nicht nötig. Denn einer der Kollegen, die schon jahrelang Dienst taten, ist sofort dazwischengegangen. Dem Verhafteten ist auch kaum was passiert. Er blutete ein bisschen aus der Nase, das war alles.«

»Und was geschah weiter?«

Jetzt sah Martin sie trotzig an. »Gar nichts. Es war nicht okay, was mein Vorgesetzter getan hat. Aber der Verhaftete hat ihm unterstellt, regelmäßig, ohne zu zahlen, zu Nutten zu gehen und dafür ein Auge zuzudrücken, wenn sie kein aktuelles Gesundheitszeugnis hatten. Davon stimmte kein Wort. Dafür war mein Chef viel zu anständig. Außerdem, wem hätte ich meinen Chef denn melden sollen? Hätte ich als Polizeianwärter etwa zum Police Inspector rennen sollen? Der hätte mich höchstens ausgelacht. Und mit der Kameradschaft ...« Martin stockte und biss sich auf die Lippen.

»... wäre es danach vorbei gewesen«, vollendete Lily den Satz trocken. »Glauben Sie mir, das weiß ich sehr gut. Ich gehörte ja selbst ein paar Jahre zur Truppe.«

## Martin

Worauf will sie denn jetzt hinaus? Ich spüre, wie mir der kalte Schweiß ausbricht. Eigentlich glaubte ich mich in den letzten Sitzungen zunehmend in Sicherheit. Clark Jarrett war gar kein Thema mehr, stattdessen ging es um meine Dienstauffassung.

Und diesbezüglich habe ich heute fast ein reines Gewissen. Fast. Es war natürlich nicht in Ordnung, dass ich auf Clark geschossen habe. Aber das bereue ich nicht. Es ging ja sowieso schief, und ich büße genug dafür.

»Sie haben jetzt von Diebstählen, unangemessener Gewalt bei Demonstrationen und während eines Verhörs gesprochen. Gibt es denn noch ein Thema, das aufgrund des Korpsgeists unter den Teppich gekehrt wird?«

Brown fixiert mich scharf aus ihren grünen Augen. Die goldenen Einsprengsel darin funkeln wie kleine Sterne.

Ich weiß sofort, worauf sie hinauswill, und überlege hektisch, was ich darauf antworten soll. Dann entscheide ich mich für die Wahrheit. »Sie meinen den Umgang mit weiblichen Kollegen?«

Ihr Nicken bestätigt meine Vermutung. »Das meine ich.«

»Nun, als ich mit achtzehn meine Ausbildung begann, das ist jetzt über zwanzig Jahre her, gab es kaum Frauen bei der aktiven Polizei. Das ging damals gerade erst los, und natürlich mussten wir Männer uns zunächst dran gewöhnen.«

»Sie auch?«

Ich nicke. »Natürlich, ich auch! Ich kannte Frauen bei der Polizei nur als Politessen, die ein paar Strafzettel verteilten. Viele meiner ersten Kolleginnen blieben außerdem gar nicht lange im Dienst. Sie heirateten, bekamen Kinder und schieden dann aus. Deshalb nahmen wir sie am Anfang nicht besonders ernst.«

»Und wie äußerte sich das im Alltag?«

Ich fühle mich zunehmend bedrängt. Wenn ich jetzt behaupte, mich immer korrekt verhalten zu haben, wird sie mir das nicht abnehmen. Aber viel zugeben kann ich auch nicht. Hätte ich nur nie mit den Wölfen geheult! Aber ich habe es getan. Und das führte dann irgendwann zu der Katastrophe, die seither mein ganzes Leben bestimmt. Wieder entschließe ich mich zu einem Teil der Wahrheit.

»Sie bluten«, kommt Lily meiner Antwort zuvor und reicht mir die Box mit den Kleenex. Ärgerlich auf mich selbst wickle ich mir eins um den aufgerissenen Daumen.

»Ich gebe zu, dass ich vor meiner Ehe ein rechter Playboy gewesen bin. Da habe ich im Dienst schon mal geflirtet und mich ab und zu sogar danebenbenommen.«

»Was heißt danebenbenommen?«

Mein Herz beginnt schneller zu schlagen. Zum Glück fällt mir jetzt ein Vorfall ein, den ich ihr erzählen kann, ohne mir selbst allzu sehr zu schaden.

»Ich habe mal einer Kollegin, die sich gerade über den Schreibtisch beugte, einen Klaps auf den Hintern gegeben. Das hat mir die heftigste Ohrfeige meines Lebens eingebracht. Danach war ich kuriert, das dürfen Sie mir glauben.«

»Haben Sie einmal miterlebt, wie Kolleginnen sexuell belästigt wurden? Oder sich sogar selbst daran beteiligt? Außer dem Vorfall natürlich, den Sie eben beschrieben haben.«

Wieder durchfährt mich ein Stich, wieder rasen die Gedanken durch meinen Kopf. Hat diese Frau einen siebten Sinn?

»Selbst beteiligt hab ich mich nie an echter sexueller Belästigung«, beginne ich mit der Wahrheit. »Ich hab schlechte Scherze über Kolleginnen gemacht oder mitgelacht, wenn andere solche Scherze machten. Aber außer einem gelegentlichen Klaps auf den Hintern hab ich nie eine angerührt.«

»Also ist es häufiger vorgekommen?«

»Bis ich die Ohrfeige kassiert habe, ab und zu«, räume ich ein. »Aber dann hab ich mal zufällig ein Gespräch unter Polizistinnen mitgehört«, entscheide ich mich für eine Halbwahrheit. »Und dabei mitbekommen, wie sehr die Frauen sich gedemütigt fühlen durch so ein Machogehabe. Danach hab ich mich immer zusammengerissen. Und als ich zum Police Sergeant befördert wurde, hab ich sowieso darauf geachtet, dass alles korrekt verläuft. Die Vorbildfunktion nehm ich sehr ernst, das hab ich Ihnen doch schon gesagt.«

Ihre nächste Frage kommt zwar nicht unerwartet, trifft mich aber trotzdem wie ein Schlag.

»Was hätten Sie denn getan, wenn eine Ihrer eigenen Mitarbeiterinnen sexuell gedemütigt worden wäre?«

Ich verkrampfe die Hände im Schoß und löse sie sofort, als Lily es bemerkt.

»Das hätte ich nie geduldet!« Das ist die Wahrheit. »Aber zum Glück ist es nie passiert.« Das wiederum ist gelogen. Hoffentlich merkt sie den Unterschied nicht.

Wieder überschlagen sich meine Gedanken. »Ich hatte in London sowieso nur eine Mitarbeiterin in meinem Team«, mache ich weiter mit der Mischung aus Wahrheit und Lüge. »Sie hieß Susan Belham und war nicht lange dabei, höchstens ein Jahr. Dann schied sie aus. In dieser Zeit gab es keinen mir bekannten Vorfall einer sexuellen Belästigung.«

Das könnte Lily zwar nachprüfen, aber warum sollte sie es tun? Doch wenn ich ihr erzähle, was damals passiert ist, wird sie weiterfragen und unweigerlich auf Clark und seine Rolle dabei stoßen. Das Risiko ist kleiner, wenn ich lüge.

Jetzt sieht sie mich schon wieder mit diesem stechenden Blick an. Weiß sie etwa schon etwas darüber?

»Kommen wir auf Ihre jetzige Situation in Dover zurück«, fährt sie fort. »Ihre Kollegen schneiden Sie, wurde mir berichtet.«

In meinem Magen bildet sich ein Kloß. Soll ich zugeben, wie schwer mir das zu schaffen macht?

»Ja, das macht mir sehr viel aus.« Ich hole tief Luft. »Aber das ist ja verständlich. Bei so einem Einsatz wie in der Bank muss man sich zu hundert Prozent aufeinander verlassen können. Und da hab ich versagt.«

Sie fixiert mich erneut. »Haben Sie sich denn bei Clark Jarrett entschuldigt? Ihn im Krankenhaus besucht oder etwas Ähnliches?«

Ich erstarre innerlich. An so was hab ich nicht mal gedacht. Mist! Wie soll ich es begründen? »Das habe ich nicht gewagt«, sage ich dann. »Ich hatte Sorge, er würde es als Belästigung empfinden.«

»Belästigung? Wie war Ihr Verhältnis denn überhaupt hier in Dover?«

Jetzt stochert sie wieder darin herum. »Nicht gut und

nicht schlecht«, antworte ich kurz. »Professionell kollegial, würde ich sagen.«

Sie blickt auf die Uhr. Ich tue es ihr nach. Nur noch knapp fünf Minuten. Ich muss mich beherrschen, um nicht erleichtert zu seufzen.

»Lassen Sie mich eine letzte Frage für heute stellen, Mr Gordon.« Sie macht eine Kunstpause.

»Fragen Sie!«, antworte ich verkrampft. Mein ganzer Körper fühlt sich verspannt an.

»Haben Sie irgendwann einmal gegen die ungeschriebenen Gesetze des Korpsgeists verstoßen? In London oder hier in Dover?«

In meinem Mund sammelt sich Speichel. Ich schlucke schwer. »Nicht, dass ich wüsste.« Meine Stimme klingt dünn.

Sie bleibt unerbittlich. »Und sind dafür sanktioniert worden? Mit Mobbingmethoden?«

»Nein!«, krächze ich.

»Martin«, ihre Stimme klingt sanft. Zum ersten Mal nennt sie mich beim Vornamen, obwohl dies unter Polizisten eigentlich üblich ist.

»Ich spüre genau, dass Sie mir nicht die ganze Wahrheit sagen. Ohne mir erklären zu können, warum Sie das nicht tun. Aber wenn wir zu einem guten Ergebnis kommen wollen, bin ich auf Ihre Ehrlichkeit angewiesen.«

Ich antworte nichts. Was soll ich auch sagen?

Sie stößt die Luft aus und steht auf. »Bedenken Sie bitte, wir haben dafür nur noch maximal vier Termine Zeit!«

Lily versuchte, ihre Frustration zu beherrschen, als sie Martin Gordon zur Tür begleitete.

In ihrer nächsten Behandlungsstunde hatte sie Mühe, sich zu konzentrieren. Sie war mit Martin nach den Anfangshürden doch auf einem guten Weg gewesen. Er war ihr sogar immer sympathischer geworden. Bis sie im Laufe der heutigen Sitzung zunehmend den Eindruck gewonnen hatte, in Wahrheit noch keinen Schritt weiter gekommen zu sein. Er verschwieg ihr etwas oder belog sie sogar. Das spürte sie deutlich.

Aber warum? Warum verschwieg er ihr, was er für Sue Belham getan hatte? Wegen Jarrett? Weil er es ihm in der Bank hatte heimzahlen wollen? Aber was genau heimzahlen? Sein damaliges Mobbing? Oder steckte Jarrett auch hinter Gordons verfahrener Situation in Dover?

Missmutig stocherte sie in der Mittagspause in ihrem Thunfischsalat. Matt war wieder in London bei seinem MS-Spezialisten und würde erst am späten Nachmittag zurückkehren. Ihn wollte sie danach nicht mehr behelligen.

Dan würde zwar heute Abend zu ihr kommen, aber er konnte ihr auch nicht weiterhelfen. Außerdem würde er wieder nur bis morgen bleiben können. Denn Jocelyn war noch im Krankenhaus. Die wenigen Stunden wollte sie nicht mit einer Diskussion über Martin und sein unerklärliches Verhalten vergeuden.

Plötzlich kam ihr eine Idee. Die Stimme des Chief Superintendent von Kent klang ihr plötzlich im Ohr. *Niemand will mehr mit ihm zu tun haben*. So oder ähnlich hatte sich Parker ausgedrückt.

Martin würde abstreiten, dass mehr dahintersteckte als

der unselige Schuss und das dadurch verlorene Vertrauen. Aber vielleicht gab es andere Stimmen, die bereit wären, sich zu äußern. Darüber, ob es eine Vorgeschichte gab.

Lily griff zum Telefon. Kurz danach hatte sie Gregs Erlaubnis für ihr Vorhaben. Allerdings würde es erst am Mittwochnachmittag möglich sein. Gordons nächste Sitzung sollte aber schon am Dienstag sein. Sie überlegte kurz und seufzte. Es würde ihr nichts anderes übrig bleiben, als die Sitzung unter einem Vorwand ausfallen zu lassen.

Denn Gordon wollte sie erst nach ihren Gesprächen einbestellen und mit den Ergebnissen konfrontieren, falls sie von Bedeutung waren. Und wenn er wieder nicht Farbe bekannte, würde sie ihn wohl oder übel aufgeben müssen.

## KAPITEL 11

### **Headquarter der Kent Police in Maidstone**
*Mittwoch, 8. Mai 2019*

»Ich danke Ihnen herzlich, dass Sie heute ins Headquarter gekommen sind«, eröffnete Lily das Gespräch mit Jack Taylor und Molly Gibson. Greg Parker hatte ihnen ein Besprechungszimmer zur Verfügung gestellt, Kaffee und Tee servieren lassen, und es gab sogar Cup Cakes. »Allerdings muss ich Sie bitten, Anlass und Inhalte unserer Unterredung absolut vertraulich zu behandeln. Deshalb haben wir uns auch nicht in der Dover Police Station getroffen. Hat der Chief Superintendent Sie schon über den Grund unseres Treffens informiert?«

Molly Gibson schürzte mit einem verächtlichen Gesichtsausdruck die Lippen, während Taylor Lilys Blick auswich und nach einem Cup Cake griff.

»Sie sind die Gutachterin, die Martins Geisteszustand beurteilen soll«, sagte Molly. Dann warf sie einen begehrlichen Blick auf die Muffins, nahm aber keinen.

»Und bevor Sie nicht herausgefunden haben, dass Martin nicht ganz dicht und ein Oberarschloch ist, dürfen wir niemandem etwas sagen«, fügte Jack mit vollem Mund hinzu.

Obwohl Lily gewusst hatte, dass die beiden Kollegen gegen Martin eingestellt waren, war sie über die Drastik der Formulierungen schockiert. »Das hat Chief Parker Ihnen so gesagt?«

Beide schwiegen einen Moment lang. Dann antwortete

Molly: »So natürlich nicht. Es geht um Martins Dienstfähigkeit.«

»Aber Sie glauben beide, dass Martin Gordon neben der Spur ist?«

Lily musterte Molly Gibson und Jack Taylor. Molly war Ende dreißig, wie sie aus ihrer Personalakte wusste. Sie hatte fast zwanzig Dienstjahre absolviert und war geschieden. Offensichtlich kämpfte sie mit ihrem Gewicht, denn eine Speckrolle wölbte sich deutlich über den zu engen Bund ihrer Uniformhose.

Jack Taylor war zehn Jahre älter. Man hatte ihn schon zweimal zum Police Sergeant befördern wollen, was er jedoch abgelehnt hatte. Er wolle lieber weiter Streife fahren, als sich mit Personalproblemen herumzuschlagen, stand als Begründung in seiner Akte. Dieser Haltung verdankten sowohl Martin Gordon als auch Clark Jarrett ihre Schichtleiterposten in Dover.

Nun hob Jack den Kopf und fixierte Lily. Sein glatt rasiertes Gesicht war großporig und wies Spuren einer ehemals heftigen Akne auf. Eine Narbe stammte allerdings eindeutig von einer Verletzung. Sie sah aus wie ein Schnitt, der sein linkes Auge nur knapp verfehlt hatte.

»Irgendwas stimmt nicht mit Martin. Anfangs hat er sich gut getarnt, und niemand von uns hat Verdacht geschöpft. Er schien ein ganz guter Chef zu sein. Wir könnten jederzeit zu ihm kommen, wenn uns was auf der Seele liege, hat er gesagt.« Jack schnaubte und versprühte dabei ein paar Kuchenkrümel. »Aber Clark hat uns dann die Augen geöffnet. In Wirklichkeit war und ist Martin ein Kameradenschwein.«

Lilys Puls beschleunigte sich. Also hatte Jarrett auch in Dover ganze Arbeit geleistet und rasch Ressentiments gegen Martin erweckt. Sie versuchte, eine undurchdringliche

Miene aufzusetzen, und hoffte, dass auch ihre Stimme nüchtern klang. »Was werfen Sie ihm denn außer dem Schuss in der Bankfiliale vor?«

»Außer dem Schuss in der Bankfiliale«, äffte Molly mit schriller Stimme nach. »Das ist allein schon schlimm genug. Clark hätte tot sein können.«

»Das war kein unbeabsichtigter Fehlschuss«, fiel Jack ein. »Der wollte Clark um die Ecke bringen. So hinterhältig, wie der ist.«

Lily hob beide Hände. »Ich kann Ihre Aufregung ja nachempfinden. Aber lassen Sie uns doch der Reihe nach vorgehen.«

Zuerst erkundigte sie sich nach Martins ersten Jahren als Police Sergeant in Dover.

»Lange Zeit hat er uns leidgetan«, erzählte Molly. »Er wirkte oft traurig und abwesend, weil seine Frau jung gestorben ist. Darüber schien er nicht hinwegzukommen. Deshalb hatten wir auch Verständnis dafür, dass er sich so intensiv um seine Tochter gekümmert hat. Oder zumindest so tat. Wahrscheinlich war es in Wahrheit nur Dienst nach Vorschrift.«

Jack schnaubte wieder. »Ich hab ihm das nie so recht abgenommen. Ein Vorgesetzter, der fast nie Überstunden macht! Und wenn mal welche zusammenkamen, hat er die bei der ersten Gelegenheit abgefeiert. Aber das war schon in London so, hat Clark erzählt. Auch als seine Frau noch gar nicht krank war.«

Lily hatte größte Mühe, ihren Zorn auf Jarrett zu verbergen. »Langsam, langsam!« Lily hob die Hand, um Jacks Redestrom zu bremsen. »Noch mal zurück auf Los! Anfangs hielten Sie Martin doch für einen guten Chef. Gab es denn bereits etwas an ihm auszusetzen, bevor Officer Jarrett in Dover anfing?«

Molly schüttelte den Kopf, während Taylor nickte.

»Also ja oder nein? Beginnen Sie einmal, Molly!«

»Ich habe ihm wirklich geglaubt!« Ihre Stimme zitterte leicht, in ihre Augen trat ein verdächtiger Glanz. »Als meine Mutter so krank war, hat er mir oft früher freigegeben. Oder mich Innendienst machen lassen, damit ich besser erreichbar war. Erst hinterher hab ich erfahren ...« Ihre Stimme brach.

»... dass der scheinheilige Schuft sich das alles aufgeschrieben und sogar in Mollys Personalakte vermerkt hat. Damit es so aussah, als ob sie sich permanent vor dem Dienst drücken wollte.«

»Was genau hat er in der Personalakte vermerkt? Und woher wissen Sie das?«

»Da steht drin, Molly sei psychisch labil und wenig belastbar«, empörte sich Jack.

»Und ich habe dem Kerl jahrelang vertraut«, schluchzte Molly auf. »Er schien sensibel und verständnisvoll zu sein. Stattdessen hat er mich verarscht.«

Wieder hob Lily die Hand. »Haben Sie selbst gelesen, was in Ihrer Akte steht?«

Molly schüttelte den Kopf. »Clark hat es mir gesagt!«

»Und woher weiß Clark das?«

Molly zuckte mit den Schultern. »Er hat so seine Quellen, sagt er. Und dass er solche Interna nicht mehr erfahren würde, wenn herauskäme, dass er sie weitergibt.«

Lily machte sich einige Notizen, um sich innerlich zu beruhigen. Was hatte dieser Jarrett an sich, dass man ihm auch solch dreiste Lügen abnahm? Sie wusste, dass kein Wort über Mollys Labilität in ihrer Akte stand. Aber sie hatte Parker versprechen müssen, nicht preiszugeben, dass sie Einsicht in Mollys und Jacks Akten genommen hatte.

»Und was genau werfen Sie ihm vor?«, wandte sie sich an Jack.

Der bleckte wütend die Zähne. »Ich bin ein ganz alter Hase im Polizeidienst«, begann er. »Ich weiß, was hier in Dover so alles läuft und wen von unseren einschlägigen Kandidaten man auch mal härter anfassen muss. Martin hat mich dafür gerügt. Es bliebe aber unter uns, hat der Scheißkerl scheinheilig gesagt. Aber in meiner Akte steht jetzt, ich sei jähzornig und unbeherrscht.«

»Das haben Sie aber ebenfalls nicht selbst gelesen, nicht wahr?« Lily wusste, dass auch das nicht stimmte.

Taylor schüttelte den Kopf. »Über fast jeden in seiner Schicht steht was Negatives in der Personalakte. Dabei hat gerade der Martin es nötig!«

»Weil er immer nur Dienst nach Vorschrift macht?«, schoss Lily ins Blaue.

»Ja«, sagte Jack.

Gleichzeitig antwortete Molly: »Oft, aber nicht immer.«

Jack ergriff als Erster das Wort. »Dover ist keine verschlafene Kleinstadt, müssen Sie wissen. Wegen des großen Hafens treibt sich hier jede Menge Gesindel rum.«

Damit sagte er genau das Gegenteil von dem, was Martin behauptet hatte. Es war zum Verzweifeln! Welchen Aussagen konnte sie denn überhaupt noch trauen? Ärger über Gordon stieg in Lily auf.

»Aber Martin ist ein Weichei«, fuhr Taylor fort. »Der bleibt an nichts richtig dran. Da laufen Ermittlungen ins Leere, weil er nicht rechtzeitig nachhakt und reagiert. Da ist Clark ein ganz anderes Kaliber. Der hängt sich rein!«

»Geben Sie mir mal ein Beispiel dafür, warum Martin ein schlechter und Jarrett ein guter Polizist ist!«

Zu Lilys Überraschung musste Jack eine Zeit lang überlegen. »Da gab es eine Autoschieberbande«, sagte er schließlich. »Die stahlen nur Mercedes-Modelle. Aber Gordon fiel das gar nicht auf. Er stellte bei den Ermittlungen keinen Zusammenhang her. Die Kerle flogen deshalb erst nach Jahren auf.«

»Und die Anzeigen gingen alle in seiner Schicht ein?«, fragte Lily ungläubig. »Sie wechseln sich doch in drei Schichten ab, soviel ich weiß.«

Jack stutzte. »Aber Martin hätte trotzdem auffallen müssen, dass es nur um diese eine Automarke ging. Denn die ersten Anzeigen hatte *er* auf dem Tisch.«

Lily beschloss, dieser Sache nicht weiter nachzugehen. Jack war offensichtlich nicht objektiv in seinem Urteil über Gordon.

»Sie haben eben anders geantwortet«, sprach sie stattdessen Molly an. »Also gab es auch Ausnahmen?«

Molly holte hörbar Luft. »An eine erinnere ich mich ganz genau! Das war die Sache mit den verwahrlosten Babys. Dafür habe ich ihn damals sogar bewundert. Es waren Zwillinge eines drogensüchtigen Paars, erst knapp ein Jahr alt. Die Verhältnisse in der Wohnung seien unhaltbar gewesen, erzählte Martin. Nachdem der Vermieter zunächst die Polizei gerufen hatte, weil die Kleinen stundenlang schrien, verständigte Martin sofort das Jugendamt.«

Sie stockte, als Jack, der neben ihr saß, verächtlich prustete und sich mit zur Decke erhobenen Augen in seinem Stuhl zurücklehnte.

»Und weiter?«, insistierte Lily.

»Zwei Tage später war es sehr heiß. Über dreißig Grad. Da rief Martin beim Jugendamt an, und es stellte sich heraus, dass noch niemand vor Ort gewesen war. Daraufhin fuhr er sogar nach Dienstschluss vorbei und verschaffte sich über den Vermieter Zutritt zur Wohnung, als niemand öffnete. Er fand die Kleinen mutterseelenallein in ihren dreckigen Windeln, sie wären fast verdurstet. Er hat den Babys das Leben gerettet.«

So viel zum Dienst nach Vorschrift, dachte Lily sarkastisch.

»Aber er machte keine große Sache daraus. Sprach weder mit Chief SU Parker noch mit der Presse darüber.«

Wie es Jarrett sicher getan hätte, dachte Lily. Plötzlich kam ihr ein Geistesblitz. »Seit wann genau sind Sie denn der Überzeugung, dass Martin Gordon Ihnen nur etwas vorgemacht hat?«

»Endgültig seit der Sache mit der Razzia«, antwortete Molly prompt. »Vorher hat Clark zwar schon ein paar Andeutungen gemacht. Aber die hab ich noch nicht ernst genommen.«

»Ich schon!«, widersprach Jack. »Bei der Razzia hat Martin ein Tütchen Koks mitgehen lassen und beim Police Inspector behauptet, einer von uns hätte es ihm in die Uniformjacke gesteckt! Um uns alle anzuschwärzen und in Verdacht zu bringen!«

Lily atmete hörbar ein. »Aus welchem Grund hätte er das denn tun sollen? Und woher wissen Sie das überhaupt?«, fragte sie scharf.

Beide verstummten und starrten Lily an.

»Von Clark Jarrett vermutlich, habe ich recht?«

Sie nickten, Molly mit betroffener, Jack mit trotziger Miene.

»Das sind nämlich interne Informationen, die nie an die Öffentlichkeit gelangen sollten«, setzte Lily ihre Vorhaltungen fort. »Die offizielle Version lautet, dass Gordon das Kokain aus Versehen eingesteckt hat.«

»Aus Versehen! Aus Versehen! Wer's glaubt, wird selig!«, echauffierte sich Jack. »Der hat doch schon in London gekokst!«

»Behauptet Clark Jarrett.« Lily spürte, dass sie ihren Zorn kaum mehr bezähmen konnte. »Denn wenn es so wäre, warum hat er den Fund gemeldet, anstatt eine Line zu schnupfen?«

Mollys und Jacks Schweigen war beredt genug.

»Aber Martin hat jeden von uns verdächtigt«, meldete Taylor sich schließlich doch zu Wort. »Und so was tut man eben nicht!«

»Sie glauben also, Martin hätte das Kokain absichtlich unterschlagen, um dann jeden von Ihnen als verdächtig zu denunzieren? Das ist absurd.« Lily selbst wusste, warum Gordon den Fund gemeldet hatte. Es entsprach seiner hohen Arbeitsmoral.

»Und erst *nach* der Sache mit dem Kokain gab Jarrett Ihnen die Informationen über das, was angeblich in Ihren Akten steht«, konstatierte Lily. »Das passte dann gut zum Image Ihres Teamleiters als Kameradenschwein.«

Während Molly nachdenklich aussah, fuhr Jack Taylor auf. »Der Zeitpunkt ist doch völlig egal! Der Kerl hat seine Kameraden schon in London verpfiffen. Und dass er säuft, ist ja auch bewiesen!«

»Sie meinen den Verkehrsunfall bei der Verfolgung eines illegalen Straßenrennens?«

»Ja, da hatte Martin fast ein Promille im Blut! Und das im Dienst.«

Lily sah Taylor nur an.

»Stimmt das nicht?«, fragte Molly mit piepsiger Stimme.

Lily schüttelte den Kopf. Kurz erwog sie, den wahren Promillewert von 0,3 bekanntzugeben, nahm dann aber Abstand davon. Sie wechselte das Thema. »Was fasziniert Sie beide denn so an Clark?«

»Der ist ein ganzer Kerl«, antwortete Jack wie aus der Pistole geschossen. »Der ist fast jeden Tag länger im Dienst, als er muss. Kommt früher und geht später. Bereitet sich und seine Leute richtig auf Einsätze vor, wie bei der Drogenrazzia. Macht auch dann freiwillig mit, wenn er gar nicht *in charge* ist wie bei dem Banküberfall.«

Oder dem illegalen Straßenrennen, überlegte Lily bei sich. Deshalb ist Jarrett so häufig während der Dienstzeiten von Gordon vor Ort. Damit er keinen Einsatz verpasst, bei dem er sich im Vergleich zu Martin profilieren kann.

Noch einmal ließ sie sich die Ereignisse während des Banküberfalls in allen Einzelheiten beschreiben, gewann jedoch keine neuen Erkenntnisse. Molly und Jack schilderten den Ablauf exakt so, wie sie ihn schon kannte.

»Lassen Sie mich eine letzte Frage stellen! Wieso glauben Sie, dass Martin Gordon nicht ganz dicht ist?«

Wieder schnaubte Jack. »Martin wollte Clark absichtlich umlegen. Das habe ich ja schon gesagt.«

Das glaubte Lily inzwischen auch, hütete sich jedoch, das einzugestehen.

»Und deshalb hat der Kerl alles verdient, was ihm seither passiert ist«, wütete Jack weiter. »Für ein Kameradenschwein wie den gibt es kein Pardon.«

»Das heißt, spätestens seit der Razzia im Dezember wurde Martin Gordon von Ihnen und Ihren Kollegen gemobbt!«

Als Lily sie damit konfrontierte, erbleichte Molly sichtlich, während Jacks Gesicht sich nun puterrot färbte.

»Üble Nachrede, Gerüchte weit über Ihre Schicht und die eigene Dienststelle hinaus, Ausgrenzung, Spott und Hohn und wahrscheinlich Schlimmeres, vermute ich.«

»Und wenn es so wäre?«, fiel Jack Lily ins Wort. »So geht man eben mit Kameradenschweinen um. Der Arsch hat nichts anderes verdient.«

## KAPITEL 12

### Vor Lilys Wohnung in der Shaftesbury Road

*Mittwoch, 8. Mai 2019, am frühen Abend*

Als Lily mit ihrem alten Polo auf ihren Parkplatz einbog, fühlte sie sich wie zerschlagen. Das Interview mit Molly Gibson und Jack Taylor hatte ihre schlimmsten Befürchtungen bestätigt. Auf der Heimfahrt nach Canterbury hatte sie sich alle Informationen, die sie bisher gesammelt hatte, noch einmal durch den Kopf gehen lassen.

Wie Dan von Jimmy Wilford erfahren hatte, war Martin Gordon schon in London gemobbt worden. Der Anlass dafür schien sein Einsatz für seine ehemalige Mitarbeiterin Sue Belham gewesen zu sein. Doch was hatte Gordon damals bewogen, gleich auf diese drastische Weise zu reagieren? Den herrschenden Korpsgeist in Southwark kannte er doch!

Sie überdachte noch einmal ihre letzte Sitzung mit ihm. Jetzt erschien ihr Martins Begründung, er habe ein Gespräch zwischen gedemütigten Kolleginnen mit angehört und daraufhin sein eigenes Machoverhalten verändert, eher unglaubwürdig. Doch selbst wenn es so gewesen wäre – erklärte dies ein derart rigoroses Vorgehen gegen Jarrett? Gordon musste doch gewusst haben, welche Konsequenzen das für ihn selbst haben würde.

Was Clark und seine Komplizen Sue Belham angetan hatten, konnte zwar *ihrer Meinung nach* auf keinen Fall toleriert werden. Doch für die Täter und auch für nicht beteiligte Kollegen war es höchstwahrscheinlich nur ein grober Scherz. Denn niemand habe die Frau auch nur mit der Fingerspitze angerührt, hatte es geheißen. Von sexueller Belästigung könne da gar keine Rede sein.

Doch Martin Gordon, der die Normen des Korpsgeists ehemals selbst verinnerlicht hatte, hatte auf die schärfste Art darauf reagiert, die innerhalb der lokalen Polizeibehörde möglich gewesen war. Er hatte Jarrett und seine Komplizen beim obersten Vorgesetzten in Southwark angezeigt und sogar verlangt, Clark Jarrett zu degradieren.

Offenbar hatte Gordon eine Art Exempel an Clark Jarrett statuieren wollen. Weil er nur so seine Fürsorgepflicht als Teamleiter gegenüber Sue Belham zu erfüllen glaubte? Oder weil er sich von der tödlichen Krankheit seiner Frau ablenken wollte? Und warum behauptete Martin vor diesem Hintergrund, in London habe es keine besonderen Vorfälle gegeben?

Auf jeden Fall war Martins Versuch, gegen Jarrett vorzugehen, in London als Schuss nach hinten losgegangen. Und hatte ihm offenbar Clarks unversöhnlichen Hass eingetragen.

Ein Hass, der so stark war, dass Clark auch in Dover nichts unversucht gelassen hatte, um Martin erneut zu diskreditieren? Lily war mittlerweile davon überzeugt, dass Jarrett sowohl für das Kokain in Martins Uniformjacke als auch für den Unfall mit dem Streifenwagen verantwortlich war. Auf der Basis dieser Vorfälle hatte er dann weitere Gerüchte und Lügen über Gordon gestreut. Bis sich auch Martins Team in Dover gegen Martin verschworen und begonnen hatte, ihn aktiv zu mobben. Eine späte Genugtuung für Jarrett?

Lily wusste, dass Mobbing häufig von einem Haupttäter initiiert wurde, der es geschickt verstand, Mitläufer zu gewinnen, indem er das Mobbingopfer als Schuldigen darstellte, der jede Strafe verdiente. Mobbing war in der Regel ein Gruppenphänomen. Irgendwann wurde es für jedes Gruppenmitglied selbstverständlich, sich an der Ausgrenzung des Opfers und an Schikanen aller Art zu beteiligen. Selbst wenn die meisten Mitläufer niemals eigene schlechte Erfahrungen mit dem Mobbingopfer gemacht hatten. Aber sich dem Gruppendruck zu widersetzen und sich herauszuhalten, barg die Gefahr, selbst zum Ziel von Mobbing zu werden.

Außerdem neigten Menschen dazu, ihre Eigenverantwortung dem kollektiven Gruppendenken unterzuordnen und sich eher selbst infrage zu stellen als die herrschenden Gruppennormen. Dass dies auch in Dover so war, hatte Lilys Gespräch mit Molly und Jack deutlich gezeigt. Beide hatten betont, Martin vertraut zu haben, und hielten dies jetzt für einen Irrtum.

Clark musste es außerdem verstehen, rasch Beziehungen aufzubauen und Menschen zum Reden zu bringen. Wie sonst hätte er bei Jack und Molly herausfinden können, wo ihre persönlichen Schwächen lagen, und diese genutzt, um Martin entsprechende Einträge in die Personalakten zu unterstellen? Und woher hatte er die vertrauliche Information, dass Martin zunächst einen nicht benannten Kollegen verdächtigt hatte, ihm das Kokain untergeschoben zu haben? Wen hatte er als Whistleblower dafür gewonnen?

Sollte sich das wirklich so abgespielt haben, dann war Clark der klassische Psychopath. Bevor sie ihr wahres Gesicht zeigten, verstanden es viele Psychopathen, sich angenehm zu machen und Sympathien für sich zu erwecken. Bei Jack Taylor und Molly Gibson schien Jarrett dies jedenfalls gelungen zu sein.

Zudem wurde Mobbing nach den ersten Schikanen rasch

zum Selbstläufer. Einige Mitläufer entwickelten sich ebenfalls zu aktiven Tätern. Um ihr bösartiges Verhalten zu rechtfertigen, nahmen sie das Opfer nur noch negativ verzerrt wahr und waren auch durch objektive Beweise, dass sie sich über die Zielscheibe ihrer Aggression irrten, nicht mehr zu erreichen. Dies schien bei Jack Taylor der Fall zu sein.

Dagegen gehörte Molly Gibson vielleicht zu den Personen, die noch objektiv genug waren, um die Widersprüchlichkeiten zwischen Martins realem Verhalten und den Vorurteilen über ihn zu erkennen. Vielleicht identifizierte sie dadurch auch Halbwahrheiten oder Vermutungen, die andere Gruppenmitglieder mittlerweile für bare Münze nahmen. Aber selbst wenn Lily Molly heute erreicht hatte, wäre die nicht stark und selbstbewusst genug, um den aktiven Tätern entgegenzutreten. Im besten Fall würde sie sich in Zukunft zurückhalten. Aber sie würde nicht wagen, Martin zu verteidigen.

Schon aus diesen Gründen erschien es Lily im Moment aussichtslos, dass Gordon jemals wieder als Teamleiter Anerkennung bei seinen Mitarbeitern finden würde. Erst recht nicht, solange Jarrett dort weiterhin als Schichtleiterkollege sein Unwesen trieb. Und das wusste Gordon auch. Das wäre ein starkes Motiv, Clark im Rahmen des Banküberfalls zu töten und es wie einen Unfall aussehen zu lassen. Vielleicht war es nicht einmal eine Affekthandlung gewesen. Vielleicht hatte Martin auf eine passende Gelegenheit gewartet, um Jarrett auszuschalten.

Doch was auch immer Clark ihm angetan hatte – ein solches Verhalten war unverzeihlich, wenn auch nicht unverständlich.

Doch wie sollte sie jetzt mit ihren Erkenntnissen umgehen? Martin würde nie mehr in den aktiven Polizeidienst zurückkehren können, selbst wenn er »nur« einen versuchten Totschlag an Clark gestand. Schon dafür hätte er eine Gefängnisstrafe zu erwarten.

Trotz des hohen Honorars bereute Lily zum ersten Mal, den Auftrag angenommen zu haben. Sie konnte Martin nicht einfach Dienstunfähigkeit bescheinigen, wenn sie den Verdacht hegte, dass er ein Verbrechen begangen hatte. In ihrer Frustration hämmerte sie mit beiden Händen auf das Lenkrad.

Ich muss herausfinden, wie berechtigt meine Vermutungen sind, nahm sie sich vor, als sie aus dem Auto stieg. Dazu muss ich Martin jedoch erst einmal dazu bewegen, dass er gesteht, sowohl in London als auch in Dover von Clark Jarrett gemobbt worden zu sein. Wenn sich mein Verdacht bestätigt, dass Martin den Schuss auf Jarrett mit Absicht abgefeuert hat, kann ich nur noch versuchen, ihm durch mein Gutachten mildernde Umstände zu verschaffen.

Lily kramte gerade seufzend in ihrer Handtasche nach dem Haustürschlüssel, als sich die Tür des Nachbarhauses öffnete.

Mr O'Brian trat heraus. »Guten Abend, Mrs Brown«, begrüßte er sie. »Wenn Sie Mick suchen, er liegt gerade auf meiner Wohnzimmercouch und verdaut ein ausgiebiges Mahl, das ich ihm serviert habe. Ich wusste ja nicht, wann Sie nach Hause kommen, und der kleine Kerl hat mich so treuherzig angebettelt, dass ich ihm nicht widerstehen konnte.«

Wider Willen musste Lily schmunzeln. »Mick scheint Sie in jüngster Zeit ja geradezu um die Pfote zu wickeln.«

O'Brian erwiderte ihr Lächeln erleichtert. »Sie wollten doch schon länger einmal kommen, um sich anzusehen, welches Katzenfutter ich für Ihren Liebling besorgt habe.«

Er machte eine einladende Handbewegung. »Kommen Sie doch jetzt auf ein Glas Wein herein!«

Kurz war Lily geneigt, O'Brians Angebot aufgrund ihrer miserablen Stimmung abzulehnen. Doch dann besann sie sich anders. Etwas Ablenkung würde ihr guttun und war allemal besser als zu grübeln, wie sie ihre nächste Sitzung mit Martin Gordon gestalten sollte. Also sagte sie: »Sehr gern.«

Wenig später saß Lily im Wohnzimmer ihres Nachbarn, das mit gediegenen, altmodischen Eichenmöbeln eingerichtet war, neben Mick auf der Couch und streichelte sein glattes rot-weißes Fell. »Mir scheint, er hat in jüngster Zeit zugenommen. Wie oft besucht er Sie denn, um hier zu fressen?«

O'Brian schmunzelte. »Oh, mittlerweile bis zu dreimal am Tag.« Mit seinen schlohweißen Haaren, den buschigen Augenbrauen und dem üppigen Vollbart erinnerte er Lily an Santa Claus. Kaum zu glauben, dass dieser nette Mann Mick noch vor einigen Monaten an einem eiskalten Wintertag stundenlang in einen Karton gesperrt hatte, weil der Kater wieder einmal auf Vogeljagd in seinem Garten gewesen war.

»Dreimal täglich?«, fragte Lily ungläubig nach. »Zusätzlich zu dem, was er bei mir frisst?«

O'Brians freundliches, von vielen Runzeln durchzogenes Gesicht nahm einen bestürzten Ausdruck an. »Wenn es Ihnen nicht recht ist, gebe ich ihm nichts mehr.« Und als Lily nicht gleich antwortete, fügte er rasch hinzu: »Ich hole uns schon einmal den Wein. Überlegen Sie es sich, ich richte mich völlig nach Ihren Wünschen.«

Als O'Brian mit einem Tablett zurückkehrte, auf dem zusätzlich zu Gläsern und einer Flasche Wein eine Schale mit Knabbereien stand, hatte Lily ihre Antwort parat.

»Ich möchte Ihnen zunächst einmal sehr herzlich dafür danken, dass Sie sich tagsüber um Mick kümmern. Aber wenn ich jetzt über sein feistes Bäuchlein streichele«, sie lächelte, »bin ich dafür, dass wir uns abstimmen, wie viel er zu fressen bekommt. Sonst passt er eines schönen Tages nicht einmal mehr durch meine Katzenklappe.«

O'Brian strahlte über das ganze Gesicht, während er ihr ein Glas Weißwein eingoss. »Das ist ein Riesling aus Deutschland, ich hoffe, Sie mögen ihn.« Er wartete, bis Lily gekostet hatte, und fuhr fort: »Also, liebe Mrs Brown – oder darf ich Sie Lily nennen, ich bin übrigens Gerald –, was schwebt Ihnen denn so vor?«

»Ich würde erst mal tatsächlich gern wissen, was Sie Mick für ein Futter vorsetzen.«

Auf seinen Wink folgte sie Gerald durch eine ebenfalls altmodisch eingerichtete, aber blitzsaubere Küche zu einem Vorratsraum. Dort zeigte er auf eine Reihe von Döschen, die exakt der Sorte Futter entsprachen, die Mick bei ihr seit Wochen konsequent ablehnte. Einen Augenblick lang wusste sie nicht, ob sie lachen oder empört sein sollte.

»Das ist zweifellos ein sehr gutes Futter, und ich weiß auch, dass es recht teuer ist«, sagte sie schließlich. »Interessanterweise frisst Mick es nur bei Ihnen, bei mir lässt er es stehen.«

Auch O'Brian wirkte jetzt verblüfft, doch dann brachen sie beide in Gelächter aus. »Dieser Schlingel!«, keuchte er, als er sich wieder gefasst hatte. »Ich hatte wirklich den Eindruck, dass ich ihm etwas ganz Besonderes vorsetze.«

»Das tun Sie ja auch«, grinste Lily. »In fremden Gefilden scheint Mick das Futter mehr zu schätzen als zu Hause.«

Ins Wohnzimmer zurückgekehrt, beschlossen sie gemeinsam, dass O'Brian Mick nur noch einmal pro Tag etwas zu fressen geben sollte. Und zwar tagsüber, wenn Lily nicht daheim war. Morgens und abends würde er seine Futterportion von ihr bekommen.

Mick schien dem Gespräch aufmerksam zu lauschen und setzte dabei einen so unschuldigen Blick auf, dass sie immer wieder lachen mussten. Vergnügt leerten sie die Flasche Weißwein, bis Lily Mick schließlich am Kragen packte, damit er ihr auf dem kurzen Heimweg nicht entwischte.

»Sonst ist er wieder die ganze Nacht unterwegs«, erklärte sie. »Aber nachts habe ich ihn lieber bei mir in der Wohnung. Dann schlafe ich ruhiger.«

O'Brian warf ihr einen prüfenden Blick zu. »Sie hängen sehr an dem Tier«, stellte er fest.

Lily nickte und spürte einen Moment lang, dass ihre Kehle eng wurde. »Es gab Zeiten, da war Mick mein einziger Freund.«

»Dann sind diese Zeiten jetzt hoffentlich vorbei. Wenn Sie möchten, machen Sie es doch einfach wie Mick. Sie sind mir jederzeit herzlich willkommen.«

Lily spürte gerührt, dass O'Brian es ernst meinte. »Ich komme gerne darauf zurück«, versprach sie.

Als Lily mit Mick in ihre Wohnung zurückgekehrt war, überfielen sie wieder die ungewollten Zweifel, die ihr Besuch bei O'Brian eine Zeit lang verdrängt hatte.

Täusche ich mich womöglich auch in meiner Einschätzung von Martin Gordon oder Clark Jarrett, so wie ich mich in Gerald getäuscht habe? Es muss irgendwas geben, das Martin mir verschweigt, über das er auf gar keinen Fall reden möchte. Und dahinter steckt Clark Jarretts eigentliches Motiv, ihn so gnadenlos zu verfolgen.

Aber was das sein konnte, blieb ihr nach wie vor ein Rätsel.

## KAPITEL 13

### Lilys Praxis

*Donnerstag, 9. Mai 2019*

Lily kam aus dem Staunen gar nicht mehr heraus, als sie Jerry Hoover in ihr Behandlungszimmer führte. Sie erkannte die junge Frau kaum wieder.

Jerry spürte wohl Lilys Blicke und drehte sich mit ausgebreiteten Armen einmal um die eigene Achse, bevor sie in ihrem Sessel Platz nahm. »Und, gefalle ich Ihnen so besser?«

»Viel besser«, lobte Lily sie. »Ohne das dicke Make-up sieht man erst, wie hübsch Ihr Gesicht ist.«

In der letzten Sitzung hatte sie gewagt, Jerry auf ihre viel zu üppige Schminke anzusprechen, und ihr gesagt, sie habe es doch gar nicht nötig, sich dahinter zu verstecken. Dass Jerry diese Rückmeldung gleich derart konsequent in die Tat umsetzen würde, hatte sie jedoch nicht erwartet.

Heute hatte sich Jerry die Augen nur mit einem dünnen schwarzen Kajalstrich umrahmt, anstatt sich die Lider mit dick aufgetragenem Lidschatten zu verkleistern. Er betonte die Mandelform ihrer graugrünen Augen, deren Reiz bislang kaum zur Geltung gekommen war. Außer einem Hauch Rouge auf den Wangen und einem rosafarbenen Lipgloss war Jerrys Gesicht ungeschminkt. Auch die krallenartigen, künstlich verlängerten Fingernägel waren verschwunden. Die echten waren kurz geschnitten und zartrosa lackiert.

Lediglich das starke, süßlich riechende Parfum hatte Jerry beibehalten, was Lily jedoch angesichts der übrigen positiven Veränderungen kaum mehr störte.

»Das ist toll, dass ich Ihnen so besser gefalle«, freute sich Jerry. »Aber wissen Sie, was das Beste ist? Auch Carl gefall ich viel besser. Das hätt ich gar nicht gedacht, weil er mich ja nur anders gekannt hat bisher.«

»Wie schön«, bekräftigte Lily noch einmal. Mit Jerry Hoover lief es in den letzten Sitzungen immer besser. Ganz im Gegensatz zu Martin Gordon.

Am Nachmittag war sie in *Tiny Tim's Tearoom* mit Matt verabredet, um sich mit ihm zu beraten, wie sie die morgige Sitzung mit Gordon am besten gestaltete. Danach würde ihr noch genügend Zeit bleiben, um daraus eine Strategie zu entwickeln. Denn inzwischen hatte sie beschlossen, sich die Donnerstagnachmittage frei zu halten, und die einzige weitere Sitzung auf einen anderen Wochentag verlegt.

»Denken Sie grade an was anderes?«, riss Jerry sie aus ihrer Grübelei.

Lily spürte ihre Wangen heiß werden. »Entschuldigen Sie, Jerry! Ich war tatsächlich abgelenkt. Ich wünschte, all meine Patienten würden mir so viel Freude bereiten wie Sie.«

Auch Jerry errötete nun, offensichtlich geschmeichelt. »Ich hab das Kleid verbilligt bei Primark im Shoppingcenter gleich hier um die Ecke bekommen«, erklärte sie. »Kleider hab ich früher gar nicht gemocht. Aber jetzt hab ich gedacht, ich probier mal eins aus.«

Das dunkelblaue Umstandskleid mit dem großblumigen roten Rosenmuster gefiel Lily zwar nicht so gut wie Jerrys fast ungeschminktes Gesicht. Aber sie wollte Jerry nicht kränken und sagte deshalb: »Sehr schön. Es steht Ihnen gut!«

Jerry war mittlerweile im siebten Monat. Ihr Bauch wölbte sich deutlich unter dem dünnen Stoff. Nun griff sie in ihre Handtasche, nach wie vor dieses scheußliche Modell mit den grellbunten Pailletten. Aber auch darüber sah Lily hinweg.

Jerry zog etwas heraus und hielt es Lily mit einem stolzen Lächeln entgegen. »Schau'n Sie mal, wie toll sich mein Dennie macht!«

Es war ein Ultraschallbild, das den gut entwickelten Fötus zeigte. Alle Gliedmaßen, selbst Finger und Zehen, waren bereits deutlich zu erkennen.

Lily durchfuhr ein Stich. Wann wird mir Dan das erste Ultraschallbild seines Babys zeigen?, ging es ihr unwillkürlich durch den Kopf. Doch zum Glück brachte Jerry sie mit einer unerwarteten Frage sofort in die Gegenwart zurück.

»Ich brauch mal Ihren Rat. Als ich bei der Frauenärztin rauskam, hab ich so ein Plakat gesehen. Da wird was für Schwangere angeboten. Gymnastik und Atemübungen und so. Soll angeblich bei der Geburt helfen. Der Kurs kostet aber zwanzig Pfund, das ist grade viel Geld für mich. Die Ärztin konnt ich nicht mehr fragen, da war schon die nächste Schwangere drin. Deshalb wollt ich Sie mal fragen, was Sie davon halten.«

»Das ist eine ganz ausgezeichnete Idee!« Lily freute sich wieder. »Solche Kurse zur Geburtsvorbereitung sind sehr hilfreich. Wo findet der Kurs denn statt?«

»Im Canterbury Hospital, wo auch das Ambulatorium ist. Da kenn ich mich ja schon aus. Wenn Sie so 'nen Kurs gut finden, werd ich die zwanzig Pfund dafür schon irgendwie auftreiben.«

Lily kam eine Idee. »Sie erinnern sich doch noch an Mabel Ellis, die Sozialarbeiterin, die im Hospital arbeitet.

Vielleicht gibt es ja eine Möglichkeit, Ihnen die Unkosten zu erstatten. Wenn Sie möchten, frage ich mal für Sie nach.«

Jerry strahlte über das ganze Gesicht. »Das wär wirklich sehr nett von Ihnen. Denn 'ne blöde Nachricht gibt's leider auch.« Ihr Gesichtsausdruck trübte sich ein. »Ich bin jetzt im Tesco rausgeflogen. Dafür, dass ich dort schon drei Monate fehle, wär ich noch nicht lang genug da gewesen, hat dieser blöde Filialleiter behauptet.« Sie seufzte hörbar. »Carl war ›not amused‹, wie die Queen so sagt, wo er doch immer noch krankgeschrieben ist und weniger kriegt. Wegen dem Beinbruch. Er wär nicht sehr begeistert, wenn er das Geld für den Kurs auch noch rausrücken müsste.«

Lily war zwar einen Moment lang verwundert, da Jerry doch zumindest über ihr restliches Kranken- und danach etwas Arbeitslosengeld verfügen müsste, beschloss jedoch, dieses Thema jetzt nicht anzuschneiden. Es gab wichtigere und, wie es aussah, auch angenehmere Punkte für ihre heutige Sitzung. »Ich bin nächste Woche mit Mabel verabredet«, erklärte sie. »Wann beginnt denn der Kurs?«

»Am Montag. Aber auch wenn Mrs Ellis nicht helfen kann, krieg ich das Geld schon zusammen«, wiederholte Jerry.

»Ich seh mal, was ich tun kann«, versprach Lily. »Denn ich wollte Ihnen heute sowieso noch einen anderen Vorschlag machen. Das würde sehr viel mehr kosten als dieser Schwangerschaftskurs. Aber wenn ich Mrs Ellis sage, wie eifrig Sie hier mitarbeiten, haben wir vielleicht eine Chance.«

»Jetzt bin ich aber neugierig.«

»Es gibt Überwachungsmonitore, die Herz- und Atemfrequenz Neugeborener kontrollieren. Man empfiehlt sie insbesondere, wenn schon einmal ein Geschwisterchen am plötzlichen Kindstod verstorben ist.«

Jerry sah verwirrt aus. »Was tut man mit so ’nem Monitor?«

»Man überwacht, ob das Herz regelmäßig schlägt und das Baby normal atmet.«

»Und wie soll das gehen?«

»Wenn Sie das Baby zur Nachtruhe legen, schließen Sie Elektroden unter dem Strampler an seiner Brust an.«

»Was sind das für Dinger?«

Lily griff zu ihrem Notizblock und einem Kuli. »Elektroden sind Drähte mit einem winzigen Messgerät am Ende, die man direkt auf der Haut befestigt. Sie sehen ungefähr so aus. Es sind Verbindungskabel vom Körper des Babys zum Monitor …«

»Ach so, jetzt weiß ich, was Sie meinen«, fiel ihr Jerry ins Wort. »So wie die Dinger, die die Frauenärztin mir auf die Brust klebt, um meinen Herzschlag zu messen.«

Lily nickte.

»Und was soll so ein Monitor bringen?«

»Er zeichnet alle Daten aus dem Körper des Babys auf. So kann ein Kinderarzt schon kleine Unregelmäßigkeiten erkennen. Wenn es eine für das Baby gefährliche Abweichung gibt, erzeugt das Gerät einen lauten Ton. Über ein Babyphon können Sie den überall hören und dann sofort darauf reagieren.«

»Über was kann ich das hören?«

Jetzt war Lily perplex. »Über ein Babyphon. Wissen Sie gar nicht, was das ist?«

Jerry schüttelte betreten den Kopf.

»Das ist wie ein Walkie-Talkie. Das Aufnahmegerät steht neben dem Bett des Säuglings, das Wiedergabegerät können Sie in der ganzen Wohnung und sogar eine kurze

Strecke nach draußen mitnehmen. Dann hören Sie genau, ob das Kind schreit oder es sonst irgendwelche verdächtigen Geräusche gibt.«

»Praktisch«, kommentierte Jerry. »Wie teuer ist so was?«

»Ich frage Mrs Ellis auch gleich, ob sie nicht nur einen Monitor, sondern auch ein Babyphon für Sie beantragen kann. Irgendwelche Kostenstellen muss es ja für Risikokinder geben, wenn die Eltern sich solche Geräte nicht leisten können.«

Lily hoffte innerlich, dass das stimmte. Denn der National Health Service sparte, wo es ging. Aber wenn nicht mal junge, finanziell schlecht gestellte Mütter wie Jerry Hoover Sonderleistungen von der öffentlichen Gesundheitsvorsorge kriegen, kann das ganze System langsam einpacken, dachte sie trotzig.

Sie schob den Gedanken beiseite. »Haben Sie denn auch die Hausaufgabe mitgebracht, die ich Ihnen das letzte Mal aufgegeben habe?«

Lily hatte Jerry einen Ratgeber zur Risikominimierung des plötzlichen Kindstods mitgegeben und sie gebeten, aufzuschreiben, welche der dort genannten Empfehlungen sie nach der Geburt des Kindes umsetzen wolle.

»Hab ich dabei!« Jerry nickte eifrig und zog einen zerknitterten Zettel aus ihrer Handtasche. »Also, das mach ich auf jeden Fall.« Sie zählte zunächst die Rückenlage, den Schlafsack und den Verzicht auf alle weiteren Gegenstände im Kinderbettchen auf, über die sie schon in den vorigen Sitzungen gesprochen hatten. »Damit der Kleine besser atmen kann«, schloss sie. »Hätt ich das doch nur schon bei dem Jamie gewusst!« Ihre Augen wurden feucht.

»Hauptsache, Sie wissen es jetzt«, tröstete Lily sie.

Jerry lächelte kurz, dann wurde ihre Miene wieder ernst.

»Was anderes kann ich aber nicht machen. In dem Artikel steht auch, dass die Babys im Elternschlafzimmer sein sollen. Das geht bei uns aber nicht. Denn wenn das Baby da ist, geht der Carl bestimmt wieder arbeiten. Der schnarcht nachts wie ein Bär und würde den Kleinen damit aufwecken. Und selber aufwachen, wenn der dann schreit. Und dann würde Carl wütend werden. Denn er braucht seinen Schlaf, so hart, wie er dann wieder schuften muss.« Jetzt hellte sich ihre Miene wieder auf. »Aber da gibt es ja dieses Dings, wie heißt das noch mal?«

»Sie meinen das Babyphon?«

Jerry nickte. »Wenn ich so was habe, hör ich den Ton vom Monitor ja auch, wenn der Dennie nicht bei uns schläft. Mit dem Geräusch muss sich der Carl dann eben abfinden«, erklärte sie entschlossen. »Schließlich geht es dabei ja um die Wurst.«

So kann man es auch ausdrücken, dachte Lily amüsiert.

»Und was können Sie noch für die Sicherheit des Babys tun?«

»Es darf nicht zu warm im Kinderzimmer sein, hieß es in dem Artikel. Das tut dem Kleinen auch nicht gut. Aber das Kinderzimmer ist nicht größer als 'ne Besenkammer. 'ne größere Wohnung können wir uns nicht leisten, wenn ich nix mehr verdiene.« Sie biss sich auf die Lippen und fuhr fort: »Aber zum Glück ist da gar keine Heizung drin. Ich wollt mit so 'nem Heizlüfter heizen. Da muss ich dann aufpassen, dass ich den nachts runterstelle oder ganz ausmache.«

Nicht zum ersten Mal realisierte Lily betroffen, in welch beengten Verhältnissen Jerry Hoover lebte. »Passt denn ein Monitor dort überhaupt hinein?«, fragte sie besorgt.

»Ich denk schon«, beruhigte sie Jerry. »Dem Carl wird schon irgendwas einfallen. Der ist ein guter Handwerker.«

»Und was tun Sie selbst für sich und das Baby *vor* der Geburt? Auch darüber sollten Sie noch mal nachdenken.«

Jerry nickte. »Ich esse jetzt viel Obst und verzichte auf Chips und so anderes fettiges Zeug, steht hier noch«, beendete sie nach einem weiteren Blick auf den Zettel ihre Aufzählung.

»Und Sie sollten sich regelmäßig bewegen!«, ermahnte Lily sie. »Darüber haben wir in der letzten Woche auch schon gesprochen. Je gesünder Sie vor der Geburt sind, desto gesünder wird auch das Baby sein.«

»Gebongt!«, bestätigte Jerry. »Ich geh jeden Tag mindestens einmal in den Park, versprochen.«

Lily war zufrieden. Mit Jerry gab es wirklich nur Fortschritte.

»Dann möchte ich Ihnen jetzt noch eine wunderbare Übung mitgeben, die Sie jeden Abend vor dem Schlafengehen durchführen können. Dazu gehen wir jetzt ins Nebenzimmer. Mein Kollege Mr Rider ist heute nicht da. Deshalb können wir die Couch benutzen, die dort steht.«

Tatsächlich hatte Matt sein Versprechen wahr gemacht und Lily fünf seiner Patienten abgegeben. Er arbeitete jetzt nur noch an vier Vormittagen pro Woche und nahm sich den ganzen Donnerstag frei.

Im Nebenzimmer angekommen, bat Lily Jerry, sich auf der mit einer Decke versehenen Ledercouch auszustrecken, und legte ihr ein Kissen unter den Kopf. Nachdem Jerry die Augen geschlossen hatte, führte sie sie zuerst in eine leichte Trance. Als Jerry völlig entspannt war, suggerierte ihr Lily die Vorstellung, wie sie ihr friedlich schlafendes Söhnchen im Arm hielt und mit allen Sinnen wahrnahm.

Gerade als Lily die letzten Worte dieser Entspannungsübung formulierte, fiel ihr Blick auf Jerrys halb geöffnete

Handtasche. Zu ihrer Irritation entdeckte sie darin eine Packung Marlboro. Mit einiger Mühe brachte sie die Übung zu Ende, bis sie Jerry schließlich zurück in die Gegenwart holte.

Die streckte sich genüsslich, als sie die Augen öffnete. »Das war schön. Das stell ich mir jetzt jeden Abend vor dem Einschlafen vor«, versprach sie. »Vor allem, wie sich das Kleine an mich kuschelt und wie es riecht.«

Lily überlegte, wie sie das heikle Thema Zigaretten ansprechen sollte, während sie in ihren eigenen Behandlungsraum zurückkehrten. Da kam ihr Jerry mit einer unerwarteten Frage zuvor.

»Schreiben Sie eigentlich auch für so Zeitschriften?«

»Welche Zeitschriften?« Lily war verblüfft.

»Na, für so eine, wie Sie mir mitgegeben haben. Ich hab Ihnen doch erzählt, dass ich auch mal was über den Kindstod in so 'ner Zeitschrift gelesen hab. Das waren aber keine Tipps, sondern Interviews mit Frauen, denen die Kleinen weggestorben sind.«

»An so etwas habe ich noch nie gedacht«, räumte Lily ein. »Andererseits spräche vielleicht gar nichts dagegen«, überlegte sie laut. »Ich würde mir allerdings eine seriöse Fachzeitschrift dafür aussuchen. Am besten wäre natürlich eine Fallbeschreibung. Denn Therapien mit Müttern, die einen Säugling durch den plötzlichen Kindstod verloren haben, sind selten.« Selbst der sehr erfahrene Matt hatte noch nie einen ähnlichen Fall in seiner Praxis behandelt. »Dürfte ich denn Ihren Fall dafür verwenden? Natürlich, ohne Ihren Namen zu nennen.«

Jerrys Antwort überraschte sie wieder. »Sie dürfen auch meinen Namen nennen«, erwiderte sie. »Und sogar ein Foto von mir machen, wenn Sie wollen.« Ihre Augen leuchteten.

Lily fühlte sich etwas peinlich berührt, ohne dieses Gefühl gleich einordnen zu können. Im Gegensatz zu etlichen ihrer früheren Probanden schien Jerry ganz erpicht darauf zu sein, in einem Artikel erwähnt zu werden. Das irritierte Lily und brachte einen Misston in die bislang so positiv verlaufene Sitzung.

»Mir liegt noch etwas auf dem Herzen, Jerry«, sprach Lily nun das unangenehme Thema Zigaretten an. »Als wir gerade die Entspannungsübung machten, sah ich eine Packung Marlboro in Ihrer Handtasche. Sie wissen doch sicher, dass Rauchen in jeder Schwangerschaft ein Risiko für die Gesundheit des Ungeborenen darstellt. Erst recht in Ihrem Fall.«

Jerrys Wangen begannen zu glühen. »Die sind nicht von mir«, erklärte sie etwas zu hastig. »Die sind vom Carl. Der hat sie mir gestern Abend, als wir noch kurz im Pub waren, in die Tasche getan. Und ich hab vergessen, sie ihm heute zurückzugeben.«

»Auch Passivrauchen schadet Ihnen und dem Ungeborenen«, insistierte Lily. »Carl sollte also auf gar keinen Fall in der Wohnung rauchen.«

Jerry wirkte betroffen. »Das muss ich ihm dann mal sagen. Weil – das haben wir nämlich noch gar nicht gewusst. Aber ein Problem wird das nicht«, erklärte sie dann in der für sie typischen Zuversicht. »Der Carl tut alles dafür, dass das Baby gesund auf die Welt kommt.«

# KAPITEL 14

## Lilys Praxis

*Freitag, 10. Mai 2019*

Lily straffte den Rücken, als sie mit dem von Martin Gordon erbetenen Glas Wasser zurück in ihren Behandlungsraum kam. Nach Tee stand an diesem lieblichen Maivormittag keinem von ihnen der Sinn.

Während sie kurz in der kleinen Küche hantierte, vergegenwärtigte sie sich noch einmal ihre gestrige Unterredung mit Matt.

»Mit dem, was du jetzt weißt, bleibt dir nichts anderes übrig, als in die Offensive zu gehen, Lily. Sag ihm einfach alles, was du bisher aus dritten Quellen erfahren hast, und nenne dabei auch die Namen der Informanden! Ich meine das ernst!«, wehrte er Lilys Einwand ab, bevor sie ihn aussprechen konnte. »Vertraulichkeit hin oder her! Für Martin Gordon geht es jetzt womöglich um mehr als nur seine Dienstfähigkeit. Wenn du herausfinden willst, ob er diesen Jarrett absichtlich angeschossen hat, müsst ihr rückhaltlos offen miteinander sprechen. Sonst gibt es im Falle des Falles keine Chance für mildernde Umstände. Denn über deinen Verdacht musst du ja selbstverständlich in deinem Abschlussbericht schreiben.«

Jetzt nahm Lily auf ihrem Sessel Platz und musterte Gordon. Seine Hand zitterte, als er einen Schluck Wasser nahm. Die Nagelhaut sämtlicher Finger war blutig gebissen. Sein Blick, mit dem er nun ihrem begegnete, flackerte.

Obwohl Gordon ihr leidtat, kam Lily ohne die üblichen Einleitungsfloskeln direkt zur Sache. »Ich habe gründlich über Sie nachgedacht, Mr Gordon, und über das, was Sie mir bisher gesagt haben. Oder, um mich präziser auszudrücken, vor allem über das, was Sie mir bisher *nicht* gesagt haben.«

Lily holte tief Luft und ignorierte die Mischung aus Trotz und Furcht in Gordons attraktivem Gesicht. »Ich habe gute Beziehungen zur Londoner MET, weil ich da mal gearbeitet habe. Mein Lebensgefährte ist dort weiterhin als Profiler tätig. Er kennt zufällig einen Ihrer ehemaligen Kollegen aus Southwark.«

»Um wen handelt es sich dabei?«, schnitt Gordon ihr das Wort ab.

Sie beobachtete ihn scharf, während sie Jimmy Wilfords Namen nannte.

Gordon zog die Mundwinkel verächtlich nach unten. »Einer der größten Schwätzer vor dem Herrn«, entgegnete er gereizt. »Der sagt seit jeher jedem das, was er hören will.«

»Ich glaube kaum, dass mein Partner hören wollte, was Jimmy Wilford ihm berichtet hat.«

Dann konfrontierte sie Martin mit ihrem Verdacht, er sei von Clark Jarrett und den von ihm aufgehetzten Londoner Kollegen gemobbt worden, nachdem er seiner Mitarbeiterin Sue Belham Gerechtigkeit habe verschaffen wollen. Zu ihrem Erstaunen zeigte sich in Martins Gesicht keine Betroffenheit, sondern sogar ein Ausdruck von Erleichterung.

»Clark und seine Clique haben Sue bis aufs Blut gedemütigt«, gab er endlich zu. »Da musste ich einschreiten. Oder hätten Sie selbst das nicht getan?«

Einen Augenblick lang war Lily durch Gordons unerwartete Offenheit aus dem Konzept gebracht. Doch sie fing sich schnell wieder. »Darauf möchte ich Ihnen sehr differenziert antworten. Zunächst mit der Frage, warum Sie mich in dieser Sache belogen haben. Eigentlich gereicht Ihnen der Einsatz für Ihre damalige Mitarbeiterin doch zur Ehre.«

Martin umklammerte sein Glas Wasser mit beiden Händen und wich jetzt ihrem Blick aus. Lily war schon versucht, ihn mit ihrer eigenen Hypothese zu konfrontieren, als er sich räusperte und antwortete.

»Ich habe Clark Jarrett bei dem Banküberfall versehentlich angeschossen. *Versehentlich*, betone ich. Hätte ich Ihnen von dem Mobbing nach dieser Schweinerei gegenüber Sue erzählt, hätten Sie mich doch sofort verdächtigt, es absichtlich getan zu haben.«

»Nun, Ihr Zutrauen in meine Urteilsfähigkeit ist ausbaufähig«, entgegnete Lily trocken. »Denn ich hätte mich gefragt und frage mich auch jetzt, warum Sie Clark Jarrett wegen dieser uralten Geschichte hätten umbringen sollen. Ja, Sie haben mit Ihrer seinerzeit durchaus drastischen Reaktion gegen den Korpsgeist verstoßen, und er ließ es Sie büßen. Aber das war in London und ist viele Jahre her.«

Da Martin jetzt wieder schwieg, verschärfte Lily ihre Gangart noch einmal. »Ich bin allerdings auf ein anderes Motiv aus der jüngeren Zeit gestoßen, aufgrund dessen Sie Grund für einen absichtlichen Schuss auf Jarrett gehabt haben könnten.«

Lily unterbrach sich, bis Gordon sie ansah.

»Vorgestern habe ich mit Molly Gibson und Jack Taylor gesprochen und dabei herausgefunden, dass Sie auch in Dover gemobbt wurden. Ebenfalls auf Initiative Ihres Kollegen Jarrett. Jedoch keineswegs erst seit jenem unglückseligen Schuss. Im Gegenteil, bereits seit einigen

Monaten. Spätestens seit der Drogenrazzia. Jarrett hat Ihr gesamtes Team gegen Sie aufgehetzt, wahrscheinlich sogar alle Kollegen in der Dover Police Station. Dieses Motiv scheint mir naheliegender zu sein als diese alten Geschichten in London.«

## Martin

Diese alten Geschichten in London, klingt Lily Browns letzter Satz in mir nach. Unwillkürlich balle ich beide Hände zu Fäusten, gebe mir aber keine Mühe mehr, meine Anspannung zu verbergen, als ich es bemerke.

Der Zug ist ohnehin für mich abgefahren. Auch wenn die Brown längst nicht alles weiß und ich nie zugeben werde, absichtlich auf Clark geschossen zu haben, wird sie davon ausgehen, dass mir im Dienst nicht mehr zu trauen ist. Weil ich sie wiederholt belogen habe und sie ahnt, dass sie noch gar nicht alles aufgedeckt hat.

Wie in einem Albtraum steigen unerwünschte Bilder in mir auf. Ich höre halbtrunkenes Gelächter, sehe den verzweifelten Ausdruck in ihren Augen, nachdem ich sie in die Falle gelockt habe. Ich fühle wieder die Bestürzung, als ich realisiere, wozu ich mich hergegeben habe, und meine hilflose Wut, als die Sache dann eskaliert und völlig aus dem Ruder läuft. Gefolgt von meiner abgrundtiefen Reue. Betsys Tod erschien mir jahrelang als die verdiente Strafe für meine Mittäterschaft.

Plötzlich spüre ich Lilys stechenden Blick fast so intensiv wie eine körperliche Berührung. Er dringt mir durch Mark und Bein. Ich reiße mich mit Gewalt zusammen. Von dieser Sache darf Lily Brown nie ein Sterbenswörtchen erfahren. Zum Glück hat auch Jimmy, dieser Klugscheißer, sie offenbar mit keiner Silbe erwähnt.

Ich überlege kurz, was ich sage, und entscheide mich wieder für einen Teil der Wahrheit. »Clark Jarrett war schon immer außerordentlich rachsüchtig«, räume ich ein. »Ja, er hat die Kollegen in Southwark gegen mich aufgehetzt, nachdem ich seine Versetzung erwirkt hatte. Und als er dann ausgerechnet hierherkam, hat er genau dort weitergemacht, wo er in London aufgehört hat. Er hat Freude daran, andere zu quälen. Aber daran gewöhnt man sich mit der Zeit und legt sich eben ein dickes Fell zu. Das wäre allerdings absolut kein Grund für mich, ihn zu töten.«

Ich hoffe, dass meine Stimme bei meinen letzten Worten fest klingt.

Doch Lily lässt nicht locker. »Er war es, der Ihnen das Tütchen Kokain in die Uniformjacke gesteckt hat, nicht wahr?«

Ich zögere einen Augenblick lang. Doch was habe ich noch zu verlieren? Clarks feixendes Grinsen taucht vor meinem inneren Auge auf. Er hat es mir gegenüber sogar höhnisch zugegeben. Doch das will ich der Brown nicht eingestehen. Trotzdem nicke ich. »Wahrscheinlich war es Clark. Genau weiß ich es nicht, aber ich habe es von Anfang an vermutet.«

»Haben Sie Ihrem Police Inspector in Dover gesagt, dass Sie Jarrett verdächtigen?«

Ich beiße mir so fest auf die Lippen, dass es wehtut. »Ich war in Versuchung«, gebe ich zu und sage damit die reine Wahrheit. »Aber dann habe ich meinen Verdacht lieber unkonkreter formuliert. Schließlich ist Clark schon in London mit fast allem ungeschoren davongekommen, was er sich geleistet hat.«

In Lilys grünen Augen blitzt etwas auf. Ich bemerke bestürzt, dass die letzte Bemerkung verräterisch war. Hoffentlich kommt sie nicht wieder darauf zurück. Doch zuerst stellt sie mir eine andere Frage.

»Wer hat Jarrett denn verraten, dass Sie einen Ihrer Kollegen verdächtigen, Ihnen das Kokain untergeschoben zu haben? Chief SU Parker hat mir gesagt, diese Information sei vertraulich geblieben.«

»Jarrett hat die Assistentin des Police Inspector flachgelegt«, sage ich zynisch. »Zumindest vermute ich das.«

»Aus welchem Grund vermuten Sie das?«

»Die beiden haben eine Zeit lang miteinander geturtelt. Wenn sie sich am Kaffeeautomaten trafen und auch bei anderen Gelegenheiten. So hat es zumindest auf mich gewirkt.«

Kurz überlege ich, ob ich Lily erzählen soll, dass die Sache offenbar schnell zu Ende gegangen ist. Jeans verstörter Blick, wenn sie Jarrett begegnete, ihre mangelnde Konzentration bei unseren letzten Meetings. Zweimal habe ich sogar beobachtet, dass sie auf dem Absatz kehrtgemacht hat, wenn Clark ihr entgegenkam, und rasch hinter der nächsten Tür verschwunden ist. Aber das behalte ich besser für mich. Denn ich kann nicht beweisen, dass sie wirklich eine Affäre hatten.

Trotzdem verbeißt Lily sich in meine letzten Äußerungen. »Und jetzt flirten die beiden nicht mehr miteinander?«

Ich schüttle kurz den Kopf. »Soweit ich das beobachtet habe, nicht.«

»Ist Clark Jarrett eigentlich ein attraktiver Mann? Einer, der auf Anhieb gut bei Frauen ankommt?«

Ich schmecke bittere Galle, die mir in die Kehle steigt, und spüle sie schnell mit einem Schluck Wasser hinunter.

Dann zucke ich bewusst gleichgültig die Achseln. »Wenn sie auf den Typ Rocky stehen.«

»Sie meinen diesen Boxer, den Sylvester Stallone gespielt hat?«

»Genau den.«

»Ich habe mir diese Filme nie angesehen. Was strahlt dieser Rocky denn aus?«

Ich pruste verächtlich. »Harte, offensive Männlichkeit, überhöhtes Selbstbewusstsein, Aggressivität. Nicht umsonst nennt man Rocky im Film den ›italienischen Hengst‹.«

Wieder sehe ich an Lilys Gesichtsausdruck, dass ich zu viel verraten habe. Ich verfluche mich innerlich, kann es jetzt aber nicht mehr ändern. Bevor sie noch einmal nachhakt, versuche ich, sie mit einem anderen Thema abzulenken. »Wenn Sie glauben, dass Jarrett mir das Kokain untergeschoben hat, wird es Sie auch nicht wundern, dass er mir vor dem Unfall ins Lenkrad gegriffen hat.«

Lily macht eine auffordernde Handbewegung. »Erzählen Sie!«

Während ich erzähle, ist es, als ob ich die ganze Szene noch einmal erlebe.

Clark, der die Beifahrertür meines Streifenwagens aufreißt, als ich gerade losfahren will.

»Hau bloß ab«, rufe ich ihm entgegen. »Hol dir einen eigenen Wagen!«

Sein widerwärtiges Grinsen, als er mir entgegnet, dass er keine Zeit habe, sich den Schlüssel zu besorgen, und sich einfach auf den Beifahrersitz zwängt.

Als ich losfahre, ahne ich schon, dass er etwas im Schilde führt. Wir hören den Polizeifunk ab. Das illegale Autorennen bewegt sich stadtauswärts in Richtung Folkestone.

Ich spüre, wie mir das Herz bis zum Hals schlägt. Es regnet, es ist eisig, die Sicht ist schlecht, die Temperatur nah am Gefrierpunkt. Jederzeit könnte Blitzeis entstehen.

»Nun halt doch endlich drauf, du Weichei!«, schnauzt Jarrett mich an. Dabei fahre ich schon mehr als fünfzig Meilen pro Stunde.

»Halt die Schnauze!« Ich versuche, cool zu bleiben und mich nicht einschüchtern zu lassen. Trotzdem trete ich das Gaspedal noch weiter durch. Der Tacho zeigt jetzt fast sechzig Meilen an.

Weit vor uns taucht eine rote Ampel auf. Zwar haben wir längst Blaulicht und Martinshorn eingeschaltet, aber vor der Ampel hat sich eine Schlange gebildet.

»Halt drauf!«, kommandiert Clark. »Die sollen ausweichen und eine Gasse bilden.«

»Ich denke nicht daran!«, schreie ich. Dann trete ich auf die Bremse.

»So kriegen wir die Rowdys doch nie!«, brüllt er zurück, sein Gesicht vor Wut verzerrt.

Doch ich bremse weiter ab. Noch ungefähr zweihundert Yards trennen uns vom Ende der Schlange.

Dann geht alles ganz schnell. Clark greift mir ins Lenkrad und reißt es mit Gewalt herum. Der Wagen dreht sich einmal um die eigene Achse und knallt dann in zwei parkende Fahrzeuge am Straßenrand.

Sofort poppen die Airbags auf. Mein Körper wird zuerst nach hinten gerissen, dann schlage ich mit dem Gesicht auf meinem Airbag auf. Später werde ich aufgrund meines Schleudertraumas zwei Wochen lang eine Halskrause tragen müssen. Die Kopfschmerzen plagen mich manchmal noch heute.

Ich halte kurz inne, als mich die Erinnerung überwältigt. Ich selbst hätte tot oder schwer verletzt sein können. Gar nicht zu reden von Unbeteiligten, die in diesem Moment in den parkenden Autos hätten sitzen können.

Lily nutzt die Pause, um eine Frage zu stellen. »Wurde Jarrett bei diesem Unfall auch verletzt?«

»Er hat sich den Fuß verstaucht und wahrscheinlich ebenfalls ein Schleudertrauma erlitten. Genau weiß ich das nicht, weil er keine Halskrause trug. Ich selbst war zwei Wochen lang krankgeschrieben, er nur wenige Tage.«

»Und warum haben Sie bei der nachfolgenden Untersuchung nicht gesagt, was wirklich passiert ist?«

Ich spüre, wie mir die Frustration den Hals zuschnürt. »Das hätte doch überhaupt keinen Zweck gehabt. Wenn ich bei unserem Police Inspector schon wieder einen Kollegen beschuldigt hätte, hätte der das doch nie geglaubt und sich Gott weiß was dabei gedacht. Zumal ich ja auch noch den geringen Promillegehalt im Blut hatte.«

Das ist die Wahrheit, allerdings nur die halbe. Was ich Lily verschweige, ist Clarks Drohung, als wir versuchen, die verbeulten Türen aufzudrücken. »Wenn du irgendeinen Ton gegen mich verlauten lässt, wirst du es bitter bereuen!«

»Du Sauhund!«, krächze ich.

Aber Clark setzt wieder jenes schmierige Grinsen auf, das ich so hasse. »Was ich dann tue, bleibt deiner Fantasie überlassen. Aber du kennst mich ja.« Der letzte Satz war so schrecklich, dass ich die Erinnerung sofort verdränge. Lily darf nicht merken, wie aufgewühlt ich bin.

Sie hat mir aufmerksam zugehört. Aber gleich an ihren nächsten Äußerungen merke ich, dass ich sie nicht von dem gefährlichsten Thema abgelenkt habe. Im Gegenteil!

Lily griff nach ihrem eigenen Glas Wasser und merkte plötzlich, dass ihr ganzer Nacken verspannt war. Innerlich zog sie ein kurzes Resümee: Einerseits hatte Martin Gordon heute eine ganze Reihe von Fakten zugegeben, die er zuvor bestritten hatte. Andererseits konnte sie sich des Eindrucks nicht erwehren, dass er immer noch etwas verschwieg. Etwas Entscheidendes! Sie erinnerte sich an den seltsamen Ausdruck von Erleichterung auf seinem Gesicht, als sie ihn mit Jimmys Bericht über Sue Belham konfrontiert hatte. Da musste es also noch etwas anderes geben, das bislang nicht zur Sprache gekommen war.

Ebenso wenig nahm sie Martin ab, dass er nur aus der Angst heraus geschwiegen hatte, Clarks Schuld an dem Unfall würde man ihm nicht glauben. Dazu hatte er eben zu erregt gewirkt und es nur schlecht verhehlen können. Wahrscheinlich hatte Jarrett ihm mit irgendwas gedroht.

Sie holte tief Luft, um ihre bisherigen Erkenntnisse zusammenzufassen. Ein hilfreiches Mittel in schwierigen Situationen mit Patienten.

»Lassen Sie mich meine bisherigen Eindrücke schildern, Mr Gordon. In einer der vergangenen Sitzungen haben Sie mir berichtet, der Kameradschaftsgeist bei der Polizei habe Ihnen ehemals sogar die früh verlorene Familie ersetzt. Sie hätten sich dort außerordentlich wohlgefühlt, als Teil einer eingeschworenen Gemeinschaft, die manchmal sogar unter Einsatz des eigenen Lebens für Recht und Ordnung kämpft. Das habe ich doch richtig verstanden?«

Martin hockte zusammengekrümmt in seinem Sessel. Er wich ihrem Blick wieder aus und nickte flüchtig.

»Zu diesem Korpsgeist gehört unbedingte Loyalität gegenüber den Kollegen. Das wird auch bei gelegentlichen

Fehltritten erwartet. Auch dieser Loyalität haben Sie sich lange Zeit unterworfen, habe ich recht?«

Martin nickte.

»Bitte antworten Sie mir doch laut!«, forderte sie ihn auf.

»Ja, so ist es«, presste er hervor.

»Es gibt auch negative Aspekte dieses Korpsgeists, insbesondere unter Männern«, fuhr Lily fort. »Dazu gehört bis heute auch eine weibliche Kollegen diskriminierende Haltung.« Als sie sah, dass Martin protestieren wollte, kam sie ihm schnell zuvor: »Ach, versuchen Sie erst gar nicht, es abzustreiten. Ich war selbst etliche Jahre Mitglied von zwei Polizeibehörden. Ich weiß, wovon ich rede. Außerdem haben Sie selbst zugegeben, sich in Southwark oft wie ein Macho verhalten zu haben.«

Martin zuckte mit den Schultern, was gleichgültig wirken sollte, aber nicht zu seiner verkrampften Körperhaltung und seinem verbissenen Gesichtsausdruck passte.

»War es so?«, insistierte Lily.

»Es war teilweise so!«, fuhr Gordon jetzt auf. »Aber ich weiß nicht, worauf Sie hinauswollen. Sexuell handgreiflich bin ich jedenfalls nie geworden!« Auf seinen bleichen Wangen bildeten sich rote Flecken.

Einen Moment lang war Lily versucht zu sagen, dass auch sein Klaps auf den Hintern einer Kollegin eine sexuelle Handgreiflichkeit gewesen sei. Dann fiel ihr auf, dass Martin ihr sogar ein gutes Stichwort gegeben hatte, auf das sie später zurückkommen wollte.

Deshalb blieb sie zunächst bei ihrer Linie. »Plötzlich, quasi aus heiterem Himmel, werden Sie in Ihrer Londoner Zeit vom Saulus zum Paulus. Eine Ihrer Mitarbeiterinnen wird sexuell gedemütigt. Allerdings ohne körperlichen Übergriff und außerhalb der regulären Dienstzeit. Vielen altgedienten Kollegen wäre das nicht mehr als ein schlechter Scherz erschienen. Bestenfalls mit einer Rüge unter vier Augen durch den Vorgesetzten zu ahnden. Doch was tun Sie?«

Erwartungsgemäß antwortete Martin nicht.

»Sie verlangen die schlimmste Disziplinarstrafe für einen Ihrer Kollegen, die denkbar ist. Nämlich seine Degradierung zurück ins Glied als einfacher Police Constable. Ihr Londoner Police Inspector lässt Sie damit abblitzen. Daraufhin wenden Sie sich gleich drei Etagen höher an den obersten Vorgesetzten, den Chief Superintendent von Southwark. Der kann Ihre Beschwerde natürlich nicht ignorieren, schwächt die geforderte Konsequenz aber zu einer Versetzung ab. Daraufhin hetzt Jarrett die ganze Meute in Southwark gegen Sie auf. Man beginnt, Sie dort systematisch zu mobben.«

»Dazu hätte es Clarks Häme gar nicht bedurft«, meldete sich Gordon jetzt endlich zu Wort. »Ich wusste, was ich riskierte, als ich Sue Belham Gerechtigkeit verschaffen wollte. Auf das darauffolgende Mobbing war ich eingestellt.«

Lily schürzte die Lippen. »Diese Antwort ist typisch für Sie, Mr Gordon. Ich halte Sie für eine Mischung aus Wahrheit und Unwahrheit«, sagte sie ihm ins Gesicht.

Martins Röte vertiefte sich.

»Natürlich kannten Sie die Sanktionen, wenn man derart stark gegen den Korpsgeist verstößt. Und natürlich mussten Sie damit rechnen, dass Sie Schikanen ausgesetzt sein würden, nicht nur von Clark Jarrett. Aber auf Mobbing in dieser Größenordnung, wie es Ihnen schon in London widerfahren ist – Hundekot in der Jacke, zerstochene Autoreifen, um nur ein paar Beispiele zu nennen, die Jimmy Wilford berichtet hat –, stellt man sich nicht ein. Fortgesetztes Mobbing macht auf Dauer jeden Menschen psychisch krank.«

»Deshalb habe ich ja meine Versetzung in die Wege geleitet.«

Lily nickte. »Der Grund war nicht nur der Tod Ihrer Frau, das habe ich mir schon gedacht. Aber was auch immer Sie dazu bewogen hat, die Versetzung nach Dover hat Ihnen erst einmal eine Atempause verschafft. Und dann wird durch einen unseligen Zufall auch Clark Jarrett dorthin versetzt. Wissen Sie eigentlich, warum?«

»Warum Clark sich versetzen ließ, weiß ich nicht. Aber mein Mitarbeiter Jack Taylor hat sich geweigert, sich zum Nachfolger des Police Sergeant aus der Nachbarschicht befördern zu lassen, der in Ruhestand ging. Das war mein Pech«, meinte Martin zähneknirschend.

»Ihr Pech war, dass ausgerechnet Jarrett diese Stelle bekam«, bemerkte Lily lakonisch. »Denn nun geschieht etwas Merkwürdiges. Jarrett legt es fast von vornherein darauf an, Sie hier in Dover erneut zu diskreditieren. Diesmal geben Sie ihm gar keinen Anlass dazu. Im Gegenteil, er führt diese Anlässe selbst herbei. Er schmuggelt das Kokain nach der Drogenrazzia in Ihre Uniformjacke, verschafft sich über eine Liebschaft die Information, dass Sie einen Kollegen verdächtigen, und nimmt dies zum Aufhänger, Ihr ganzes Team gegen Sie aufzuhetzen. Dabei erzählt er jede Menge Lügen aus Ihrer Londoner Zeit über Sie. Doch damit nicht genug!«

Lily merkte, dass sie sich zunehmend in Rage geredet hatte, und hielt kurz inne. Dann fuhr sie mit ruhigerer Stimme fort.

»Jarrett hält sich außerhalb seiner Dienstzeit so oft in der Police Station auf, dass es ihm die Gelegenheit verschafft, auch bei Einsätzen dabei zu sein, die Sie leiten. Er greift Ihnen während einer Verfolgungsjagd ins Lenkrad und riskiert dabei neben Ihrem und seinem eigenen sogar das Leben Unschuldiger. Und er nimmt Ihnen das Heft während des Banküberfalls aus der Hand. Und dann …« Sie machte eine bedeutungsvolle Pause.

Doch Gordon blieb stumm und starrte verbissen auf seine ineinander verschlungenen Hände in seinem Schoß.

»… dann schießen Sie auf ihn«, vollendete Lily selbst den Satz.

Wie von der Tarantel gestochen, sprang Martin auf. »Das höre ich mir nicht länger an!«

Lily erschrak. War das zu viel gewesen? Mühsam rief sie sich zur Ruhe. »Bitte hören Sie mich wenigstens zu Ende an!«, bat sie eindringlich.

Zögernd nahm Gordon wieder Platz.

»Sie und Jarrett hassen sich wie die Pest«, schoss sie ins Blaue und registrierte, dass Gordon zusammenzuckte. »Das hat eine lange Vorgeschichte. Und die hat in London nicht mit Sue Belham begonnen.«

Gordon erstarrte und ballte die Hände zu Fäusten.

»Da muss es einen anderen Vorfall gegeben haben, an dem Sie beide beteiligt waren und den Sie mir bis heute verschweigen.« Kurz hielt sie inne. Sie war jetzt schon so weit gegangen, jetzt musste sie auch noch ihren letzten Verdacht aussprechen. »Ich vermute, es hat mit einer Frau zu tun. Einer Frau und irgendeiner Art von *schwerer sexueller Handgreiflichkeit.*« Sie betonte die Worte in Anlehnung an Gordons eigene Formulierung. »An der Jarrett als extremer Macho federführend und Sie als Mitläufer beteiligt waren.« Lily registrierte, dass Gordon jetzt weiß wie die Wand geworden war.

Dann stand er abrupt auf. »Sind Sie fertig? Dann möchte ich jetzt gehen.«

»Ein letztes Wort noch, Mr Gordon. Bitte!«

Zu ihrer Erleichterung setzte sich Martin noch einmal auf die äußerste Kante des Sessels.

»Ich möchte Ihnen aus ganzem Herzen helfen«, sagte Lily und meinte es ehrlich. »Sie sind ein ehrenwerter Mann und ein ausgezeichneter Polizist und Vorgesetzter. Davon bin ich überzeugt. Clark Jarrett wirkt dagegen auf mich wie ein ausgemachter Schweinehund. Ein Rattenfänger, der es versteht, sich angenehm zu machen, im Grunde seines Herzens aber ein frauenverachtender Psychopath ist. Er hat Ihnen schon zweimal das Leben zur Hölle gemacht. Ist es nicht so?«

Martin atmete keuchend, sagte aber nichts.

»Was an Mobbing in London geschehen ist und welche Handlungen von wem genau ausgingen, können wir wahrscheinlich nicht mehr rekonstruieren. Das ist zu lange her. Aber dass Jarrett hier in Dover gelogen hat, können wir beweisen.«

Martin sah überrascht auf. »Wie denn?«, krächzte er.

»Er hat Ihnen Einträge in die Personalakten Ihrer Mitarbeiter unterstellt, die es so nicht gibt. Zumindest nicht in den Akten von Molly Gibson und Jack Taylor. Das weiß ich, weil ich die Akten gelesen habe und mir die beiden erzählt haben, was Sie angeblich hineingeschrieben haben. Das Gleiche wird auch für Ihr restliches Team gelten.«

Da Lily nun Gordons ungeteilte Aufmerksamkeit besaß, sprach sie rasch weiter. »Da gibt es außerdem die Assistentin des Police Inspector, die Jarrett offenbar vertrauliche Informationen zugespielt hat. Und die er wahrscheinlich fallen ließ wie eine heiße Kartoffel, nachdem er hatte, was er von ihr wollte.«

»Sie geht ihm jedenfalls seit Wochen aus dem Weg«, bestätigte Gordon Lilys Vermutung.

»Dann sagt sie womöglich auch zu Ihren Gunsten aus. Außerdem gibt es noch die beiden Vorfälle mit dem Kokain und dem Unfall. Wenn Sie Chief Parker offen sagen, was Jarrett Ihnen angetan hat, steht zumindest Aussage gegen Aussage. Und ich bescheinige Ihnen Glaubwürdigkeit, darauf können Sie sich verlassen. Aber zuvor müssen Sie mir haarklein erzählen, was der wahre Auslöser für Ihren gegenseitigen Hass war. Denn das verschweigen Sie mir, das spüre ich deutlich!«

Martin schien zu überlegen. »Und das würde mir ein positives Urteil über meine Dienstfähigkeit einbringen?«, fragte er.

Lilys Brust verengte sich. »Wahrscheinlich nicht«, gab sie schweren Herzens zu. Dann atmete sie tief ein und sprang ins kalte Wasser. »Aber mildernde Umstände wegen des versuchten Totschlags auf Jarrett während des Banküberfalls. Denn Sie haben doch absichtlich auf ihn geschossen, nicht wahr? Jedenfalls hätten Sie allen Grund dazu gehabt.«

Martins Gesichtszüge fielen buchstäblich in sich zusammen. Der vorübergehend aufgeblitzte Glanz in seinen dunkelblauen Augen erlosch. Auf einmal wirkte er um zehn Jahre gealtert.

Nun erhob er sich langsam, als läge eine zentnerschwere Last auf seinen Schultern. »Sie haben es gut gemeint, Mrs Brown. Danke für Ihre Mühe. Goodbye.« Damit wandte er sich zum Gehen.

»Martin«, rief Lily hinter ihm her, »so kommen Sie doch zur Besinnung! Meinen Bericht muss ich so oder so schreiben. Und wie er ausfällt, haben Sie in der Hand! Noch haben wir bis Ende Mai Zeit. Wir können ein gemeinsames Gespräch mit Chief Parker vorbereiten, ergänzend zu meinem Gutachten. Parker ist ein guter und fairer

Chef, das weiß ich aus eigener Erfahrung. Ich war selbst mal seine Mitarbeiterin.«

Martin stoppte, während sie sprach, drehte sich aber nicht zu ihr um. Als sie geendet hatte, ging er weiter zur Tür.

»Bitte überlegen Sie sich das Ganze noch einmal!«, rief sie ihm verzweifelt nach. »Sonst wird auch Jarrett, dieses Monster, ungestraft davonkommen.«

Jetzt wandte Martin sich doch um. In seiner Miene las Lily eine Mischung aus Bitterkeit und Hohn. »Das wird er sowieso, Mrs Brown. Er hat noch viel schlimmere Dinge getan und ist damit durchgekommen. Kein Vorgesetzter hat je was dagegen unternommen. Warum sollte Chief Parker besser sein als die Chefs bei der MET?« Dann drehte ihr Martin wieder den Rücken zu. »Also noch mal danke für Ihre Bemühungen.« Seine Stimme klang hohl.

»Nächsten Dienstag um elf«, rief Lily ihm hinterher, während gleichzeitig die Praxistür mit einem leisen Klacken ins Schloss fiel.

## Martin

Erst als ich im Park fast ein Kleinkind über den Haufen renne, komme ich wieder zur Besinnung und entdecke, dass mich mein Weg wieder in die Dane John Gardens geführt hat. Der Aufruhr in meinem Inneren ist geradezu übermächtig. Deshalb habe ich auch die heutige Sitzung abgebrochen.

Unter anderen Umständen hätte ich Lily für ihren Scharfsinn und ihre Kombinationsgabe genauso bewundert wie für ihre Hartnäckigkeit. Sie muss einmal eine ausgezeichnete Ermittlerin gewesen sein. Aber wieder verfolgt mich das Pech. Ausgerechnet sie hat Chief Parker mit der Beurteilung meiner Dienstfähigkeit betraut. Ihre Gaben werden mir jetzt zum Verhängnis.

Nein, ins Gefängnis gehe ich nicht! Denn wenn ich gestehe, dass ich Clark Jarrett absichtlich zu töten versucht habe, weiß ich nicht einmal, ob man auf Totschlag im Affekt erkennen würde.

Es besteht sogar die Möglichkeit, dass man von einem versuchten Mord ausgeht. Denn gleich drei Mordmerkmale würden auf meine Tat passen: Rache als niedriger Beweggrund für das fortgesetzte Mobbing, Heimtücke, weil ich dazu einen Einsatz, der einen Schusswaffengebrauch erforderlich machte, benutzt habe, und schließlich Verdeckung einer Straftat.

Es ist zwar unwahrscheinlich, dass das dritte Mordmotiv herauskommt, weil Clark dann ebenfalls bis zum Hals mit drinsteckt. Aber die anderen Beweggründe reichen ja schon aus, um wegen versuchten Mordes gegen mich zu ermitteln.

Trotz ihrer Klugheit ist Lily Brown erstaunlich naiv, wenn sie glaubt, mir mit ihrer Expertise helfen zu können. Sie geht wahrscheinlich davon aus, ich käme mit einer geringfügigen Strafe davon, wenn sie in ihrem Gutachten ein entsprechendes Zeugnis für mich ablegt. Aber selbst bei versuchtem Totschlag ginge es wahrscheinlich nicht ohne Gefängnis ab.

Und was soll dann aus meiner Judy werden? Sie ist noch nicht volljährig. Meine Schwester Doris würde sie als Tochter eines verurteilten Straftäters mit Sicherheit nicht bei sich aufnehmen. Man würde Judy also in ein Heim stecken.

Aber jetzt werde ich Lilys Praxis nicht mehr betreten.

Ich habe bislang kein Geständnis abgelegt, insofern hat sie bisher nur ein paar schwache Indizien dafür, dass ich absichtlich auf Jarrett geschossen habe. Das wird nicht ausreichen, um juristisch gegen mich vorzugehen.

Naiv ist auch, dass Lily glaubt, es gäbe Fürsprecher in Dover für mich. Jean, Clarks Whistleblowerin, müsste selbst disziplinarische Konsequenzen befürchten, wenn sie zugibt, vertrauliche Informationen an ihn weitergegeben zu haben. Außerdem hat Clark sie wahrscheinlich weidlich eingeschüchtert. Sie wird kein Sterbenswörtchen über die Angelegenheit verraten.

Selbst wenn herauskommt, dass ich nie etwas Negatives über mein Team in den Personalakten vermerkt habe, wird sich Clark wie immer aus der Affäre ziehen. Außerdem müsste meine ganze Gruppe gestehen, sich am Mobbing beteiligt zu haben. Unwillkürlich spüre ich, wie meine Augen feucht werden.

Wir hatten ein so gutes Arbeitsklima, bis dieser Kerl nach Dover versetzt wurde. Es hat so wehgetan, nicht mehr zu privaten Feiern eingeladen zu werden oder zu den Freitagabenden im Pub, wenn der Dienstplan es zuließ. Dass mich im Pausenraum niemand mehr ins Gespräch zog. Im Gegenteil, die meisten verließen den Raum, sobald ich ihn betrat.

Genauso weh tat es, den beständigen Spott und die Häme hinter meinem Rücken zu spüren. Die Dinge zu vermissen, die plötzlich verschwanden, darunter ein Briefbeschwerer aus einem geschliffenen Achatstein, das letzte Geburtstagsgeschenk meiner geliebten Betsy. Es grenzt an ein Wunder, dass die Mannschaft wenigstens meinen Anweisungen bis zuletzt Folge geleistet hat.

Tausendmal habe ich mich selbst dafür verflucht, das Tütchen Kokain nicht einfach im Klo runtergespült zu haben, als ich es in meiner Jacke fand. Dann wäre seine erste Attacke gegen mich ins Leere gelaufen. »Ehrlich währt am längsten«, hat meine früh verstorbene Mutter immer gesagt. Als kleiner Junge habe ich das geglaubt. Doch heute weiß ich es besser. Es sind die heimtückischen Lügner, die ungestraft davonkommen, nicht die, die die Wahrheit sagen.

Jimmy Wilford, den Lily mir als Quelle genannt hat, ist doch das beste Beispiel dafür! Ein ungeheurer Zorn steigt in mir auf. Natürlich hat sich auch Jimmy an den Schikanen in Southwark beteiligt. Aber das wird er gegenüber ihrem Lebensgefährten sicher nicht zugegeben haben.

Also, was soll ich jetzt tun? In den Polizeidienst kann ich nicht mehr zurück. Eine ähnliche Arbeit, etwa bei einer privaten Security-Firma, werde ich auch nicht finden. Es wird mir nichts anderes übrig bleiben, als mit Judy noch einmal ganz von vorn anzufangen und woanders hinzugehen. Vielleicht sogar auszuwandern, nach Australien oder Neuseeland, wo uns die Vergangenheit nicht mehr einholen kann. Und dann als Kellner zu arbeiten oder als Kraftfahrer oder was weiß ich.

Dabei war ich doch gern Polizist, auch wenn ich nach dem, was in London geschehen ist, keine Karriere mehr angestrebt habe. Dazu war mir die MET viel zu korrupt. Sonst hätte man nicht alles vertuscht und unter den Teppich gekehrt. Wer weiß, wie viele Kerle wie Clark dort ungestraft ihr Unwesen treiben.

Ein Hund kommt näher und schnüffelt an meinem Knie. Mechanisch streiche ich ihm über den Kopf. Er hechelt mit heraushängender Zunge und schaut mich freundlich an.

»Der tut nichts!« Eine dickliche Matrone nähert sich mit der Leine in der Hand. Sie trägt eine Zeitung unter dem Arm, die ihr zu Boden fällt, als sie die Leine am Halsband des Hundes befestigt.

Die Schlagzeile auf der ersten Seite springt mir ins Auge und durchfährt mich wie ein Stromstoß. Liegt darin vielleicht meine allerletzte Chance?

Ich brauche Zeit, bis ich meine Gedanken so weit geordnet habe, dass ein Plan Gestalt annimmt. Er ist außerordentlich riskant. Aber was habe ich noch zu verlieren?

# KAPITEL 15

## *Tiny Tim's Tearoom*
*Mittwoch, 15. Mai 2019*

»Leider ist im Augenblick noch kein Tisch frei«, bedauerte die Kellnerin, als Mabel und Lily sich zum vereinbarten Zeitpunkt in *Tiny Tim's Tearoom* einfanden.

»Dann lass es uns woanders versuchen«, schlug Mabel sofort vor.

Doch Lily schüttelte den Kopf. »Wie lange wird es dauern, bis es einen Platz gibt?«, erkundigte sie sich.

»Nicht mehr als eine Viertelstunde«, lächelte die Kellnerin.

»Dann besuchen wir zuerst den zweiten Stock. Bitte reservieren Sie den nächsten freien Tisch, wenn wir noch nicht zurück sein sollten.«

Während Mabel verständnislos dreinblickte, schmunzelte die Kellnerin wissend.

Lily ging Mabel voran die enge, gewundene Holztreppe hinauf. Die Dielen knarrten, als sie im zweiten Stock den Raum mit der niedrigen, mit schwarzen Balken durchzogenen Decke betraten. Unwillkürlich zog Lily den Kopf ein. Mabel folgte ihr etwas außer Atem.

»In diesem Haus spukt es angeblich«, klärte Lily sie endlich auf.

Mabel verzog den Mund. »Deshalb lässt du mich die steile Treppe raufsteigen?«, beschwerte sie sich. »Meines Wissens spukt es in jedem zweiten alten Gebäude in Canterbury. Der Fremdenverkehrsverein bietet dafür sogar eine eigene Führung an. Das ist doch alles Humbug für Touristen.«

»Nun ärgere dich doch nicht gleich!«, bat Lily. »Dieser Raum hier enthält eine kleine Ausstellung über die angeblichen Geister. Matt hat mir neulich davon erzählt.«

Mabel trat an die erste Tafel mit Informationen und Fotografien. »Aha, man hat bei Renovierungsarbeiten in einem Kästchen Haarlocken und Milchzähne von drei Kindern gefunden.« Sie schauderte. »Später auch ihre Namen, Geburts- und Sterbedaten aus dem 18. Jahrhundert, eingraviert in eine Holzplatte. Alles merkwürdigerweise hinter den Wandpaneelen.«

»Keines der Kinder war älter als zehn Jahre«, ergänzte Lily, die vor einer zweiten Tafel stand. »Woran sie gestorben sind, konnte man nicht herausfinden. Auch nicht, wo sie begraben sind. Aber der Zeitpunkt ihres Todes weist darauf hin, dass die Kleinen während einer Choleraepidemie ums Leben kamen, die zu dieser Zeit in Canterbury grassierte.«

Wieder zuckte Mabel zusammen. »Das ist schon tragisch genug!«, äußerte sie ungnädig. »Daraus hätte man aber nicht auch noch eine Geistergeschichte machen müssen.«

Sie wandte sich zur Tür und war schon die ersten Stufen hinabgestiegen, sodass Lily ihr wohl oder übel folgen musste.

Im Tearoom führte die Kellnerin sie zu einem kleinen, runden Tisch, der bereits eingedeckt war.

»Und, was sagen Sie zur Geschichte des Hauses?«, fragte sie und zwinkerte ihnen zu.

Lily stach der Hafer. »Haben Sie denn schon einmal bemerkt, dass Möbel oder andere Dinge nachts verrückt wurden, oder haben Sie Trippelschritte und das gespenstische Kinderlachen gehört?«

»Ich nicht. Aber eine Kollegin behauptet steif und fest, die Geisterkinder mehrmals gehört zu haben. Leider hat sie heute ihren freien Tag. Sonst hätte sie Ihnen sicher gern Auskunft gegeben.«

»Humbug!«, schnaubte Mabel erneut, als sie ihre Bestellung aufgegeben hatten. Lily nahm sich dagegen vor, bei ihrem nächsten Besuch im Tearoom auf die hellseherische Bedienung zurückzukommen.

»Nun sei doch nicht so kritisch, Mabel! Es sollte ein kleiner Gag sein, bevor ich mit dir über Jerry Hoover spreche. Und über ganz reale, aber kostspielige Maßnahmen, um ihr Baby im Gegensatz zu diesen Geisterkindern sicher am Leben zu erhalten.«

Während sie auf Tee und Teacake warteten, erzählte Lily von Jerrys Fortschritten. Dann äußerte sie ihre Hoffnung, Mabel könne Jerry Hoover zu einem Überwachungsmonitor und einem Babyphon verhelfen und außerdem eine Unkostenerstattung für den Geburtsvorbereitungskurs beantragen.

»Hmm.« Mabel wiegte den Kopf. »Du wirst es nicht glauben, aber den teuren Monitor kriege ich wahrscheinlich am leichtesten bewilligt. Allerdings würde ich davon abraten, das Babyphon auch noch zu beantragen. Sonst heißt es am Ende, das Gerät mache den Monitor überflüssig.«

»Wie bitte?«, reagierte Lily entgeistert.

»Angesichts der Ebbe in den Kassen des National Health Service sind schon unsinnigere Entscheidungen getroffen worden«, erklärte Mabel kryptisch. »Also versuche ich es unter Hinweis auf den plötzlichen Kindstod von Jerrys erstem Baby erst mal mit dem Monitor. Außerdem«, sie musterte Lily skeptisch, »ist ein Babyphon doch keine große Investition. Wenn Jerry so daran liegt, dass sich die Tragödie des Kindstods nicht wiederholt, sollte sie doch in der Lage sein, sich selbst eins zu besorgen.«

»Sie hat kürzlich ihre Stelle verloren«, wandte Lily ein.

»Hast du mir nicht eben erzählt, sie habe sich ein neues Umstandskleid gekauft?«

Gerade wurde ihre Bestellung serviert, was Lily Zeit gab, über Mabels letzte Bemerkung nachzudenken.

»Das war bei Primark. Wahrscheinlich ein Sonderangebot.«

»So, so.« Mabel ging nicht weiter darauf ein und kostete stattdessen ihren Früchtekuchen. »Köstlich!« Sie verdrehte genießerisch die Augen. »Jetzt bin ich doch froh, dass wir das Café nicht gewechselt haben.«

Auch Lily stach ein Stück ihrer Zitronentarte ab. »Und was ist mit dem Geburtsvorbereitungskurs?«, hakte sie nach, die Gabel noch in der Luft.

»Der hat doch schon begonnen, wenn ich dich richtig verstanden habe. Da werden im Nachhinein keine Kosten erstattet. Zumal es solche Kurse auch kostenlos gibt.«

»Es gibt solche Kurse auch kostenlos? Warum hat die Frauenärztin Jerry dann nicht darauf hingewiesen?«

»Wie sicher bist du dir denn, dass sie es nicht getan hat?«

Lily überlegte und gestand sich ein, dass sie es nicht wusste.

Eine kurze Weile widmeten sich beide Frauen ihrem Tee.

»Du hast von Jerrys Fortschritten berichtet, aber ihre nächtlichen Panikattacken gar nicht erwähnt«, brach Mabel das Schweigen als Erste. »Kommt sie denn inzwischen auch damit klar?«

Lily war verdutzt. »Nächtliche Panikattacken?«

»Ja, das war doch der Grund, dass ich Jerry an dich verwiesen habe. Sie erzählte mir, sie würde jede Nacht mit Herzrasen aufwachen aus lauter Angst, auch das nächste Kind zu verlieren.«

»Das höre ich zum ersten Mal«, wunderte sich Lily. »Sie hat mir natürlich von ihren Ängsten erzählt und den heftigen Schuldgefühlen, weil sie nicht besser auf Jamie aufgepasst hat. Für beides haben wir Bewältigungsmechanismen erarbeitet. Aber von nächtlichen Panikattacken war nie die Rede.«

Mabel krauste die Stirn. »Seltsam. Aber vielleicht spielt mir meine Erinnerung einen Streich. Ich habe in jüngster Zeit mit zu vielen schwierigen Fällen zu tun.«

Nachdenklich trank sie einen Schluck Tee. »Ich habe Jerry gar nicht als Patientin im Canterbury Hospital kennengelernt. Das bringt mich darauf, dass sie sich zuerst in meiner Sprechstunde vorstellen muss, damit ich sie als hilfsbedürftige Patientin registrieren kann. Das ist die Voraussetzung für die Beantragung des Monitors. Und ein Gutachten von dir brauche ich auch. Darin musst du Jerry bescheinigen, dass sie alles dafür tun wird, damit ihr nächstes Baby gesund zur Welt kommt, und dass sie es danach ausgezeichnet betreut. Unter Vermeidung aller Fehler, die sie möglicherweise im Umgang mit Jamie gemacht hat.«

Lily seufzte. »Im Großen und Ganzen bin ich davon überzeugt, dass es so ist. Aber in mancher Hinsicht ist Jerry immer noch ziemlich ahnungslos und naiv.«

Sie berichtete Mabel, Jerrys Lebensgefährte Carl würde in der Wohnung rauchen. »Jerry hat offenbar noch nie etwas von der Schädlichkeit des Passivrauchens für sich und das Ungeborene gehört.«

»Und wie bist du in dieser Hinsicht mit ihr verblieben?«

»Sie soll dafür sorgen, dass Carl sofort damit aufhört.«

»Nun, mehr ist von einer einfachen Frau aus den unteren Schichten auch nicht zu erwarten«, meinte Mabel trocken.

»Obwohl sich Jerry in anderer Hinsicht durchaus informiert zeigte«, wandte Lily ein. Sie erzählte Mabel von Jerrys Halbwissen über die Risikofaktoren des plötzlichen Kindstods. »Doch ausgerechnet die Rückenlage, in der der kleine Jamie gestorben ist, war ihr als Hauptgefahr nicht bekannt.«

Mabels Reaktion war allerdings ähnlich wie die von Matt. Sie zuckte mit den Schultern. »Es ist doch gut, dass sie sich überhaupt informiert hat und dass sie sich jetzt aktiv mit den Risiken für ihr zukünftiges Baby befasst.«

Lily wusste nicht, was sie Mabel darauf antworten sollte. Tief in ihrem Inneren nagten Zweifel, die sie allerdings nicht konkretisieren konnte. Sie hatten auch damit zu tun, dass Jerry sich nahezu begierig als Fallbeispiel für einen Artikel zur Verfügung stellen wollte. Zögernd erwähnte sie die Episode aus ihrer letzten Sitzung.

Zu Lilys Erstaunen begann Mabel zu strahlen. »Aber das ist doch ganz wunderbar! Das werde ich gleich für den Antrag des Überwachungsmonitors verwenden.« Sie hielt kurz inne. »Allerdings müsstest du solch einen Artikel tatsächlich schreiben, Lily. Über eine einfache Frau, die sich alle erdenkliche Mühe gibt, nach dem plötzlichen Kindstod ihres ersten Säuglings eine weitere Tragödie zu verhindern. Wenn die Aussicht besteht, dass die Hilfsbereitschaft und Großzügigkeit des NHS in einer Fachzeitschrift Erwähnung findet, erhöht dies die Wahrscheinlichkeit sehr, dass Jerry ein solch teures Gerät leihweise zur Verfügung gestellt wird.«

Lily ließ sich das durch den Kopf gehen. »Von dieser

Warte aus habe ich die Sache noch nicht betrachtet«, gab sie zu.

»Es wird Jerry motivieren, sich noch mehr zu engagieren«, argumentierte Mabel. »Und wenn sie damit zwei Fliegen mit einer Klappe schlägt, soll es uns nicht kümmern.«

»Wie meinst du das?«

»Nun, Jerry liebt es, Aufmerksamkeit zu erregen. Das ist dir doch sicher nicht entgangen. Im Krankenhaus hat sie jedenfalls ein Gewese um Carls Pflege nach seinem Unterschenkelbruch gemacht, das seinesgleichen sucht. So habe ich Jerry doch erst kennengelernt. Weil nichts, was die Ärzte und Schwestern für ihn taten, gut genug war, und sie mich schließlich baten, einmal mit Jerry zu sprechen. Dabei habe ich dann auch von ihren nächtlichen Panikattacken erfahren. Carl als zukünftiger Vater sei ihre einzige Stütze, hat sie damals behauptet. Deshalb sei sie so sehr um ihn besorgt.«

Sie hielt kurz inne. Dann schmunzelte sie und zwinkerte Lily zu. »Vielleicht hat Jerry es mit ihren Panikanfällen auch ein wenig übertrieben, weil sie dadurch meine Aufmerksamkeit weckte.«

Lilys Unbehagen verstärkte sich. War ihr bislang etwas Wesentliches über Jerry Hoovers Persönlichkeit entgangen?

»Also, wie verbleiben wir jetzt?« Sie wollte das Thema endlich abschließen. »Ich sehe Jerry morgen das nächste Mal.«

»Das trifft sich ja gut. Sag ihr, sie soll sich nächste Woche in meiner Sprechstunde im Canterbury Hospital vorstellen. Du schreibst mir möglichst zeitnah ein Kurzgutachten, in dem du ihre Therapiemotivation in den Mittelpunkt stellst. Erwähne alle Fortschritte, die sie bereits gemacht hat! Und sag ihr deutlich, dass es sehr für sie spräche, wenn sie selbst das Geld für den Kurs und das Babyphon auftreibt. Das kannst du dann ja ebenfalls lobend in deinem Gutachten anmerken, weil Jerry sich dafür einschränken muss. Und erwähne auch den geplanten Artikel! Wie lange müsste sie dafür bei dir in Behandlung bleiben?«

»Am besten bis sechs Monate nach der Geburt. In diesem Zeitraum tritt der plötzliche Kindstod am häufigsten auf.« Lily unterdrückte ein Seufzen.

Mabel betrachtete sie prüfend. »Für dich bedeutet das natürlich, Jerry während der ganzen Schwangerschaft von Dan Bakers Nochehefrau zu begleiten und wahrscheinlich sogar über die Geburt seines Kindes hinaus. Ich vermute, das macht dir zu schaffen.«

Schon vor einigen Wochen hatte Lily Mabel reinen Wein über die komplizierte Situation eingeschenkt.

»Damit komme ich zurecht«, wehrte sie ab. »Ich konnte schon immer Privates und Berufliches gut auseinanderhalten. Außerdem geht es Jocelyn inzwischen besser. Sie ist nicht mehr so stark auf Dans Unterstützung angewiesen. Wenn alles weiterhin glatt verläuft, wird das Kind im Oktober kommen. Und dann wird man weitersehen.«

»Weiß Dan schon, ob es ein Junge oder ein Mädchen wird?«

Lily verkrampfte sich innerlich und hoffte, dass Mabel ihr nichts anmerkte. »Er erfährt es wahrscheinlich noch diese Woche«, erwiderte sie knapp, um das leidige Thema zu beenden.

Doch Mabel ließ nicht locker. »Und wie geht es dir damit?«

Lily setzte ein falsches Lächeln auf. »Ich bin froh, dass ich mit all dem Kinderkram nur als Außenstehende zu tun habe«, log sie. »Ich habe vorläufig weder Lust auf Übelkeit noch auf Schwangerschaftsstreifen, Dammrisse und all das andere, was Kinderkriegen so mit sich bringt. Und erst recht keine Lust auf durchwachte Nächte mit einem schreienden Säugling.«

Sie hoffte, dass sie glaubwürdig klang. Aber wie auch immer Mabel ihre Behauptungen auffasste, jetzt bohrte sie nicht weiter nach.

# KAPITEL 16

## Lilys Praxis

*Donnerstag, 16. Mai 2019*

*Kentish Gazette*

**Tote Frau identifiziert**

Die tote Frau, die Spaziergänger in der letzten Woche gefunden haben, ist inzwischen identifiziert worden, teilten der Chief Superintendent der Kent Police, Gregory Parker, und der Leiter der SOKO des CID, Chief Inspector Adrian Miller, gestern in Maidstone im Rahmen einer Pressekonferenz mit. Es handelt sich eindeutig um die seit Dezember vermisste vierunddreißigjährige Deborah D. aus Dover.

»Mrs D. fiel mit an Sicherheit grenzender Wahrscheinlichkeit einem Gewaltverbrechen zum Opfer.« Weitere Einzelheiten wollte Miller aus ermittlungstaktischen Gründen nicht preisgeben.

Deborah D.'s nackte Leiche war in der vergangenen Woche in einem Waldstück außerhalb der Stadtgrenze Dovers entdeckt worden.

Einen Augenblick lang war Lily von ihrem Zorn über Jerry Hoover durch diesen spektakulär aufgemachten Artikel in der heutigen Ausgabe der *Kentish Gazette* abgelenkt. Sie räumte gerade das Wartezimmer auf, in dem einer ihrer Patienten die Zeitung zurückgelassen hatte.

Dann holten ihre Gedanken über Jerry sie wieder ein.

Die heutige Sitzung mit ihr war zum ersten Mal ausgesprochen unerfreulich verlaufen.

»Das passt mir aber gar nicht, dass ich erst zu Mrs Ellis soll«, hatte Jerry zu Lilys Erstaunen zunächst gemault. »Da muss man immer so lange warten, bis man drankommt.«

»Waren Sie denn schon einmal dort?«

»Nee, war ich eben nicht. Weil ich so was gehört hab, als der Carl noch im Krankenhaus war.«

»Nun, wenn Sie etwas wirklich Wirksames für den Schutz Ihres Babys tun möchten, wird Ihnen wohl nichts anderes übrig bleiben«, erwiderte Lily kühl. »Durch einen solchen Monitor wird die Wahrscheinlichkeit erheblich erhöht, dass Ihr Söhnchen gesund durch die ersten Lebensmonate kommt. Es ist ein sehr teures Gerät. Aus diesem Grund muss Mabel Ellis einen Antrag dafür stellen und Sie natürlich vorher als Patientin registrieren.«

»Jaja, ist ja gut«, lenkte Jerry zunächst ein. »Dann mach ich das eben. Krieg ich denn dann auch das Geld für den Kurs?«

Lily holte tief Luft. »Mrs Ellis meint, nein. Für einen bereits begonnenen Kurs können im Nachhinein keine Kosten übernommen werden. Außerdem« – sie musterte Jerry scharf – »hat Mrs Ellis mir gesagt, solche Kurse würden auch kostenlos angeboten. Wussten Sie davon denn nichts?«

Jerry schüttelte heftig den Kopf. »Natürlich nicht. Woher hätt ich das wissen sollen?«

»Von Ihrer Frauenärztin.«

Jerry prustete verächtlich. »Davon hat die Zicke nie einen Ton gesagt. Sie hat sich doch kaum Zeit für mich und den Kleinen genommen.«

Wieder war Lily erstaunt. »Das höre ich zum ersten

Mal. Bisher war ich der Ansicht, Sie wären dort in den besten Händen.«

Jerry wirkte einen Moment lang verlegen, fasste sich aber schnell wieder. »Das hab ich Ihnen erzählt, weil ich Sie nicht aufregen wollte.«

»Mich nicht aufregen?«

»Ja, weil Sie sich doch so viel Sorgen machen, dass der Dennie gesund ist.«

Lily fehlten zunächst die Worte. »*Ich* mache mir zu viele Sorgen? Ich dachte, *Sie* hätten panische Angst, dass Ihnen der zweite Säugling auch wegstirbt! Haben Sie nicht Mabel Ellis sogar von nächtlichen Panikattacken erzählt, bevor Sie zu mir in Behandlung kamen?«

Jerry schüttelte den Kopf. »Daran kann ich mich nicht erinnern. Da muss Mrs Ellis was verwechselt haben.«

»Aha!«, machte Lily nur. Dann schwieg sie demonstrativ.

Diese Taktik verfehlte auch bei Jerry ihre Wirkung nicht. Sie plapperte weiter. »Natürlich hab ich Angst um den Dennie. Wo mir der Jamie doch schon gestorben ist. Ich werd alles drum geben, dass es nicht noch mal passiert.«

»Das ist gut zu hören.« Lily blieb kühl. »Also werden Sie bei Mrs Ellis wegen des Monitors vorsprechen?«

Jerry nickte. »Ja, das mach ich. Und der Carl soll mir eben das Geld für den Kurs geben. Schließlich geht er bald wieder malochen.«

»Ab wann genau?«, erkundigte sich Lily.

»Na, der Unfall ist jetzt schon 'ne Weile her. Ich denk, in 'ner Woche oder so.«

Lily lag die Bemerkung schon auf der Zunge, dass Carl auch den Kauf eines Babyphons übernehmen solle. Dann verzichtete sie darauf. Sie befürchtete, Jerry würde sich erneut aufregen und am Ende doch nicht bei Mabel vorstellig werden. Mabel sollte ihr selbst erklären, wie viele tausend Pfund ein solcher Monitor kostete, und damit begründen, dass das Babyphon nicht auch noch gestellt werden könne.

Stattdessen erzählte Lily, dass sie nun tatsächlich einen Artikel über Jerrys Behandlung plane, wenn diese abgeschlossen sei. Diese Mitteilung schien Jerry mit den Unannehmlichkeiten zu versöhnen, die sie für den Erhalt des Monitors in Kauf nehmen musste.

Danach war die Sitzung konstruktiv verlaufen.

Da Jerry Hoover Lilys letzte Patientin am heutigen Donnerstag war, trat sie nach der Sitzung ans Fenster und beobachtete das Geschehen auf der Rose Lane. Dabei erblickte sie Jerry, wie er die belebte Geschäftsstraße entlangging.

Und machte eine schockierende Entdeckung.

# KAPITEL 17

## Lilys Wohnung

*Freitag, 17. Mai 2019*

Als es endlich klingelte, sprang Lily so heftig von der Wohnzimmercouch auf, dass Mick, der neben ihr gelegen hatte, erschrak. Er flüchtete in die Küche, was Lily nur recht war.

Denn Dan, den sie schon ungeduldig erwartet hatte, benutzte seinen Wohnungsschlüssel um diese Uhrzeit nicht mehr, damit Mick nicht.

»Du kommst spät«, begrüßte Lily ihn nach einer leidenschaftlichen Umarmung.

Dan küsste sie auf die Nasenspitze. »Dafür kann ich diesmal das ganze Wochenende bleiben.«

»Das ist wunderbar«, freute sich Lily. »Jocelyn geht es also weiterhin gut?«

Dan nickte. »Soweit man es absehen kann, sind sie und die Kleine gesund.«

»Die Kleine? Es wird also ein Mädchen?« Lily durchfuhr ein Stich. Ihr Lächeln verkrampfte sich.

Dan strahlte über das ganze Gesicht. »So ist es. Wie ich es mir gewünscht habe!«

»Das freut mich sehr für dich. Hast du auch das Ultraschallbild dabei?«

Dan fasste Lily unter das Kinn, hob ihr Gesicht und betrachtete es prüfend. Offensichtlich hatte er bemerkt, dass es ihr schwerfiel, ihre wahren Gefühle zu verbergen.

»Du musst dir wirklich keine Sorgen machen«, beteuerte er. »Die Geburt der Kleinen wird nichts zwischen uns ändern. Das Ultraschallbild zeig ich dir später. Jetzt brauche ich erst mal was zu essen. Ich sterbe vor Hunger.«

Lily wies auf den gedeckten Tisch, an dem Mick jetzt auf dem dritten Stuhl saß, den sie inzwischen für ihn dazugestellt hatten, und erwartungsvoll dreinsah, was sie beide zum Lachen brachte.

»Ich fürchte, der Kater wird heute enttäuscht sein. Ich habe uns einen Salade niçoise gemacht. Da wird kaum etwas für ihn abfallen.«

»Mag er denn keinen Thunfisch?«

Lily hob die Schultern. »Das weiß ich nicht. Außerdem ist Dressing dran.«

Es stellte sich heraus, dass Mick nicht wählerisch war. Nachdem Dan ihm drei Stückchen Thunfisch gegeben hatte, schritt Lily ein. »Nun ist es genug. Sonst muss ich demnächst für ihn mitkochen.«

Als Mick sich auf seinem Stuhl zusammenrollte, nachdem nichts weiter für ihn abfiel, musterte Dan Lilys Gesicht erneut. »Du siehst richtig erschöpft aus. Hattest du solche Angst, dass ich doch wieder zu Jocelyn zurückkehren würde, wenn es ein Mädchen wird?«

»Auch«, gab Lily zu. »Aber ich hatte beruflich keine gute Woche.«

»Weil Martin Gordon auch heute nicht gekommen ist?«, vermutete Dan.

Lily seufzte. »Ich hab ihm mehrfach geschrieben, dass ich ihn nach wie vor erwarte. Per SMS und per E-Mail. Gestern hab ich sogar auf seine Mailbox gesprochen. So was mache ich sonst nie, wenn mich ein Patient mehr als einmal versetzt hat.«

»Und was ist diesmal anders als sonst?«

Lily atmete hörbar aus und schob ihren halb vollen Teller von sich. Ihr Magen war plötzlich wie zugeschnürt. »Ich muss doch noch dieses Gutachten machen. Und weiß nicht, was ich hineinschreiben soll.«

»Wie wäre es mit der Wahrheit?«

»Das ist es ja eben«, entgegnete Lily heftig. »Was ist denn die Wahrheit? Hat Gordon wirklich mit Absicht auf Clark Jarrett geschossen? Oder war es doch nur ein Versehen? Dieser Jarrett muss ein Ekelpaket erster Güte sein. Soll ich Gordons Zukunft wegen so eines Scheusals zerstören?«

Dan blickte Lily ernst ins Gesicht. »Wenn es nur ein Verdacht ist, für den du keinen Beweis hast, solltest du das genauso formulieren. Aber erwähnen musst du es. Da führt meiner Ansicht nach kein Weg dran vorbei. Was Chief Parker dann daraus macht, ist nicht mehr deine Verantwortung.«

Lily starrte finster vor sich auf den Tisch. »Dabei bin ich mir sicher, dass Gordon kein schlechter Kerl ist. Aber er ist nicht ehrlich zu mir. Das scheint im Augenblick mein Schicksal als Therapeutin zu sein.«

»Wer verheimlicht dir denn sonst noch was? Komm, rede mit mir!«, forderte Dan sie auf, als Lily zögerte. »Bevor das Problem mit uns im Bett liegt.«

Wider Willen musste Lily lachen. »Wahrscheinlich hast du recht. Es geht um Jerry Hoover. Von der habe ich dir bislang nur wenig erzählt.«

»Die Frau, die ihren ersten Säugling durch den plötzlichen Kindstod verloren hat?«

»Genau die.« Lily gab Dan einen kurzen Abriss ihrer bisherigen Eindrücke und schilderte dann die letzte frustrierende Sitzung. »Und du wirst es nicht glauben«, schloss sie, wobei sich ihr Herzschlag vor Zorn beschleunigte.

»Danach sah ich Jerry auf der Rose Lane rauchen! Sie zog eine Schachtel Marlboro aus ihrer Handtasche, die ich schon vor einer Woche darin entdeckt hatte. Da hat sie noch behauptet, es seien die Zigaretten von ihrem Lebensgefährten Carl. Als ich mit ihr über die Gefahr des Passivrauchens gesprochen habe, schien Jerry das ganz neu zu sein, was mich sehr erstaunt hat. Aber jetzt weiß ich es besser. Sie raucht trotz ihrer fortgeschrittenen Schwangerschaft. Das ist mit Sicherheit auch der Grund, warum sie dieses widerliche Parfum in solchen Mengen benutzt, wenn sie in die Praxis kommt. Um den Geruch nach Zigarettenqualm zu überdecken! Vielleicht hat sie mir die ganze Zeit über nur was vorgemacht, und das Baby ist ihr in Wirklichkeit ganz egal!« Lily schnappte nach Luft, so sehr hatte sie sich in Rage geredet.

Dan streichelte ihre Hand. »Das glaube ich nicht, Lily«, sagte er sanft. »Warum wäre sie sonst zu dir in Behandlung gekommen? Aber wenn sie vor der Schwangerschaft eine starke Raucherin war, fällt es ihr sicher schwer, darauf zu verzichten. Sie wäre nicht die erste Frau mit diesem Problem.«

Lily zog scharf die Luft ein. »Aber das geht doch nicht!«, protestierte sie empört. »Würdest du Jocelyn jetzt so einfach rauchen lassen?«

»Natürlich würde ich versuchen, sie davon abzubringen. Aber zum Glück haben wir dieses Problem nicht auch noch.«

Lily hatte nur mit halbem Ohr zugehört. »Ich überlege die ganze Zeit schon, ob ich Mabel darüber informieren soll. Warum soll ich ein Gutachten schreiben und sie all den bürokratischen Kram auf sich nehmen, um Jerry einen Überwachungsmonitor zu verschaffen, wenn die nicht mal auf den Risikofaktor Rauchen verzichten kann?«

»Genau deshalb sollte es diesen Monitor geben«, gab Dan zu bedenken. »Wenn Jerry nicht die hyperbesorgte Mutter ist, die du bislang in ihr gesehen hast, sind solche Hilfsmittel umso notwendiger! Schließlich geht es in erster Linie nicht um Jerry, sondern um das Baby!«

Lily hielt inne. »Du hast recht! Aber ich werde Jerry beim nächsten Mal mit meiner Beobachtung konfrontieren und hören, was sie dazu zu sagen hat. Mabel halte ich vorerst raus.« Sie wechselte das Thema. »Aber wie ist es dir denn ergangen? Bist du mit dem Serienvergewaltiger weitergekommen?«

Nun war es an Dan zu seufzen. Er schüttelte resigniert den Kopf. »Ich habe ein weiteres Mal mit Jill Reynolds, der Frau aus dem Hyde Park, gesprochen. Wieder ohne jedes Ergebnis! Alle Nachforschungen scheitern an dieser Mauer des Schweigens. Also sind wir dem Täter noch kein bisschen näher gekommen.«

»In Dover ist sogar eine Frau ermordet worden, deren Leiche man erst vor ein paar Tagen gefunden hat. Weißt du etwas darüber?«

»Nur wenig. Es gibt kaum Spuren, die nach der langen Liegezeit der Leiche noch verwertbar sind. Aber die Frau ist vor ihrem Tod sexuell missbraucht worden, so viel scheint festzustehen.«

Lily schüttelte sich. »Furchtbar. Wenn man aus ermittlungstaktischen Gründen keine weiteren Einzelheiten preisgeben will, wie es in dem Artikel heißt, den ich gelesen habe, gibt es vielleicht besondere Mordmerkmale. Meinst du, man zieht einen Profiler hinzu?«

Dan verzog den Mund zu einem zynischen Lächeln. »Ganz sicher beauftragt man hier in der Provinz keinen Profiler von der MET. Wenn, greift man auf eigene Kapazitäten zurück.«

»Die Polizeipsychologin bei der Kent Police hat allerdings keinen allzu guten Ruf«, sagte Lily nachdenklich. »Ob sie einer solchen Aufgabe gewachsen wäre?«

Dan zuckte die Achseln. »Das soll nicht meine Sorge sein.« Dann warf er einen Blick auf die Uhr. »Es ist schon fast Mitternacht.« Seine Stimme bekam den leidenschaftlichen Unterton, den Lily so liebte und der ihr jedes Mal eine Gänsehaut verursachte. »Wir sollten uns endlich den angenehmeren Dingen des Lebens zuwenden.« Er küsste sie zärtlich.

Als sie eng umschlungen ins Schlafzimmer gingen, huschte Mick an ihnen vorbei durch die Tür und versteckte sich unter dem breiten Doppelbett.

»Nun gut«, lachte Dan. »Dann wird er eben Zeuge unsittlicher Handlungen. Hoffentlich verdirbt es seinen Charakter nicht.«

Eine leidenschaftliche Stunde später dämmerten beide gerade in einen seligen Schlaf hinüber, als Dan auf einmal leise aufschrie. »Autsch! Etwas hat mich gebissen!«

»Das war Mick, dieser eifersüchtige Kerl!« Lily knipste die Nachttischlampe an und erblickte den Kater auf der Bettdecke. Kurz entschlossen packte sie ihn am Kragen und setzte ihn vor die Tür.

Doch nun waren beide wieder hellwach. »Du wolltest mir doch noch das Ultraschallbild zeigen!«, erinnerte sich Lily.

»Willst du es wirklich jetzt sehen?«

Lily nickte eifrig. »Auf jeden Fall!«

Dan nestelte seine Brieftasche aus der Jeans, die er achtlos neben das Bett geworfen hatte. Wenig später betrachtete Lily das Schwarz-Weiß-Bild mit den Konturen des Fötus. Da das Ungeborene einige Monate jünger war, konnte Lily weniger darauf erkennen als auf dem Ultraschallbild, das ihr Jerry neulich gezeigt hatte.

»Und woher wisst ihr das Geschlecht?«

»Das ergab sich aus den Tests, ob das Kleine gesund ist.«

Lily schwieg eine Weile und kämpfte mit der Frage, die ihr auf der Zunge lag. Schließlich stellte sie sie doch. »Werden wir denn auch einmal Kinder haben, Dan?« Sie sah ihn dabei nicht an.

»Lily!« Zum zweiten Mal an diesem Abend hob er ihr Gesicht an und blickte ihr in die Augen. »Natürlich werden wir Kinder haben, wenn wir zusammenbleiben und es beide wollen.« Er stockte kurz und holte hörbar Luft. »Aber nicht jetzt, Lily. Jetzt wäre es mir dafür noch zu früh.« Sein Blick wurde eindringlich. »Bitte, das musst du mir versprechen! Zuerst will ich mit Jocelyn und der ganzen ungewohnten Situation zurechtkommen.«

Lily schwieg, obwohl sie die Möglichkeit einer Schwangerschaft von Dan noch nicht ernsthaft in Betracht gezogen hatte.

»Versprichst du mir das?«, insistierte er.

Unter der Bettdecke ballte Lily die Hände zu Fäusten. Schließlich antwortete sie. »Ja, ich verspreche es.«

Dan küsste sie auf den Mund. »Dann lass uns jetzt endlich schlafen.« Er knipste die Nachttischlampe aus und drehte sich auf die Seite. An seinen regelmäßigen Atemzügen erkannte Lily, dass er sofort einschlief.

Sie selbst wälzte sich noch stundenlang wach herum.

# KAPITEL 18

## London
*Dienstag, 21. Mai 2019*

Jill Reynolds sah sich furchtsam um, wie immer, wenn sie ihre Wohnung verließ. Aber die ruhige Seitenstraße lag unauffällig im Schein der Abendsonne da. Nur ein alter Herr mit einem Rollator bewegte sich auf sie zu.

Rasch ging sie die wenigen Schritte bis zu ihrem Auto, das hinter einem schwarzen Van am Straßenrand stand. Sie wollte es gerade aufschließen, als sie bemerkte, wie mühsam der Alte, auf seinen Rollator gestützt, den schmalen Bürgersteig entlanghumpelte. Jetzt rutschte ein Rad vom steilen Bordstein ab und brachte den Mann beinahe zu Fall.

Jill hatte ihn zwar in dieser Gegend noch nie bemerkt. Aber sie konnte nicht tatenlos zusehen, wie der Alte sich damit abmühte, seine Gehhilfe, die inzwischen mit beiden Rädern auf die Straße gerutscht war, wieder auf den Fußweg zu ziehen.

Rasch trat sie auf den Alten zu und sprach ihn an. »Kann ich Ihnen helfen?«

Der Mann trat wortlos zur Seite und ließ den Rollator los.

Gerade als Jill ihn mit beiden Händen ergriff, um ihn nach oben zu ziehen, fühlte sie sich grob von hinten gepackt. Noch bevor sie den kalten Stahl in ihrem Nacken spürte, drehte sie den Kopf.

Und erstarrte zu Eis. Diese Augen hätte sie überall erkannt. Wie gelähmt vor Entsetzen erfasste sie, dass es zu spät war.

Ihr beharrliches Schweigen hatte ihr genauso wenig genützt wie ihr Umzug, den sie sofort nach der Tat in die Wege geleitet hatte. Zuletzt hatte er sie doch gefunden. Wie er es angedroht hatte.

## KAPITEL 19

### Dover

*Freitag, 31. Mai 2019*

Ich stehe in einer langen Schlange an einer der Kassen des Supermarkts, in dem ich die Wochenendeinkäufe erledigt habe. Die Kassiererin kämpft mit irgendeinem Problem, es geht schon seit einigen Minuten nicht mehr voran.

Unwillkürlich schweifen meine Gedanken ab. Mein Plan ist natürlich nicht aufgegangen. Eigentlich war das auch nicht zu erwarten gewesen. Der Scheißkerl hat allerdings anders reagiert, als ich gedacht habe. Nämlich überhaupt nicht!

Als er auf die beiden Briefe mit gleichem Inhalt nicht geantwortet hat, habe ich aufgegeben. Denn den echten Beweis, den ich angeblich besitze, habe ich nicht mehr.

Wieder könnte ich mich selbst ohrfeigen, dass ich ihn vernichtet habe, anstatt ihn aufzubewahren oder wenigstens zu fotografieren, wie ich behauptet habe. Ohne den Beweis wird mir niemand Glauben schenken. Also muss ich es erst gar nicht versuchen.

Außerdem, wie sollte ich erklären, dass ich mich erst jetzt melde? Die Sache liegt doch schon Monate zurück. Wie damals in London! Da habe ich auch den entscheidenden Moment versäumt, als die Geschehnisse noch so frisch waren, dass eine ernsthafte Untersuchung die Wahrheit vielleicht ans Licht gebracht hätte.

Eine Weile war ich sogar froh darüber, denn meine geliebte Betsy wurde immer kränker, und auch ich hätte im Gefängnis gesessen, anstatt ihr und Judy beizustehen. Vielleicht nicht so lange wie Clark und die anderen. Aber wegen Beihilfe wäre ich dran gewesen.

Wenn man mir überhaupt geglaubt hätte, dass ich nur den Lockvogel gespielt und mich nicht aktiv beteiligt habe.

Gerade bewegt sich die Käuferschlange endlich wieder nach vorn. Da klingelt mein Handy. Es ist Judy.

Was sie laut weinend und schreiend berichtet, lässt mir das Blut in den Adern gefrieren …

## KAPITEL 20

### Im Pub *Red Dragon* in Canterbury

*Freitag, 7. Juni 2019*

»Hier war ich schon viel zu lange nicht mehr«, sagte Lily, als sie den Pub *Red Dragon* betraten, der ehemals Lilys Stammlokal gewesen war. Sie rechnete kurz nach. »Es muss mindestens drei Monate her sein. Da war ich mit Matt das letzte Mal da.«

»Wir hätten schon viel öfter mal ausgehen sollen, anstatt uns an den Wochenenden fast nur in deiner Wohnung und deinem Garten zu vergraben«, stimmte Dan ihr zu. Er sah sich um. »Jedenfalls ist das ein schöner Pub. Gefällt mir sehr gut hier.«

»Leider nicht nur dir«, seufzte Lily, während sie sich durch die bereits dichte Menge der Gäste drängten und Ausschau nach einem freien Tisch hielten. Sie hatten Glück. Gerade als sie schon aufgeben und sich mit einem Platz an der Bar begnügen wollten, stand ein anderes Paar auf und räumte einen kleinen Tisch in einer Nische.

»Wenigstens müssen wir jetzt nicht beim Essen auf einem dieser unbequemen Barhocker sitzen. Was möchtest du denn haben?« Dan reichte Lily eine laminierte Speisekarte.

Irritiert starrte sie darauf. »Seit wann verwendet denn auch das *Red Dragon* solche Menükarten? Bislang wurden die Gerichte doch auf Schiefertafeln angeboten.«

Den Pub hatte sich Lily nach ihrer Ankunft in Canterbury vor ungefähr einem Jahr vor allem deshalb ausgesucht, weil es dort eher altmodisch zuging. Das *Red Dragon* blickte auf eine jahrhundertelange Geschichte zurück und diente angeblich schon im Mittelalter Pilgern als Herberge, die zum Schrein des ermordeten Erzbischofs Thomas Becket aufgebrochen waren.

Demgemäß entsprach die Innenausstattung mit den dunklen, niedrigen Balkendecken, den holzverkleideten Wänden und den im Winter befeuerten Kaminen Lilys Vorstellung einer historischen Gaststätte. Zudem lag das Fachwerkhaus abseits der Altstadt und wurde daher eher von Einheimischen als von Touristen aufgesucht. An einem Freitagabend war es dennoch überfüllt.

Dan lächelte nachsichtig. »Auch ein so altes Haus wie dieser Pub muss eben mit der Zeit gehen. Aber immerhin haben sie die Specials noch auf den Tafeln stehen.« Er wies auf die Wand gegenüber. »Schau doch mal, ob du eins dieser Gerichte essen willst.«

Lily studierte die Liste und runzelte dann die Stirn. »Was steht denn auf der Speisekarte mit dem ständigen Angebot?«

»Nur das Übliche, fürchte ich. Fish and Chips, jede Menge Burger und so Zeugs.«

»Dann nehme ich das vegetarische Curry von der Tafel«, entschied Lily. »Wollen wir denn gleich essen oder erst einmal etwas trinken?«

»Ich habe noch gar keinen richtigen Hunger und würde mir gern zuerst ein Pint Stout holen«, antwortete Dan. »Soll ich dir einen Weißwein mitbringen?«

»Gerne. Ich warte dann auch noch mit dem Essen. Vielleicht sollten wir uns zuerst von der Seele reden, was in der letzten Woche geschehen ist.«

Dan nickte und machte sich Richtung Theke auf. Erst

nach einer ganzen Weile kehrte er mit den gefüllten Gläsern zurück. Währenddessen hatte Lily überdacht, was sie Dan erzählen wollte.

Ihr Entschluss, heute Abend auszugehen, war ganz spontan entstanden, als sie sich gegenseitig angesehen hatten, dass jedem von ihnen wieder etwas zu schaffen machte. Außerdem war Lily nicht zum Kochen gekommen.

»Also, wer fängt an zu erzählen?«, begann Dan, nachdem er sich wieder gesetzt hatte.

Lily hob die Achseln. »Bei mir gibt es eigentlich gar nichts Neues. Martin Gordon hat sich immer noch nicht gemeldet. Jetzt bleibt mir nichts anderes übrig, als endlich das Gutachten zu schreiben. Hätte Chief Parker diese Woche nicht an einem Fachkongress im Ausland teilgenommen, hätte er mir ohnehin keinen Aufschub gewährt. Aber nun erwartet er meinen Bericht spätestens Mitte der nächsten Woche.«

»Und wie wirst du ihn verfassen?«

»Genau so, wie du es mir schon vor einiger Zeit geraten hast. Ich werde wahrheitsgemäß berichten, dass Gordon von Clark Jarrett sowohl in London als auch in Dover gemobbt wurde. Ich werde außerdem betonen, dass Jarrett jeweils auch die Kollegen gegen ihn aufgehetzt hat. Obwohl ich das nicht überprüfen kann, werde ich zumindest Martins Aussage wiedergeben, dass Jarrett ihm die Drogen untergeschoben und auch den Unfall bei der Verfolgung des illegalen Autorennens verursacht hat. Ich werde schreiben, dass ich das auch ohne Faktenbeweise für glaubwürdig halte.«

Lily machte eine Pause und trank einen Schluck Wein. Als sie danach weiterhin schwieg, hakte Dan nach: »Und was schreibst du über den Vorfall in der Santander-Filiale?«

Lily gab sich einen Ruck. »Da will ich mich sehr differenziert ausdrücken. Ich werde meine Meinung zum Ausdruck bringen, dass Martin Gordon Gründe und Motive genug gehabt haben könnte, Jarrett absichtlich anzuschießen. Dass er es mir gegenüber jedoch vehement bestritten hat und ich den Sachverhalt daher in letzter Instanz nicht beurteilen kann. Dabei werde ich allerdings darauf hinweisen, dass Gordons Verständnis von Ethik als Polizeibeamter sehr hoch ist. Aus diesen Gründen ist es keineswegs ausgeschlossen, dass er Clark tatsächlich beschützen wollte, anstatt ihn zu verletzen oder sogar umzubringen. Seine Dienstfähigkeit werde ich daher nicht grundsätzlich infrage stellen, sondern nur die Pros und Kontras aufführen.« Sie atmete hörbar aus. »Zu den Kontras gehört leider auch, dass Gordon die Behandlung abgebrochen hat.«

»Diese Lösung finde ich gut«, lobte Dan. »Ich bin gespannt, wie der Chief sich entscheidet. Wirst du auch Empfehlungen zum Umgang mit diesem Jarrett geben?«

Lily schnaubte. »Darüber habe ich lange nachgedacht, bin aber schließlich zu der Überzeugung gelangt, dass dies nicht meine Aufgabe ist. Es stünde meiner Neutralität als Gutachterin sogar im Wege. Chief Parker soll auch hier seine eigenen Schlüsse ziehen.«

»Auch das finde ich gut«, wiederholte Dan.

»Wir werden sehen, was er aus dem Bericht macht«, meinte Lily und überspielte damit ihr Unbehagen, das sie bei dem Gedanken empfand, möglicherweise einen versuchten Totschlag oder gar Mord zu verharmlosen. »Und wie ist es dir ergangen?«, lenkte sie dann auf Dans Arbeitswoche über. Sein Gesichtsausdruck sagte ihr bereits, dass es keine neuen Entwicklungen gab.

Daher überraschte sie seine Antwort nicht. »Jill Reynolds ist immer noch verschwunden. Niemand weiß, wo sie ist. Aufgrund ihrer besonderen Gefährdungslage haben die Nachforschungen über ihren Verbleib sofort begonnen, nachdem sie von ihrer Schwester am 23. Mai als vermisst gemeldet wurde. Jills Auto steht nach wie vor in der Nähe ihrer Wohnung, die wir inzwischen durchsucht haben. Es fehlt weder Gepäck, noch hat sie ihren Reisepass mitgenommen. Es gibt auch keine Abbuchungen von ihren Kreditkarten. Und ihr Handy ist seit dem frühen Abend des 21. Mai, dem Tag, an dem sie zuletzt zur Arbeit kam, nicht mehr zu orten.«

»Ihr müsst also vom Schlimmsten ausgehen?«

Dan nickte traurig. »Leider ist das so, Lily.« Er griff zu seinem Glas und nahm einen tiefen Zug von dem dunklen Bier. »Wir vermuten, dass Jill irgendwohin verschleppt wurde. Sie wollte am Abend ihres Verschwindens eine alte Tante besuchen und kam nie dort an. Leider gibt es in der Straße, in der sie wohnt, keine Überwachungskameras, die uns Aufschluss darüber geben können, ob und wann sie ihre Wohnung verlassen hat.«

»Hat denn niemand in der Nachbarschaft etwas beobachtet, das euch weiterhilft?«

Dan schüttelte den Kopf. »Leider nicht.«

»Aber wenn Jill wirklich getötet wurde, wäre sie das zweite Mordopfer dieses Serienvergewaltigers«, überlegte Lily. »Hältst du das für einen Zufall?«

Dan zerraufte sich die Haare, wie immer, wenn er nicht weiterwusste. »Eigentlich nicht. Aber das ist bislang nur ein Gefühl. Denn einen erkennbaren Zusammenhang zwischen dem Raubmord an Bridget Kellerman und Jill Reynolds' Verschwinden gibt es nicht. Noch haben wir ja gar keine Gewissheit, dass Jill wirklich tot ist. Und selbst wenn es so wäre, liegt über ein Jahr zwischen den beiden Taten.«

»Beide Frauen wurden von ihrem Vergewaltiger mit dem Tod bedroht.«

»Ja, aber dieser Täter bleibt ein Phantom. Bridget Kellerman hat auch nie Anzeige gegen ihn erstattet. Das wussten wir zwar schon vorher, aber ich habe alle Datenquellen noch mal gecheckt und nichts gefunden. Aktenkundig geworden ist nur eine Anzeige gegen Unbekannt wegen Fahrerflucht, ungefähr eine Woche vor ihrem Tod. Ihr Wagen wurde in einem Parkhaus beschädigt. Aber was für einen Zusammenhang soll es da mit dem Vergewaltiger geben?«

Darauf wusste Lily auch keine Antwort. Mittlerweile war es spät geworden, und ihr knurrte der Magen. Auch Dan war damit einverstanden, die problembeladenen beruflichen Themen nicht weiter zu diskutieren und stattdessen zum Abendessen überzugehen.

Das war wie meistens im *Red Dragon* ausgezeichnet und versöhnte sie mit der langen Wartezeit, bis es endlich serviert wurde.

Entspannt verließen beide gegen halb elf Uhr den Pub und freuten sich auf die Stunden, die vor ihnen lagen. Der Sommerabend war warm, deshalb hatte sich eine größere Menge an Gästen vor der Tür versammelt, um zu rauchen. Die meisten hatten ihre Getränke mit nach draußen genommen. Mit Dan im Schlepptau schob Lily sich an den Leuten vorbei, bis sie plötzlich so abrupt stehen blieb, dass Dan auf sie prallte.

Fassungslos blickte Lily auf die Szene, die sich ihr darbot. Eine viel zu stark geschminkte Frau in einem lächerlichen pinkfarbenen Shirt mit der Aufschrift *Everybody's Darling* stand neben einem untersetzten, stiernackigen Kerl mit kahl geschorenem Kopf. Seine muskulösen ~~Ober~~ Arme waren mit verschiedenfarbigen Tattoos übersät, ebenso wie die Schenkel unter seiner knielangen Jeans und nahezu jedes andere Stück Haut, das sichtbar war.

Beide hielten ein Bier in der Hand und rauchten genüsslich in tiefen Zügen. Die Frau lachte mit schriller Stimme über einen Scherz ihres Begleiters und strich ihm mit einem künstlichen, mit Strass besetzten Fingernagel über die Wange, nachdem sie zuvor ihre Zigarette zwischen die knallrot geschminkten Lippen geklemmt hatte.

Es dauerte mehrere Sekunden, bis Lily ihren Augen endlich traute. Doch es bestand kein Zweifel. Die hochschwangere Frau, die ihren weit vorgewölbten Bauch jetzt spielerisch an den Leib ihres Begleiters drückte, war Jerry Hoover.

Lily sah rot. Spontan trat sie auf Jerry zu und fasste sie grob an der Schulter. »Ich dachte, Sie lägen mit Verdacht auf vorzeitige Wehen im Bett!«, schnauzte sie Jerry grußlos an. Das war die Begründung, die ihr Jerry für die Absage der gestrigen Sitzung gegeben hatte.

Die zuckte sichtbar zusammen. Dann verwandelte sich ihr erschrockener Gesichtsausdruck in ein unsicher wirkendes Lächeln. »Guten Abend, Mrs Brown. Dass wir uns hier treffen, hätt ich nicht gedacht.«

»Und ich hätte nicht gedacht, dass Sie Ihr ungeborenes Kind mit Alkohol und Zigaretten schädigen«, schnappte Lily.

»Ach, das wird dem schon nix schaden«, mischte sich jetzt der grobschlächtige Mann ein.

»Sind Sie Carl?«

»Der bin ich. Und Sie sind die«, er warf Jerry einen ratlosen Blick zu, »wie nennt die sich noch?«

»Das ist Lily Brown, meine Psychotherapeutin«, antwortete Jerry gestelzt.

Carl wandte sich wieder Lily zu und grinste breit.

»Gönnen Sie Jerry doch das bisschen Vergnügen. Wenn das Baby erst da ist, kann sie gar nicht mehr weg!« Er tätschelte Jerrys Bauch, die ihm einen schmachtenden Blick zuwarf und dümmlich lächelte.

Lily ballte die Hände zu Fäusten. »Die Therapie ist hiermit beendet«, verkündete sie. »Wenden Sie sich wegen des Monitors an Mrs Ellis, wenn Sie weiterhin darauf Wert legen.«

»Und was ... und was ist mit dem Artikel?« Jetzt wirkte Jerry völlig bestürzt.

Ich muss mich nicht auch noch vor der Fachwelt blamieren, dass ich auf Sie hereingefallen bin, schoss es Lily durch den Kopf. Laut antwortete sie: »Der wird natürlich entfallen.« Damit drehte sie sich auf dem Absatz um und marschierte davon.

»So wütend habe ich dich bislang selten erlebt«, durchbrach Dan Lilys verbissenes Schweigen, als sie schon die Hälfte der Strecke zu ihrem Parkplatz zurückgelegt hatten. »Außer im Umgang mit mir«, fügte er mit einem schiefen Lächeln hinzu.

»Das war Jerry Hoover«, erklärte Lily.

»Hab ich mir schon gedacht.«

»Ich hätte sie schon rauswerfen sollen, als ich sie das erste Mal rauchen sah«, knurrte Lily. »Aber sie hat fast die ganze nächste Therapiestunde lang beteuert, dass es eine Ausnahme gewesen sei. Sie habe immer noch Carls Zigaretten in ihrer Handtasche gehabt und der Versuchung nicht widerstehen können. Und das war nur eine ihrer Lügen. Hast du bemerkt, wie sie heute aussah? So aufgetakelt tauchte sie in den ersten Sitzungen auch bei mir auf. Bis ich sie mal darauf ansprach. Danach erschien sie weitaus schlichter zurechtgemacht und dankte mir sogar scheinheilig für meinen Rat. *Auch Carl gefalle ich so viel besser*«, äffte sie Jerrys Stimme nach.

»Du meinst den groben Klotz, der mit ihr da war?«

»Ja, das ist der Vater des Kindes.«

Eine Weile schwiegen sie beide. »Willst du ihre Behandlung jetzt wirklich abbrechen?«, fragte Dan schließlich.

»Natürlich! Und Mabel informiere ich auch. Sie hat sich wegen des Monitors die Finger wund geschrieben. Er wurde erst vor ein paar Tagen bewilligt. Sie sollen ihn gar nicht erst ausliefern!«

Dan schüttelte den Kopf. »Aber das Kind kommt doch schon in wenigen Wochen zur Welt! Wenn ihr euch nicht mehr kümmert, gibt es niemanden mehr, der ein Auge auf Jerry und das Baby hat. Kannst du das wirklich verantworten? Gerade jetzt, wo du sicher weißt, dass sie nicht die Art werdende Mutter ist, die du bislang in ihr gesehen hast?«

Lily antwortete nicht und biss die Zähne so fest zusammen, dass ihre Kiefermuskeln schmerzten. Bis sie Dans Auto erreichten, focht sie einen inneren Kampf mit sich aus. Dann atmete sie tief durch. »Du hast recht! In erster Linie geht es jetzt um das Kind. Also müssen wir wohl oder übel dranbleiben. Ich schreibe Jerry gleich, dass ich die Behandlung fortsetzen werde, wenn sie das will.«

Lily griff in ihre Handtasche und zog das Handy heraus. Jerry hatte ihr gestern Morgen eine SMS geschickt, um die Sitzung abzusagen. Darauf wollte sie jetzt antworten. Erstaunt stellte Lily fest, dass Jerry ihr bereits zuvorgekommen war.

»Bitte nicht böse sein«, hieß es da. »Ich kann alles erkleren. Darf ich am Donnerstag wiederkommen?«

Lily atmete noch einmal tief durch. »Ist gut!«, schrieb sie kurz und bündig. »Ich erwarte Sie dann zur üblichen Zeit.«

# KAPITEL 21

## Die Kathedrale von Canterbury

*Samstag, 15. Juni 2019*

Es ist drei Uhr nachmittags. Wie gehofft, sind viele Touristen in der Kathedrale. Im Vorbeigehen höre ich verschiedene britische Dialekte, aber auch Deutsch, Französisch, Italienisch und eine Vielzahl von Sprachen, die ich nicht eindeutig zuordnen kann. Vielleicht Osteuropäisch, vielleicht Skandinavisch.

Obwohl die Sommerferien noch nicht begonnen haben, sind etliche Kinder in der Kirche. Den Anblick, den sie gleich haben werden, hätte ich ihnen gerne erspart. Aber darauf kann ich jetzt keine Rücksicht nehmen. Das, was ich vorhabe, muss so spektakulär sein, dass es weit über Kent hinaus Aufsehen erregt.

Der Gedanke, es zu tun, war da, sobald ich Gypsys gequälten Körper sah. Der Schweinehund hat ihr zuerst den Schwanz abgeschnitten und das arme Tier dann an der Klinke unserer Hintertür erhängt. Auch mir schossen die Tränen in die Augen, als ich die schwarz-weiße Katze so vorfand, an der Judy mit ganzem Herzen hing. Sie war ein liebes, freundliches Tier.

Ich brauchte über eine halbe Stunde, um die hysterisch schluchzende Judy so weit zu beruhigen, dass sie meine Fragen beantworten konnte.

Sie hatte Gypsy wie immer gerufen, gleich nachdem ich sie von der Schule nach Hause gebracht hatte und zum

Einkaufen gefahren war. In der Regel kam die Katze sofort, um Judy zu begrüßen. Aber manchmal trieb sie sich auch noch eine Weile länger draußen herum.

Judy hatte ihre Hausaufgaben erledigt und erst nach einer knappen Stunde wieder nach Gypsy geschaut. Da hing das tote Tier schon an der Hintertür.

Noch bevor ich den Brief im Postkasten fand, wusste ich, dass es Clark gewesen war. Und dass es *seine* ultimative Warnung war, die in ungelenken, mit Rechtschreibfehlern gespickten Wörtern dort stand.

»Gieb mir ales, was du angeblisch hast. Wenn nich, mus deine Tochter als näkste dran klauben.«

Danach stand meine Entscheidung fest. Sobald wir Gypsy im Garten begraben hatten, zwang ich Judy, einen Koffer zu packen, und fuhr sie noch am selben Abend nach Liverpool zu meiner Schwester.

Judy protestierte die ganze Fahrt über und weinte ununterbrochen. »Warum schickst du mich ausgerechnet jetzt zu Tante Doris? Du weißt doch, dass ich sie nicht leiden kann.«

»Es muss sein!« Ich blieb fest, obwohl mir Judys Schmerz im Herzen wehtat. »Ich muss herausfinden, wer uns das angetan hat.«

»Aber warum kann ich dir denn nicht dabei helfen? Und warum gehen wir nicht zur Polizei?«

Weil der Schuft, der uns das angetan hat, bei der Polizei ist, hätte ich am liebsten geantwortet. Aber davon darf Judy nichts wissen. Kein Sterbenswort, keine Silbe.

»Ich möchte Judy ein paar Wochen bei dir lassen, Doris«, erklärte ich meiner entgeisterten Schwester. »Ich habe in Kent etwas Wichtiges zu erledigen und kann mich derweil nicht um sie kümmern. Aber sie braucht jetzt viel Unterstützung. Ein Tierquäler hat unsere Katze ermordet. Das nimmt Judy sehr mit.«

»Du hättest wenigstens Bescheid geben können, dass ihr kommt«, protestierte Doris.

»Ich wollte nicht riskieren, dass du Nein sagst«, war meine ehrliche Antwort.

Bevor Doris etwas darauf erwidern konnte, zückte ich den vorbereiteten Umschlag. »Hier drin sind fünfhundert Pfund. Damit dir keine Unkosten entstehen.«

Das wirkte wie üblich. Murrend nahm Doris das Geld. Judy durfte bleiben.

Schon auf dem Rückweg nach Dover überlegte ich, was nun alles zu regeln wäre. Ein Testament habe ich schon vor Jahren gemacht, gleich nach Betsys Tod. Darin hinterlasse ich Judy alles, was ich besitze. Es sei denn, ich sterbe, bevor sie volljährig ist. Wenn sie bis dahin bei Doris bleiben kann, erhält meine Schwester tausend Pfund im Monat dafür. Jetzt sind es nur noch knapp zwei Jahre. Der Erlös unseres Hauses in Dover müsste dafür reichen und Judy zudem ermöglichen, ihre Ausbildung zu finanzieren.

Eigentlich habe ich Clark schon seit der Sache in London nicht mehr über den Weg getraut. »Wer nicht für uns ist, ist gegen uns«, hat er damals gedroht. »Und wer gegen uns ist, muss die Konsequenzen tragen.«

Auch ich habe mich davon einschüchtern lassen und gewartet, bis es zu spät war. Als Clark und seine Kumpane die arme Sue dann so gedemütigt haben, dachte ich kurz, das wäre die Gelegenheit, ihn in seine Schranken zu weisen. Das ist aber total schiefgegangen.

Und jetzt sitze ich in der Falle. Weil ich geblufft habe, kann ich Clark nicht geben, was er verlangt. Es existiert nämlich nicht mehr. Mein Plan ist fehlgeschlagen und wird zum Bumerang für mich.

Ich spüre ein saures Aufstoßen, als ich mich dem Thomas-Becket-Altar nähere. Es brennt wie Feuer in meinem Mund. Aber es kommt von der Bitterkeit – Angst habe ich nicht. Wenn die Kirche recht hat, bin ich bald wieder mit meiner geliebten Betsy vereint. Das wäre zu schön!

Ich nehme in einer Kirchenbank vor dem Altar Platz und gehe noch einmal alles durch.

Alles minutiös aufzuschreiben, war das Einzige, was ich noch tun konnte. Die Beweise dafür muss jemand anderes finden. Das Schließfach in King's Cross ist ein Jahr im Voraus bezahlt. Ich habe den Schlüssel per Einschreiben an Arthurs Privatadresse geschickt.

Arthur Green hasst Clark wie die Pest, fürchtet ihn aber auch wie den Leibhaftigen. Er kennt nur Gerüchte darüber, was damals auf der Themse passiert ist. Aber die Wahrheit würde ihn nicht überraschen. Bevor die Clique um Clark sich auf mich gestürzt hat, haben sie Arthur das Leben zur Hölle gemacht.

»Wenn Clark Jarrett in einem Jahr noch immer auf freiem Fuß ist, mach das Schließfach auf und verbrenne, was drin ist!«, habe ich Arthur in meinem Schreiben gebeten. »Lies auf gar keinen Fall, was ich darin aufbewahrt habe, sonst bringst du dich womöglich selbst in Gefahr. Aber sollte Clark binnen dieses Jahres verhaftet und eines Kapitalverbrechens beschuldigt werden, sende den Inhalt an die unten stehende Adresse! Ich versichere dir, Clark hat nicht die geringste Ahnung von dem, was ich heute tue. Verbrenne diesen Brief trotzdem und verstecke den Schlüssel gut!«

Arthur wird den Brief am Montag erhalten. Ich hoffe, dass er mir glaubt und tun wird, worum ich ihn gebeten habe. Denn schon am selben Tag wird er erfahren haben, was hier gleich geschieht. Weil es auch auf meiner ehemaligen Dienststelle in Southwark rasch bekannt werden wird.

Arthur wird ahnen, dass mein Tod mit Clark zu tun hat und dass Dokumente in dem Schließfach sind, die Clark belasten, ohne allein für eine Verurteilung auszureichen.

Deshalb ist es der einzige Ausweg, der mir bleibt. Wenn ich Clark nicht gebe, was er will, wird er Judy etwas antun. Und das kann ich nicht zulassen. Ich könnte mit der Schuld nicht weiterleben. Also kann ich es hier und heute auch sofort tun.

Denn es ist unwahrscheinlich, dass er Judy ermordet, wenn er mich nicht mehr damit treffen kann. Warum sollte er dieses unnötige Risiko eingehen?

Die Uhr an der Kathedrale schlägt halb vier. Ich schrecke auf. Die Kirche wird um fünf Uhr geschlossen, Besucher lässt man nur noch spätestens eine Stunde vorher hinein.

Ich sehe mich um. Noch ist der Kirchenraum voller Menschen. Die brauche ich alle als Zeugen.

Während ich das kühle Metall in der Innentasche meines Jacketts betaste, betrachte ich den Altar. Hier an dieser Stelle haben Ritter des Königs Heinrich II. den Erzbischof ermordet. Wird Lily Brown die Analogie zum Verbrechen auf der Themse erkennen?

Ich versichere mich noch einmal, dass ich das kurze Schreiben bei mir habe. Alles andere muss ich jetzt dem Schicksal überlassen.

Langsam stehe ich auf und trete vor den Altar. Obwohl ich nicht gläubig bin, schicke ich ein Stoßgebet zum Himmel. Ich zücke die Pistole, die ich mir im Darknet besorgt habe, und setze sie an die Schläfe.

Das Letzte, was ich höre, ist der entsetzte Aufschrei einer Frau. Dann drücke ich ab.

# TEIL 2

# KAPITEL 22

## Lilys Wohnung

*Sonntag, 16. Juni 2019*

Lily und Dan saßen gerade bei einem gemütlichen Sonntagsfrühstück auf der Terrasse, als die Klingel schrillte. Lily warf einen irritierten Blick auf die Uhr. Es war erst halb zehn. »Wer kann das denn am Sonntag um diese Uhrzeit sein?«

Dan zuckte die Achseln. »Wenn wir nicht nachschauen, werden wir es nicht herausfinden.« Damit stand er auf und ging zur Wohnungstür.

Wenig später kam er mit ernster Miene zurück, im Schlepptau zwei Herren, die Lily noch aus ihrer Zeit bei der Kent Police bekannt waren. Nervös zog sie ihr Negligé über der Brust zusammen und stand ebenfalls auf.

»Das sind Detective Inspector Simpson und Detective Sergeant Redwood vom CID«, stellte Dan die beiden Herren vor, die gleichzeitig ihre Dienstausweise vorzeigten. »Ich kenne sie aus meinen Ermittlungen im letzten Jahr. Es ging um die beraubten Seniorinnen.«

»Guten Morgen, Mrs Brown«, ergriff der Ältere der beiden das Wort. »Vielleicht erinnern Sie sich auch noch an mich. Wir haben vor etlichen Jahren einmal zusammengearbeitet.«

»Ich erinnere mich noch gut daran.« Lily nickte und erwiderte den Händedruck des DI. »Es ging um den vermissten Jugendlichen, der schließlich im Londoner Drogenmilieu auftauchte. Doch was führt Sie heute hierher? Ich bin doch gar nicht mehr im aktiven Polizeidienst.«

DI Simpson nickte. »Wir hätten uns gern telefonisch angemeldet, aber leider konnten wir Sie nicht erreichen.« Tatsächlich hatte Lily sowohl ihr Handy als auch den Festnetzanschluss auf »stumm« gestellt, um das Wochenende mit Dan ungestört zu verbringen. Aus dem gleichen Grund hatte sie auch das rote Lämpchen ignoriert, das einen eingegangenen Anruf auf ihrer Mailbox anzeigte. Sie hielt es für einen Versuch ihrer Mutter Abigail.

»Deshalb entschuldigen Sie bitte, dass wir Sie zu dieser ungewöhnlichen Zeit überfallen. Es geht um den Mann, der sich gestern Nachmittag in der Kathedrale von Canterbury erschossen hat. Vielleicht haben Sie ja schon von dem Selbstmord gehört?«

Lilys Herz setzte einen Schlag lang aus und begann dann zu rasen. In der Tat hatte sie aus den Morgennachrichten im Radio erfahren, dass es am Vortag einen Suizid vor dem Thomas-Becket-Altar gegeben hatte. Die Identität des Selbstmörders war jedoch nicht veröffentlicht worden.

Sie spürte, dass ihre Knie weich wurden, und ließ sich wieder auf ihren Stuhl sinken. Obwohl sie es bereits ahnte, fragte sie mit brüchiger Stimme: »Um wen handelt es sich? Und was führt Sie deshalb zu mir?«

»Dürfen wir uns ebenfalls setzen?«

»Selbstverständlich«, antwortete Dan anstelle von Lily, die sich innerlich wie gelähmt fühlte. Verschwommen nahm sie wahr, dass Dan den Herren Kaffee eingoss.

Dann zückte DS Redwood sein Diensthandy und hielt ihr eine Fotografie entgegen. »Kennen Sie diesen Mann?«

Ihre Befürchtungen wurden zur Gewissheit. Vom Display des Handys lächelte ihr Martin Gordon entgegen. Vorübergehend wurde Lily schwarz vor Augen.

»Komm, Darling! Trink einen Schluck Wasser!«

Lily nippte an dem Glas, das ihr Dan an die Lippen hielt. Noch immer hielt sie der Schock gefangen. Das war nun schon der zweite Patient, den sie verlor! Wobei sie im Gegensatz zum Tod ihrer Patientin Vera Osmond im vergangenen Jahr nicht daran zweifelte, dass Martin Gordon sich tatsächlich selbst das Leben genommen hatte.

»Fühlen Sie sich in der Lage, uns einige Fragen zu beantworten?«, sprach DI Simpson sie an.

Lily riss sich mit all ihren verbliebenen Kräften zusammen. »Selbstverständlich.«

»Martin Gordon war in Ihrer Praxis in Behandlung?«

Lily nickte. »Das ist richtig. Doch darüber darf ich Ihnen keine Auskünfte geben. Diesbezüglich stehe ich unter Schweigepflicht.«

»Wir wurden bereits darüber unterrichtet, dass Sie die Dienstfähigkeit des Kollegen beurteilen sollten. Er war Police Sergeant in Dover und hat zuletzt einen Kollegen versehentlich angeschossen.«

»Hat Chief Superintendent Parker Sie darüber informiert?«

Als die Detectives das bestätigten, fuhr Lily fort: »Dann wenden Sie sich bitte auch wegen weiterer Auskünfte an CS Parker. Ich habe mein Gutachten, das ich über Martin Gordon erstellt habe, am vergangenen Mittwoch eingereicht.« Sie stockte, konnte die Frage, die ihr schon die ganze Zeit schwer auf der Seele lag, aber nicht zurückhalten. »Glauben Sie … Glauben Sie, das war der Grund für Gordons Suizid?«

Die Gedanken rasten ihr durch den Kopf. Hatte Parker noch in der vergangenen Woche mit Martin über die Ergebnisse ihrer Behandlung gesprochen? Hatte er dabei den Stab über ihn gebrochen, also die Entscheidungen, die Lily bewusst offengelassen hatte, zu seinen Ungunsten getroffen?

Zu ihrer unendlichen Erleichterung schüttelte DI Simpson den Kopf. »Der Chief hat uns noch gestern Abend mitgeteilt, dass sein Gespräch mit Gordon erst in der kommenden Woche stattfinden sollte.«

»Gibt es denn einen Abschiedsbrief, aus dem das Motiv des Selbstmords ersichtlich wird?«, mischte sich Dan ein.

»Einen Abschiedsbrief haben wir bisher nicht gefunden. Aber er hat ein anderes Schriftstück hinterlassen. Es steckte in seiner Jackentasche, als er sich erschoss.« Die Detectives musterten Lily mit einem unergründlichen Gesichtsausdruck.

Dann zog Simpson einen Umschlag heraus. »Das ist indirekt eine Nachricht an Sie. Können Sie sich irgendeinen Reim darauf machen?«

Mit zitternden Fingern öffnete Lily den Umschlag. Die Wörter verschwammen vor ihren Augen. Sie musste sie zweimal lesen, um ihre Bedeutung zu erfassen.

»Ich gehe heute freiwillig in den Tod und habe mein Schicksal verdient«, stand dort in Martins gestochener Handschrift. »Dafür sind Umstände verantwortlich, die nie aufgeklärt wurden. Wenn es irgendjemanden gibt, der herausfinden kann, was damals in London geschehen ist, dann ist es <u>LILY BROWN</u>!!!«

Lilys Name war in Großbuchstaben geschrieben, einmal unterstrichen und dazu mit drei Ausrufungszeichen versehen worden.

»Martin Gordon wurde während seiner Dienstzeit in London gemobbt«, sagte sie mit zitternder Stimme, als sie sich wieder etwas gefasst hatte. »Doch diese Ereignisse liegen mittlerweile über fünf Jahre zurück. Dass sie heute noch der Grund für Gordons Suizid sind, kann ich nahezu ausschließen.«

»Können Sie sich denn andere Umstände dafür vorstellen?«

Lily holte tief Luft. Plötzlich spürte sie, dass ihre Kraft zurückkehrte. Gordon hatte ihr sein Vertrauen geschenkt und einen letzten Auftrag erteilt. Dem wollte sie gerecht werden.

Sie straffte den Rücken. »Das kann ich zwar, bin aber nicht befugt, Auskünfte darüber zu geben. Zuerst muss ich mit Chief Superintendent Parker darüber sprechen.«

## KAPITEL 23

### Headquarter der Kent Police in Maidstone

*Mittwoch, 19. Juni 2019*

Lily traf eine halbe Stunde zu früh in Maidstone ein und wurde von Parkers Assistentin zunächst in einen kleinen Warteraum geführt. Obwohl man ihr Tee und Shortbread servierte, hatte sie Mühe, ihre Ungeduld zu bezwingen. Am liebsten wäre sie bereits am Montag nach Maidstone gekommen.

Doch am Telefon war Parker nicht darauf eingegangen. »Im Augenblick hat eine Rücksprache noch keinen Sinn, Lily. Ich habe Ihr Gutachten zwar schon am Samstagabend überflogen, nachdem ich über Martin Gordons Suizid informiert worden war. Aber ich möchte es noch einmal gründlich lesen, bevor ich mich mit Ihnen darüber unterhalte. Außerdem sind die Untersuchungen zu seinem Selbstmord noch nicht abgeschlossen.«

»Erwarten Sie einen Abschluss denn schon bis zum kommenden Mittwoch?«, hakte Lily nach, als Parker ihr den heutigen Termin vorschlug.

»Das ist durchaus möglich. Mittlerweile sind nämlich doch Abschiedsbriefe aufgetaucht, die Gordon an seine Schwester Doris nach Liverpool gesandt hat. Dort befindet sich seit ungefähr zwei Wochen auch seine Tochter Judy. Beiden hat Gordon geschrieben und um Verzeihung für seine Tat gebeten. Begründet hat er sie allerdings nur damit, dass sie der einzige Ausweg für ihn sei.«

»Der einzige Ausweg? Obwohl Sie mein Gutachten noch gar nicht mit ihm besprochen, geschweige denn entschieden hatten, ihn zu entlassen oder sogar Ermittlungen wegen des Verdachts des versuchten Totschlags einzuleiten?«

Parker hatte das bestätigt, alles Weitere jedoch auf ihr Gespräch verschoben.

Die letzten beiden Tage waren Lily daher wie eine Ewigkeit vorgekommen. Kurz nachdem die Detectives am Sonntag ihre Wohnung verlassen hatten, war sie weinend zusammengebrochen und hatte sich bittere Vorwürfe gemacht, Martins Selbstmordgefährdung nicht erkannt oder sogar noch verstärkt zu haben.

Eine Weile hatte Dan vergeblich versucht, sie zu trösten. Schließlich erreichte er sie mit dem Argument, dass Martins Nachricht an Lily darauf hinwies, dass es eine Ursache für seinen Freitod gab, die mit den bisherigen Inhalten ihrer Gespräche kaum etwas zu tun hatte. Allerdings habe Lily ja gespürt, dass er ihr – warum auch immer – etwas verschwieg. Indem er ihr den Auftrag hinterlassen habe, es herauszufinden, habe er doch bewiesen, dass er sie nicht für seinen Tod verantwortlich machte, sondern dass sie ihn – ganz im Gegenteil – sühnen sollte.

Seither brannte Lily darauf, mit Chief Parker über Gordons letztes Ansinnen zu sprechen.

Gestern hatte sie sich auch in die mittlerweile wieder geöffnete Kathedrale getraut, die nach Martins Selbstmord zunächst geschlossen gewesen war. Ratlos und traurig hatte sie in dem beeindruckenden Kirchenraum vor dem Becket-Altar gesessen. Warum hatte Gordon ausgerechnet diesen Ort ausgewählt, um sich das Leben zu nehmen?

Wollte er die größtmögliche Aufmerksamkeit für sein Handeln erzielen? Tatsächlich hatte fast jede Zeitung in

England über den Selbstmord berichtet, die Boulevardblätter machten Martins Tod sogar zur Titelstory. Auch im Radio und im Fernsehen war darüber berichtet worden.

Wieder war es Dan, der Lily gestern Abend am Telefon aufgerichtet hatte, als die Trauer sie erneut zu übermannen drohte. »Offenbar muss damals etwas sehr Gravierendes in London geschehen sein. Und dir traut er zu, es aufzuklären. Du musst ihn also viel stärker erreicht haben, als du geglaubt hast.«

»Aber was soll ich denn jetzt tun?«, hatte Lily verzweifelt geweint.

»Versuche, Chief Parker als Verbündeten zu gewinnen. Trage ihm all deine Argumente vor! Dann findet ihr hoffentlich eine Lösung, die er mitträgt.«

Und so hatte sich Lily nahezu die ganze Nacht den Kopf darüber zerbrochen, wie sie vorgehen könnte, und schließlich einen Plan gefasst. Vielleicht ließ der CS ja wirklich mit sich reden. Über Martins Freitod war jedenfalls auch er erschüttert gewesen. Das hatte sie selbst in ihrem nüchternen Telefonat gemerkt.

Auf die Minute pünktlich erschien gerade Parkers Teamassistentin in der Tür zum Warteraum und winkte sie in sein Büro.

»Nun, was halten Sie von der ganzen Sache?«, begann Parker.

»Ich bin der felsenfesten Überzeugung, dass Gordons Selbstmord etwas mit den Machenschaften von Clark Jarrett zu tun hat«, kam Lily gleich zum Thema.

Parker räusperte sich und strich sich mit dem Zeigefinger über den Nasenflügel. Lily bemerkte, wie mitgenommen er aussah. Dann hob er die rechte Hand. »Langsam, Lily! Immer der Reihe nach! Bitte erläutern Sie mir noch einmal, was Sie über die Beziehung zwischen Martin Gordon und Clark Jarrett herausgefunden haben.«

Lily unterdrückte innerlich ein Stöhnen. Dennoch beschrieb sie folgsam zunächst ihre Eindrücke über die aktuelle Situation in Dover vor Martins Tod.

»Aber Sie halten es für ausgeschlossen, dass Gordons Schuldgefühle gegenüber Jarrett ihn zum Selbstmord getrieben haben?«

»Ja, das halte ich für absolut ausgeschlossen«, entgegnete Lily etwas heftiger als nötig. »Für Schuldgefühle gegenüber Jarrett habe ich bei Gordon nicht das geringste Indiz gefunden. Abgesehen davon, dass es ausschließlich meine Hypothese ist, dass Gordon Jarrett umbringen wollte.«

»Moment noch!«, bremste Parker sie erneut. »Wie sicher sind Sie denn, dass Gordons und Jarretts Feindschaft schon in ihrer Londoner Zeit entstanden ist?«

»Sehr sicher!«, betonte Lily. »Denken Sie doch nur an die Affäre mit Martins Mitarbeiterin Sue Belham! Doch wie ich in meinem Gutachten ebenfalls ausgeführt habe, halte ich diese Affäre keineswegs für die entscheidende Ursache der Feindschaft zwischen den beiden. Sondern nur für ein Symptom ihrer schon damals zerrütteten Beziehung. Da muss vorher etwas viel Schlimmeres passiert sein. Das hat Gordon mehrfach angedeutet.«

Parker schnaubte. »Wenn ich bedenke, dass ich noch vor einem Dreivierteljahr geglaubt habe, dass sich Gordon und Jarrett sogar freuen würden, als ehemalige Kollegen aus Southwark wieder in Dover zusammenzuarbeiten. Stattdessen …« Er ließ den Satz unvollendet und fragte: »Und was halten Sie für das *viel Schlimmere,* das die beiden schließlich entzweit hat?«

»Ein von Beamten der MET vertuschtes Verbrechen«, antwortete Lily wie aus der Pistole geschossen.

»Sie meinen irgendeine Straftat?«

»Nein, ich meine ein *Verbrechen*. Nicht irgendeine Straftat, sondern ein Kapitalverbrechen«, insistierte Lily. »Von dem Martin Gordon zwar wusste, aber bei der MET nicht die geringste Chance einer Aufklärung sah. Doch als Mitwisser fühlte er sich offenbar noch danach bedroht. So bedroht, dass er schließlich keinen anderen Ausweg mehr sah als den, den er gewählt hat.«

»Aber ein Verbrechen in der Größenordnung, die Sie unterstellen, zu vertuschen, würde bedeuten, dass auch Vorgesetzte daran beteiligt waren.«

»So hat es Martin Gordon jedenfalls viele Male angedeutet«, übertrieb Lily absichtlich ein wenig. »Vielleicht war er auch selbst auf irgendeine Art darin verwickelt. Und hat dies später aufs Tiefste bereut. Vielleicht musste er sogar befürchten, selbst hart bestraft zu werden, wenn es herauskäme. Das könnte den Ausschlag für seine fatale Entscheidung gegeben haben.«

»Nun, das erscheint mir alles doch recht weit hergeholt«, wandte Parker ein. Trotzdem stellte er Lily endlich die ersehnte Frage: »Was wäre denn Ihrer Ansicht nach jetzt zu tun?«

»Lassen Sie mich weitere Nachforschungen im Zusammenhang mit Gordons Selbstmord anstellen! Natürlich nicht hier in Kent, sondern in London. Als informelle Ermittlerin sozusagen.«

»Wie stellen Sie sich das denn vor?« Parker war entgeistert. »Gerade heute Morgen hat mich DI Simpson gebeten, seinen Abschlussbericht schreiben zu dürfen und darin Gordons letzten Brief an Sie als Ausdruck der Verzweiflung eines Lebensmüden zu bewerten. Sie können sich doch vorstellen, dass wir auf Hochtouren an der Aufklärung des Mordes an der Frau in Dover arbeiten. Auch

DI Simpson gehört zur SOKO, die damit befasst ist, und er würde sich gern wieder ganz dieser Aufgabe widmen, die er für sinnvoller hält.«

»Das kann ich zwar aus Sicht des DI nachvollziehen. Aber mir geht es um Martin Gordon und die seltsamen Umstände seines Todes.«

»Die so seltsam eigentlich gar nicht sind. Denn für Martins Selbstmord gibt es auch in der aktuellen Situation genügend Motive. Sie schreiben in Ihrem eigenen Gutachten, dass er aufgrund des Mobbings mit hoher Wahrscheinlichkeit kein Vertrauensverhältnis mehr zu seinem Team hätte aufbauen können. Auch in dem Abschiedsbrief an seine Schwester betont er, dass er all dieser Probleme überdrüssig sei. Zudem wusste er nicht, wie Ihr Gutachten und damit meine Entscheidung über sein weiteres Schicksal ausfallen würde, und wollte einem negativen Bescheid auf diese Weise entgehen.«

»Wie wäre Ihre Entscheidung denn ausgefallen?«, fragte Lily provokativ.

»Darüber bin ich mir noch nicht schlüssig«, räumte Parker ein. »Wahrscheinlich hätte ich Sie noch einmal zu einem persönlichen Gespräch nach Maidstone eingeladen. Möglicherweise sogar gemeinsam mit Gordon.«

»Da dies aber nun nicht mehr möglich ist, hören Sie bitte meinen Vorschlag an und entscheiden danach, ob er akzeptabel ist, Sir. Ich betone noch einmal: Es gibt Indizien aus meinen Gesprächen mit Martin, die darauf hinweisen, dass es im Dunstkreis der Polizei von Southwark ein unaufgeklärtes Verbrechen gibt. Bislang habe ich allerdings keinen Hinweis darauf, worum es sich handeln könnte. Deshalb würde ich mir gerne vor Ort ein Bild machen, anfangs natürlich informell.«

»Und was genau wollen Sie tun?«

»Ich könnte zum Beispiel in London mit Gordons ehemaliger Mitarbeiterin Sue Belham sprechen. Oder mit seiner Tochter Judy in Liverpool. Vielleicht kann mir das Mädchen schon Hinweise darauf geben, was in ihrem Vater zuletzt vorgegangen sein könnte. Und wenn ich«, sie überlegte kurz, »nach, sagen wir, drei Monaten noch keinen Schritt weitergekommen bin, lassen wir die ganze Sache fallen.«

Parker lehnte sich in seinem Stuhl zurück und zog hörbar die Luft ein. »Und aus welchem Topf soll ich Sie bezahlen? Für verdeckte Ermittlungen müsste ich eine plausible Begründung vorlegen. Die ich nicht habe!«

Auf diese Frage war Lily vorbereitet. »Sie müssen mir gar nichts bezahlen, Sir. Meine Nachforschungen wären im Honorar für das Gutachten und Gordons Behandlungsstunden inbegriffen.«

Jetzt wirkte Parker überrascht. »Die Angelegenheit scheint Ihnen ja wirklich nahezugehen, Lily.«

Lily spürte, dass ihr die Tränen kamen und gleichzeitig Parkers Widerstand schwächer wurde. »Sie geht mir sogar sehr nahe«, bestätigte sie leise. Dann ballte sie die Hände zu Fäusten und hob energisch den Kopf. »Sie kennen mich doch noch aus meiner Zeit bei der Kent Police, Sir. Sie wissen, dass ich immer eine gute Ermittlerin war. Insbesondere, wenn mir ein Fall zu Herzen ging.«

Als Parker zögernd nickte, griff Lily nach dem Strohhalm. »Dann erfüllen Sie Martin Gordons letzten Wunsch und lassen mich seinen Hinweisen nachgehen! Ich werde Ihnen regelmäßig Bericht erstatten.«

»Und wie wollen Sie Ihre Nachforschungen begründen?«

Lily bemühte sich, ihre Freude zu verbergen. Diese Frage zeugte davon, dass der Chief langsam neugierig wurde. Das hielt sie für ein gutes Zeichen. »Ich gebe mich als das aus, was ich bin. Nämlich Martins Gutachterin, die im Nachgang zu seinem unerwarteten Selbstmord versucht, das Puzzle doch noch zu vervollständigen, weil sie dieses tragische Ende verstehen und richtig einordnen möchte. Zumal es so viel öffentliches Aufsehen erregt hat.«

»Aha«, machte Parker. Nach einer kurzen Pause fragte er weiter: »Und was geschieht, wenn Sie auf neue Spuren stoßen?«

Lily holte tief Luft. Darüber hatte sie besonders intensiv nachgedacht. »Sollte es wirklich neue Indizien oder sogar Beweise geben, die meinen Verdacht erhärten, benötige ich zusätzliche Ressourcen.« Sie stockte absichtlich.

»Welche?«, fragte Parker und zeigte damit die erhoffte Reaktion.

»Zugang zu polizeiinternen Datenbanken, Sir, vor allem zu denen der Londoner MET. Doch ich selbst sollte dabei möglichst nicht in Erscheinung treten. Das könnte für Irritationen sorgen, da ich ja kein Mitglied einer Polizeibehörde mehr bin.«

»Das sehe ich genauso. Ich wüsste nicht, wie ich einen solchen Zugriff begründen sollte.« Parker lehnte sich wieder in seinem Sessel zurück.

Lily holte tief Luft und sprang ins kalte Wasser. »Deshalb gäbe es die Möglichkeit, diese Daten über meinen Lebensgefährten Dan Baker zu besorgen. Dazu bedarf es jedoch der Erlaubnis seines obersten Vorgesetzten, des Leiters der Abteilung Forensic Services. Er heißt Alan Goldman.«

Parker machte eine ungeduldige Handbewegung. »Ich weiß, wer Alan Goldman ist, und kenne den Mann recht gut. Ich habe ihn kürzlich bei einem Fachkongress getroffen und mich ausführlich mit ihm über den Fall Vera Osmond unterhalten.«

Lily war freudig überrascht. »Dann wissen Sie möglicherweise auch, dass Goldman Dan strikt verboten hat, noch einmal ohne seine Erlaubnis auf Datenbanken zuzugreifen, die keinen unmittelbaren Bezug zu seinen aktuellen operativen Fallanalysen haben. Doch wenn Sie Mr Goldman – natürlich informell – um Amtshilfe bitten würden, könnte Dan mir Daten besorgen, wenn ich sie benötige.«

Diesmal kratzte sich Parker am Kopf und wich Lilys Blick aus. »Darüber muss ich gründlich nachdenken und will es heute noch nicht entscheiden. Nur wenn Ihre ersten Gespräche vielversprechende Hinweise ergeben, werde ich diese Möglichkeit in Betracht ziehen.« Er blickte demonstrativ auf seine Armbanduhr. »Und nun muss ich unser Gespräch beenden. Mein nächster Termin wartet auf mich.« Er stand auf und reichte Lily die Hand.

Wohl oder übel musste sie sich mit dem zufriedengeben, was sie heute erreicht hatte.

Trotzdem drehte sie sich an der Tür noch einmal um. »Ach ja«, sagte sie betont beiläufig. »Sollte ich aufgrund meiner ersten Ermittlungen mit weiteren Zeugen sprechen müssen, wäre ein Dienstausweis der Kent Police hilfreich. Aber darauf komme ich erst zurück, wenn sich diese Notwendigkeit ergibt.«

Mit diesen Worten verließ sie Parkers Büro. Einen Anfang hatte sie immerhin gemacht.

## KAPITEL 24

### Martin Gordons Bericht

Dieser Bericht ist mein Vermächtnis, auch wenn ich gar nicht weiß, ob diese Zeilen jemals gelesen werden. Ich habe schon einmal nach der Tragödie in London alles aufzuschreiben begonnen, um die Ereignisse festzuhalten. Als ich in Dover dann an einen Neubeginn glaubte, habe ich alles vernichtet, was drinstand, und nur das Buch selbst behalten, weil es ein Geschenk von Betsy war. Jetzt soll es Zeugnis ablegen über alles, was geschehen ist.

Ob das Buch diesen Zweck je erfüllen wird, hängt vor allem von Lily Brown ab. Aber ich vertraue ihr und ihren beeindruckenden Fähigkeiten, sonst hätte ich sie nicht auf dieses gefährliche Terrain gesetzt.

Ich sehe sie in der Kathedrale vor dem Becket-Altar sitzen und sich fragen, was mich dazu bewogen hat, genau diesen Ort zu wählen, um aus dem Leben zu scheiden.

Doch es ist nicht nur die Symbolkraft dieses Altars, sondern auch die Tatsache, dass Videokameras von allen Seiten ständig auf ihn gerichtet sind. Zweifelsohne wird man die Aufzeichnungen, die meinen Tod dokumentieren, überprüfen. Und auch Lily Brown wird sie sich ansehen.

Deshalb nehme ich mir vor, ihren Blick zu suchen, bevor ich das Unvermeidliche tue. Ich werde eine dieser Kameras fixieren, so als wollte ich sie direkt anschauen.

Sie wird auch die dünne Ermittlungsakte durchblättern und die wenigen Dokumente lesen, die darin enthalten sein werden. Der Obduktionsbericht wird eindeutig sein und wäre eigentlich gar nicht nötig, da es ja die Videos von meinem Tod gibt. Trotzdem wird man die Schmauchspuren an meiner rechten Hand erwähnen und den Einschuss in meiner Schläfe genau analysieren. Man wird weder Alkohol noch Drogen in meinem Blut finden. Ich will bei klarem Verstand sein, wenn ich sterbe.

Dann wird Lily mein Testament lesen, das ich in Kopie zusammen mit einem kurzen Schreiben an meine Schwester Doris gesandt habe. Sie wird erfahren, dass ich unser Haus bereits bei einer örtlichen Maklerfirma zum Verkauf angeboten und einen Testamentsvollstrecker eingesetzt habe, der den Verkauf abwickeln soll. Sie wird auch erfahren, dass ich zu Asche verbrannt werden will, die in alle Winde verstreut wird. Niemand soll dieser Zeremonie beiwohnen, auch Judy nicht. Sie soll in Liverpool bleiben. Es soll lediglich eine kleine Gedenktafel am Grab meiner Eltern geben, die dort an mich erinnert.

Auch meinen Brief an Judy wird Lily in der Akte finden. Dort habe ich den Hinweis auf unsere ermordete Katze Gypsy versteckt, der Lily auf die richtige Spur bringen soll. Ich bin sicher, dass er ihr auffallen wird. Danach wird sie das Gespräch mit Doris und Judy suchen.

Doris wird wenig Gutes über mich zu berichten haben. Und Judy wird womöglich noch völlig verzweifelt sein. Aber meine Intuition sagt mir, dass Lily Brown in Liverpool den Faden in die Hand bekommt, den sie weiterverfolgen wird. So lange, bis sie das ganze Knäuel entwirrt hat.

Hoffentlich kommt sie dabei nicht selbst zu Schaden. Clark ist ein gefährlicher Mann. Doch das weiß sie bereits. Also muss ich darauf vertrauen, dass sie sich schützen kann.

Wenn sie dieses Buch jemals liest, wird sie erkennen, dass mein Vertrauen in sie gerechtfertigt war. Und mir hoffentlich verzeihen, dass ich sie in Gefahr gebracht habe.

# KAPITEL 25

## Liverpool

*Samstag, 29. Juni 2019*

Nachdenklich sah Lily Dans Auto nach, das gerade um die Ecke der schmalen Straße bog, in der das Haus von Martin Gordons Schwester Doris lag. Jetzt hatte er wieder nahezu fröhlich auf sie gewirkt.

Das war während der langen Autofahrt nicht so gewesen. Lily war schon in aller Herrgottsfrühe in Canterbury aufgebrochen und hatte ihr eigenes Auto auf einem Rastplatz abgestellt. Dort wartete Dan bereits auf sie.

Als er vor einigen Tagen gehört hatte, dass sie am Wochenende nach Liverpool fahren wollte, um mit Doris und Judy Gordon zu sprechen, hatte er spontan angeboten, mitzufahren. »Ich könnte mir endlich einmal das berühmte Stadion an der Anfield Road ansehen, wo dieser Deutsche, wie heißt er doch gleich, ach ja, Jürgen Klopp, den FC Liverpool trainiert. In diesem Jahr hat die Mannschaft sogar den UEFA-Cup gewonnen. Abends könnten wir ausgehen und am Sonntag noch das Beatles-Museum besuchen, bevor wir zurückfahren.«

Lily war begeistert gewesen. Die Aussicht auf ein gemeinsames Ferienwochenende mit Dan, das sie sich lange nicht mehr gegönnt hatten, hob sogar ihre trübsinnige Stimmung über Martins Selbstmord. Ihre Freude war perfekt gewesen, als Mr O'Brian sich bereit erklärt hatte, Mick in ihrer Abwesenheit zu betreuen.

Doch schon als sie heute Morgen in Dans schwarzen BMW Kombi gestiegen war, hatte sie gespürt, dass ihn etwas bedrückte.

»Du täuschst dich, Lily«, hatte er auf ihre Nachfrage erwidert. »Ich bin nur sehr erschöpft von der Arbeit.«

»Gibt es denn endlich etwas Neues im Fall Jill Reynolds?«

Dan hatte den Kopf geschüttelt. »Leider nein. Wir haben sie immer noch nicht gefunden.«

»Und sonst gibt es wirklich nichts, das dir auf dem Herzen liegt?«, hatte Lily noch einmal gefragt.

»Nein. Aber da wir bei Jill nicht weiterkommen, hat mich Alan Goldman jetzt noch für weitere Fallanalysen eingespannt. Das ist im Augenblick alles ein wenig zu viel.«

Ich hoffe, dass er die Zeit im Stadion an der Anfield Road genießt und abschalten kann, dachte Lily nun, als sie sich Doris Gordons Häuschen zuwandte. Sie wusste inzwischen, dass es ihr und Martins Elternhaus war.

In der Erwartung, relativ schnell abgefertigt zu werden, stieg sie die beiden Stufen zur Haustür empor und klingelte. Sofort hörte sie Schritte im Flur. Wahrscheinlich hatte Doris Gordon ihre Ankunft bereits hinter der Gardine beobachtet.

Als die Tür geöffnet wurde, erblickte Lily eine viel zu dicke kleine Frau, die sie niemals für die ältere Schwester des attraktiven Martin Gordon gehalten hätte. Statt dunkelblau waren ihre Augen von einem blässlichen Farbton zwischen Hellblau und Grau. Ihre ehemals aschblonden Haare waren strähnig und fast völlig ergraut, was sie viel älter aussehen ließ als Mitte vierzig. Gut und gern hätte sie als Sechzigjährige durchgehen können. Sollte sie einmal ähnlich markante Gesichtszüge wie Martin gehabt haben, lagen die jetzt unter teigigen Wangen und einem ausgeprägten Doppelkinn verborgen.

»Guten Tag. Ich bin Lily Brown. Wir hatten uns für heute verabredet.«

»Ich weiß. Wir haben Sie bereits erwartet.«

Lily unterdrückte den Impuls, ihre Hand an der Hose abzuwischen, als sie Doris Gordons Hand wieder losließ. Sie hatte schlaff wie ein totes Tier in der ihren gelegen und war darüber hinaus nass von Schweiß.

Lily folgte Mrs Gordon durch einen kleinen Flur in ein mit Möbeln im Stil der Siebzigerjahre eingerichtetes Wohnzimmer. Offensichtlich hatte die Bewohnerin seit dem Tod der Eltern hier nichts verändert.

Mrs Gordon wies auf einen Sessel, dessen Lehne mit einem gehäkelten Deckchen geschützt war. Vergebliche Liebesmüh, dachte Lily sarkastisch, als sie aufgrund der gesprungenen Federn tief darin einsank.

»Möchten Sie eine Tasse Tee?«

Lily war fast schon geneigt, nur um ein Glas Wasser zu bitten, wollte die Gastgeberin aber nicht vor den Kopf stoßen. Zu ihrer Überraschung servierte Mrs Gordon ihr wenig später einen kräftigen Earl Grey und dazu einen ausgezeichneten Sandkuchen. Lilys Laune hob sich ein wenig.

Nachdem sie einige Belanglosigkeiten über das Wetter und Lilys Anfahrt gewechselt hatten, kam sie zum Thema. »Ich bin Ihnen sehr dankbar, dass Sie sich zu unserem Gespräch bereit erklärt haben.«

Gemäß ihrer Vereinbarung mit CS Parker hatte Lily vorgegeben, noch einige Informationen im Nachgang zu ihrem Gutachten sammeln zu wollen, um die Hintergründe von Martins Selbstmord vollständig aufzuklären.

»Warum das Gespräch nötig ist, verstehe ich allerdings immer noch nicht«, antwortete Mrs Gordon und kniff missbilligend die Lippen zusammen. »Das macht ihn doch auch nicht wieder lebendig.«

»Leider nein.« Lily musste ihr Bedauern nicht heucheln. »Aber es hilft seinen Kollegen und Vorgesetzten vielleicht, es zu verarbeiten. In Dover und auch im Headquarter in Maidstone sind alle sehr betroffen über Martins Tod.«

In Wirklichkeit hatte sie nur bei Greg Parker Betroffenheit gespürt. Molly Gibson hatte immerhin eine Beileidskarte an Lilys Praxisadresse gesandt. Nur zwei andere Mitglieder von Martins ehemaligem Team hatten mit unterschrieben. Drei von achtzehn, wie Lily traurig registriert hatte. »Bitte leiten Sie unsere Beileidskarte an Martins Angehörige weiter«, hatte es in einem kurzen Begleitschreiben geheißen.

Dem leistete Lily nun Folge und übergab Doris Gordon die Karte. Die überflog sie nur kurz und warf sie dann achtlos auf den Tisch. »Also, wie kann ich Ihnen helfen?«, fragte sie übergangslos.

»Ich würde gern besser verstehen, was für ein Mensch Ihr Bruder war. Ich habe Ihnen ja bereits am Telefon mitgeteilt, dass ich ursprünglich seine Dienstfähigkeit beurteilen sollte. War er Ihrer Ansicht nach ein guter Polizist?«

Doris Gordon zuckte mit den Schultern. »Das kommt darauf an, was Sie darunter verstehen. Unser früh verstorbener Vater war Martins großes Vorbild. Schon als kleiner Junge eiferte er ihm nach. Wenn er mit seinen Freunden Räuber und Gendarm spielte, war er immer der Anführer der Gendarmen. Und die Räuber gewannen nie.«

»Also lagen ihm Recht und Gesetz am Herzen«, konstatierte Lily.

Wieder zuckte Doris die Schultern. »Das wird schon so gewesen sein«, antwortete sie vage. »Aber besonders wichtig war ihm die Kameradschaft unter den Kollegen. Die waren sozusagen eine Ersatzfamilie für ihn.« Das entsprach Martins eigener Beschreibung in einer ihrer Sitzungen. »Die Burschen hielten zusammen wie Pech und Schwefel«, ergänzte Doris mit einem zynischen Unterton. »Auch wenn die Moral dabei manchmal auf der Strecke blieb.«

»Wie meinen Sie das?«

»Nun, da Sie Martin kannten, wissen Sie, dass er ein sehr attraktiver Mann war. Einer, auf den die Frauen nur so flogen. Und er verstand es gut, ihnen so lange zu schmeicheln, bis er sie flachgelegt hatte. Danach verlor er schnell das Interesse.«

»War das schon in Liverpool so?«

Doris' Lippen verzogen sich spöttisch. »Gerade hier in Liverpool. Das war doch der Hauptgrund, dass sich Martin nach London versetzen ließ.«

»Der Hauptgrund?« Lily war erstaunt. Hatte Martin ihr nicht erzählt, der Anlass sei der Tod seiner Mutter gewesen?

»Er hat eine junge Politesse geschwängert und danach sitzen lassen. Vorher hat er ihr das Blaue vom Himmel versprochen. Sonst hätte sie nicht versucht, sich das Leben zu nehmen. Zum Glück wurde sie rechtzeitig gefunden. Danach ist Martin gleich nach London gegangen. Wahrscheinlich, um vor seinem schlechten Gewissen davonzulaufen. Aber auch da war er Hahn im Korb bei den Frauen, hat mir Betsy einmal erzählt.«

»Betsy war Martins große Liebe, nicht wahr?«

»Erstaunlicherweise ja«, bestätigte Doris. »Wahrscheinlich, weil sie ihn eine Zeit lang am langen Arm verhungern ließ, was er überhaupt nicht gewohnt war.«

»Wo haben sich Martin und Betsy denn kennengelernt? War sie auch eine Kollegin?«

»Oh nein. Martin hatte einen Urlaub in einem Club auf Kreta gebucht.« Doris' Stimme klang nun verächtlich. »Wahrscheinlich, um sich zwei Wochen dort durchzuvögeln. Doch bei Betsy konnte er damit nicht landen.«

Lily erinnerte sich daran, dass Martin ihr erzählt hatte, wie erstaunt er darüber gewesen war, dass sich Betsy schließlich doch für ihn entschieden hatte.

»Und wie kamen die beiden zusammen?«

»Martin blieb erstaunlich hartnäckig. Er hielt auch nach ihrer Rückkehr nach London den Kontakt zu Betsy aufrecht. Ein halbes Jahr ließ sie ihn zappeln. Doch am Ende verfiel auch sie seinem Charme.« Wieder klang Doris spöttisch. »Aber sie hat ihm Bedingungen gestellt. Keine Affären, kein Machoverhalten. An die erste hat er sich gehalten, soviel ich weiß. An die zweite nicht. Aber das bekam Betsy nicht mit.«

»An die zweite nicht?«, echote Lily.

»Über Frauen hat sich Martin schon als Kind lustig gemacht. Mich hat er gehänselt, ich sei zu fett, da war er gerade mal zehn.«

Lily begann zu ahnen, warum Doris Martin nicht gemocht hatte.

»Auch nach der Hochzeit mit Betsy hat er sich weiterhin frauenfeindlich verhalten? Woher wissen Sie das?«

»Ab und zu kam Martin nach Liverpool, um seine alten Kumpels bei der Polizei zu besuchen. Nicht mich, bei mir hat er nur kostenlos gewohnt. Betsy und Judy hat er in der Regel zu Hause gelassen. Dann hat er sich hier in diesem Wohnzimmer über die ›Flintenweiber‹ aufgeregt, die nun bei der Polizei eingestellt würden. Oder er hat die Frauen als ›Schicksen‹ und ›Blaustrümpfe‹ bezeichnet. Wenn im Fernsehen eine Werbung für Unterwäsche lief, hat er die ›Titten‹ und ›Ärsche‹ der Models kommentiert.

Daraus habe ich geschlossen, dass er sich nur in Betsys Gegenwart zusammennimmt. Und ihm irgendwann klargemacht, dass ich ihn hier nicht mehr sehen will.«

»Aber seiner Frau ist er treu geblieben?«

Doris nickte. »Ich glaube, ja. Vielleicht hat er mal mit dem Gedanken gespielt, fremdzugehen, aber getraut hätte er sich das nicht. Betsy hätte ihn sofort verlassen, wenn es aufgeflogen wäre. Aber ich glaube, er hatte nie das Bedürfnis, sie zu betrügen. Sie war seine Traumfrau, daran habe ich nie gezweifelt. Als sie so krank wurde und wir dadurch wieder in Kontakt kamen, hat er mir einmal gestanden, das sei seine Strafe für alles, was er den Frauen angetan hat.«

»Was er den Frauen angetan hat? Was meinte er damit?«

»Na, eben dieses Machogehabe, nehme ich an. Als Betsy starb, war er jedenfalls am Boden zerstört. Und endgültig geläutert. Seither habe ich ihn nie wieder ein negatives Wort über eine Frau sagen hören. Aber für unsere Beziehung war das leider zu spät. Ich habe ihn schon als kleinen Jungen nicht leiden können. Und daran hat sich seither nichts mehr geändert. Immerhin habe ich Judy ab und zu betreut, als es Betsy immer schlechter ging.«

Lily ließ das Gesagte auf sich wirken. Martin hatte ihr zwar angedeutet, dass er früher ein Filou gewesen sei. Aber so krass hatte sie es sich nicht vorgestellt.

»Haben Sie einmal von einer Mitarbeiterin aus Martins Londoner Team namens Sue Belham gehört?«, schoss sie ins Blaue.

Doris verneinte erstaunt. »Hat er Betsy doch mal betrogen?«

»Nein, soviel ich weiß nicht.« Lily beschloss, dieses Thema nicht weiter zu vertiefen, und fragte stattdessen: »Wissen Sie, warum er mit Judy nach Dover gegangen ist?«

»Keine Ahnung. Vielleicht weil er es in London nach Betsys Tod nicht mehr ausgehalten hat.« Dann kam sie von sich aus auf Martins Suizid zu sprechen. »Sie wollten doch wissen, was ich für den Grund für Martins Selbstmord halte. Ich denke, er hat Betsys Tod nie verkraftet. Als dann auch noch sein geliebter Polizistenjob gefährdet war, zog es ihm den Boden unter den Füßen weg. Dann hat er so gehandelt, wie es typisch für ihn war.« Ihr Tonfall wurde bitter. »Rücksichtslos egoistisch. Ohne an seine Tochter zu denken. Als er nicht mehr leben wollte, hat er sich eben erschossen. Und ich kann nun sehen, wo ich mit Judy bleibe.«

Unwillkürlich erschien Martins Gesicht aus dem Video vor Lilys innerem Auge. Seine Mimik hatte geradezu flehentlich gewirkt. Sie hatte sich gefragt, ob er ihr damit eine letzte Botschaft hatte senden wollen.

Gleichzeitig spürte sie eine heftige Abneigung gegen Doris. Martin musste völlig verzweifelt gewesen sein, um sich zu einem so drastischen Schritt zu entschließen. Aber Doris tat sich vor allem selbst leid, obwohl Martin sie mit ihrem Anteil an seinem Erbe gut für Judys Betreuung bezahlte. Auch sein ungewöhnliches Begräbnis hatte Doris mit keiner Silbe erwähnt. Wahrscheinlich ist es ihr recht, dass sie nicht auch noch sein Grab pflegen muss, vermutete Lily. Ob sie wenigstens die Gedenktafel am Grab seiner Eltern anbringen lässt?

Es war Zeit, diese Unterredung zu beenden. Was sie von Doris erfahren konnte, hatte die ihr offenbar gesagt. Nun hoffte Lily auf ihr Gespräch mit Judy. Lily zwang sich zu einem Lächeln. »Ich bedanke mich herzlich für Ihre Auskünfte. Da gab es viele Aspekte, die mir in dieser Form nicht bekannt waren. Dürfte ich jetzt auch mit Judy sprechen? Sofern sie dazu bereit ist natürlich.«

Doris nickte grimmig. »Erstaunlicherweise ist sie das. Mit mir spricht sie bis heute kein Wort über den Tod ihres Vaters. Liegt nur auf ihrem Bett und heult. Offensichtlich hat Martin Sie gemocht und Judy das auch gesagt.«

Als Lily Judys Zimmer betrat, fiel ihr sofort auf, dass Martins Tochter ihm wie aus dem Gesicht geschnitten war. In einer ihrer Sitzungen hatte Martin Lily ein Bild von Betsy gezeigt, die blond gewesen war. Aber Judy hatte Martins dunkle Haare und auch seine tiefblauen Augen geerbt. Ebenso wie seine schlanke Gestalt und den Mund mit der herzförmigen Oberlippe. Judy war ein sehr hübsches Mädchen.

Nun richtete sie sich von dem Bett auf, auf dem sie bislang gelegen hatte. Lily bemerkte, dass ihre Augen gerötet waren, und widerstand dem Impuls, Judy in die Arme zu schließen. Für das Mädchen war sie ja eine völlig Fremde.

»Guten Tag, Judy. Ich bin Lily Brown. Deine Tante Doris hat mir gesagt, dass du weißt, wer ich bin.«

»Ja, Sie sind diese Psychotante, bei der Daddy in Behandlung war«, antwortete Judy schroff. »Leider hat das auch nichts genützt.« Bei den letzten Worten veränderte sich ihr trotziger Gesichtsausdruck, ihre Stimme zitterte.

Auch Lily spürte, dass ihre Kehle eng wurde. »Ich würde dir gern widersprechen, Judy«, sagte sie mit belegter Stimme. »Aber leider ist es die Wahrheit. Es hat nichts genützt.« Plötzlich kam ihr etwas in den Sinn, das ihrer ursprünglichen Gesprächsstrategie völlig entgegenstand. »Denn ich glaube, dass deinen Vater etwas beschäftigt hat, über das er auch mit mir nicht reden wollte. Und das möglicherweise dazu geführt hat, dass er keinen anderen Ausweg mehr sah.« Sie hielt kurz inne. »Weißt du etwas darüber?«

Judy starrte auf die altmodische Patchwork-Tagesdecke, die mittlerweile völlig zerknautscht war. Sie schluchzte auf, Tränen liefen ihr über die Wangen. Doch als Lily sich nähern wollte, machte sie eine abwehrende Handbewegung.

Während Lily wartete, bis Judy sich wieder gefasst hatte, sah sie sich in dem kleinen Zimmer um, in dem Martins Tochter jetzt wohnte. Es war für einen Teenager völlig ungeeignet.

Die Möbel hatten schon Jahrzehnte auf dem Buckel. Sie waren aus dunklem Holz und voller Schrammen. Das Bett stand unter der Dachschräge des zweistöckigen Häuschens. Vor dem kleinen Fenster befand sich ein alter Schreibtisch mit einem ungepolsterten Stuhl. Ein klobiger Kleiderschrank und eine Frisierkommode mit einem fleckigen Spiegel vervollständigten die dürftige Einrichtung. Die billige Auslegware auf dem Fußboden war völlig abgetreten. Ein Laptop und Judys Handy mit den Bluetooth-Ohrstöpseln waren die einzigen modernen Gegenstände im Raum.

Martin Gordon muss wirklich jede Hoffnung verloren haben, wenn er seiner Tochter bis zu ihrer Volljährigkeit eine solche Umgebung zumutet, dachte Lily.

Judy schien Lilys Gedanken erraten zu haben, denn sie sagte mit rauer Stimme: »Eigentlich weiß ich gar nichts darüber.« Dann räusperte sie sich. »Aber mein Daddy hätte mir das hier«, sie machte eine Handbewegung, die den ganzen schäbigen Raum umfasste, »nicht angetan, wenn er nicht sehr gute Gründe dafür gehabt hätte. Vielleicht hatte er Angst, dass es mir gehen könnte wie Gypsy.«

Lily wusste aus Martins Brief an Judy, dass es sich dabei um die verstorbene Katze handelte. Sie hatte sich vorgenommen, das Tier in ihrem Gespräch zu erwähnen, aber nicht erwartet, dass es einen Zusammenhang zwischen Gypsys Tod und Martins Selbstmord geben könnte.

»Wie ist es denn Gypsy ergangen?«, fragte sie behutsam.

Judy schluchzte wieder. »Sie wurde getötet. Und ist qualvoll gestorben.«

Erschüttert lauschte Lily Judys Bericht darüber, in welchem Zustand sie die Katze aufgefunden hatte.

»Gleich am selben Abend hat mich Daddy gezwungen, mit ihm hierherzufahren. Obwohl ich Tante Doris nicht leiden kann.«

»Und daraus schließt du, dass dein Vater befürchtete, auch dir könnte etwas zustoßen?« Der Gedanke war so furchtbar, dass Lily die nächsten Worte kaum über die Lippen brachte. »Etwas so Schreckliches wie deiner Katze?«

Judy nickte heftig und schluchzte erneut. »Warum hätte er mich sonst hierhergebracht und im Stich gelassen? Ich hatte nach dem Tod von Mummy doch nur noch ihn! Wahrscheinlich hat er sich umgebracht, damit mir nichts passiert.«

Lily war schockiert. Wie kam das Mädchen denn darauf? Dann erinnerte sie sich an Martins merkwürdige Begründung, warum er nur zu bestimmten Zeiten in ihre Praxis kommen könne. »Hatte dein Daddy auch schon vor Gypsys Tod Angst um dich?«

»Inzwischen bin ich mir ziemlich sicher«, sagte Judy. »Vorher hielt ich ihn einfach für blöd und hysterisch. Denn ich durfte fast nie mehr allein aus dem Haus. Zuletzt brachte er mich sogar zur Schule und holte mich ab, als wär ich noch ein Baby. Ich durfte auch niemanden ins Haus lassen, wenn er weg war. Teddy hatte rasch eine andere, als wir uns nicht mehr treffen konnten. Und auch meine Freundinnen waren sauer und haben irgendwann nicht mal mehr angerufen.«

»War Teddy dein Freund?«

Judy nickte und schnäuzte sich unter Tränen, bevor sie antwortete. »Eigentlich mochte Daddy ihn gern. Er hat mir sogar erlaubt, samstagabends mit Teddy in die Disco zu gehen. Aber damit war irgendwann total Schluss.«

»Wann war damit Schluss?«

Judy überlegte. »Das hat schon vor Weihnachten begonnen und wurde dann immer schlimmer.«

Vor Weihnachten! Das passte zu Clark Jarretts erster Schikane nach der Drogenrazzia.

»Was wurde immer schlimmer?«

»Alles! Als Daddy nach der Sache in der Bank nicht mehr arbeiten durfte, war es gar nicht mehr auszuhalten. Er hat mir verboten, ans Telefon zu gehen, und hat mir sogar mein Handy abgenommen, wenn er nicht da war.«

»Verstehe ich das richtig, Judy? Dein Vater hat dir ursprünglich alle Freiheiten gelassen, wie sie ein Teenager in deinem Alter braucht. Du konntest ausgehen, dich mit deinem Freund und deinen Freundinnen treffen und bist natürlich allein zur Schule gefahren. Immerhin bist du sechzehn. Und das hat sich plötzlich seit dem letzten Dezember geändert? Und wurde dann so schlimm, dass er dich schließlich quasi in eurem Haus eingesperrt hat?«

Judy nickte zu jedem Satz von Lily.

»Und wie hat er das begründet?«

Judy hob die Schultern. »Eigentlich gar nicht. Nur mit dem Quatsch, den Eltern eben so draufhaben. Es sei zu meinem Besten, hat er immer wieder gesagt. Und dass er mir das im Moment nicht erklären könne, weil es mich zu sehr belasten würde.« Sie schnaubte empört. »Dass mich dieser Hausarrest – was anderes war es ja nicht – auch total belastet hat, war ihm egal.«

»Und dann starb deine Katze auf diese furchtbare Weise«,

hakte Lily noch einmal nach. »Und dein Vater hat dich noch am selben Abend hier nach Liverpool gebracht.«

»Er hat Tante Doris sogar Geld gegeben, damit sie mich nicht wieder mit ihm heimschickt.«

»Und dein Daddy hat nie irgendeine Andeutung gemacht, was seit Dezember auf einmal los war?«

Judy schüttelte den Kopf. »Nein. Aber er hat wieder angefangen, in dieses Buch zu schreiben. Das hat er schon in London gemacht.«

»Welches Buch?«

»Na, so 'ne Art Tagebuch. Mit so 'nem roten Ledereinband. Mummy hat ihm das mal zu einem Geburtstag geschenkt, als ich noch ganz klein war. Da sollte er eintragen, woran er sich später aus meiner Kindheit erinnern will. Aber das hat er nie gemacht. Erst als Mummy so krank wurde, hat er dauernd reingeschrieben.« Sie überlegte kurz. »Vielleicht auch schon vorher, das weiß ich nicht mehr so genau. Aber als wir nach Dover gingen, hat er die Seiten alle rausgerissen und verbrannt.

Lily ließ sich das durch den Kopf gehen. In der Ermittlungsakte zu Martins Suizid war von keinem Tagebuch die Rede gewesen. Aber vielleicht hatte man sein Haus auch nicht allzu gründlich durchsucht und das Buch schlichtweg übersehen. Während sie noch überlegte, wie sie an das Tagebuch kommen könnte, brachte Judy sie auf eine Idee.

»Unser Haus wird ja jetzt wohl verkauft. Auch mit allen Möbeln, so steht es im Testament. Kann ich denn wenigstens noch ein paar von meinen Sachen kriegen?«

»Natürlich! Weißt du was, schreib doch gleich mal auf, was du haben willst. Dann nehme ich die Liste mit, gehe damit zum Testamentsvollstrecker und suche deine Sachen mit ihm zusammen heraus. Und wenn dir später noch was einfällt, mailst du mir eben.« Sie zog eine Visitenkarte aus ihrer Handtasche. »Hier findest du meine Adresse.«

»Das ist okay. Ich fang gleich mit der Liste an. Vor allem will ich meine Wintersachen haben. Und meine DVDs und den Player. Und ein Foto von Mummy und Daddy und mir. Ich kann die Liste am Laptop schreiben. Aber mailen kann ich sie Ihnen nicht. Denn WLAN gibt's hier natürlich keins.«

Lily zog einen USB-Stick aus ihrer Handtasche, den sie zum Glück dabeihatte. »Dann lädst du die Liste eben hier drauf und schickst mir den Stick per Post. Und wenn dir später noch was einfällt, schreibst du mir einfach. Meine Anschrift steht auch auf der Karte.«

Als Judy nickte, fügte sie hinzu: »Aber tu mir den Gefallen und setz auch das Tagebuch auf die Liste. Vielleicht steht da ja was Wichtiges drin, das wir noch nicht wissen.«

Beim Abschied fragte Lily auch Doris, ob sie noch etwas von Martins persönlichen Sachen haben wolle, was die jedoch ablehnte.

Vor der Tür wartete Dan schon im Auto auf sie. Erstaunt sah Lily auf die Uhr und stellte fest, dass sie fast drei Stunden im Haus gewesen war.

Auf der Fahrt ins Hotel berichtete sie in groben Zügen, was sie erfahren hatte. Als sie zum Schluss die Liste erwähnte, fragte Dan, warum Doris und Judy nicht persönlich nach Dover kamen, um sich die Sachen auszusuchen, die sie behalten wollten.

»Ich glaube nicht, dass Doris dazu bereit wäre. Betsys Schmuck hat Martin ja schon zwischen ihr und Judy aufgeteilt. Und von anderen Wertsachen war in Martins Testament nicht die Rede. Ideelle Erinnerungen will Doris nicht haben. Und Judy allein von Liverpool nach Dover fahren zu lassen, möchte ich nicht riskieren.«

»Glaubst du denn, Judy ist nach Martins Tod noch immer in Gefahr?«

»Ausschließen kann ich das nicht. Denn Clark Jarrett – und nur um den kann es gehen, wenn Martin sich so bedroht gefühlt hat – ist unberechenbar für mich.«

»Die Sache in London ist inzwischen doch Jahre her«, sagte Dan. »Wenn wir Glück haben, finden wir jenes ominöse Tagebuch und erfahren daraus, was in jüngster Zeit in Dover geschehen ist. Vielleicht hat ja auch Jarrett geahnt, dass Martin ihn umbringen wollte, und hatte vor, sich zu rächen. Etwas anderes kann ich mir im Moment nicht vorstellen.«

»Ich muss endlich mehr über diese Sache in London erfahren. Also muss ich als Nächstes mit Sue Belham sprechen. Dein Bekannter Jimmy sagt, sie ist schon vor Jahren bei der MET ausgeschieden. Vielleicht kannst du trotzdem über ihn herausbekommen, was aus ihr geworden ist und wo ich sie erreichen kann.«

»Das kann ich zwar versuchen. Aber was soll ich Jimmy sagen, warum ich das wissen will?«

»Ach, da wird dir schon irgendwas einfallen«, sagte Lily leichthin. »Aber nun lass uns abschalten, damit wir uns ein bisschen erholen können. Wie war es denn in der Anfield Road?«

## KAPITEL 26

### Auf dem Weg zum Canterbury Hospital

*Freitag, 5. Juli 2019*

»Jerry hat die Geburt gut überstanden, und der Kleine ist gesund?«, versicherte sich Lily noch einmal bei Mabel, als sie im Schneckentempo durch den abendlichen Wochenendverkehr zum Canterbury Hospital fuhren.

»So hat sie es mir jedenfalls gestern Abend gesagt. Sie hat zwar während der Geburt einen Dammriss erlitten, der würde aber nach Auskunft der Ärzte gut heilen.«

»Nun, wenigstens weiß ich jetzt, warum Jerry ihre gestrige Sitzung versäumt hat«, sagte Lily mit einem Anflug von Sarkasmus.

»Dennie wurde bereits am Dienstag geboren, da hätte sie dir eigentlich Bescheid sagen können.«

»Ach, lassen wir es gut sein. Immerhin konnte ich die Zeit für etwas anderes nutzen. Hauptsache, Mutter und Kind sind wohlauf.«

Da Jerry nicht zur Sitzung erschienen war, war Lily schon eine Stunde früher nach Dover aufgebrochen, um sich dort ein zweites Mal mit Gordons Testamentsvollstrecker zu treffen. Am Mittwoch war nämlich eine weitere Liste mit Dingen, die Judy behalten wollte und zuerst zu notieren vergessen hatte, bei Lily eingetroffen.

Schon am Montagabend war Lily mit dem Anwalt in Martin Gordons Wohnung gewesen. Ein kurzer Anruf bei Doris und Judy Gordon hatte ihm bestätigt, dass beide mit ihrer Anwesenheit bei der Sichtung von Martins Nachlass einverstanden waren.

Zu Lilys Enttäuschung war jedoch auch diesmal Martin Gordons Tagebuch nicht aufzufinden gewesen, obwohl sie noch einmal sorgfältig sein kleines Arbeitszimmer durchsucht hatte.

Wenigstens hatte Dan den aktuellen Aufenthaltsort von Sue Belham mit Jimmy Wilfords Hilfe herausgefunden. »Sue heißt jetzt Carter, ist verheiratet und hat zwei kleine Kinder«, hatte Dan Jimmys Auskünfte an Lily weitergegeben. Zusammen mit ihrer Adresse und Telefonnummer. Lily hatte allerdings noch nicht bei Sue Carter angerufen, nachdem sie Mabels Nachricht von Dennies Geburt erhalten hatte. Das Baby war zwei Wochen vor dem errechneten Geburtstermin zur Welt gekommen.

Über eine halbe Stunde später erreichten die Frauen endlich den Parkplatz des Canterbury Hospital. Es war inzwischen bereits nach neunzehn Uhr, die offizielle Besuchszeit war schon vorüber.

»Wie gut, dass man dich hier kennt«, sagte Lily, als sie zum Haupteingang hasteten.

Doch bereits an der Pforte erwartete sie eine unangenehme Überraschung, als sie sich nach Jerrys Zimmer erkundigten. »Mrs Hoover ist nicht mehr hier. Sie wurde heute früh auf eigenen Wunsch entlassen.«

Insbesondere Mabel war perplex. »Entlassen auf eigenen Wunsch? Aber ich habe doch erst gestern Abend mit ihr telefoniert. Da hat sie kein Wort davon erwähnt.«

Auch auf der Geburtsstation konnte man ihnen nicht weiterhelfen. »Die Dame wollte partout nach Hause«, erklärte ihnen eine sichtlich überarbeitete Schwester. »Wir haben uns zwar alle Mühe gegeben, konnten ihr aber nichts recht machen. Auch die Hebamme wollte sich heute Morgen vorstellen und regelmäßige Hausbesuche mit Mrs Hoover vereinbaren. Aber das wollte sie ohnehin nicht. Sie sei ausreichend mit Säuglingspflege vertraut und wisse, wie sie ihr Baby vor dem plötzlichen Kindstod schützen könne.«

»Aber der Kleine ist wirklich gesund?«, erkundigten sich Lily und Mabel fast wie aus einem Mund.

»Soweit ich weiß, ja«, bestätigte die Schwester. »Mrs Hoover hat außerdem erwähnt, dass es einen Überwachungsmonitor gebe, der Herz- und Atemfunktionen des Säuglings kontrolliert.«

»Der Monitor kommt erst am nächsten Montag«, schnaubte Mabel. »Bis dahin hätte Mrs Hoover hier im Krankenhaus bleiben sollen. Ich selbst wollte sie am Montag abholen und in ihre Wohnung begleiten. Dort wollten wir warten, bis der Monitor geliefert wird, weil ich bei der Einweisung dabei sein wollte. So hatten wir es vereinbart.«

»Nun, was wir gerade erfahren haben, passt leider zu meinen jüngsten Eindrücken von Jerry«, sagte Lily auf dem Weg zum Parkplatz. »In meinen letzten Sitzungen wirkte sie gelangweilt und desinteressiert. Wenn ich sie darauf ansprach, stritt sie es allerdings ab.«

»So, so«, knurrte die empörte Mabel. »Das klingt, als hätte sie uns allen etwas vorgemacht.«

»Ausschließen kann ich das nicht. Denk nur an unsere Begegnung im Pub! Aber wie geht es jetzt weiter?«

»Nun, gleich am Montag stehe ich natürlich bei ihr auf der Matte. Der Monitor wird nachmittags um zwei geliefert. Bei der Gelegenheit kann ich mir gleich ein Bild von der Wohnung machen.«

Zu Hause angekommen, wartete noch eine andere Enttäuschung auf Lily. Auf ihrer Mailbox fand sie eine Nachricht von Dan vor, dass er an diesem Wochenende nicht kommen könne. Er müsse überraschend für einen Kollegen einspringen, der eigentlich Dienst habe, aber krank geworden sei.

Lily versuchte sofort, zurückzurufen, konnte Dan aber nicht erreichen.

# KAPITEL 27

## Wohnung von Sue Carter in London

*Donnerstag, 11. Juli 2019*

Lily traf eine halbe Stunde früher vor dem Mehrfamilienhaus ein, in dem sich die Wohnung der Familie Carter befand. Der Termin sollte um halb zwei Uhr nachmittags beginnen. Ihre Zwillinge wären zu dieser Zeit noch in der Nursery School, hatte ihr Sue am Telefon erklärt, als sie sich schließlich widerstrebend zu einem Gespräch mit Lily bereit erklärt hatte. »Dann haben wir ungefähr eineinhalb Stunden. Mehr Zeit kann ich leider nicht erübrigen.«

Lily hatte ihre letzte Behandlungsstunde am Donnerstagvormittag ausfallen lassen, um auf keinen Fall zu spät zu kommen. Auch den ganzen Freitag hatte sie sich freigenommen. Finanziell konnte sie sich das eigentlich nicht leisten, aber nach dem letzten ausgefallenen Wochenende wollte sie Dan mit ihrem Besuch überraschen. Denn an diesem Wochenende hatte er regulär Dienst. Sie könnten sich also schon wieder nicht sehen, wenn sie nicht zu ihm nach London käme. Dankenswerterweise war Mr O'Brian wieder bereit, nach Mick zu schauen.

Lily schlug die Zeit zunächst mit einem kleinen Spaziergang in der gesichtslosen Straße mit den einförmigen mehrstöckigen Wohnhäusern tot. Als sie es schließlich nicht mehr aushielt, klingelte sie zehn Minuten vor dem vereinbarten Termin an Sue Carters Wohnungstür und war erleichtert, dass Sue sie schon jetzt empfing.

Sue Carter erwies sich als mittelblonde, schlanke Frau zwischen dreißig und vierzig, weder hässlich noch hübsch, eher unscheinbar.

Nach einer kurzen Begrüßung kam Lily sofort zur Sache. »Ich hatte Ihnen ja bereits am Telefon mitgeteilt, dass Martin Gordon vor seinem Tod in meiner Praxis in Behandlung war.« Von dem Gutachten über seine Dienstfähigkeit wollte sie Sue nichts erzählen. »Für eine Psychotherapeutin ist es immer besonders schlimm, wenn sich ein Patient während der Behandlung umbringt. Noch dazu auf so spektakuläre Weise. Ich hege die Vermutung, Martins Suizid könnte mit Mobbing zu tun haben, dem er in den letzten Monaten ausgesetzt war. Es ging von einem Kollegen aus, den Sie aus Ihrer eigenen Zeit bei der MET noch kennen dürften. Sagt Ihnen der Name Clark Jarrett etwas?«

Eine Mischung aus Verachtung und Abscheu zeigte sich auf Sues schmalem Gesicht. Ihre graublauen Augen funkelten. »Natürlich. Einer der größten Schweinehunde unter der Sonne.«

Lily nickte. »Martin hat mir auch von den Schikanen erzählt, denen Sie als Mitarbeiterin seines Teams in London ausgesetzt waren. Darauf möchte ich später noch zurückkommen. Denn worüber ich wenig weiß, sind Martins frühe Londoner Jahre. Mich interessiert, wie Sie ihn erlebt haben, als Sie selbst nach Southwark kamen.«

»Clark Jarrett und seine Kumpane haben Martin auch schon in London gemobbt. Wussten Sie das?«

»Als Folge seines Eintretens für Sie, hat er mir gesagt. Oder hat es schon früher begonnen?«

»Meines Erachtens hat es früher begonnen, war aber eher subtil. Dabei habe ich Clark und Martin bei meinem Eintritt noch als beste Kumpel erlebt. Was dann passiert ist, wodurch sie sich nach und nach so völlig verkracht haben, das weiß der Himmel.«

»Wann genau sind Sie zur MET gekommen?«

»Das war 2010. Vor ungefähr neuneinhalb Jahren.«

»Und da waren die beiden noch dickste Freunde? Können Sie mir Näheres darüber erzählen?«

»Das kann ich gern tun. Wobei die zwei vor Martins Heirat sogar als die größten Schürzenjäger der ganzen Southwark Police verschrien waren. Aber darüber weiß ich nur was vom Hörensagen. Wollen Sie es trotzdem wissen?«

»Sehr gerne sogar.«

Sue begann zu erzählen.

## Martin Gordons Bericht

Wenn ich heute auf meine ersten Jahre in London zurückblicke, insbesondere auf meine Freundschaft mit Clark, kann ich es selbst kaum mehr fassen, dass ich mit einem solchen Saukerl einen so engen Umgang pflegte.

Obwohl mir die Sache mit Ginny in Liverpool zu schaffen machte, stürzte ich mich fast vom ersten Tag als Police Constable in Southwark wieder ins Vergnügen. Heute ist mir klar, dass ich damit mein schlechtes Gewissen über Ginnys Selbstmordversuch verdrängen wollte.

Clark lernte ich schon am ersten Tag kennen. Er war zwei Jahre älter als ich und ebenfalls Police Constable in meinem Team. Unser Sergeant verfügte, dass ich sein Streifenwagenpartner wurde.

Clark war ein couragierter Polizist und behielt auch beim größten Krawall die Nerven. Dass er manchmal härter vorging als nötig, ignorierte ich. Schließlich waren wir

Kameraden im Kampf gegen Ruhestörer, aggressive Demonstranten, Kleinkriminelle, Drogendealer und andere dubiose Zeitgenossen. Von den schweren Jungs, oft Mitglieder verrufener Clans, gar nicht zu reden.

Ginny und meine anderen Liverpooler Liebschaften zu vergessen, fiel mir leicht. Denn auch in London lagen mir die Frauen zu Füßen. Dass ich Clark als Platzhirsch beinahe übertrumpfte, merkte ich gar nicht.

Eines Tages kam es dann zum Eklat. Ich war zwei Wochen lang um eine unserer Laborassistentinnen aus der KTU herumscharwenzelt, auf die auch Clark ein Auge geworfen hatte. Eines Freitagabends war ich mit Ellen im Pub verabredet. Nachdem ich ihr ein paar Drinks spendiert hatte, tippte Clark mir plötzlich von hinten auf die Schulter.

»Komm mal mit raus, Kumpel!« Das klang nicht wie eine Bitte, sondern wie ein Befehl. An diesem Tag sah ich auch zum ersten Mal diesen grausamen Ausdruck in seinen Augen.

Vor der Tür packte er mich am Revers meiner Lederjacke und schüttelte mich. »Nur dass du es weißt, Kumpel«, knurrte er. »Auf diese Braut hab ich zuerst ein Auge geworfen. Also solltest du besser die Finger von ihr lassen.«

Ich hob erschrocken die Hände. »Das wusste ich nicht, Clark. Ich dachte, Ellen wäre mit niemandem zusammen.«

»Ist sie auch nicht.« Das schmierige Grinsen, das mich später bis in meine Albträume verfolgte, erschien auf seinem Gesicht. »Und so was hab ich auch gar nicht vor. Wer braucht schon eine feste Beziehung! Aber die Tussi hat schöne Titten und einen festen Arsch. Was hältst du von einem flotten Dreier?«

Zuerst glaubte ich, mich verhört zu haben. »Du meinst … Du meinst, wir sollen sie beide vögeln? Würde sie das denn wollen?«

Clark schürzte die Lippen. »Wer fragt schon danach? Wir füllen sie mit ein paar Cocktails ab, dann ist sie schon willig, wirst sehen.«

Es treibt mir noch heute die Schamesröte ins Gesicht, wenn ich daran denke, dass Clark recht behielt. Als Ellen sturzbetrunken war, luden wir sie in ein Taxi und fuhren mit ihr zu Clarks Wohnung. Sie stand eher auf mich und fickte ganz gern mit mir. Aber Clark wollte auch zu seinem Recht kommen und fasste sie recht hart an. Es war keine echte Vergewaltigung, aber nahe dran. Doch ich redete mir ein, dass ihr auch das gefiel, und unternahm nichts. Als er mit ihr fertig war, rief Clark wieder ein Taxi und ließ sie damit zu ihrer Wohnung fahren.

Wenn Ellen uns später im Dienst begegnete, wich sie uns beiden aus. Über das, was in jener Nacht geschehen war, verlor sie nie ein Wort.

Schnell wurden Clark und ich also auch Partner bei der Weiberjagd. Irgendwann bekam ich mit, dass man uns Spitznamen gegeben hatte. Clark nannte man nach dem Boxer Rocky den »italienischen Hengst«, mich viel ordinärer nach dem James-Bond-Film *Licence to Kill* »Licence to fuck«. Als ich es eines Tages herausbekam, verstand ich es zunächst nicht. Bis mich jemand darüber aufklärte, dass ich mit meinen dunklen Haaren und blauen Augen dem Hauptdarsteller Timothy Dalton glich.

Eine andere Bezeichnung für uns beide war »Jekyll and Hyde«. Ich war natürlich Jekyll. Mit meinem guten Aussehen wäre ich kaum als Bösewicht durchgegangen. Clark dagegen, braunhaarig und braunäugig, untersetzt, muskelbepackt und voller Tätowierungen, gab mit seinem dunklen Teint eher den Hyde ab. Obwohl es auch Frauen gab, die auf ihn und seine animalische Art standen.

Und so vögelten wir uns in meinen ersten Londoner

Jahren an jedem Wochenende durch die holde Weiblichkeit. Mal allein, mal zu zweit wie mit Ellen.

Bis ich Betsy in Griechenland traf. Noch heute bin ich froh, dass Clark nicht mitkommen konnte, wie er es ursprünglich vorgehabt hatte. Aber der Sergeant gab uns nicht gleichzeitig Urlaub. Sonst hätte mein Engel mich in Kreta keines Blickes gewürdigt, und wir wären nie zusammengekommen.

## Sue Carter

»Das sind die Gerüchte, die die Runde machten, wie Martin Gordon und Clark Jarrett sich vor Martins Heirat verhalten haben«, schloss Sue ihren Bericht ab. »Als ich ihn kennenlernte, war er zwar immer noch ziemlich machomäßig drauf, aber es hieß allgemein, er sei seiner Frau treu. Ab und zu wurde er sogar damit aufgezogen.«

»Wie wurde er aufgezogen?«

»Na ja, Clark und die anderen aus der Clique, die sich um ihn gebildet hatte, nannten ihn ›Zimperlieschen‹, ›Pantoffelheld‹ oder ›Monogamist‹. Sie konnten wohl nicht verstehen, dass Martin und Betsy so glücklich miteinander waren, dass es ihn nicht mehr in fremde Betten zog.«

»Wer gehörte denn damals zu Clarks Clique?«

»Nun, außer Martin gehörten Jeff Burger und Robbie Cameron zum harten Kern. Die anderen wechselten immer mal wieder.«

»Haben Sie auch Betsy Gordon einmal kennengelernt?«

Sue schüttelte den Kopf. »Martin brachte sie nie zu irgendeiner Feier im Kollegenkreis mit, auch nicht, wenn sie ausdrücklich eingeladen war. Er hatte immer eine Ausrede dafür parat. Ich glaube, er wollte sie von dieser frauenfeindlichen Umgebung abschotten oder hatte sogar Sorge, man könnte sie bei solchen Gelegenheiten anmachen oder von seinen früheren Eskapaden erzählen.«

»Und wie reagierte er, wenn man ihn mit seiner Treue aufzog?«

Sue überlegte. »Manchmal hatte ich den Eindruck, dass er sich dadurch provozieren ließ. Denn nach solchen Hänseleien machte er öfter einen extrarüden Scherz über die ›Blaustrümpfe‹ und ›Flintenweiber‹ bei der Polizei, die dort gar nichts zu suchen hätten. Oder er pfiff einer Kollegin hinterher und machte eine anzügliche Handbewegung, wenn sie sich umdrehte. So Sachen eben. Aber er war nicht der Schlimmste. Beileibe nicht. Eher so eine Art Mitläufer, der sich ab und zu noch vor den Kollegen beweisen wollte. Clark und andere von ähnlichem Kaliber wie er, zum Beispiel Jeff und Robbie, waren im Vergleich dazu unausstehlich. Es gab damals nur wenige Frauen bei der Schutzpolizei. Viele warfen schon früher als ich das Handtuch. Immerhin habe ich es über drei Jahre dort ausgehalten.«

»Über drei Jahre?« Lily machte sich im Geiste eine Notiz. Hatte Martin nicht gesagt, Sue sei nur ein Jahr bei der MET gewesen? Dann erinnerte sie sich daran, dass Dan ihr erzählt hatte, dass Jeff und Robbie zu denen gehört hatten, die Sue so gedemütigt hatten. Doch bevor sie nachfragen konnte, fuhr Sue fort.

»Aber der Schlimmste von allen war definitiv Clark. Als er mich zum ersten Mal belästigte, hat Martin noch nichts dagegen unternommen.«

»Wann war das und was war geschehen?«

Sue überlegte. »Ich war erst ein paar Monate da und hatte Innendienst. Ich war gerade allein im Pausenraum, als Clark reinkam. Erst machte er ein paar dumme Bemerkungen. Als ich ihm sagte, er solle sein schmutziges Maul halten, und gehen wollte, wurde er handgreiflich. Er drückte mich gegen die Wand und fasste mir an die Brust. Je mehr ich mich wehrte, desto brutaler knetete er daran herum. Zu schreien wagte ich nicht, weil ich mich so schämte. Außerdem wusste ich nicht, ob mir überhaupt jemand zu Hilfe kommen würde. Die meisten waren ja während der Schicht auf Streife.«

»Aber Martin Gordon offenbar nicht?«

»Nein, er war ja Clarks Partner. Er kam zufällig in den Pausenraum und brachte Clark dann tatsächlich dazu, von mir abzulassen, wenn auch nicht auf besonders charmante Weise mir gegenüber. Aber es half wenigstens.«

»Was sagte er denn?«

»Meine Titten wären es nicht wert, dass ich dafür am Ende noch Theater beim Chef machen würde, oder so ähnlich.«

Lily war schockiert. Diese und andere Eskapaden, von denen ihr Sue und Doris Gordon berichtet hatten, hätte sie dem Martin, den sie kannte, überhaupt nicht zugetraut.

»Sind Sie trotzdem zu Ihrem Vorgesetzten gegangen, um sich zu beschweren?«

Sue stieß verächtlich die Luft aus. »Allein dahin zu gehen, hätte keinen Zweck gehabt. Das hatten schon andere vor mir vergeblich versucht. Denn die Vorgesetzten waren taub und blind gegenüber solchen Vorfällen. Manche machten selbst üble Scherze über uns Frauen. Aber weil Martin mir geholfen hatte, Clark loszuwerden, bat ich ihn, mit mir gemeinsam zu unserem Police Inspector Peter Garfield zu gehen und den Vorfall zu melden. Doch damit ließ er mich komplett auflaufen. Er gebe sich nicht dazu her, einen Kollegen anzuschwärzen, sagte er. Und nur kurze Zeit später kam es zu einem Vorfall, der wahrscheinlich mit meinem zu tun hatte.«

»Was war das für ein Vorfall?«

»Nun, Clark hatte Martin noch im Pausenraum hämisch vorgehalten, dass es ihm mal guttäte, ein paar andere Titten und Ärsche zu betatschen als immer nur die von ›Holy Betsy‹, wie er sich ausdrückte.«

Lily war angeekelt. »Haben die Kerle immer so abfällig über weibliche Körperteile gesprochen?«

»Klar! Wenn sie unter sich waren, war das wahrscheinlich die gängige Ausdrucksweise.«

Lily schüttelte sich unwillkürlich. Auch sie war während ihrer Dienstzeit vielen Anfeindungen aufgrund ihres Geschlechts begegnet, doch die bezogen sich in der Regel »nur« auf ihre beruflichen Kompetenzen. Oder hatte sie die schlüpfrigen Bemerkungen einfach nicht mitbekommen? Sie verdrängte die widerwärtige Vorstellung und fragte noch einmal: »Also, was war das für ein Vorfall?«

»Das war nur ein paar Tage nach der Sache im Pausenraum. Da schlug Martin im Vorbeigehen einer Kollegin, die sich gerade über ihren Schreibtisch beugte, auf den Hintern. Doch die ließ sich das nicht gefallen und versetzte ihm eine so heftige Ohrfeige, dass sich alle fünf Finger auf seiner Wange abzeichneten. Ich selbst war nicht dabei, aber die Sache machte wie ein Lauffeuer die Runde und Martin eine Weile zum Gespött im ganzen Team.«

»Von diesem Vorfall hat mir Gordon in einer Sitzung erzählt. Und danach war er geläutert?«

»Geläutert?« Sue hob erstaunt die Augenbrauen. »Wie meinen Sie das?«

»Nun, mir hat er erzählt, diese Ohrfeige sei der Anlass für ihn gewesen, Frauen nicht mehr so verächtlich zu behandeln. Das und ein Gespräch von zwei Polizistinnen, das er zufällig mit angehört hatte. Sie tauschten sich über die miese Behandlung durch ihre männlichen Kollegen aus. Erst dadurch sei ihm klar geworden, wie sehr die Frauen unter dem Machogehabe leiden würden.«

Während Lilys Ausführungen hatte sich Sues ungläubiger Gesichtsausdruck noch vertieft. Jetzt lachte sie auf. »Da hat Martin Ihnen aber einen schönen Bären aufgebunden. Von so einem Gespräch weiß ich nichts, obwohl wir Kolleginnen, wenn wir unter uns waren, uns öfter über die Diskriminierung unterhielten. Nach dieser Ohrfeige hat sich Martin jedenfalls nicht korrekter verhalten. Im Gegenteil, sein Verhalten uns gegenüber wurde noch schlimmer.«

Lily runzelte die Stirn. »Aber er muss sich doch irgendwann geändert haben. Sonst wäre er doch nicht mit Ihnen sogar zum Chief Super gegangen, um Sanktionen gegen Clark und seine Kumpane zu erwirken, nachdem die Ihnen die Klamotten geklaut hatten.«

Sue dachte eine Weile nach. »Das ist richtig. Martin Gordon hat sich irgendwann um hundertachtzig Grad gedreht. Vielleicht hatte es damit zu tun, dass er zum Police Sergeant befördert wurde. Daran erinnere ich mich noch gut, denn das war gleich nach diesem Unglück auf der Themse. Ich weiß noch, dass ich damals dachte, dass ich beim kleineren Übel gelandet bin. Denn Clark Jarrett wurde gleichzeitig befördert, und um keinen Preis hätte ich Mitarbeiterin in seinem Team sein wollen. Zumal Jeff und Robbie da auch noch drin waren.«

»War Martin Ihnen ein guter Vorgesetzter?«

Sue nickte. »Zu meinem großen Erstaunen, ja. Von Anfang an. Seit seiner Beförderung ging er den Rüpeln, mit denen er ehemals so dick befreundet gewesen war, aus dem Weg. Er nahm seine Vorbildfunktion vom ersten Tag an sehr ernst. Seit dieser Zeit hab ich ihn nie mehr schlechte

Scherze über uns weibliche Kollegen machen hören. Er hat zwar lange Zeit nichts aktiv gegen die Kerle unternommen, die sich weiterhin sexistisch verhielten. Aber ihm selbst war nicht mehr das Geringste vorzuwerfen.«

»Aber wenn Sie doch so froh waren, in Martins Team zu sein, warum haben Sie denn mit den Rabauken aus Clarks Team in Ihrer Freizeit Handball gespielt?«

»Ich hab schon immer Handball gespielt«, erklärte Sue. »Ich war sogar mal Mitglied in der Jugendnationalmannschaft. Aber als ich zur Polizei ging, konnte ich schon während der Ausbildung nicht mehr regelmäßig trainieren. Deshalb hab ich mich irgendwann zum Training in der Polizeimannschaft angemeldet. Wir waren leider zu wenige Frauen, um ein eigenes Team zu bilden. Aber vor dieser Sache mit den geklauten Klamotten war ich ein sehr geschätztes Mitglied der Mannschaft, da ich zu den besten Spielern gehörte.«

»Und wie stand Martin dazu?«

»Er fand das gut. Als dann Jeff und Jimmy Wilford zur Mannschaft stießen, hat er mich ausdrücklich ermutigt, weiterzumachen und mich nicht einschüchtern zu lassen. Denn das waren nur zwei von mindestens zwanzig Kollegen, die regelmäßig trainierten. Zwei andere Frauen waren auch noch dabei.«

Lily ging ein Licht auf. »Clark Jarrett und dieser Robbie waren gar keine Handballspieler? Aber Jimmy Wilford?«

»Ja, der gehörte zu Clarks Clique. Nicht zum Inner Circle, aber er war dabei.«

»Warum tauchten Clark und Robbie Cameron ausgerechnet an diesem Abend in der Sporthalle auf? Wie erklären Sie sich das?«

Sue ballte die Hände zu Fäusten und atmete tief durch, bevor sie antwortete. »Es war wahrscheinlich ein Komplott, das Clark geschmiedet und von längerer Hand geplant hatte. Denn die anderen beiden Frauen fehlten an jenem Abend.«

»Wie kommen Sie darauf, es sei ein Komplott und länger geplant gewesen?«

»Weil alles wie am Schnürchen ablief. Wahrscheinlich hatte ihnen Jeff per Handy mitgeteilt, dass ich an diesem Abend die einzige Frau war. Schon während des Trainings stahlen Clark und Robbie meine Zivilkleider aus dem verschlossenen Spind, sodass ich das zuerst gar nicht gemerkt hab. Als ich dann unter der Dusche stand, nahmen sie mir auch die Sportklamotten weg.«

»Hat denn keiner der anderen Kollegen aus dem Team etwas gemerkt?«

Sue zuckte mit den Schultern. »Möglicherweise nicht. Doch selbst wenn jemand was gemerkt hätte, hätte er wahrscheinlich nicht gewagt, sich wegen mir mit Clark und seiner Clique anzulegen. Jimmy ist ja auch schnell verschwunden, als ihm klar wurde, was da abging.«

»Obwohl er ein Mitglied der Clique war, wie Sie eben sagten?«

»Ja und nein. Jimmy hat Clark von Anfang an angehimmelt. Aber es hat eine Weile gedauert, bis Clark ihn überhaupt an sich ranließ. In der ersten Zeit hat er ihn sogar öfter mal schikaniert. Nach Clarks Beförderung gehörte auch Jimmy zu seinem Team. Schon deshalb hätte er nie gewagt, sich gegen ihn als Vorgesetzten zu stellen. Schon gar nicht, um mich zu verteidigen. Stattdessen haute er ab.«

Sue öffnete die Fäuste und rieb sich die Handflächen. Ihre Fingernägel hatten sich tief hineingegraben.

»Aber es ging bei der ganzen Sache gar nicht um mich. Ich war nur Mittel zum Zweck, um Martin Gordon zu treffen«, ergänzte sie.

## Martin Gordons Bericht

Ich war wie vom Donner gerührt, als Sue Belham an jenem Morgen vor mir stand und mir berichtete, was ihr Clark und die anderen Idioten am Vorabend angetan hatten. Sofort war mir klar, dass diese Attacke nicht Sue galt, sondern mir. Clark hatte mir schon vorher immer wieder gedroht, teilweise verdeckt, teilweise offen, dass ich mich vorsehen solle. Er halte noch immer das Heft in der Hand. Denn nach dieser furchtbaren Sache auf der Themse wollte ich mit keinem von denen, schon gar nicht mit Clark, noch irgendwas zu tun haben.

Anfangs wartete ich darauf, dass die polizeiliche Untersuchung die wahren Ereignisse auf dem Schiff ans Licht bringen würde. Doch dann erkannte ich rasch, dass alle Beteiligten sehr bestrebt waren, die Angelegenheit zu vertuschen. Also blieb auch mir nichts anderes übrig, als dichtzuhalten.

Wenn Clark und ich unter uns waren, zeigte ich ihm nun offen, was ich von ihm hielt. Das kratzte mächtig an seinem Ego. Immerhin war ich mal einer seiner besten Kumpel gewesen. Ich wiederum war heilfroh, dass wir beide jetzt Teamleiter von verschiedenen Schichten waren und nicht mehr im selben Streifenwagen saßen.

Zweifelsohne war die Geschichte mit Sue von Clark geplant worden, um mir überdeutlich zu zeigen, dass er immer noch tun könne, was er wolle.

Doch damit hat er sich diesmal verrechnet, dachte ich grimmig, als Sue mir alles erzählte, immer wieder von Weinkrämpfen unterbrochen. Diesmal war ich entschlossen, Clark ein für alle Mal in seine Schranken zu weisen. Und dachte, ich hätte dafür genug gegen ihn in der Hand.

Doch die Sache verlief von Anfang an aussichtslos.

Jimmy gab zwar zu, dass er einen Teil der Schweinerei mitbekommen habe, hatte sich aber feige verpisst, anstatt Sue zu helfen. Er war nicht bereit, die Sache vor Peter Garfield, Leiter der Schutzpolizei und damit mein und Clarks Chef, zu bezeugen.

So hatte ich schon ein schlechtes Gefühl, als ich mit Sue zu Peter ging. Leider trog es mich nicht.

»Außer dass man Sie ein paar Minuten lang nackt gesehen hat, ist Ihnen doch gar nichts passiert«, hielt er Sue vor, nachdem sie ihm alles berichtet hatte. »Man hat Sie nicht angerührt oder Schlimmeres mit Ihnen gemacht.«

Sue begann zu weinen, während ich wütend an ihrer Stelle antwortete. »Nein, man hat sie nur furchtbar gedemütigt. Muss eine Kollegin erst vergewaltigt werden, damit hier mal endlich Respekt gegenüber Polizistinnen herrscht?«

Das war natürlich das falsche Argument, um Peter zu erreichen. Stattdessen fühlte er sich von mir angegriffen.

»Reichen Sie eine schriftliche Beschwerde ein«, beschied er Sue kurz. »Dann entscheide ich, wie es damit weitergeht. Aber merken Sie sich, man scheißt besser nicht ins eigene Nest. Daher sollten Sie gründlich darüber nachdenken, ob Sie die ganze Sache so aufbauschen wollen. Ich betone noch einmal, dass man Ihnen ja nichts Schlimmes angetan hat. Auch du, Martin, solltest darüber nachdenken, was du deiner Mitarbeiterin rätst. Schließlich warst du viele Jahre lang auch kein Heiliger.«

Wir waren schon an der Tür, als er uns noch einmal zurückrief. »Wenn Sie vernünftig sind, Sue, und aus dieser Mücke keinen Elefanten machen, nehme ich mir die Kerle mal unter vier Augen zur Brust.«

Sue wollte danach schon aufgeben. Doch mir kam eine bessere Idee. Wenn sie schon eine schriftliche Beschwerde verfassen sollte, warum die nicht gleich beim Chief Super einreichen? Ich war sicher, dass Peter sie sonst unter den Tisch hätte fallen lassen. Wie er es auch bei Marilyn jedes Mal getan hatte. Ebenso wie Chief Inspector Harper, der nächsthöhere Chef und Leiter der Central Police Station. Aber ein Chief Superintendent, noch zwei Etagen höher und Vorgesetzter von über achthundert Mitarbeitern der gesamten Southwark Police, musste in einem solchen Fall reagieren.

Also verfasste Sue ihre Beschwerde. Auch ich gab meinen Senf dazu und benannte die Konsequenzen, die ich für angemessen hielt. Dann gaben wir die Dokumente im Büro des Chief Super ab. Es dauerte nur einen Tag, bis wir beide dort zum Gespräch geladen wurden. Der Chief hatte sich vorher Clarks Personalakte kommen lassen.

»Ich gebe zu, dass Mr Jarretts Verhalten absolut tadelnswert ist, zumal in der Rolle eines Vorgesetzten. Er hat gravierend gegen seine Vorbildfunktion verstoßen.«

Trotz dieses Einstiegs ahnte ich schon, was seine nächsten Worte sein würden.

»Doch er ist immer schon ein ausgezeichneter Polizist gewesen, ich finde keinen Makel in seiner Akte. Seine Aufklärungsquote war und ist beachtlich. Leute wie er sind eigentlich für die MET unentbehrlich. Deshalb möchte ich ihm eine weitere Chance geben, sich als Vorgesetzter zu bewähren. Ich werde ihn zwar nicht degradieren, wie Sie es verlangen, Mr Gordon. Aber er wird auf einen Außenposten am Rand des Boroughs versetzt. Jeff Burger und Robbie Cameron sollen durch ihren vorgesetzten Police Inspector verwarnt werden und erhalten einen entsprechenden Eintrag in ihre Akte. Damit sollte die Angelegenheit zu aller Zufriedenheit bereinigt sein.«

»Das Ganze geschah im Mai 2013. Danach hielt es Martin immerhin noch ein Dreivierteljahr in London aus, obwohl er von Anfang an mit widerlichen Methoden gemobbt wurde. Daran beteiligten sich nicht nur Jeff und Robbie, sondern fast die gesamte Schutzpolizei in der Central Police Station. Das muss eine furchtbare Zeit für Martin gewesen sein, zumal im September auch noch seine geliebte Betsy starb. Immerhin hielt er viel länger durch als ich. Ich warf schon zwei Monate später das Handtuch und kündigte, weil man mich in der ganzen Station ›Spotty‹ nannte. Wegen eines Muttermals, das die Kerle auf meiner nackten Brust gesehen hatten und worüber sich jetzt alle lustig machten. Auch die, die gar nicht dabei gewesen waren. Hat Martin Ihnen davon erzählt?«

»Das hat er«, bestätigte Lily und spürte erst jetzt, dass sich während Sues Bericht ihr ganzer Körper verkrampft hatte. Plötzlich fiel ihr auf, dass sie nach einem Detail aus dem Bericht noch gar nicht gefragt hatte.

»Sie sprachen eben davon, dass Martin unmittelbar nach einem Unglück auf der Themse zum Police Sergeant befördert wurde. Was war das denn für ein Unglück?«

»Da ging es um eine streitbare Kollegin. Eine, die sich nie etwas gefallen ließ, obwohl auch sie bei unserem Police Inspector auflief, wenn sie sich beschwerte. Aber im Gegensatz zu mir ließ sie sich nicht einschüchtern. Sie hieß Marilyn Stratford und kam an diesem Tag zu Tode. Das ist ungefähr acht Jahre her.«

»Zu Tode? Was war die Ursache?«

»Das weiß ich nur vom Hörensagen, weil ich selbst keine Lust hatte, an dem Betriebsausflug teilzunehmen, bei dem das passiert ist. Nach einem feuchtfröhlichen Beisammensein mit all diesen Machos stand mir beim besten Willen nicht der Sinn. Deshalb habe ich mich freiwillig gemeldet, als eine Notbesetzung für die Polizeistation gesucht wurde.«

»Aber was ist denn nun geschehen?«, drängte Lily.

»Marilyn ging angeblich schwer alkoholisiert über Bord und ertrank in der Themse.«

»Und unmittelbar danach wurden Clark Jarrett und Martin Gordon befördert?«

Sue bestätigte das. »Aber das eine hatte mit dem anderen nichts zu tun. Ihre Beförderung stand schon vor dem Unfall fest. Obwohl das Gerücht ging, Marilyn hätte das unter allen Umständen verhindern wollen.«

»Die Beförderung verhindern wollen? Von Clark und von Martin?«

Sue nickte. Als ihr Blick auf ihre Armbanduhr fiel, sprang sie auf. »Du meine Güte, es ist fast halb vier. Ich muss die Mädchen aus der Vorschule abholen. Ihre Lehrerin wird sich schon wundern, wo ich bleibe.«

Wohl oder übel stand Lily auf. »Darf ich Sie noch mal anrufen, wenn ich weitere Fragen habe?«

»Jaja, machen Sie das.« Hastig streifte Sue ihre Schuhe über.

Lily und sie verließen gemeinsam die Wohnung und hatten sich auf der Straße schon voneinander verabschiedet, als Sue Lily zurückhielt. »Ach übrigens, die Frau, die damals in der Themse ertrunken ist, war dieselbe, die Martin geohrfeigt hat, als er sie an den Hintern fasste.«

## KAPITEL 28

**Dans Apartment in London**
*Donnerstag, 11. Juli 2019, gegen Abend*

Die Gedanken schwirrten durch Lilys Kopf, als sie zunächst ein Café aufsuchte, um sich alle Fakten, die sie heute erfahren hatte, zu notieren. Schon während sie das tat, fielen ihr Fragen ein, die sie Sue unbedingt noch stellen wollte. Etwa, ob Clark, Jeff, Robbie und Jimmy ebenso wie Martin an dem Betriebsausflug teilgenommen hatten, bei dem es zu dem tödlichen Unfall gekommen war. Auch aus welchem Anlass die Feier stattgefunden hatte und wer überhaupt dabei gewesen war.

Kurz überlegte sie, Sue Carter sofort noch einmal anzurufen, doch dann beschloss sie, dass es für heute genug war.

In der Hoffnung, Dan in seinem kleinen Apartment anzutreffen, stand sie schließlich um sechs Uhr abends vor seiner Tür.

Tatsächlich war er bereits zu Hause, runzelte jedoch überrascht die Stirn, ehe er Lily einließ. »Was machst du denn hier?« Auch sein Tonfall klang wenig begeistert.

»Na, das ist ja eine tolle Begrüßung«, sagte Lily frustriert. »Ich wollte dich überraschen und das Wochenende mit dir verbringen. Soll ich lieber gleich wieder nach Canterbury zurückfahren?«

Dan überlegte und stimmte dann zu Lilys Enttäuschung zu. »Ich mach dir erst einmal einen Kaffee, aber dann wäre es wirklich besser, du würdest heimfahren. Denn ich hab an diesem Wochenende überhaupt keine Zeit für dich. Schon heute Abend hab ich einen Termin, den ich nicht absagen kann.«

»Was für einen Termin?«, fragte Lily misstrauisch.

Dan seufzte schwer und kämpfte einen Moment lang mit sich. »Ich bin mit Jocelyn verabredet«, gab er zu. »Sie wollte mich unbedingt sprechen, um mit mir darüber zu reden, wie ein gemeinsames Sorgerecht für die kleine Diana aussehen könnte.«

»Oh, das Kind soll Diana heißen? Habt ihr euch schon darauf geeinigt?«

Dan seufzte wieder. »Annabelle wäre mir sehr viel lieber gewesen. Aber ich wollte Jocelyn nicht noch mehr vor den Kopf stoßen.«

»Noch mehr vor den Kopf stoßen? Was soll das denn heißen?«

»Ach, gar nichts. Sie ist nicht glücklich darüber, dass ich sie verlassen habe. Das weißt du doch. Bist du extra wegen mir nach London gekommen?«

Plötzlich war Lily froh darüber, dass dem nicht so war. »Nein, ich hatte einen Termin mit Martin Gordons ehemaliger Mitarbeiterin Sue Belham. Sie heißt heute Carter.«

»Das weiß ich doch, Darling.« Dan küsste Lily auf die Nasenspitze.

»Ich habe mir extra den ganzen Freitag freigenommen, damit wir uns sehen können, obwohl du Dienst hast. Mr O'Brian passt auf Mick auf. Kann ich denn wirklich nicht bleiben?«

Wieder schien Dan eine Weile mit sich zu kämpfen. »Es hat keinen Zweck, Lily. Ich hab so viel Arbeit, da bleibt keine Zeit für uns. Du weißt doch, dass der Dienst rund um die Uhr gilt. Wenn wir Pech haben, bin ich sogar nachts unterwegs.«

Er trat auf Lily zu und schloss sie in die Arme. »Du hättest mich anrufen sollen, bevor du hier einfach so auftauchst«, sagte er, während er ihr liebevoll über den Rücken strich. »Aber erzähl mir doch beim Kaffee, was du heute herausgefunden hast.« Er sah auf die Uhr. »Wir könnten uns außerdem noch etwas vom Pizzaservice bestellen. Mein Treffen mit Jocelyn beginnt erst um acht. Dann musst du wenigstens nicht mit leerem Magen nach Canterbury fahren.«

# KAPITEL 29

## Lilys Wohnung

*Freitag, 12. Juli 2019*

Lily kam gegen Mittag nach Hause, nachdem sie den Vormittag genutzt hatte, um einiges in ihrer Praxis aufzuarbeiten und danach ein paar Einkäufe zu machen.

Matt Rider, der sie gefragt hatte, wieso sie nicht in London geblieben sei, hatte sie mit der gleichen kurzen Begründung abgefertigt wie ihren Nachbarn Gerald O'Brian.

»Leider hat Dan keine Zeit für mich, da er rund um die Uhr im Dienst ist. Ich hatte keine Lust, das ganze Wochenende allein in seinem winzigen Apartment zu hocken.«

Während ihr Nachbar diese Begründung kommentarlos akzeptierte, blickte Matt Lily prüfend an. »Möchtest du reden?«

»Nein, dazu gibt es keinen Anlass«, antwortete sie viel zu hastig und war sich dabei bewusst, dass Matt sie durchschaute. Er kannte sie viel zu gut, um nicht zu erkennen, wenn ihr etwas auf der Seele lag.

Doch was genau sie so beunruhigte, war ihr selbst nicht klar. Wenn sie in sich hineinhorchte, war sie sicher, dass Dan nicht zu Jocelyn zurückkehren würde. Aber seine Ex wollte etwas von ihm, das ihm Sorgen bereitete. So gut kannte Lily nun wiederum Dan. Es hatte mit dem gemeinsamen Sorgerecht zu tun, für das Jocelyn ihm womöglich Bedingungen stellte. Aber es hatte keinen Sinn, das ganze Wochenende darüber zu grübeln.

Wenigstens war das Wetter schlecht, es regnete in Strömen. Das wäre auch in London nicht anders gewesen und hätte ihrer Vorstellung von einem Sommerwochenende, das sie mit Dan weitgehend draußen hätte verbringen wollen, ohnehin entgegengestanden. Immerhin wollten sie heute Abend miteinander telefonieren.

Schon auf dem Rückweg nach Canterbury hatte sie beschlossen, die unvermutet freie Zeit für Recherchen über den ominösen Unfall auf der Themse zu nutzen, dem Marilyn Stratford zum Opfer gefallen war. Über sie hatte sie zum ersten Mal von Sue Carter erfahren, während Martin die Frau namentlich nie erwähnt hatte. Vielleicht hatte das irgendwie mit der Sache zu tun, in die Martin Gordon vor seiner Beförderung verwickelt gewesen war und die er Lily verschwiegen hatte.

Sie erinnerte sich an den Ausdruck von Erleichterung auf seinem Gesicht, als sie ihn mit der Angelegenheit Sue Belham konfrontiert hatte. Offenbar war er froh gewesen, dass sie nichts anderes zur Sprache gebracht hatte.

Also fuhr Lily ihren Laptop hoch und begann zu recherchieren, nachdem sie Mick gefüttert hatte. Doch die Methode, die ihr im Fall Vera Osmond so sehr weitergeholfen hatte, versagte diesmal weitgehend.

In den Londoner Zeitungsarchiven fand sie kaum etwas Brauchbares über den Unfall. Sowohl die *London Times* als auch der *Guardian* und andere seriöse Tageszeitungen widmeten ihm nur eine kleine Randnotiz. Die beschränkte sich größtenteils auf die nüchternen Fakten, die Lily schon kannte. Neu für sie war lediglich die Information, dass über zweihundert Personen an Bord gewesen waren. Auch Chief Inspector Jeremy Harper, der die Central Police Station leitete, hatte teilgenommen.

Die Regenbogenpresse, allen voran die *Sun*, hatte den Unfall dagegen für eine reißerische Titelstory genutzt.

Mitarbeiterin der Metropolitan Police
alkoholisiert ertrunken

hieß es da. Der Artikel selbst enthielt genauso wenige Fakten wie die kleinen Randnotizen in den seriösen Tageszeitungen. Stattdessen echauffierte sich die *Sun* über den zunehmenden Sittenverfall bei der MET, der bei diesem Vorfall besonders deutlich zutage getreten sei.

Auch ein Anruf bei Sue Carter verlief für Lily weitgehend frustrierend. Sue war wieder in Eile, da sie für das Wochenende einen Besuch bei ihren Eltern plante und gerade packte. Sie bestätigte Lily allerdings, dass Clarks gesamte damalige Clique an dem Betriebsausflug teilgenommen habe. Und dass Marilyn Stratford angeblich mehrfach beim Police Inspector und sogar beim Chief Inspector vorgesprochen habe, um Clarks und Martins Beförderung noch in letzter Minute zu verhindern.

Lily überlegte hin und her, wie sie an nähere Informationen über die Ereignisse kommen konnte. CS Gregory Parker mit diesen wenigen Fakten zu einer Intervention zu veranlassen, erschien ihr wenig aussichtsreich. Selbst wenn er ihr jetzt den Ausweis der Kent Police ausstellen ließe, wüsste sie gar nicht, an wen sie sich damit wenden sollte.

Es wird mir nichts anderes übrig bleiben, als Dan zu bitten, sich wieder mit Jimmy Wilford zu treffen, beschloss sie kurz vor ihrem abendlichen Telefonat. Vielleicht bekomme ich so den roten Faden in die Hand.

Ganz wohl war ihr bei diesem Gedanken nicht, denn Jimmys Rolle während Gordons Zeit in London kam ihr inzwischen dubios vor. Martin hatte über ihn geschimpft, auch Sue Carter hatte wenig Gutes über ihn berichtet. Jimmy schien das Weite zu suchen, wenn es schwierig wurde. An der Schikane nach dem Handballtraining war er nicht beteiligt gewesen, im Gegensatz zu Clarks Kumpanen Jeff und Robbie, hatte Sue aber auch nicht geholfen.

Zu verlieren habe ich nichts, wenn Dan noch mal mit Jimmy spricht, überlegte Lily. Im schlimmsten Fall bringt es nichts, und ich bin genauso schlau wie vorher.

Dann machte sie eine Liste von Fragen, die sie Dan bitten wollte, Jimmy zu stellen.

# KAPITEL 30

## Pub *Three Lions* in Southwark
*Mittwoch, 17. Juli 2019*

»Das ist ja schön, dass du dich endlich mal wieder gemeldet hast, Dan«, begrüßte Jimmy Dan, als dieser den Platz an der Bar erreichte. »Ich hab dir extra den Hocker hier frei gehalten.« Jimmy wies auf das unbequeme Sitzmöbel neben sich.

»Ich hatte leider sehr viel zu tun«, redete Dan sich heraus. »Hab ich dir schon erzählt, dass ich demnächst Vater werde?« Diesen Einstieg hatte er sich bereits im Vorfeld überlegt, damit Jimmy nicht gleich Verdacht schöpfte, dass er ihn wieder nur aushorchen wollte.

»Nein, das höre ich zum ersten Mal. Lass uns gleich darauf anstoßen!« Jimmy winkte dem Barkeeper und bestellte Dan ein Pint Stout. Dann hob er sein eigenes Bierglas und prostete ihm zu. »Das geht natürlich auf mich. Ein solches Ereignis muss gefeiert werden. Was wird's denn, und wann ist es so weit?«

»Es wird ein Mädchen. Die Geburt erwarten wir im Oktober.«

»Und jetzt musst du dich natürlich dauernd um deine Frau kümmern«, schlussfolgerte Jimmy. Er zwinkerte Dan zu. »Ich hab mal gehört, schwangere Frauen sind noch viel anstrengender, als Frauen ohnehin sind.«

Dan überlegte kurz, ob er Jimmy in seine schwierige Situation mit Jocelyn einweihen sollte, verzichtete dann aber darauf. Er wusste ja selbst noch nicht, wie er mit den Bedingungen, die sie ihm für das gemeinsame Sorgerecht gestellt hatte, umgehen sollte.

Stattdessen wechselte er das Thema und unterhielt sich mit Jimmy wie bei ihrem ersten Treffen über Londoner Footballclubs. Zu seinem Erstaunen sprach Jimmy dann selbst das Thema Martin Gordon an.

»Was sagst du übrigens dazu, dass der Heini, über den wir neulich gesprochen haben, sich umgebracht hat? Mitten in der Kathedrale von Canterbury vor dem Becket-Altar. Bei unserem Telefonat über Sue Carter hattest du ja zu wenig Zeit, um darüber zu reden.«

»Ja, das ist tragisch. War ein seltsamer Kerl. Der ist doch wegen Sue Carter seinerzeit sogar zum Chief Super gerannt und danach gemobbt worden, oder?«

Jimmy musterte Dan mit einem skeptischen Ausdruck. »Ja. Hast du denn mittlerweile mit der Frau gesprochen? Ich hatte dir doch ihren Namen und die Adresse genannt.«

Dan unterdrückte den Impuls, sich selbst ärgerlich an die Stirn zu schlagen. »Ich hab nicht selbst mit ihr gesprochen, deshalb war mir das gerade entfallen. Aber meine Lebensgefährtin hat es getan«, bekannte er nun wohl oder übel Farbe. »Sie war Martin Gordons Therapeutin.«

»Oha«, machte Jimmy. »Das hättest du mir aber gleich sagen können.« Zum Glück wechselte er dann das Thema. »Und die Frau ist jetzt schwanger von dir? Wollt ihr denn heiraten?«

Jetzt war Dan sogar froh, dass er Jimmy erst einmal von seinem eigentlichen Anliegen ablenken konnte. Der war zwar nicht der Hellste, aber so blöd nun auch wieder nicht, dass er ihn unbemerkt aushorchen könnte.

»Nein«, druckste er herum, was ihm nicht einmal schwerfiel. »Schwanger ist meine Nochehefrau. Und das macht die Sache im Augenblick ganz schön kompliziert.«

»Das kann ich mir vorstellen.« Zu Dans Erleichterung fragte Jimmy nicht nach. »Wie gesagt, Weiber sind ohnehin schwierig genug. Aber bei so was wollte ich wirklich nicht mit dir tauschen.«

Dan seufzte, was ebenfalls keineswegs vorgespielt war. »Meiner Lebensgefährtin, sie heißt Lily, lässt es keine Ruhe, dass sich einer ihrer Patienten selbst um die Ecke gebracht hat. Deshalb habe ich dich nach Sue gefragt, denn in einer von Lilys letzten Sitzungen mit Martin war von ihr die Rede. Lily wollte unbedingt mit ihr reden, um sich selbst ein Bild zu machen, was damals genau passiert ist.«

»Aber das hatte ich dir doch schon bei unserem ersten Treffen erzählt«, sagte Jimmy erstaunt.

»Ach, du weißt doch, wie diese Psychos sind«, antwortete Dan bewusst abfällig. »Die wollen immer alles von den Leuten selbst hören.«

Auch diese Äußerung ließ Jimmy stehen, ohne sie zu hinterfragen. Mittlerweile war Dan klar, warum der CID Jimmy gerade einmal ein halbes Jahr lang behalten hatte. Mit einem Ermittler, der bei unklaren Sachverhalten nie nachfragte, konnte man bei der Kriminalpolizei nichts anfangen.

Während Dan noch überlegte, wie er unverfänglich auf Marilyn Stratford zu sprechen kommen konnte, tat ihm Jimmy von sich aus den Gefallen.

»Ja, die Sue«, grinste Jimmy. »Das war damals ein Riesensturm im Wasserglas. Den die Sue, bei Licht besehen, gar nicht wert war. Ein unscheinbares Ding, wenn ich mich richtig erinnere. Da gab es andere Kaliber bei den Flintenweibern in Southwark.«

»Wen meinst du denn?«

»Na, vor allem die Marilyn«, gab Jimmy die ersehnte Antwort.

»Wer war das?« Dan hoffte, dass Jimmy ihm nicht anmerkte, wie neugierig er jetzt war.

»Das war ein Vollweib, kann ich dir sagen. Typ Brigitte Bardot. Aber nur vom Aussehen her. Mit der war nicht gut Kirschen essen. Obwohl die halbe Station regelrecht notgeil wurde, wenn sie auftauchte.«

Dan zog die Augenbrauen in die Höhe und antwortete nichts. Seine Hoffnung, dass Jimmy weiterplapperte, erfüllte sich.

»Jede Menge Kerle haben vergeblich versucht, bei ihr zu landen. Denn sie rannte gleich zu Peter Garfield, dem Inspector, oder sogar zu Chief Inspector Harper, wenn sie sich belästigt fühlte. Hat jede Menge Beschwerden eingereicht. Natürlich wurde keiner nachgegangen. Denn so ein saftiges Weibsstück ist doch selber schuld, wenn man ihm nachstellt. Damit muss sie rechnen, wenn sie ausgerechnet zur Polizei geht, wo die Männer das Sagen haben. Das haben auch unsere Vorgesetzten so gesehen.«

»Diese Marilyn, so heißt sie doch?«, tat Dan ahnungslos, während er seinen Abscheu über Jimmys abfällige Worte zu verbergen suchte. »Blieb sie denn bei der Polizei? Beliebt macht man sich ja nicht gerade, wenn man dauernd die Kollegen anschwärzt.«

In Jimmys Augen trat ein wachsamer Ausdruck, den Dan sehr wohl registrierte. »Das Problem hat sich später von selbst gelöst«, sagte er kryptisch.

»Von selbst gelöst?«

»Sie ist bei einem Betriebsausflug auf der Themse über Bord gegangen.«

Dan entschloss sich zu bluffen. »Ach!« Jetzt schlug er

sich wirklich an die Stirn. »Daran erinnere ich mich schwach. War das nicht kurz nach unserer Ausbildung?«

»Korrekt. Ich war kaum ein Jahr in Southwark, als es passiert ist. Der Chief Inspector hatte irgend so ein Jubiläum. Deshalb hat er seiner ganzen Truppe diesen Betriebsausflug auf der Themse spendiert. Natürlich nicht selbst bezahlt, aber dafür gesorgt, dass das Geld dafür rausgerückt wurde. Nachdem die holde Maid im Suff über Bord gegangen ist, soll er eine Menge Ärger gekriegt haben. Nach außen hin haben zwar alle den Ball möglichst flach gehalten. Aber innerhalb der MET gab es einen ganz schönen Zwergenaufstand. Das kannst du mir glauben.«

»Wie kam es denn zu dem Unfall? Warst du auch bei der Feier und hast irgendwas davon mitbekommen?«

»Nee, von dem Unfall nicht, obwohl ich beim Fest dabei war. Wahrscheinlich wollte die Marilyn mal wieder jemanden beim CI verpfeifen. Sie hatte es sogar geschafft, an seinem Tisch zu sitzen. Aber Harper ließ sie abblitzen, als sie ihn ausgerechnet bei der Feier unter vier Augen sprechen wollte. Der Alkohol war schon vorher in Strömen geflossen. Dann hat sie sich wahrscheinlich aus Frust völlig besoffen. Hatte fast zwei Promille im Blut. Ihr wurde wohl schlecht, sie ist raus aufs Deck, hingefallen und mit dem Kopf aufgeschlagen. In ihrer Benommenheit muss sie danach ins Wasser gefallen und ertrunken sein.«

Wieder zwinkerte Jimmy Dan zu. »Und bevor du mich jetzt fragst, woher ich das alles so genau weiß: Es war mein alter Herr, der die Obduktion gemacht hat. Aber die Ergebnisse passten auch zu den Ermittlungen des DI.«

»Wer hat damals ermittelt?«

»Der Mann ist schon längst nicht mehr in Southwark. Er ist die Leiter hochgeklettert und nun Chief Inspector im East End. Genauer gesagt in Hackney.«

Dan kam ein schlimmer Verdacht. »Du meinst doch nicht etwa Jonathan Anderson?«

»Doch, genau den. Kennst du ihn?«

»Wir hatten letztes Jahr im Rahmen eines Falls miteinander zu tun«, erklärte Dan und blieb dabei bewusst vage. »War Anderson denn auch bei der Betriebsfeier zu Gast?«

»Na klar. Er war damals beim CID in Southwark.«

»Und Anderson galt nicht als befangen? Warum wurde denn kein Ermittler aus einem anderen CID beauftragt?«

Wieder musterte Jimmy Dan wachsam. Dann hob er die Schultern. »Wozu denn? Wo das Mädel ins Wasser gefallen ist, ließ sich ja nicht mehr ermitteln. Also konnte man den Fall auch keinem Zuständigkeitsbereich zuordnen. Ihre Leiche wurde außerdem nicht an Land getrieben, sondern mitten im Wasser von einem Motorboot gefunden. Und Anderson hatte meines Wissens vorher nie was mit ihr zu tun.«

Innerlich war Dan entsetzt. Natürlich hätte man einen ortsfremden Ermittler damit beauftragen müssen, Marilyns Tod zu untersuchen. Nicht einen ihrer Kollegen, auch wenn sie selbst nie mit dem örtlichen CID zusammengearbeitet hatte. Nach außen hin bewahrte er sein Pokerface. »Was war das denn überhaupt für ein Schiff?«, fragte er.

»Eins von den Thames Cruises. Die machen Ausflugsfahrten für Touristen, solche Dinnerfahrten mit Tanz. Also ein Schiff ganz auf Party ausgerichtet und so.«

»Und wann hast du von Marilyns Tod erfahren?«

»Erst als ihre Leiche am nächsten Tag aufgetaucht ist. Es fiel ja niemandem auf, dass Marilyn über Bord gegangen war. Wir hatten alle ganz schön getankt, als wir nach Mitternacht wieder festmachten. Deshalb hab ich wie alle anderen erst später davon gehört.«

# KAPITEL 31

## Ein Obduktionssaal in London

*Freitag, 19. Juli 2019*

Dan schmierte sich vorsichtshalber ein wenig Mentholsalbe unter die Nase, bevor er den Saal im Untergeschoss des Leichenschauhauses betrat, in dem die Obduktion von Jill Reynolds' Körper bereits in vollem Gange war. Dann streifte er den Kittel und die Haube über und band sich zuletzt den Mundschutz um, den eine Assistentin ihm reichte.

Danach trat er an den Tisch, um den bereits die beiden ermittelnden Detectives aus Richmond standen, die den Rechtsmediziner und seine beiden Assistenten bei ihrer schaurigen Arbeit beobachteten. Alle trugen die gleiche grüne OP-Kleidung.

Dan entschuldigte sich zunächst für seine Verspätung. Er hatte den Fundort der Leiche besichtigt und war dann im dichten Londoner Verkehr steckengeblieben.

Jills Leiche war gestern Vormittag im Richmond Park entdeckt worden. Der Täter hatte sie in einen luftdichten schwarzen Leichensack gesteckt und im dichten Gebüsch, weit abseits der Spazierwege, tief in der Erde verscharrt und die Stelle zudem mit Zweigen bedeckt.

Einigen Gärtnern war ein strenger Geruch aufgefallen. Er stammte von einer der Stellen, an denen sie drei Tage zuvor gegraben hatten, um junge Bäume einzusetzen. Wahrscheinlich hatten die Gärtner den Leichensack dabei schon unbemerkt beschädigt. Die Arbeiten hatten wegen des schlechten Wetters unterbrochen werden müssen, bevor die Bäume gepflanzt werden konnten. Angezogen durch den Geruch hatten Tiere die verbliebene matschige Erdschicht in dem Loch aufgescharrt, unter der Jill begraben lag. Dabei rissen sie ein großes Loch in den Leichensack. Da nun Sauerstoff an den Körper gelangte, beschleunigte sich der vorher durch die luftdichte Verpackung verzögerte Verwesungsprozess stark und entwickelte den charakteristischen Fäulnisgestank, sodass die Gärtner schon nach kurzer Suche fündig geworden waren.

Noch am selben Tag hatte eine erste DNA-Analyse ergeben, dass es sich um die seit ungefähr zwei Monaten vermisste Jill Reynolds handelte.

Dan unterdrückte den Brechreiz, der ihn trotz der Mentholsalbe beim Anblick der Leiche und wegen des widerwärtigen Gestanks überfiel, der von ihr ausging. Der Körper war schwärzlich verfärbt und wies an einigen Stellen Bissspuren auf. Das vormals attraktive Gesicht war durch die Verwesung nun völlig entstellt. Dan hätte nicht unbedingt bei der Obduktion dabei sein müssen, hatte sich aber in den letzten Jahren angewöhnt, auch diese furchtbare Prozedur zum Bestandteil seiner operativen Fallanalysen zu machen.

Während der Rechtsmediziner seine vorläufigen Ergebnisse ungerührt in ein Diktafon sprach, dessen Mikrofon an seinem Kittel befestigt war, versuchte Dan, seine Professionalität zurückzugewinnen, und machte sich Notizen.

»Todesursache wahrscheinlich Strangulation durch einen dünnen Draht, der tief ins Fleisch eingeschnitten hat und noch vorhanden ist.«

Der Rechtsmediziner ließ sich eine Pinzette reichen und

löste den Draht so weit, dass einer der Assistenten ihn durchschneiden und in eine Petrischale legen konnte.

»Bruch des rechten Handgelenks.

Oberflächliche Verletzung des Schädelknochens am Hinterkopf, nicht tödlich, aber möglicherweise zur Ohnmacht führend. Könnte von einem Schlag mit einem stumpfen Gegenstand herrühren.

Reste des Mageninhalts noch vorhanden. Das ist absolut außergewöhnlich«, konstatierte der Obduzent.

Dan setzte ein Ausrufungszeichen hinter seine entsprechende Notiz. Damit konnte man womöglich den Todeszeitpunkt recht genau eingrenzen.

»Es ist wohl dem luftdichten Leichensack und dem kühlen Wetter der letzten Wochen geschuldet. Beides hat den Verwesungsprozess offenbar stark verzögert.

Anzeichen für schwere Verletzungen der Vagina und des Rektums.«

Dan knirschte mit den Zähnen, während er auch das aufschrieb.

Schließlich war die Sektion nach über zwei Stunden beendet. Soweit der Obduzent es beurteilen konnte, war die fünfunddreißigjährige Jill mit Ausnahme der ihr zugefügten Verletzungen körperlich völlig gesund gewesen.

Warum hat sie nur nicht mit uns gesprochen?, wiederholte Dan stumm, während er das Bild der lebendigen Jill mit den erbärmlichen Überresten ihres Körpers verglich, der nun unter den gleißenden OP-Lampen unbarmherzig in seine Bestandteile zerlegt worden war.

Der Rechtsmediziner schaltete sein Mikrofon aus. »Alles Weitere werden die noch ausstehenden Laboruntersuchungen ergeben«, wandte er sich an die Detectives. »Wie Sie sicherlich bemerkt haben, habe ich zahlreiche Abstriche gemacht und Proben entnommen. Ich habe dabei an etlichen Stellen des Körpers Hautreste entfernt in der Hoffnung, dass daran DNA des Täters gefunden werden kann, obwohl die Wahrscheinlichkeit nach der langen Liegezeit leider gering ist. Die Ergebnisse werden Ihnen unmittelbar übermittelt, sobald sie vorliegen.«

Dan und seine Kollegen folgten dem Rechtsmediziner in den angrenzenden Umkleideraum, wo sie die Kittel und Hauben in die dafür bereitstehenden Säcke warfen. Inzwischen hatte auch der Obduzent seine grüne OP-Montur mit einem weißen Labormantel vertauscht, an dessen linker Brustseite ein Namensschild befestigt war. Erstaunt stellte Dan fest, dass es sich bei dem Mann um Professor Andrew Wilford handelte, Jimmys Vater.

Er musterte den Rechtsmediziner verstohlen und entdeckte eine gewisse Ähnlichkeit zwischen Vater und Sohn. Beide hatten braune Augen und Haare sowie die gleiche etwas knollenförmige Nase. Professor Wilfords Ausstrahlung war allerdings wesentlich selbstbewusster als die seines Sohnes. Er hielt sich sehr gerade, seine ganze Körperhaltung strahlte Distanz aus. Keine Spur von Jimmys Konzilianz und Jovialität.

»Darf ich mich noch einmal persönlich an Sie wenden, wenn die Laborergebnisse vorliegen?«, fragte Dan trotzdem.

Wilford fixierte ihn mit kaltem Blick. »Und wer sind Sie, wenn ich fragen darf?«

»Mein Name ist Daniel Baker, entschuldigen Sie das Versäumnis. Jill Reynolds ist wahrscheinlich das Opfer eines Serienvergewaltigers geworden, der seit einigen Jahren in London sein Unwesen treibt. Ich wurde als Profiler der Zentralabteilung Forensic Services mit der operativen Fallanalyse betraut.«

»Woher wollen Sie denn wissen, dass es sich bei dem

Mörder ebenfalls um den Vergewaltiger handelt?« Die Skepsis in Wilfords Tonfall war unüberhörbar.

»Es gibt bislang nur Indizien, wenn auch sehr deutliche«, erwiderte Dan. »Wenn ich recht habe, ist Jill dem Täter zum zweiten Mal begegnet. Diesmal mit tödlichem Ausgang.«

»So, so«, war Wilfords einzige Reaktion. »Natürlich stehe ich für weitere Auskünfte zur Verfügung, meine Herren.« Dabei sah er die Detectives an. »Machen Sie bitte vorher in meinem Büro einen Termin. Ich bin ein vielbeschäftigter Mann.«

Arrogantes Arschloch, dachte Dan grimmig. Während er den ermittelnden Detectives aus Richmond nach draußen folgte, um das weitere Vorgehen zu besprechen, kam ihm plötzlich ein Gedanke.

Warum hat Jimmys Vater seinerzeit die Obduktion von Marilyn Stratford durchgeführt? Sein Sohn war doch ebenfalls an Bord. Schon wieder eine eigentlich unzulässige Koinzidenz.

Dan beschloss, dieser Sache bei Gelegenheit nachzugehen. Jetzt standen erst einmal die Ermittlungen im Mordfall Jill Reynolds im Vordergrund.

## KAPITEL 32

### Lilys Wohnung

*Freitag, 19. Juli 2019, abends*

Lily schnitt gerade den Salat für das Abendessen, als ihr Handy klingelte. Es war Dan. Mit gemischten Gefühlen nahm sie den Anruf entgegen. Ihre schlechte Vorahnung trog sie nicht.

»Es tut mir unendlich leid, Darling, aber ich kann an diesem Wochenende schon wieder nicht kommen.«

Bevor Lily antworten konnte, fügte Dan rasch hinzu: »Gestern Morgen wurde Jill Reynolds' Leiche gefunden. Heute habe ich schon eine furchtbare Obduktion mitgemacht. Du kannst dir sicher vorstellen, wie der Körper nach fast zwei Monaten im Richmond Park aussah, wo der Täter ihn verscharrt hatte.«

Lilys Protest über Dans erneute Absage erstickte im Keim. »Das ist ja schrecklich. Was wisst ihr denn bislang über den Mord?«

Dan berichtete zunächst, wie man Jill aufgefunden hatte. Dann fuhr er fort: »Die Parallelen zur ersten Tat sind unübersehbar. Der Täter hat auch Jill in einem Park abgelegt. Zudem hat er sie vorher in einen Sack gesteckt, wenn auch diesmal in einen Leichen- anstatt in einen Müllsack. Vorher hat er sie erdrosselt.«

»Hat er …?« Lily stockte.

»Er hat«, bestätigte Dan. »Und zwar äußerst brutal. Das war selbst nach dieser langen Liegezeit feststellbar.«

»Und wie ist die Spurenlage?«

»Am Fundort noch irgendetwas zu sichern, dürfte aussichtslos sein. Die KTU tut, was sie kann, aber ich habe mir den Platz selbst angesehen. Nach der langen Zeit sind Fuß- oder Schleifspuren, wenn sie überhaupt vorhanden waren, längst verwischt. Natürlich hat man auch keinen Fetzen von Jills Kleidung gefunden. Dieser Täter macht keinen Fehler, wenn er eine Leiche ablegt.«

»Also glaubst du, dass es der Vergewaltiger ist, der Jill jetzt erneut gekidnappt, missbraucht und danach umgebracht hat.«

»Das glaube ich.«

»Aber warum wieder Jill?«

»Das steht in den Sternen. Vielleicht ist sie ihm zufällig auf der Straße begegnet und hat ihn erkannt. Oder er hat das geglaubt. Oder«, er stockte und stöhnte leicht auf, »es war wegen dieser Fernsehsendung über ungeklärte Verbrechen, in der ihr Fall in mehreren Folgen thematisiert wurde. Vielleicht wurde dem Kerl die Sache zu heiß.«

»Das würde bedeuten, dass er seine Drohung gnadenlos wahrmacht, wenn er glaubt, einen Anlass dafür zu haben. Jetzt ist sicher, dass Jill die zweite von ihm vergewaltigte Frau ist, die einem späteren Mord zum Opfer fällt. Ich hatte dich das schon einmal gefragt. Könnte der Kerl nicht auch die andere Frau getötet haben? Ihr Name ist mir entfallen.«

Dan schwieg kurz, offenbar dachte er nach. »Bislang kann ich immer noch keine Parallelen zwischen den Morden erkennen«, überlegte er laut. »Sieht man einmal davon ab, dass der Täter in keinem der Fälle Spuren hinterlassen hat. Aber Bridget Kellerman, so hieß die andere Frau, wurde unmittelbar nach dem Mord gefunden, Jill lag wochenlang unter der Erde. Da können auch Spuren verloren gegangen sein. Außerdem wurde Bridget erschlagen und beraubt, aber nicht erneut vergewaltigt. Jill leider schon und außerdem stranguliert.«

»Vielleicht hat der Täter seinen Modus Operandi verändert. Manchmal gleichen sich Morde nicht, obwohl sie vom selben Täter ausgeführt wurden.«

»Hmm, ich weiß nicht. In Jills Magen hat man Speisereste gefunden. Dagegen hat der Kerl den Opfern, die er mehrere Tage lang in seiner Gewalt hatte, nichts zu essen gegeben. Falls es sich tatsächlich um denselben Täter handelt, könnte das darauf hindeuten, dass er Jill schon am Tag ihrer Entführung getötet hat. Der Mageninhalt ist jetzt gerade im Labor. Ob man die Speisen identifizieren kann, steht noch dahin. Aber ich habe mir schon mal den Menüplan der Firmenkantine besorgt, in der Jill regelmäßig zu Mittag aß. An diesem Tag gab es Cornish Pastries. Je schwerer und fetter das Essen ist, desto länger bleibt es im Magen. Jetzt bin ich gespannt, ob Jills Mageninhalt etwas Derartiges aufweist.«

»Also steckst du schon mittendrin in dem Fall.«

»Die Detectives aus Richmond und ich haben die Arbeit unter uns aufgeteilt. Wir werden das ganze Wochenende zu tun haben. Dir muss ich ja nicht erklären, wie wichtig die ersten Tage nach dem Auffinden eines Mordopfers sind, um eine Spur aufzunehmen.«

»Hast du denn noch mit Jimmy Wilford sprechen können?«

Dan stöhnte leise. »Natürlich! Das hätte ich jetzt beinahe vergessen! Jimmy hat mir tatsächlich ein paar interessante Informationen gegeben.« Kurz setzte Dan Lily ins Bild. »Aber das, was ich dir jetzt sage, wird dich ganz gewiss nicht freuen. Dreimal darfst du raten, wer damals die Ermittlungen im Unglücksfall Marilyn Stratford leitete.«

Einen Moment lang stand Lily auf dem Schlauch, bis es ihr dämmerte. »Du meinst doch nicht etwa diesen schrecklichen Jonathan Anderson! Der war Detective Inspector in Southwark, bevor er nach Hackney ging.«

»Doch, genau den meine ich.«

»Sie haben einen Detective aus derselben Polizeistation, in der auch die Stratford arbeitete, mit diesen Ermittlungen betraut?«, versicherte Lily sich ungläubig. »Obwohl sich die beiden womöglich kannten?«

»Es kommt noch besser. Anderson gehörte wie Marilyn zu den Gästen auf jenem Themseschiff, von dem aus sie in den Fluss gestürzt ist. Außerdem gibt es einen merkwürdigen Zufall. Jimmy hat mir erzählt, dass sein Vater die Obduktion durchgeführt habe. Bei den vielen Rechtsmedizinern in London ist das ebenfalls seltsam. Denn auch Jimmy hat an diesem Betriebsausflug teilgenommen.«

»Das ist wirklich strange. Denn alle Polizisten auf dem Schiff waren doch potenzielle Zeugen. Also hätte man nicht nur einen bezirksfremden Ermittler, sondern auch einen Rechtsmediziner beauftragen müssen, der mit keinem der Gäste verwandt ist. Ich nehme doch an, dass man alle an Bord befindlichen Personen befragt hat?«

»Das weiß ich nicht. Ich wollte auch nicht allzu intensiv nachbohren. Sonst verscherze ich es mir mit Jimmy als zukünftigem Informanden. Aber jetzt muss ich Schluss machen! Ich werde einen Teil der Nacht durcharbeiten.«

Nach ein paar Liebkosungen durch den Äther legten sie auf.

Lily blieb doppelt frustriert zurück. Da sie an Dans Verpflichtungen am Wochenende nichts ändern konnte, dachte sie über das Problem Anderson nach. Schon zweimal hatte sie mit diesem Mann schlechte Erfahrungen gemacht. Auch er gehörte zu den Polizisten, die weibliche Ermittler von oben herab behandelten.

Es wird mir nichts anderes übrig bleiben, als Gregory Parker zu bitten, mir die Akte über den Unfall zu besorgen. Denn noch einmal mit Jonathan Anderson über vergangene Ermittlungen zu sprechen, halte ich für aussichtslos. Erst recht bei dieser dubiosen Ausgangslage.

## KAPITEL 33

### Lilys Praxis

*Donnerstag, 25. Juli 2019*

Als Lilys Handy klingelte, wusste sie, ohne vorher aufs Display zu schauen, dass es Jerry Hoover war. Ihr Pulsschlag beschleunigte sich vor Ärger, da Jerry bereits seit fünf Minuten überfällig war. Sie atmete tief durch, bevor sie den Anruf annahm. »Was gibt es denn, Jerry?«, fragte sie unfreundlich. »Ich hoffe, Sie wollen mir nicht schon wieder absagen.«

»Es tut mir so leid, Lily!« Jerrys Stimme klang weinerlich. »Aber mir geht's heut nicht gut. Ich hab die ganze Nacht kaum geschlafen, weil der Dennie so viel geschrien hat.«

»Sie hätten mich schon viel früher anrufen müssen«, tadelte Lily. »Dann hätte ich mit Ihrer Stunde noch etwas Vernünftiges anfangen können, anstatt vergeblich auf Sie zu warten.«

Jerry entschuldigte sich noch einmal mit der Beteuerung, sie habe doch eigentlich kommen wollen, aber es gehe heute einfach nicht.

»Ist Ihre Brustdrüsenentzündung denn verheilt?«

Das war Jerrys Entschuldigung für die Absage der letzten Sitzung gewesen. Eigentlich hatten sie vereinbart, sich ungefähr zwei Wochen nach Dennies Geburt wieder wöchentlich zu treffen. Lily hatte angeboten, dass Jerry den Säugling sogar mit in die Praxis bringen könne, da sie ja keine Kinderbetreuung für ihn hatte. Außerdem hätte Lily den Kleinen gern einmal selbst gesehen. Aber nach seiner Geburt hatte noch keine Sitzung stattgefunden.

»Die Brust ist wieder okay«, antwortete Jerry. »Aber ich will den Dennie nicht mehr stillen. Das tut einfach zu weh.«

Lily lag schon auf der Zunge, dass Muttermilch doch das Beste für das Gedeihen eines Säuglings sei. Aber sie ahnte, dass sie damit genauso wenig bei Jerry erreichen würde wie Mabel mit ihrem nochmaligen Angebot, Jerry regelmäßig eine Hebamme vorbeizuschicken. Wenigstens funktionierte der Monitor. Mabel hatte sich persönlich davon überzeugt, dass Jerry ihn korrekt bedienen konnte, und mit ihr geübt, Dennie die Elektroden anzulegen.

Stattdessen entschloss sich Lily zu einem anderen Argument, von dem sie sich eine größere Wirkung versprach. »Sie erinnern sich aber hoffentlich noch daran, dass wir vereinbart haben, einen Artikel über Ihren Fall zu schreiben. Ich kann mir aber nicht einfach was aus den Fingern saugen. Deshalb erwarte ich Sie in der nächsten Woche um die gleiche Zeit.«

»Jaja. Ich bin da«, versprach Jerry halbherzig.

Lily nahm sich vor, Mabel über die erneut ausgefallene Sitzung zu informieren und sie zu bitten, demnächst noch einmal bei Jerry vorbeizuschauen.

Dann rief sie ihre E-Mails ab. Und war freudig überrascht, dass Gregory Parker ihr endlich die Akte Marilyn Stratford geschickt hatte.

»Ich verlasse mich darauf, dass Sie das völlig diskret behandeln. Machen Sie keinen Ausdruck und löschen Sie die Datei, sobald Sie die Dokumente durchgesehen haben.«

Lily schürzte die Lippen, als sie das las. Dann beschloss sie, Parkers Anweisungen erst mal zu ignorieren. Er war

Chief Superintendent bei der Kent Police. So schnell würde ihn niemand dafür tadeln, diese Akte angefordert zu haben, wenn es überhaupt herauskam. Denn Parker hatte es über Dans Chef Alan Goldman getan, um kein Aufsehen zu erregen.

Zwei Stunden später war Lily völlig perplex. Eine solch oberflächliche Ermittlung war ihr in sieben Dienstjahren als Polizeipsychologin noch nie untergekommen. Schon nach den ersten Seiten hatte sie alles ausgedruckt, um Markierungen, Fragezeichen und Notizen im Text zu machen.

Dass zunächst niemand Marilyns Verschwinden bemerkt hatte, wusste sie bereits aus Dans Gespräch mit Jimmy Wilford. Der Akte entnahm sie jetzt, dass Marilyn eigentlich nur die Toilette aufsuchen wollte, aber nicht zu ihrer Tischgesellschaft zurückgekehrt war. Allerdings war die Feier zu diesem Zeitpunkt bereits in vollem Gange, es war nach zehn Uhr. Ungefähr drei Stunden vor der geplanten Landung des Partyschiffs.

Die Betriebsfeier hatte an einem Freitagabend stattgefunden. Am darauffolgenden Samstag gab es in der Central Southwark Police Station nur eine Notbesetzung der Schutzpolizei. Keiner der Teilnehmer der Feier hatte an diesem Tag Dienst. Schließlich begann die erste Schicht schon um sechs Uhr morgens.

Marilyns Leiche wurde, in der Themse treibend, am Samstagnachmittag gegen drei Uhr von der Besatzung eines Motorboots gefunden. Anhand eines Fotos, das an alle Polizeistationen in London ging, war sie schon zwei Stunden später identifiziert worden.

Trotzdem war es für eine umfangreiche Spurensicherung auf dem Schiff zu dieser Zeit schon zu spät gewesen.

Denn die nächste Dinnerfahrt war für den Samstagabend geplant. Daher war das Schiff bereits gründlich gereinigt worden, als die Ermittler gegen sechs Uhr abends eintrafen.

Bei der Reinigung hatte man Marilyns Handtasche auf einer Toilette in einem für die Festgesellschaft eigentlich gesperrten Teil des Schiffs gefunden. Als die ersten Polizisten ankamen, war die Tasche bereits aus der Toilette entfernt worden. Sie wurde den Beamten sofort übergeben.

Bis zu diesem Punkt konnte Lily die Ermittler nur bedauern. Doch dann reihte sich eine Merkwürdigkeit an die andere.

An einem Poller auf dem hinteren unteren Deck, das ebenfalls für die Festgesellschaft unzugänglich gewesen war, fand man Blut von Marilyn. Es wurde nur eine Probe sichergestellt. Eine Fotografie des Pollers fehlte. Doch damit nicht genug!

Obwohl man diesen Bereich des Decks für den Ort hielt, wo Marilyn in den Fluss gestürzt war, gab es auch davon keine einzige Fotografie. Es fehlte auch jede Information darüber, ob und welche anderen Spuren hier gesichert worden waren.

Die nächste Ungereimtheit in der Akte betraf Marilyns Kleidung. Als man ihre Leiche aus dem Wasser zog, war sie mit einer an Bund und Reißverschluss zerrissenen Hose und einer zerrissenen Seidenbluse bekleidet gewesen. Es existierten jedoch nur Fotografien, auf denen die Leiche die Kleidungsstücke trug. Weder Hose noch Bluse waren nach dem Entkleiden des Körpers für die Obduktion noch einmal aufgenommen, geschweige denn näher untersucht worden.

Lily verglich das bleiche Gesicht der Toten mit einem

Foto der strahlenden Schönheit, die Marilyn zu Lebzeiten gewesen war. Mit dichten, schulterlangen honigblonden Haaren, dunkelbraunen, ausdrucksvollen Augen und sinnlichen Lippen glich sie wirklich der jungen Brigitte Bardot, mit der Jimmy sie verglichen hatte. Marilyn war ungefähr zwei Jahre vor Sue Belham als Constable zur Southwark Police gekommen.

Lily bezähmte die Traurigkeit über Marilyns viel zu frühen Tod und konzentrierte sich wieder auf die Akte. Marilyns Unterschenkel waren mit Nylonkniestrümpfen bekleidet gewesen, als man sie aus dem Wasser zog. Ihre High Heels, die sie zur Feier getragen hatte, waren nicht auffindbar, ebenso wenig das Jackett ihres Hosenanzugs. Man erklärte sich das damit, dass sie die Schuhe im Wasser verloren und das Jackett ausgezogen hatte, um sich besser über Wasser halten zu können, bevor sie dann doch ertrank.

Ein weitaus seltsamerer Umstand wurde nur sehr knapp erwähnt: Auch Marilyns Unterwäsche fehlte. Unter Hose und Seidenbluse war sie nackt gewesen. In der Akte war nur vermerkt, dass dies auf Geschlechtsverkehr vor dem Unfall hindeuten würde. Warum man die Unterwäsche nicht gefunden und ob man überhaupt danach gesucht hatte, blieb unklar.

Mit Spannung öffnete Lily daher den Obduktionsbericht von Professor Andrew Wilford. Schon beim ersten Überfliegen des Textes gewann sie den Eindruck, dass Teile davon gelöscht oder später umgeschrieben worden waren, ohne die dadurch entstehenden sprachlichen Holprigkeiten zu korrigieren.

Wilford hatte den Todeszeitpunkt zwischen zehn Uhr abends und Mitternacht geschätzt. Fassungslos las Lily, dass der Professor zwar einen Scheidenabstrich gemacht, aber keine DNA-Analyse in Auftrag gegeben hatte, um Marilyns Geschlechtspartner zu identifizieren. Dies fand Lily umso unverständlicher, als Fotografien der nackten Leiche deutliche Hämatome an der Innenseite der Oberschenkel zeigten. Im Bericht war zudem von Rissen in der Vagina und im Anus die Rede. Dennoch war der Rechtsmediziner zu der Auffassung gelangt, dass es sich um einen einvernehmlichen Geschlechtsverkehr gehandelt haben müsse, weil man ein Gleitmittel in Marilyns Scheide gefunden hatte.

An weiteren Verletzungen wurde nur eine Prellung am Hinterkopf erwähnt, die eine Platzwunde verursacht hatte und vor Marilyns Tod entstanden sein musste.

Blutproben hatten zwar eine starke Alkoholisierung ergeben, allerdings nicht von zwei Promille, wie Jimmy behauptet hatte. In der Akte waren 1,4 Promille vermerkt. Obwohl man eine Schachtel Diazepam in Marilyns Handtasche gefunden hatte, gab es keine Spuren von Benzodiazepinen in ihrem Blut.

Über die Todesursache und ihre Vorgeschichte formulierte Professor Wilford abschließend die Hypothese, dass Marilyn an Deck gestürzt und mit dem Hinterkopf auf dem Poller aufgeschlagen sei, als sie möglicherweise wegen starker Übelkeit aufgrund ihres Alkoholkonsums an die frische Luft gegangen sei. Das sei mit ihrem Blut auf dem Poller vereinbar. Obwohl die Kopfwunde nicht tödlich gewesen sei, habe sie wahrscheinlich zu einer Benommenheit geführt. Trotzdem habe sich Marilyn noch einmal aufgerappelt und über die Reling gebeugt, vielleicht um sich zu erbrechen. Dabei sei sie, womöglich durch plötzlich aufkommenden Wellengang und die damit verbundene Instabilität des Schiffs, über Bord gegangen.

Erst jetzt widmete sich Lily Andersons Zeugenbefragungen. Ihre Vermutung, dass es auch dabei nicht mit rechten Dingen zugegangen war, bestätigte sich rasch.

Besonders empörend fand sie, dass der DI keine Anstalten gemacht hatte, die Mitglieder der Festgesellschaft intensiv nach relevanten Beobachtungen über Marilyn zu befragen. Nur ihre Tischgenossen und einige der Bediensteten waren oberflächlich vernommen worden. Die Fragen beschränkten sich im Wesentlichen darauf, wann man Marilyn zuletzt gesehen hatte und ob jemandem dabei etwas Ungewöhnliches aufgefallen war.

Mit einer Ausnahme lagen die Aussagen zudem nicht wörtlich, sondern nur als Zusammenfassungen vor, die DI Anderson selbst vorgenommen hatte. Aus diesen Zusammenfassungen ging nicht einmal hervor, ob nur der DI oder auch andere Polizeibeamte mit den Zeugen gesprochen hatten. Eine Aussage von Chief Inspector Harper, an dessen Tisch Marilyn gesessen hatte, fehlte völlig.

Im Rahmen einer seriösen Ermittlung hätten alle Anwesenden, also über zweihundert Leute, vernommen werden müssen. Eine solche Anzahl von Zeugenbefragungen war bei der Untersuchung eines plötzlichen Todesfalls keineswegs ungewöhnlich.

Nach Marilyn Stratfords Tod war an die Mehrzahl der Festteilnehmer jedoch lediglich die Aufforderung ergangen, sich selbst zu melden, wenn sie etwas von Bedeutung beobachtet hätten. Diesbezüglich lag keine einzige Aussage vor.

Die einzige wörtlich protokollierte Vernehmung war die eines Kellners namens Brian Nelson. Er gab an, Marilyn Stratford in Begleitung eines Mannes gesehen und beobachtet zu haben, dass beide hinter der Bühne für die Band verschwunden waren. Dort gelangte man zum abgesperrten Teil des Schiffs. Das sei so gegen zehn Uhr gewesen. Den Mann habe er allerdings nur von hinten gesehen und könne ihn lediglich als groß, schlank und dunkelhaarig beschreiben.

Als das Pärchen danach nicht mehr erschienen war, hatte Nelson kurz überlegt, ihm nachzugehen. Dann hatte er sich jedoch dagegen entschieden, weil er davon ausging, es handle sich um ein heimliches Schäferstündchen, das er nicht stören wollte. »Ich hätte sonst vielleicht Ärger bekommen. Schließlich waren das doch alles Polizisten und zudem Kollegen.«

Ohne jeden weiteren Beweis hatte Anderson aus Nelsons Aussage geschlossen, dass Marilyn sich mit diesem Mann sexuell vergnügt habe. Er äußerte die Vermutung, dass dies in der Toilette geschehen sei, in der man Marilyns Handtasche gefunden hatte. Eine Untersuchung dieser Toilette war nicht veranlasst worden.

Auch auf eine systematische Befragung aller anwesenden Männer an Bord, wer Marilyns Partner beim Geschlechtsverkehr gewesen sein könnte, war verzichtet worden. Wieder gab es nur einen Aufruf an die Teilnehmer der Feier, sich freiwillig zu melden, wenn sie relevante Informationen oder gar selbst Sex mit Marilyn gehabt hätten. Allen wurde vorauseilend Vertraulichkeit zugesichert.

Entweder war dieser Aufruf ohne Ergebnisse geblieben, oder man hatte sie unterschlagen. Dies korrespondierte mit der fehlenden DNA-Analyse des Scheidenabstrichs. Offenbar hatte man gar nicht wissen wollen, mit wem Marilyn in den abgesperrten Bereich gegangen war.

In seinem Fazit hatte sich Anderson der Hypothese des Rechtsmediziners über Marilyns Tod angeschlossen. Seine Ermittlungen hätten keine davon abweichenden Erkenntnisse erbracht, hieß es lapidar. Lily schnaubte vor Wut.

Denn ihrer Ansicht nach hatte sich DI Jonathan Anderson gar nicht erst darum bemüht.

Ein Staatsanwalt war zwar informiert worden, hatte aber gemäß den Ermittlungsergebnissen das Verfahren schon eine Woche nach dem Unfall eingestellt.

Marilyns Körper war auf Wunsch ihrer verwitweten Mutter nach der Freigabe eingeäschert worden, hieß es abschließend in der Akte.

»Eine derart schlampige Ermittlung hab ich noch nie erlebt«, empörte sich Lily bei ihrem abendlichen Telefonat mit Dan. »Alle Hinweise darauf, dass Marilyns Tod eine andere Ursache gehabt haben könnte als einen Unfall, wurden systematisch ignoriert oder möglicherweise sogar aus der Akte entfernt. Aber selbst die Umstände eines Unfalls wurden kaum erforscht.«

»Wer auch immer mit Marilyn geschlafen hat, muss einer ihrer Kollegen aus der Central Southwark Police Station gewesen sein«, schlussfolgerte Dan. »Sollte diese Person etwas mit ihrem Tod zu tun gehabt haben, und sei es nur als Beobachter, hätte er sich zumindest der unterlassenen Hilfeleistung mit Todesfolge schuldig gemacht, weil er den Unfall nicht sofort gemeldet hat. Schon in diesem ›harmlosesten‹ denkbaren Fall wäre der Skandal für die MET riesengroß gewesen.«

»Und daher wurde die ganze Sache vertuscht und unter den Teppich gekehrt. So was hat Martin Gordon angedeutet, ohne diesen Unfall je zu erwähnen. Und auch Jimmy hat etwas Ähnliches gesagt, wenn ich mich richtig erinnere.«

»Du erinnerst dich richtig«, bestätigte Dan. »›Der Ball wurde flach gehalten.‹ So hat er sich ausgedrückt. Aber wenn ich jetzt überlege, was Jimmy als Insider wissen müsste und was er mir darüber mitgeteilt hat, glaube ich, dass er eine Menge unter den Tisch hat fallen lassen. Immerhin hat sein Vater die Obduktion durchgeführt und ihm sicher alles mitgeteilt, was er herausgefunden hat.«

»Das kommt mir auch so vor. Dass Professor Wilford allerdings einer der renommiertesten Rechtsmediziner in London sein soll, kann ich anhand *dieses* Obduktionsberichts nicht nachvollziehen.«

»Auch das ist auffällig. Denn sein Obduktionsbericht von Jill inklusive der Laborergebnisse ist einwandfrei.«

»Und was ist dabei herausgekommen?« Trotz ihres Ärgers über den Inhalt der Akte Stratford war Lily neugierig.

»Das Spurenprofil passt tatsächlich zu Jills Vergewaltiger, der wahrscheinlich der Serientäter ist. Beziehungsweise vor allem die *fehlenden* Spuren passen. Trotz der Analyse zahlreicher Hautproben fand man wieder keine einzige fremde DNA. Wie damals, als man die schwer misshandelte Jill im Hyde Park fand. Die Scheiden-, Oral- und Rektalabstriche ergaben ebenfalls nichts.«

»Erst jetzt fällt mir auf, dass es auch keine oralen und rektalen Abstriche bei der Untersuchung von Marilyn gibt«, warf Lily ein. »Obwohl der Professor Analfissuren festgestellt hat.«

»Das kann ich mir auch nicht erklären. Denn im Gegensatz dazu verdanken wir Professor Wilford bei Jill einen einzigartigen Hinweis. Ich bin ja zu spät zur Obduktion gekommen. Deshalb hab ich offensichtlich verpasst, dass Wilford zu Beginn eine Riechprobe gemacht und trotz des Verwesungsgestanks eine Geruchsnote wahrgenommen hat, die auf eine chemische Einwirkung auf Jills Körper hindeutete. Und du wirst es nicht glauben! An allen Hautstellen fand man Spuren eines in jedem Supermarkt erhältlichen Haushaltsreinigers, den der Täter benutzt haben muss, um Jills nackte Leiche von oben bis unten abzuwaschen. Diese Substanz fand sich auch in allen Abstrichen. Selbst ihre Haare hat er damit durchtränkt.«

»Ein Haushaltsreiniger? Damit kann man DNA-Spuren beseitigen?«

»So ist es. Was wir jetzt ebenfalls sicher wissen, ist, dass der Täter Jill nicht mehr tagelang gefangen gehalten hat, bevor er sie erdrosselte. Das belegen die Speisereste im Magen. Sie könnten tatsächlich von den Pastries stammen, die sie an ihrem Todestag gegessen hat. Denn man hat Fett- und Fleischspuren nachweisen können.«

»Also hat der Täter zumindest in dieser Hinsicht seinen Modus Operandi geändert. Doch die Verwendung des Haushaltsreinigers ist sehr ungewöhnlich. So was hab ich noch nie gehört. Gibt es denn ähnliche Fälle in ViCLAS?«

ViCLAS war das britische Pendant zur einst in den Vereinigten Staaten vom FBI entwickelten Datenbank ViCAP, in der unaufgeklärte Straftaten mit sexueller Komponente gesammelt wurden. Dadurch sollte es möglich werden, Häufungen bestimmter Tatmerkmale zu erkennen, eine der Grundlagen für operative Fallanalysen.

Dan stöhnte frustriert auf. »Leider nein. Die Datenbank hab ich natürlich sofort durchsucht. Aber du weißt ja, dass ViCLAS nur so gut ist, wie die Detectives sie landesweit mit ihren ungelösten Fällen füttern. Und daran hapert es oft.«

Am Ende des Telefonats kam Lily noch einmal auf ihren eigenen Fall zurück. »Da es bei der Ermittlung der Umstände von Marilyns Tod so viele Ungereimtheiten gibt – was soll ich deiner Ansicht nach jetzt tun?«

»Du musst an weitere Daten kommen«, empfahl Dan. »Und dazu muss mir Parker endlich die Erlaubnis verschaffen, in den Datenbanken und Archiven der MET zu recherchieren, was du brauchst. Außerdem solltest du ausfindig machen, ob es das Unglücksschiff noch gibt oder sogar noch Zeugen unter den Bediensteten.«

»Also muss ich Parker jetzt um den Dienstausweis der Kent Police bitten«, sagte Lily entschlossen. »Denn für meine weiteren Nachforschungen muss ich den Tatort kennenlernen.«

# KAPITEL 34

## Auf dem Rückweg von Maidstone nach Canterbury
*Mittwoch, 31. Juli 2019*

Während sich Lily in den immer dichter werdenden Feierabendverkehr von Maidstone nach Canterbury einfädelte, genoss sie den Erfolg ihres Gesprächs mit Chief Superintendent Parker in vollen Zügen.

Parker hatte zwar zunächst, wie es seiner Art entsprach, zurückhaltend gewirkt, hatte aber Lilys Bericht über ihre Erkenntnisse aus der Akte Marilyn Stratford aufmerksam gelesen. Er stimmte daher völlig mit ihr überein, dass die Ermittlungen zu Marilyns Unfalltod mehr als nachlässig geführt worden waren.

Nachdem Lily ihm über ihre vergangenen schlechten Erfahrungen mit CDI Jonathan Anderson berichtet hatte, neigte sich die Waage endgültig zu ihren Gunsten. Parker hatte versprochen, Alan Goldman noch am selben Tag anzurufen, damit er Dan den Zugriff auf alle Datenbanken der MET erlaubte. Außerdem hatte er Lily einen bis Ende August befristeten Dienstausweis der Kent Police bewilligt, der noch während ihres Gesprächs ausgestellt worden war.

Die einzige Bedingung, die er Lily gestellt hatte, begrüßte sie sogar. Parker verlangte einen wöchentlichen Bericht über ihre Ermittlungsfortschritte im Fall Stratford.

»Ich muss unbedingt auf dem Laufenden bleiben, da ich zunächst weder Chief Inspector Jeremy Harper noch

Donald Armstrong, der damals wie heute Chief Superintendent von Southwark ist, informieren möchte. Insbesondere Harper hat es zu verantworten, wenn wesentliche Umstände des Todes von Marilyn Stratford vertuscht wurden. Da er nach dem unseligen Betriebsausflug die Karriereleiter nicht mehr weiter emporgestiegen ist, vermute ich, dass ihm die Affäre intern schon genug geschadet hat. Die Aufnahme neuer Ermittlungen könnte er daher als bedrohlich empfinden und erneut behindern.«

Parker rieb sich die Nasenflügel, wie immer, wenn er nervös war.

»Schwerer wiegt jedoch, dass ich auch Chief Superintendent Donald Armstrong nicht einbeziehen kann. Er steht im Bezirk Southwark auf der gleichen Hierarchiestufe wie ich in Kent. In letzter Instanz verantwortet er jede lückenhafte Ermittlung in seinem Bezirk. Deshalb könnte auch er weitere Untersuchungen blockieren. Wenn Armstrong verfügt, dass Sie in seinem Verantwortungsbereich keine Befugnis für weitere Nachforschungen haben, sind wir in einer Sackgasse angelangt.«

Parker machte eine Pause und rieb sich erneut die Nase.

»Unser Vorgehen könnte mir eine Dienstaufsichtsbeschwerde eintragen, wenn es vorzeitig herauskommt. Deshalb tun Sie nichts Unüberlegtes! Ich muss mich zu hundert Prozent auf Sie verlassen können.«

»Das können Sie, Sir«, hatte ihm Lily versichert. »Ich tue keinen Schritt ohne Ihre Erlaubnis.«

Während der Fahrt schmiedete sie Pläne für ihr weiteres Vorgehen. Am Wochenende wollte sie wieder nach London fahren, sofern es das Schiff Thames Cruises noch gab, auf dem die Betriebsfeier stattgefunden hatte. Aber das war nicht der einzige Grund. Dan hatte schon angedeutet, dass er auch dieses Wochenende nicht nach Canterbury kommen könne. Diesmal würde Lily ihn zwar nicht unangemeldet überfallen, sich aber auch nicht abweisen lassen. Denn langsam kam es ihr spanisch vor, dass sie sich nicht mehr sahen, und sie wollte wissen, welchen Grund es dafür gab.

Als sie gegen sechs Uhr in die Shaftesbury Road einbog, stand ein unbekanntes Fahrzeug auf ihrem Parkplatz. Ärgerlich stieg sie aus, als sich bereits die Tür des Nachbarhauses öffnete. Diesmal schoss jedoch nicht Kater Mick hervor, sondern zu ihrer Überraschung trat ihre Schwägerin Ivy mit der kleinen Andrea auf dem Arm heraus.

»Ich habe zufällig gesehen, dass Sie Besuch bekommen haben, der unverrichteter Dinge schon wieder abziehen wollte«, erklärte Gerald, nachdem Lily und Ivy sich begrüßt und Lily die kleine Andrea auf den Arm genommen hatte. »Da habe ich den beiden angeboten, auf meiner Gartenterrasse auf Sie zu warten.«

»Wir haben einen wunderbaren Tee zusammen getrunken«, lobte Ivy. »Und ich konnte Andrea ihr Fläschchen wärmen und sie wickeln.«

Andrea war jetzt acht Monate alt. Sie war ein hübsches, lebhaftes Mädchen, das die dunkelbraunen Augen ihrer Mutter und Dylans sandfarbene Haare geerbt hatte. Die Kleine trug ein entzückendes Kleidchen über ihrer dicken Windelhose, das mit Gänseblümchen auf dunkelblauem Grund bedruckt war.

»Was macht ihr denn in Canterbury?«, fragte Lily, nachdem sich alle mit herzlichem Dank von Mr O'Brian verabschiedet hatten. Immerhin lebte die kleine Familie in Eastbourne, also über sechzig Meilen von Canterbury entfernt.

»Ich bin auf dem Weg zu meiner Mutter nach Ramsgate«, erklärte Ivy. »Aber Andrea hat unterwegs so sehr gequengelt, dass ich eine Pause einlegen wollte. Deshalb habe ich den Abstecher zu dir gemacht. Ich hab dich angerufen, aber leider nur die Mailbox erwischt.«

Schuldbewusst fiel Lily ein, dass sie ihr Handy nach der Besprechung bei Greg Parker nicht wieder angeschaltet hatte.

»Aber zum Glück hast du ja einen so netten Nachbarn«, schwärmte Ivy.

»Das ist er in der Tat«, bestätigte Lily. »Er passt auch auf Mick auf, wenn ich nicht da bin.«

Die nächste Stunde verbrachten die drei vergnügt auf Lilys Terrasse. Sie hatte fertigen Grießbrei im Haus, den Andrea begeistert verspeiste. Für Ivy und sich backte sie ein paar Muffins auf.

Die Zeit verging wie im Flug. Lily ertappte sich immer wieder dabei, wie sie Andrea verstohlen beobachtete. Das Mädchen war einfach zu süß. Selbst Mick, der anfangs vorsichtig Abstand gehalten hatte, kam schließlich näher und ließ sich von ihr das Fell zausen.

Wem wird wohl die kleine Diana ähneln?, dachte Lily. Eher Dan oder Jocelyn? Oder wird sie wie Andrea etwas von beiden Eltern haben? Und als Ivys Kleinwagen um die Ecke verschwunden war, stellte Lily sich vor, wie ein Kind von Dan und ihr aussehen würde. Wie lange würde es wohl noch dauern, bis es so weit war?

Meine Mum wäre jedenfalls begeistert, wenn sie wüsste, dass ich gern Nachwuchs hätte. Im August werde ich zweiunddreißig. Meine biologische Uhr tickt tatsächlich, da hat Mum gar nicht so unrecht. Sie nahm sich vor, Dan am Wochenende erneut auf das Thema anzusprechen. Diesmal energischer als bei ihrem ersten Versuch.

# KAPITEL 35

## Dan Bakers Büro bei Scotland Yard

*Freitag, 2. August 2019*

Hektisch sah Dan auf die Uhr und rieb sich den verspannten Nacken. Den ganzen dazu noch schwülheißen Tag hatte er vor dem PC in seinem stickigen Büro verbracht. Zunächst mit Hintergrundrecherchen im Rahmen der Ermittlungen über Jills Tod, mit dessen Aufklärung sie noch keinen Schritt weitergekommen waren. Seit mehreren Stunden saß er nun an den Nachforschungen, um die Lily ihn gestern gebeten hatte.

Alan Goldman hatte ihm nicht nur die ausdrückliche Erlaubnis zu diesen Recherchen erteilt, sondern Dan sogar angewiesen, die Nachforschungen im Fall Stratford mit der gleichen Priorität zu betreiben wie seine laufenden Fälle und ihm regelmäßig Bericht über die Fortschritte zu erstatten.

Dan wischte sich, gefühlt zum hundertsten Mal, den Schweiß von der Stirn. Zu Klimaanlagen hatte es in dem Gebäudeteil von Scotland Yard, in dem sich die Büros der Forensic Services befanden, noch nicht gereicht, obwohl der Klimawandel inzwischen auch die Britischen Inseln erreicht hatte. Und just heute Morgen hatte der alte Ventilator, den Dan von seinem Vorgänger übernommen hatte, den Geist aufgegeben.

In kaum zwei Stunden würde Lily vor seinem Apartment stehen. Er musste sich daher beeilen.

Sie hatte ihn gestern Mittag geradezu außer sich angerufen: »Kannst du dir vorstellen, dass mich diese Jerry Hoover schon wieder versetzt hat? Diesmal ohne jede Entschuldigung! Ich werde jetzt ein sehr ernstes Wort mit Mabel über sie sprechen und vorschlagen, die Therapie zu beenden. Artikel hin oder her!«

»Nun beruhige dich, Lily! Das ist doch wohl kaum der Grund, warum du mich anrufst.«

Er hörte, wie sie am anderen Ende der Leitung tief Luft holte, und konnte sich ihren Gesichtsausdruck dabei lebhaft vorstellen. »Du hast natürlich recht, Dan. Sorry, dass ich dich damit so überfalle. Aber ich habe gerade mit einem Manager der Thames Cruises gesprochen. Er kann sich lebhaft an den Unfall vor acht Jahren erinnern, weil das Schiff danach eine ganze Zeit lang aus dem Verkehr gezogen wurde. Man befürchtete, niemand wolle mehr eine vergnügliche Dinnerfahrt auf diesem Unglücksschiff buchen, bis Gras über die Sache gewachsen wäre.«

»Und das heißt?« Dan war ungeduldig. »Wir haben gleich unser tägliches Meeting über Jill in Richmond. Ich muss los, wenn ich nicht wieder unpünktlich sein will.«

»Ich habe einen Termin zur Besichtigung des Schiffs am Samstagmorgen vereinbart. Daher komme ich schon morgen Abend nach London und würde gern bei dir übernachten. Oder schickst du mich ins Hotel?«

Obwohl Dan natürlich klar war, dass Lily diese Frage als Joke gemeint hatte, durchfuhr ihn ein Stich. Am liebsten hätte er nämlich mit Ja geantwortet. Denn wenn sie jetzt in London bei ihm übernachtete, wäre das Wasser auf Jocelyns Mühlen, falls sie es herausbekäme. Bislang war er noch zu keiner Entscheidung darüber gelangt, wie er mit ihren Forderungen umgehen sollte, die sie zur Bedingung eines gemeinsamen Sorgerechts für die kleine Diana machte.

Trotzdem hatte Dan so getan, als freue er sich über Lilys Besuch. Und sich schließlich noch ihre Wünsche im Fall Stratford notiert.

Daraufhin hatte er heute zuerst in der einschlägigen Datenbank nach den Asservaten geforscht. Es hatte ihn nicht wirklich überrascht, dass er weder unter dem Aktenzeichen noch unter dem Namen »Marilyn Stratford« einen Eintrag gefunden hatte.

Kurz bedauerte er, dass Jocelyn, die im Zentralarchiv der MET arbeitete, wegen ihrer Schwangerschaft nicht im Dienst war. Sie hätte ihm unauffällig weiterhelfen können. So war ihm nichts anderes übrig geblieben, als eine ihrer Kolleginnen zu fragen. »Wo werden die Asservate von Todesfällen in Southwark aufbewahrt?«

»Von welchen Todesfällen?«

»Es handelt sich um einen tödlichen Unfall am 22. Juni 2011. Damals stürzte eine Polizeibeamtin während einer Betriebsfeier von einem Ausflugsschiff und ertrank.«

Die Archivarin, eine ältere Frau, die für ihren rüden Umgangston bekannt war, runzelte die Stirn. »Wenn in unseren Datenbanken nichts mehr verzeichnet ist, wurden die Asservate vernichtet. Warum hätte man sie auch bis heute aufbewahren sollen, wenn es sich doch eindeutig um einen Unfall gehandelt hat, der schon so lange her ist?«

»Gibt es auch eine Datei mit einer Liste der vernichteten Asservate?« Dan war hartnäckig geblieben.

Eine solche Datei existierte tatsächlich. Mürrisch gab ihm die Angestellte den Link.

In sein Büro zurückgekehrt, fand Dan heraus, dass alle Asservate schon ein Dreivierteljahr nach Marilyns Tod ausgemustert worden waren. Die Kleidung der Ertrunkenen war weggeworfen worden. Die Handtasche mit Inhalt hatte man an die Adresse ihrer verwitweten Mutter gesandt, die zu diesem Zeitpunkt jedoch bereits verstorben war, wie eine Anmerkung zeigte. Was aus der Handtasche geworden war, war nicht verzeichnet. Offenbar hatte man sie nicht zurückgefordert.

Asservate nach einer solch kurzen Zeit zu vernichten, war sehr ungewöhnlich. In seiner bisherigen Praxis war es Dan noch nie untergekommen, dass dies vor Ablauf von fünf Jahren nach einem Todesfall geschehen war. Schließlich erwies sich manch tödlicher Unfall oder Selbstmord im Nachhinein als inszeniert, um einen Mord zu vertuschen.

Ähnlich frustrierend verlief seine Suche nach einem weiteren Ablageort des Obduktionsberichts. Er war in der einschlägigen Datenbank unter »Southwark« nicht zu finden.

Als er Professor Wilford anmailte, ob es sich bei dem Autopsiebericht in der Akte Stratford um das Original handle oder ob es noch einen differenzierteren Bericht gebe, fand er die unterkühlte Antwort bereits nach einer halben Stunde in seinem Mail-Eingang.

Sie bestand nur aus zwei Wörtern: »Ja!« – »Nein!« Nicht einmal freundliche Grüße hatte der Professor mitgesandt.

Dan wunderte sich zwar nicht über die Schroffheit, sehr wohl aber über die Schnelligkeit der Antwort. Professor Wilford nahm im Jahr sicher Dutzende von Obduktionen vor. Weshalb erinnerte er sich sofort an einen Fall, der so lange zurücklag? Oder hatte er nur aus Prinzip so barsch reagiert, weil er Dans Anfrage als Affront aufgefasst hatte? Wie auch immer – hier kam Dan nicht weiter.

Zuletzt hatte er sich Marilyns Personalakte angesehen, die zum Glück noch digital vorhanden war. Goldmans Sekretärin hatte sie für ihn angefordert.

Marilyn wurde zwar fachlich als gute Polizistin beschrieben, aber auch als notorische Nörglerin bezeichnet, die sich dauernd grundlos über das Arbeitsklima beschweren würde. *Charakterlich vorläufig zur Beförderung ungeeignet*, hieß es zu Dans Empörung sogar im Fazit ihrer letzten Beurteilung durch Police Inspector Peter Garfield.

Selbstredend waren die Inhalte der angeblichen Nörgeleien nicht präzisiert worden. Die Akte enthielt keine einzige von Marilyns zahlreichen Anzeigen wegen sexueller Diskriminierung und Belästigung durch männliche Kollegen, von denen Sue Belham gesprochen hatte. Geschweige denn deren Namen oder gar Hinweise auf interne Ermittlungen als Folge ihrer Beschwerden.

Also hatte man tatsächlich alles unter den Teppich gekehrt. Dan überprüfte ein letztes Mal seine Notizen für Lily. Dann machte er sich auf den Weg zu seinem Apartment.

Während er von der City of Westminster durch den dichten Londoner Verkehr kroch, ging ihm immer wieder die Frage durch den Kopf, wie er das Dilemma lösen sollte, in das er schon wieder durch seine Nochehefrau Jocelyn geraten war.

Hoffentlich merkt mir Lily nichts an, wünschte er sich aus ganzem Herzen, als er ihren alten Polo vor der Tür seines Apartmenthauses erblickte. Da hatte sie ihn auch schon entdeckt und sprang strahlend aus dem Auto.

Aber Dan machte sich keine Illusionen. Lily hatte für unangenehme Schwingungen einen siebten Sinn. Der würde sie auch diesmal nicht im Stich lassen.

# KAPITEL 36

## Auf dem Ausflugsschiff *King George*

*Samstag, 3. August 2019*

Als Lily in Westminster aus der U-Bahn stieg und sich auf den Weg zum Westminster Pier machte, versuchte sie, den unerfreulichen Eindruck zu verdrängen, der während des gemeinsamen Frühstücks mit Dan entstanden war.

Schon am Freitagabend hatte sie zeitweise den Eindruck gehabt, dass Dan etwas bedrückte. Aber dann hatte er sie zu einem Italiener mit fantastischer Küche ausgeführt und vorher darum gebeten, jede Diskussion über ihre aktuellen Ermittlungen während des Essens zu unterlassen. »Ich muss endlich einmal abschalten.«

Da Lily zuvor Dans Notizen überflogen hatte, die er, wie es seiner Arbeitsweise entsprach, sehr sorgfältig und geordnet zu Papier gebracht hatte, war sie damit einverstanden gewesen. Denn Fragen zu seinen Ergebnissen hatte sie nicht, wenn auch sehr wohl das Bedürfnis, sich weiter über die Lückenhaftigkeit der Ermittlungen im Todesfall Stratford zu echauffieren. Darauf verzichtete sie nun während des Abendessens und wurde danach mit einer überaus zärtlichen Liebesnacht belohnt.

Noch ganz erfüllt davon hatte sie heute Morgen einen Anruf auf Dans Festnetz entgegengenommen, als er sich gerade unter der Dusche befand. Zu ihrer Verwunderung hatte sich niemand am anderen Ende der Leitung gemeldet. Stattdessen war abrupt aufgelegt worden.

»Kannst du dir einen Reim darauf machen?«, fragte sie Dan.

Obwohl er es energisch abstritt, erkannte Lily an seinem Gesichtsausdruck sofort, wie betroffen er war. »War das etwa Jocelyn?«, fragte sie ihn direkt.

»Das weiß ich nicht«, hatte er geantwortet und nach einem hastigen Frühstück Arbeit vorgeschützt, die in seinem Büro auf ihn warte.

Seither grübelte Lily über dieses seltsame Verhalten nach. Es erinnerte sie an die Zeiten ihrer Beziehung, als Dan ihr zunächst seine Ehe mit Jocelyn und später ihre erste Schwangerschaft verschwiegen hatte, die mit einer Fehlgeburt endete. Zwar hielt sie es durchaus für möglich, dass Dans Ex-Frau den Anruf sofort beendet hatte, als sie Lilys Stimme erkannte. Aber warum Dan darauf so nervös reagierte, konnte sie sich nicht erklären.

Ich werde ihn heute Abend zur Rede stellen, beschloss Lily, als sie am Westminster Pier angekommen war und Ausschau nach dem Ausflugsschiff *King George* hielt. Und dabei auch mein eigenes Anliegen zur Sprache bringen. Ich will wissen, wann er vorhat, sich nach Dianas Geburt von Jocelyn scheiden zu lassen und unsere eigene Familie zu planen.

Jetzt schüttelte sie die unangenehmen Gedanken energisch ab und konzentrierte sich auf das bevorstehende Gespräch, auf das sie sich sehr sorgfältig vorbereitet hatte.

Wie mit dem Management vereinbart, schlüpfte sie unter dem Absperrband hindurch, das auf der Uferseite über die Gangway gespannt war. »Melden Sie sich danach bei unserem Chefsteward Jeff Sommersby. Er wird Sie erwarten und kann sich hoffentlich noch an die Ereignisse im Sommer 2011 erinnern. Denn er war damals bereits Leiter des Servicepersonals.« Lily war überaus erfreut gewesen, denn Sommersby hatte zu den wenigen Zeugen gehört, deren Aussagen in der Akte erwähnt worden waren. Allerdings war der Inhalt wenig aufschlussreich gewesen. Sie hoffte daher, mehr Details in Erfahrung zu bringen.

Tatsächlich kam ein Mann, den Lily auf ungefähr fünfzig Jahre schätzte, sofort auf sie zu, nachdem sie das Schiff betreten hatte. Er trug Freizeitkleidung, sein Dienst würde ja erst abends ab sechs Uhr beginnen, eine Stunde bevor die nächste Dinnerfahrt mit Tanz stattfand.

»Willkommen an Bord«, begrüßte Sommersby Lily mit einem freundlichen Lächeln. »Sie müssen Mrs Brown aus Canterbury sein.«

Obwohl Lily dies bestätigte, ließ sich Sommersby trotzdem ihren Ausweis der Kent Police zeigen. Dann führte er sie an einen Tisch auf dem oberen Deck, auf dem Gläser, verschiedene Kaltgetränke, Tassen und eine Kanne bereitstanden.

»Leider kann ich Ihnen nur Tee oder Instantkaffee anbieten«, entschuldigte er sich. »Die Kaffeemaschine ist noch nicht in Betrieb. Deshalb habe ich nur heißes Wasser zur Verfügung.«

»Ich habe gerade erst gefrühstückt und bin daher mit einem Glas Saft völlig zufrieden«, erklärte Lily.

»Womit kann ich Ihnen denn ansonsten dienen, Mrs Brown?«

»Wie Sie wissen, geht es um jenen Unglücksfall während einer Dinnerfahrt, die für eine geschlossene Gesellschaft am 22. Juni 2011 gebucht war. Damals ging eine Passagierin unbemerkt über Bord und ertrank in der Themse. Erinnern Sie sich noch an diesen Vorfall?«

Das sarkastische Lächeln ihres Gegenübers konnte Lily nicht gleich einordnen. »O ja! Daran kann ich mich noch sehr gut erinnern. Schließlich war es die erste und letzte

Betriebsfeier einer Polizeieinheit auf unserem Schiff. Dass ausgerechnet dabei eine Frau unter merkwürdigen Umständen ums Leben kam, hat mich schon damals gewundert und all die Jahre nie ganz losgelassen.«

Nun hatte Sommersby Lilys volle Aufmerksamkeit. »Was genau meinen Sie mit ›merkwürdigen Umständen‹?«

»Die Dame ging in einem für die Festgesellschaft gesperrten Teil des Schiffs über Bord. An einer Stelle, an der das meiner Meinung überhaupt nicht möglich war. Aber das zeige ich Ihnen gleich bei unserem Rundgang.«

»Darauf bin ich in der Tat sehr gespannt.« Lily zückte ihr Notizbuch. »Aber nun würde ich gern Ihre Version der Ereignisse an diesem Abend hören.«

»Darf ich zunächst fragen, warum sich Ihre Behörde in Kent für das damalige Geschehen interessiert statt für die Metropolitan Police?«

Auf diese Frage war Lily vorbereitet. »Es geht um einen Polizeibeamten, der bei der Kent Police beschäftigt war und zurzeit des Unfalls in Southwark gearbeitet hat. Er gehörte zu den Teilnehmern der Festgesellschaft.« Ihre nächste Aussage war eine Notlüge, die Lily jedoch für vertretbar hielt. »Leider hat er sich kürzlich umgebracht und einen Abschiedsbrief hinterlassen, in dem er andeutet, dass dieser Selbstmord mit den nie aufgeklärten Umständen des Todes seiner Kollegin Marilyn Stratford zusammenhängt.«

»Wie hieß der Mann?«

»Das darf ich Ihnen leider nicht mitteilen. Aber ich wurde damit beauftragt, Nachforschungen infolge dieses Suizids anzustellen.«

»Alles, was ich weiß, habe ich der Polizei schon damals gesagt.«

»Ich würde es gern noch einmal direkt von Ihnen hören«,

antwortete Lily salomonisch. Denn in der Akte war lediglich verzeichnet, Sommersby habe am fraglichen Abend nichts Besonderes bemerkt. Umso faszinierter und erstaunter war Lily nun von dem, was der Mann berichtete.

»Am Abend der Feier habe ich tatsächlich nichts Auffälliges bemerkt«, begann er. »Aber dem Police Constable, der mich nach dem Auffinden der Toten vernahm, habe ich sofort von der unbefugt benutzten Ruhekabine berichtet.«

»Ein Police Constable hat mit Ihnen gesprochen?« Davon stand keine Silbe in der Akte. Doch zunächst interessierte Lily etwas anderes. »Von welcher Ruhekabine sprechen Sie?«

»Sie haben sicher schon bei Ihrer Ankunft bemerkt, dass dieses Schiff über zwei geschlossene Etagen verfügt, in denen sich die beiden Festsäle befinden. Die *King George*, vor dem Unglück hieß sie übrigens *Queen Victoria*, bietet in der Regel Dinnerfahrten für Gäste erster und zweiter Klasse an. In der zweiten Klasse speist und tanzt man auf dem unteren Deck. Das obere Deck, auf dem wir jetzt sitzen, ist der ersten Klasse vorbehalten. Dort sind die Speisen exquisiter, es gibt Livemusik von einer Band, nicht Musik aus der Konserve wie in der zweiten Klasse.«

»Aha.« Lily hörte auf, sich Notizen zu machen, da sie noch nicht wusste, worauf der Mann hinauswollte.

»Im hinteren Teil der ersten Klasse geht es zu vier Ruhekabinen, die man zur Dinnerfahrt hinzubuchen kann. Wir haben oft sehr betuchte Gäste, die sich während des langen Abends einmal zurückziehen möchten, um sich zum Beispiel frisch zu machen. Manche gönnen sich auch eine kleine Pause in diesem abgeschlossenen Bereich. Oder ein amouröses Abenteuer.« Er zwinkerte Lily zu.

»Ich habe dem Constable, der mich damals vernahm, sofort mitgeteilt, dass eine dieser Ruhekabinen unbefugt benutzt worden war. Leider hatte man die stark befleckte Bettwäsche bereits gewechselt, als ich mit ihm sprach. Sie befand sich jedoch noch in einem der Wäschesäcke an Bord. Außerdem gab es rotbraune Flecken auf dem beigefarbenen Teppich, die sich nicht entfernen ließen, sodass einige der Teppichfliesen später ausgetauscht werden mussten.«

»Sie wollen damit sagen, die Ruhekabine sah so aus, als ob dort ein Geschlechtsverkehr stattgefunden hätte?«

»O ja. Ein durchaus intensiver, wenn Sie mir diese Bemerkung erlauben.«

»Und was geschah dann?«

»Das gehört ja zu den Merkwürdigkeiten, über die ich seither immer wieder nachdenke. Es geschah nämlich gar nichts. Der Constable bedeutete mir, er würde diese Informationen an den leitenden Ermittler weitergeben, der dann auf mich zukomme. Das war ein Detective Inspector, an dessen Namen ich mich heute nicht mehr erinnere.«

»Aber der DI, er hieß übrigens Jonathan Anderson, hat Sie weder auf die Kabine noch auf die Bettwäsche angesprochen?« Lily konnte es kaum fassen.

»Es hat mich nie jemand darauf angesprochen, geschweige denn die Kabine besichtigt. So ging der Wäschesack nach einigen Tagen in die Wäscherei, und die Kabine wurde für die nächsten Fahrten hergerichtet. Nach Rücksprache mit dem Management wurde die Benutzung der Kabine mit auf die Rechnung gesetzt. Inklusive der Getränke aus der fast völlig geplünderten Minibar. Es wurde sogar eine weitere Rechnung nachgeschickt, als sich herausstellte, dass die Teppichfliesen nicht mehr zu reinigen waren, sondern ersetzt werden mussten.«

»An wen wurden diese Rechnungen gesandt?«

»Das weiß ich nicht. Sie wurden über unsere Buchhaltung verschickt. Ich vermute aber, an denjenigen, der die ganze Feier gebucht hat.«

Also an Chief Inspector Jeremy Harper. Er musste die Rechnungen abgezeichnet haben, bevor er sie weiterleitete. Lily machte sich eine Notiz, die sie mit vier riesigen Ausrufungszeichen versah, und nahm sich vor, Dan zu bitten, nach diesen Rechnungen zu forschen. Sie befürchtete jedoch, dass die Dokumente ebenso wenig auffindbar waren wie die Asservate oder der ursprüngliche Obduktionsbericht.

»Lassen Sie mich einmal zusammenfassen, Mr Sommersby.« Lily hoffte, dass ihre Stimme nicht vor Empörung zitterte. »Sie haben jenem Police Constable über die unbefugt benutzte Ruhekabine samt der Bettwäsche berichtet, aber es erfolgte daraufhin keine weitere Reaktion? Keine Beschlagnahme der Wäsche oder eine Untersuchung der Kabine inklusive der verdächtigen Flecken?«

»So viel ich weiß nicht«, bestätigte der Mann.

»Und es gab auch keine Rückfrage wegen der Berechnung der Ruhekabine oder der Beseitigung des Teppichschadens?«

Der Chefsteward schüttelte den Kopf »Nein. Sonst hätte sich unsere Buchhaltung sicher bei mir gemeldet.«

Lily fiel noch etwas ein. »Hat man auch Unterwäsche in der Kabine gefunden?«

Sommersby tippte sich leicht an die Stirn. »Stimmt! Das hätte ich jetzt beinahe vergessen. An diesem Tag war ich auf Wunsch des Managements schon um vier Uhr nachmittags an Bord, um mich persönlich von den Aufräumarbeiten zu überzeugen und sicherzugehen, dass für die nächste Fahrt wirklich alles in Ordnung war. Bei meinem

Rundgang sprach mich die Reinigungskraft, die die Ruhekabine gesäubert hatte, darauf an, ob sie einen Slip und einen BH, die beide völlig zerfetzt waren, aufheben oder wegwerfen solle. Ich dachte mir da noch nichts dabei und sagte ihr, sie solle die kaputten Stücke entsorgen, denn die Besitzerin wolle sie sicherlich nicht mehr zurückhaben. Ich weiß aber nicht mehr, ob ich das dem Police Constable auch erzählt habe. Steht denn davon etwas im Protokoll?«

»Nein«, antwortete Lily knapp. »Wissen Sie noch, wie dieser Police Constable hieß?«

»Leider habe ich nur den Vornamen behalten, der auf seinem Namensschild stand. Er hieß Geoffrey wie ich selbst.«

Lily kam sofort ein Verdacht. Geoffrey wurde häufig zu Jeff abgekürzt. »Könnte es Geoffrey Burger gewesen sein?«

Eine plötzliche Erkenntnis blitzte in Sommersbys Augen auf. »Ich möchte es zwar nicht beschwören, aber es wäre möglich. Burger ist so ein Allerweltsname, dass ich ihn deshalb wahrscheinlich vergessen habe. Auch weil ich auf die offizielle Aufnahme meiner Aussage wartete. Denn dieser Geoffrey schrieb kaum etwas mit. Er sagte, einer der Detectives werde mich später noch mal vernehmen. Er selbst sei nicht beim CID, sondern bei der Schutzpolizei und würde mithelfen, die Aussagen erst mal zu sondieren.«

Lily nickte. An sich war das ein übliches Vorgehen, um das CID zu entlasten. Allerdings hätte Sommersby als Chefsteward bei einer regulären Ermittlung zu den wichtigen Zeugen gehört und hätte von einem Detective vernommen werden müssen, der – genauso wie das CID – von einer auswärtigen Behörde hätten kommen müssen.

Stattdessen waren sämtliche Befragungen von Gästen der Betriebsfeier durchgeführt worden. Etwa um solch belastende Aussagen zu identifizieren, um sie dann zu vertuschen?

Die Gedanken rasten durch Lilys Kopf. Bei dem Police Constable, der Sommersby befragt hatte, handelte es sich zweifellos um ein Mitglied von Clark Jarretts ehemaliger Clique. Glaubte man Sue Belham, war Jeff Burger neben Clark sogar einer der Schlimmsten gewesen. Hatte er DI Anderson absichtlich falsch über Sommersbys Aussage unterrichtet? Oder hatte Anderson selbst darauf verzichtet, danach noch einmal mit dem Chefsteward zu sprechen? Vielleicht sogar auf Anweisung von oben?

»Also, es kam niemand mehr auf mich zu«, riss Sommersby Lily aus ihren Überlegungen. »Obwohl das Schiff fast drei Wochen lang hier vor Anker lag. Es wurde sogar umbenannt, als der Unfall publik wurde und durch die Presse ging.«

»Und es gab wirklich keine weiteren Untersuchungen mehr hier an Bord?«, versicherte sich Lily noch einmal.

Sommersby schüttelte den Kopf. »Nein! Am Sonntagmorgen war die Spurensicherung zum ersten Mal da. Aber die wollten meines Wissens nur auf das hintere Deck in den abgesperrten Bereich. Ich war zu der Zeit gar nicht im Dienst. Dem Management wurde schon eine Woche später mitgeteilt, die Ermittlungen seien abgeschlossen. Danach erhielt ich den Auftrag, den Teppichschaden beseitigen zu lassen, damit das Schiff wieder einsatzfähig war. Da der Unfall rasch wieder aus dem öffentlichen Bewusstsein verschwand, gab es nach der Wiederaufnahme des Betriebs keine Umsatzeinbußen.«

Lily atmete tief durch, um sich wieder auf das Gespräch zu konzentrieren, und kontrollierte ihre Notizen. Da gab es noch den Kellner Brian Nelson, der den Mann von hinten gesehen hatte, mit dem Marilyn in den abgesperrten Teil des Decks gegangen war. Plötzlich durchfuhr es sie heiß und kalt. Hieß es nicht in der Aussage des Kellners, der Mann sei groß, schlank und dunkelhaarig gewesen? Die Beschreibung war zwar sehr vage, aber sie passte auf Martin Gordon.

»Sind andere Mitglieder der Crew, die damals bedient haben, heute noch auf diesem Schiff beschäftigt? Ich würde insbesondere gern mit Brian Nelson sprechen.«

Sommersby schüttelte bedauernd den Kopf. »Brian ist schon lange nicht mehr bei uns. Leider wechselt das Servicepersonal hier sehr häufig. Denn es ist nicht jedermanns Sache, an sechs Tagen pro Woche ab dem frühen Abend bis spät in die Nacht hinein zu arbeiten.«

»Wissen Sie, wo ich Nelson heute erreichen könnte?«

»Da kann ich Ihnen leider nicht weiterhelfen.«

Lily stieß frustriert die Luft aus. Brian Nelson war ein Allerweltsname. Sicher gab es Tausende von Männern in London, die so hießen. Wenn Nelson überhaupt noch in London wohnte. Die Suche nach ihm wäre so aufwendig, dass Parker ihr die Zustimmung dazu verweigern würde. Denn selbst wenn man ihn fand, war es ungewiss, ob er seiner Aussage vom Sommer 2011 etwas Wesentliches hinzuzufügen hatte.

»Laut der mir vorliegenden Protokolle war Nelson der Einzige, der bemerkte, dass Marilyn Stratford mit einem unbekannten Begleiter den abgesperrten Teil des oberen Decks betrat. Haben Sie selbst einmal mit ihm darüber gesprochen?«

Der Chefsteward verzog grimmig den Mund. »Natürlich habe ich mit ihm gesprochen, nachdem wir das Chaos dort drinnen entdeckt hatten. Die Ruhekabine war für die abendliche Dinnerfahrt am Samstag gebucht worden. Gäbe es nicht die Anweisung, alle Räume des Schiffs vor jeder Fahrt noch mal zu kontrollieren, hätten wir uns vor dem Gast bis auf die Knochen blamiert.«

Er trank einen Schluck von seinem Tee. »Als die Crew am Tag nach der Betriebsfeier zum Dienst erschien, habe ich gefragt, ob jemand das Betreten des gesperrten Bereichs beobachtet habe, damit wir den Schaden in Rechnung stellen können. Brian hat es sofort zugegeben. Ich habe ihm später gründlich den Kopf gewaschen, weil er mich nicht sofort informiert hat. Schließlich wäre der tödliche Unfall gar nicht passiert, wenn er seine Pflicht getan hätte.« Sommersby stockte kurz. »Da Sie das jetzt wissen, kann ich Ihnen auch sagen, dass wir Brian deswegen sogar gekündigt haben.«

Lily ließ das auf sich wirken. Einerseits hatte Sommersby recht, andererseits empfand sie diese Bestrafung als zu hart. Nelson traf nicht die geringste Schuld an Marilyns Tod. Doch sie verkniff sich eine Bemerkung darüber und fragte stattdessen: »Aber Brian wusste nicht, welcher der Gäste Marilyn nach hinten begleitet hat?«

»Nein. Leider nicht.«

Lily rang kurz mit sich. Doch was hatte sie zu verlieren, wenn sie Martin Gordons Identität preisgab und Sommersby die Fotografie von ihm zeigte, die sie auf ihrem Handy gespeichert hatte? Martin war tot und hatte ihr den Auftrag erteilt, dieses Verbrechen aufzuklären. Kurz entschlossen zückte sie ihr Handy, suchte das Foto und hielt es dem Chefsteward entgegen. »Erinnern Sie sich an diesen Mann? Er war am fraglichen Abend hier.«

Sommersby warf einen Blick auf das Foto. Dann grinste er. »An den erinnere ich mich tatsächlich. Ich habe ihn sogar einmal mit der Verunglückten sprechen sehen. Um welche Uhrzeit, kann ich nicht sagen.« Er betrachtete die Fotografie genauer. »War er Mrs Stratfords Begleiter?«

»Das weiß ich nicht«, antwortete Lily vorsichtig. Zu viel wollte sie nicht preisgeben.

Aber es war zu spät. »Das ist der Mann, der sich umgebracht hat. Habe ich recht?«, fragte Sommersby.

Wieder kämpfte Lily einen Augenblick lang mit sich, dann nickte sie. »Haben Sie dem Police Constable auch berichtet, dass Sie das Gespräch dieses Mannes mit Mrs Stratford beobachtet haben?«

Sommersby dachte kurz nach. »Ich glaube schon. Denn ich wurde ja gefragt, ob mir am Abend etwas aufgefallen sei, was die tote Frau betraf.« Er hielt inne und runzelte die Stirn. »Jetzt fällt es mir wieder ein. Auch darüber wollte der Constable gar nichts Näheres wissen. Ich habe mir das damals so erklärt, dass er dem Gespräch keine Bedeutung beimaß.«

## Martin Gordons Bericht

Ich habe in meinem ganzen Leben nie etwas so bereut wie mein Verhalten an jenem fatalen Abend auf der *Queen Victoria*. Sogar als ich noch gar nicht wusste, in welcher Katastrophe es enden würde, habe ich mich dafür zu Tode geschämt. Ich schwor noch am selben Abend, Marilyn zur Seite zu stehen, sie in mein eigenes Team aufzunehmen und mich nie wieder so reinlegen zu lassen. Aber dafür war es schon zu spät.

Hätte ich Marilyn nur nicht auf den Hintern gehauen, um mich vor diesen miesen Machos zu beweisen. Dann hätte sie mich nicht vor Zeugen so hart ins Gesicht geschlagen und dermaßen blamiert. Was Clark und den anderen die Plattform bot, mich dauernd damit aufzuziehen.

»Marilyn, diese Fotze, will unsere Beförderung verhindern«, teilte mir Clark dann auf einer unserer Patrouillenfahrten im Streifenwagen mit. »Sie geht überall damit hausieren, dass sie sich weigern wird, mit einem von uns als Sergeant zusammenzuarbeiten. Sie hat sogar schon versucht, uns beim Chief Inspector als ungeeignet für den Posten hinzustellen.«

Im Headquarter von Southwark war gerade eine neue Stelle für einen Police Sergeant geschaffen worden. Bis dahin war die große Mannschaft von nur einem Sergeant geleitet worden, der in den Ruhestand ging.

Nun sollte Clark die Nachfolge des ausgeschiedenen Officer, ich die neue Position als Police Sergeant antreten. Demgemäß sollte die Gruppe zwischen Clark und mir aufgeteilt werden. Wir sollten uns auch gegenseitig vertreten, wenn mal einer ausfiel.

Weil wir nun die Vorgesetzten unserer ehemaligen Kollegen werden würden, durften wir unserem Chief Inspector vorschlagen, wen wir am liebsten in unserem Team haben wollten. Aber auch die Kollegen wurden gefragt. Denn teilweise hatten sie mehr Dienstjahre auf dem Buckel als wir, und CI Harper wollte sie nicht übergehen.

Anfangs ging seine Rechnung auf. Jeff und Robbie entschieden sich für Clark. Auch Jimmy schloss sich ihnen an. Da Arthur, der ja dauernd schikaniert wurde, obwohl er kein schlechter Polizist war, mir leidtat, akzeptierte ich ihn auf seinen Wunsch hin für mein Team. Aber nach der Ohrfeige von Marilyn war für mich klar, dass ich die einzige andere Frau in unserer Schicht nehmen würde, nämlich Sue Belham. Sue wollte das auch selbst. Marilyn sollte also zu Clarks Truppe gehören.

Doch nun sah es so aus, als wollte sie uns beiden einen Strich durch die Rechnung machen. Das erbitterte mich. Denn ich rechnete fest mit der Gehaltserhöhung durch die Beförderung. Ich hatte Betsy und Judy versprochen, endlich mal wieder Urlaub mit ihnen zu machen, eine Woche Cornwall im September. Seit wir unser kleines Häuschen gekauft hatten, hatten wir uns das nicht mehr leisten können.

Doch vor der Betriebsfeier kehrte erst einmal Ruhe ein. Denn CI Harper gab Marilyn keinen Termin, als sie ihn wegen unserer Beförderung sprechen wollte. Stattdessen befahl er ihr, sich zwischen Clark und mir zu entscheiden. Sonst würde er sie auf einen unbedeutenden Außenposten versetzen lassen, und sie könne ihre Karriere vergessen.

Auch ihre schriftliche Beschwerde hatte er gleich nach dem Öffnen geschreddert. Das hatte uns Robbie erzählt, der es während eines One-Night-Stands von Harpers Sekretärin erfahren hatte.

Zum 1. Juli sollten wir befördert werden. Der CI würde entscheiden, wem er Marilyn zuordnete. Er hatte uns beide außerdem mit einem bedeutsamen Augenzwinkern darauf hingewiesen, dass wir als Vorgesetzte eine Vorbildfunktion hätten. Er verlasse sich darauf, dass wir das auch gegenüber unseren Mitarbeiter*innen* beachten würden.

Natürlich hatten wir beteuert, uns damit alle Mühe zu geben. Daher machten Clark und ich uns eigentlich keine Sorgen mehr und freuten uns auf die Feier.

Doch an diesem Abend roch es von Beginn an nach Skandal. Irgendwie hatte es Marilyn geschafft, einen Platz an Harpers Tisch zu ergattern, sogar direkt neben ihm. Wir beobachteten, was da abging, und sahen Harper barsch den Kopf schütteln, als sie ihn ansprach, während die Aperitifs serviert wurden.

»Irgendwas führt dieses Weibsstück im Schilde«, vermutete Clark, als wir im Freien eine Zigarette rauchten. Dann erschien jenes schmierige Grinsen auf seinem Gesicht. »Wir sollten ihr heute Abend ein für alle Mal aufzeigen, wo ihre Grenzen sind.«

Im Festsaal hatte das Dinner gerade begonnen. Vor dem opulenten Büfett bildeten sich lange Schlangen. Niemand außer uns war draußen.

Ich zuckte die Achseln. »Wie willst du das anstellen?«

»Lass mich drüber nachdenken«, erwiderte Clark. »Mir fällt schon was ein. Wir treffen uns um acht wieder hier.«

Eine Stunde später war die Schlemmerei noch immer in vollem Gange. Der Alkohol floss in Strömen. Ich selbst hatte kaum Appetit, fühlte mich aber schon leicht benommen von den vielen Gläsern Sekt und Wein, die ich getrunken hatte.

Marilyn saß immer noch an Harpers Tisch, wirkte aber recht missmutig. Auch sie sprach dem Alkohol eifrig zu und war schon ganz rot im Gesicht.

Pünktlich um acht fand ich mich wieder am verabredeten Ort ein. Diesmal waren auch Jeff und Robbie dabei. »Also, was habt ihr vor?«

Clark leckte sich über die Lippen. »Wir schüchtern die Schlampe ein bisschen ein. Machen ihr Angst und so. Damit sie in Zukunft ihr Maul hält.«

»Und wie wollt ihr das machen?«

»Wie wollen *wir* das machen«, korrigierte mich Clark. »Du bist natürlich mit von der Partie. Dich will sie ja auch abschießen.«

»Ich glaube nicht, dass ich dazu Lust habe«, wehrte ich ab. »Das macht am Ende alles noch schlimmer.«

»Nun sei doch nicht so ein Schlappschwanz, Martin! Wir wollen doch nur mit ihr *reden*. Und ihr dabei klarmachen, was Kameradschaftsgeist ist. Dass sie nicht immer alles auf die Goldwaage legen soll, wenn einem von uns mal die Pferde durchgehen.«

»Sonst nichts?« Überzeugt hatte mich Clark nicht.

»Sonst nichts«, beteuerte er. »Außerdem bist du doch dabei, wenn wir mit ihr reden. Dann kannst du dich selbst davon überzeugen, dass wir nichts Böses im Schilde führen.«

»Was haben Robbie und Jeff damit zu tun?«

»Eigentlich sollen sie nur mitkommen, damit wir genügend Eindruck schinden!« Clark stieß mir den Rauch seiner Zigarette ins Gesicht. »Aber wenn dir das nicht passt, reden eben nur wir zwei mit ihr.«

»Und wenn sie nach dem Gespräch doch zu Harper rennt?«

Clark grinste spöttisch. »Dann wird sie ihm nichts zu sagen haben. Denn wir haben ja nur mit ihr *geredet.* Wie oft muss ich das noch wiederholen, bis es in deinem Sturschädel ankommt?«

»Frag sie, ob sie das will. Dann bin ich dabei.«

Clark prustete verächtlich. »Mich lässt die Tussi doch gleich auflaufen! *Du* musst das machen, auch weil sie *dir* eine geknallt hat. Tu so, als wolltest du dich nach dem Essen mit ihr aussprechen und Frieden schließen. Weil du nun befördert wirst oder so. Irgendwas wird dir schon einfallen.«

»Und *wo* sollen wir mit ihr reden? In den Sälen ist es viel zu laut, wenn die Musik spielt und alle durcheinanderquatschen. Außerdem würden wir auffallen wie bunte Hunde.«

Clark wies mit dem Daumen über seine Schulter. »Dahinten haben sie einen Teil der Etage abgesperrt. Da sind ein paar kleine Besprechungsräume. Jeff hat sich das Ganze schon angesehen, da stört uns keiner.«

Ich fuhr zu Jeff herum. »Wie bist du denn reingekommen, wenn abgesperrt ist?«

»Ach, das war nicht schwer«, grinste Jeff. Er griff in seine Hosentasche und holte etwas daraus hervor. »Ich hab für alle Fälle immer ein paar Dietriche dabei. Schon der erste hat gepasst.«

Das war natürlich gegen jede Regel, denn die Dietriche mussten auf der Polizeistation bleiben. Als Teamleiter würde Clark das nicht dulden dürfen. Doch das war später nicht mein Problem.

»Also gehst du jetzt los und verabredest dich mit ihr nach dem Essen!«, drängte Clark.

Noch einmal schüttelte ich den Kopf. »Lass uns lieber am Montag auf der Polizeistation mit ihr reden!«

»Und wenn's dann schon zu spät ist, weil das Luder heute Abend einen Zwergenaufstand veranstaltet? Sie säuft doch gerade wie ein Loch und verliert alle Hemmungen! Hast du das nicht bemerkt? Wenn sie dem CI wegen unserer Beförderung hier und jetzt eine Szene macht, ist es damit vielleicht vorbei!«

Ich ließ mir das durch den Kopf gehen. Ganz unrecht hatte Clark nicht. Marilyn war so etwas durchaus zuzutrauen. Auch ohne Alkohol hatte sie keine Hemmungen, ihre Meinung zu sagen.

Clark bemerkte mein Zögern. »Komm am besten so gegen halb zehn mit ihr her! Da ist das Essen rum und das Gehopse in vollem Gange. Niemand wird merken, wenn wir im Gewühl nicht dabei sind. Aber sag ihr nichts von mir!«

Ein letztes Mal protestierte ich. »Warum soll ich sie denn belügen?«

»›Warum soll ich sie denn belügen?‹«, äffte Clark mich nach. »Weil sie sonst nicht mitkommt, du Mondkalb! Aber wir müssen uns endlich Respekt verschaffen und die Kleine zur Räson bringen! Begreifst du das nicht, du Idiot?«

»Nenn mich nicht so!«

»Dann verhalte dich auch nicht so!«

»Oder willst du am Ende riskieren, dass sie auch noch zum Chief Super rennt und sich da ausheult? Das hat sie nämlich ebenfalls angedroht«, mischte Robbie sich ein, »als die Emma sie nicht vorlassen wollte.«

Emma war Harpers Sekretärin, mit der Robbie die kurze Affäre gehabt hatte.

»Das ist doch Quatsch. So was wagt sie nicht! Damit wäre sie bei der ganzen MET unten durch.«

»Eben! Aber das ist dem Weib halt nicht klar. Aber ihr merkt schon, Kameraden, die Flachpfeife hier ist zu feige, um mitzumachen«, wandte Clark sich an Robbie und Jeff. »Der wird ein schöner Teamleiter werden, wenn er sich nicht mal so was zutraut.«

»Jedenfalls bin ich froh, dass ich zu deinem Team gehöre, Clark«, sagte Jeff. »Vor jemandem wie Martin kann man ja keinen Respekt haben. Lässt sich öffentlich ins Gesicht schlagen und wehrt sich nicht mal dagegen.«

Noch heute spüre ich den Druck, den die drei auf mich ausübten. Mir wurde regelrecht übel. Aber da ich dachte, wir wären gute Freunde, begann ich wirklich zu glauben, das Gespräch wäre eine sinnvolle Sache. Natürlich musste jemand Marilyn klarmachen, dass sie seit Jahren gravierend gegen die ungeschriebenen Regeln des Korpsgeists verstieß.

»Nun gut«, stimmte ich schließlich zu. »Aber nur du und ich, Clark. Wir reden Klartext mit ihr, ich seh ein, dass das sein muss. Aber du grapschst sie nicht an oder so. Und in Zukunft lassen wir sie in Ruhe! Einverstanden?«

Clark streckte mir die Hand entgegen. »Ich versprech's.

Wir verschaffen uns nur Respekt als zukünftige Sergeants, sonst nichts.«

Trotz meinem nach wie vor unguten Gefühl schlug ich ein. Ich wollte meine Freunde nicht enttäuschen. Und außerdem war ich ja selbst dabei. Schon allein deshalb konnte Marilyn nichts passieren. Clark wusste, dass ich das nicht zulassen würde.

Auf dem Weg zurück zum Büfett hörte ich, dass die Band inzwischen zu spielen begonnen hatte. Es war ein Stück von Chris de Burgh. Es erinnert mich seither an jenen furchtbaren Abend.

*Don't pay the ferryman, before he gets you to the other side!*

## Auf dem Ausflugsschiff *King George*

»Wenn Sie keine weiteren Fragen mehr haben, würde ich jetzt gern mit der Führung beginnen«, sagte Mr Sommersby. »Denn ich würde vor meinem Dienstbeginn gern noch mal nach Hause fahren.«

Lily entschuldigte sich für die Unannehmlichkeiten, die sie dem Chefsteward bereitete.

Er winkte ab und ging ihr durch das Schiff voraus.

»Die *King George* ist ungefähr einhundert Yards lang und seit dem Jahr 2005 in Betrieb. Anfangs wurde sie für normale Ausflugsfahrten benutzt, 2010 dann zu einem Luxusschiff umgebaut, als die Dinnerfahrten in Mode kamen. Wie ich Ihnen schon sagte, befinden wir uns hier in der ersten Klasse. Die Gäste der zweiten Klasse speisen auf dem unteren Deck. Für die Betriebsfeier wurde das ganze Schiff gebucht. Es waren fast zweihundert Gäste.«

Lily nickte. Diese Informationen hatte sie schon.

Am Ende des Speisesaals befand sich die Tanzfläche und dahinter die Bühne für die Band. Beides nahm fast die gesamte Breite des Raums ein. Deshalb hätte Lily beinahe die kleine Abzweigung übersehen, die, hinter großen Topfpalmen halb verborgen, zu einer Tür führte. Ein rotes Schild wies sie als »privat« aus. Nachdem der Chefsteward sie aufgeschlossen hatte, winkte er Lily zunächst in einen kurzen Flur, von dem zu beiden Seiten je eine Tür abging. Geradeaus gab es eine Toilette, links davon eine schmale Treppe.

»Die vier Ruhekabinen befinden sich auf beiden Etagen, sind aber nur durch die Tür in der ersten Klasse erreichbar«, erklärte Sommersby.

»In welcher Kabine wurde die schmutzige Bettwäsche gefunden?«

»Das ist gleich die hier auf der rechten Seite.« Noch während er antwortete, öffnete der Chefsteward die Tür.

Lily trat ein und sah sich um. Der Raum war winzig, und den größten Teil davon nahm das King-Size-Doppelbett ein. Außer dem Bett befanden sich nur eine kleine Frisierkommode mit Schemel und die Minibar im Raum. Es gab kein Fenster. Der Boden war mit grauen Teppichfliesen ausgelegt, die der Farbe der Tagesdecke entsprachen.

»Haben Sie eben nicht von beigefarbenen Fliesen gesprochen?«

Sommersby nickte. »Die Bodenbeläge werden alle fünf Jahre ausgetauscht. 2011 waren die beigefarbenen Teppiche noch ganz neu. Deshalb war es einerseits so ärgerlich, dass sie durch die Flecken schon unrettbar beschädigt waren. Andererseits hatten wir noch genügend Ersatzfliesen auf Vorrat, um den Schaden schnell zu beheben.«

Ohne viel Hoffnung fragte Lily: »Was haben Sie mit den fleckigen Fliesen getan?«

Der Mann grinste wissend. »Ich kann mir vorstellen, dass Sie gern untersuchen lassen würden, was das für Flecken waren.« Doch dann zuckte er bedauernd mit den Achseln. »Wohin die Fliesen gekommen sind, kann ich nicht sagen. Aber mit hoher Wahrscheinlichkeit haben die Handwerker sie entsorgt.«

Lily gab noch nicht auf. »Um welche Firma handelte es sich?«

»Oh, wir beschäftigen unsere eigenen Handwerker für solche Reparaturen«, antwortete Sommersby nicht ohne Stolz. »Unsere Flotte besteht aus vierunddreißig Schiffen.«

»An wen kann ich mich wenden, um nach den Fliesen zu forschen?«

Sommersby sah Lily mit einem mitleidigen Ausdruck an, nannte ihr aber eine Telefonnummer, die sie sich notierte.

Als Nächstes betraten sie die Toilette am Ende des Gangs. Es stellte sich heraus, dass sie nur über eine Kabine und einen mit einem Kristallspiegel und Marmorbecken ausgestatteten Waschraum verfügte. Alles war klein, aber exklusiv.

»Hier wurde die Handtasche gefunden«, erklärte Sommersby. »Sie befand sich in der Kabine.«

»Hat man außer der Tasche noch andere Spuren gefunden?«

»Das entzieht sich meiner Kenntnis. Denn die Handtasche wurde ja vor dem Bekanntwerden des Todes der Polizeibeamtin entdeckt. Und das Reinigungspersonal ist angehalten, in allen Toiletten auf penibelste Sauberkeit zu achten. Sollten also Spuren vorhanden gewesen sein, sind sie mit Sicherheit sofort beseitigt worden. Die Putzfrau konnte ja nicht wissen, dass sie möglicherweise von Bedeutung sind.«

Lily seufzte. Bisher war sie nicht viel schlauer als vor dem Beginn der Führung. Doch ein Blick in Sommersbys Gesicht verriet ihr, dass er noch etwas in petto hatte.

»Nun folgen Sie mir bitte die Treppe hinunter, dann kann ich Ihnen endlich zeigen, warum ich die Todesumstände so merkwürdig finde.«

Die Treppe führte genau auf einen Ausgang zu.

»Von hier aus gelangt man zu einem kleinen, ebenfalls für unsere exklusiven Gäste reservierten offenen Deck. Es entstand in der heutigen Form erst im Rahmen des Umbaus und ist für die Raucher in den Ruhekabinen gedacht. Denn Rauchen ist im Innern des Schiffs streng verboten!«

Voller Spannung betrat Lily das Deck. Es war asymmetrisch und so klein, dass es als Sitzgelegenheiten nur zwei hochgeklappte Plastikstühle zu beiden Seiten der Tür bot. Zur Rechten befand sich eine stabile Wand, zur Linken eine halbmondförmig gebogene Reling, die im Heck in eine ungefähr eineinhalb Yard lange Gerade auslief, bis sie an die Wand stieß. Dort hatten kaum zwei Personen nebeneinander Platz.

Neben den Klappstühlen befanden sich zwei im Boden verankerte silberne Standaschenbecher. Der Poller stand genau in der Mitte der halbmondförmigen Reling. Er war ungefähr einen Fuß hoch und ebenfalls aus silberfarbenem Metall gefertigt.

»Hierauf befand sich angeblich Blut der Verunglückten. Weil sie, bevor sie über Bord ging, mit dem Hinterkopf dort aufgeschlagen ist.«

»Woher kennen Sie diese Einzelheit? In den Zeitungen stand sie nicht.«

Sommersby überlegte kurz. »Ich glaube, von einem der Manager. Dem hatte man es wohl gesagt.«

Lily verkniff sich ein Seufzen. Also waren die Ermittlungsbeamten auch noch indiskret gewesen. »Was wissen Sie über die Untersuchung dieses Decks?«, fragte sie weiter.

»Nun, dieser Detective Inspector Anderson ließ es sich zeigen, als ich gerade im Gespräch mit diesem Jeff war. Die Spurensicherung kam aber erst am folgenden Morgen. Da war ich aber selbst nicht im Dienst, ein Manager der Thames Cruises war stattdessen da.«

»Und erneut wurde die Ruhekabine nicht untersucht?«

»Ich gehe davon aus«, sagte Sommersby. »Genau weiß ich es nicht. Denn der ganze hintere Bereich war schon am Samstagabend abgesperrt worden. Niemand von uns durfte hinein. Eine Woche nach dem Unfall gab man ihn wieder frei. Ich selbst habe das Siegel an der Eingangstür entfernt. Da wusste ich schon von dem Poller und hab ihn mir sofort angesehen. Aber es war kein Blut mehr darauf. Ich bekam nie heraus, wer es abgewaschen hat. Das weckte meine Neugier.« Dann fragte er gespannt: »Fällt Ihnen noch etwas auf?«

Zuerst wusste Lily nicht, was der Chefsteward meinte. Dann fiel es ihr auf. »Um sich an diesem Poller den Hinterkopf anzuschlagen, müsste man ganz vorn an der Reling gestanden haben, ins Stolpern geraten und schräg rückwärts gefallen sein«, überlegte sie laut. »Hmmm! Das ist merkwürdig!«

»Nicht wahr?«, bestätigte Sommersby. »Aber es kommt noch besser! Ich habe den Abstand zwischen der Heckreling und dem Poller einmal ausgemessen. Selbst wenn man in der äußersten Ecke direkt an der Wand steht, dürfte man nicht größer als ungefähr fünf Fuß sein, um den Poller mit dem Hinterkopf zu treffen. Ich habe die Dame zwar nur flüchtig gesehen, aber sie schien mir größer gewesen zu sein.«

Lily nickte energisch. »Mit einer Größe von fünf Fuß wäre sie gar nicht in den Polizeidienst aufgenommen worden. Ich weiß es zwar nicht genau, glaube aber, Marilyn Stratford war mindestens fünfeinhalb Fuß groß, eher noch größer. Das prüfe ich in meinen Unterlagen sofort nach.«

»Aber selbst wenn Mrs Stratford genau dort an der Reling gestanden und ins Schwanken geraten wäre, hätte sie sich doch sicher daran festgehalten«, argumentierte Sommersby weiter. »Auch unter Alkoholeinfluss.«

»Natürlich!«, stimmte Lily ihm zu.

»Und wenn sie an irgendeiner anderen Stelle auf diesem winzigen Deck ausgerutscht wäre, wäre sie ebenfalls nur durch einen unwahrscheinlichen Zufall mit dem Kopf auf dem Poller aufgeschlagen.«

Lily ging das Deck von einigen Stellen aus ab. Wieder musste sie Sommersby recht geben. Entweder wäre der Abstand zu groß oder zu klein gewesen. Allmählich begann sie zu begreifen, warum es kein einziges Foto von diesem Unglücksort gab. Die Gegebenheiten passten nicht zu Marilyns vermeintlichem Sturz. Wie schon in der Ruhekabine und der Toilette machte sie einige Aufnahmen mit ihrem Handy.

»Aber es gibt noch etwas Unerklärliches. Schauen Sie sich doch noch mal die Reling an! Wie will man denn da über Bord gehen, es sei denn, man steigt auf die erste Sprosse?«

Jetzt erkannte Lily auf Anhieb, was Sommersby meinte. Sie ging zum Heck. Die Reling reichte ihr bis über die Taille. Da sie möglicherweise sogar ein wenig größer war als Marilyn Stratford, hätte diese auch bei starkem Wellengang unmöglich über Bord fallen können. Selbst wenn sie sich weit vorgebeugt hätte, um sich in den Fluss zu erbrechen. Zudem hätte sie sich auch dabei sicherlich festgehalten.

Lily schwirrte der Kopf von all diesen Ungereimtheiten. Eines stand jedoch schon jetzt für sie fest: Bei Marilyn Stratfords Tod war es nicht mit rechten Dingen zugegangen. »Was liegt hinter der Wand?«, fragte sie noch, bevor sie das Deck wieder verließen.

»Auf der anderen Seite des Hecks sind die Küche und Lagerräume untergebracht. Wie Sie sehen, ist das Deck für die Gäste der Ruhekabinen viel schmaler als das Heck des gesamten Schiffs. Denn hinter der Wand befindet sich der Raucherbereich für das Personal.«

Lily merkte auf. »Wurde denn ermittelt, ob es unter dem Personal zufällig Zeugen des Unfalls gab? Die zum Beispiel hörten, wie Marilyn ins Wasser fiel, ohne sich etwas bei dem Geräusch zu denken?«

Sommersby grinste sardonisch. »Meines Wissens nicht, Mrs Brown.«

»Haben Sie damals selbst einmal nachgefragt?«

»Nicht sofort, das gebe ich zu. Aber nachdem das Schiff längst wieder in Betrieb genommen worden war, hat ein Küchenmädchen erzählt, dass sie am fraglichen Abend Stimmen hinter der Wand gehört habe. Männliche Stimmen. Da sie nicht wusste, dass die Ruhekabinen an diesem Abend nicht gebucht worden waren, hat sie sich nichts dabei gedacht.«

»Haben Sie das dem Ermittler gemeldet?«

Sommersby hob die Schultern. »Warum hätte ich das tun sollen? Die Untersuchung war doch längst abgeschlossen und der Fall zu den Akten gelegt. Mein Management wäre not amused gewesen, wenn die *King George* auf diese Weise wieder in die Schlagzeilen geraten wäre.«

»Und das Küchenmädchen ist längst nicht mehr hier beschäftigt«, vermutete Lily resigniert. »Wissen Sie denn wenigstens, wie sie hieß?«, fragte sie.

»Leider nein«, bedauerte Sommersby. »Auch der Küchenchef hat seither schon mindestens dreimal gewechselt.«

## Martin Gordons Bericht

Es dauerte seine Zeit, bis ich Marilyn ansprechen konnte. Erst so gegen Viertel vor neun, als gerade der Nachtisch mit großem Tamtam aufgebaut wurde. Vorher hatte Harper seine Rede gehalten und sich bei allen für die tolle Zusammenarbeit in der Central Southwark Police Station bedankt.

Während Harpers Rede war Marilyn aufgestanden und in Richtung der Damentoiletten gegangen. Dass ausgerechnet sie als Sitznachbarin seine Rede zum Teil boykottierte, muss ein Affront für ihn gewesen sein. Vielleicht trug das auch später dazu bei, dass er die Ermittlungen nach dem angeblichen Unfall so stark behinderte und schließlich alles vertuschte.

Aber es ist heute müßig, darüber zu spekulieren. Hätte ich mich nicht als Lockvogel hergegeben, wäre das alles gar nicht passiert.

Doch ich ging Marilyn nach und sprach sie an, als sie aus der Toilette kann. »Kann ich mal kurz mit dir reden?«

Sie sah misstrauisch aus, ihr Atem roch deutlich nach Alkohol. »Ich glaube nicht, dass ich was zu bereden hätte«, antwortete sie schnippisch. »Jedenfalls nichts, was ich nicht vorher CI Harper gesagt habe. Oder wenn es sein muss, auch dem Chief Super.«

Mein Herz begann rascher zu schlagen. Nun hatte ich aus ihrem eigenen Munde gehört, was Robbie nur vom Hörensagen kannte. Marilyn wollte nichts unversucht lassen, um meine Beförderung zu verhindern. Also war eine rasche Klärung zwischen uns noch viel nötiger, als ich gedacht hatte. Aber wie sollte sie aussehen?

Plötzlich hatte ich das alles satt. Ich erinnerte mich an ein Gespräch zwischen Marilyn und Sue, das ich zufällig ein paar Tage zuvor unbemerkt mit angehört hatte und in dem es um ihre schwierige Situation als Polizistinnen gegangen war. Damals hatte mich das Gespräch noch kalt gelassen, doch jetzt verhalf es mir zu einer Entscheidung.

Aber auch ich hatte schon zu viel getrunken, um die Situation klar einzuschätzen. In diesem Augenblick glaubte ich noch fest daran, Clark von meiner Linie überzeugen zu können. Ich wollte Marilyn keinen Schuss vor den Bug mehr verpassen, sondern endlich Frieden mit ihr schließen und mich für alles entschuldigen, was ich und die anderen ihr angetan hatten. Und versprechen, dass es nicht mehr vorkommen würde. Im Gegenzug sollte sie darauf verzichten, unsere Beförderung zu verhindern, und uns als Teamleitern eine Chance geben. Das schien mir ein guter Deal zu sein.

»Lass dir das doch durch den Kopf gehen, Marilyn!«, bat ich daher. »Ich gebe zu, dass ich mich in der Vergangenheit wie ein Arschloch benommen habe. Aber jetzt soll ich befördert werden und hab viel über meine neue Rolle nachgedacht. Ich würde gern reinen Tisch machen, bevor ich meinen Posten als Sergeant antrete. Und verspreche dir, mich zu bessern. Gib mir doch wenigstens die Möglichkeit dazu und sprich dich mit mir aus! Danach kannst du immer noch entscheiden, was du tun willst.«

Marilyn blieb erst mal widerspenstig. »Ich denk drüber nach und lass es dich wissen.«

»Also reden wir am Montag darüber?« Einen kurzen Augenblick lang war ich sogar erleichtert, dass mir das heutige Gespräch erspart bleiben würde.

»Vielleicht«, erwiderte Marilyn vage. Dann ging sie zurück an ihren Tisch.

Ich sah mich um. Weder Clark noch Jeff oder Robbie waren irgendwo zu sehen. Ich ging in den Raucherbereich im Freien, um sie zu suchen, aber da waren sie auch nicht. Auch gut, dachte ich, dann sag ich Clark eben spätestens um zehn Uhr am Treffpunkt Bescheid, dass Marilyn nicht kommen wird. Und dass ich mich mit ihr aussöhnen will, anstatt sie unter Druck zu setzen. Und wenn er nicht mitzieht, dann eben ohne ihn, dachte ich trotzig. Aber so geht es nicht weiter.

Für kurze Zeit war ich mit mir im Reinen. Doch dann nahm das Unglück seinen Lauf.

Ich suchte in der Menge noch immer nach Clark, den ich auch im Festsaal der unteren Etage nicht gefunden hatte. Da sah ich, dass Marilyn erneut versuchte, mit CI Harper zu sprechen. Er war gerade auf dem Weg zur Tanzfläche, als sie ihn am Arm packte. Doch Harper schnauzte Marilyn an und löste grob ihre Hand. Dann ließ er sie einfach stehen.

Als sie mich sah, kam sie zielstrebig auf mich zu. Bei dem Lärm verstand ich sie zunächst gar nicht, als sie mich ansprach, und beugte mich zu ihr.

»Ich hab es mir überlegt«, sagte sie dicht an meinem Ohr. Ihre Stimme klang schon etwas lallend. »Sag mir von mir aus noch heute Abend, was du zu sagen hast.« Sie sah sich suchend um. »Aber hier ist es viel zu laut.«

Ich nickte und zog sie ein Stück zur Seite. »Ich kenne einen Ort, wo es ruhiger ist. Da gibt es einen kleinen Besprechungsraum, in den wir gehen können.« Ich führte sie zu der Tür im hinteren Teil der Schiffsetage, die in den abgesperrten Bereich führte. Sie war offen. Ich ließ Marilyn den Vortritt und machte die Tür wieder zu.

Wir kamen in einen kurzen Flur mit je einer Tür zu beiden Seiten. Unter der rechten drang ein Lichtschein hervor. Also war Clark schon da.

Ich holte tief Luft und klopfte.

Im selben Moment wurde die Tür aufgerissen. Clark stürzte heraus und packte Marilyn am Arm, als sie instinktiv flüchten wollte. Dann ging alles sehr schnell.

Clark zerrte Marilyn in den Raum. Zu meinem Entsetzen sah ich, dass es kein Besprechungsraum, sondern eine Art Schlafzimmer mit einem großen Doppelbett war. Und Clark war nicht allein. Sie waren sogar zu viert. Der kleine Raum quoll geradezu über von so vielen Menschen.

»Was soll das?«, herrschte ich ihn an. »Das ist gegen unsere Abmachung!«

»Halt die Schnauze!«, erwiderte er grob. »Wir wollten das Weib zur Räson bringen. Das hast du doch gewusst!« Er lachte höhnisch auf. »Du kannst gerne mitmachen, wenn wir unseren Spaß mit ihr haben! Schau mal her! Hinterher erinnert sich die Schlampe an gar nichts mehr.«

Er schwenkte ein braunes Fläschchen vor meiner Nase. Es waren die K.-o.-Tropfen, die wir erst gestern konfisziert hatten.

Ich spürte das Blut in meinen Adern rauschen. Mich ergriff eine ungeheure Wut. »Du bist und bleibst ein Arschloch, Clark!«, brüllte ich. »Und ihr anderen seid auch

Arschlöcher!« Dann packte ich Clark am Revers seines Jacketts. »Du lässt sie jetzt auf der Stelle gehen! Zu so was gebe ich mich nicht her!«

Als Antwort spürte ich einen furchtbaren Schmerz im Unterleib. Er hatte mir das Knie mit voller Wucht in die Eier gestoßen. Während ich mich krümmte, nahm ich das, was dann passierte, nur schemenhaft wahr. Doch es verfolgt mich immer noch in meinen Träumen. In jüngster Zeit fast jede Nacht.

Ich sehe Marilyns angstgeweitete Augen und ihren Versuch, sich aus Jeffs Klammergriff zu befreien, der ihr die Arme auf den Rücken dreht. Ich sehe Clark, der ihr die Hand auf den Mund presst, als sie zu schreien beginnt. Dann hält er ihr die Nase zu, bis sie mit offenem Mund nach Luft schnappt, und streckt den Arm aus. Robbie reicht ihm das Fläschchen.

Sie flößen ihr den Inhalt mit Gewalt ein. Die ersten Schlucke spuckt sie aus. Doch dann sinkt sie schlaff nach hinten.

Ich richte mich mühsam auf und wanke auf Clark zu, der an Marilyns Bluse nestelt. Ich zerre ihn am Haar, als er blitzschnell herumfährt und mir die Faust ins Gesicht schlägt. Ich stolpere zurück und schlage hart mit dem Kopf an die Tür. Dann wird alles um mich herum schwarz.

Als ich benommen aufwachte, lag ich im Flur auf dem Boden. Kopf und Unterleib schmerzten wie rasend. Trotzdem hörte ich die unterdrückten Geräusche der Vergewaltigung durch die Tür der Kabine. Lustvolles Stöhnen, schmutziges Gelächter, gedämpfte Anfeuerungsrufe. Allerdings keinen Ton von Marilyn. Offenbar war sie weiter betäubt.

Einen Augenblick lang überlegte ich, wieder hineinzugehen und dem Treiben Einhalt zu gebieten. Doch selbst wenn sie die Tür nicht abgeschlossen hätten und ich nicht in einem so elenden Zustand gewesen wäre, wäre ich der Übermacht drinnen hoffnungslos unterlegen gewesen. Ich hätte mir nur eine weitere Tracht Prügel eingehandelt.

Also kroch ich mühsam zur Ausgangstür des abgesperrten Bereichs und zog mich mit meinen letzten Kräften daran hoch. Ich öffnete sie einen Spalt breit und hörte die Tanzenden vor der Bühne johlend mitsingen und mit den Füßen stampfen. Die laute Musik und das Gegröle dröhnten in meinen Ohren und verstärkten meinen Kopfschmerz. Als ich um die Ecke lugte, sah ich, dass die Tanzfläche überfüllt war.

Ich mischte mich unter die Menge. In dem Gewühl achtete sowieso niemand auf mich. Ich fand schließlich eine Nische, in der ich Seelenkämpfe mit mir ausfocht, was ich nun tun sollte. Anstatt auf der Stelle zu handeln.

Heute frage ich mich immer wieder, warum, ja, warum ich so feige zögerte, Hilfe herbeizuholen. Ich kann es nicht darauf schieben, dass ich wegen des Alkohols und der Schmerzen nicht mehr klar denken konnte. Denn ich wusste in jeder Sekunde, dass Clark und seine Komplizen gerade ein furchtbares Verbrechen begingen.

Ich wusste aber auch, dass ich sie noch bis vor wenigen Stunden für meine Freunde gehalten hatte. Ich wusste, dass auch meine Karriere zu Ende sein würde, wenn ich das Jubiläumsfest unseres Chief Inspector versauen würde, noch dazu mit etwas, das ich selbst mit verursacht hatte.

Ich wusste außerdem nicht, wie ich Betsy noch unter die Augen treten sollte, wenn im Rahmen der Ermittlungen herauskommen würde, dass auch ich bis zu diesem Tag zu den frauenfeindlichen Machos in der Central Southwark

Police Station gehört hatte. Vielleicht hätte sie mich auf der Stelle verlassen und Judy mitgenommen.

Außerdem konnte ich nicht einschätzen, ob sich Marilyn aufgrund der K.-o.-Tropfen später überhaupt an das würde erinnern können, was geschehen war. Dann wäre ich womöglich der einzige Zeuge gegen meine ehemaligen Kumpel.

Ich weiß heute, dass keiner dieser Zweifel meine Feigheit entschuldigen kann. Auch nicht, dass ich nicht ahnen konnte, dass der Vorfall einen tödlichen Ausgang nehmen würde. Ich war einfach gefangen in den Fesseln jenes Korpsgeists, den ich seit meinen ersten Tagen als Polizist verinnerlicht hatte. Man schwärzt keine Kollegen an. Nie! Um keinen Preis der Welt!

Die Zeit schritt voran. Schließlich musste ich davon ausgehen, dass sich die Schweine mittlerweile alle an Marilyn vergangen hatten und Hilfe ihr gar nichts mehr genützt hätte. In meinem Elend und meiner Trunkenheit machte ich mit mir selbst einen Deal: Sollte sich Marilyn an die Vergewaltigungen und die Täter erinnern oder auch nur Anzeige erstatten, dass sie unter Betäubung missbraucht worden sei, würde ich mich als Zeuge melden und ihr zur Seite stehen.

Aber wenn ich ganz ehrlich zu mir selbst bin, hoffte ich in meiner bodenlosen Feigheit, dass sie alles auf sich beruhen lassen würde. Denn auch ihre Karriere bei der Polizei wäre unwiderruflich zu Ende gewesen, wenn sie Anzeige erstattet hätte. Selbst wenn man die Schuldigen zur Rechenschaft gezogen und streng bestraft hätte, wäre sie als Beamtin bei der MET nicht mehr tragbar gewesen.

Und so nimmt die Tragik meines Lebens von jenem Abend an ihren Lauf. Als Clark und seine Genossen die arme Sue fast zwei Jahre später so furchtbar demütigten, war für mich klar, dass ich nicht noch einmal so hasenherzig sein würde wie an jenem Abend der Betriebsfeier.

Aber die Rachegöttin nahm meine Sühne nicht an. Weder überlebte Betsy ihre Krebserkrankung, noch verringerte es meine Schuldgefühle über Marilyns Tod.

Als Nemesis mich dann auch in Dover einholte, war ich nicht wirklich überrascht. Nur verzweifelt und schließlich resigniert. Hätte ich Clark in der Bank doch nur ins Herz getroffen! Das Ende meiner Polizeilaufbahn würde ich heute als Preis gerne in Kauf nehmen.

Aber wie das meiste in meinem Leben gelang mir auch das nicht. Wenn es Gerechtigkeit für Marilyn gibt, dann nur nach meinem Tod.

## KAPITEL 37

### Dans Apartment in London

*Samstag, 3. August, am Abend*

Als Dan gegen sieben Uhr abends endlich nach Hause kam, schwankte Lily zwischen Angst und Wut. Was einzig und allein daran lag, was sich seit dem Nachmittag in Dans Apartment abgespielt hatte.

Bevor sie dorthin zurückgekehrt war, hatte sie in der Nähe der Westminster Abbey zu Mittag gegessen, ihre Notizen systematisiert und vervollständigt und einen langen Spaziergang am Themseufer gemacht. Danach gab es für sie keinen Zweifel mehr, dass die Untersuchung von Marilyn Stratfords Tod nur deshalb so schlampig vonstatten gegangen war, weil Chief Inspector Jeremy Harper persönlich die Ereignisse auf der *King George* um jeden Preis vertuschen wollte.

Aber leider gab es dafür nur Indizien, keine Beweise. Alle Spuren waren vernichtet worden, entweder per Zufall durch die Reinigung des Tatorts oder systematisch im Laufe von Jonathan Andersons Ermittlungen. Lily brannte darauf, ihre Erkenntnisse mit Dan zu diskutieren. Vielleicht hatte er ja einen Rat, wie es jetzt weitergehen könnte.

Zu ihrer Verärgerung erreichte sie jedoch nur seine Mailbox. Nachdem sie zwei Nachrichten hinterlassen hatte, ohne dass er sie zurückrief, gab sie auf. Sie beschloss, zu seinem Apartment zu fahren und sich bis zu seiner Rückkehr ein wenig auszuruhen. Nach der kurzen Nacht und dem anstrengenden Besuch auf dem Schiff fühlte sie sich plötzlich sehr erschöpft.

Ihre Hoffnung, dass Dan schon zu Hause sein würde, verflog sofort, als sie sein Apartment betrat. Auch dort hatte jemand eine Nachricht auf der Mailbox des Festnetzes hinterlassen. Die Anzeige an Dans Telefon blinkte heftig.

Kurz war Lily versucht, die Mailbox abzuhören, unterließ es dann aber. Kaum hatte sie sich einen Kaffee gemacht, klingelte das Telefon schon wieder. Kurz entschlossen nahm Lily den Hörer ab und meldete sich. Wie am Morgen legte der Anrufer sofort auf.

Als das Telefon im Lauf der nächsten beiden Stunden noch zweimal klingelte und Dan noch immer nicht auf seinem Handy erreichbar war, platzte Lily der Kragen. Mittlerweile war sie sicher, wer da ständig anrief.

Und in der Tat! Als sie in ihrem Zorn schließlich doch Dans Mailbox abhörte, ertönte eine ihr wohlbekannte Stimme. »Dan, ruf mich sofort zurück! Ich weiß, dass diese Frau heute Nacht bei dir war. Das verstößt gegen unsere Abmachungen über Diana.«

Also hatte ich recht, durchfuhr es Lily heiß und kalt. Da läuft etwas zwischen Dan und Jocelyn, das mit dem ungeborenen Baby zu tun hat. Und zwar schon seit geraumer Zeit!

Noch zwei weitere Male klingelte Dans Telefon. Lily bezwang ihren Impuls, abzuheben und Jocelyn zur Rede zu stellen. Als Dan endlich nach Hause kam, war selbst ihr aufschlussreicher Besuch auf der *King George* weit in den Hintergrund getreten. Ihre Gedanken kreisten nur noch um die Frage, was Jocelyn von Dan wollte und worauf er sich möglicherweise bereits eingelassen hatte.

Da das Adrenalin seit Stunden durch ihre Adern floss,

überfiel sie Dan, noch bevor er seine Windjacke abgelegt hatte. »Jocelyn hat dauernd hier angerufen. Zumindest vermute ich das. Auf jeden Fall hat sie dir eine Nachricht auf der Mailbox hinterlassen, die ich abgehört habe. Was geht hier vor?«

Dan wurde bleich wie die Wand, seine graublauen Augen weiteten sich. »Du hast meine Mailbox abgehört? Spionierst du mir neuerdings nach?«

Lily war viel zu wütend, um kaltblütig zu reagieren. »Weich nicht auf einen Nebenkriegsschauplatz aus! Ich spüre schon seit Wochen, dass irgendwas mit dir los ist. Was verbirgst du vor mir?« Als Dan nicht gleich antwortete, setzte sie nach: »Es hat mit der kleinen Diana zu tun. Jocelyn erpresst dich mit ihr, nicht wahr?«

Nur einen kurzen Moment lang wirkte auch Dan wütend. Dann ließ er sich auf den einzigen Sessel in seinem kleinen Apartment sinken und schlug die Hände vors Gesicht.

Lilys Zorn verrauchte. Sie hockte sich neben ihn und legte ihm einen Arm um die Schultern. »Also, sag mir, was sie von dir verlangt«, bat sie so sanft wie möglich.

»Sie will mir das gemeinsame Sorgerecht und möglicherweise jedes Umgangsrecht mit dem Kind verweigern, wenn ich Diana in deiner Gegenwart zu mir nehme«, presste er hervor.

Lily war zunächst sprachlos. »Aber … Aber … Das würde ja bedeuten, dass wir nicht zusammenziehen können«, stammelte sie. »Und uns nicht mal an jedem Wochenende treffen.«

Dan nickte unglücklich. »Sie hat auch verlangt, dass du mich nicht in meiner Londoner Wohnung besuchst. Selbst wenn Diana nicht bei mir ist. Um ihr zu beweisen, dass ich es ernst meine, solltest du dich ab sofort nicht mehr in der

Wohnung aufhalten. Und jetzt weiß sie, dass ich mich nicht daran gehalten habe. Deshalb hab ich heute mein Handy ausgeschaltet, da sie ununterbrochen angerufen hat.«

»Und mit welchem Recht tut sie dir so etwas an?« Nun gewann die Empörung in Lily wieder die Oberhand.

»Sie argumentiert, dass es allein meine Schuld sei, dass Diana nicht in eine intakte Familie hineingeboren wird. Von den sogenannten Patchwork-Familien hält sie nichts. Mittlerweile will sie sogar die Scheidung einreichen, um ihren Forderungen Nachdruck zu verleihen.«

Lily nahm dies mit gemischten Gefühlen auf. Einerseits schien Jocelyn klar zu sein, dass ihre Ehe mit Dan keine Zukunft mehr hatte. Andererseits wollte sie die strittige Frage des Sorgerechts schon vor Dianas Geburt in Angriff nehmen. Um sich an Dan zu rächen, benutzte sie ihr ungeborenes Kind!

»Aber du musst dich wehren! Du musst zu einem Anwalt gehen und dich beraten lassen!«

Dan schluchzte trocken auf. Das griff Lily ans Herz. Sie hatte ihn noch nie weinen sehen. »Ich war schon bei einem Anwalt. Der hat mir wenig Mut gemacht. Da ich mich schon vor Dianas Geburt von Jocelyn getrennt habe, könnte ein Familienrichter argumentieren, das Kind würde von vornherein in instabilen Verhältnissen aufwachsen, wenn ich mir das Sorgerecht mit ihr teile. Durch meinen unsteten Beruf hätte ich außerdem keine Möglichkeit, mich so intensiv um das Kind zu kümmern, dass auch zu mir als Vater eine feste Bindung entstünde. Möglicherweise könnte ein Gericht daher verfügen, dass ich Diana erst kennenlernen darf, wenn sie zwei Jahre oder noch älter ist. Also stabil genug, um einen ständigen Wechsel der Hauptbezugspersonen zu verkraften.«

Lilys Hände begannen zu zittern. Ihr Herz schlug hart

gegen ihre Brust. »Gibt es denn schon solche furchtbaren Urteile, die die Interessen der Väter derart hintanstellen?«

Dan nickte. »Die gibt es. Gegen Väter, die straffällig geworden oder alkoholkrank sind. Oder ihre schwangeren Ehefrauen vor der Trennung misshandelt haben. Da ist das sogar die Regel.«

»Aber das ist doch mit deiner Situation überhaupt nicht vergleichbar!«

»Natürlich nicht. Aber du weißt doch selbst, wie unvorhersehbar Polizeiarbeit ist. Dass ich nicht garantieren kann, Diana zu festen Zeiten zu mir zu nehmen, geschweige denn über einen längeren Zeitraum zu betreuen, um eine feste Beziehung zu ihr aufzubauen. Damit will Jocelyn vor Gericht argumentieren. Sie scheut nicht einmal davor zurück, darauf hinzuweisen, dass mein Beruf gefährlich ist und mich sogar das Leben kosten könnte, was jedes kleine Kind traumatisieren würde.«

Wieder wallte Empörung in Lily auf. »Aber das ist doch alles kompletter Nonsense! Das weißt du genau! Jocelyn geht es nicht um Diana, sondern nur darum, unsere Beziehung zu zerstören. Weil sie es nicht ertragen kann, dass du sie meinetwegen verlassen hast.«

Wieder schluchzte Dan auf. Diesmal stahl sich sogar eine Träne aus seinem Auge. Hilflos streichelte er Lilys Hand. »Das weiß ich. Aber mein Anwalt sagt, vor Gericht würde dies keine Rolle spielen. Da ginge es im Zweifelsfall ausschließlich um das Kindeswohl.«

»Und … und wenn du sagst, dass wir bald heiraten wollen?«, formulierte Lily eine kühne Idee. »Dann hätte Diana doch stabile Bezugspersonen. Wenn du nicht da bist, sorge ich halt für die Kleine. Ich muss auch nicht so viel und so unregelmäßig arbeiten wie du.«

Dan lächelte unter Tränen. »Wie lieb, dass du das vorschlägst. Aber ob ein Familiengericht sich darauf einlassen würde, ist unklar. Danach habe ich den Anwalt nämlich auch gefragt. Das Gericht könnte argumentieren, dass du ebenfalls voll berufstätig bist und deine Tätigkeit einschränken oder sogar aufgeben müsstest, um Diana zu betreuen, wenn ich nicht zur Verfügung stehe.«

»Könnte … Würde … Vielleicht!« Plötzlich war Lily der Zweifel überdrüssig. »Dann suchen wir uns einen Anwalt, der sich nicht gleich in die Hosen macht. Mit dem kämpfen wir um dein Sorgerecht und müssen eben abwarten, wie die Richter entscheiden. Notfalls gehen wir in die zweite Instanz.«

Dan lächelte müde und streichelte weiter Lilys Hand. »Leider geht es nicht um eine juristische Klärung, die notfalls Zeit hat, sondern um einen kleinen Menschen. Was nützt uns eine zweite Instanz, wenn Diana dann schon mehrere Monate oder sogar ein Jahr alt ist, ohne dass ich Kontakt zu ihr haben durfte?«

Lily fühlte sich plötzlich, als hätte alle Kraft sie verlassen. »Und was hast du dir selbst überlegt?« Sie ahnte bereits, dass Dans Antwort niederschmetternd für sie wäre.

»Ich muss auf jeden Fall eine gerichtliche Auseinandersetzung mit Jocelyn vermeiden. Sie daran hindern, die Scheidung einzureichen, bevor Diana geboren ist. Und dann dafür sorgen, dass die Kleine mich vom ersten Moment an als Vater kennenlernt.« Er holte tief Luft. »Also jede freie Minute mit der Kleinen verbringen, die ich erübrigen kann.«

»Und was wird dann aus uns?« Lily spürte, dass ihr schwindlig wurde. Ihr Herz schlug wie rasend, rote Flecken tanzten vor ihren Augen. Wie durch Watte hörte sie Dans Antwort.

»So leid es mir täte, Darling, und es täte mir unendlich

leid«, beteuerte er, »aber wir müssten unsere Beziehung erst einmal auf Eis legen. Ein oder allerhöchstens zwei Jahre lang. Bis meine Beziehung zu Diana gefestigt genug ist und mir Jocelyn das Sorgerecht nicht mehr so einfach streitig machen kann.«

Er hob Lilys Gesicht an und schaute ihr in die Augen. Sein Blick bekam etwas Flehendes. »Du bist meine große Liebe, die Frau meines Lebens, Lily. Ich bin sicher, unsere Beziehung würde das verkraften.«

Auf einmal wich Lilys Schock einer kühlen Nüchternheit. »Dan, ich werde in wenigen Tagen zweiunddreißig Jahre alt. Und wünsche mir eine stabile Partnerschaft und selbst ein Kind. Daher kann ich dir hier und heute nicht versprechen, dass ich so lange auf dich warte. Darüber muss ich gründlich nachdenken.«

Sie stand auf und spürte, dass die Kraft in ihre Beine zurückkehrte. »Und jetzt fahre ich zurück nach Canterbury. Was ich heute auf der *King George* ermittelt habe, sende ich dir als E-Mail. Zusammen mit der Bitte für einige weitere Nachforschungen.«

Dan ergriff ihre Hand und hielt sie fest. »Gibst du uns denn noch eine Chance? Auch unter diesen Bedingungen?«

Lily holte tief Luft. »Genau das kann ich dir heute Abend nicht sagen, Dan. Vorerst möchte ich keinen privaten Kontakt mehr zu dir.«

Er zuckte zurück, als hätte sie ihn geschlagen. Das tat Lily so weh wie ihm selbst. Doch es musste sein.

»Hilf mir weiter bei diesem Fall Marilyn Stratford! Sie ist mit an Sicherheit grenzender Wahrscheinlichkeit ermordet worden. Das habe ich heute in Erfahrung gebracht. Aber sonst lass mir bitte die Zeit, die ich brauche, um eine Entscheidung von solcher Tragweite zu treffen.«

## KAPITEL 38

**Lilys Praxis**

*Dienstag, 6. August 2019*

Lily kaute appetitlos auf ihrem Wrap herum, den sie sich aus dem M&S Coffeeshop besorgt hatte, der nur ein paar Schritte von ihrer Praxis in der Rose Lane entfernt lag. Für Matt Rider hatte sie den Salat mitgebracht, um den er sie gebeten hatte.

Sie hörte, wie Matt seinen letzten Patienten entließ. Dann klopfte er an Lilys Praxistür. Sie wäre zwar am liebsten allein geblieben, um sich weiter ihrem Kummer über die jüngste Entwicklung mit Dan hinzugeben, wollte Matt aber auch nicht abweisen.

»Ich komme!«, kündigte sie an und legte den Rest ihres Wraps auf den Teller. »Dein Salat steht im Kühlschrank.«

Wenig später setzte sie sich zu Matt an den kleinen Tisch in der Teeküche. Sie bemerkte den prüfenden Blick sofort, mit dem er sie betrachtete.

»Ich hoffe, das Joghurtdressing ist dir recht«, machte sie einen Versuch, einem ernsthaften Gespräch auszuweichen, und wusste zugleich, dass es ihr nicht gelingen würde. Selbst wenn sie eine Fremde für Matt gewesen wäre, hätte der seit Jahrzehnten erfahrene Psychotherapeut sofort erkannt, dass es ihr sehr schlecht ging.

In der Tat hatte sie seit ihrer Rückkehr aus London am Samstagabend kaum geschlafen. Den ganzen Sonntag lag sie entweder apathisch auf ihrem Bett oder weinte sich die

Augen aus. Dan hatte zweimal versucht, sie anzurufen, und sowohl auf dem Festnetz als auch auf ihrem Handy eine Nachricht hinterlassen.

Sie hatte nicht darauf reagiert, was sie sehr schmerzlich an die Zeit vor einem Jahr erinnerte, als Dan nach Jocelyns Fehlgeburt versucht hatte, die Beziehung zu ihr wieder aufzunehmen. Damals war sie viel zu wütend über seine Lügen gewesen, um darauf einzugehen. Heute war sie nur abgrundtief traurig über das Dilemma, in das Jocelyns Forderungen Dan gestürzt hatten. Trotzdem sah sie damals wie heute keine wirkliche Perspektive mehr für eine Fortsetzung ihrer Beziehung.

Gestern hatte sie noch gehofft, die Arbeit würde sie ablenken. Stattdessen hatte sie alle Mühe gehabt, sich auf ihre Behandlungen zu konzentrieren. Heute war es ihr genauso ergangen. Deshalb spielte sie bereits mit dem Gedanken, ihren restlichen Patienten bis zum Ende der Woche abzusagen und sich daheim zu verkriechen.

Dazu trug auch bei, dass Gregory Parker in dieser Woche im Urlaub war, sodass ihr Versuch, ihn über ihre Ermittlungsergebnisse auf der *King George* zu unterrichten, gescheitert war. Es würde bis zur nächsten Woche dauern, bis er ihre Mail dazu las.

Gleich nach seinem ersten Bissen sprach Matt Lily direkt auf ihren Zustand an. »Es geht dir gerade verdammt schlecht, Lily. Das habe ich schon gestern gemerkt. Und jetzt sag mir nicht, du willst nicht mit mir darüber reden. Wozu sind Freunde da, wenn sie sich in solchen Situationen nicht beistehen?«

»Du kennst mich einfach zu gut, Matt«, seufzte sie.

Matt schürzte die Lippen. »Selbst wenn ich dich heute zum ersten Mal sehen würde, wären mir die tiefen Schatten um die Augen aufgefallen. Sie sind außerdem gerötet, als hättest du viel geweint. Auch dein Gesicht wirkt schmal und ausgezehrt. Es kommt mir sogar so vor, als hättest du von gestern auf heute an Gewicht verloren.«

»Über Letzteres würde ich mich sogar freuen«, versuchte Lily, die meistens unzufrieden mit ihrer Figur war, zu scherzen.

Matt machte eine abwehrende Handbewegung. »Weich mir nicht aus, Lily! Da ist doch wieder irgendwas mit Dan. Ist er zu seiner Jocelyn zurückgekehrt, weil sie jetzt doch ein Kind von ihm bekommt?«

»Nein! Da tust du ihm unrecht!« Lily war selbst überrascht über die Heftigkeit, mit der sie Dan verteidigte. »Es hat zwar mit dem Ungeborenen zu tun, aber ganz anders, als du denkst.«

Dann berichtete sie Matt über Dans Dilemma und merkte, wie sehr es sie erleichterte, sich ihren ganzen Kummer von der Seele zu reden.

Doch Matt, der zunächst sehr aufmerksam zugehört hatte, reagierte ganz anders, als sie erwartete. »Es tut mir sehr leid für dich, dass du schon wieder solche Probleme mit Dan hast. Aber ich würde dich gern ehrlich fragen, wie viele Schleifen du noch mit ihm drehen willst, bevor du endlich die nötigen Konsequenzen ziehst.«

»Du meinst, ich soll mich jetzt endgültig von ihm trennen?« Lily verstand sofort, worauf Matt hinauswollte, spürte jedoch zu ihrer eigenen Überraschung, dass sich alles in ihr dagegen sträubte.

»Ja!«, bekräftigte Matt energisch. »Schau doch endlich mal hinter seine Fassade! Erst hat er dir verschwiegen, dass er verheiratet ist, und Jocelyns erste Schwangerschaft verheimlicht. Und jetzt behauptet er, sie würde ihn mit dem Sorgerecht für die kleine Diana erpressen. Dabei geht er von lauter Wenns und Abers aus, obwohl rechtlich noch nicht einmal das erste, geschweige denn das letzte Wort über das zukünftige Sorgerecht gesprochen ist.«

Noch bevor Lily ihm widersprechen konnte, setzte Matt seine Argumentation fort. »Er geht jedem Problem aus dem Weg, anstatt den Stier bei den Hörnern zu packen. Wie willst du mit solch einem wankelmütigen Mann eine sichere Zukunft begründen? Immer findet er einen anderen Vorwand, um sich nicht für dich zu entscheiden. Fällt dir das denn nicht auf, Lily?«

»Aber dieser Vorwand ist anders als die früheren«, verteidigte sie ihn schwach.

Matt lächelte spöttisch. »Hast du gerade gemerkt, welchen Begriff du selbst verwendet hast? Auch seine jetzige Forderung, eure Liebe jahrelang auf Eis zu legen, bis er eine Beziehung zu seinem Kind aufgebaut hat, hast du ›Vorwand‹ genannt. Im Grunde deines Herzens weißt du also, dass Dan sich nie ändern wird und euer Verhältnis auf tönernen Füßen steht.«

»Aber ich liebe ihn!«

»Weil du dich von ihm hast blenden lassen und nicht siehst, was für Alternativen du hast. Da gibt es Männer, die alles für dich täten und nicht bei jedem kleinen Hindernis aufgeben!«

Sofort war Lily klar, dass Matt sich selbst damit meinte. Sie wusste, dass er sich mehr von ihr wünschte, als sie zu geben bereit war. Aber sie hatten es nie thematisiert, was dazu geführt hatte, dass Matt die Hoffnung nie aufgegeben hatte.

Deshalb musste sie es jetzt endlich aus seinem Munde hören. »Ich habe den Eindruck, du sprichst gerade von dir, Matt.«

Eine Mischung aus Ängstlichkeit und Trotz erschien auf seinem Gesicht. »Natürlich tue ich das, Lily. Dass ich dich aus ganzem Herzen liebe, kann dir doch unmöglich verborgen geblieben sein. Ich warte auf dich, seit du letztes Jahr nach Canterbury gekommen bist. Immer in der Hoffnung, dass du endlich erkennst, dass Dan nur ein Blender ist, dem du nicht wirklich etwas bedeutest.«

Lily saß wie erstarrt. Was sollte sie Matt jetzt antworten? Wenn sie nicht die richtigen Worte fand, wäre vielleicht auch diese Partnerschaft, die ihr immer eine große Stütze gewesen war, unrettbar zerstört. Matt hatte sie im letzten Jahr zu großzügigen Konditionen als Juniorpartnerin in seiner Praxis aufgenommen.

Die Gedanken rasten durch ihren Kopf. Wie würde Matt reagieren, wenn sie ihm jetzt offen gestand, dass sie seine Gefühle nicht erwiderte? Und sich auch nicht vorstellen konnte, dass sie je anders empfinden würde? Er war ihr Freund, ihr Mentor, ihr Supervisor, aber alles andere als ihr Geliebter. Diese Rolle würde er niemals einnehmen.

Doch was täte sie, wenn Matt ihr die Praxisgemeinschaft danach aufkündigte?

Sie wollte schon den gleichen Ausweg wählen, den sie Dan gegenüber am Samstag benutzt hatte: dass sie darüber nachdenken müsse und Zeit brauche. Da klingelte plötzlich ihr Handy. Auf dem Display erschien Mabels Name.

»Entschuldige bitte, ich muss hier gerade mal rangehen.« Lily war nur zu froh über die Störung.

Anfangs verstand Lily Mabel kaum, weil ihre Worte immer wieder von heftigem Schluchzen unterbrochen wurden. Als sie begriff, was Mabel ihr mitteilte, erstarrte sie zu Eis.

»Der kleine Dennie ist vorgestern Nacht gestorben. Wieder am plötzlichen Kindstod, heißt es. Jerry ist ganz verzweifelt und hat uns beide im Rahmen der polizeilichen Untersuchung von der Schweigepflicht entbunden.

Ein Detective Inspector Simpson hat uns gebeten, noch heute Nachmittag auf der Polizeistation in der Old Dover Road vorzusprechen. Er würde uns gerne als Zeuginnen vernehmen. Kannst du dich dafür freimachen?«

# KAPITEL 39

**Canterbury Police Station**
*Dienstag, 6. August 2019, eine Stunde später*

»Meine Damen, ich danke Ihnen sehr, dass Sie so rasch gekommen sind.« Nachdem Detective Inspector Simpson beiden Frauen die Hand gereicht hatte, richtete er das Wort zuerst an Lily. »Wir begegnen uns jetzt schon zum zweiten Mal in wenigen Wochen, Mrs Brown. Es tut mir außerordentlich leid, dass Ihre Patienten Ihnen im Augenblick so viel Kummer machen.«

Lily sah misstrauisch hoch, entdeckte aber keinen Spott, sondern nur echtes Mitgefühl in Simpsons Augen. Erst vor knapp zwei Monaten hatte er sie von Martin Gordons Selbstmord unterrichtet.

Simpson führte sie in sein Büro und bot ihnen zunächst ein Getränk an. Der Augusttag war schwülheiß, deshalb trank Lily dankbar einen Schluck des gekühlten Wassers. Nachdem Simpson ihre Personalien aufgenommen hatte, begann er mit der Vernehmung.

»Ich sehe keine Notwendigkeit, mit Ihnen getrennt voneinander zu sprechen, meine Damen«, sagte er. »Ich gehe davon aus, dass Sie im Fall Jerry Hoover vertrauensvoll zusammengearbeitet haben und sich daher nicht widersprechen, sondern höchstens ergänzen werden. Es geht mir dabei vor allem um die Vorgeschichte des Todes des kleinen Dennie Hoover. Ihnen ist sicher bekannt, dass ein plötzlicher Kindstod wie jeder unerwartete Todesfall sowohl polizeilich als auch rechtsmedizinisch untersucht wird, um ein Fremdverschulden auszuschließen. Indizien für ein Fremdverschulden am Tod des Babys haben wir nicht gefunden. Weder am Ort des Geschehens noch bei der mittlerweile erfolgten Obduktion.« Kurz hielt er inne, bevor er weitersprach. »Trotzdem gibt es da ein paar merkwürdige Umstände, zu denen ich Ihnen gern einige Fragen stellen würde.«

Zunächst kam er auf den Überwachungsmonitor zu sprechen. Mabel erklärte, dass sie diesen Monitor für den kleinen Dennie beantragt und sich selbst davon überzeugt hätte, dass Jerry ihn korrekt bediente.

»Trotzdem war er in der Nacht, in der das Kind starb, nicht in Betrieb«, erklärte Simpson zu Lilys und Mabels Entsetzen.

»Er war ausgeschaltet? Oder ...«, Lily klammerte sich an den Strohhalm, »... war er etwa defekt?«

Simpson schüttelte den Kopf. »Unsere Techniker haben festgestellt, dass der Monitor völlig intakt ist. Mrs Hoover hat zwar zunächst behauptet, ihn ordentlich eingeschaltet zu haben, nachdem sie Dennie am fraglichen Abend zu Bett gebracht hat. Angeblich hat sie ihn erst wieder ausgeschaltet, als sie den Kleinen hochhob und die Elektroden löste, um das tote Kind in ihren Armen zu wiegen. Doch leider hat sie gelogen. Eine Inspektion der Aufzeichnungen des Programms hat eindeutig erwiesen, dass das Gerät sogar seit mehreren Tagen nicht mehr in Betrieb genommen worden war. Wahrscheinlich hat sie sich zu sehr geschämt, uns die Wahrheit einzugestehen.«

»Der Monitor war sogar seit mehreren Tagen abgeschaltet?« Lily war fassungslos.

Simpson konsultierte seine Notizen. »Seit sieben Tagen,

um genau zu sein. Und auch davor immer mal wieder eine Nacht lang.«

»Und wie hat Jerry das begründet?«

»Unterschiedlich«, antwortete Simpson trocken. »Anfangs damit, dass sie es manchmal einfach vergessen habe. Dann damit, dass ja schon so viele Nächte gar nichts passiert sei. Deshalb habe sie auch das Babyphon ausgeschaltet, gab sie schließlich zu, durch das man einen Warnton des Monitors überhaupt hätte hören können. Denn der Kleine habe fast jede Nacht geschrien. Ihr Lebensgefährte Carl, der Vater des Kindes, habe sich durch den Lärm aber immer häufiger gestört gefühlt. Auf Nachfragen gestand Mrs Hoover sogar ein, das Babyphon schon weit früher als den Monitor abgeschaltet zu haben. Das erste Mal bereits eine Woche nach Dennies Geburt.«

Lily fühlte ihre Glieder bleischwer werden, je länger der DI sprach.

Mabel reagierte dagegen wütend. »Also waren all diese Vorsichtsmaßnahmen umsonst! Jerry hätte nicht mal gehört, wenn Gefahr in Verzug gewesen wäre. Sie hat mehr Rücksicht auf ihren Lover genommen als auf ihr Baby! Das schreit doch zum Himmel!«

Lily trat plötzlich das Bild vor Augen, wie Jerry den grobschlächtigen Carl vor dem Pub angehimmelt hatte. »Wahrscheinlich ist sie Carl hörig. Und hat mehr Angst vor ihm als um ihr Kind. Weil Carl ja soooo früh morgens zur Arbeit muss.«

Simpson musterte sie mit einem undefinierbaren Gesichtsausdruck. Einen kurzen Moment lang schien er zu zögern, dann sagte er: »Ich verlasse mich darauf, meine Damen, dass nichts nach außen dringt, was ich Ihnen jetzt sage. Carl Miller wurde schon vor zwei Wochen auf seiner Arbeitsstelle an der Canterbury Cathedral fristlos entlassen. Nach seinem Arbeitsunfall im Frühjahr war er wohl als Hilfsarbeiter kaum mehr zu gebrauchen, berichtete mir der Polier, als ich Miller gestern dort aufsuchen wollte. Als er dann auch noch massiv gegen die Sicherheitsvorschriften auf der Baustelle verstieß, hatte man die Nase voll von ihm.«

»Aber ich ... Aber ich dachte, Carl sei dort Vorarbeiter gewesen.«

Simpson konsultierte noch einmal seine Notizen. »Davon weiß ich nichts. Aber seine Vernehmung steht noch aus. Denn er hat Jerry nach einem Streit am Vorabend von Dennies Tod verlassen und sich seither nicht mehr gemeldet. Das haben wir von Jerry erfahren, als wir Carl nicht bei der Kathedrale antrafen. Sie glaubt, er könnte in seine Heimatstadt York zurückgekehrt sein. Bisher konnten wir ihn dort nicht auffinden.«

»Carl hat Jerry verlassen? O Gott!« Lily wandte sich an Mabel. »Hat nicht auch schon Jamies Vater Jerry verlassen?«

Mabel nickte. »Das war nach meiner Erinnerung kurz nach Jamies Tod.«

»Ein merkwürdiger Zufall«, murmelte Lily.

Ohne darauf näher einzugehen, wandte sich Simpson jetzt an sie. »Jerry Hoover hat behauptet, sie sei einige Monate lang bei Ihnen in Behandlung gewesen, um bei ihrem zweiten Baby alles richtig zu machen. Wenn ich sie richtig verstanden habe, ging es dabei vor allem um die Vermeidung von Risikofaktoren für einen plötzlichen Kindstod. Können Sie mir etwas mehr darüber erzählen?«

Lily nickte und schilderte Simpson ausführlich, was sie mit Jerry erarbeitet hatte. »Aber je näher die Geburt rückte, desto mehr gewann ich die Überzeugung, dass sich

Jerry zumindest während der Schwangerschaft keineswegs so verhielt, wie man es von einer werdenden Mutter erwarten würde.« Sie schilderte dem DI ihre Begegnung mit Jerry und Carl vor dem Pub.

»Außerdem erschien Jerry nach der Geburt kein einziges Mal mehr in der Praxis, obwohl wir eine Weiterbehandlung vereinbart hatten. Sie hatte jedes Mal eine andere Ausrede.«

»Sie lehnte auch Hilfen wie Hausbesuche einer Hebamme ab, die ich ihr vermitteln wollte«, mischte sich Mabel ein.

»Dabei schien sie in den ersten Wochen der Behandlung wirklich besorgt um den Säugling zu sein«, sagte Lily. »Sie verlor sogar ihre Stelle im Tesco, weil sie sich wegen der Schwangerschaft häufig krankmeldete.«

»In welchem Tesco?«, fragte Simpson.

Lily schwante Böses. »Der Tesco im Whitefriars Shopping Centre. Nun sagen Sie nicht, das stimmt genauso wenig wie der angebliche Vorarbeiterposten ihres Lebensgefährten.«

Simpson suchte die entsprechende Seite in der dünnen Akte. »Bei der Aufnahme ihrer Personalien erklärte Mrs Hoover, sie sei seit Jahren arbeitslos. Sie verfüge auch über keine abgeschlossene Berufsausbildung. Eine Verkäuferinnenlehre habe sie seinerzeit schon in York abgebrochen.«

»Also hat Jerry uns dauernd belogen«, konstatierte Mabel frustriert.

Auch Lily atmete tief durch. »Wie hat man den Säugling denn aufgefunden?«, fragte sie.

Anstatt einer Antwort reichte ihr Simpson mehrere Fotografien. Darauf war der tote Säugling in Rückenlage in einem Schlafsack zu sehen. Es gab keine Decken oder

Kuscheltiere im Bettchen. Wenigstens daran hatte sich Jerry gehalten.

Beim Betrachten der Bilder fühlte sich Lily unendlich traurig. Sie spürte ihre Sehnsucht nach einem eigenen Kind wie einen körperlichen Schmerz. Aber sie konnte auch Dan besser verstehen, der den Kontakt zu seiner kleinen Tochter nicht von ihrer Geburt an gefährden wollte. Mit aller Kraft riss sie sich zusammen.

Am Ende seiner Befragung fasste Simpson die Ergebnisse zusammen. »Mrs Hoover schien anfangs sehr besorgt um das Wohlergehen ihres Kindes zu sein und begab sich deshalb in Ihre therapeutische Behandlung, Mrs Brown. Schon vor der Geburt hatten Sie allerdings den Verdacht, dass Mrs Hoover in dieser Hinsicht quasi ein Doppelleben führte. Sie schien einerseits interessiert daran, Risikofaktoren für den plötzlichen Kindstod ihres zweiten Säuglings zu vermeiden, und hielt sich bei der Versorgung des Babys teilweise auch noch nach der Geburt daran. Andererseits gewannen Sie bereits vor der Geburt den Eindruck, dass Mrs Hoover andere Risiken während der Schwangerschaft, zum Beispiel Alkohol- und Nikotinkonsum, keineswegs vermied, sondern Ihnen in dieser Hinsicht etwas vormachte.«

Lily bestätigte das.

»Sie, Mrs Ellis, vermittelten Mrs Hoover zunächst in die Praxis von Mrs Brown. Vor der Geburt besorgten Sie ihr mit recht großem Aufwand den Überwachungsmonitor, damit sie Unregelmäßigkeiten bei den Herz- und Atemfunktionen des Säuglings insbesondere nachts sofort bemerken und eingreifen könnte. Sie überzeugten sich selbst davon, dass Mrs Hoover das Gerät bedienen konnte. Trotzdem stellte sie es bereits mehrere Tage vor Dennies Tod ab und benutzte auch das Babyphon längst nicht mehr, sodass es nachts keine Kontrolle mehr über das Wohlergehen des Säuglings gab.«

Auch Mabel bestätigte, was der Inspektor gesagt hatte.

Plötzlich fiel Lily etwas auf. »Wenn Carl Miller Jerry doch bereits am Vorabend von Dennies Tod verlassen hat, warum hat sie dann trotzdem weder den Monitor noch das Babyphon angestellt? Carl hätte dadurch doch gar nicht mehr gestört werden können.«

Wieder blätterte der Inspector in der Akte. »Sie sagte wiederholt, der Kleine habe oft nächtelang durchgeschrien. Als Carl sie dann verlassen habe, sei sie so erschüttert gewesen, dass sie eine Schlaftablette genommen habe und daher weder das Babyphon noch den Monitorwarnton gehört hätte. Deshalb habe sie beide Geräte erst gar nicht in Betrieb genommen. Zumal ja bis dahin nie was vorgefallen sei, was der Monitor gemeldet hätte. Aber auch ohne das Babyphon habe sie vorher fast jede Nacht aufstehen müssen, um Dennie zu beruhigen. Erst zwei Tage vor seinem Tod habe er zum ersten Mal durchgeschlafen. Auch deshalb habe sie sich keine Sorgen wegen der Schlaftablette gemacht, bis sie Dennie nach dem Aufwachen gegen neun Uhr morgens tot in seinem Bettchen gefunden habe. Der Rechtsmediziner meint, der Kleine sei ungefähr zwei Stunden früher gestorben.«

Lily war alarmiert. »Genauso hat mir Jerry Hoover auch die Nacht geschildert, in der ihr erstes Söhnchen, der kleine Jamie, starb. Das ist schon die zweite seltsame Parallele bei diesem plötzlichen Kindstod ... Sind Sie denn sicher, dass der kleine Dennie eines natürlichen Todes gestorben ist?«, kam Lily plötzlich ein furchtbarer Verdacht. »Oder hat Jerry etwa nachgeholfen?«

Simpson runzelte die Stirn. »Aus dem Obduktionsbericht ergibt sich kein Verdacht in diese Richtung. Man fand zwar keine natürliche Todesursache, aber auch keinen Hinweis auf Fremdverschulden. Allerdings gibt es eine andere Merkwürdigkeit, die ich noch gar nicht erwähnt habe. In Dennies Blut fand man einen geringen Promillegehalt.«

»Promillegehalt?«, wiederholten Lily und Mabel wie aus einem Munde.

»Ja. Mrs Hoover gab zu, dem Kleinen ab und zu vor dem Schlafengehen etwas Branntwein ins Fläschchen gemischt zu haben. In der Hoffnung, dass er zumindest einige Stunden am Stück schlafen würde. Manchmal habe das auch funktioniert. Auch in der Todesnacht habe sie das getan, noch bevor Carl die Wohnung verließ.« Mabel und Lily warfen sich einen fassungslosen Blick zu.

»Branntwein ins Fläschchen«, murmelte Mabel.

»Hätte der Alkohol denn zum Tod des Kleinen führen können?«, hakte Lily nach.

Der Inspector schüttelte den Kopf. »So hoch war die verabreichte Dosis nicht, sagt der Rechtsmediziner. An sich war der Kleine kerngesund. Auch die Auswertung der vorhandenen Monitordaten ergab keine einzige Unregelmäßigkeit. Wir müssen abschließend leider davon ausgehen, dass Jerry Hoovers Beziehung zu ihrem Kind vor und nach der Geburt sehr ambivalent war. Einerseits wollte sie es vor dem plötzlichen Kindstod beschützen und ergriff auch entsprechende Vorsichtsmaßnahmen. Andererseits schien sie schon vor der Geburt mit dem Verzicht auf Genussmittel ebenso überfordert zu sein wie nach der Geburt mit dem Säugling selbst. Der kleine Dennie war wohl ein sogenanntes Schreikind, sagt der Rechtsmediziner. Man wisse noch immer viel zu wenig über die Ursachen des plötzlichen Kindstods, um dies ebenfalls zu den Risikofaktoren zu zählen.«

»Das ist richtig«, bestätigte Lily. »Zumindest ist mir das in meinen Recherchen als Risikofaktor noch nicht begegnet.«

»Dann hatte Mrs Hoover einfach zweimal hintereinander großes Pech. Eine aktive Mitschuld am Tod des Säuglings können wir ihr nicht nachweisen, auch wenn sie die Vorsichtsmaßnahmen sträflich vernachlässigt hat, vor allem, indem sie den Monitor abschaltete. Aber ein solches Verhalten ist mit rechtlichen Mitteln nicht zu ahnden.«

## KAPITEL 40

### Lilys Praxis

*Dienstag, 6. August 2019, später am Nachmittag*

Lily fühlte sich wie erschlagen, als sie die kurze Strecke zwischen der Old Dover Road und ihrer Praxis zurückgelegt hatte. Sie wollte eigentlich nur ihre Aktentasche mitnehmen und dann sofort in ihre Wohnung fahren. Doch zu ihrem Erstaunen war Matt noch dort und wartete auf sie.

Während er ihr einen Tee kochte, brach sich Lilys Erschütterung über das Schicksal des kleinen Dennie Bahn. Sie begann heftig zu weinen und ließ zu, dass Matt sie tröstend in die Arme nahm.

Schon in anderen kritischen Momenten ihres Lebens hatte sie sich mithilfe einer guten Tasse Darjeeling wieder gefangen. Auch diesmal verfehlte das Getränk seine Wirkung nicht. Sie berichtete Matt von ihrer Vernehmung auf der Polizeistation.

Dabei wich ihre Traurigkeit einer großen Erbitterung. »Eigentlich hätte man Jerry den kleinen Dennie gleich nach der Geburt wegnehmen müssen. Es ist unverantwortlich, einer so unreifen Person einen hilflosen Säugling anzuvertrauen.«

»Aber woher hätte man das denn wissen sollen?«

Matt hob abwehrend die Hand, als Lily bereits den Mund öffnete. »*Deine* Verantwortung ist das jedenfalls nicht, Lily. Auch wenn ich gerade den Eindruck habe, du willst dir diesen Stiefel anziehen.«

»Aber Jerry hat mich doch dauernd belogen, ohne dass ich es gemerkt habe«, protestierte sie. »Ich habe mich von ihrer Bauernschläue hinters Licht führen lassen. Findest du das nicht unverzeihlich?«

»Du meinst, du hättest dir als Psychotherapeutin ihren Arbeitsvertrag vom Tesco oder sogar den ihres Lebensgefährten vorlegen lassen müssen?« Die Ironie in Matts Stimme war nicht zu überhören.

»Nein, natürlich nicht!«, erwiderte Lily barsch. »Aber ich hatte doch schon länger den Eindruck, dass Jerry lügt und es erst zugibt, wenn man sie dabei ertappt. Das war mit den Zigaretten doch genauso wie mit den Monitordaten bei ihrer Vernehmung nach Dennies Tod. Erst wenn man ihr nachweist, dass sie nicht die Wahrheit sagt, gibt sie es zu.«

»Nun, ich habe zwar keine therapeutische Erfahrung mit Patientinnen, die einen Säugling durch den plötzlichen Kindstod verloren haben. Aber sehr wohl mit Patienten, die ihre Minderwertigkeitsgefühle mit einem erhöhten Geltungsbedürfnis kompensieren. Diese Menschen räumen freiwillig weder Fehler noch Schwächen ein und stellen sich meistens in einem viel günstigeren Licht dar, als es den Verhältnissen entspricht. Jerry Hoover scheint mir dazuzugehören.«

»Auch dass Carl sie schon am Abend vor Dennies Tod verlassen hat, hat sie erst eingeräumt, als DI Simpson ihn nicht auf der Baustelle vorfand.«

»Natürlich. Welche Frau gibt denn schon gerne zu, dass sie sitzengelassen wurde? Zumal es Jerry nicht zum ersten Mal passiert ist, wenn ich ihre Vorgeschichte richtig in Erinnerung habe.«

»Und genau das macht mich misstrauisch! Warum verlassen die Männer denn Jerry rund um den Tod der Babys?

Dieser Bert in York angeblich gleich nach Jamies Tod, Carl am Abend davor!«

»Den Zeitpunkt halte ich für einen der Zufälle, die ab und zu vorkommen. Aber du hast doch selbst gesagt, dass du glaubst, Jerry sei Carl hörig gewesen. Vielleicht hat sie sich, wie so viele unreife Frauen, die perfekte Familie gewünscht und nie wahrhaben wollen, dass sie sich dafür schon zweimal den falschen Vater ausgesucht hat. Und ganz sicher hat sie ausgeblendet, wie anstrengend es ist, für einen winzigen Säugling zu sorgen. Erst recht für ein Schreikind. Dass Männer wie Carl und wahrscheinlich auch dieser Bert aus York keinen Finger rühren würden, um sich selbst um die Kleinen zu kümmern, hat sie im Vorfeld wahrscheinlich nicht realisiert oder verdrängt.«

Lily nickte nachdenklich und ließ sich noch einmal Tee nachschenken. »Damit kannst du recht haben, Matt. Jerry schwärmte in den Sitzungen immer von Carl als dem perfekten Vater, der sich unheimlich auf die Geburt des Kindes freut. Dabei war das Einzige, was er mir vor dem Pub zu sagen hatte, als ich Jerry auf ihren Drink und die Zigarette ansprach, dass ich ihr doch das bisschen Spaß lassen solle, bevor das Baby sie völlig mit Beschlag belegt.«

»Was du tun konntest, hast du jedenfalls getan, Lily. Das beweist doch allein, dass sich Jerry zumindest an all die Vorsichtsmaßnahmen gehalten hat, die ihr miteinander besprochen habt. Dass Carls Interessen nach der Geburt für Jerry mehr im Vordergrund stehen würden als die des kleinen Dennie, konntest du doch nicht wissen. Denn sie hat sowohl das Babyphon als auch den Monitor ausgeschaltet und dem Kleinen sogar Branntwein ins Fläschchen gemischt, damit er durchschläft und Carl nicht stört.«

Auch Matt trank einen Schluck Tee. »Wusstest du übrigens, dass diese Methode zur Zeit des Manchester-Kapitalismus weit verbreitet war? Mit Branntwein auf Zuckerwürfeln brachten die Fabrikarbeiterinnen, die frühmorgens zur Arbeit mussten, ihre Säuglinge zum Schlafen. Wer wollte es diesen Frauen auch verdenken, wenn sie nach einer zwölfstündigen Schicht, ihrer Hausarbeit und der Kinderversorgung ihre paar Stunden Schlaf nicht riskieren wollten?«

Lily hatte aufmerksam zugehört. »Das ist sehr interessant.«

»Die Methode, Säuglinge mit Alkohol zu beruhigen, zog sich übrigens noch bis weit ins letzte Jahrhundert«, ergänzte Matt. »Sie war bis in die Fünfzigerjahre vor allem in bäuerlichen Familien weit verbreitet.«

»Vielleicht hat Jerry das als Kind auch noch erfahren, obwohl sie viel später geboren ist. Sie stammt zwar nicht vom Land, aber aus sehr ärmlichen Verhältnissen«, überlegte Lily. »Ich vermute, dass Jerry auch schon bei dem kleinen Jamie zu dieser Methode gegriffen hat. Der Rechtsmediziner sagt zwar, dass der Promillegrad in Dennies Blut nicht zu seinem Tod geführt haben kann. Doch zu den Risikofaktoren für den plötzlichen Kindstod könnten regelmäßige Alkoholgaben sehr wohl gehören. Vielleicht finde ich zu diesem Thema bei neuen Recherchen ja ein paar Hinweise im Netz. Ebenso wie es sich bei Geschwisterkindern verhält. Denn es gilt als großer Risikofaktor, wenn schon ein Geschwisterkind am plötzlichen Kindstod gestorben ist. Aber warum das so ist, habe ich bislang nicht herausgefunden.«

Sie sah auf die Uhr. »Nun ist es schon spät, Matt. Ich danke dir sehr, dass du hier auf mich gewartet hast. Aber jetzt bin ich einfach nur todmüde und möchte nach Hause.«

»Das verstehe ich, Lily. Trotzdem hätte ich zumindest

gern eine erste Reaktion auf das, was ich dir heute Mittag über meine Gefühle für dich gesagt habe.«

Lily war zu erschöpft für eine diplomatische Antwort und sprach einfach aus, was ihr in den Sinn kam. »Matt, ich schätze dich überaus als Freund und Berater. In diesen Rollen hast du mir gerade wieder einmal sehr geholfen. Aber ich empfinde keine Liebe zu dir, so wie du dir sie wünschen würdest. Das ist heute Abend nicht so, und das wird auch in Zukunft nicht so sein. Ich wünsche mir aus ganzem Herzen, dass du das akzeptierst und wir weiter hier in der Praxis zusammenarbeiten können.«

Lily schnitt es ins Herz, dass Matts Gesichtsausdruck während ihrer Antwort immer trauriger geworden war.

»Kannst ... kannst du mir einen Grund dafür nennen, dass ich als Mann für dich so unattraktiv bin? Liegt es etwa an meiner Krankheit?«

»Daran habe ich gerade überhaupt nicht gedacht«, sagte Lily wahrheitsgemäß. »Ich bewundere dich im Gegenteil sehr dafür, wie gut du dieses schwere Schicksal meisterst. Ich mache mir trotzdem oft Sorgen um dich, weil ich weiß, wie tückisch Multiple Sklerose ist und dass sich dein Zustand im Laufe der Zeit immer mehr verschlechtern kann.«

Sie ergriff Matts Hand und streichelte sie. Auch die nächsten Worte kamen ihr wie von selbst über die Lippen. »Ich würde Dan auf gar keinen Fall verlassen, wenn er unheilbar krank würde. Ebenso wenig, wie ich dir die Zusammenarbeit aufkündigen würde, wenn du eines Tages nicht mehr arbeiten könntest. Dann würde ich eben für dich mitarbeiten.«

»Also denkst du nicht daran, die Beziehung zu Dan aufzugeben? Auch wenn du jahrelang auf ihn warten müsstest?«

Mit großer Klarheit erkannte Lily plötzlich, dass dies so

war. »Nein, ich werde Dan in dieser schwierigen Situation seines Lebens nicht im Stich lassen. Aber ich werde mich auch nicht jahrelang zurückziehen, damit diese furchtbare Jocelyn ihren Willen bekommt. Im Gegenteil, ich werde um Dan kämpfen. Und dann wollen wir doch einmal sehen, ob irgendein Gericht dieser Welt ihm den Kontakt zu seiner kleinen Tochter verbietet, nur weil seine Ex-Ehefrau eifer- und rachsüchtig ist.«

Matt sah sie mit einer Mischung aus Resignation und Bewunderung an. »Dann wünsche ich dir viel Kraft und Glück bei deinem Vorhaben. Und mir wünsche ich, dass du weiterhin meine Freundin und Partnerin bleibst.«

»Das wird ganz sicher so sein!«, beteuerte Lily. »Im Gegenteil hatte ich sogar Angst davor, dass du die Praxisgemeinschaft aufkündigen wolltest.«

»Wie kommst du denn darauf?« Matt wirkte ehrlich entsetzt. »Für was für einen Idioten musst du mich halten, wenn du auch nur eine Sekunde lang daran gedacht hast! Warum sollte ich aus kleinlicher Kränkung heraus mutwillig das zerstören, was ich schon habe? Nur weil ich nicht das bekomme, was ich mir zusätzlich gewünscht habe?«

Spontan schloss Lily Matt in die Arme. Eine ganze Weile hielten die beiden sich umfangen. Instinktiv spürte Lily, dass sie beide das als Zeichen einer innigen Verbundenheit empfanden.

»Ich danke dir.« Zum zweiten Mal an diesem Tag kamen Lily die Tränen. »Bleib mein Freund! Darum bitte ich dich von ganzem Herzen. Sonst wäre mein Leben viel ärmer.«

Als Lily endlich zu Mick nach Hause kam, war sie von den vielen emotionalen Höhen und Tiefen dieses Tages völlig erschöpft. Sie registrierte, dass Dan erneut eine Nachricht für sie hinterlassen hatte, die sie diesmal abhörte, anstatt sie zu löschen. Zu ihrer Freude war es das Versprechen, nicht an seiner Forderung festzuhalten, ihre Beziehung auf Eis zu legen.

»Ich habe nur wenige Stunden gebraucht, um zu erkennen, dass wir beide zusammengehören und Jocelyn gemeinsam die Stirn bieten sollten«, kam er zum gleichen Schluss wie Lily zuvor. »Bitte verlass mich nicht, Lily! Denn mein Leben wäre trotz der kleinen Diana dann öde und leer. Ach, übrigens, ich habe heute noch mal mit Jimmy Wilford gesprochen. Er will versuchen, über seinen Vater an den Original-Obduktionsbericht von Marilyn Stratford zu kommen. Heute Abend schalte ich mein Handy ab, weil ich nicht aushalten könnte, wenn du dich nicht meldest. Aber wenn du dich morgen früh bei mir melden würdest, würde ich mich unendlich darüber freuen.«

Schon wieder kamen Lily die Tränen, diesmal vor Glück. Danach fiel sie ins Bett und sank, mit Mick zu ihren Füßen, sofort in einen tiefen Schlaf.

## KAPITEL 41

### Der Pub *Three Lions* in Southwark
*Freitag, 9. August 2019*

Lily und Dan betraten Arm in Arm den Pub *Three Lions,* in dem auch die vorigen Treffen zwischen Dan und Jimmy Wilford stattgefunden hatten.

»Jimmy besteht darauf, dass du diesmal mitkommst, weil er dich kennenlernen will«, hatte Dan Lily gestern Abend am Telefon erklärt. »Kannst du gegen acht Uhr in London sein? Danach könnten wir das ganze Wochenende lang unsere Versöhnung feiern.«

Obwohl Lily zwei Behandlungsstunden absagen musste, um pünktlich im dichten Londoner Feierabendverkehr in Southwark anzukommen, hatte sie sofort begeistert zugestimmt. Schon am Mittwoch hatten Dan und sie sich am Telefon ausgesprochen und vereinbart, sich gemeinsam gegen Jocelyn zu wehren.

»Und was ist, wenn sie am Wochenende wieder bei dir anruft?«

»Dann gehe ich einfach nicht dran«, hatte Dan geantwortet. »Und auf Nachrichten, die sie mir hinterlässt, reagiere ich nicht. Irgendwann wird sie schon aufgeben.«

Lily war davon zwar nicht so überzeugt wie Dan, freute sich aber, dass er Jocelyn endlich abblitzen ließ.

Auf dem Weg nach London hatte sie sich tatsächlich über eine Stunde lang durch den zähflüssigen Verkehr gequält und dabei reichlich Zeit gehabt, noch einmal über ihre jüngsten Recherchen zum plötzlichen Kindstod nachzudenken. Denn sosehr sie sich einerseits über ihre rasche Versöhnung mit Dan freute, sosehr belastete sie der Tod des kleinen Dennie. In den Tagen nach ihrer Vernehmung war das sogar noch schlimmer geworden.

Mabel hatte gestern noch einmal DI Simpson kontaktiert und dabei erfahren, dass man Carl Miller inzwischen in York aufgespürt hatte. »Aber, wie nicht anders zu erwarten, hat auch Carl versichert, ihm sei nie etwas Ungewöhnliches bei dem Kleinen aufgefallen. Dennie habe zwar viel geschrien, aber Jerry habe ihn gut versorgt. Ihr sei nichts vorzuwerfen. Er selbst sei allerdings zunehmend überfordert damit gewesen, auf einmal eine kleine Familie zu haben, und stünde sowieso nicht so auf Kinder. Deshalb habe er sich, unglücklicherweise per Zufall ausgerechnet am Vorabend von Dennies Tod, von Jerry getrennt. Er betonte angeblich mehrfach, dass er aber die Absicht gehabt habe, Unterhalt für sein Söhnchen zu zahlen, sobald er wieder eine Arbeitsstelle gefunden hätte. Das zu Carl als begeistertem Vater!«, hatte Mabel ihren Bericht sarkastisch beendet.

So viel wie Mabel hatte Lily nicht zu erzählen. Zum Glück hatte Jerry erst gar nicht gefragt, ob sie zur Trauerbewältigung wieder in die Praxis kommen könne. Denn Lily hätte sich außerstande gesehen, Jerry wieder als Patientin aufzunehmen. »Dazu hat sie mich zu oft belogen und zu viele Vorsichtsmaßnahmen außer Acht gelassen. Ich gebe ihr eine Mitschuld am Tod des Babys und könnte das in einer therapeutischen Behandlung nicht verbergen«, hatte sie Mabel vorsorglich erklärt.

Aber die hatte ihr versichert, dass sie dafür volles Verständnis habe und selbst auch nichts mehr mit Jerry zu tun haben wolle. »Was haben denn nun deine Recherchen ergeben?«, hatte sie dann neugierig gefragt.

»Leider noch gar nichts«, antwortete Lily frustriert. »Ich habe gestern Abend fast bis Mitternacht und auch heute den ganzen Nachmittag das Internet durchforstet. Informationen, dass Kinder, die am plötzlichen Kindstod verstorben sind, überzufällig häufig Schreikinder waren oder Alkohol im Blut hatten, habe ich ebenso wenig gefunden wie Studien über Geschwisterkinder. Da gibt es kaum Daten, geschweige denn solche über mögliche Auffälligkeiten bei beiden Kindern.«

»Dabei wären doch gerade die Untersuchungsergebnisse bei Geschwisterkindern sehr interessant. Das ist doch ähnlich wie bei der Zwillingsforschung. Fände man hier Gemeinsamkeiten, könnte man ja auch auf andere Kinder generalisieren.«

»Das Einzige, was ich über Geschwisterkinder gefunden habe, sind dürre Zahlen darüber, wie viel Prozent der Tod solcher Kinder an der Gesamtzahl der am Kindstod gestorbenen Säuglinge ausmacht. Die Zahlen sind einstellig. Deshalb ist es extrem schwierig, eine genügend große Gruppe für wissenschaftliche Studien zusammenzubekommen. Inhaltlich habe ich nur gefunden, dass Mütter, die zwei Kinder verloren haben, in der Regel die Risikofaktoren nicht beachtet haben. Da ist zum Beispiel von Alkohol, Drogen und Zigaretten in der Schwangerschaft die Rede. Aber das hilft uns ja nicht wirklich weiter bei der Ursachenforschung. Denn solche Risikofaktoren fand man retrospektiv ja auch bei Müttern, denen nur ein Baby gestorben ist.«

Kurz nachdem sich Mabel verabschiedet hatte, rief Dan an und lud sie nach London ein. Den Rest des Donnerstagabends hatte Lily bei ihrem Nachbarn Gerald O'Brian verbracht, der sich über das Wochenende wieder um Mick kümmern wollte.

In dem am Freitagabend überfüllten und lauten Pub brauchten Lily und Dan eine Zeit lang, bis sie Jimmy ausfindig gemacht hatten. Diesmal saß er nicht an der Theke, sondern stand an einem Stehtisch in einer Nische. Lily musterte Jimmy verstohlen.

Er war ein ihrer Ansicht nach unscheinbarer Mann, auf den sie nie aufmerksam geworden wäre, würde sie als Frau einen Partner suchen. Er war mittelgroß und zeigte bereits einen deutlichen Bauchansatz. Seine Wangen waren glatt rasiert, was Dan zu dem überraschten Ausruf veranlasste: »Was hast du denn mit deinem Vollbart gemacht?«

Jimmy strich sich mit der Hand übers Kinn. Dabei bemerkte Lily die Trauerränder unter seinen Fingernägeln. »Ach, jetzt im Sommer hat er mich immer mehr gestört. Wenn einem der Schweiß übers Gesicht läuft, ist so ein Vollbart geradezu lästig.«

Lily registrierte, dass Jimmy auch sie aufmerksam betrachtete.

»Sie sind also die mysteriöse Lily.« Er spitzte die Lippen, als wollte er pfeifen. Nachdem er ihr die Hand gereicht hatte, schlug er Dan auf die Schulter. »Da bin ich aber froh, dass du mir diese Dame nicht länger vorenthalten hast. Sie ist ja eine regelrechte Augenweide. Kein Wunder, dass du bei ihr schwach geworden bist und deine Ex verlassen hast.« Er zwinkerte Lily zu.

Dans Lächeln wirkte gequält. »Du wolltest Lily ja unbedingt kennenlernen. Also, hier ist sie. Und wir sind beide sehr neugierig, was du uns mitgebracht hast.«

Jimmy trank einen Schluck Lager. »Nun hol dir und deiner Herzensdame doch erst mal was zu trinken! Der Abend ist ja noch jung.«

»Ich komme mit«, erklärte Lily rasch, da sie auf keinen Fall mit Jimmy allein bleiben wollte. Als sie in der Schlange vor der Theke standen, musste sie Dan fast ins Ohr schreien, so laut war es um sie herum. »Der Kerl hat mich geradezu angemacht. Kein Wunder, dass er mal zu Clark Jarretts Clique gehört hat.«

»Ja, aber das ist lange her, hat Jimmy zumindest bei einem unserer Treffen behauptet. Schon bevor Clark nach Dover gewechselt ist, hatten sie kaum mehr Kontakt zueinander. Das hatte mit Clarks Versetzung auf diesen Außenposten zu tun, den jetzt Jimmy als sein Nachfolger übernommen hat. Dadurch war Clark nicht länger sein Teamleiter.«

»Umso besser. Nun bin ich wirklich sehr gespannt, was er über den Obduktionsbericht verrät.«

Lily wusste von Dan, dass Jimmys Vater eine Kopie all seiner Berichte auf seinem heimischen Computer gespeichert hatte. Und da er nun im Urlaub war und Jimmy das Haus in seiner Abwesenheit hütete, konnte er die Gelegenheit nutzen, einmal in die Dateien zu schauen.

Endlich kamen sie an die Reihe. Dan bestellte ein Pint Stout für sich, vorausschauend ein weiteres Pint Lager für Jimmy und das übliche Glas Weißwein für Lily. Sie drängten sich zurück durch die Menge, die womöglich noch dichter geworden war.

»Ideal ist dieser Ort nicht für die Übermittlung sensibler Informationen«, bemerkte Lily. »Wir müssen uns ja regelrecht anschreien, um uns zu verstehen.«

»Andererseits versteht auch uns niemand. Das hat also durchaus seine Vorteile.«

An den Tisch zurückgekehrt, stellte Dan Jimmy zunächst das volle Glas neben seins, das er tatsächlich fast geleert hatte.

Jimmy grinste. »Das ist aber sehr aufmerksam von dir, Dan. Denn sonst hätte ich jetzt wieder losgehen müssen.«

Dann erklärte er, er habe den Obduktionsbericht zwar einsehen können, ihn aber nicht ausgedruckt. »Mein alter Herr hat die Files viel besser gesichert, als ich gedacht habe. Wenn ich seinerzeit nicht so viel von Robbie gelernt hätte, hätte ich die Firewall gar nicht knacken können. Ich hoffe nur, dass mein Alter nicht noch mehr Sicherungen eingebaut hat, aus denen er sehen kann, dass ich mich eingeloggt habe.«

Lily war innerlich sofort alarmiert. Robbie Cameron war einer der anderen Kerle aus Clark Jarretts Clique gewesen.

»Und woher hat dieser Robbie so viel Erfahrung mit dem Knacken von Daten?«

»Oh, der ist schon seit Jahren ein begeisterter Gamer. Spielt mittlerweile sogar bei großen Wettbewerben mit. Er war immer schon ein IT-Freak und hat daraus ein einträgliches Hobby gemacht.«

»Also, was hast du uns mitgebracht?«, drängte Dan.

Jimmy hob die Hand. »Erst will ich noch mal aus dem Mund deiner Dame hören, weshalb sie sich überhaupt für diese alte Geschichte interessiert.«

»Nennen Sie mich doch bitte Lily«, bat Lily eine Spur gereizt. Dann musste sie sich wohl oder übel zu Jimmys Ohr hinüberbeugen. Er roch nach Schweiß und einem billigen Aftershave.

Sie begann mit der Erläuterung ihrer ursprünglichen Rolle als Martins Gutachterin. »Dann hat sich Martin das Leben genommen. In seinem Abschiedsbrief hinterließ er eine Andeutung, dass dies mit dem Tod jener Marilyn Stratford auf dem Betriebsausflug vor acht Jahren zu tun haben könnte. In meiner Rolle als Honorarpsychologin bei der Kent Police hat mich der Chief Superintendent daraufhin beauftragt, noch einmal Daten über diesen Vorfall zu sammeln.«

Jimmy sah auf, als sich Lily zurückzog, und musterte erst sie, dann Dan mit einem süffisanten Grinsen. »Das ist jetzt also die ganze Wahrheit, mein Freund. Quasi scheibchenweise, wenn ich das mal so sagen darf.« Er nahm einen tiefen Schluck aus seinem frischen Glas. »Aber, Schwamm drüber. Die Sache ist ja schon eine Ewigkeit her und juckt heute niemanden mehr.«

Lily zuckte zusammen und hatte gleich darauf das unangenehme Gefühl, dass Jimmy es bemerkt hatte. Sie trank ebenfalls einen Schluck Wein und zog ihr Notizbüchlein aus der Handtasche. »Darf ich Sie denn nun fragen, was Sie herausgefunden haben? Ich kenne ja bereits den allgemein zugänglichen Obduktionsbericht, habe aber den Eindruck, er hätte ein paar Lücken.«

»Was wollen Sie wissen?«

Lily entschloss sich zur Offenheit, auch um dieses unangenehme Treffen zu beschleunigen. »Gibt es im Obduktionsbericht irgendwelche Hinweise darauf, dass Marilyn Stratford vergewaltigt wurde?«

»Einerseits ja, andererseits nein. Mein alter Herr hat dies zwar nicht ausgeschlossen, es aber auch nicht abschließend bestätigt. Es gab Verletzungen im Intimbereich, die sowohl von einer Vergewaltigung als auch von einvernehmlichem, hartem Sex herrühren könnten. Für die letzte Version spricht das Gleitmittel, das man in Marilyns Vagina gefunden hat. In der Regel nehmen Vergewaltiger ja keine Rücksicht darauf, ob die Frau auch auf ihre Kosten kommt.«

Lily fühlte sich zunehmend angeekelt. »Wurde Sperma gefunden?«

Jimmy nickte. »Das hat die Analyse der Scheidenabstriche einwandfrei ergeben.«

»War es Sperma von einem oder mehreren Tätern?«

Jimmy krauste die Stirn. »Oder Sexualpartnern. Es steht ja nicht fest, ob man von Tätern sprechen kann.«

»Lily sucht ja auch nicht nach verschiedenen Tätern oder Sexualpartnern, sondern nach einer möglichen Ursache für Martin Gordons Selbstmord«, griff Dan ein.

»Also doch nach einem Täter«, schlussfolgerte Jimmy. »Denn aus welchem Grund hätte sich dieser Gordon denn sonst umbringen sollen, wenn er nicht irgendwas damit zu tun gehabt hat?«

»Das wissen wir eben nicht. Er könnte ein Vergewaltiger gewesen sein, aber auch lediglich eine Vergewaltigung mitbekommen haben, ohne sie zu verhindern. Jedenfalls ist Marilyn kurz danach zu Tode gekommen. Im Obduktionsbericht steht zwar, dass ihr Alkoholspiegel und ihre Benommenheit nach einem Sturz auf Deck dafür verantwortlich sein könnten, dass sie über Bord ging. Genauso gut wäre möglich, dass sie in einem Schockzustand war.«

»Nun, leider wird man das nie herausfinden«, antwortete Jimmy mit einem auf Lily zynisch wirkenden Grinsen. »Denn mein alter Herr hat auf Anweisung von oben keine DNA isoliert und analysiert.«

Lily war sehr enttäuscht. Es gab also keine Beweise, die man nachträglich hätte auswerten können. »Auf wessen Anweisung geschah das?«

»Ich habe dir, Dan, ja schon mal gesagt, dass man den Ball über diesen Vorfall während der Betriebsfeier ganz flach halten wollte. Die Frau war tot, und das war für die MET in Southwark schon blamabel genug. Insbesondere für unseren Chief Inspector, der die Feier organisiert hatte. Wenn jetzt noch im Raum gestanden hätte, dass Marilyn vielleicht zum Sex gezwungen wurde, hätte das eine Riesenrandale verursacht. Die Presse hätte sich draufgestürzt wie die Aasgeier. Niemand hätte es beweisen können, denn

Marilyn war tot. Aber das Gerücht hätte an der Central Southwark geklebt wie Hundescheiße am Schuh.«

Jimmy schnappte nach Luft, da er während dieser langen Rede aufgrund des Lärms um sie herum fast schreien musste. Instinktiv sah Lily sich um, sah aber niemanden, der den Anschein erweckte, Jimmys Worte mitverfolgt zu haben.

»Was genau ist denn jetzt im Original-Obduktionsbericht anders als in dem, den ich schon kenne?«, fragte Lily abschließend.

Jimmy hob die Schultern. »Eigentlich nur, dass man eine Vergewaltigung nicht ausschließen konnte, aber keine DNA identifiziert werden sollte. Und die Verletzungen sind ausführlicher beschrieben worden und mit mehr Fotografien dokumentiert. Das ist alles. Und jetzt lasst uns bitte von was anderem reden!«, schlug er vor und sah Dan an. »Was sagst du denn zu den neuen Spielereinkäufen von Arsenal?«

Eine weitere halbe Stunde lang quälten sie sich mit Smalltalk, bis Dan endlich das Zeichen zum Aufbruch gab. »Ich habe morgen Dienst und muss früh raus«, log er. »Also danke, dass du dir die Mühe gemacht hast.«

»Und was machen Sie jetzt mit den Informationen, Lily?« Jimmy fixierte sie aufmerksam.

»Ich werde meinen Abschlussbericht verfassen«, log Lily ebenfalls. »Mehr lässt sich über die Hintergründe von Martin Gordons Suizid eben leider nicht herausfinden. Ich hatte die Hoffnung, es wäre DNA identifiziert worden, dann hätte man seine mögliche Täterschaft an einer Vergewaltigung im Nachhinein entweder bestätigen oder ausschließen können. Aber da dies leider nicht der Fall ist, wird die Sache jetzt zu den Akten gelegt.«

»Was für ein unangenehmer Zeitgenosse!«, sagte Lily, kaum dass sie in Dans Auto auf dem Weg zu seinem Apartment waren. »Ich bin jedenfalls froh, dass ich mit dem nichts mehr zu tun haben werde.«

»Nun sei nicht so streng mit ihm!«, besänftigte Dan sie. »Er hat immerhin eine Menge riskiert, um an diese Informationen zu kommen. Dass sie dich nicht viel weiterbringen, konnten wir nicht wissen.«

»Oh, da irrst du dich aber gewaltig. Ich habe jetzt die Gewissheit, dass es bei der Ermittlung nicht mit rechten Dingen zugegangen ist. Bislang war das nur eine Vermutung. Ich werde Gregory Parker also berichten können, dass es sich auf jeden Fall lohnt, den Fall wieder aufzurollen.«

## KAPITEL 42

**Headquarter der Kent Police in Maidstone**
*Donnerstag, 15. August 2019*

»Guten Tag, Mr Jarrett.« CS Parker legte großen Wert darauf, Clark persönlich zu begrüßen. »Hier darf ich Ihnen Mrs Lily Brown vorstellen. Ich habe sie als Honorarpsychologin der Kent Police damit beauftragt, Ermittlungen zu den Hintergründen des Selbstmords von Martin Gordon im Juni dieses Jahres anzustellen. In diesem Zusammenhang findet das heutige Treffen statt. Ich möchte Sie dringend bitten, Mrs Brown alle notwendigen Auskünfte zu geben, die sie von Ihnen benötigt.«

Wenn Blicke töten könnten, wäre ich jetzt eine Leiche, ging es Lily durch den Kopf, als Jarrett ihr so fest die Hand drückte, dass es schmerzte. Er verzog seinen Mund zu einem Lächeln, das wohl verbindlich wirken sollte, aber seine kalten dunkelbraunen Augen nicht erreichte.

»Ich werde mein Bestes geben, Sir«, sagte er, ohne auf Parkers strengen Tonfall zu reagieren.

»Dann lasse ich Sie jetzt allein, werde Mrs Brown jedoch bitten, mir hinterher über ihr Gespräch mit Ihnen Bericht zu erstatten.« Die Drohung, die in Parkers letzter Aussage mitschwang, war unüberhörbar.

Vor zwei Tagen hatten Lily und Parker sich per Videotelefonat über die mögliche Rolle von Clark Jarrett bei Marilyn Stratfords Tod auf der *King George* ausgetauscht.

»Es ist bisher nur ein Verdacht, den ich nicht beweisen kann«, hatte Lily berichtet. »Aber Jarrett muss etwas mit Marilyns Tod zu tun haben. Für mich steht jetzt zweifelsfrei fest, dass er und Gordon ehemals beste Freunde waren. So ist es sogar in den Personalakten der MET vermerkt, in die Dan Baker zwischenzeitlich Einblick nehmen konnte. Clark und Martin sind jahrelang zusammen Streife gefahren und wurden zum gleichen Zeitpunkt, nämlich am 1. Juli 2011, zum Police Sergeant befördert. Nur wenige Tage nach Marilyns Tod scheinen sich die beiden jedoch entzweit und später massiv zerstritten zu haben.

Nach Auskunft von Jimmy Wilford, dem Sohn von Marilyns Obduzenten, enthält der Originalbericht vertuschte Hinweise darauf, dass Marilyn vergewaltigt wurde. Heute vermute ich, dass Martin Gordon darüber Bescheid wusste. Er wurde auf jeden Fall an jenem Abend mit Marilyn im Gespräch gesehen.

Ich persönlich glaube nicht, dass Gordon sich an einer Vergewaltigung beteiligt hätte. Zwar zeigte er lange Jahre als Polizist frauenfeindliche Tendenzen. Aber sein Rechtsempfinden war immer so ausgeprägt, dass er solche Gewalttätigkeiten nicht gutgeheißen, geschweige denn sich daran beteiligt hätte.

Trotzdem muss er irgendeine Rolle bei diesem Verbrechen gespielt haben. Welche, konnte ich nicht herausfinden. Aber aus seinem Abschiedsbrief geht eine tiefe Reue hervor über etwas, das er mir während der Behandlungsstunden jedoch nur angedeutet hat. Deshalb vermute ich, dass er etwas über die Tat wusste. Aufgrund des von ihm verinnerlichten Korpsgeists mag er darüber zunächst geschwiegen haben. Bis die Erbitterung über das Mobbing seiner Mitarbeiterin Sue Belham dazu führte, dass er glaubte, es Jarrett und möglicherweise auch dessen Kumpanen Jeff Burger und Robbie Cameron heimzahlen zu müssen.

Dieser Plan ging nicht auf, wie wir wissen. Er brachte Gordon stattdessen nicht nur in die Schusslinie von Jarrett und Konsorten, sondern auch von all seinen übrigen Kollegen in der Central Police Station von Southwark.

Nach dem Tod seiner Frau entkam Gordon diesen Schikanen zunächst durch seine Versetzung nach Dover. Ob durch einen unglücklichen Zufall oder gezielt, diese Periode endete, als auch Jarrett nach Dover kam. Die beiden gerieten wieder aneinander. Jarrett knüpfte mit seinen Mobbingaktivitäten dort an, wo er in London aufgehört hatte. Das beweisen die Aussagen von Molly Gibson und Jack Taylor. Ob es dabei immer noch um den Fall Stratford ging oder ob neue Aspekte hinzugetreten sind, erschließt sich mir noch nicht.

Aber es dürfte in jedem Fall *auch* um die Affäre auf der *King George* gegangen sein, denn in seinem Abschiedsbrief setzte Gordon ja das Vertrauen in mich, Vorgänge aufzuklären, die in London geschehen waren. Und ich hatte während meiner Gespräche mit ihm immer den Eindruck, dass das, was er mir verschwieg, schon länger zurücklag.

Im Nachhinein gehe ich davon aus, dass sich die Situation zwischen Gordon und Jarrett in Dover derart zuspitzte, dass es schließlich zur Eskalation kam. Zunächst versuchte Gordon, Jarrett während des Raubüberfalls in der Bank zu erschießen. Als dies fehlschlug, bedrohte Jarrett im Gegenzug Martin Gordons Tochter und ermordete deren Katze als Warnung.

Daraufhin sah Martin keine andere Lösung mehr, als sich das Leben zu nehmen. Er brachte seine Tochter zwar in Sicherheit, hatte jedoch Angst, dass Jarrett sie auch in Liverpool aufspüren könnte, wenn er sein Schweigen bräche. Also brachte Martin sich durch seinen Suizid selbst zum Schweigen und war damit keine Bedrohung mehr für Jarrett.

Auch das spricht dafür, dass Gordon zumindest Mitwisser jener schrecklichen Tat auf der *King George* war, vielleicht sogar ein Mitschuldiger. Dabei betone ich noch einmal, dass ich nicht glaube, dass er an der Vergewaltigung oder gar dem Tod Marilyns aktiv beteiligt war. Vielleicht hat er es aber nicht verhindert und sich dadurch strafbar gemacht.

Wie dem auch sei, er glaubte jedenfalls offenbar nicht, Jarrett diese Straftat oder womöglich sogar noch weitere nachweisen zu können, ohne Judys Leben zu gefährden. Denn den Ermittlungsinstanzen traute er nicht mehr. Kein Wunder, da er ja mitbekommen hatte, welche Ungeheuerlichkeiten bei der Erforschung der Todesumstände von Marilyn Stratford in Southwark passiert waren.«

»Ihre Schlussfolgerungen sind logisch, Lily, und beeindrucken mich sehr. Leider sind es jedoch nur Schlussfolgerungen, die Sie aufgrund Ihrer Kompetenz als Psychologin aus Indizien und Martin Gordons Verhalten ziehen. Irgendeinen Beweiswert haben sie nicht«, hatte Parker ihre Ausführungen kommentiert.

Lily hatte eigentlich keine andere Reaktion erwartet, fühlte sich aber dennoch enttäuscht. »Dann sollte ich zumindest weitere Indizien sammeln«, schlug sie vor. »Aus den Londoner Akten kann ich keine neuen Erkenntnisse mehr gewinnen. Erwartungsgemäß sind auch die Rechnungen digital nicht mehr auffindbar, die beweisen, dass die Ruhekabine und die Beschädigung des Teppichs bezahlt wurden.«

Sie holte tief Luft und machte den Vorschlag, vor dem sie eigentlich zurückschreckte. »Also sollte ich mir endlich ein eigenes Bild von jenem Clark Jarrett machen. Sie könnten ihn so wie Martins ehemalige Mitarbeiter Molly Gibson und Jack Taylor zur Einvernehmung nach Maidstone bestellen.«

Parker seufzte. »Was versprechen Sie sich davon, Lily? Denn wenn Sie auch nur mit einem Bruchteil von dem recht haben, was Sie eben ausgeführt haben, ist dieser Mann gefährlich. Ohne dass wir ihm bislang das Geringste nachweisen können.«

»Das Risiko muss ich eingehen, Sir. Aber es würde mir sehr helfen, wenn Sie bei der Eröffnung meines Gesprächs mit Jarrett als sein oberster Vorgesetzter dabei wären. Das würde mein Risiko zumindest ein klein wenig minimieren.«

»Das hätte ich Ihnen sowieso vorgeschlagen, Lily. Aber wirklich schützen kann ich Sie dadurch nicht. Denken Sie deshalb noch einmal darüber nach!«

»Meine Entscheidung steht fest, Mr Parker«, hatte Lily erwidert.

Nun fand sie, dass der Chief Superintendent seine Sache so gut gemacht hatte, wie es möglich war.

»Also, womit kann ich Ihnen dienen, Lady?« Jarrett lümmelte sich mit einem verächtlichen Lächeln in seinen Stuhl.

Wäre er Lily nicht von Anfang an unsympathisch gewesen, hätten allein diese Geste und Ansprache schon dafür gereicht. Clark war nicht nur mit seinem muskelbepackten Körper und den Tätowierungen an Armen und Hals der Typ Mann, den sie verabscheute. Auch sein Gebaren war ihr zuwider.

»Nennen Sie mich nicht Lady, sondern Mrs Brown. Sonst spreche ich Sie mit ›Flegel‹ an«, antwortete Lily mit aller Schärfe.

Einen kurzen Moment lang wirkte Jarrett verblüfft. Dann setzte er wieder das höhnische Grinsen auf. »Ihr Wunsch sei mir Befehl, La–, äh, Mrs Brown.«

»Gut, dann lassen Sie uns gleich zur Sache kommen. Schon vor Martin Gordons Tod hatte ich den Eindruck gewonnen, dass er von Ihnen gemobbt wurde. Was sagen Sie dazu?«

Clark bleckte seine nikotinverfärbten Zähne. »Ja, ich weiß, Sie sind diese Psychotante, zu der unser Chief Super Gordon nach seinem Schuss auf mich geschickt hat.«

»Woher wissen Sie das?«

»Jack Taylor hat es mir gleich erzählt, nachdem Sie ihn und Molly Gibson über mich ausgequetscht hatten«, bestätigte Jarrett Lilys Vermutung.

»Dann wissen Sie sicher auch, dass dabei die falschen Behauptungen herausgekommen sind, die Sie in die Welt gesetzt haben, um Zwietracht in Martins Team zu säen.«

»Davon weiß ich nichts.«

»Sie haben behauptet, Martin Gordon habe negative Einträge in den Personalakten seiner Mitarbeiter vorgenommen. Im Fall von Molly Gibson und Jack Taylor war dies gelogen. Denn deren Akten hatte ich eingesehen, bevor ich mit ihnen gesprochen habe.«

Clark verzog keine Miene und zuckte demonstrativ gelassen mit den Schultern. »Dann bin ich eben selbst einer Ente aufgesessen. Mir wurde das jedenfalls so erzählt.«

»Von wem?«

»Das geht Sie nichts an, La–, äh, Mrs Brown.«

»Vielleicht doch, Flegel, äh, sorry, Mr Jarrett.«

In Clarks Augen trat ein gefährliches Funkeln.

Offenbar war er Widerstand dieser Art nicht gewohnt. Schon gar nicht von einer Frau, dachte Lily mit einer Mischung aus Genugtuung und Furcht.

»Sie streiten also ab, solche unwahren Behauptungen bewusst verbreitet zu haben, um auch Martins Mitarbeiter zu Mobbingaktivitäten zu veranlassen?«

Wieder zuckte Clark mit den Schultern. »Bin ich der Hüter meiner Brüder und Schwestern?«, antwortete er spöttisch. »Wenn Martins Leute nicht mit ihm zufrieden waren, wird er ihnen schon ausreichend Gründe dafür geliefert haben.«

Damit hatte er Lily ungewollt ein gutes Stichwort gegeben. »Welche Gründe meinen Sie?«

Diesmal blieb Clark ihr die Antwort zunächst schuldig. »Da müssen Sie die Leute selbst fragen!«, wich er aus.

»Martin hat mir erzählt, dass ihm ein Tütchen Kokain nach einer Drogenrazzia untergeschoben wurde«, startete sie einen weiteren Versuchsballon.

Jetzt grinste Clark wieder. »Dann wissen Sie es ja schon, *Mrs Brown.* Gordon war eben ein Kameradenschwein. Er hat seine eigenen Fehler auf seine Leute geschoben.«

Lily schürzte die Lippen. »Ich frage mich jetzt allerdings, woher Sie diese Information haben, Mr Jarrett. Denn die offizielle Version, zu der man Martin Gordon gezwungen hat, als er den Fund anzeigte, war die, dass er die Droge selbst versehentlich eingesteckt habe.«

Wieder schwieg Jarrett eine Sekunde zu lang. »Die Dover Police Station ist klein«, sagte er schließlich. »Da kann man solche Sauereien wie das Anschwärzen der eigenen Kameraden eben nicht geheim halten.«

Lily hatte es satt. Sie richtete sich zu voller Größe auf und sah Jarrett fest in die Augen. »Martin Gordon war ein beliebter Vorgesetzter, bevor Sie nach Dover kamen,

Mr Jarrett. Niemand aus seinem Team hatte ihm das Geringste vorzuwerfen. Erst als Sie auf der Bildfläche erschienen, begannen die gleichen Schikanen, die Sie bereits in London angezettelt hatten. Sagt Ihnen der Name Sue Belham etwas?«

Clarks Augen weiteten sich. Doch er tat so, als würde er überlegen. »Kann sein, dass ich den Namen schon irgendwo gehört habe. Aber ist mir entfallen, wo.«

»Das war Martins Mitarbeiterin, der Sie und einige Männer, die ich tatsächlich ›Kameradenschweine‹ nennen würde, nach einem Training die Kleider geklaut haben. Und sie nackt darum flehen ließen, sie wieder rauszurücken.«

Clarks Gesicht verzog sich zu einer so verächtlichen Grimasse, dass Lily am liebsten hineingeschlagen hätte. »Ach, Sie meinen Spotty. Ja, jetzt erinnere ich mich.«

»Martin Gordon hat damals dafür gesorgt, dass Sie von der Central Station auf einen unbedeutenden Außenposten in Southwark versetzt wurden. Das haben Sie ihm wahrscheinlich nie verziehen und sich dafür gerächt, als Sie sich in Dover wiedertrafen.«

Nur einen kleinen Moment lang blitzte eine mörderische Wut in Clarks Augen auf. Dann hatte er sich wieder im Griff. »Wenn *Sie* das so sagen, Mrs Brown. Aber Sie sind ja *Psychologin*, wenn ich recht unterrichtet bin«, sagte er, und seine Stimme troff vor Hohn. »So Leute wie Sie kommen auf abenteuerliche Ideen. Das ist ja bekannt.«

Lily merkte, wie sehr Jarrett sie provozierte, und riss sich mühsam zusammen. »Wie würden Sie denn Ihr Verhältnis zu Martin Gordon beschreiben?«

»Martin war ein Schwächling. Ohne Eier in der Hose! Oh, verzeihen Sie, Lady, sorry, ich meine natürlich Mrs Brown.«

Auch diese Antwort brachte Lily sogleich wieder in Rage, sie blieb aber nach außen hin ruhig. »Meine Nachforschungen in London haben allerdings ergeben, dass Sie ehemals sogar gut befreundet waren.« Kaum waren die Worte heraus, hätte Lily sich am liebsten die Zunge abgebissen. Wie konnte ihr nur ein solcher Fauxpas unterlaufen?

Jetzt trat ein wachsamer Ausdruck in Clarks Augen. »Ach, Sie spionieren mir sogar in London nach! Was hat das denn damit zu tun, dass sich dieses Weichei eine Kugel in den Schädel gejagt hat?«

Lily ging aufs Ganze. Jetzt hatte sie Clark ohnehin schon verraten, dass sie in London ermittelte. Was hatte sie also noch zu verlieren? »Vielleicht hat Martins Selbstmord etwas mit dem zu tun, was dort vor acht Jahren auf einem Schiff passiert ist. Vielleicht ist das auch der Grund, dass Sie ihn damals wie heute gemobbt haben. Weil er etwas über Sie weiß, das Ihnen gefährlich werden könnte.«

Trotz ihrer Kühnheit hatte sie mit Clarks Reaktion nicht gerechnet. Er sprang auf und beugte sich so dicht über den Tisch, dass sie seinen schlechten Atem riechen konnte.

»Merken Sie sich drei Dinge, Lady!« Er fletschte die Zähne. »Erstens!« Er hob den Zeigefinger der rechten Hand. »Martin hat in der Bank auf *mich* geschossen, nicht ich auf ihn. Wer ist also wem gefährlich geworden?«

Lily bemühte sich mit aller Kraft, nicht zurückzuweichen.

»Zweitens!« Clark hob den Mittelfinger. »Der Kerl war ein Verräter! Es ist nicht schade um ihn. Niemand weint ihm auch nur eine Träne nach!«

»Und drittens!« Clarks rechte Hand mit den drei erhobenen Fingern befand sich nur ein paar Inches vor ihrem Gesicht. »Wer sich mit mir anlegt, tut das auf eigenes Risiko! Das sollten Sie berücksichtigen, Lady!«

Damit drehte er sich brüsk um, riss seine Jacke von der Garderobe und marschierte grußlos hinaus.

»Ich fürchte, ich war gerade nicht sehr professionell, Mr Parker«, gestand Lily zerknirscht bei ihrer Nachbesprechung. »Ich habe mich von Jarrett provozieren lassen, sogar mehrfach. Und ihm dabei unseligerweise verraten, dass ich in London ermittelt habe.«

Parker musterte Lily mit einer Mischung aus Besorgnis und Ärger. »Hätte ich das geahnt, hätte ich dieser Begegnung nie zugestimmt. Hat Jarrett Ihnen Grund gegeben, dass ich ihn disziplinarisch verwarne oder sogar abmahne?«

Lily schüttelte den Kopf. »Das würde alles nur noch schlimmer machen, Sir. Ich bin zwar jetzt sicherer denn je, dass Clark in Marilyn Stratfords Tod verwickelt ist, da er sich nur durch meine Andeutung ebenfalls provozieren ließ. Aber ich würde das ungern an die große Glocke hängen wollen. Sonst wird vielleicht alles zunichte, was ich bisher erreicht habe.«

Auf jeden Fall ist dieser Arsch jetzt gewarnt, dachte Lily deprimiert auf der Rückfahrt von Maidstone nach Canterbury. Wie konnte ich mich nur so gehen lassen?

»Weil dieser Schweinehund alles besudelt hat, was dir als Frau und ehemalige Polizistin heilig ist«, würde Dan ihr später zum Trost bei ihrem abendlichen Telefonat sagen.

Aber das machte die Sache nicht besser, ebenso wenig wie Parkers Angebot, Lily solle sich sofort an ihn wenden, wenn sie den Eindruck gewänne, Clark würde seine Drohung ihr gegenüber wahrmachen.

## Clark Jarrett

Clark schäumte vor Wut, als er den Rückweg nach Dover antrat. Diese Schlampe! Was bildete die sich ein? Der würde er es am liebsten auch mal gründlich besorgen!

Wie damals dieser arroganten Marilyn! Trotz seiner Wut spürte er wieder die Erektion, die ihm noch heute bei der Erinnerung kam. Zuerst hatten sie dem Weib die K.-o.-Tropfen eingeflößt, die er passenderweise am Vortag konfisziert, aber nicht abgegeben hatte. Dann waren sie über sie hergefallen.

Robbie, dieser Idiot, hatte ihr zwar die Klamotten zerrissen, was nicht vorgesehen gewesen war. Aber irgendwann war das auch egal gewesen! Sie hatten sie von vorne und hinten gefickt, auch gleichzeitig zu zweit.

Das einzig Dämliche an den K.-o.-Tropfen war, dass sie schlaff wie ein nasser Sack gewesen war. Aber es war trotzdem sooo geil! Fast eine ganze Stunde lang hatten sie sich gegenseitig angefeuert. Unwillkürlich rieb Clark sich im Schritt.

Er hatte sie alle im Griff gehabt. Als Jeff Vaseline in der Handtasche der Bitch fand, hatten sie ihre Fotze damit eingeschmiert. Damit hatte es besser geflutscht und noch mehr Spaß gemacht. Am Ende sogar allen! Er wusste, wie man die Burschen nach seiner Pfeife tanzen ließ. Clark grinste bei der Erinnerung.

Was danach passiert war, hatte er nicht vorhersehen können. Sie waren auf dem hinteren Deck eine rauchen gegangen. Zwischenzeitlich wachte die Schickse auf. »Die Dosis war zu schwach. Sie hat zu viele K.-o.-Tropfen wieder ausgespuckt«, meinte Jeff hinterher. Es war wirklich nicht einfach gewesen, dem Weib das Zeug einzuflößen.

Zum Glück musste Robbie pissen gehen und hörte dabei ein Geräusch. Das Luder hatte sich die zerrissenen Fetzen übergestreift und war schon fast an der Tür nach draußen, die Jeff zum Glück abgeschlossen hatte, bevor sie rauchen gegangen waren.

Deshalb hämmerte die Bitch wie rasend an die Tür und begann zu schreien. Aber draußen hörte sie niemand. Das war nämlich eine schallisolierende Tür, erfuhr Jeff am nächsten Tag bei seinen Befragungen. Außerdem dröhnte die Musik von der Band auf der Bühne, und davor hopsten alle wie wild rum.

Aber ihm war schnell klar, dass das Weibsstück einen Riesenaufstand veranstalten würde, wenn man sie jetzt gehen ließ. Das musste er unbedingt verhindern. Weil auch Martin nicht mehr zu trauen war.

Den Schlag mit der Bierflasche auf den Hinterkopf hatte er ihr noch instinktiv verabreicht, um sie zum Schweigen zu bringen.

»Mensch! Jetzt hat sie 'ne Wunde am Kopf!«, protestierte der Softie. »Was machen wir jetzt? Sie muss sofort verschwinden!«

Dummerweise war schon Blut auf den Teppich getropft, als er und Robbie sie in die Kabine zurückgezerrt hatten. Jeff schlang ihr das Jackett um den Kopf, dann schafften sie sie die Treppe hinunter aufs hintere Deck. Jeff rieb ihren Kopf am Poller, damit Blut drankam, das die Wunde erklärte. Dann hatte er, Clark, ihre Arme gepackt, Jeff und Robbie je ein Bein. Sie war schwer wie Blei gewesen, obwohl doch gar kein Gramm Fett zu viel an ihrem geilen Körper war. Und die Reling war verdammt hoch.

Schließlich hievten sie sie drüber und schmissen sie über Bord. Das blutige Jackett und die Stöckelschuhe gleich hinterher.

Der Softie jammerte die ganze Zeit, war ihnen aber später doch sehr nützlich gewesen. Er, Clark, hatte ihm vorher allerdings klargemacht, wo der Hammer hing. Und er steckte ja selbst mit drin.

Das Blut vom Teppich in der Kabine bekamen sie nicht mehr ab. Bevor sie abhauten, deponierte Robbie die Handtasche der Schickse in der Toilette. Dort hatte er, Clark, das Diazepam schon vorsorglich reingesteckt. Für alle Fälle, falls man doch noch Reste der K.-o.-Tropfen in ihrem Blut fand. Aber eigentlich war ja das Schöne an K.-o.-Tropfen, dass sie sich im Blut so schnell abbauten. Und dass sich die Weiber hinterher an nix mehr erinnerten.

Da war er noch davon ausgegangen, dass sie die Kuh am nächsten Morgen lebend finden würden. Trotzdem war er nach dem ersten Schock froh gewesen, dass sie das Weib um die Ecke gebracht hatten. Nun konnte sie wirklich niemanden mehr verpetzen. Falls sie sich doch erinnert und wirklich gewagt hätte, den eigenen Kollegen eine Vergewaltigung anzuhängen, hätten sie zwar behauptet, die Nutte wäre mit allem einverstanden gewesen. Aber so war es sicherer. Auch wegen Martin.

Denn der führte sich noch schlimmer auf als der Softie. Seit Martin von seiner Beförderung wusste, redete er so einen Stuss daher: Man müsse sich jetzt auch gegenüber den Weibern zusammennehmen. Obwohl die Schickse auch ihn absägen wollte!

Also hatte er in der Woche nach der Feier ein Treffen mit Martin anberaumt. Denn da hatte er noch nicht gewusst, dass sowieso nichts passieren würde.

»Wir hängen hier alle mit drin, auch du, Martin!«, hatte er ihm eingeschärft. »Du hast das Flittchen hergelockt, und du hast immer noch den Ruf eines Weiberhelden. Rausreden kannst du dich nicht! Wenn es rauskommt und wir alle behaupten, dass du sie auch gevögelt hast, kannst du gar nix dagegen machen.«

»Sperma von mir wird man aber nicht finden«, hatte das Arschloch widersprochen.

»Na und? DNA schon, auf jeden Fall in der Kabine. Da hast du ja einiges angefasst. Und nicht bei jedem Fick gibt's 'nen Samenerguss, das weiß doch jeder.«

Martin hatte noch immer nicht eingesehen, dass sie jetzt alle in einem Boot saßen. Also war er deutlicher geworden. »Wenn du auch nur eine Silbe verlauten lässt, bumsen wir deine Frau!«

Das hatte dann eine ganze Weile gewirkt, bis der Sauhund die Sache mit Sue auffliegen ließ. Doch weil er Kameraden sogar beim Chief Super verpfiffen hatte, hatte Martin jetzt die ganze Bagage gegen sich. Clark grinste, als er daran dachte, wie der Kerl in die Kacke in seiner Jackentasche gefasst hatte.

Dann grübelte er über das heutige Gespräch nach. Dabei wäre er beinahe in seinen Vordermann geknallt, weil sich vor einem Kreisel ein Stau gebildet hatte. Ruhig Blut, rief er sich zur Ordnung. Was auch immer Martin dieser Psychoschlampe erzählt hat, nachzuweisen ist mir heute nichts mehr. Dafür hat CI Harper persönlich gesorgt. Aus Angst, es könnte ihn seinen eigenen Arsch kosten, wenn die Vergewaltigung rauskäme. Besser hätte es gar nicht laufen können!

Clark runzelte die Stirn. Hatte dieser Scheißkerl der Psychotante auch von der anderen Sache erzählt? Angedeutet hatte sie nichts. Aber wenn doch? Die sollte ich ausschalten, sicher ist sicher. Aber vorher wird sie richtig durchgebumst. Der Gedanke war plötzlich da und gefiel ihm gut. Vielleicht machen die anderen ja wieder mit!

Aber das müsste ich viel gründlicher planen als die

Chose mit Marilyn auf dem Schiff. Denn Parker, dieser Drecksack, scheint hinter dem Luder zu stehen. Viel wissen kann sie nicht, sonst wäre längst was passiert.

Den Rest der Strecke nach Dover überlegte er, was das beste Vorgehen wäre. Sie braucht erst mal 'nen gründlichen Schuss vor den Bug. Dann hört sie vielleicht von sich aus mit der Schnüffelei auf, und gut is. Wär zwar schade um den Fick, aber sei's drum. Einen Versuch ist es wert.

Die Adressen ihrer Praxis und Wohnung hatte er schon recherchiert, nachdem er diese komische Einladung von Parker bekommen hatte. Lag beides in Canterbury, das war praktisch. War auch nicht schwer gewesen, viel stand schon auf ihrer Website.

Also würde er sich am Wochenende in Canterbury mal umtun. Und sehen, was sich machen ließe. Sie hatte ja einen Kater …

# KAPITEL 43

## *Whitefriars Shopping Center* in Canterbury
*Samstag, 17. August 2019*

»Schau mal, Dan! Wie gefällt dir das denn?« Lily hielt ein zartgrünes Kleidchen hoch, das mit Marienkäfern bedruckt war. »So ein ähnliches habe ich vor einem Dreivierteljahr auch meiner kleinen Nichte Andrea gekauft. Sie sieht ganz entzückend darin aus.«

»Das gefällt mir auch gut«, stimmte Dan ihr zu. »Aber meinst du nicht, wir haben jetzt schon genug Babykleidung besorgt? Ich rechne ja damit, dass die Kleine höchstens an jedem zweiten Wochenende bei uns sein darf. Und Säuglinge wachsen doch so schnell aus ihren Sachen heraus.«

Er schaute auf den gut gefüllten Einkaufskorb. Die Waren darin stammten von *Marks & Spencer*. In den Händen hielt er bereits eine große Einkaufstüte von einem anderen Shop, in der sich Strampelanzüge, eine weiche Babydecke, ein Babyschlafsack und diverse andere Dinge befanden, die Lily und er schon für die kleine Diana besorgt hatten.

Als hätte *sie* heute Geburtstag und nicht Lily! Da er in diesem Jahr auf einen Samstag fiel, hatten sie am Freitagabend hineingefeiert und heute Morgen ein wunderbares Geburtstagsfrühstück gehabt. Das goldene Kettchen, das er Lily geschenkt hatte, glitzerte um ihren Hals.

»Das Kleidchen muss sein«, entschied sie nun. »Das ist dann mein Geschenk für das Baby.« Sie überlegte kurz.

»Aber ich nehme es eine Nummer größer. Dann passt es ihr hoffentlich etwas länger.«

Vorerst wollten sie so tun, als hätte Dan ungefähr vier bis acht Wochen nach der Geburt regelmäßig eigenständige Kontakte zu seiner kleinen Tochter. Bis dahin würde er Diana wohl oder übel bei ihrer Mutter besuchen müssen.

Dans Apartment in London war viel zu klein, um noch Babyutensilien darin unterzubringen. Deshalb wollten sie in Lilys Wohnung Platz für Diana vorsehen. Ins Schlafzimmer passte gerade noch eine Wickelkommode hinein, für ein Bettchen reichte es nicht mehr. Aber der große Kinderwagen, den Dan bereits in seinem Auto verstaut hatte, würde gleichermaßen als Bettchen und Fahrzeug für seine Tochter dienen können.

»Und dieser entzückende Elefant!« Lily wies auf einen Tisch mit Kuscheltieren. »Den schenke ich gleich noch dazu!«

Nachdem sie noch eine Spieluhr und ein Mobile erstanden hatten, gebot Dan Lily Einhalt. »Wir sind zwar mit meinem großen BMW da, aber der dürfte jetzt bis zum Rand gefüllt sein. Die Babyschale können wir erst beim nächsten Mal besorgen.«

Nachdem sie in einem Gartenlokal zu Abend gegessen hatten, kamen sie gegen acht Uhr in Lilys Wohnung an.

»Mick! Wo bist du?«, rief Lily, kaum dass sie aufgeschlossen hatte. Doch der Kater war nicht da. Auch sein Futter war unberührt.

»Der Schlawiner!«, schmunzelte Lily. »Sicher hat er sich wieder bei Gerald durchgefressen.«

Erwartungsvoll klingelte sie an Mr O'Brians Tür. Der alte Herr öffnete und strahlte über das ganze Gesicht, als er Lily mit Dan im Schlepptau erblickte. »Wie schön, Sie endlich wieder einmal zu sehen!«, begrüßte er sie herzlich. »Kommen Sie doch herein! Sie auch, mein Herr! Sie müssen der Mann sein, der Lilys Herz gewonnen hat. Sie sind zu beneiden.«

»Das ist sehr lieb von Ihnen, Gerald. Aber eigentlich wollte ich nur Mick abholen.«

Gerald O'Brian zog die Augenbrauen zusammen. »Mick? Ihr Kater ist leider nicht bei mir. Heute Morgen war ich unterwegs, bin aber seit dem frühen Nachmittag wieder daheim. Mick hat mich leider nicht mit seinem Besuch beehrt.«

Lilys Puls begann sich zu beschleunigen. »Aber wo kann er denn sein? Er hat auch in meiner Wohnung nichts gefressen, seit ich ihm seine Schalen heute Morgen gefüllt habe.«

Dan legte Lily beruhigend die Hand auf den Arm. »Lily, Mick ist ein junger Kater. Die gehen in diesem Alter ihre eigenen Wege, auch wenn sie kastriert sind.«

»Ihr Lebensgefährte hat recht«, schloss sich O'Brian an. »Es ist ja noch nicht einmal richtig dunkel. Mick kommt bald, das werden Sie sehen. Kommen Sie doch so lange herein! Zufällig habe ich eine Flasche des Rieslings kaltgestellt, den Sie so mögen.«

Lily stimmte zu, als Dan ihr zunickte. O'Brian freute sich erst recht, als er von Lilys Geburtstag erfuhr, und überreichte ihr gleich zwei weitere Flaschen Riesling als Geschenk.

Die nächsten beiden Stunden verbrachten sie in fröhlichem Geplauder. Zumindest Gerald und Dan. Lily machte gute Miene dazu, konnte aber ihre Unruhe nicht verbergen, als Mick auch um zehn Uhr noch immer nicht aufgetaucht war.

»Lassen Sie uns doch einen Spaziergang machen«, schlug

O'Brian vor, der ihre Sorge bemerkte. »Wir werden dabei sicher auf den Kater treffen. Oder er hört uns und kommt dann rasch herbei.«

Lily stimmte sofort zu.

Zuerst gingen sie die ganze Shaftesbury Road ab, schauten in jeden Vorgarten und über jeden Zaun, konnten Mick jedoch nicht finden. Dann verteilten sie sich über die Seitenstraßen.

Nach einer halben Stunde trafen sie ergebnislos wieder zusammen. »Hoffentlich ist er nicht überfahren worden«, sagte Lily mit bangem Herzen. »Die Durchfahrtsstraße ist ja nicht weit. Dort rasen die Autos manchmal ohne Rücksicht auf Verluste.«

Dan nahm Lily, die gewaltsam die Tränen zurückhielt, tröstend in die Arme. »Gerald und ich gehen nachsehen«, schlug er vor. »Willst du hier auf uns warten?«

Lily schüttelte heftig den Kopf. »Nein, ohne euch wäre ich noch mehr in Panik.«

Gemeinsam gingen sie die Beaconsfield Road ab bis zur Spitze des St Stephen's Hill und in die Gegenrichtung ein Stück hinab Richtung Stadtmitte. Zum Glück lag kein toter oder schwer verletzter Mick am Straßenrand. Aber sie fanden auch keinen munteren, unversehrten Kater.

Als sie sich schließlich gegen Mitternacht voneinander verabschiedeten, drohte die Sorge Lily zu überwältigen. Gerald bemerkte es sofort. »Nun beruhigen Sie sich doch! Mick wird schon morgen wieder da sein! Selbst wenn er sich vorübergehend in Gefahr gebracht hat – sagt man nicht, Katzen haben sieben Leben? Ich halte die Augen offen. Das verspreche ich Ihnen.«

Dan wirkte dagegen leicht genervt, als er hinter Lily in ihre Wohnung trat. Lily bemerkte es. »Hältst du mich für hysterisch?«, fragte sie geradeheraus.

Dan zögerte, dann nickte er. »Ehrlich gesagt, ja. Kater streunen nun mal umher, das haben wir dir jetzt schon ein Dutzend Mal gesagt.« Er hob ihren Kopf und küsste sie auf die Nasenspitze. »So habe ich mir die Nacht deines Geburtstags wirklich nicht vorgestellt. Wo ich doch morgen Vormittag schon wieder zurückmuss.«

Der Fall Jill Reynolds war nach wie vor ungeklärt und hielt Dan noch immer auf Trab.

»Nun gut!«, seufzte sie. »Dann mach mich vergessen, welche Angst ich um Mick habe! Damit ich schlafen kann, falls er immer noch nicht zurück ist.«

Anfangs funktionierte ihr gemeinsames Vorhaben. Lily gab sich Dans Zärtlichkeiten voll Leidenschaft hin und schlief danach sogar kurz ein.

Doch um drei Uhr morgens lag sie wieder wach und ging ihrer Angst schließlich auf den Grund. Clark Jarrett hat mir gedroht. Er hat schon Judys Katze umgebracht. Eine Adresse herauszufinden, war ja heutzutage nicht mehr schwierig. Und woher will er wissen, dass ich einen Kater habe, den ich fast so sehr liebe wie Dan? Aus dem Internet! Ein eiskalter Schauer durchfuhr sie. Dort habe ich sogar ein Foto von Mick und mir gepostet!

Die restliche Nacht tat sie kein Auge mehr zu. Gleich nach dem Frühstück, bei dem sie nur ein paar Bissen hinunterwürgte, meldete sie sich wieder bei Gerald O'Brian. Doch der Nachbar hatte am Vortag keinen Unbekannten bemerkt, geschweige denn ihm Auskunft über Mick gegeben. Nachdem Dan gegen Mittag wieder nach London aufgebrochen war, fragte Lily auch im eigenen Haus und rundherum alle Nachbarn, die sie antraf, nach Micks Verbleib und einem Unbekannten, der ihnen aufgefallen war. Doch niemand wusste etwas.

Als sie gegen Mitternacht versuchte, ein wenig zu schlafen, war Mick noch immer nicht da. Schließlich stand sie seufzend auf und beschloss, ihre Recherchen über den plötzlichen Kindstod fortzusetzen.

## KAPITEL 44

### Lilys Wohnung

*Montag, 19. August 2019, vor Tagesanbruch*

Um vier Uhr morgens fühlte sich Lily körperlich wie zerschlagen, geistig aber nach wie vor hellwach. Mick war noch immer nicht da.

Schon zweimal hatte sie versucht, doch noch ein wenig Schlaf zu finden. Doch sobald sie den Kopf aufs Kissen legte, zogen Bilder an ihrem inneren Auge vorbei. Unwillkürlich grübelte sie über den Todesfall Marilyn Stratford nach, ebenso wie über Eindrücke aus ihren Sitzungen mit Martin Gordon. Dazwischen tauchten Imaginationen von Mick auf. Manchmal sah sie ihn lebhaft und quirlig, manchmal leblos, die schönen grünen Augen gebrochen.

Immer wieder horchte Lily in sich hinein und erforschte ihre Gefühle: War Mick etwas zugestoßen, oder hatte er sich nur verlaufen und würde bald zu ihr zurückkehren? Hatte Clark das Tier auf dem Gewissen, oder war es nur ein unglücklicher Zufall, dass der Kater ausgerechnet jetzt verschwunden war? Doch ihre Intuition wies in keine Richtung.

Schließlich stand sie wieder auf und brühte sich einen weiteren Instantkaffee. Dann setzte sie ihre Recherchen fort. Bislang hatte sie nichts Neues zum plötzlichen Kindstod in der Fachliteratur gefunden. Es gab einfach keinerlei Forschung zu den Todesursachen oder -umständen von

Geschwisterkindern, die am plötzlichen Kindstod verstorben waren.

Nachdem sie fruchtlos auch die populärwissenschaftlichen Artikel durchforstet hatte, landete sie schließlich auf YouTube. Hier gab es ebenfalls einige Beiträge zum plötzlichen Kindstod. Ein Video über Risikofaktoren und Hintergrundinformationen brachte keine neuen Erkenntnisse. Schließlich klickte sie lustlos auf einen Beitrag der Frauenzeitschrift *Woman's Home*. Mit seiner Mischung aus Klatschgeschichten, Rezepten, Mode- und Haushaltstipps gehörte das Blatt zu den Magazinen, die Lily höchstens einmal mangels besserer Alternativen beim Friseur las.

Auf YouTube waren die Originalinterviews mit drei Frauen zu sehen, die ihre Babys durch den plötzlichen Kindstod verloren hatten. Diese waren in Auszügen in einer Ausgabe von *Woman's Home* im August 2016 abgedruckt worden.

Da die Reporterin im ersten Interview mit einer Frau sprach, die nach dem Tod ihres ersten Säuglings zum zweiten Mal schwanger war, war Lilys Aufmerksamkeit zunächst geweckt. Doch wieder erfuhr sie nichts Neues. Stattdessen ärgerte sie die Oberflächlichkeit der Fragen. Und dass die Reporterin immer wieder auf dem jungen Alter der werdenden Mutter herumhackte, das sie als einzigen Risikofaktor benannte. Präventivmaßnahmen, um den zweiten Säugling zu schützen, fanden keine Erwähnung. In reißerischer Form ging es lediglich um die Gefühle der Frau beim Verlust ihres ersten Kindes und ihre Ängste vor dem, was nach der Geburt des zweiten Kindes passieren könnte. Das Gesicht der Frau war verpixelt und daher nicht zu erkennen.

Lily wollte den Beitrag schon genervt wegklicken, als sie plötzlich ein Geräusch hörte, das wie das klägliche

Miauen einer Katze klang. Mit klopfendem Herzen stürzte sie auf die Terrasse und in den Hintergarten, merkte aber bald, dass ihr Gehör ihr entweder einen Streich gespielt hatte oder dass eine andere Katze miaut hatte. Mick blieb verschwunden.

Traurig und resigniert kehrte Lily in ihr Wohnzimmer zurück. Da vernahm sie plötzlich eine Stimme, die ihr seltsam bekannt vorkam. Sie brauchte einen Augenblick, bis sie realisierte, dass die zweite Frau, die gerade interviewt wurde, so ähnlich wie Jerry Hoover klang.

Aufgeregt stürzte sie an ihr Laptop. Ein Untertitel wies die Frau als Dina M. aus Y. aus. Auch ihr Gesicht war unkenntlich gemacht. Weder die tiefschwarzen Haare, die der Frau bis über die Brust fielen, noch der Vorname Dina passten zu Jerry Hoover. Doch je länger Lily der Frau zuhörte und ihrer Stimme sowie der Art, sich auszudrücken, lauschte, desto sicherer war sie, dass es sich um die einige Jahre jüngere Jerry handeln musste.

Mit zitternden Händen stellte sie das Video an den Anfang des Interviews zurück. Je mehr Fragen die Reporterin stellte, desto mehr glichen die Antworten der unbekannten Frau den Beschreibungen, die Jerry ihr von Jamies Tod und DI Simpson nach Dennies Tod gegeben hatten.

»Und vor dem tragischen Ereignis ist Ihnen nie etwas an der kleinen Katie aufgefallen?«, fragte die Journalistin.

Wenn es wirklich Jerry war, war ihr erstes Kind also ein Mädchen gewesen.

»Außer, dass sie nächtelang schrie, nicht. Don, das war mein damaliger Mann, war dadurch so gestört, dass wir Katies Kinderbettchen nachts ins Wohnzimmer taten. Don musste morgens früh raus zur Arbeit. Ich hatte meine Stelle im Tesco ja schon vorher verloren, weil ich während der Schwangerschaft so oft krank war.«

Lilys Hand mit dem Stift, mit dem sie sich Notizen machte, erstarrte. Doch es ging noch weiter.

»In der Nacht, wo's passiert ist, dachte ich, die Kleine schläft endlich mal durch. Das war nämlich in den zwei Nächten davor auch so gewesen. Don war weg. Unsere Ehe war schon nicht mehr in Ordnung, obwohl wir erst paar Monate vorher geheiratet haben. Als ich schwanger war, flog ich nämlich zu Hause raus. Obwohl ich erst siebzehn war. Als Don mich dann heiratete, dachte ich erst, alles wird gut. Doch dann haute er in den Nächten nach der Geburt immer öfter ab. Da hatte er schon 'ne andere.«

Lily glaubte, ihren Ohren nicht zu trauen. Die Frau namens Dina erzählte die gleiche Geschichte, die Jerry Hoover mit dem Vater des kleinen Jamie und in Canterbury mit Dennie und Carl erlebt hatte.

»Wie reagierte der Vater auf den Tod von Katie?«

Erst jetzt klang die Stimme der Frau weinerlich. »Abgehauen ist der trotzdem. Schon zwei Monate später war'n wir geschieden.«

Die Reporterin murmelte ein paar Floskeln des Mitgefühls. »Und wie planen Sie Ihre weitere Zukunft?«

»Das weiß ich noch nicht. Ich treffe irgendwann hoffentlich 'nen besseren Mann, der sich mehr um mich kümmert.«

»Sie wissen aber, dass Sie vorerst nicht mehr schwanger werden sollten«, sagte die Reporterin. »Insbesondere jüngere Mütter, die sehr schnell nacheinander gebären, laufen Gefahr, auch das zweite Baby durch den plötzlichen Kindstod zu verlieren.«

»Oh, davor hab ich keine Angst«, antwortete Jerry alias Dina leichthin. »Nur mit 'nem Kind ist man doch 'ne echte Familie. Wenn ich dem Richtigen begegne, versuch ich es einfach noch mal.«

Die abschließenden Worte der Reporterin hörte Lily nur noch mit halbem Ohr. Die Frau wünschte Dina Glück. Lily war sich mittlerweile fast zu hundert Prozent sicher, dass Jerry die Frau in dem Video war. Dann begann das Interview mit der dritten Frau.

Fassungslos kopierte Lily den Link zu dem Video und rief dann ihre aktuellen Behandlungsprotokolle auf, die sie ebenfalls auf dem Laptop gespeichert hatte. Zum Glück hatte sie Jerrys Daten noch nicht gelöscht.

Lily war ziemlich sicher, dass Y. die Abkürzung für die Stadt York war, aus der Jerry stammte. M. war wahrscheinlich ihr Ehename nach der Heirat mit jenem Don. Aber wieso wurde sie in dem Interview Dina genannt?

Noch bevor Lily die entsprechende Stelle in ihren Daten gefunden hatte, fiel es ihr ein. Hatte Jerry nicht in der ersten Sitzung berichtet, ihr richtiger Vorname sei Geraldine, da ihre Mutter ein großer Fan von Geraldine Chaplin gewesen sei? Der Tonja aus dem Film *Doktor Schiwago*, dem Lieblingsfilm ihrer Mutter?

Lily hatte sich dies nicht einmal notiert, da sie es ursprünglich für unerheblich gehalten hatte. Aber Jerrys vollen Vornamen Geraldine hatte sie aufgenommen und erinnerte sich nun daran, dass Jerry ihr gesagt hatte, sie habe den Namen noch nie leiden können und sich daher schon als Kind Jerry genannt.

Das stimmte offenbar nicht. In York hatte sie noch Dina geheißen. Doch sowohl Jerry als auch Dina waren geläufige Abkürzungen für Geraldine.

Jetzt war sich Lily endgültig sicher, dass sie in Canterbury derselben Frau gegenübergesessen hatte wie die Reporterin. Jerrys Angabe in ihrer Praxis, sie sei ledig, war zwar offenbar eine ihrer Lügen gewesen. Aber selbst diese Lügen wiesen Parallelen auf. Auch in York hatte Jerry angeblich bei einem Tesco gearbeitet und war aufgrund ihrer vielen Ausfälle während der Schwangerschaft entlassen worden.

Vielleicht stimmte das sogar, überlegte Lily. Womöglich hatte Jerry tatsächlich ihre Ausbildung als Verkäuferin in einer Filiale dieser Supermarktkette gemacht und war dann vor ihrem Abschluss entlassen worden. Oft vermischten Lügner in ihren Falschaussagen wahre Episoden aus der Vergangenheit mit Unwahrheiten über die jetzige Situation.

Doch bestürzender als Jerrys Lügen und Halbwahrheiten waren die Ereignisse, die sie rund um den Tod ihrer drei Kinder schilderte. Diese Parallelen waren nicht zu übersehen, auch wenn sie möglicherweise ebenfalls wahre und falsche Anteile enthielten.

Alle drei Männer, sogar Don, mit dem Jerry verheiratet gewesen war, hatten sie kurz nach der Geburt der Kinder verlassen und die Säuglinge offenbar vorher als Belastung empfunden. Alle Kinder seien Schreikinder gewesen, die aber zufälligerweise einige Nächte vor ihrem Tod zum ersten Mal durchgeschlafen hätten. Damit erklärte Jerry, dass sie sich nichts dabei gedacht habe, als das Kindergeschrei in der Todesnacht ausgeblieben war.

In allen drei Beziehungen war Jerry sehr schnell schwanger geworden. Hatte sie es womöglich absichtlich darauf angelegt? Um eine »echte Familie« zu haben, wie sie der Reporterin erzählt hatte? In der Hoffnung, den Mann dadurch fester an sich zu binden? Und was war aus den Kleinen geworden, als diese Hoffnung sich nicht erfüllte?

Lily hatte inzwischen Gänsehaut am ganzen Körper. Hatte Jerry etwa beim Tod ihrer Babys nachgeholfen? Aber wie hätte sie das angestellt, ohne dass es bei der Obduktion herausgekommen wäre? Denn auch Jamie und Katie mussten obduziert worden sein.

Lily sah auf die Uhr. Inzwischen war es sechs. In spätestens zwei Stunden würde DI Simpson seinen Dienst beginnen. Sie musste unbedingt mit dem Detective Inspector über ihre Befürchtungen sprechen. Und ihn bitten, ihr einen Kontakt zu dem Rechtsmediziner zu vermitteln, der die Autopsie des kleinen Dennie durchgeführt hatte.

Die nächste Stunde verbrachte Lily mit dem fruchtlosen Versuch, im Netz irgendeinen Präzedenzfall zu finden, bei dem drei Kinder derselben Mutter am plötzlichen Kindstod verstorben waren. Die ergebnislose Suche bestätigte sie noch in ihrem schlimmen Verdacht.

Erst als sie unter der Dusche stand, um sich für ihren Arbeitstag fertig zu machen, dachte sie wieder an Mick. Bevor sie losfuhr, meldete sie sich bei Mr O'Brian, der ihr versprach, sich sofort zu melden, wenn der Kater im Laufe des Tages wieder auftauchen sollte.

# KAPITEL 45

## Lilys Praxis

*Dienstag, 20. August 2019*

Völlig übernächtigt und mit tiefen Schatten unter den Augen saß Lily am nächsten Tag Matt Rider in der Teeküche der Praxis gegenüber.

Er wusste, was der Grund ihrer schlechten Verfassung war, und ergriff tröstend ihre Hand. »Es tut mir so leid für dich, Lily. Ich weiß doch, wie sehr du an dem Tier hängst.«

Nun war es mit Lilys mühsam aufrechterhaltener Beherrschung vorbei. Sie brach in Tränen aus. Matt ging um den Tisch herum, zog sie sanft hoch und nahm sie in die Arme. Sie weinte, bis seine Schulter ganz nass war, und spürte dabei wieder, dass es eine freundschaftliche Umarmung war.

»Mick war außer dir doch mein einziger Freund, als ich letztes Jahr nach Canterbury kam. Vielleicht hat dieser Scheißkerl Jarrett über meine Website von ihm erfahren. Er hat schon die Katze von Martin Gordons Tochter Judy auf grausame Weise umgebracht. Mir hat er am Ende unseres Gesprächs offen gedroht.«

»Was ich dir jetzt sage, Lily, klingt zwar nicht sehr tröstlich. Aber wenn dieser Mensch dich damit hätte treffen wollen, hättest du Micks verstümmelte Leiche längst irgendwo gefunden. Schließlich hat er doch auch die arme Katze der Tochter an Gordons Hintertür gehängt, oder nicht?«

Lilys Schluchzen verebbte. Dieser Gedanke war ihr noch gar nicht gekommen. Aber Matt hatte recht.

»Trotzdem habe ich mir von Gregory Parker Informationen über die ermordete Frau in Dover erbeten. Denn irgendeinen Grund muss Jarrett ja gehabt haben, Martin derart stark unter Druck zu setzen, dass der sich schließlich das Leben nahm. Ich habe die ganze Nacht wach gelegen und darüber gegrübelt. Dass die Schikanen von Jarrett gegen Gordon mit dem alten Fall in London zu tun hatten, kommt mir immer unwahrscheinlicher vor. Denn jetzt weiß ich ja, dass man Jarrett und seinen Kumpanen diese Untat nicht einmal dann hätte nachweisen können, wenn Martin Gordon ein volles Geständnis über die damaligen Geschehnisse abgelegt hätte. Wahrscheinlich hätte man eine solche Anzeige gar nicht ernst genommen, sondern für einen kleinlichen Racheversuch gehalten.«

»Das ist ein interessanter Gedanke«, pflichtete Matt ihr bei. »Die Frau aus Dover wurde seit Dezember vermisst, wenn ich mich richtig erinnere. Der Fall ging ja groß durch unsere örtliche Presse. Hast du mir nicht sogar einmal erzählt, auch Jarretts Schikanen in Dover hätten im Dezember begonnen?«

»Genauso ist es. Ich habe außerdem noch einmal lange über Martin Gordons Charakter nachgedacht. Sosehr er Jarrett gehasst haben mag und unter dem Mobbing litt, ich kann mir einfach nicht vorstellen, dass er nur aus diesem Grund in der Bank auf ihn geschossen hat. Und Marilyns Tod ist acht Jahre her. Mein Gefühl sagt mir, dass Martin von einer anderen Gewalttat wusste, die Clark verübt hatte, und ihn deshalb ausschalten wollte. Weil er vermutlich ahnte, dass man Clark wieder nichts würde nachweisen können. Denn Martins Rechtsempfinden war immer sehr hoch. Deshalb ist er überhaupt Polizist geworden.«

Wenn Matt der Ansicht war, dass Lily sich in eine fixe Idee verrannte, ließ er sich das zumindest nicht anmerken. »Dann sieh zu, dass du etwas herausfindest!«, ermutigte er sie.

Entschlossen stand sie auf. »Ich checke gerade mal meine E-Mails. Parker hat mir vor einer Stunde versprochen, mir die Akte zuzusenden. Den Nachmittag habe ich mir ohnehin freigenommen. Ich hätte mich gar nicht auf die Behandlungen konzentrieren können.«

Kurze Zeit später kam sie frustriert zurück. »Immer noch nichts da. Außerdem erwarte ich noch eine E-Mail von Mr Evans.«

»Ist das der Rechtsmediziner, der Dennies Leiche obduziert hat?« Als Lily nickte, fragte Matt: »Was ist denn da der neueste Stand? Du hast doch schon gestern mit Simpson und dem Arzt gesprochen.«

»Entschuldige bitte, Matt! Aber so, wie ich gerade drauf bin, vergesse ich anscheinend, was ich wem schon erzählt habe. Also, DI Simpson hat mir gleich die Telefonnummer von Doctor Evans gegeben und mein Telefonat angekündigt. Evans hat noch mal bestätigt, dass er weder Hinweise auf eine natürliche noch auf eine unnatürliche Todesursache des kleinen Dennie gefunden habe. Aber er war in höchstem Maße alarmiert, als ich ihm berichtete, dass Dennie nicht das zweite, sondern möglicherweise das dritte Kind von Jerry Hoover ist, das auf diese Weise ums Leben kam. ›So etwas halte ich für absolut ausgeschlossen‹, hat er mir versichert. ›Weltweit sind überhaupt nur zwei Fälle solcher Art bekannt geworden, beide aus asiatischen Entwicklungsländern. In keinem einzigen wohlhabenden europäischen oder außereuropäischen Land gab es jemals drei Kinder von ein und derselben Mutter, die am plötzlichen Kindstod gestorben sind!‹ Dr. Evans redete sich regelrecht in Rage.«

»Wieso hatte der Mann denn all diese Fakten aus dem Stegreif parat?«

»Er ist eine der Koryphäen in Großbritannien für dieses Phänomen. Die stundenlangen Recherchen hätte ich mir sparen können, wenn ich das vorher gewusst hätte. Evans hätte mich in einem einzigen Gespräch über die Risikofaktoren für den plötzlichen Kindstod aufklären und mir auch sagen können, dass es über den Geschwistertod keine seriösen Studien gibt.«

»Und wie geht es jetzt weiter?«

»Doctor Evans wird Erkundigungen in York einziehen, sowohl über Jamies Obduktion als auch darüber, ob Jerry Hoover schon 2015 oder 2016 ihr erstes Kind verloren hat. Hoover ist ihr Mädchenname, es dürfte also nicht schwierig sein, herauszufinden, welchen Namen sie während ihrer kurzen Ehe trug.«

In diesem Moment gab Lilys Laptop einen Ton von sich. Sofort eilte sie in ihren Praxisraum und kehrte wenig später mit einem triumphierenden Gesichtsausdruck zurück. »Geraldine Morrison hieß sie damals, hat Evans mir gerade mitgeteilt. Er wird sich Jamies Obduktionsbericht morgen anschauen und auch den der kleinen Katie Morrison anfordern. Zugleich bittet DI Simpson die Kollegen in York um die Übersendung der Akten über Katies und Jamies Tod. Wenn sich der Verdacht gegen Jerry Hoover erhärten sollte, dass es beim Tod der Babys nicht mit rechten Dingen zuging, wird sie in den nächsten Tagen erneut zum Verhör einbestellt.«

Lily schnaubte zornig. »Zumindest ist mir jetzt klar, woher sie ihr dürftiges Wissen über Risikofaktoren für den plötzlichen Kindstod hatte und warum sie so erpicht auf einen weiteren Artikel war. Betroffen erschien sie mir nämlich nicht in dem YouTube-Video, zumindest nicht über den Tod ihrer kleinen Tochter. Wenn überhaupt, bedauerte sie, dass Don sie verlassen hatte. Ansonsten genoss sie die Aufmerksamkeit, die mit diesem Interview einherging.«

Dann fiel ihr noch etwas an. »Aber Jerry Hoover ist zweifellos das, was man ›bauernschlau‹ nennt. Vielleicht hat sie sich von dem Interview der Frau inspirieren lassen, die nach dem Tod ihres ersten Babys sehr schnell zum zweiten Mal schwanger war.«

»Wie meinst du das?«

»In diesem Interview ging es vor allem um die Ängste der Frau, ob das Gleiche mit ihrem zweiten Baby noch mal passieren könnte.«

»Und du glaubst, diese Ängste hat Jerry dann imitiert? Ohne dass du das bemerkt hättest?«, fragte Matt ungläubig.

Lily nickte voller Selbstzweifel.

»Das halte ich für unwahrscheinlich«, beruhigte sie Matt. »Ich glaube eher, dass Jerry zum Zeitpunkt, zu dem sie in deine Praxis kam, wirklich befürchtet hat, dass etwas schiefgehen könnte. Weil sie, wenn du recht hast, sich ja damals noch die ideale Familie mit diesem Carl gewünscht hat. Zu der ein gesundes Kind gehörte.«

Schon wieder gab der Laptop einen Ton von sich. Als Lily diesmal zurückkehrte, teilte sie Matt mit, dass gerade die Akte über den Tod der vermissten Deborah Dorson aus Dover eingetroffen war.

Matt stand auf und trank den letzten Schluck seines Tees. »Dann lasse ich dich jetzt mal besser allein. Du kannst mir ja morgen erzählen, was du herausgefunden hast.« An der Tür drehte er sich noch einmal um. »Aber tu mir den Gefallen und iss und trink wenigstens ausreichend. Das ist nun schon die zweite Krise in wenigen

Wochen. Wenn du nicht für dich sorgst, wirst du am Ende noch krank.«

Zwei Stunden später war Lily sich sicher, dass ihre Intuition sie nicht getrogen hatte. Sowohl Martin Gordon als auch Clark Jarrett wurden in der Akte erwähnt, hatten mit dem Fall also zu tun gehabt.

Während einer Schicht von Martins Team hatte Mrs Dorson am 20. November des vergangenen Jahres einen Einbruch mit nachfolgendem Vandalismus in ihrer Gartenlaube gemeldet. Martin hatte zwei seiner Leute vor Ort geschickt, um den Tatbestand aufzunehmen. Das CID war nicht eingeschaltet worden, da es sich nur um eine vergleichsweise geringe Sachbeschädigung, ein aufgebrochenes Schloss und Graffiti an den Wänden, handelte. Mrs Dorson verdächtigte Jugendliche aus der Nachbarschaft, die jedoch bei einer Befragung alles abstritten. Außerdem gaben die Eltern ihren Söhnen ein Alibi. Damit war die Angelegenheit erst einmal in einer Sackgasse gelandet. Es wurde nur noch Strafanzeige gegen Unbekannt erstattet.

Etwa vierzehn Tage später, am 3. Dezember, dem nachträglich rekonstruierten Tag ihres Verschwindens, meldete sich Mrs Dorson noch einmal auf der Polizeistation. Diesmal war Clark Jarretts Team im Dienst, er hatte den Anruf sogar selbst entgegengenommen. Mrs Dorson äußerte jetzt, sie habe eine Farbdose im Müll gefunden, die möglicherweise Fingerabdrücke der Täter aufweise, und bat um einen weiteren Hausbesuch am Abend des darauffolgenden Tages.

Auffälligerweise hatte Clark Jarrett diesen Anruf erst zugegeben, als man nach Deborah Dorson zu suchen begann und ihre letzten Handydaten rekonstruierte. Er behauptete sofort, dass er Martin Gordon als zuständigen Teamleiter über den Anruf informiert habe, was der auch einräumte.

Zur vereinbarten Zeit hatte Gordon am nächsten Abend zwei Mitarbeiter seines Teams bei Dorson vorbeigeschickt. Diese hatten Deborah jedoch nicht angetroffen. Als Mrs Dorson auch auf einen späteren Anruf nicht reagierte, verfolgte man ihre Anzeige nicht weiter und wollte abwarten, bis sie sich selbst wieder meldete.

Aufmerksam wurde die Polizei erst, als zwei Freundinnen Deborah das erste Mal kurz vor Weihnachten auf der Dover Police Station als vermisst meldeten.

Dort stellte sich allerdings heraus, dass Deborah ihren Freundinnen nach ihrem Anruf bei Clark Jarrett eine SMS geschickt hatte. Ihr Wortlaut war in der Akte wiedergegeben:

»Liebe Sina, liebe Karen, gerade hat mich die Nachricht erreicht, dass ich aus wichtigen Gründen noch heute Abend verreisen muss. Ich nehme den Zug, da ich im Augenblick kein Auto habe. Bin in Eile, gleich holt mich das Taxi ab. Melde mich, wenn ich wieder daheim bin. Bis dahin, liebe Grüße, Deborah.«

Anfangs hatten sich die Freundinnen zwar gewundert, weil ein solches Verhalten gar nicht zu Deborah passte, schöpften aber zunächst keinen Verdacht. Denn sie vermuteten, dass Deborah nach Manchester gefahren war, wo die Familie ihres Bruders und ihre demente Mutter lebten, mit der es immer wieder Probleme gab.

Erst in der Woche vor Weihnachten waren sie misstrauisch geworden, da Deborah auf ihrem Handy nicht erreichbar war und sich auch nicht selbst meldete, um die Weihnachtsvorbereitungen abzustimmen, die sie im November gemeinsam geplant hatten. Schließlich hatten sie in

Manchester angerufen und erfahren, dass Deborah weder dort angekommen noch erwartet worden war. Daraufhin waren sie zur Polizei gegangen, um eine Vermisstenmeldung aufzugeben.

Lily stockte der Atem, als sie las, dass Clark Jarrett die Vermisstenanzeige aufgenommen, aber zunächst nicht ans CID weitergegeben hatte.

Als sich Deborah auch während der Feiertage weder bei ihrer Familie noch bei ihren Freundinnen gemeldet hatte und weiterhin nicht erreichbar war, begannen diese, auf eigene Faust Nachforschungen anzustellen. Deborah arbeitete als selbstständige Fußpflegerin, einige ihrer Kundinnen waren den Freundinnen bekannt. Von ihnen erfuhren sie, dass Deborah alle Termine, die sie vor Weihnachten ausgemacht hatte, weder eingehalten noch abgesagt hatte. Auch für die Kundinnen war sie nicht erreichbar gewesen, worüber die sich verständlicherweise erbosten.

In der Werkstatt erfuhren die Freundinnen, dass Deborahs Auto dort noch stand und der Besitzer der Werkstatt sie ebenfalls nicht kontaktieren konnte. Noch im alten Jahr waren sie deshalb erneut auf der Polizeistation erschienen und hatten diesmal Ermittlungen durchgesetzt.

In der Tat wurde das zu Jahresbeginn eingeschaltete CID schnell misstrauisch. Deborahs Handy hatte sich nach dem Abend ihrer vorgeblichen Abreise in keine Funkzelle mehr eingeloggt. Da auch die Mailbox nicht mehr funktionierte, vermutete man, dass die SIM-Karte herausgenommen worden war.

Weitere Überprüfungen ergaben, dass Deborah nach dem 3. Dezember keine einzige Abbuchung mehr von ihren Kreditkarten vorgenommen hatte. Der Taxifahrer, der sie am Abend ihres Verschwindens angeblich zum Bahnhof gebracht hatte, konnte nicht ausfindig gemacht werden. Nachdem auch die Videoaufzeichnungen der Überwachungskameras am Bahnhof keinen Hinweis darauf ergaben, dass Deborah abends einen Zug bestiegen hatte, begann das CID, von einem Gewaltverbrechen auszugehen.

Ein interessantes Detail notierte sich Lily aus den Vernehmungen der Freundinnen. Deborah sei nach dem Einbruch sehr ängstlich gewesen und habe sich vor allem vor den Nachbarn und deren Söhnen gefürchtet. Deshalb hatte sie ein Klingelzeichen mit den Freundinnen vereinbart. Auch hatte sie ihrer Freundin Sina am Nachmittag vor ihrem Verschwinden erzählt, ein Polizeibeamter komme noch am selben Abend vorbei, um sich die Spraydose anzusehen.

Doch die Farbdose lag nach wie vor in der Mülltonne. Anhand der darauf gefundenen Fingerabdrücke konnte man jetzt die beiden Jungs aus der Nachbarschaft des Einbruchs überführen, registrierte Lily am Rande. Doch die Angabe der Freundin, die Polizei habe noch am Abend von Deborahs Verschwinden vorbeikommen wollen, hielt man für ein Missverständnis. Sonst hätte der Polizeibeamte die Spraydose doch als Beweismittel sichergestellt.

Deborah Dorsons stark verweste Leiche war schließlich am 9. Mai in einem Wäldchen außerhalb der Stadtgrenze von Dover aufgefunden worden.

Spätestens jetzt gingen die Ermittler davon aus, dass der Mörder selbst Deborah gezwungen haben könnte, die SMS über ihre vermeintliche Reise abzusenden, um den genauen Zeitpunkt ihres Verschwindens zunächst zu verschleiern.

Sollte das so gewesen sein, war der Täter mit seinem Vorgehen sehr erfolgreich gewesen, konstatierte Lily wütend. Denn aufgrund des Zustands der Leiche konnte man kaum mehr Spuren sichern. Insbesondere fremde DNA wurde nicht gefunden.

Lily klickte sich durch viele scheußliche Fotografien der Überreste dieser ehemals attraktiven Frau, sowohl am Fundort als auch auf dem Autopsietisch. Als Todesursache vermutete die Rechtsmedizin Erdrosseln, wobei dies aber aufgrund des Verfallszustands des Kehlkopfs nicht mit endgültiger Sicherheit festgestellt werden konnte. Auch dass es zu einem schweren sexuellen Missbrauch gekommen war, schlossen die Rechtsmediziner eher aus der Nacktheit der Leiche als aus den noch nachweisbaren Verletzungen. Die Kleidung der Toten war auch im weiten Umkreis des Fundorts der Leiche nicht zu finden gewesen.

Lily war über das furchtbare Schicksal der Frau einerseits erschüttert, andererseits frustriert. Wieder gab es zwar Hinweise darauf, dass sowohl Gordon als auch Jarrett in den Fall verwickelt waren. Doch wie genau und ob es überhaupt von Bedeutung war, erschloss sich ihr aus der dürftigen Beweislage nicht.

Lustlos und nur der Vollständigkeit halber klickte sich Lily zum Abschluss durch langatmige und unergiebige Ergebnisse verschiedener Laboruntersuchungen des Gewebes der Toten. Sie wollte schon aufgeben, als ihr Blick auf eine auch für die Analytiker unerwartete Tatsache fiel: Es gäbe ein einziges aussagekräftiges Detail, von dem außerdem nur der Täter wissen konnte, hieß es im Fazit des Obduktionsberichts. Es durchfuhr sie heiß und kalt.

Das muss Dan sofort wissen! Sie griff zum Telefon.

# KAPITEL 46

## Lilys Praxis

*Dienstag, 20. August 2019*

»Du hast schon recht, Lily. Das ist eine sehr merkwürdige Übereinstimmung. Beide Frauen wurden, wahrscheinlich nach ihrem Tod, mit dem gleichen Haushaltsreiniger abgewaschen. Und mal wieder ist der Fall in Dover nicht in ViCLAS aufgetaucht. Das kotzt mich langsam an! Wie sollen wir als Profiler unsere Arbeit tun, wenn die Datenbank so schlampig geführt wird?«

»Beide Frauen scheinen außerdem erdrosselt worden zu sein!«

»Erdrosseln ist eine sehr häufige Art, Opfer von Sexualdelikten zu töten«, entgegnete Dan. »Aber mehr stört mich der Ort: Der eine Mord geschah in Dover, der andere in London. Wie passt das zusammen?«

»Clark Jarrett hat sich zur Tatzeit an beiden Orten aufgehalten«, sagte Lily nur.

Dan stöhnte. »Ich weiß nicht. Du verrennst dich vielleicht in eine fixe Idee. Clark mag ein Arschloch sein, ja! Aber für jedes Verbrechen kannst du ihn nicht verantwortlich machen. Was auf der Themse geschah, war brutal. Aber es wirkt auf mich eher wie etwas, das aus dem Ruder gelaufen und auch deshalb vertuscht worden ist. Wenn ein und derselbe Mann Jill und Deborah getötet hat, haben wir es mit einem Serientäter zu tun, der gezielt und überlegt zuerst vergewaltigt hat. Danach ist aus dem Vergewaltiger irgendwann ein Mörder geworden. Denn ich bin sicher, dass Jill von demselben Mann getötet wurde, der sie schon einmal entführt und im Hyde Park abgelegt hat. Und mindestens neun weitere Frauen überfallen hat.«

»Sieh dir die Akten wenigstens noch mal ausführlich an! Ich habe dir die Dover-Zip-Datei gerade gemailt.«

»Nun gut! Was habe ich auch zu verlieren, außer noch mehr Zeit?«

Schon eine knappe Stunde später klingelte Lilys Handy erneut. Es war Dan. Gleichzeitig schrillte auch ihr Festnetzgerät. Lily rieb sich den inzwischen schmerzenden Kopf. Zuerst griff sie zum Praxistelefon.

Es war Gerald O'Brian.

Ihr Herzschlag beschleunigte sich, erst vor Angst, dann vor überströmender Erleichterung. »Ich komme sofort!«, versprach sie.

Erst dann rief sie Dan zurück. Auch er klang aufgeregt. »Lily, du hattest recht. Ich habe tatsächlich noch etwas entdeckt.«

»Das muss jetzt warten«, fiel ihm Lily ins Wort. »Mick ist wieder da. Gerald hat ihn gefunden. Ich fahre jetzt erst mal heim.«

So schnell war Lily mit ihrem E-Bike noch nie den steilen Hang von der Innenstadt nach St Stephen's hinaufgeradelt. Ihre Kopfschmerzen waren wie weggeblasen, sie fühlte sich voller Energie.

Mick ist wieder da! Er lebt!, ging es ihr im Takt ihrer Tritte in die Pedale ununterbrochen durch den Kopf. Außer Atem und schweißgebadet erreichte sie die Shaftesbury Road und klingelte an der Tür ihres Nachbarn Sturm.

O'Brian öffnete sofort. »Nun kommen Sie erst mal rein

und wieder zu Atem. Mick liegt auf der Wohnzimmercouch. Er ist sehr erschöpft, abgemagert und wahrscheinlich dehydriert. Aber er lebt und wird sich wieder erholen.«

»Ich muss sofort zum Tierarzt mit ihm! Ach Gott, es ist schon spät. Wo gibt es denn einen Notdienst?«

»Gehen Sie zuerst ins Wohnzimmer und begrüßen den Kleinen!« O'Brian wurde energisch. »Und dann trinken Sie ein großes Glas Wasser.«

Auf Zehenspitzen, um Mick nicht zu wecken, betrat Lily den Raum. Der Kater lag langgestreckt auf der Couch und hob sein Köpfchen, als er sie erkannte. Er begrüßte sie mit einem leisen Miauen und machte Anstalten, aufzustehen. Lily setzte sich neben ihn und kraulte ihn unter dem Kinn. Erschöpft ließ sich Mick zurücksinken und bot Lily seinen Bauch dar, den sie ebenfalls ausgiebig streichelte. Unter dem Fell spürte sie jeden Knochen einzeln. Mick hatte wirklich stark an Gewicht verloren.

»Wo war er?«, fragte sie zwischen zwei großen Schlucken Wasser.

O'Brian legte ihr beruhigend die Hand auf den Arm. »Mick war seit Samstag drei Häuser weiter in der Garage der Bravermans eingesperrt. Dort hat er sich wohl hineingeschlichen, bevor die Leute einen Kurzurlaub in Devon antraten. Zum Glück sind sie rechtzeitig zurückgekommen. Daher musste ich die Garage nicht aufbrechen, als ich Mick darin leise klagen hörte.«

»Ich kann Ihnen gar nicht genug danken, Gerald! Aber wie sind Sie darauf gekommen, dass Mick irgendwo eingesperrt sein könnte?«

»Ich habe im Internet bei verschiedenen Tierschutzorganisationen recherchiert. Da wurde darauf hingewiesen, dass vermisste Katzen oft in Kellern oder Garagen gefangen sind. ›Curiosity kills the cat‹, heißt es doch so schön. Die Tiere sind überaus neugierig, da ist Mick keine Ausnahme. Also habe ich den ganzen Nachmittag alle Häuser in der Umgebung abgeklappert und darum gebeten, Garagentore zu öffnen und in Gartenschuppen und Kellerräume zu schauen.«

O'Brian holte Luft und trank selbst einen Schluck Wasser. »Zunächst habe ich Mick auch dort nicht gefunden. Aber bei drei Häusern mit geschlossenen Garagen war niemand daheim. Also bin ich da noch mal hingegangen, habe mein Ohr an die Tore gepresst und nach Mick gerufen. Und siehe da! Endlich hörte ich sein Stimmchen! Schwach, aber deutlich. Ich habe keine Sekunde daran gezweifelt, dass es Mick ist.«

Gerald grinste. »Ich war schon auf dem Weg, mein Werkzeug zu holen, um das Schloss aufzubrechen. Genau in dem Moment kamen die Leute zurück.«

Lily fiel O'Brian spontan um den Hals und küsste ihn auf beide runzligen Wangen. »Sie sind so ein Schatz!«

Geralds Gesicht wurde rot wie eine Tomate.

Dann betrachtete sie Mick mit liebevoller Besorgnis. Der Kater war wieder fest eingeschlafen. »Soll ich ihn nicht doch zum Tierarzt bringen?«

»Nur wenn es ihm schlechter geht«, schlug Gerald vor. »Ich habe ihm bis jetzt nur ein wenig von der Cat-Soup gegeben, die er so mag. Denn er war ja völlig ausgehungert. Und natürlich frisches Wasser. Er hat fast den ganzen Napf auf einmal geleert. Ich schlage vor, Sie trinken jetzt noch ein Glas Wein mit mir, und«, er betrachtete sie prüfend, »wir lassen etwas vom Lieferservice kommen. Denn Sie sehen genauso ausgehungert aus wie Mick.«

Lily überlegte kurz und stimmte dann zu.

»Dem Kater geben wir jede halbe Stunde ein bisschen

Suppe. Wenn er wieder zu Kräften gekommen ist, nehmen Sie ihn mit. Zum Tierarzt können Sie auch morgen noch gehen. Aber ich glaube, Mick wird sich rasch erholen«, fügte Gerald hinzu. »Ich habe das doch schon mal erwähnt: Katzen haben sieben Leben! Oder waren es sogar neun?«

## KAPITEL 47

**Dan Bakers Büro bei Scotland Yard**
*Dienstag, 20. August 2019, am Abend*

Etwas frustriert, weil er wieder nur Lilys Mailbox erreichte, warf Dan sein Handy auf den Schreibtisch. Wahrscheinlich war sie mit dem Kater beschäftigt und dadurch völlig in Anspruch genommen. Hoffentlich geht es dem kleinen Kerl gut oder zumindest gut genug, dass er sich wieder erholt.

Dann wandte sich Dan erneut den beiden Akten über Deborah Dorson und Jill Reynolds zu. Denn wie er Lily hatte mitteilen wollen, gab es eine weitere Übereinstimmung zwischen den Fällen. Sie war ihm allerdings erst auf den zweiten Blick aufgefallen, da Jill zweimal Opfer eines Verbrechens geworden war.

Aber wie Deborah Dorson aus Dover hatte auch Jill nur wenige Tage vor ihrer ersten Entführung und anschließenden Vergewaltigung mit der Polizei zu tun gehabt. Sie hatte einen Handtaschenraub gemeldet, und zwar ausgerechnet auf der Außenstelle in Southwark, die Clark Jarrett damals als Police Sergeant geleitet hatte.

Clark hatte die Anzeige zwar nicht selbst aufgenommen, aber er war möglicherweise vor Ort gewesen, als Jill dort erschienen war.

Hatte er also sowohl Dorson als auch Reynolds in seiner Rolle als Polizist kennengelernt und sich damit ihr Vertrauen erschlichen, um sich ihnen zu nähern? Und sie danach entführt, vergewaltigt und schließlich sogar ermordet?

Sollte Clark wirklich dieser Täter sein, dann war Dan allerdings nicht klar, wie er Jill ein zweites Mal in seine Fänge bekommen hatte. Denn sie lebte damals unter einer neuen Adresse, und Clark war bereits in Dover tätig.

Doch Jarrett war Polizist. Wenn er tatsächlich die Serienvergewaltigungen und Morde begangen hatte, würde das eine plausible Erklärung dafür liefern, dass sich die überlebenden Frauen ihm hilflos ausgeliefert gefühlt hatten. Denn Clark hatte in seiner Londoner Zeit Zugang zu vielen Datenbanken der MET und konnte sich daher jederzeit über aktuelle Strafanzeigen informieren. Aber wie sollte man ihm nachweisen, dass er das tatsächlich getan hatte? Und selbst wenn man es könnte, was für eine Beweiskraft hätte das?

Außerdem hatte er seine Zugriffe vielleicht verschleiert. Und hatte Jimmy nicht erzählt, Clarks Kumpel Robbie Cameron sei ein ausgemachter IT-Freak? Möglicherweise hatte der ihm entsprechende Tricks beigebracht: wie man sich mit einer falschen Dienstnummer einloggen konnte oder die IP-Adresse des Computers verbarg.

Aber das größte Hindernis war, dass man außer Jill Reynolds die Namen der weiteren Londoner Opfer nicht kannte, um diese Hypothese zu prüfen. In London lebten Millionen von Frauen. Sollte Clark außerdem für den Mord an Deborah Dorson verantwortlich sein, hatte er der Frau in Dover gar nicht mehr nachspionieren müssen, da er sie sofort nach der Vergewaltigung getötet hatte.

Dan raufte sich die Haare. Dann gab er auf. Noch war es Lilys und zunehmend auch seine Hypothese, dass Clark nach dem Mord an Marilyn Stratford weitere Verbrechen begangen hatte. Aber es fehlten schlüssige Beweise.

Er war schon in der Tiefgarage auf dem Weg zu seinem Auto, als ihm plötzlich Bridget Kellerman einfiel. Das war das zweite bekannte Londoner Opfer desselben Täters, wenn seine Theorie stimmte. Ihm kam eine vage Erinnerung. Hatte nicht auch Bridget vor ihrer Ermordung irgendwas mit der Polizei zu tun gehabt?

Mit klopfendem Herzen rannte Dan die vier Treppen zu seinem Büro wieder hinauf, da er zu ungeduldig war, um auf den Fahrstuhl zu warten. Während er seinen PC wieder hochfuhr, versuchte er ein weiteres Mal vergeblich, Lily zu erreichen.

Dann rief er den Fall Bridget Kellerman auf und wurde sofort fündig. Nur ungefähr eine Woche vor ihrem Tod hatte sie in Camden auf einer Polizeistation eine Anzeige gegen Unbekannt wegen Fahrerflucht erstattet, als ihr Auto im Parkhaus beschädigt worden war.

Eine Beamtin hatte diese Anzeige am 30. März 2018 aufgenommen. Es war Freitagabend gegen sechs Uhr gewesen.

Zwei Tage später, am Sonntagabend, war sie, wahrscheinlich nach Einbruch der Dämmerung, in einem Park erschlagen und beraubt worden. Der Täter hatte Bridget offenbar hinter ein Gebüsch gezerrt, denn es waren noch weitere Spaziergänger unterwegs gewesen, die nichts Ungewöhnliches bemerkt hatten. Wieder einmal war es ein Hund, von seinem Herrchen spätabends noch ausgeführt, der Bridgets Leiche kurz vor Mitternacht fand.

Dan klickte sich durch alle Informationen, die es über die personelle Besetzung dieser Camdener Polizeistation im Datennetz der MET gab. Er fand jedoch weder einen Hinweis auf Clark noch auf Jeff Burger oder Robbie Cameron. Überhaupt war kein einziger Kollege, der vormals in Southwark gearbeitet hatte, in einem Zeitraum von einem Jahr vor und nach der Ermordung Bridgets dort tätig gewesen.

Es war schon nach Mitternacht, als er seine Suche schließlich aufgab.

Ich fahre morgen mal auf dieser Polizeistation in Camden vorbei, beschloss er auf dem Weg zu seinem Auto. Vielleicht entdecke ich ja dort irgendwas, das mir weiterhilft.

# KAPITEL 48

## Eine Polizeistation in Camden

*Mittwoch, 21. August 2019*

Dan war sich schon auf dem Parkplatz der Polizeistation sicher, dass er irgendwann einmal hier gewesen war. Er konnte sich allerdings nicht daran erinnern, bei welcher Gelegenheit.

Die Beamtin, die vor ungefähr eineinhalb Jahren Bridget Kellermans Anzeige aufgenommen hatte, war zum Glück gerade im Dienst und konnte sich auch noch gut an die Frau erinnern.

»Das war doch die Dame, die wenig später brutal erschlagen wurde. Der Park, in dem das geschehen ist, liegt keine fünfhundert Yards von hier entfernt.«

Dan beschloss, sich diesen Ort ebenfalls näher anzusehen. Aber zuerst erkundigte er sich, ob der Police Constable etwas an Bridget aufgefallen sei, während sie sich in der Polizeistation aufhielt.

Die Frau dachte eine kleine Weile nach. »Mrs Kellerman war natürlich sehr aufgeregt, als sie die Anzeige aufgab. Denn ihr Auto, das im Parkhaus eines Shoppingcenters beschädigt worden war, war fahruntüchtig gewesen. Der linke vordere Kotflügel war derartig eingebeult, dass er das Rad blockierte, soweit ich mich erinnere. Aber das dürfte ja noch alles in unseren Akten zu finden sein.«

Dan winkte ab. »Erzählen Sie mir doch lieber, woran Sie sich spontan noch erinnern!«

»Mrs Kellerman zeigte mir Fotos, die sie mit ihrem Handy von dem Schaden gemacht hatte. Ich hatte den Eindruck, dass sie sich sehr über den Fahrerflüchtigen ärgerte.«

»Hatten Sie auch den Eindruck, dass Mrs Kellerman sich durch irgendetwas bedroht fühlte?«

»Bedroht? Wodurch hätte sie sich auf unserer Polizeistation bedroht fühlen sollen?« Dann stutzte sie. »Aber wenn Sie mich jetzt so direkt danach fragen, hatte es Mrs Kellerman plötzlich sehr eilig. Sie trippelte ununterbrochen mit den Fußspitzen auf den Boden, als ich ihr das Protokoll noch einmal vorlas. Als ich sie darauf ansprach, erklärte sie mir, der Kfz-Mechaniker werde wahrscheinlich nicht lange auf sie warten. Deshalb wolle sie schnell zu ihrem Fahrzeug zurück.«

»Können Sie sich noch einen anderen Auslöser für ihre plötzliche Nervosität vorstellen?«

Die Police Constable schüttelte den Kopf. »Eigentlich nicht. Die Fortbildung, die an diesem Tag bei uns stattfand, war gerade zu Ende gegangen. Die hat übrigens einer Ihrer Kollegen aus der operativen Fallanalyse gehalten. An den Namen kann ich mich nicht mehr erinnern.«

»Tony Field vielleicht oder Sam Swift?« Das waren Dans Profilerkollegen.

In den Augen der Polizeibeamtin blitzte es auf. »Ja, Swift! So hieß der Mann. Genau wie diese amerikanische Sängerin. Deshalb fällt es mir jetzt wieder ein.«

»Und Bridget Kellerman wurde so unruhig, nachdem die Fortbildung zu Ende war?«

Beim Stichwort »Fortbildung« erinnerte Dan sich plötzlich wieder daran, dass auch er während seiner Ausbildung einige Male hier gewesen war. Die Polizeistation verfügte über einen großen Saal, den die MET immer wieder für interne Fortbildungen nutzte.

»Daran glaube ich mich zu erinnern«, bestätigte die Police Constable. »Aber das eine hat mit dem anderen wahrscheinlich nichts zu tun.«

»Gibt es ein Besucherbuch, oder haben Sie noch eine Teilnehmerliste von dieser Fortbildung?«

Die Police Constable blickte Dan verwundert an. »Nein, eine Teilnehmerliste sowieso nicht. Und ein Besucherbuch führen wir auch nicht bei Fortbildungsveranstaltungen der MET. Denn es kommen doch ausschließlich Kolleginnen und Kollegen her. Aber der Veranstaltungsleiter hat vielleicht eine Teilnehmerliste. Denn er muss ja melden, wenn jemand unentschuldigt gefehlt hat.«

Das leuchtete Dan ein, der selbst noch keine Fortbildung durchgeführt, aber an vielen teilgenommen hatte. Ob Sam diese Liste noch hat?, fragte er sich mit klopfendem Herzen, als er sich durch den dichten Londoner Verkehr zurück zu Scotland Yard quälte.

Doch das Glück blieb ihm an diesem Tag hold. Sam war im Dienst und rief sofort das File auf, unter dem er die Teilnehmerlisten ablegte. »Ich behalte sie vorsichtshalber immer ein paar Jahre«, erklärte er dem zunehmend aufgeregten Dan. »Falls irgendjemand seine Teilnahmebescheinigung verliert und nachfordert. Das kommt nämlich immer wieder vor.«

Mittlerweile war Dan gespannt wie ein Flitzebogen. »Jaja«, drängte er ungeduldig. »Nun ruf doch bitte mal den Kurs vom 30. März 2018 auf!«

»Nun sei doch nicht so nervös! Hier ist die Datei ja schon. Nach wem suchst du denn? Es waren fast dreißig Leute da.«

»War auch ein Clark Jarrett dabei?«

Auf Sams Gesicht zeigte sich ein abfälliger Ausdruck. »An *den* Namen kann ich mich sogar ohne die Liste erinnern. Ein unsympathischer, untersetzter Muskelprotz! Der Kerl störte mehrfach und wirkte total gelangweilt. Aus den Pausen kam er grundsätzlich fünf Minuten zu spät.« Sam scrollte mit der Maus über die Liste. »Ist leider nicht alphabetisch, sondern nach Eingang der Anmeldungen geordnet«, erklärte er entschuldigend. »Hier ist der Name, ganz am Ende der Liste. Ich glaube, er war ein Nachrücker für einen ausgefallenen Kollegen. Wahrscheinlich hatte er deshalb auch keinen Bock auf die Fortbildung.«

# KAPITEL 49

## Dans Apartment in London

*Mittwoch, 28. August 2019*

Irritiert drehte Lily den Blister ihrer Pille hin und her. Aber sie konnte ihn drehen und wenden, wie sie wollte. An irgendeinem Tag hatte sie die Einnahme eines der kleinen rosa Dragees vergessen.

Wie konnte mir das nur passieren?, dachte sie missmutig, da sie nicht einmal das genaue Datum rekonstruieren konnte. Dass sie irgendwann einen Tag in Verzug geraten war, war ihr erst heute aufgefallen, als sie die letzte Tablette herausdrücken wollte und auf einmal bemerkte, dass sie die gestern hätte einnehmen sollen.

Nun, es gab in der letzten Zeit ja auch wahrlich genug Aufregungen, konstatierte sie betroffen. Erst die Krise mit Dan wegen Jocelyns Forderungen, dann ist Mick verschwunden und dazwischen die ganzen Ermittlungen. Kein Wunder, dass ich da mal was übersehe.

Rasch überschlug sie, wie häufig sie mit Dan in den letzten vier Wochen geschlafen hatte. Aufgrund der vielen emotional belastenden Ereignisse viel seltener als in anderen Phasen ihrer Beziehung. Allein am vergangenen Wochenende hatten sie bis tief in die Nacht Dans Erkenntnisse in London diskutiert und über ihr weiteres Vorgehen beraten. Einschließlich der letzten Nacht – trotz ihrer Sorge huschte bei der Erinnerung ein Lächeln über Lilys Gesicht – waren es kaum drei- oder viermal gewesen.

Also ist es unwahrscheinlich, dass da irgendwas schiefgegangen ist, beruhigte sie sich schließlich. Am besten sage ich Dan gar nichts davon. Er regt sich nur unnötig auf.

Dann verdrängten die aktuellen Ereignisse ihre Besorgnis. Dan werkelte bereits in der winzigen Küchenzeile seines Apartments, um das Frühstück zuzubereiten. Während Lily ihre Morgentoilette fortsetzte, rekapitulierte sie noch einmal die Geschehnisse der letzten Tage.

Dan war inzwischen davon überzeugt, dass sich Clark Jarrett und sein Vergewaltigungsopfer Bridget Kellerman in Camden zufällig über den Weg gelaufen waren und Clark dies zum Anlass genommen hatte, die Frau zu ermorden. Dazu hatte Dan einen Zeitstrang erstellt. Die Ergebnisse waren frappierend.

Jill Reynolds war am 27. März 2018, nur wenige Tage, bevor Clark und Bridget sich auf der Polizeistation in Camden begegnet waren, im Hyde Park gefunden worden. Die Fortbildung hatte am 30. März stattgefunden. Hätte Bridget Clark nach der Begegnung in Camden der Vergewaltigung angezeigt, hätten die Ermittlungsbeamten sofort Parallelen zwischen den Verbrechen gezogen.

»Mit Sicherheit kannte keine der vergewaltigten Frauen Clarks richtigen Namen«, überlegte Dan. »Einen Dienstausweis kann man fälschen lassen. Im Darknet kursieren Dutzende solcher Angebote. Aber sie kannten sein Gesicht.«

»Möglicherweise brauchte er nicht mal einen Ausweis. Wahrscheinlich trug er Uniform, wenn er sich seiner Opfer bemächtigte. Und das reichte schon, dass sie ihm vertrauten oder sich von ihm einschüchtern ließen. Haben nicht drei der anonymen Opfer berichtet, der Täter habe sie gezwungen, in ein Auto zu steigen? Das könnte ein Polizeifahrzeug gewesen sein.«

Dan blätterte in seinen Unterlagen. »Ja, du hast recht, Lily.«

»Dann begegnet Bridget Clark auf der Polizeistation Camden. Vorher wusste sie nur, dass er Polizist war.«

»Aber nach der Begegnung in Camden war die Sachlage anders«, spann Dan den Faden fort. »Bei Fortbildungen werden grundsätzlich gut lesbare Namensschilder getragen. Clark konnte das Risiko nicht eingehen, dass Bridget das Schild gelesen hatte und nun seine Identität kannte. Denn auch der Stadtbezirk, für den man tätig ist, steht mit auf dem Schild.«

»Also konnte er kein Risiko eingehen. Hätte Bridget ihn angezeigt, wäre man schnell darauf gekommen, dass die Vergewaltigungstaten an Jill und Bridget sich ähneln. Und da man Clarks Dienstbezirk Southwark kannte, wäre es ein Leichtes gewesen, in Erfahrung zu bringen, dass Jill wegen des Handtaschenraubs einige Tage vor ihrer Entführung genau dort gewesen war.«

Dan nickte. »Das passt. Deshalb musste er Bridget so rasch wie möglich beseitigen. Die Gelegenheit dazu hat sich wahrscheinlich erst später ergeben. Denn zuvor musste er sie auskundschaften. Wahrscheinlich hat er so in Erfahrung gebracht, dass sie am frühen Abend öfter in diesem Park spazieren ging.«

»Wie erklärst du dir, dass sie nach der erneuten Begegnung mit Clark davor nicht zurückscheute?«, fragte Lily.

Dan zuckte mit den Achseln. »Das ist Spekulation. Vielleicht hat sie Clarks Namen doch nicht gelesen. Vielleicht hielt sie sich für sicher, weil sie nach wie vor keine Anzeige erstattet hatte. Vielleicht hoffte sie auch nur, Clark hätte sie gar nicht gesehen.«

»Auf jeden Fall ging Bridgets Mörder ein hohes Risiko ein, sie an einem öffentlichen Ort, wo es noch andere Spaziergänger gab, umzubringen. Wegen ein paar geraubter Pfund in der Handtasche. Begeht man dafür einen so brutalen Mord?«

»Auch das kann man nicht ausschließen«, erwiderte Dan. »Aber der Täter hinterließ keinerlei verwertbare Spuren. Das weist wiederum auf Clark Jarrett hin. Der sich außerdem nur kurze Zeit später um seine Versetzung bemühte. Den Antrag reichte er schon im April 2018 ein. Als ob ihm das Pflaster in London zu heiß geworden wäre. Unseligerweise wurde ihm als Erstes die Stelle in Dover angeboten.«

»Und damit nahm das Schicksal dann seinen Lauf«, seufzte Lily.

»Ich habe übrigens noch weitere Koinzidenzen gefunden«, sagte Dan. »In der Woche vor Bridgets Tod hatte Clark Frühschicht, also an jenem Sonntagabend frei, als sie zu Tode kam. Das passt auch auf Jill. Als sie im März 2018 das erste Mal entführt wurde, hatte Clark Urlaub. Am 21. Mai, dem Tag ihres zweiten Verschwindens, hatte er in Dover ebenfalls frei.«

Dan blätterte noch einmal in seinen Papieren und fuhr dann fort: »Eine letzte Auffälligkeit ist, dass Jill am 21. Mai dieses Jahres verschwand. Am 24. April gab es die zweite BBC-Sendung, in der über Jills Fall berichtet wurde. Da sich wieder niemand meldete, appellierte der Moderator noch einmal in der Folgesendung drei Wochen später am 15. Mai an die anonymen Opfer. Aufgrund all dieser TV-Sendungen stand Jills Fall im Mittelpunkt der Aufmerksamkeit. Ob sich doch ein anderes Opfer zu erkennen gab, konnte Clark nicht wissen. Denn das wäre über die Vertrauenstelefonnummer gelaufen. Möglicherweise traute Clark Jill nicht mehr zu, dass sie weiterhin schwieg, und beschloss daher, sie zu beseitigen.«

»Außerdem gibt es die Parallele, dass Bridget und Deborah kurz vor ihrem Tod und Jill kurz vor ihrer ersten Entführung Kontakt zur Polizei hatten«, fügte Lily hinzu. »Solange man die drei Verbrechen als Einzeltaten betrachtete, war das niemandem aufgefallen. Aber hätte sich eine weitere Frau – und sei es wieder nur anonym – mit der Information gemeldet, der Täter sei Polizist, hätte Jill es vielleicht ebenfalls eingeräumt. Da du bereits als Profiler mit dem Fall befasst warst, hättest du rasch erkannt, dass das Muster auch zu Bridgets Ermordung passt.«

»Zumal Jarrett weiß, wie operative Fallanalysen erstellt werden. Schließlich war dies sogar Thema seiner Fortbildung in Camden«, sagte Dan sarkastisch.

»Also müssen wir zunächst deinen Chef Alan Goldman davon überzeugen, uns bei unseren weiteren Ermittlungen gegen Jarrett zu unterstützen. Die Möglichkeit ist groß, dass er auch Deborah Dorson ermordet hat. Jills und ihr Körper wurden mit dem gleichen Haushaltsreiniger abgewaschen. Auch das Persönlichkeitsprofil des Täters passt zu Clark Jarrett.«

Mit diesen Informationen im Gepäck wollten Dan und Lily am heutigen Vormittag mit Alan Goldman, dem Leiter der Forensic Services, sprechen.

Zwei Stunden später saßen sie Goldman in seinem klimatisierten Büro gegenüber. Zunächst erläuterten sie ihm die Fakten auf die gleiche Weise, wie sie sie zusammengestellt hatten. Dann präsentierte Dan das von ihm erarbeitete Täterprofil.

»Ich bin schon früh davon ausgegangen, dass es sich um einen Einzeltäter handelt, der mit hoher Wahrscheinlichkeit alleinstehend ist und/oder einen Beruf ausübt, der ihn auch zu ungewöhnlichen Zeiten von daheim fernhält, ohne dass es jemandem auffällt. Zunächst habe ich dabei an einen Handelsreisenden oder einen Fernfahrer gedacht. Aber unregelmäßige Arbeitszeiten passen auch zum Polizeiberuf. Das würde außerdem das Rätsel lösen, das mir das meiste Kopfzerbrechen bereitet hat. Nämlich die Frage, womit der Täter seinen Opfern solche Furcht eingejagt hat, dass keines bislang wagte, ihn anzuzeigen. Ein Polizist könnte am überzeugendsten damit drohen. Denn er hat Zugang zu den Datenbanken, in denen Strafanzeigen erfasst werden, und könnte sofort herausfinden, wer ihn angezeigt hat.

Zudem verfügt Clark Jarrett wahrscheinlich über IT-Fertigkeiten, die ihm sein Kumpan Robbie Cameron, ein ausgemachter Computerkenner, beigebracht hat.

Sollte ein Polizist der Serienvergewaltiger sein, ist außerdem nachvollziehbar, wie er seine Opfer in seine Gewalt gebracht hat. Dazu war kein tage- oder wochenlanges Ausspähen erforderlich, wie ich ursprünglich angenommen hatte. Es reichte seine Autorität als Police Officer. Vielleicht hat er einige seiner Opfer wegen einer vorgeblichen Straftat genötigt, in sein Auto zu steigen, mit dem Vorwand, sie auf die nächste Polizeiwache zu bringen. Andere Opfer, wie Deborah Dorson, mögen ihm vertraut haben, da er zur Aufklärung einer angezeigten Bagatellstraftat bei ihnen erschien.

Der Täter muss außerdem ein Profi im Verwischen von Spuren sein. Auch das spricht für einen Polizisten, denn nur der hat genug Insiderkenntnisse, um zu wissen, was die KTU erfasst und wie sie dabei vorgeht. Und kann daraus ableiten, worauf er achten muss, um weder DNA noch Faserspuren oder gar Fingerabdrücke zu hinterlassen.

Außer seinem Beruf passt auch Clark Jarretts Persönlichkeit zum Täterprofil. Er ist als extrem frauenfeindlich bekannt und schreckt auch vor extremem Mobbing nicht zurück. Das beweist die Affäre um Martin Gordons ehemalige Mitarbeiterin Sue Belham.

Auch Marilyn Stratford hat Jarrett belästigt, die sich aber nicht einschüchtern ließ. Zumindest gerüchteweise haben sowohl Sue Belham als auch Jimmy Wilford gehört, sie habe sogar seine Beförderung zu verhindern versucht. Zuletzt möglicherweise am Abend der Betriebsfeier auf dem Schiff, als sie am Tisch von und sogar neben CI Harper saß, dem Gastgeber und Leiter der Central Southwark Police Station.

Jarrett und seine Kumpane waren auf der *King George* dabei. Lilys Ermittlungen haben erbracht, dass es so viele Ungereimtheiten bei der Aufklärung der Umstände von Marilyn Stratfords Tod gibt, dass es dabei nicht mit rechten Dingen zugegangen sein kann. Es legt im Gegenteil den Verdacht nahe, dass Gäste der Betriebsfeier, also Polizisten, etwas damit zu tun gehabt haben und dass man das vertuschen wollte. Jarrett hätte ein gewichtiges Motiv gehabt, Marilyn zu schaden.

Er hat nachgewiesenermaßen außerdem Martin Gordon sowohl in London als auch in Dover auf das Schlimmste schikaniert. Der Grund könnte sein, dass er ihn unter Druck setzen wollte, über etwas zu schweigen, das Clark möglicherweise belasten konnte. Gleichzeitig hat er Martin damit so unglaubwürdig vor seinen Kollegen und Vorgesetzten gemacht, dass niemand ihm geglaubt hätte, selbst wenn er etwas gegen Clark vorgebracht hätte.«

»Die Bemerkung in seinem Abschiedsbrief, dass da etwas in London geschehen sei, das ich herausfinden solle, ist ein weiterer Hinweis darauf, dass es sich dabei um den Tod von Marilyn Stratford handelt, in den Jarrett verwickelt war«, ergänzte Lily. »Selbst wenn Gordon Jarrett während des Banküberfalls hatte erschießen wollen, dann sicherlich nicht allein wegen des Mobbings. Dafür war sein Rechtsempfinden zu ausgeprägt.«

Alan Goldman hatte aufmerksam zugehört, gab Dan und Lily jedoch nicht die erhoffte Antwort. »Mich überzeugt das schon, was Sie bislang herausgefunden haben«, lobte er sie zunächst. »Allein, es sind ausschließlich Hypothesen und Schlussfolgerungen. Nirgendwo findet sich irgendein handfester Beweis gegen diesen Jarrett. Ich fürchte, deshalb kommen wir im Augenblick in dieser Angelegenheit nicht weiter.«

»Man könnte doch die DNA-Spuren, die man in der Wohnung von Deborah Dorson gefunden hat, mit Clarks DNA vergleichen«, wagte Lily in ihrer Enttäuschung doch noch einen Vorstoß. »Denn wenn unsere Annahme stimmt, dass er sie am Abend ihres Verschwindens aufgesucht hat, kann er das nicht vermummt getan haben. Er musste sich ja zuerst Einlass verschaffen.«

Goldman lächelte sie nachsichtig an. »Auch ich habe mich in den Dorson-Fall eingelesen, um mich auf unser heutiges Gespräch vorzubereiten. Daher wissen wir, dass man nach dem Fund ihrer Leiche unzählige DNA-Spuren in ihrer Wohnung und der Gartenlaube gesichert hat. Viele wurden identifiziert und zum Beispiel Dorsons Freundinnen zugeordnet, die freiwillig DNA abgaben. Die Spuren, die übrig blieben, wurden mit den einschlägigen Datenbanken verglichen. Es gab keinen Treffer. Also ist niemand, dessen DNA man bei Dorson gefunden hat, bisher straffällig geworden. Selbst auf der Spraydose fanden sich nur die Fingerabdrücke der Jugendlichen, die den Vandalismus daraufhin sofort zugaben.«

»Und wenn man sich Clarks DNA irgendwie besorgen

würde?«, insistierte Lily wider besseres Wissen, während Dan schon den Kopf schüttelte.

»Dann wäre das ohne vorherigen richterlichen Beschluss illegal und nicht gerichtsverwertbar. Das wissen Sie doch.«

Lily schwieg resigniert.

»Und wie sollen wir jetzt verbleiben, Sir?«, fragte Dan.

Goldman dachte eine Weile nach. »Ich werde mich zunächst mit Gregory Parker kurzschließen und ihm mitteilen, dass ich den Verdacht gegen Clark Jarrett zwar für berechtigt halte, aber noch keine aussagekräftigen Beweise vorliegen. Danach wird uns nichts anderes übrig bleiben, als jetzt auch Donald Armstrong, den Chief Superintendent von Southwark, mit ins Boot zu nehmen. Sie wissen, das ist zum Glück noch derselbe wie bei dem Vorfall auf der Themse. Armstrong muss zumindest darüber informiert werden, dass ein Police Officer in seinem Verantwortungsbereich möglicherweise über viele Jahre hinweg schlimmste Verbrechen begangen hat.«

Er stand auf. »Ich fürchte, das ist erst einmal alles, was wir heute tun können. Ermitteln Sie weiter, Dan, konzentrieren Sie Ihre gesamte Arbeitskraft darauf! Und wenn Sie weiter mitmachen möchten, Lily, sind Sie herzlich willkommen. Vielleicht stoßen Sie ja doch noch auf etwas, das eine so starke Beweiskraft hat, dass wir Jarrett in Gewahrsam nehmen können.«

## KAPITEL 50

### Canterbury Police Station
*Donnerstag, 5. September 2019*

Lily und Mabel Ellis trafen sich kurz vor der vereinbarten Zeit vor dem Eingang der Canterbury Police Station. Mabels bedrückter Gesichtsausdruck spiegelte Lilys eigene Stimmung wider. DI Simpson hatte Jerry Hoover heute zu einer erneuten Vernehmung einbestellt.

Mittlerweile hatte die Zeitschrift *Woman's Home* im Rahmen der polizeilichen Ermittlungen eine Fotografie von Geraldine Morrison herausgegeben. Trotz der heute völlig veränderten Frisur war Jerry deutlich darauf zu erkennen. Das hatte der Detective Inspector Lily am Telefon erklärt, als er sie und Mabel bat, Jerrys Vernehmung hinter der Einwegscheibe des Verhörraums mitzuverfolgen.

»Mrs Hoover hat selbst darum gebeten, dass Sie bei ihrer Vernehmung dabei sind«, hatte Simpson seine Einladung begründet. »Damit mögliche Missverständnisse gleich aufgeklärt werden können.«

Im Inneren der Polizeistation erfuhren Lily und Mabel zu ihrer Überraschung, dass Jerry darauf bestehe, dass beide mit ihr in den Vernehmungsraum kamen. Der DI zögerte kurz, stimmte dann aber zu. Anstelle der beiden Frauen sollte nun Detective Sergeant Redwood das Gespräch hinter der Einwegscheibe beobachten.

Während der Detective Inspector die üblichen Formalitäten erledigte und Jerry über ihre Rechte aufklärte, musterte Lily ihre ehemalige Patientin verstohlen. Sie ist dünn geworden, dachte sie. Und scheint in jüngster Zeit sehr schlecht zu schlafen.

In der Tat lagen dunkle Schatten unter Jerrys Augen. Sie hatte keinen Versuch unternommen, sie zu überschminken. Im Gegenteil hatte sie so gut wie kein Make-up aufgelegt und sich mit Jeans und einem einfarbigen Sweatshirt ohne Applikationen vergleichsweise unauffällig gekleidet. Lediglich die mit den bunten Pailletten verzierte Handtasche erinnerte an ihre frühere schrille Aufmachung.

Schließlich begann Simpson mit dem Verhör. Er wiederholte kurz die Ergebnisse von Jerrys erster Vernehmung nach dem Tod des kleinen Dennie vor einigen Wochen. »Zum damaligen Zeitpunkt war uns allen, auch Mrs Brown als Ihrer ehemaligen Therapeutin und Mrs Ellis als Sozialarbeiterin, nur bekannt, dass Sie zwei kleine Jungen durch den plötzlichen Kindstod verloren haben. Aus welchem Grund haben Sie uns nie etwas von Ihrer Tochter Katie erzählt?«

Jerry zuckte die Achseln. »Warum hätt ich das tun sollen? Die Kleine ist mir doch auch schon weggestorben. Das hätt mir einfach zu wehgetan. Deshalb hab ich das«, sie suchte Lilys Blick, »weggedrängt. So sagt man das doch?«

»Verdrängt«, murmelte Lily mechanisch. »Aber Sie hätten es mir sagen müssen, als ich Sie nach Ihrer Lebensgeschichte gefragt habe. Dabei muss es Ihnen doch wieder eingefallen sein.«

Jerry schüttelte störrisch den Kopf.

Erst dann fiel Lily auf, dass sie ihre Kompetenzen gerade überschritten hatte. DI Simpson hatte sie nur als Zuhörerin zugelassen, nicht als Jerrys Gesprächspartnerin.

Doch der Inspector war nicht sauer auf sie, sondern

stellte ihr stattdessen eine Frage: »Verstehe ich das richtig, Mrs Brown, dass sogenannte ›verdrängte‹ Inhalte nicht vergessen werden, sondern bei Nachfragen durchaus wieder ins Bewusstsein kommen?«

Lily bestätigte das. »Darf ich Mrs Hoover dazu noch eine Frage stellen?«, bat sie spontan.

Simpson nickte.

»Sie haben mich doch mehrfach gebeten, dass ich einen Artikel über Ihre Behandlung schreibe. So wie die Zeitschrift *Woman's Home* einen Artikel über Sie und Katie gebracht hat. In diesem Zusammenhang müssen Sie sich doch an Ihre kleine Tochter erinnert haben?«

Jerry wich Lilys Blick aus und starrte mit einer Mischung aus Betroffenheit und Trotz vor sich auf den Tisch.

Jetzt ergriff der DI wieder die Initiative. »Lassen Sie mich die Ausgangslage kurz zusammenfassen, Mrs Hoover. Insgesamt sind Ihnen binnen weniger Jahre nicht weniger als drei Säuglinge angeblich am plötzlichen Kindstod weggestorben. Unser Rechtsmediziner Dr. Evans vertritt als ausgewiesener Experte auf diesem Gebiet die Ansicht, dass dies so gut wie unmöglich ist. Es gibt keinen einzigen vergleichbaren Fall.«

»Dafür kann ich doch nichts!«, fiel ihm Jerry ins Wort. »Ich hab doch sogar extra diese Therapie gemacht, damit dem Dennie nichts passiert. Und alles getan, was Lily und Mrs Ellis mir gesagt haben!«

»Wollen sich die Damen selbst dazu äußern?«, bot Simpson an.

Mabel ergriff zuerst das Wort. »Das sehe ich anders. Sie haben das Babyphon schon ein paar Tage nach Dennies Geburt nachts nicht mehr benutzt. Sie haben sogar den Überwachungsmonitor ausgeschaltet, den ich Ihnen mit so viel Aufwand besorgt habe.«

»Aber das war doch wegen dem Carl!«, protestierte Jerry, bevor Lily sich äußern konnte. »Der Dennie hat nur gebrüllt, genau wie die anderen zwei. Da hatte ich Angst, der Carl haut mir am Ende auch noch ab. Nicht mal der Branntweinzucker hat was gebracht«, fügte sie erregt zu. »Den Tipp hat mir nämlich der Carl gegeben.«

Plötzlich füllten sich ihre Augen mit Tränen. »Aber dann hat der sich trotzdem aus dem Staub gemacht. Sogar noch früher als die anderen Kerle.«

»Haben die Väter Ihrer anderen Kinder Sie denn ebenfalls verlassen, weil ihnen die Babys lästig waren?«, fragte Mabel.

Jerry schluchzte auf. »Auch der Don und der Bert waren dauernd genervt von den Kleinen. Sie sind fremdgegangen und kamen nachts nicht mehr heim. Da musste ich doch was gegen tun!«

Lilys Herz setzte einen Schlag lang aus. Sie öffnete schon den Mund, als DI Simpson die Hand hob. »Die nächsten Fragen möchte ich selbst stellen.«

Dann wandte er sich an Jerry. »Was heißt das, dagegen mussten Sie etwas tun?« Simpsons Stimme klang sanft. Doch der Blick, mit dem er Jerry musterte, war stechend.

Jerry merkte, dass ihre letzte Aussage verräterisch gewesen war. Ihre Hände ballten sich unter dem Tisch zu Fäusten. Sie presste die Lippen zusammen und suchte offensichtlich nach einer Antwort.

»Sagen Sie uns jetzt die Wahrheit, Mrs Hoover!«, hakte Simpson nach. »Haben Sie bei dem Tod der Säuglinge nachgeholfen?«

Eine lange Weile herrschte Schweigen im Raum. Bis Jerry schließlich unmerklich nickte.

»Wie haben Sie das gemacht?«, stellte Simpson nun die Frage, die auch Lily auf der Zunge brannte. Schließlich hatten die Obduktionsberichte keinen Hinweis auf ein Fremdverschulden am Tod der Babys ergeben.

Doch Jerry wich dieser Frage aus. »Es war ja total für die Katz!«, verteidigte sie sich. »Die Ärsche sind trotzdem abgehauen! Obwohl die Kleinen hinüber waren.«

Lily gefror das Blut in den Adern. Sie beherrschte sich mühsam, um nicht laut herauszuschreien und Simpson damit in die Parade zu fahren. Auch Mabel wirkte völlig entsetzt.

»Haben Sie gehofft, Sie könnten Ihre jeweilige Beziehung durch den Tod der Säuglinge retten?«

Jerry nickte. Dann schluchzte sie wieder auf. »Ich wollte doch nur eine normale Familie haben«, weinte sie. »Der Don hat mich sogar geheiratet, als meine Eltern mich rausgeschmissen haben, weil ich schwanger war. Und zu einer Familie gehört doch ein Kind!«

Lily erinnerte sich an die entsprechende Passage aus dem Interview der Reporterin von *Woman's Home.*

»Aber Ihre Partner haben das anders gesehen?«, fragte Simpson weiter.

»Solange ich schwanger war, nicht!«, begehrte Jerry auf. »Erst als die Kleinen da waren und so viel geschrien haben. Das konnt ich doch vorher nicht wissen!« Mittlerweile liefen ihr die Tränen über die Wangen.

»Mit dem Carl und dem Dennie sollte das ganz anders werden als mit den ersten zwei«, wandte sie sich weinend an Lily und Mabel. »Da wollt ich alles richtig machen, damit so was nicht noch mal passiert. Das wissen Sie doch! Ich hab alles gemacht, was Sie mir gesagt haben, Lily. Auch schon vor der Geburt, damit der Kleine gesund zur Welt kommt.«

Lily dachte daran, dass Jerry während der Schwangerschaft geraucht und Alkohol getrunken hatte.

Doch schon fuhr Jerry fort: »Bis auf das blöde Babyphon hab ich auch nach der Geburt alles gemacht, was Sie mir gesagt haben. Den Kleinen nur noch auf den Rücken gelegt, mit Schlafsack und keinem Kuscheltier im Bett. Aber er hat trotzdem so gebrüllt wie die anderen zwei.«

»Wollte Carl Miller denn ein Kind?«, wollte Inspector Simpson nun wissen.

Jerry stutzte kurz. »Das hab ich geglaubt! Denn er hat nie was gesagt, als ich dann schwanger war.«

»Aber er hat Sie nach der Geburt sogar noch früher verlassen als die anderen beiden Väter!«, konfrontierte Simpson sie. »Er sagt, er habe nie ein Kind gewollt. Das sei Ihre Idee gewesen, und er habe nicht gewusst, was da auf ihn zukommt. Sie hätten sich nach der Geburt dauernd gestritten, zuletzt am Abend vor Dennies Tod. Das gab dann den Ausschlag, die Beziehung mit Ihnen zu beenden.«

Wieder schluchzte Jerry auf. »Ja, der Schweinehund war auch nicht besser als die anderen. Obwohl ich mir doch so viel Mühe gegeben hab.«

»Und als dann auch Carl Sie verlassen hat, wollten Sie mit dem Säugling nicht allein bleiben?«

»Ich wollt ihm doch gar nichts tun!«, verteidigte sich Jerry erneut. »Ich hab den Monitor ausgemacht, weil ich dachte, es passiert dann von allein. Als der Carl noch da war.«

»Von allein?«

Mit ungläubigem Entsetzen hörte Lily Jerrys Aussage, sie habe den kleinen Dennie in den letzten Nächten vor seinem Tod absichtlich wieder auf den Bauch gelegt, ihn mit einer Decke zugedeckt, anstatt den Schlafsack zu verwenden, und sogar mehrere Kuscheltiere in seinem Bettchen platziert.

»Weil, das waren doch die Risikofaktoren. Wenn der

Dennie dadurch gestorben wär, hätt ich doch gar nichts dafür gekonnt! Das wär dann der echte plötzliche Kindstod gewesen.«

An Simpsons Miene bemerkte Lily, dass auch er jetzt Mühe hatte, die Beherrschung zu wahren, bevor er die nächste Frage stellte. »Und als das nicht funktioniert hat, haben Sie nachgeholfen? Wie genau?«

Im lastenden Schweigen, das den Raum erfüllte, hörte man nur das Ticken der hinter Sicherheitsglas an der Wand befestigten Uhr. Für Lily wirkte es laut wie Kanonenschläge.

»Ich ... ich ... ich ...« Jerry brauchte mehrere Anläufe, bis sie mit fast unhörbar leiser Stimme antwortete. »Ich hab ein Spucktuch genommen und dem Kleinen dabei die Nase zugehalten.«

»Sie haben Dennie ein Spucktuch in den Mund gesteckt?«, platzte Mabel heraus, bevor sie sich erschrocken auf die Lippen schlug.

DI Simpson winkte beruhigend ab und wiederholte Mabels Frage. »So haben Sie das Baby also erstickt? Die anderen beiden auch?«

Jerry nickte heftig. »Was blieb mir denn übrig?«, schluchzte sie wieder. »Mit einem fremden Balg hätt mich doch keiner mehr genommen! Und dann hätt ich nie eine richtige Familie gehabt!« Und zu Lilys Fassungslosigkeit fügte sie hinzu: »Aber die Kleinen haben mir leidgetan! Die haben so gezappelt, bis sie tot waren.«

Mabel fuhr unwillkürlich hoch und sah einen Moment lang so aus, als wollte sie sich auf Jerry stürzen. Lily saß dagegen wie zu Eis erstarrt und zitterte am ganzen Körper.

Zum Glück bewahrte Simpson selbst in diesem furchtbaren Moment die Contenance. Er wiederholte: »Sie haben also alle drei Säuglinge auf diese Weise ums Leben gebracht? Die ersten beiden aus Angst, Ihren damaligen Partner zu verlieren, den kleinen Dennie, weil Carl Sie bereits verlassen hatte und Sie keine alleinerziehende Mutter sein wollten?«

Jerry nickte. »So Frauen geht's doch nur schlecht. Die bekommen nie mehr im Leben ein Bein auf die Erde! Außerdem hab ich geglaubt, der Carl kommt dann vielleicht zurück!«

DI Simpson straffte den Oberkörper. »Nach diesem Geständnis muss ich Sie auf der Stelle verhaften, Mrs Hoover. Wegen dreifachen Mordes. Das ist Ihnen hoffentlich klar.«

Jerry nickte wieder. Dann sah sie plötzlich auf. Ein gespenstisch wirkendes Lächeln verzerrte ihr vom Weinen geschwollenes Gesicht. Sie blickte Lily und Mabel an.

»Aber das versprech ich Ihnen allen beiden. Sobald ich wieder aus dem Gefängnis raus bin, mach ich es besser. Da krieg ich ein neues Kind und tu alles, was Sie mir geraten haben. Damit das Kleine am Leben bleibt und ich dann eine echte Familie hab.«

## KAPITEL 51

### Die Kathedrale von Canterbury

*Donnerstag, 5. September 2019, später am Nachmittag*

Erschüttert und zutiefst deprimiert nach Jerrys Geständnis lief Lily zunächst ziellos durch die Stadt. Patienten empfing sie ohnehin am Donnerstagnachmittag nicht mehr. Aber auch an Arbeit am Schreibtisch war jetzt nicht mehr zu denken.

Meine Intuition hat mir immer gesagt, dass etwas mit Jerry nicht stimmt, warf sie sich bitter vor. Doch ich habe nicht hartnäckig genug nachgeforscht. Deshalb ist auch der kleine Dennie ums Leben gekommen.

Plötzlich bemerkte sie, dass sie vor dem Eingang der Kathedrale von Canterbury stand. Wie passend, dachte sie zynisch, hier hat sich Martin Gordon umgebracht, und auch da bin ich keinen Schritt weiter. Clark Jarrett wird genauso ungestraft davonkommen wie König Heinrich II. Dem konnte man nie nachweisen, dass er seine Ritter dazu angestiftet hatte, den Erzbischof zu erschlagen.

Trotz dieser düsteren Gedanken beschloss sie, das Innere der Kathedrale wieder einmal aufzusuchen. Sie zeigte ihren Ausweis von der Kent Police vor und konnte, ohne den erklecklichen Eintritt zu entrichten, eintreten.

Schon einmal, kurz nach Gordons Tod, hatte sie vor dem Thomas-Becket-Altar gesessen, vor dem er sich erschossen hatte. Auch jetzt zog es sie dorthin, wie von einem unsichtbaren Faden gezogen.

Das Symbol meiner kompletten Niederlage, dachte sie, als sie in einer Kirchenbank vor dem Altar Platz nahm. Zunächst starrte sie blicklos darauf und ließ ihre Gedanken schweifen. Martin hat diese Stelle nicht zufällig ausgewählt. Das Video zeigt, dass er direkt und intensiv in eine der Kameras sah. Als wollte er mir damit etwas mitteilen. Aber was nur?

Gerade kam eine Führerin mit einer kleinen Gruppe von Touristen vor den Altar. Die Frau erläuterte zunächst die Hintergründe des Mordes am Erzbischof. »Fällt Ihnen etwas an der Gestaltung des Altars auf?«, fragte sie und sah die Gruppe erwartungsvoll an.

»Die vier Schwerter, die das Kreuz darstellen, sehen ziemlich martialisch aus«, antwortete eine Frau nach einer kleinen Weile. »Warum hat man das so gemacht?«

»Der Künstler wollte eine ganz bestimmte Botschaft zum Ausdruck bringen«, erklärte die Führerin kryptisch.

Doch Lily hörte gar nicht mehr zu. Zum ersten Mal fiel ihr auf, dass nicht nur die zwei Bihänder, mittelalterliche Schwerter, an dem Kreuz befestigt waren. Die hatte sie immer anhand der Griffe erkannt. Nein, auch das Kreuz selbst bestand aus Stichwaffen. Die Querachse glich einer Art Machete. Die Längsachse einem riesigen abgebrochenen Säbel. Beide sahen auf den zweiten Blick sehr gefährlich aus.

Vier Mordwerkzeuge, vier Täter, ging ihr auf einmal ein Licht auf, was die Führerin mit ihren Ausführungen sogleich bestätigte. Das hat Martin mir hiermit sagen wollen. Vier Täter waren an Marilyns Mord auf der Themse beteiligt.

Aber warum hat er dieses Kreuz für seine Botschaft benutzt? Warum hat er mir keine deutlicheren Hinweise zukommen lassen?

In seinem Abschiedsbrief konnte er das nicht tun, überlegte sie weiter. Denn Marilyn Stratfords Fall galt ja als abgeschlossen. Man wäre diesen Hinweisen vonseiten der Ermittlungsbehörden also mit höchster Wahrscheinlichkeit nicht nachgegangen.

Und hätte er mir einen Brief geschrieben, wäre ich verpflichtet gewesen, ihn den Behörden auszuhändigen. Das hätte auch Gregory Parker sofort von mir verlangt, wenn ich ihn darüber informiert hätte. Also hätte ich niemals als informelle Ermittlerin in Aktion treten können.

Das Ergebnis wäre das Gleiche gewesen. Man hätte aufgrund der Fantastereien eines Selbstmörders keine Ermittlungen gegen mehrere Police Officers aufgenommen, die bis dahin als unbescholten galten.

Clark Jarrett, Jeff Burger, Robbie Cameron, zählte Lily an ihren Fingern ab. Und wer noch? Doch nicht etwa Martin selbst?

Plötzlich fiel es ihr wie Schuppen von den Augen. Natürlich! Warum war sie nicht früher auf diesen Gedanken gekommen? Aber hier lag auch endlich die Chance, an handfeste Beweise zu kommen. Ein vager Plan begann sich zu entwickeln.

Noch bevor die Kathedrale eine Stunde später schloss, war er fertig. Nun musste sie nur noch Verbündete für ihr Vorhaben gewinnen.

## KAPITEL 52

### Clark Jarrett

»Shit!« Nach dem Gespräch mit Robbie Cameron hätte Clark sein Handy am liebsten gegen die Wand geschleudert. Offensichtlich gab diese Bitch Lily Brown nicht auf. Stattdessen hatte man nun sogar einen Profiler von der MET hinzugezogen.

Warum habe ich dieses Katzenbiest damals nicht geschnappt? Er knirschte mit den Zähnen. Nachdem er auf Lilys Website herausgefunden hatte, dass sie mit Herz und Seele an einem Kater hing, hatte er sich gleich an seinem nächsten freien Tag auf den Weg gemacht, um das Vieh in seine Gewalt zu bringen. Es war der Sonntag nach ihrem Gespräch in Maidstone gewesen. Schließlich hatte die Warnung mit der toten Katze ja schon einmal bei diesem elenden Martin Gordon funktioniert.

Doch unseligerweise hatte er den Kater nirgends gefunden. Trotz Perücke und dem falschen Bart wollte er nach einiger Zeit nicht riskieren, dass Nachbarn der Brown auf ihn aufmerksam wurden, weil er ständig scheinbar ziellos in der Gegend umherlief. Daher hatte er die Suche schließlich abgebrochen. Und leider nicht wieder aufgenommen, was er jetzt bedauerte.

»Sagt dir der Name Deborah Dorson was, Clark?«, hatte ihn Robbie vorher gefragt.

»Natürlich! Die Frau wurde im Dezember in Dover

entführt und ermordet. Die Leiche fand man im Mai. Den Täter leider noch nicht«, hatte Clark geantwortet. Auch Robbie ging es nichts an, was er selbst mit der Sache zu tun hatte.

Es reichte ihm schon, dass der ihn mittlerweile verdächtigte, Bridget und Jill ermordet zu haben. Robbie hatte dies zwar nie ausgesprochen, konnte es sich aber wahrscheinlich denken.

Schließlich hatte ihn Clark, nicht ohne ihm ein hübsches Sümmchen dafür zu bezahlen, schon vor Jahren damit beauftragt, regelmäßig zu checken, ob Frauen Anzeige gegen ihn erstattet hatten. Dazu musste er ihm natürlich ihre Namen nennen. Bei einem Treffen im Pub hatte er ihm nach etlichen Pints und Whiskys sogar gestanden, warum er ihn damit beauftragt hatte. Robbie würde ihn schon nicht verraten. Da war er sich sicher. Schließlich hatte er ebenfalls Dreck am Stecken. Und wie gesagt, Clark bezahlte ihn gut für die illegale Schnüffelei, deren Spuren Robbie aufgrund seiner IT-Kenntnisse zu verbergen wusste.

Dass dieser Profiler sowohl zu Bridgets als auch zu Jills Tod recherchierte, hatte ihm Robbie schon vor etlichen Wochen mitgeteilt. Offenbar hatte er so etwas wie einen Alarm eingerichtet, der losging, wenn sich jemand im Netz der MET mit den Daten der Frauen beschäftigte, die Clark ihm genannt hatte.

»Interessant«, hatte Clark gleichgültig gesagt. »Aber nicht von Belang.«

Danach musste sich Robbie auf eigene Faust in die digitalen Umtriebe dieses Profilers eingehackt haben. So war er wohl auf die Dorson gestoßen. Und wenig später hatte er mitgekriegt, dass auch dessen Chef Alan Goldman die Akte aus Dover eingesehen hatte.

»Shit!«, fluchte Clark jetzt erneut. Dann überlegte er: Solange es sich nur wie bei Jill und Bridget um Vertuschungstaten handelte, würde Robbie dichthalten. Allein deshalb, weil er ja selbst in die Vertuschung des Mords an dieser Schlampe Marilyn Stratford verwickelt war.

Aber ein Sexualmord an einer zuvor von Clark nie erwähnten Frau, zudem im Bereich seiner jetzigen Dienststelle in Dover, war ein anderes Kaliber. Wie würde sich Robbie verhalten, wenn er den Verdacht schöpfte, dass Clark nun vom Serienvergewaltiger zum Lustmörder geworden war? Zumal Clark gar nicht vorhatte, damit aufzuhören. Zwar nicht in Dover, dafür war das Kaff zu klein. Sondern wieder in London. Sein Verlies für die Frauen im Haus seiner Mutter war inzwischen nahezu fertig.

Clarks Gefühl sagte ihm, dass diese elende Fotze Lily Brown den Zusammenhang zwischen den Morden an Bridget, Jill und Deborah Dorson hergestellt und dann diesen Profiler darauf angesetzt hatte. Aber wie zum Teufel war sie darauf gekommen?

Hatte Gordon in seinen Sitzungen bei dieser Tussi etwa darüber gequatscht? Hatte er ihr von diesem Notizzettel erzählt, den Clark blöderweise im Büro verloren hatte und mit dem Martin ihn erpressen wollte? Hatte er ihr den Zettel womöglich gegeben?

Nach dem dritten Scotch beruhigte er sich. Selbst wenn das Weib den Zettel hat, wird das allein nicht ausreichen, um mir was anhaben zu können. Sollte Martin ihr seinen Verdacht mitgeteilt haben, dass Clark etwas mit Dorsons Tod zu tun hatte, konnte die Bitch das nur aus zweiter Hand berichten. Denn den Zeugen aus erster Hand gab es passenderweise nicht mehr. Und ohne Fakten war ihre Aussage wertlos.

Trotzdem ärgerte er sich noch immer über seine Dämlichkeit mit dem Zettel. Da hatte er die Adresse der Schlampe draufgeschrieben, die Uhrzeit seines Besuchs bei ihr und vor allem das Klingelzeichen. Dabei war sein Plan war doch so genial. Als er das lächerliche Klingelzeichen benutzt hatte, öffnete ihm die Dorson arglos die Tür. Dann führte sie ihn in die Gartenlaube, nachdem er sich mit seiner Dienstmarke ausgewiesen hatte. Denn er war in Zivil bei ihr erschienen.

Die Pussy in der Laube zu bedrohen und so zu zwingen, die SMS über ihre angebliche Abreise an ihre Freundinnen zu schicken, war ein Leichtes gewesen. Das Weib hatte sogar einen Koffer gepackt, den er später entsorgt hatte. Und so viel Angst gehabt, er würde sie sofort erschießen, dass sie freiwillig in den Van gestiegen war, den er zuvor unter falschem Namen gemietet hatte.

An diesem kühlen und regnerischen Dezemberabend war niemand auf der Straße gewesen. Daher hatte auch niemand was beobachtet. Bis dahin war die Sache perfekt gelaufen. Einschließlich des unvergleichlichen Höhepunkts mit der Schlinge! Bis dahin hatte er nicht gewusst, dass Töten ihm einen geileren Orgasmus verschaffte als jeder Fick!

Und dann war dieser elende Gordon ihm schon wieder in die Quere gekommen. Anfangs hatte Clark die Sache trotzdem im Griff gehabt. Das Mobbing funktionierte genauso gut wie in London. Ein Kameradenschwein wurde auch im provinziellen Dover ausgegrenzt. Dann hatte der Kerl seinen größten Fehler gemacht und ihn in der Bank erschießen wollen. Dass Martin das vorgehabt hatte, hielt Clark für gesetzt. Aber Martin hatte nun mal danebengeschossen. Und sich damit endgültig in die Nesseln gesetzt.

Martins Erpressungsversuch hatte Clark nie ernst genommen. Der war genauso dilettantisch wie alles, was dieser Stümper angestellt hatte, um ihm zu schaden. Wieder hatte Clark triumphiert, als der feige Hund sich schließlich selbst das Hirn aus dem Schädel gepustet hatte. Bedauerlich war dabei nur, dass er sich sein süßes Töchterchen nicht mehr würde vorknöpfen können.

Aber damit hatte er die Sache endgültig für erledigt gehalten. Bis diese Brown sich wie eine tollwütige Hündin in die uralten Geschichten verbissen hatte. Irgendwas musste sie auch wegen Dover gegen ihn in der Hand haben. Denn wie sonst kam Chief SU Alan Goldman dazu, sich die Akte der Dorson anzusehen?

Also musste er diese vorwitzige Tussi in seine Finger bekommen! Wie damals die Stratford! Aber wie?

Ruhelos tigerte Clark durch das kleine Apartment, das er in Dover gemietet hatte. Er goss sich gerade den vierten Whisky ein, als sein Handy schon wieder klingelte.

Erstaunt betrachtete er den Namen auf dem Display. Was will *der* Kerl denn jetzt, ausgerechnet heute?

Er überlegte kurz, ob er den Anruf auf die Mailbox laufen lassen sollte, bevor er ihn schließlich doch annahm. Als er hörte, worum es ging, bereute er es keine Sekunde lang.

# KAPITEL 53

## In der Abteilung Forensic Services der MET
*Freitag, 13. September 2019*

»Also ganz wohl ist mir bei der Sache noch immer nicht, Lily.« Dan musterte sie besorgt, während eine Kriminalassistentin ihr einen GPS-Sender und ein drahtloses Mikrofon am Oberkörper befestigte. Vorher hatte Dan ihr schon eine Tracking-App auf ihr Handy geladen.

»Deine Sorge ehrt dich, Darling.« Lily spitzte die Lippen und warf Dan einen Luftkuss zu. »Aber wir haben jetzt alles mindestens ein Dutzend Mal durchgesprochen. Was soll mir denn mitten in einem am Freitagabend überfüllten Pub geschehen? Wo ihr draußen in eurem Van doch alles mithören könnt, was gesprochen wird? Oder bist du etwa abergläubisch? Weil heute Freitag, der 13. ist?«, neckte sie ihn.

Dan rang sich ein gequältes Lächeln ab.

Mit ihren leicht dahingesagten Worten versuchte Lily, ihr eigenes Unbehagen zu überspielen. Ganz wohl war ihr nämlich auch nicht vor ihrem heutigen Treffen mit Jimmy Wilford.

Bisher war ihr in der Kathedrale entwickelter Plan nicht nur aufgegangen, sondern hatte sich sogar durch Jimmys eigene Initiative weiterentwickelt. Nachdem sie Dan ihre Ideen noch am Abend nach dem Besuch in der Kathedrale erläutert hatte, rief sie Jimmy schon am folgenden Tag an.

»Es hat sich eine überraschende Entwicklung ergeben,

Jimmy«, hatte sie ihm mitgeteilt. »Durch einen unglaublichen Glücksfall sind die blutbefleckten Teppichfliesen, die man nach Marilyn Stratfords Unfalltod in der Ruhekabine auf der *King George* entdeckt hat, doch nicht entsorgt worden.«

Kurz skizzierte sie Wilford ihre Ermittlungsergebnisse auf dem Ausflugsschiff. »Schon während meines Gesprächs mit dem Chefsteward schöpfte ich den Verdacht, Marilyn könnte in dieser Kabine zu Tode gekommen oder zumindest verletzt worden sein. Dass es sich um Blut handelt, ist einwandfrei nachgewiesen. Es fehlt nur noch die DNA-Analyse. Wenn wir noch mehr Glück haben, finden wir dabei nicht nur Marilyns DNA, sondern auch die von anderen Beteiligten.«

Durchs Telefon konnte Lily hören, dass Jimmy scharf die Luft einzog. Eine Weile schien er zu überlegen, bevor er Lily einen überraschenden Vorschlag machte. »Ich werde meinen Vater fragen, ob der Rechtsmedizin vielleicht doch noch verwertbare Spuren vorliegen, die man zusätzlich analysieren könnte.«

Lily schöpfte Hoffnung. Wenn Jimmy von sich aus so einen Vorschlag machte, wusste er vielleicht tatsächlich von der Existenz solcher Beweise.

Schon zwei Stunden später bestätigte sich das. »Mein Vater hat nachgeforscht«, berichtete Jimmy. »Tatsächlich gibt es noch verwertbare Spuren, die zufällig der Vernichtung entgangen sind. Auch die könnten auf DNA analysiert werden. Ich darf Ihnen daher im Namen meines Vaters folgenden Vorschlag machen: Sie sorgen dafür, dass er die Teppichfliesen erhält, dann kann er sie zusammen mit den übrigen Spuren untersuchen und gleich auf mögliche Übereinstimmungen prüfen.«

»Um welche Spuren handelt es sich?«

»Das sage ich Ihnen lieber persönlich«, antwortete Jimmy. Dann machte er selbst ihr den Vorschlag, den sonst sie ihm gemacht hätte. »Können wir uns am nächsten Freitag wieder in den *Three Lions* treffen?«

Lily ergriff die unerwartete Gelegenheit beim Schopf. »Das ist kein guter Termin«, erwiderte sie mit vorgetäuschtem Bedauern. »Da ist Dan auf Dienstreise und kann nicht mitkommen.« Das wiederum war Teil ihres Plans. Sie wollte Jimmy ohne Dan treffen.

»Dann kommen Sie allein!«, drängte Jimmy wunschgemäß. »Sie erzählen mir dabei mehr über die Fliesen! Im Gegenzug erfahren Sie, was in der Rechtsmedizin noch an Material vorhanden ist.«

Noch bevor Lily reagieren konnte, fuhr Jimmy mit deutlich spürbarer Nervosität fort: »Denn jetzt sollten wir keine Zeit mehr verlieren. Mein Vater wird nur bereit sein, diese alten Spuren zu analysieren, wenn es durch die Teppichfliesen tatsächlich einen begründeten Verdacht gibt, dass bei den Ermittlungen in 2011 etwas übersehen wurde. Erst dann wird er offiziell zugeben, dass es noch weitere verwertbare Spuren gibt. Schließlich war er der verantwortliche Rechtsmediziner und muss sich den Versäumnissen stellen, die er damals möglicherweise begangen hat. Das wird mein alter Herr, wie ich ihn kenne, nur tun, wenn man ihm das nachweisen kann. Um sich nicht noch mehr zu schaden, wird er einer Kooperation zustimmen.«

Sehr interessant, dachte Lily, nachdem sie das Gespräch beendet hatte. Die Teile des Puzzles fügen sich zusammen.

Dann erläuterte sie zuerst Dan ihren veränderten Plan. Beide baten anschließend Alan Goldman und Gregory Parker um eine eilige Videokonferenz.

»Jetzt sind wir sogar weiter, als mein ursprünglicher Plan vorsah. Ich glaube Wilford nämlich, dass solche Spuren in der Rechtsmedizin noch existieren. Zuerst will ich herausfinden, um welche Beweise es sich handelt. Ich vermute, es sind die Objektträger mit den Scheidenabstrichen, die laut Obduktionsbericht zwar gemacht, aber nicht auf fremde DNA untersucht wurden«, hatte Lily das Meeting eröffnet.

»Warum sollte Professor Wilford sie aufgehoben haben?«, fragte Chief SU Parker.

»Um seinen Sohn zu schützen, Sir«, antwortete Lily. »Er muss gewusst haben, dass Jimmy in Marilyns Tod verwickelt ist. Das würde die Oberflächlichkeit seiner rechtsmedizinischen Untersuchung erklären, die eigentlich völlig untypisch für ihn ist, nicht wahr, Dan?«

Dan hatte dies unter Bezug auf die Obduktion von Jill Reynolds bestätigt.

»Aber anhand solcher Spuren könnte man seinen Sohn doch überführen«, warf Parker ein.

»Natürlich, Sir. Darauf setze ich ja. Aber gleichzeitig hat Professor Wilford ihn durch die Aufbewahrung der Spuren auch geschützt. Jimmy war in Clarks damaliger Clique zweifellos der Schwächste. Ein typischer Mitläufer. Es gibt Beispiele aus Gruppenvergewaltigungen, wo die Rädelsführer genau diese Mitläufer beschuldigen, hauptverantwortlich zu sein, wenn sie erwischt werden.«

»Das kann ich bestätigen«, stimmte Goldman Lily zu.

»Wäre also irgendetwas über die Geschehnisse auf der *King George* ans Licht gekommen, hätten sich die drei anderen gegen Jimmy verbünden und ihm die Vergewaltigung und den Mord allein in die Schuhe schieben können. Denken Sie doch nur an die Hypothese, Marilyn habe Sex in jener Toilette im Ruhebereich gehabt. Man war dabei immer nur von *einem* Mann ausgegangen. Hätten drei angesehene Police Officers gegen Jimmy ausgesagt, hätte man ihnen wahrscheinlich Glauben geschenkt.«

»Und wie hätten die drei begründen sollen, dass sie über ein ihnen bekannt gewordenes Verbrechen in dieser Größenordnung zunächst geschwiegen haben?«, schaltete sich nun wieder Parker ein.

Lily konnte ein verächtliches Lächeln nicht unterdrücken. »Mit dem Korpsgeist natürlich, Sir«, antwortete sie. »Womöglich wäre ihnen das sogar noch als mildernder Umstand zugute gekommen.« Und fuhr fort: »Insofern hätte Professor Wilford mithilfe der Scheidenabstriche seinen Sohn gegen solche Machenschaften schützen können. Denn wenn sich vier Täter an der Vergewaltigung beteiligt haben, muss sich das Sperma von allen identifizieren lassen.«

»Das ist ja alles schön und gut, Lily«, warf Goldman ein. »Aber Ihr Plan, wie Sie Wilford zu einem Geständnis bewegen wollen, erschließt sich mir dadurch noch nicht.«

»Meine Vermutung ist, dass Jimmy befürchtet, auch seine DNA sei auf den Teppichfliesen zu finden, und sie deshalb an sich bringen will, um sie seinem Vater zu übergeben und ihn zugleich in die jüngsten Entwicklungen im Stratford-Fall einzuweihen. Nach einer vorgeblichen Analyse könnte sein Vater behaupten, er habe keine auffälligen Spuren darauf identifizieren können, und gleichzeitig die noch vorhandenen Beweise vernichten.«

»Und damit wären wir so weit wie vorher«, sagte Dan sarkastisch.

»Deshalb muss ich im Gespräch mit Jimmy zunächst bluffen«, erklärte Lily. »Und behaupten, man habe die Fliesen bereits untersucht und neben Marilyns DNA auch die von weiteren Personen darauf entdeckt. Dann konfrontiere ich Jimmy mit meinem Verdacht, wer die Täter sind und dass er dazugehört, und biete ihm die Kronzeugenrolle beim Prozess gegen die anderen an, wenn er gesteht.«

»Und wenn er trotzdem alles abstreitet?«, warf Parker ein.

»Dann behaupte ich einfach, Martin Gordon habe das mir gegenüber vor seinem Tod eingestanden. Also gebe es außer den DNA-Spuren auch noch mich als Zeugin.«

»Aber in Wahrheit hat Gordon Ihnen nichts über die Sache in London preisgegeben. Was macht Sie eigentlich so sicher, dass Jimmy Wilford zu den Tätern gehört?«

»Gordon hat immer nur verächtlich über Wilford gesprochen. Jimmy hat außerdem zu Clarks damaliger Clique gehört. Das können neben Sue Belham auch zahlreiche andere Kollegen in Southwark bezeugen. Jimmy hat sich am Mobbing von Gordon beteiligt, aber nie besonders hervorgetan. Hat mitgelacht, mitgespottet, Martin geschnitten, ist aber selbst nie aktiv geworden. Ich habe Sue noch einmal angerufen und mir das bestätigen lassen. Seine Rolle bei ihrer Demütigung nach dem Handballtraining habe ich schon immer dubios gefunden. Er hat Sue nicht geholfen, sondern ist abgehauen. Auch das hat sie noch einmal bestätigt. Ein solches Verhalten passt ebenfalls zu dem eines typischen Mitläufers. Nichts sehen, nichts hören, nichts sagen. Wie die drei Affen.«

Eine Weile herrschte Schweigen. Lily betrachtete den Gesichtsausdruck der Chiefs und erkannte, dass sie innerlich hart mit sich fochten.

»Das Ganze ist sehr gefährlich für Sie, Lily«, begann Parker schließlich. »Wie wollen Sie denn aus dem Pub sicher nach Hause kommen, wenn Jimmy wirklich gestanden hat?«

Darüber hatten Dan und sie im Vorfeld natürlich ausführlich diskutiert.

»Lily muss als verdeckte Ermittlerin agieren«, ergriff zuerst Dan das Wort. »Dabei muss ein Überwachungswagen in der Nähe des Pubs stehen, in dem ein kleines Sondereinsatzkommando jedes Wort verfolgen kann, das sie mit Wilford spricht. Um sofort eingreifen zu können, wenn ihr Gefahr droht.«

»Das liegt außerhalb unseres Kompetenzbereichs, Dan«, erwiderte Parker. »Das müsste Chief Superintendent Armstrong veranlassen, da Wilford als Police Sergeant in seinem Verantwortungsbereich arbeitet.«

»Selbstverständlich, Greg«, stimmte Goldman zu. »Wir müssen Donald jetzt einweihen. Vielleicht hätten wir das schon früher tun müssen.«

»Glauben Sie, Armstrong wird wegen der vagen Möglichkeit eines Geständnisses in einem uralten Fall, der zudem als aufgeklärt gilt, einen solchen Aufwand genehmigen?«, zweifelte Parker.

»Es geht doch um viel mehr, Sir«, mischte sich Dan ein. »Wenn wir mit Wilfords Geständnis einen Haftbefehl gegen Clark Jarrett erwirken können, wegen des Verdachts der Vergewaltigung und der Beteiligung an einem anschließenden Mord, dann können wir sein Konterfei danach veröffentlichen. Und um Zeugen bitten, die ihn womöglich weiterer Straftaten überführen.« Er verschluckte sich in seiner Erregung und hustete. »Jill Reynolds und Bridget Kellerman können wir nicht mehr fragen«, krächzte er. »Aber vielleicht geben andere Vergewaltigungsopfer endlich ihre Anonymität auf.« Er schnappte nach Luft.

»Wir können außerdem die noch nicht identifizierten DNA-Spuren in Deborah Dorsons Wohnung mit Clark Jarretts DNA abgleichen«, fuhr Lily fort. »Das wäre dann ganz legal und gerichtsverwertbar. Dadurch würde sich der Verdacht bestätigen, dass Clark Jarrett dort war. Denn bislang hat er das abgestritten.«

»Ich bin sicher, Armstrong wird uns seine Hilfe nicht verweigern«, kam Goldman Dan und Lily zu Hilfe. »Denn nicht nur der Mord an Marilyn geschah in seinem Verantwortungsbereich. Auch die äußerst schlampig durchgeführten Ermittlungen. Wenn sich der Verdacht gegen Jarrett erhärtet, hat er jahrelang als Police Sergeant von Southwark unsägliche Verbrechen begangen und dazu seine Identität als Polizist missbraucht.«

»Armstrong hat ihm dies durch seine Nachsicht nach dem Mobbing an Sue Belham sogar erleichtert«, warf Lily bitter ein. »Ungewollt natürlich. Aber er hat wie ein typischer Vorgesetzter der alten Schule reagiert: Diskriminierendes Verhalten gegenüber weiblichen Polizeibeamten sei nicht mehr als ein Kavaliersdelikt.«

Parker hatte beide Hände erhoben. »Schon gut! Schon gut! Ich werde Armstrong sofort anrufen. Als Vorgesetzter von Martin Gordon, dessen Suizid der Anlass für all diese Ermittlungen war. Und als Vorgesetzter von diesem Jarrett!«

»Ich unterstütze Sie gern in Ihrem Anliegen«, bot Goldman an. »Am besten sollten wir die Sache erneut persönlich besprechen. Ich schlage vor, Sie kommen dazu möglichst rasch nach London.«

Das Treffen der drei Chiefs Superintendents hatte wegen der Dringlichkeit schon zu Beginn der Woche stattgefunden. Und damit geendet, dass der äußerst betroffene Donald Armstrong allen Vorschlägen seiner Kollegen zugestimmt und auch die benötigten Ressourcen bereitgestellt hatte.

Jetzt wartete auf dem Hof von Scotland Yard ein unauffälliger grauer Lieferwagen, der mit dem Equipment ausgestattet war, um Lilys Gespräch mit Wilford aufzuzeichnen. Außer Dan und dem Techniker für die Aufnahmen würden vier schwer bewaffnete Beamte aus dem SEK mitfahren.

»Wenn Jimmy gesteht, werde ich ihn natürlich gleich darüber aufklären, dass das Gespräch aufgezeichnet wurde«, erklärte Lily noch, während sie sich ihr Sweatshirt wieder überzog. »Damit er gar nicht erst auf die Idee kommt, es hinterher abzustreiten.«

## KAPITEL 54

**Pub *Three Lions* in Southwark**
*Freitag, 13. September 2019*

Als Lily gegen sieben Uhr abends den Pub betrat, herrschte dort schon ein furchtbares Gedränge. Auch der Lärm war nahezu ohrenbetäubend. Während Lily sich auf der Suche nach Jimmy durch die Menge zwängte, kam sie an mehreren Gruppen grölender Männer vorbei. Sie feierten offenbar einen Junggesellenabschied, worauf ihre lächerliche Aufmachung mit dummen Sprüchen auf ihren T-Shirts und läppischen Papierhütchen hinwies.

Nach über zehn Minuten hatte sie Jimmy noch immer nicht gefunden und begann langsam, unruhig zu werden. Hatte er sie etwa versetzt, weil er etwas geahnt und kalte Füße bekommen hatte?

Plötzlich packte sie jemand von hinten am Arm.

Lily fuhr herum. Es war Jimmy.

»Wenn ich gewusst hätte, dass es hier heute Abend so voll ist, hätte ich Ihnen einen anderen Treffpunkt vorgeschlagen, Lily.«

Sie nickte und wich seinem Blick, mit dem er sie aufdringlich von Kopf bis Fuß musterte, unangenehm berührt aus. Das kann ja heiter werden, dachte sie. Der Kerl wird versuchen, mich anzubaggern.

Zu ihrer Erleichterung machte er jedoch nicht den Vorschlag, den Pub mit einem weniger vollen zu tauschen. Dann müssten auch Dan und die SEK-Leute ihren Standort wechseln, was bei dem chronischen Parkplatzmangel in London nicht einfach wäre. Ihren jetzigen Parkplatz, ungefähr dreißig Yards vom Pub entfernt, hatte Dan schon am Vortag durch ein Halteverbotsschild reservieren lassen.

»Kommen Sie, meine Schöne!« Jimmy ließ Lilys Arm noch immer nicht los. »Ganz dahinten in der Ecke hab ich was für uns reserviert. Getränke hab ich auch schon besorgt. Sie mögen doch Weißwein, nicht wahr?«

Als sie nach ungefähr weiteren fünf Minuten endlich den Stehtisch erreicht hatten, musste Lily unwillkürlich grinsen. »Bin gleich zurück«, stand dort auf einem Pappschild neben einem unberührten Glas Wein und einem halb geleerten Pint Lager. Tatsächlich war der Tisch unbesetzt.

»Ist doch 'ne gute Idee?« Jimmy sah Lily Beifall heischend an.

Sie nickte und schnupperte. Ob der Tisch tatsächlich wegen Jimmys Schild frei geblieben war oder wegen des durchdringenden Geruchs, der aus der gleich nebenan gelegenen Männertoilette drang, blieb dahingestellt. Wenigstens war der Lärm hier erträglich, sodass man sich einigermaßen normal unterhalten konnte.

Lily bezwang ihren Ekel und lächelte. Dann nippte sie an dem Wein. »Also, was haben Sie für mich mitgebracht?«, kam sie gleich auf den Punkt.

Jimmys Mund näherte sich ihrem Ohr. Wieder roch sie sein billiges Aftershave, vermischt mit einer bereits deutlichen Fahne und Schweißgeruch. Sie riss sich zusammen, um nicht zurückzuweichen.

»Was haben *Sie* denn für mich?«

»Die Teppichfliesen befinden sich augenblicklich in der Abteilung Forensic Services in der Obhut von Dan«, log sie. »Man ist erst bereit, sie Ihrem Vater zu übergeben, wenn klar ist, welche forensischen Beweise denn außerdem in der Angelegenheit Marilyn Stratford erhalten geblieben sind.«

Jimmy spitzte anzüglich die Lippen. »Dann wird es Sie freuen, zu erfahren, was noch aufbewahrt wurde. Es sind die Objektträger mit den Scheidenabstrichen«, bestätigte er Lilys Hypothese.

Lily stieß erleichtert die Luft aus. »Aus dem Obduktionsbericht weiß ich, dass sich Spermaspuren darauf befanden. Hat Ihr Vater sie bereits auf DNA untersucht?«

Jimmy schüttelte den Kopf. »Hat er nicht. Ich hab Ihnen ja gleich gesagt, er wird nichts weiter machen, solange er die Teppichfliesen nicht hat.«

Angesichts der unerträglichen Atmosphäre in diesem Pub und ihres zunehmenden Widerwillens gegen Jimmy beschloss Lily, die Sache abzukürzen. Die wichtigste Information hatte sie erhalten. In diesem Moment würde Dan, der Jimmys Aussage mitgehört hatte, eine dafür bereitstehende Gruppe von Mitarbeitern der KTU in die für Southwark zuständige Rechtsmedizin schicken, um diese Beweise sicherzustellen, sofern sie tatsächlich noch vorhanden waren.

»Eine Analyse der Teppichfliesen wird nicht mehr erforderlich sein. Das hat Dans Chef bereits veranlasst. Dabei wurde neben Marilyns DNA die DNA von fünf weiteren Personen gefunden. Eine der fünf Personen ist bereits identifiziert. Es handelt sich um Martin Gordon, der sich das Leben genommen hat. Sicherheitshalber habe ich bei der Räumung seiner Wohnung in Dover seine Zahnbürste und noch ein paar andere Utensilien mitgenommen. Damit wurde Martins DNA schon vor Wochen analysiert und stand uns also unmittelbar zu Vergleichszwecken zur Verfügung.«

Lily entging der argwöhnische Ausdruck nicht, der nun in Jimmys Augen trat. »Was hatte das denn für einen Zweck?«

Lily ging mit ihrem Bluff jetzt aufs Ganze. »Sie wissen, dass Martin vor seinem Tod eine Zeit lang in meine Praxis kam. In einer der Sitzungen hat er mir gestanden, was damals auf der *King George* geschehen ist. Aber zu diesem Zeitpunkt noch nicht zu beweisen war. Nach seinem Selbstmord hat mich der Chief SU der Kent Police mit den Ermittlungen in diesem Cold Case betraut. So bin ich dann auch auf die Teppichfliesen gestoßen.«

Zu ihrer Genugtuung bemerkte sie trotz des diffusen Lichts, dass Jimmy erblasste. Er biss sich zunächst auf die Lippen und leerte sein Glas Bier danach in einem Zug.

»Und was hat Martin Ihnen sonst noch erzählt?«

»Wie das Ganze ablief«, blieb sie bewusst vage. »Daher bin ich sicher, die übrigen DNA-Spuren stammen von Clark Jarrett und zwei seiner Kumpel namens Jeff Burger und Robbie Cameron.« Sie holte trotz des üblen Geruchs aus der Toilette tief Luft und fixierte Jimmy. »Und von Ihnen«, fügte sie hinzu.

Jimmy erstarrte sichtlich.

»Sollte es diese Scheidenabstriche wirklich noch geben, wird man Martins Sperma darauf nicht finden. Da bin ich sicher. Sehr wohl jedoch das von Ihnen und Ihren Mittätern.«

Jimmy setzte sein leeres Glas an die Lippen und registrierte erst dann, dass es leer war. Er knallte es unnötig hart auf den Tisch. »Und ... und was erwarten Sie jetzt von mir?«

Sie rang sich dazu durch, ihm die Hand auf den Arm zu legen und ihn, wie sie hoffte, sanft anzulächeln. »Marilyn wurde nach Martins Bericht zunächst von Ihnen vier vergewaltigt und danach wahrscheinlich ermordet, um die Tat zu vertuschen. Er selbst hat das vergeblich zu verhindern versucht«, schoss sie ins Blaue. »Und wurde deshalb unschädlich gemacht. War es nicht so?«

Jimmy nickte fast unmerklich. Das bestätigte Lilys Hypothese zwar einerseits, war andererseits aber im Überwachungswagen nicht zu erkennen.«

»Sie haben gerade genickt«, fasste sie Jimmys Äußerung daher in Worte, um ihren Bluff im Anschluss fortzusetzen. »Martin hat aber auch erzählt, dass Sie an Marilyns Ermordung wahrscheinlich nicht beteiligt waren. Sie wurden zwar mit einiger Sicherheit von den anderen unter Druck gesetzt, beim Missbrauch Marilyns mitzumachen. Aber eine Beteiligung am Mord traute Martin Ihnen nicht zu. Deshalb könnten Sie mit einer Strafmilderung, vielleicht sogar einem Straferlass rechnen, wenn Sie als Kronzeuge ein volles Geständnis ablegen und gegen Ihre Komplizen, insbesondere gegen Clark Jarrett, aussagen.«

»Und wenn ich mich weigere?«

Lily registrierte mit Genugtuung, dass Wilford die Vorwürfe nicht empört abstritt, wie sie befürchtet hatte.

Betont cool trank sie einen Schluck Wein, bevor sie antwortete. »Dann werden Sie wie die anderen vier nicht nur wegen der Vergewaltigung, sondern auch wegen Mordes angeklagt. Als wäre das Verbrechen erst gestern geschehen. Denn Mord verjährt nicht, das wissen Sie doch. Ohne Geständnis werden Sie auch keine mildernden Umstände zu erwarten haben, weil Sie nur ein Mitläufer und kein Rädelsführer waren.«

Jimmy schwieg zunächst. Dann kniff er die Beine zusammen. »Ich muss mal für kleine Jungs!« Er deutete auf die Tür der stinkenden Toilette.

»Ist gut. Das gibt Ihnen Zeit, sich meinen Vorschlag zu überlegen.«

Jimmy ließ sich wirklich Zeit. Währenddessen überdachte Lily noch einmal den bisherigen Verlauf des Gesprächs und behielt die Tür der Herrentoilette dabei im Auge.

Noch hatte sie ihr Ziel nicht erreicht, aber es schien ganz gut zu laufen. Dass der Kerl so lange auf dem Klo saß, sprach jedenfalls dafür, dass er ganz schön nervös geworden ist. So was schlägt schon mal auf den Darm, dachte sie schadenfroh.

In diesem Moment öffnete sich die Tür. Ein älterer Mann mit grauen Haaren und einem altmodischen Schnauzbart trat heraus, dicht gefolgt von einem vierschrötigen Burschen mittleren Alters. Der erste Mann kam Lily vage bekannt vor. Sie konnte aber nicht einordnen, woher sie ihn kannte.

Da Jimmy noch nicht erschien und sich die Tür wieder schloss, wandte sie sich ab. Dann ging alles ganz schnell.

Der Grauhaarige trat plötzlich von rechts dicht neben sie an den Tisch. Der andere Kerl, der die Toilette eben verlassen hatte, drängte sich von links an sie. Sofort spürte Lily einen harten Gegenstand, den ihr der Grauhaarige unter dem Stehtisch in die Seite drückte.

»Keinen Mucks, Lady«, wisperte er ihr ins Ohr. Lily erschrak bis ins Mark, als sie Clark Jarretts Stimme erkannte. »Das ist ein sehr scharfes Jagdmesser. Wenn du nicht spurst, ramm ich es dir rein. Direkt in den Bauch! An so was verreckt man erbärmlich. Aber es wär schade um dich!«

»Lassen Sie mich los! Was wollen Sie denn von mir?« Lily war geistesgegenwärtig genug, um laut auf Clarks Drohung zu antworten, damit Dan und die Männer vom SEK es über ihr Mikrofon hören konnten.

Clarks schmieriges Grinsen erkannte sie ebenfalls trotz des grotesken Schnurrbarts wieder. »Das wirst du schon bald erfahren, Süße.« Vor seinem trotz der gedämpften

Stimme lüsternen Tonfall schreckte Lily zurück, stieß aber an den Körper des anderen Mannes. »Wo hast du dein Handy?«

»Das Handy ist in der Handtasche.« Wieder sprach Lily möglichst laut.

»Dann rück es raus. Robbie, such das Teil und check es.«

Der Kerl zu ihrer Linken griff sich die Tasche, die Lily unter dem Stehtisch hervorzog, während Clark ihr noch immer das Messer an den Körper hielt.

Als Robbie das Handy gefunden hatte, nickte er feixend. »Eine Tracking App. Hat Jimmy schon vermutet. Der hat nie geglaubt, dass dieser Profiler heute Abend nicht im Lande ist. Also hängen wir ihn mal ab!« Damit schaltete er Lilys Handy aus und warf es in einen Abfallbehälter neben der Toilettentür.

In diesem Augenblick kam Jimmy Wilford heraus.

»Wird auch Zeit!«, murrte Jarrett. »Übernimm mal!« Damit trat er kurz zurück und überließ Jimmy seinen Platz rechts neben Lily. Während Jimmy und Robbie ihre beiden Arme fassten, trat Jarrett hinter sie. Jetzt spürte sie die Spitze der Klinge in ihrem Rücken in der Höhe des Herzens.

»Dann mal los!«, kommandierte Jarrett. »Und noch mal, Süße! Verhalte dich ruhig, wenn dir dein Leben lieb ist.«

»Tun Sie mir nichts! Ich mache ja alles, was Sie sagen!«

»Brüll nicht so, Schlampe!«, zischte Clark ihr ins Ohr. »Sonst bring ich dich schon hier drin zum Schweigen.«

Die drei schoben und zerrten Lily durch die dichte Menschenmenge im Pub auf den Ausgang zu. Währenddessen überlegte sie verzweifelt, wie sie sich zur Wehr setzen könnte. Sie drehte den Kopf zu Jimmy.

»Jimmy! Ich habe Ihnen ein gutes Angebot gemacht!

Überlegen Sie, ob Sie es annehmen wollen! Machen Sie sich nicht gemein mit …«

Ein rasender Schmerz durchfuhr sie, als Jarrett ihren Kopf brutal an den Haaren nach hinten zerrte. »Hab ich dir nicht gesagt, du sollst dein Maul halten?«, knurrte er.

Hilfesuchend musterte Lily die Gesichter der anderen Gäste, an denen die drei Kerle sie vorbeischoben. Doch niemand machte Anstalten, ihr beizuspringen. Sie wurde im Gegenteil sogar verspottet.

»War die Kleine nicht brav?«, feixte ein schon deutlich angetrunkener Mann in einem schmuddeligen T-Shirt der Tottenham Hotspurs.

»Geschnallt!«, antwortete Clark. »Sie hat mal wieder zu viel getankt. Ich bring sie jetzt heim zu Mummy!«

»Nicht! Du tust mir weh!«, heulte Lily absichtlich auf, um der Mannschaft im Überwachungswagen noch einmal mitzuteilen, dass sie in Gefahr war. Doch auf keinen Fall sollten sie angesichts des Messers, das ihr Clark an den Rücken hielt, irgendein Risiko eingehen. Außerdem fehlte noch der vierte im Bunde, Jeff Burger. Solange man den nicht geortet hatte, konnte er bei einem Handgemenge vor der Pubtür überraschend eingreifen und so auch Dan und seine Kollegen in Gefahr bringen.

Schließlich stießen und schoben die drei Lily zur Tür des Pubs hinaus, dann durch die draußen stehende Menge der Raucher und zerrten sie in einen weißen Kleinbus mit getönten Scheiben, der zwanzig Yards die Straße hinunter mit Warnblinklicht in der zweiten Reihe parkte.

»Goddamn shit«, fluchte Dan im unauffälligen grauen Überwachungswagen, der mit der Aufschrift einer bekannten Klempnerfirma im Abstand von ungefähr fünfzig Yards zum Wagen der Gangster stand.

Er hatte sofort herausspringen wollen, als ihm klar wurde, in welcher Gefahr sich Lily befand. Doch der Leiter des SEK hatte ihn zurückgehalten.

»Die Hunde sind sicher bewaffnet! Wenn es vor dem Pub zu einer Schießerei kommt, könnte nicht nur deine Freundin dabei draufgehen. Es könnte auch Unschuldige treffen.«

»Außerdem haben wir noch kaum was gegen die Schweine in der Hand«, sprang ihm der Techniker bei, als Dan unschlüssig noch immer mit der Hand am Türknauf verharrte. »Dieser Jimmy hat nicht gestanden. Die übrigen Kerle haben nur geflüstert und waren kaum zu verstehen. Nur durch Lilys Geistesgegenwart wissen wir überhaupt, dass sie in Gefahr ist. Wenn wir sie jetzt befreien, kriegen wir die Kerle nur wegen versuchter Entführung dran. Die verlieren zwar allesamt ihren Job bei der Polizei und werden ein paar Jahre verknackt. Aber das war's dann auch schon.«

Dan atmete tief durch. »Und was schlägst du vor?«

»Wir folgen dem Wagen unauffällig und fordern Verstärkung an. Mit etwas Glück erfahren wir durch Lilys Mikrofon, wohin sie wollen, und können Straßensperren errichten. Außerdem haben sie den GPS-Sender noch nicht gefunden. So lange können wir sie jederzeit aufspüren.«

Im Kleinbus saß Lily eingezwängt zwischen Jimmy und Clark auf der ersten Rückbank. Am Steuer hatte Jeff Burger auf sie gewartet, wie Lily sofort realisierte, denn dieser Mann konnte nur Jeff sein.

»Gut gemacht, Jimmy!« Jeff drehte sich um und grinste ihn an. »Bist ja doch nicht so'n Softie, wie ich dachte.«

»Hab ich euch doch gesagt!«, lachte Clark. »Unser guter Jimmy weiß schon, auf welcher Seite das Brot gebuttert ist! Hätte für dich auch schwer ins Auge gehen können, wenn du uns verpfiffen hättest. Sitzt ja mit uns in einem Boot! Und außerdem«, Clark griff Lily wieder in die Haare und hielt das Messer hoch, das jetzt neben ihm lag, »hätte dir ganz schön was geblüht!«

Dann zerrte er Lilys Kopf an den Haaren zu sich herum. »Aber nun haben wir erst mal viel Spaß miteinander, wir fünf!«

Lily roch seinen schlechten Atem und sah seine nikotingelben Zähne. Die Gedanken rasten ihr durch den Kopf. Ihr kam eine kühne Idee. Wenn ich sie dazu kriege, über Marilyn Stratford zu sprechen, bevor sie das Mikrofon entdecken, haben wir ein Geständnis.

Sie bezwang ihren Ekel und riss sich zusammen. »Was wollen Sie mit mir machen?«, fragte sie mit kläglicher Stimme. »Das Gleiche wie mit Marilyn?«

Clark lachte höhnisch auf und fasste Lily an die Brust. Es war zum Glück nicht die, an der das Mikrofon am BH befestigt war. »Viel besser!« Er griff so fest zu, dass Lily vor Schmerz aufstöhnte.

»Mit der Schickse auf dem Schiff hatten wir ja kaum Zeit, um auf unsere Kosten zu kommen. Aber jetzt kenn ich ein Plätzchen, wo wir alle eine Weile ganz ungestört sind. Jeff, fahr nach Lambeth! In die Coal Lane! Du kennst den Weg noch!«

Robbie warf einen Blick nach hinten und wirkte verblüfft. »Das ist doch deine alte Adresse in London. Das Haus deiner Mum! Was willst du denn da?«

Lily atmete innerlich auf. Jetzt würde Dan sie auf jeden Fall finden.

»Wirst schon sehen, Kumpel. Meine Mum ist schon lange im Heim.« Clark wandte sich wieder Lily zu. »Da sind wir tagelang unter uns, Pussy. Am Ende werden dir

Fotze und Arsch so brennen, dass du froh bist, wenn wir dich von deinem Leid erlösen.« Er griff über Lily hinweg und schlug Jimmy auf die Schulter. »Und du bist diesmal der Erste! Nicht der Letzte wie auf dem Schiff! Hast dir die Belohnung verdient.«

Aus den Augenwinkeln sah Lily, dass Jimmy gequält lächelte. »Aber du hast mir versprochen, dass wir es ihr nur gründlich besorgen und sie dann laufen lassen«, sagte er mit einem weinerlichen Unterton.

Jeff und Robbie begannen grölend zu lachen. »Doch noch immer der Softie?«, japste Robbie, während Jeff aufs Lenkrad schlug. »Wer A sagt, muss auch B sagen. Wir können das Weib doch nicht laufen lassen, wenn wir es durchgebumst haben. Die war sogar mal bei den Bullen! Und wusste schon vorher viel zu viel!«

»Sie hat außerdem 'nen Freund, der noch immer Bulle ist«, fügte Jeff hinzu. »Wenn auch so'n Psychoheini!«

»Auf jeden Fall werden wir viel Spaß haben. Die Muschis von diesen Flintenweibern sind besonders eng, das wissen wir ja noch von der Marilyn. Gott hab sie selig!«, ergänzte Clark.

»Es war gar kein Unfall! Sie haben die Frau umgebracht!«, versetzte Lily in einem weiteren wagemutigen Versuch, ein Teilgeständnis zu erlangen.

Es funktionierte. Clarks Gesicht verzerrte sich zu einer satanischen Grimasse. »Die Bitch wollte uns verpfeifen. So sind die Bullenweiber! Können nichts für sich behalten. Das hast du doch bestimmt auch vor!« Er fasste Lily mit einer Pranke am Kiefer und riss ihren Kopf wieder zu sich herum.

»Nein! Ich verrate euch nicht!« Sie musste sich kaum Mühe geben, damit ihre Stimme ängstlich klang. »Tut mit mir, was ihr wollt! Aber lasst mich danach gehen!«

Clark lachte höhnisch auf. Jeff und Robbie fielen wieder ein. »Damit du gleich danach zu deinem Profiler rennst und ihm alles brühwarm verzapfst! Aber glaub mir, Darling, der hätte sowieso keine Freude mehr an dir.«

»Ihr habt mir versprochen, dass ihr sie laufen lasst!«, protestierte Jimmy noch einmal. »Wir betäuben sie wie die Marilyn, damit sie sich an nichts mehr erinnert. Schon bei Marilyn war ich dagegen, dass ihr sie über Bord schmeißt.«

Jetzt drehte sich Robbie zu ihm um. »Du bist und bleibst ein leichtgläubiger Idiot! Sie weiß doch schon jetzt zu viel. Über Marilyn und uns alle. Martin hat sie doch vollgequatscht, hast du uns auf dem Klo erzählt. Da bleibt uns gar keine Wahl! Und da nützt es uns nicht mal, dass Jeff längst rausgefunden hat, dass die Teppichfliesen nicht mehr existieren und sie nur geblufft hat.«

»War ganz einfach!«, bestätigte Jeff stolz. »Ein Besuch in Uniform beim Chef der Abteilung, die diese Flotte instand hält, hat genügt.«

»Aber man wird sie sofort vermissen und nach ihr suchen!«

»Das sollen sie ruhig mal tun!«, fiel Clark ein. »Mein Versteck hat noch keiner gefunden!«

»Und wenn sich jemand im Pub erinnert?«

Clark winkte ab. »Ach was! Wer achtet in dem Gewühl schon auf ein besoffenes Weib! Und mich hat sowieso keiner in echt gesehen.« Er riss sich erst die Perücke, dann den Schnurrbart ab. »Juckt höllisch, das Zeug!«

»Und wie wollt ihr die Leiche entsorgen? Diesmal gibt's keinen Fluss in der Nähe.«

Clark fletschte die Zähne. Wieder schlug er Jimmy über Lily hinweg auf die Schulter. »Bist gar nicht so blöd, wie du aussiehst. Das hab ich mir auch schon überlegt. Da geh ich nicht mehr das Risiko ein wie bei den anderen Schlampen. Ich hab ’ne alte Zinkwanne besorgt, da zerhacken wir sie in Stücke, wenn wir mit ihr fertig sind. Danach verbrenn ich die Teile im Ofen, den hab ich auch schon parat.«

Lilys Magen verkrampfte sich. Sie unterdrückte einen Brechreiz. Zwar gab Clark jetzt sogar Hinweise auf seine anderen Verbrechen, die man im Überwachungswagen mithören konnte. Aber wenn sie ihre Spur doch noch verloren … Sie wollte sich lieber nicht ausmalen, was ihr dann bevorstand.

Stattdessen überlegte sie, wie sie Clark unauffällig zu weiteren Preisgaben über seine Untaten bringen konnte, als Robbie das schon übernahm.

»Hast du die Weiber, die ich für dich im Auge behalten sollte, auch in dein Versteck geschafft?«

»Nur die letzten. Bei den ersten hab ich mich noch nicht getraut, sie mit heimzubringen. Erst als meine Mum den Verstand verlor und nichts mehr mitbekam, hab ich das Versteck eingerichtet.«

Wie es einige der Frauen anonym angegeben haben, dachte Lily. Wenn die sich nach der Verhaftung dieses Scheißkerls noch mal melden würden, könnten sie diesen Ort identifizieren.

»Hast du die Reynolds über den Jordan geschickt? Und etwa auch die Kellerman?«, fragte Robbie weiter.

Clark zögerte kurz, dann nickte er. »Klaro! War halt nötig.«

Im Rückspiegel sah Lily, dass Jeff fragend die Augenbrauen hob. »Was quatscht ihr denn da?«

Robbie grinste. »Clark hat mich gebeten, ein paar Weiber im Auge zu behalten. Über die IT der MET. Die hab ich regelmäßig gehackt, um zu sehen, ob sie Anzeige wegen irgendwas erstatten, das ihnen angeblich zugestoßen ist.«

»Wegen Vergewaltigung?«, schlussfolgerte Jeff.

Robbie hob die Schultern. »Das hab ich vermutet. Aber unser Clarkie hat sich nie so genau ausgedrückt.«

»Ich hab dir ja auch genug dafür geblecht. Da musstest du gar nicht wissen, worum es ging.« Clark verzog die Lippen wieder zu diesem widerwärtigen Grinsen. »Die Marilyn damals, die hat mich auf den Geschmack gebracht!« Wieder fasste er Lily an die Brust und knetete sie. »Ich wette, die Titten von der da sehen so ähnlich aus. Werden's bald wissen.«

»Was heißt, du hast zwei Frauen über den Jordan geschickt?« Jimmys Stimme zitterte leicht. »War das nötig?«

»Ja, das würd ich auch gern wissen!«, schloss sich Jeff an.

»Der einen Schickse bin ich begegnet. Weiß zwar nicht, ob sie mich erkannt hat, aber ich wollte kein Risiko eingehen. Und die Reynolds war mir zu oft im Fernsehen. Da hab ich sie mir noch mal vorgenommen. War noch immer so eng wie beim ersten Mal! Und hatte sogar noch mehr Schiss! Das war ein Fest, kann ich euch sagen. Nur ihre Leichen danach wegzuschaffen, war eine mühsame Sache. Deshalb hab ich mir jetzt was anderes überlegt … Nu glotz doch nicht so schockiert, Softy!«, fuhr er Jimmy an. »Brauchst ja nicht dabei zu sein, wenn du so'n Weichei bist!«

Dann sah er wieder Lily an und fletschte die Zähne. »Und da du es niemandem mehr stecken kannst – die in Dover hat's auch erwischt. Das hast du doch schon vermutet, Dreckstück, ist es nicht so?«

»Sie … Sie meinen Deborah Dorson?«, presste Lily hervor. Langsam geriet sie in Panik. Wann schlug das SEK endlich zu?

»Die aus Dover?«, fragte jetzt Robbie nach. »Die, deren Akte der Chief Super von Kent zur MET geschickt hat?«

»Exakt!«

»Bist ja ein richtig schwerer Junge geworden.« Auch Robbie sah jetzt aus, als fühlte er sich nicht mehr ganz wohl in seiner Haut. Er holte hörbar Luft. »Also beim Ficken bin ich dabei. Den Rest besorg bitte allein.«

»So werd ich's auch halten«, schloss sich Jeff an.

»Ist gut«, erwiderte Clark. Er klang enttäuscht. Dann hellte sich sein Gesichtsausdruck wieder auf. »Aber 'nen Fick zu viert hab ich seit der Marilyn nicht mehr gehabt. Wenn ihr diesmal zu feig seid, den Rest mitzumachen, soll's eben so sein.«

»Wann sind wir denn endlich da?«, fragte Jimmy.

»Bald. Ist noch höchstens 'ne halbe Meile. Jeff, da vorn biegst du ab. Ist 'ne Abkürzung.«

Jeff kam Clarks Aufforderung nach und bog in eine enge Seitengasse ein. Plötzlich blinkten Blaulichter an deren Ende auf. Ein Polizeiwagen stellte sich quer und versperrte die weitere Durchfahrt.

Da sind sie endlich! Gott sei Dank! Jetzt muss ich nur noch lebendig hier rauskommen! Lily schickte ein Stoßgebet zum Himmel.

Der Notfallplan, der in solchen Fällen griff, sah Straßensperren an allen neuralgischen Punkten vor, an denen ein Fluchtfahrzeug vorbeikommen konnte. Sie kannte ihn noch aus ihrer Zeit als aktive Polizistin. Diesmal war es sogar einfach gewesen, da Clark die Zieladresse und damit die möglichen Routen verraten hatte.

Jeff trat quietschend auf die Bremse und versuchte, in der engen Straße zu wenden. Doch auch auf der anderen Seite leuchteten Blaulichter auf.

Die Einsatzfahrzeuge bewegten sich von beiden Seiten

auf den Kleinbus zu. Durch die Vorderscheibe sah Lily, dass der graue Überwachungswagen, in dem Dan saß, sich zuerst näherte. Dahinter blinkten bereits die Warnleuchten weiterer Polizeiwagen auf. Es gab keine Seitenstraße, in die Jeff hätte ausweichen können. Außerdem wäre auch sie durch Einsatzfahrzeuge versperrt gewesen.

Als der Van auf zehn Yards herangekommen war, öffnete sich die Tür. Dan sprang in Helm und Schutzweste heraus, beide Hände an einer Maschinenpistole. »Ergeben Sie sich! Steigen Sie mit erhobenen Händen aus!«

Um ihn herum platzierten sich weitere Männer des SEK mit auf den Kleinbus gerichteten Schusswaffen.

»Verdammt! Wie haben die uns entdeckt?«, fluchte Clark.

»Die Bitch ist verkabelt!« Das war Robbie.

Clark schlitzte Lilys Sweatshirt mit dem Jagdmesser auf und entblößte brutal ihren Oberkörper. »Du hast recht! Hier ist ein GPS-Sender und«, einen Moment lang stockte ihm der Atem, »ein Mikro!« Dann schlug er Lily so hart ins Gesicht, dass ihr Kopf an die Lehne der Rückwand prallte und bunte Sternchen vor ihren Augen tanzten.

»Diese Fotze! Ich bring sie um! Wenn sie uns ohnehin kriegen, soll sie mit dran glauben!«, hörte sie Clarks Stimme wie durch Watte. »Aber ich stech sie nicht ab! Da weiß ich was Besseres!«

»Clark!« Das war Jeff. »Das bringt doch nichts mehr! Macht alles nur schlimmer!!«

»Ist mir doch wurscht!«, schnaubte Clark. »Wenigstens dieses eine Mal gönn ich mir noch!«

Plötzlich fühlte Lily eine dünne, harte Schlinge um ihren Hals. Es schien Draht zu sein, der sich immer enger zog. Sie schnappte verzweifelt nach Luft und versuchte, darunter zu greifen. Doch vergebens!

Schon war sie einer Ohnmacht nahe. Da hörte sie Jimmys Stimme.

»Hör auf, Clark! Sofort! Sonst knall ich dich ab wie einen tollwütigen Hund!«

Kurz verstärkte sich der Druck. Dann lockerte er sich.

Als Lily mühsam die Augen öffnete, erblickte sie Jimmy. Er hielt Clark eine Pistole an die Schläfe. Sein Gesichtsausdruck war so entschlossen, dass Lily ihn kaum wiedererkannte.

# KAPITEL 55

## Lilys Wohnung

*Donnerstag, 19. September 2019*

Als Lily aus ihrem Auto stieg, freute sie sich nur noch auf einen gemütlichen Abend zu Hause mit Mick. Morgen würde sie ihre Praxis wieder aufmachen, nachdem sie sich nach ihrer Entführung aus dem Pub zunächst einen Tag zur Beobachtung im Krankenhaus befunden hatte. Zum Glück hatte Clarks Garotte, mit der er sie gewürgt hatte, keinen größeren Schaden angerichtet, bevor ihr Jimmy das Leben gerettet hatte.

In den Tagen danach war sie nahezu ununterbrochen auf der Central Police Station in Southwark gewesen. Zuerst hatte sie selbst ausgesagt. Dann war sie hinter der Einwegscheibe bei den Verhören der vier Komplizen anwesend gewesen, die sie am Freitagabend aus dem Pub entführt hatten.

Erwartungsgemäß hatte Jimmy Wilford ein volles Geständnis über die Gruppenvergewaltigung und den Mord an Marilyn Stratford abgelegt. Es stimmte mit Lilys zentralen Ermittlungsergebnissen fast vollständig überein und lieferte zusätzlich die Einzelheiten des Tatgeschehens. Martin hatte sich zwar als Lockvogel missbrauchen lassen, sich an den Verbrechen an Marilyn zu Lilys Erleichterung aber nicht beteiligt.

Jimmy hatte auch zugegeben, Clark Jarrett über ihr Treffen in den *Three Lions* informiert zu haben. »Aber Clark hat mir versichert, dass er nicht vorhabe, Lily Brown umzubringen«, hatte er immer wieder beteuert. »Ja, die anderen drei wollten mit ihr bumsen. Vorher sollte sie wie Marilyn mit K.-o.-Tropfen betäubt werden, damit sie sich später an nichts Gerichtsverwertbares mehr erinnert.«

Jimmy hatte sich erwartungsgemäß auch als Kronzeuge zur Verfügung gestellt. Ob er dadurch gänzlich straffrei davonkommen würde, stand zum jetzigen Zeitpunkt allerdings noch nicht fest. Immerhin hatte er sich auch zum Mittäter eines zweiten Verbrechens gemacht, obwohl man ihm glaubte, dass er weder an Marilyns Ermordung beteiligt gewesen war, noch etwas von Clarks weiteren Verbrechen gewusst hatte. Gegen eine hohe Kaution war er mittlerweile als Einziger der vier wieder auf freien Fuß gesetzt worden.

Auch Jeff Burger und Robbie Cameron waren geständig. Sie waren nicht nur bei Lilys Entführung erwischt worden und hatten im Kleinbus zugegeben, sie vergewaltigen zu wollen. Auch ihre anschließende Ermordung hatten sie gebilligt. Durch das aufgezeichnete Gespräch waren sie außerdem der Mittäterschaft beim Mord an Marilyn überführt.

Daher würde ihnen ihr Geständnis höchstens mildernde Umstände eintragen. Beide würden wegen Vergewaltigung und Mord an Marilyn Stratford sowie der Entführung von Lily Brown angeklagt werden. Robbie Cameron zusätzlich wegen seiner illegalen Zugriffe auf das Datennetz der MET. Noch unklar war zum jetzigen Zeitpunkt, wie die Äußerung ihrer verbrecherischen Absichten gegen Lily juristisch gewertet werden würde.

Als Vergewaltiger hatte man alle vier inzwischen auch durch die Analyse der Scheidenabstriche von Marilyn Stratford überführt, die, wie Lily vermutet hatte, noch vorhanden gewesen waren. Jimmy hatte das Versteck sofort nach seiner Verhaftung verraten, ohne seinen Vater zu informieren. Die Mitarbeiter der KTU, die in die Rechtsmedizin von Southwark gesandt worden waren, hatten sie nicht gefunden, weil Andrew Wilford sie im Büro seiner zentralen Dienststelle in Richmond aufbewahrt hatte.

In diesem Zusammenhang hatte Jimmy auch gestanden, seinen Vater kurz nach Marilyns Tod in alles eingeweiht und ihn gebeten zu haben, CI Jeremy Harper die Obduktion anzubieten, um die wahren Todesumstände zu verschleiern, sofern sie ein schlechtes Licht auf Mitarbeiter der Central Southwark Police Station warfen. Als Marilyns Vergewaltigung feststand und sogar die Umstände ihres Todes wegen der Wunde am Hinterkopf verdächtig erschienen, hatte der Professor dem Chief Inspector zunächst seinen Originalobduktionsbericht geschickt. Harper persönlich hatte die Teile, die ihm nicht passten, eigenmächtig abgeändert oder sogar herausgestrichen. Dabei waren auch die sehr wohl vorhandenen Ergebnisse der DNA-Analysen des Spermas ausgesondert worden.

Harper hatte Wilford danach außerdem angewiesen, alle rechtsmedizinisch vorhandenen Beweise zu vernichten, woran sich Jimmys Vater jedoch nicht gehalten hatte, um seinen Sohn zu schützen.

Nach Jimmys Aussage waren sowohl sein Vater als auch Jeremy Harper unverzüglich vom Dienst suspendiert worden. Allerdings war es zu spät gewesen, um das Original des Obduktionsberichts sicherzustellen. Den hatte Professor Wilford offenbar noch rechtzeitig vernichten können, nachdem er von der Durchsuchung seines Büros in Richmond erfahren hatte. Noch versuchte die forensische IT, die zerstörte Festplatte seines Heim-PCs zu rekonstruieren. Es sei jedoch leider unwahrscheinlich, dass es gelingen würde, hatte Dan Lily mitgeteilt.

Während das Strafmaß bei seinen Komplizen noch nicht absehbar war, hatte Clark Jarrett lebenslängliche Haft zu erwarten und würde wahrscheinlich nie wieder freikommen. Selbst wenn man ihm nur einen Teil seiner Untaten würde nachweisen können. Seine DNA war sofort mit den Spuren in Deborah Dorsons Wohnung in Dover verglichen worden. Erwartungsgemäß wurde man fündig.

Aber schlau, wie Clark war, hatte er seine Aussage, er sei nie selbst bei Deborah Dorson wegen ihrer demolierten Gartenlaube erschienen, sofort revidiert. Er habe sich Scherereien ersparen wollen, begründete er seine falsche Aussage, er habe die Information im vergangenen Dezember lediglich entgegengenommen und an Martin Gordon weitergegeben. Ob die wenigen Sätze im Kleinbus, die er zu Deborah Dorson geäußert hatte, ausreichen würden, um ihn des Mordes an ihr zu überführen, war noch unklar. Wenigstens würde er zusätzlich wegen seiner Falschaussage belangt werden.

Schon am vergangenen Wochenende hatten alle großen britischen Tageszeitungen prominent über die Verhaftungen berichtet und auch Fotografien der vier Tatverdächtigen veröffentlicht. Trotzdem hatte man am gestrigen Abend noch einmal die Fahndungssendung der BBC genutzt, um Clarks Konterfei zu zeigen und ihn als mutmaßlichen Vergewaltiger und Mörder von Jill Reynolds und Bridget Kellerman zu bezeichnen. Erneut wurden die weiteren Opfer der Serienvergewaltigungen aufgefordert, sich jetzt persönlich beim Vertrauenstelefon zu melden.

Was daraus geworden war, wusste Lily im Augenblick noch nicht. Doch in jenem Versteck im Haus von Clarks Mutter in Lambeth hatte man nicht nur DNA von Jill Reynolds gefunden, sondern auch zahlreiche weitere Spuren, die von Frauen stammten. Außerdem einen schwarzen Ganzkörperanzug aus Latex. Möglicherweise hatte der Täter ihn während der Entsorgung der Leichen getragen, was die fehlenden Spuren an den Auffindeorten erklärte.

Den Mord an Bridget Kellerman hatte Clark im Kleinbus ebenso offen eingestanden wie den Mord an Jill Reynolds. Schon diese Aussage reichte, um ihn deswegen anzuklagen. Hinzu kam, dass Dan beweisen konnte, dass jene Begegnung zwischen Bridget und Clark, die er im Kleinbus zugegeben hatte, in der Polizeistation in Camden stattgefunden hatte. Hier hatte Bridget Clark aus dem Tagungsraum kommen sehen, als sie ihre Anzeige wegen Fahrerflucht erstattete.

Zum Mord an Jill passte die wiederholte Ausstrahlung ihres Falls in der BBC, die Clark selbst als Anlass für die Tat bezeichnet hatte.

Lily schloss gerade ihren alten Polo ab, als Mr O'Brian, gefolgt von Mick, aus dem Nachbarhaus kam. Er trug einen großen Umschlag bei sich.

»Hallo, Lily«, begrüßte er sie. »Nachdem der Postbote Sie schon zum zweiten Mal nicht erreicht hat, weil er diese Sendung nur persönlich übergeben sollte, habe ich mir erlaubt, sie an Ihrer Stelle entgegenzunehmen. Der Bote hat sich zwar ein wenig geziert, hat mir den Umschlag aber dann doch gegen meine Unterschrift überlassen. Unter der Bedingung, dass ich den Umschlag noch am selben Tag aushändige. Muss was sehr Wichtiges sein.«

Er hielt Lily den Umschlag lächelnd entgegen, die ihn ratlos entgegennahm. Der Absender Arthur Green aus London war ihr vollkommen unbekannt. Der Poststempel wies aus, dass die Sendung am Montag in King's Cross aufgegeben worden war.

Nachdem sie Mick gefüttert und sich selbst ein Glas

Rosé eingegossen hatte, öffnete sie den Umschlag. Er enthielt ein in rotes Leder eingebundenes Notizbuch sowie ein an sie persönlich gerichtetes Anschreiben.

Wenig später las Lily fassungslos, was ihr Martin Gordon vor seinem Tod geschrieben hatte.

## Martin Gordons Brief

*Liebe Lily,*
*wenn Sie diese Zeilen lesen, haben Sie meine kühnsten Erwartungen erfüllt. Clark Jarrett und seine Komplizen Jeff Burger, Robbie Cameron und Jimmy Wilford sind endlich des Verbrechens an meiner ehemaligen Londoner Kollegin Marilyn Stratford überführt worden.*
*Dass ihr dadurch späte Gerechtigkeit zuteilwird, wird mich auch im Jenseits mit großer Befriedigung erfüllen, so es ein Jenseits gibt. Da ich nicht weiß, was Sie selbst bereits alles herausgefunden haben, finden Sie eine detaillierte Beschreibung des damaligen Geschehens in diesem Notizbuch. Ich hatte es einem ehemaligen Londoner Kollegen anvertraut mit der Bitte, es nur dann an Sie zu übersenden, wenn Clark Jarrett binnen eines Jahres als Verbrecher verhaftet wurde. Da Sie meine Aufzeichnungen nun in Händen halten, ist dies durch Ihre Ermittlungen geschehen. Dafür kann ich Ihnen nicht genug danken.*
*Doch wie Sie mit Ihrem unvergleichlichen Scharfsinn fast schon herausgefunden hatten, war der Anlass für mein freiwilliges Scheiden aus dem Leben nicht nur jene Untat auf der Themse vor vielen Jahren. Sondern ich verdächtige Clark Jarrett auch, eine Frau*

*namens Deborah Dorson in Dover ermordet zu haben. Vielleicht haben Sie ihn mit diesem Fall noch gar nicht in Verbindung gebracht. Deshalb werden Sie die Einzelheiten dazu ebenfalls in diesem Buch finden, ebenso wie einen Drohbrief an mich, der wahrscheinlich aus der Feder von Jarrett stammt.*

Eine halbe Stunde später war Lily davon überzeugt, dass man Clark auch dieses Verbrechen mithilfe der Hinweise aus Martins Bericht würde nachweisen können.

# EPILOG

*Tiny Tim's Tearoom*
*Samstag, 5. Oktober 2019*

»Nun, ich bin sehr neugierig, was ihr beide mir zu berichten habt.« Matt Riders blaue Augen blitzten. Er hatte gerade einen zweiwöchigen Urlaub im Dartmoor hinter sich, der ihm sichtlich gutgetan hatte. Lily hatte darauf bestanden, dass Matt diese Auszeit, die er schon länger geplant hatte, auch antrat.

»Mir geht es gut«, hatte sie beim Abschied zu ihm gesagt. »Und sobald du zurück bist, weihen wir dich in den aktuellen Stand der Ermittlungen ein.«

Da Matt Rider selbst als Honorarpsychologe für die Kent und Sussex Police tätig war, fühlten weder Dan noch Lily sich ihm gegenüber zur Vertraulichkeit verpflichtet. Außerdem hatte schon einiges in den Zeitungen gestanden.

»Nun, wie du weißt, haben sich bis jetzt sieben Frauen gemeldet, die von Jarrett zwischen 2012 und 2017 vergewaltigt wurden«, begann Dan. »Alle sieben haben ihn bei einer Gegenüberstellung eindeutig identifiziert.«

Matt nickte. »Wie verwertbar sind ihre bisherigen Aussagen?« Dieses Wissen hielten die Ermittlungsbehörden noch geheim, um mögliche Angaben von Opfern, die sich noch nicht gemeldet hatten, damit vergleichen zu können.

»Sie sind übereinstimmend bis ins Detail, was Clarks sexuelle Handlungen angeht. Zwei der Frauen hielt er in diesem Verlies unter der Garage seines Elternhauses gefangen. Die Opfer konnten es präzise beschreiben. Außerdem fand man dort ihre DNA.«

»Und wie brachte er die Frauen in seine Gewalt?«

»Unterschiedlich«, antwortete Lily. »Aber er benutzte jedes Mal seine Rolle als Polizist. Mal in Uniform, mal nur mithilfe einer gefälschten Dienstmarke, wie Dan es schon vermutet hatte. Drei Frauen hatten wegen Bagatelldelikten zuvor Anzeigen auf seiner damaligen Dienststelle in Southwark erstattet. Wie Jill Reynolds und Deborah Dorson, die er in diesem Zusammenhang später noch einmal aufsuchte und aus ihren Wohnungen entführte. Das war seine beliebteste Masche.«

»Aber er nutzte auch kleine Verkehrsdelikte, um Frauen in seinen Polizeiwagen zu nötigen. Als Police Sergeant und Leiter der Außenstation nahm er sich öfter das Recht heraus, allein unterwegs zu sein oder die Fahrzeuge sogar privat zu nutzen. Ein Fall ist besonders tragisch: Da wandte sich eine von ihrem Ex-Partner auf offener Straße verfolgte Frau in ihrer Not an Jarrett und suchte nur zu gern Zuflucht in seinem Streifenwagen.« Lily schüttelte sich.

»Was für ein perfides Subjekt!«, empörte sich auch Matt. »Kann man ihm denn auch den Mord an der Frau in Dover nachweisen?«

»Er weiß es noch nicht, aber seit gestern ist auch das mit hoher Wahrscheinlichkeit möglich«, lächelte Dan.

»Das hat mit einem ominösen Zettel zu tun, dessen Wortlaut Martin Gordon in seinem Tagebuch vermerkt hat, das er an mich senden ließ«, fiel ihm Lily ins Wort.

»Was für ein Zettel?«

Lily erläuterte Matt kurz den zugrunde liegenden Sachverhalt, den Gordon in seinem Notizbuch minutiös beschrieben hatte. »Auf dem Zettel notierte sich Jarrett auch das Klingelzeichen, das ihm Deborah Dorson mitgeteilt hatte, um ihn abends einzulassen. Das kannte niemand aus Martins Team, als man die Leute befragte. Aber Martin hatte nach Dorsons Verschwinden die Bedeutung dieser Notiz erkannt und vermutete, dass sich Clark damit Einlass bei Deborah verschafft haben musste.«

Matt runzelte die Stirn und trank einen Schluck Tee. »Das scheint mir eher ein Indiz als ein Beweis zu sein«, wandte er ein.

»Du hast recht«, übernahm Dan, als Lily gerade in ihr Scone biss. »Aber Gordon kam auf die tollkühne Idee, Clark mit dem Zettel zu erpressen. Den er allerdings gar nicht mehr hatte.«

Matt verstand immer noch nicht.

»Lass mich es erklären«, mischte sich Lily wieder ein und wischte sich mit dem Handrücken ein paar Krümel aus den Mundwinkeln. »Es war eine Verzweiflungstat Gordons. Clark hatte den Zettel mit dem Klingelzeichen, das er sich notiert hatte, um Dorson abends aufzusuchen, im Büro verloren. Gordon fand ihn und zerriss ihn in seiner Wut, dass sich Jarrett wieder einmal in einen seiner Fälle einmischen wollte. Das allerdings hatte er Clark verschwiegen und behauptet, er hätte den Zettel noch. Als Martin nicht mehr weiterwusste, auch wegen meines Verdachts, dass er absichtlich auf Clark geschossen hatte, versuchte er einen Deal. Clark sollte aus Dover verschwinden. Im Gegenzug würde er den Zettel nicht gegen ihn verwenden, um ihn des Mordes an Deborah Dorson zu beschuldigen. Der Plan hatte, bei Licht besehen, weder Hand noch Fuß. Deshalb ließ Clark sich davon auch nicht im Geringsten beeindrucken. Stattdessen tötete er Judys Katze und schrieb Martin einen Drohbrief.«

»Hätte Gordon dessen Bedeutung erkannt, würde er heute vielleicht noch leben«, fuhr Dan fort.

»Was stand denn darin?«, fragte Matt.

»Das ist unerheblich, aber …«

»Hat Jarrett den Drohbrief mit der Hand geschrieben?«, ging Matt jetzt ein Licht auf.

Lily nickte. »Das hat er. Das Machwerk strotzt von Rechtschreibfehlern, die Schrift wirkt auf den ersten Blick roh und primitiv. Martin hat ihn behalten und mir mitgeschickt.«

»Aber ein grafologisches Gutachten konnte dennoch zweifelsfrei feststellen, dass Jarrett ihn geschrieben hat«, schlussfolgerte Matt.

Lily lächelte schadenfroh. »Genauso ist es. Es sind winzige Gemeinsamkeiten zwischen Clarks normaler Handschrift und dem Drohbrief. Zum Vergleich hat man ein hochmodernes KI-Programm verwendet. Aber die Häufung der Gemeinsamkeiten zwischen Clarks Schrift und der von einhundert Vergleichspersonen ergab eine fast hundertprozentige Wahrscheinlichkeit, dass er den Drohbrief verfasst hat.«

»Faszinierend. Also hat die KI doch ein paar gute Seiten.«

»Wenn man sie an den richtigen Stellen einsetzt, zweifellos, Matt«, stimmte Lily ihm zu. »Zusammen mit Martins Beschreibung der Vorgeschichte aus dem Notizbuch, die sich größtenteils auch durch Fakten und Zeugen verifizieren lässt, ergibt sich eine überaus dichte Indizienkette gegen Jarrett. Die zudem viele Übereinstimmungen mit dem Mord an Jill Reynolds aufweist.«

»Wunderbar«, kommentierte Matt.

Eine kurze Weile widmeten sich die drei den Köstlichkeiten des Tearooms.

»Hat Gordon in seinem Buch auch über das Verbrechen an Marilyn Stratford berichtet?«, fragte Matt dann weiter.

Lily nickte und antwortete mit vollem Mund. »Er hat. Sein Bericht passt vom Tatgeschehen her exakt zu Jimmy Wilfords Geständnis.« Plötzlich wurde sie sehr traurig. »Und enthüllt Martins ganze Hilflosigkeit in dieser Situation. Sein Unvermögen, sich rasch genug dem Gruppendruck des Korpsgeists zu widersetzen, der in Southwark wohl noch stärker war als andernorts.«

»Und Psychopathen wie diesem Jarrett als Schutzschild dient«, fügte Dan erbittert hinzu.

Matt seufzte. »Gruppendruck aus scheinbar ehrenwerten Motiven heraus gehört zu den psychologischen Phänomenen, denen sich Menschen am schwersten entziehen können. Erst recht, wenn sie die Folgen in Form von Mobbing und Ausgrenzung miterleben, die den wenigen Abweichlern drohen.«

»Trotzdem könnte Martin noch leben, wenn er Lily vertraut hätte«, warf Dan ein.

»Ich glaube, dass sich Gordon so sehr in ein Gemisch aus Schuld, Sühne und Machtlosigkeit verstrickt hatte, dass er in seinem Leben keinen echten Sinn mehr sah. Er hatte den Mord an Marilyn nicht verhindert und den an Deborah Dorson nicht rechtzeitig angezeigt. Schon allein deshalb konnte er nach seinen Erfahrungen mit seinen Vorgesetzten, sowohl in London als auch in Dover, nicht davon ausgehen, dass ihm jemand geglaubt hätte, wenn er jetzt noch ausgesagt hätte.«

»Ich hätte ihm geglaubt, Matt!«, fuhr Lily auf.

»Das bezweifle ich nicht.« Matt blieb ruhig. »Aber er hatte nun einmal mit Absicht auf Jarrett gefeuert, um sich die Flucht aus seiner ausweglosen Situation freizuschießen. Das war die erste in einer Kette von Kurzschlusshandlungen, die über den missglückten und völlig naiven Erpressungsversuch schließlich vor dem Thomas-Becket-Altar ihr Ende fanden.«

Lily spürte ihre Kehle eng werden. Fast gleichzeitig legten Dan und Matt ihre Hände auf ihre, die sie zu Fäusten geballt hatte.

»Du hast alles getan, was du konntest, um ihm zu helfen. Und ihn zwar nicht mehr zu seinen Lebzeiten, aber wenigstens nach seinem Freitod rehabilitiert. Das darfst du nicht vergessen. Vielleicht ist Gordon wirklich glücklicher dort, wo immer er jetzt auch sein mag, als er es hier auf Erden jemals geworden wäre.«

»Judy hat mir geschrieben«, warf Lily scheinbar zusammenhanglos ein. »Sie hat durchgesetzt, bis zu ihrer Volljährigkeit in ein Internat zu gehen. Und mich gebeten, ihr zu helfen, in der Kathedrale von Canterbury eine Gedenktafel für ihren Vater zu installieren. Ihre Tante macht keine Anstalten, eine Tafel auf dem Familiengrab in Liverpool anzubringen. Bei dem Buch war auch ein dicker Brief von Martin an sie. Den habe ich ihr natürlich sofort geschickt. Sie will mich an einem der nächsten Wochenenden besuchen, um mit mir über ihren Vater zu sprechen.«

Beide Männer streichelten schweigend Lilys Hände, bis sie sie selbst zurückzog.

»Zum Glück werde ich Judy noch etwas berichten können, das man als späte Gerechtigkeit für ihren Vater ansehen kann. Dan hat mir erzählt, dass CS Donald Armstrong gegen Chief Inspector Jeremy Harper ein Disziplinarverfahren eingeleitet hat. Wenn Harper Pech hat, verliert er nicht nur seine Stelle bei der MET, sondern sogar seinen Pensionsanspruch. Man munkelt außerdem, dass auch Jimmys Vater nicht mehr als Rechtsmediziner tätig sein darf.« Sie zog eine Schnute. »Nur Jonathan Anderson kommt möglicherweise schon wieder ungeschoren davon. Er habe nur die Anweisungen seines Vorgesetzten befolgt, begründete er seine schlampige Ermittlung.«

»Das wird wahrscheinlich gerade mal zu einer Rüge reichen«, fügte Dan sarkastisch hinzu.

Wieder schwiegen sie eine Weile, bis Matt etwas einfiel. »Es gibt noch einen weiteren Trost. Der Krug geht so lange zu Wasser, bis der Henkel bricht.« Er machte eine kunstvolle Pause.

»Wie meinst du das?«, tat Lily ihm den Gefallen, nachzufragen.

»Bei Clark Jarrett sieht man die typische Entwicklung vieler Psychopathen. Sie machen sich anfangs angenehm, um Macht über andere zu bekommen. Ist ihnen das gelungen, werden sie immer dreister und lassen schließlich die Maske ganz fallen. In ihrem Größenwahn und ihrer Selbstüberschätzung stolpern sie schließlich über etwas, das sie nie als gefährlich eingestuft hätten.«

»Wie Clark über Jimmy Wilford«, stimmte Lily zu. »Wer hätte das gedacht. Er selbst sicher nicht.«

»Dabei habe ich den Grund dafür sogar im Überwachungswagen gehört«, schmunzelte Dan. »Hat Clark nicht gesagt, Jimmy wisse, auf welcher Seite das Brot gebuttert ist? Damit hatte er recht! Jimmy ist ein typischer Mitläufer. Er dreht sein Fähnchen nach dem Wind, um eine andere Redewendung zu benutzen. Aber nun ist es genug! Erzähl uns jetzt lieber etwas über deine Reise ins Dartmoor, Matt. Ist dir der Hund der Baskervilles begegnet?«

Eine Stunde später schlenderten Dan und Lily noch ein wenig die Highstreet hinab. Bei der Brücke über den River Stour blieb Lily plötzlich stehen.

»Das ist der Witch Ducking Stool.« Sie zeigte auf einen

Holzstuhl, der, an einem langen Balken befestigt, über dem Wasser schwebte. »Weißt du, was das ist?«

Dan runzelte die Stirn. »Irgendein Marterwerkzeug für vermeintliche Hexen, nehme ich an.«

»Das auch. Man band die armen Frauen auf den Stuhl und tauchte sie dann unter Wasser. Ertranken sie, galten sie als unschuldig. Überlebten sie, wurden sie als Hexen verbrannt.«

»Na, das waren ja echte Alternativen!« In Dans ironisches Grinsen mischte sich eine Spur Betroffenheit.

»Aber auch Jerry Hoover hätte man im Mittelalter hier ertränkt«, kam Lily auf ihren eigentlichen Gedanken. »Denn auch Kindsmörderinnen wurden auf diese Weise hingerichtet.«

»Hast du noch mal was von ihr gehört?«

Lily verneinte. »Aber ich hab noch einmal mit Doctor Evans gesprochen, der Dennie obduziert hat. Es ließ mir keine Ruhe, dass man die Todesursache von Jerrys früheren Babys auch nicht erkannt hat.«

»Und was hat er gesagt?«

Lily seufzte. »Die Tragik beim plötzlichen Kindstod ist, dass er meistens durch Atemstillstand verursacht wird. Das war von der grausamen Art, wie Jerry ihre Babys tötete, leider nicht zu unterscheiden. Hätte sie kein Geständnis abgelegt, hätte man sie sogar laufen lassen müssen.«

Dan wandte sich abrupt ab. »Aber nun lassen wir es wirklich genug sein mit den schwierigen Themen! Schließlich hätte ich gern noch ein paar unbeschwerte Stunden an diesem Wochenende mit dir.«

Lily rang sich ein Lächeln ab. Noch sollte Dan nicht merken, dass sie noch etwas beschäftigte.

Daheim wartete der Schwangerschaftstest auf sie, den

sie schon vor einigen Tagen gekauft hatte. Denn inzwischen war sie schon über sechs Wochen überfällig.

Bislang hatte sie sich heftig gegen den Gedanken gewehrt. Schwanger werden, obwohl sie die Pille genau einmal vergessen hatte. Das konnte doch gar nicht sein!

Oder doch? Sie seufzte. In einer halben Stunde war sie daheim und würde es wissen.

Und danach wird man weitersehen, dachte sie.

# NACHWORT

Auch diesem Roman liegen echte Fälle zugrunde, die mich zur Konstruktion der Handlung inspiriert haben. Sie sind eng verknüpft mit den psychologischen Phänomenen, denen ich mich in diesem Band widme.

Vorlage für den Fall der Marilyn Stratford ist zunächst der vorgebliche Unfall der Kadettin der Bundesmarine Jenny Böken auf dem Segelschulschiff *Gorch Fock*. Die junge Frau ging in einer stürmischen Nacht Anfang September 2008 unter ungeklärten Umständen über Bord, während sie ihren Wachdienst verrichtete.

Die offizielle Version der Marine und der Ermittlungsbehörden ist bis heute die eines tragischen Unfalls. Jennys Eltern gehen jedoch davon aus, dass ein Fremdverschulden am Tod ihrer Tochter vorliegt. Sie vermuten sogar, dass die Tat dazu gedient haben könnte, eine vorherige Gruppenvergewaltigung Jennys im Rahmen einer feuchtfröhlichen Feier zu vertuschen.

Ob dem tatsächlich so war, bleibt dahingestellt. Die dubiosen Ermittlungsmethoden im fiktiven Fall Marilyn Stratford gleichen jedoch den Ermittlungsversäumnissen und Ermittlungspannen nach dem Tod von Jenny Böken. Mögliche Beweismittel, unter anderem Kleidungsstücke, wurden vernichtet, der obduzierende Rechtsmediziner war der Vater eines Kollegen Jennys, um nur einige Parallelen zu nennen, zu denen der Echtfall mich inspiriert hat.

Bei der Recherche stieß ich außerdem auf das psychologische Phänomen des Korpsgeists, das auch in der Marine weit verbreitet ist.

Dieser Korpsgeist existiert auch innerhalb vieler Polizeibehörden. Das Phänomen wird in mehreren wissenschaftlichen Studien folgendermaßen beschrieben:

- Vertuschen selbst extremer Verstöße gegen die Dienstordnung oder sogar Straftaten von Kollegen
- auch und insbesondere aus dem Bereich der sexuellen Belästigung von Kolleginnen
- Blackouts, Erinnerungslücken etc. von Polizisten als Zeugen bei den ohnehin seltenen internen Untersuchungen.

Dabei helfen angeblich viele Vorgesetzte, solche Vergehen zu vertuschen, oder konterkarieren sogar Anzeigen von Kollegen der strafbar handelnden Polizisten.

Fehlverhalten anzeigende Kollegen werden als »Kameradenschweine« gemobbt. Gegen Frauen, die sexuelle Belästigungen anzeigen, wird sogar selbst ermittelt, ihre Karrierechancen sinken gegen null.

Mitläufer schweigen oft aus Angst, selbst gemobbt zu werden, oder weil sie sich (zumindest als Mitwisser oder Dulder der Taten) mit angreifbar gemacht haben.

So tragisch dieses Phänomen in der Realität ist und sosehr ich es begrüße, dass man heutzutage schon in der Ausbildung von Polizeianwärtern energisch dagegen angeht, sosehr inspirierten mich diese Tatsachen zum vorliegenden Plot. Die Phänomene des Gruppendrucks, des Gruppendenkens (wie man die unkritische Übernahme der herrschenden Gruppenmeinung nennt) und des Mobbings waren mir sowohl aus meiner psychotherapeutischen Tätigkeit als auch aus der einer psychologischen Unternehmensberaterin bestens vertraut. Es fiel mir daher leicht, die entsprechende Gruppendynamik mit meinen fiktiven Figuren nachzuzeichnen.

Ein Glücksfall für den Plot des Romans, keineswegs für die tatsächlichen Opfer, war es, dass insbesondere die Londoner Metropolitan Police in jüngster Zeit immer wieder in die Schlagzeilen geriet. Die True-Crime-Fälle, die mich zur Konstruktion des Psychopathen Clark Jarrett inspirierten, haben sich beide innerhalb der MET abgespielt.

Besonders abscheulich ist der Mord an der dreiunddreißigjährigen Sarah Everard im März 2021. Sie wurde von einem Polizisten der MET wegen eines angeblichen Verstoßes gegen die damals herrschenden Corona-Regeln im Süden Londons festgenommen, verschleppt und anschließend vergewaltigt und umgebracht. Ihre Leiche wurde eine Woche später in der Nähe von Dover gefunden, der Mörder kurz darauf identifiziert.

Erst infolge der landesweiten Empörung und der daraus resultierenden internen Ermittlungen der MET wurde endlich ein zweiter Straftäter entlarvt, ebenfalls Polizist, der insgesamt zwölf Frauen über mehrere Jahre hinweg vergewaltigt und ihr Schweigen durch Todesdrohungen erzwungen hatte. Mehrere Frauen beschrieben nach der Verhaftung des Täters, dass sie schon deshalb keine Anzeige gewagt hätten, weil sie Angst gehabt hätten, sie würde unter den Teppich gekehrt, und der Täter würde danach seine Drohungen wahrmachen. Mit anderen Worten: Sie erkannten den herrschenden Korpsgeist instinktiv.

Einem weiteren Zeitungsbericht habe ich entnommen, dass die MET nach dem Fall Everard bei ihren internen Ermittlungen schließlich zum Ergebnis kam, dass bis zu achthundert Beamte wegen im Dienst begangener Straftaten als Polizisten ungeeignet seien.

Deshalb fiel es mir auch nicht schwer, die Gruppenstruktur mit den typischen Rollen nachzustellen, die sich bei Mobbing, aber auch bei Gruppenvergewaltigungen immer wieder finden lässt: Da gibt es den Rädelsführer (Clark Jarrett), die Bewunderer und Nacheiferer (Robbie Cameron und Jeff Burger) und last but not least die Mitläufer, im Buch die Figur des Jimmy Wilford.

So viel zum Haupthandlungsstrang. Aber auch der Nebenhandlungsstrang der Kindsmörderin Jerry Hoover ist einem echten Fall nachgestellt. Er trug sich vor circa zehn Jahren in Deutschland zu, wo eine Mutter tatsächlich erst nach dem vorgeblichen dritten plötzlichen Kindstod ihrer Säuglinge als Mörderin entlarvt wurde. Teile der Persönlichkeit der fiktiven Figur Jerry Hoover sind der der wahren Täterin nachempfunden, andere Teile habe ich hinzukonstruiert, zumal die echte Mörderin wesentlich älter war als Jerry.

Ein abschließendes Wort möchte ich noch zu meiner Figur der Samantha Harris aus Band 1 der Canterbury-Fälle sagen, der ich eine kleine Passage auch in Band 2 gewidmet habe: So authentisch ich ihr Verhalten im Rahmen der Beziehung mit ihrem gewalttätigen Ehemann nachgestellt habe, so authentisch, wenn auch selten, ist ihre Entwicklung, nachdem sie sich endlich befreit hat:

Es gibt einige sehr beeindruckende Beispiele von Frauen, die sich danach auf eine Weise emanzipiert haben, wie man es ihnen während der toxischen Beziehung nie zugetraut hätte. Das prominenteste Beispiel ist die verstorbene amerikanische Sängerin Tina Turner.

Wieder bin ich zwei Menschen zu großem Dank verpflichtet, ohne die es den Roman in dieser Form nicht geben würde.

Da ist an erster Stelle meine wunderbare Lektorin, Frau Hannelore Hartmann, zu nennen, die es perfekt verstand, meiner Romanfassung den letzten Schliff zu geben, und dabei auch ihre eigenen wertvollen Ideen eingebracht hat.

Natürlich darf auch der Dank an meinen Literaturagenten Thomas Montasser nicht fehlen, der meinen Wunsch, neben dem Genre Historischer Roman auch ins Spannungsgenre einzusteigen, immer zu hundert Prozent unterstützt hat.

Natürlich danke ich allen Mitarbeitenden des Marketings, des Vertriebs, der Herstellung und der Lizenzen bei dtv für ihr Engagement, insbesondere den Verantwortlichen für das schönste Cover, das ich je bei einem meiner Bücher hatte.

Auch mein Mann Jürgen und Kater Mirko haben wieder das Ihrige zum Entstehen des Buchs beigetragen.

Widmen möchte ich es jedoch diesmal all denjenigen, die es wagen, sich der unguten Form des Korpsgeists und damit Gruppendruck und Gruppendenken zugunsten von Fairness und Gerechtigkeit zu widersetzen.

LESEPROBE

ISBN der gedruckten Ausgabe 978-3-423-21847-4
eBook ISBN 978-3-423-44141-4

# PROLOG

## Gebäudekomplex Arden Estate in Hoxton/Londoner East End

*Freitag, 30. November 2018, gegen 20 Uhr abends*

Die Blaulichter der beiden Streifen- und des Ambulanzwagens flackerten mit der aufdringlichen Weihnachtsbeleuchtung, mit der viele Balkone des achtstöckigen Hochhauses dekoriert waren, um die Wette.

»Eine schöne Sauerei, so ein Tod auf die Art«, knurrte Police Sergeant David Morgan. Er war mit dem zweiten Streifenwagen eingetroffen und hatte sich gerade die Frauenleiche angesehen, die zerschmettert in einer riesigen Blutlache auf dem Straßenpflaster lag. Jetzt gab er seinen Police Constables ein Zeichen, die Plane wieder darüberzudecken. »Und haltet die Schaulustigen fern!«, schnauzte er seine Untergebenen an.

Die Menschenmenge, die sich, wenn auch in gebührendem Abstand, um die Leiche versammelte, wurde immer größer. »Warum ist der Ort noch nicht abgesperrt?«

Mary Clarke und Jeremy Turner, die beiden Police Constables, die nach dem Notruf zuerst vor Ort gewesen waren, zuckten die Achseln. »Hier gibt es leider nichts, woran wir das Absperrband befestigen könnten. Aber wir haben bereits Pfosten angefordert. Der Chief will sie aus der Polizeistation mitbringen.«

»Den Ambulanzwagen kann man wegschicken. Der wird hier nicht mehr gebraucht. Ist der Leichenwagen schon unterwegs?« David Morgans Tonfall blieb schroff. Im flackernden Licht konnten Clarke und Turner erkennen, dass er käsebleich war. Die Tote bot wirklich keinen schönen Anblick.

Zehn Minuten später näherte sich ein dritter, diesmal ziviler Wagen mit Blaulicht auf dem Dach. Chief Detective Inspector Jonathan Anderson stieg aus. Er wandte sich an Morgan. »Was haben wir hier?«

»Eine Frauenleiche, Alter ungefähr zwischen dreißig und vierzig. Ist aufs Gesicht gefallen. Hat sich wahrscheinlich vom Dach dieses Hochhauses auf die Straße gestürzt.«

»Name?«

»Laut den Ausweispapieren heißt sie Vera Osmond und wohnt in Canterbury.«

»Canterbury? Was hat sie denn hier im East End gewollt?«

Morgan hob die Achseln. »Das wissen wir nicht. Wir brauchen erst ein vergrößertes Foto. Dann können wir morgen herumfragen, ob sie jemand kennt. An ihrem Gesicht ist sie jedenfalls nicht mehr zu identifizieren.«

»Und wie ist sie aufs Dach gekommen?«

»Der Hausmeister sagt, dass die Handwerker, die dort zu tun hatten, die Tür nicht abgeschlossen haben. An sich ist ein Aufenthalt auf dem Dach grundsätzlich verboten.«

»Haben Sie die Aussage des Mannes aufgenommen?«

Morgan nickte. »Außerdem bestellen wir ihn morgen früh aufs Revier in Hackney.«

»Irgendein Anzeichen für Fremdverschulden?«

»Auf Anhieb nicht. Aber wir wollten auf Sie warten, bevor wir die Handtasche genauer untersuchen.«

Anderson streifte sich Latexhandschuhe über. »Geben Sie mir die Tasche!«

An einer Seite war die schicke hellbraune Ledertasche

ganz blutig. Einige Tropfen fielen auf Andersons Flanellhose mit der exakten Bügelfalte.

»So ein Mist!«, fluchte er und betrachtete einen Moment lang die Bescherung. Dann zog er den halb offenen Reißverschluss der Handtasche ganz auf. »Leuchte mir mal einer!«

Im Licht einer starken Taschenlampe zog Anderson zuerst einen Briefumschlag heraus und überflog das darin liegende Schreiben. »Von der Werbeagentur McMahon. Fristlose Kündigung zum heutigen Datum. Scheint der Arbeitgeber dieser Osmond gewesen zu sein. Und was haben wir hier?« Eine Medikamentenschachtel kam zum Vorschein. »Diazepam. Das sind Benzos, so viel ich weiß.«

Die weitere Suche förderte ein Portemonnaie, eine Packung Taschentücher und ein Schminkset zutage. »Kein Handy. Das ist merkwürdig«, brummte Anderson.

»Vielleicht ist es beim Sturz aus der Tasche gefallen«, schlug Constable Mary Clarke vor.

»Haben Sie schon danach gesucht?«, blaffte Morgan.

»Wir haben nur den näheren Umkreis flüchtig abgeleuchtet«, gab ihr Kollege Jeremy Turner zu. »In der Dunkelheit ist es schwierig. Außerdem überall parkende Autos und jetzt noch die vielen Gaffer. Wir suchen morgen bei Tageslicht alles ab.«

»Bringt wahrscheinlich ohnehin keine neuen Erkenntnisse. Schaut mal, was ich gefunden habe.« Im Schein der Taschenlampe hielt Anderson eine Visitenkarte hoch. »Lily Brown. Psychologin. Psychotherapeutische Praxis in der Rose Lane in Canterbury«, las er vor. »Der Name kommt mir irgendwie bekannt vor. Weiß aber gerade nicht, woher.«

»Jedenfalls scheint die Osmond, wenn sie es denn ist, eine psychisch labile Frau gewesen zu sein. Hat zudem gerade ihre Stelle verloren. Das weist wirklich alles auf einen Selbstmord hin«, fügte Anderson hinzu.

## Canterbury, auf dem Weg zu Lily Browns Wohnung

*Freitag, 7. Dezember 2018*

»Also, etwas liegt dir doch noch auf dem Herzen, Matt! Es gibt irgendwas, das ihr mir alle verschweigt.«

Lily Brown runzelte die Stirn, was eine neue Schmerzwelle in ihrem lädierten Kopf auslöste. Ihr Kollege, mit dem sie die Praxis in Canterbury teilte, hatte sie gerade aus dem Krankenhaus abgeholt. Sie hatte dort einige Tage verbringen müssen, nachdem ein Unbekannter ihr einen Schlag auf den Schädel verpasst hatte.

Matt Rider zögerte, was Lily noch mehr beunruhigte. »Nun rück schon damit heraus!«, drängte sie.

Matt seufzte. »Ich wollte es dir erst sagen, wenn du wieder gesund bist. Die Ärzte meinen, du musst dich noch schonen.«

»Du kennst mich gut genug, um zu wissen, dass ich sonst keine ruhige Minute habe.«

Matt gab nach. »Die Polizei möchte dich auch noch in einer anderen Sache sprechen. Es geht um deine ehemalige Patientin Vera Osmond. Sie hat sich vor einer Woche das Leben genommen.«

Der Schock fuhr Lily in alle Glieder. In ihrem Kopf begann es zu pochen. »Das kann überhaupt nicht sein«, protestierte sie, als sie sich wieder gefasst hatte. »Was ist denn passiert?«

»Sie hat sich von einem Hochhaus in Hoxton im Londoner East End gestürzt.«

Lily schüttelte heftig den Kopf, was sie mit starken

Schmerzen büßte. Aber sie achtete gar nicht darauf. »Das kann überhaupt nicht sein«, wiederholte sie. »Wenn Vera tot ist, war es kein Selbstmord.«

# KAPITEL 1

## Vera
## Eine Straße in Canterbury
*April 2018, acht Monate zuvor*

Das Hupen des Wagens hinter mir reißt mich aus der Erinnerung an den gerade erzielten Erfolg. Unwillig werfe ich einen Blick in den Rückspiegel. Ein bärtiger Kerl in einem dunkelgrauen SUV fuchtelt mit beiden Armen herum.

Ärgerlich trete ich aufs Gaspedal. Es geht vor der Ampel, die den aufgrund von Bauarbeiten nur einspurigen Verkehr regelt, ohnehin nur im Schneckentempo voran. Idiot, denke ich, als der SUV-Fahrer erneut die Hupe betätigt. Soll ich meinem Vordermann etwa in den Kofferraum fahren?

Tatsächlich können höchstens zehn Fahrzeuge die Engstelle passieren, bevor der Verkehr wieder zum Erliegen kommt. Die Ampel ist von hier aus nicht einmal zu sehen. Es wird also sicher noch eine Weile dauern, bis ich da durch bin.

Erneut lasse ich die Bilder des Meetings, das vor einer halben Stunde geendet hat, an meinem inneren Auge vorbeiziehen. »Ihre Präsentation war sehr überzeugend, Mrs Osmond«, hat mich der Inhaber der Getränkefirma persönlich gelobt. Doch festlegen wollte er sich noch nicht. »Sie verstehen sicher, dass wir uns noch zwei weitere Präsentationen ansehen werden, bevor wir eine endgültige Entscheidung treffen, wen wir mit der Werbekampagne beauftragen wollen. Aber Ihre Chancen stehen gut«, hat er mir noch zugeraunt, als er mir zum Abschied die Tür des Meetingraums öffnete.

Jetzt horche ich in mich hinein, während sich die Autoschlange vor und hinter mir ein weiteres Mal quälend langsam vorwärtsbewegt. Auch ich habe ein gutes Gefühl. Die vielen Überstunden, zuletzt das ganze Wochenende hindurch, haben sich gelohnt.

Die Ausarbeitung der Werbekampagne für den neuen Energydrink des renommierten Unternehmens ist mein erster Auftrag als leitende Marketingmanagerin in der Werbeagentur, in der ich seit über fünf Jahren beschäftigt bin. Erst vor zwei Monaten bin ich befördert worden. Noch einmal lasse ich die Gesichter meiner fünfköpfigen Zuhörerschaft Revue passieren. Fast bei allen habe ich das verräterische Funkeln in den Augen gesehen, das von schlecht verhohlener Begeisterung herrührt. Dazu passt auch das lang anhaltende Klopfen auf den Konferenztisch nach dem Ende meiner Präsentation.

Nur eine Person, ausgerechnet die einzige Zuhörerin, hat eher sauertöpfisch dreingeblickt und sich nur mühsam ein Lächeln abgerungen. Bei der Erinnerung daran grinse ich. Denn ich weiß, dass sich der Mann, mit dem sie im Augenblick liiert ist, ebenfalls um diesen Auftrag bemüht hat. Er war mit der Präsentation seines Konzepts genau vor mir dran.

Also weiß sie, dass ich besser war. Ich lächle triumphierend in mich hinein, während sich die Autoschlange erneut in Bewegung setzt. Die Straße macht eine Kurve.

Plötzlich stoppt das Fahrzeug vor mir abrupt. Im letzten Moment trete auch ich auf die Bremse und komme mit nur wenigen Zentimetern Abstand zu meinem Vordermann zum Stehen. Verdammt, was ist los? Aus der Ferne erkenne ich endlich die Ampel. Sie steht noch auf Grün.

Erst dann sehe ich die beiden Kinder, die sich mit ihren Fahrrädern zwischen den Autos hindurchgezwängt haben und gerade den Bürgersteig auf der linken Seite erreichen. Die Straße führt mitten durch eine Parkanlage. Auf der rechten Seite liegt ein Spielplatz.

Was für ein Leichtsinn, denke ich ärgerlich, als der unangenehme Zeitgenosse hinter mir schon wieder zu hupen beginnt. Diesmal hebe ich den Mittelfinger, bevor ich Gas gebe. Ein Blick auf den Spielplatz zeigt mir, dass er jetzt zum Glück leer ist. Es sind keine weiteren unvorsichtigen Kinder zu erwarten.

Ich passiere langsam eine silberne Rutsche, mehrere Spielgeräte, zwei große Sandkästen und ein Klettergerüst. Es hat zu nieseln begonnen.

Auf der linken Straßenseite kommt mir eine Frau entgegen, die einen Kinderwagen schiebt. Sie hat den Kopf gesenkt und fast ganz unter der Kapuze ihres Parkas verborgen. Eine durchsichtige Plastikhülle schützt das Kleine im Wagen. Neben ihr trottet ein großer brauner Hund, ebenfalls mit gesenktem Kopf.

Ich betätige gerade den Scheibenwischer, als ich es zum ersten Mal spüre. Mein Herzschlag beschleunigt sich, meine Kehle wird eng. Abwechselnd wird mir heiß und kalt. *Oh nein! Nicht schon wieder!*, schießt es mir durch den Kopf. Solche Anfälle suchen mich seit einigen Wochen regelmäßig heim. Jedes Mal überfallen sie mich aus heiterem Himmel.

*Ganz ruhig! Tief durchatmen,* gebe ich mir selbst die Instruktionen meiner Hausärztin für diesen Fall. Doch es nützt nichts. Ich bekomme kaum mehr Luft. Hektisch blicke ich zum Beifahrersitz hinüber. So ein Mist! Meine

Handtasche liegt auf dem Rücksitz. Knapp außerhalb meiner Reichweite.

Ich fühle, wie mir das Blut zu Kopf steigt. Gerade will ich mich abschnallen, um an die Benzos in der Tasche zu kommen, als mein Vordermann anfährt. Da ich mich nicht gleich anschließe, beginnt der SUV-Fahrer hinter mir jetzt sogar dauerhaft auf die Hupe zu drücken. Der durchdringende Ton verursacht mir Schwindel und Übelkeit.

Weitere Fahrer fallen in das Hupkonzert ein. Verschwommen nehme ich wahr, dass mein Abstand zum Vordermann schon mindestens fünfzehn Meter beträgt. Ich schalte den Warnblinker ein und bleibe einfach stehen, schließe die Augen und versuche, mich zu beruhigen, um den rasenden Herzschlag in den Griff zu bekommen.

Doch vergebens! Am ganzen Körper bricht mir der Schweiß aus. Mit letzter Kraft mache ich die Tür auf und will aussteigen. Doch meine Beine versagen mir den Dienst. Kraftlos sinke ich in den Sitz zurück. Kehle und Nase scheinen verstopft. Von irgendwoher höre ich Kinderlärm! Das Geräusch dröhnt zum Rhythmus meines rasenden Herzschlags in meinen Ohren.

Rote Sterne tanzen vor meinen geschlossenen Augen. *Ich ersticke!* Verzweifelt schnappe ich nach Luft.

*Tok, tok, tok!* Das heftige Pochen an der Scheibe dringt nur langsam in mein Bewusstsein. Mühsam öffne ich die Augen. Da wird die angelehnte Tür auch schon aufgerissen. Wie durch einen Schleier nehme ich das bärtige Gesicht des SUV-Fahrers wahr. Nun wirkt er nicht mehr zornig, sondern besorgt.

»Ist Ihnen schlecht?«

Ich nicke mühsam. Sprechen kann ich nicht.

»Rücken Sie zur Seite!«

Ich weiß nicht, was der Mann von mir will. Da schiebt

er mich auch schon auf den Beifahrersitz. Ich bleibe mit dem rechten Bein an der Gangschaltung hängen. Die Naht des engen Rocks meines Business-Kostüms platzt dabei auf, und meine Wolford-Strumpfhose zerreißt. Fast dreißig Pfund hat sie gekostet, und ich trage sie heute zum ersten Mal.

Halb ohnmächtig nehme ich wahr, dass der Mann meinen Mini auf den Bürgersteig steuert. Dann steigt er aus und fährt seinen SUV dahinter. Mittlerweile schaut auch das besorgte Gesicht einer Frau durch das Fenster der Beifahrerseite, auf der ich zusammengekrümmt hocke. »Brauchen Sie Hilfe? Soll ich einen Krankenwagen rufen?«

Mit letzter Kraft schüttle ich den Kopf. »Meine Tasche!«, keuche ich mühsam.

Die Frau versteht mich zum Glück. Sie greift hinter mich auf den Rücksitz und zieht den Reißverschluss der Handtasche auf. Die Schachtel mit dem Diazepam findet sie sofort. Sie reicht mir einen der Blister.

Mit zitternden Fingern drücke ich eine Tablette heraus.

»Haben Sie etwas zu trinken?«

Bevor ich den Kopf schütteln kann, reicht mir der SUV-Fahrer schon eine Flasche Wasser durch die geöffnete Fahrertür. Dankbar greife ich danach und würge die Pille herunter. »Jetzt … jetzt geht es gleich wieder!«, krächze ich.

Der Mann und die Frau sind nicht überzeugt. Doch mein Herzschlag beginnt sich schon zu verlangsamen. »Soll ich wirklich keinen Krankenwagen rufen?«, wiederholt die Frau.

»Nein!«, wehre ich ab. »Ist gleich vorbei. Ein Krankenwagen würde den Verkehr hier total zum Erliegen bringen.« Jetzt klingt meine Stimme schon klarer.

Das Argument überzeugt zuerst den SUV-Fahrer. »Da haben Sie recht!«, stimmt er mir zu. Sein Gesichtsausdruck wird wieder grimmig. »Aber wenn Sie solche Anfälle kriegen, sollten Sie nicht Auto fahren.«

Ich nicke mühsam und versuche mich an einem Lächeln. Die Kinderstimmen vom Spielplatz verebben. Ich kann wieder durchatmen.

Der Mann wünscht mir knapp gute Besserung, bevor er sich in seinen Wagen setzt und langsam an mir vorbeifährt. Die Frau, deren VW Golf die Fahrspur ein Stück blockiert hat, wirft mir einen letzten besorgten Blick zu und wendet sich dann ebenfalls ab.

Nach und nach beginnt sich mein Puls zu normalisieren. Ich atme die von Abgasen verseuchte Luft, die durch das offene Beifahrerfenster dringt, ein wie eine köstliche Brise. Das Gefühl kehrt in meine taub gewordenen Hände zurück, als das Diazepam seine Wirkung entfaltet.

Vorsichtshalber bleibe ich noch eine Viertelstunde lang sitzen, bevor ich wieder auf den Fahrersitz rutsche, den Warnblinker ausschalte und anzeige, dass ich mich in die Autoschlange einreihen will. Zwei Wagen fahren an mir vorbei, der dritte lässt mich einfädeln.

Ich habe endlich die Ampel passiert, als mir etwas auffällt.

Woher kam eigentlich der Kinderlärm? Der Spielplatz war doch ganz leer!